Você se lembra de mim?

MEGAN MAXWELL

Você se lembra de mim?

TRADUÇÃO
Sandra Martha Dolinsky

essência

Título original: *Hola, ¿te acuerdas de mí?*

Preparação: Márcia Benjamim
Revisão: Gabriela Ghetti e Luciana Paixão
Diagramação: Mauro C. Naxara
Imagem de capa: © Maksim Toome, Hammet y LiliGraphie, Shutterstock

CIP-BRASIL. CATALOGAÇÃO NA PUBLICAÇÃO
SINDICATO NACIONAL DOS EDITORES DE LIVROS, RJ

M419v

Maxwell, Megan
Você se lembra de mim? / Megan Maxwell; [tradução Sandra Martha Dolinsky]. – 1. ed. – São Paulo: Planeta, 2016.

Tradução de: *Hola, ¿te acuerdas de mi?*
ISBN 978-85-422-0705-7

1. Ficção espanhola. I. Dolinsky, Sandra Martha. II. Título.

16-31271 CDD: 863
CDU: 821.134.2-3

2016
Todos os direitos desta edição reservados à
EDITORA PLANETA DO BRASIL LTDA.
Rua Padre João Manoel, 100 – 21º andar
Edifício Horsa II – Cerqueira César
01411-000 – São Paulo – SP
www.planetadelivros.com.br
atendimento@editoraplaneta.com.br

Para minha mãe.
A mulher mais forte e corajosa do mundo para mim, que sou sua filha. Graças a ela, ao seu carinho e seu amor, me tornei a pessoa que sou hoje, e só quis dar um final bonito e merecido a sua incrível história de amor.
Mami, amo você, e você merece tudo de bom que eu possa lhe dar!
Também dedico este livro a meu avô; um grande homem que soube demonstrar a minha mãe e a mim o verdadeiro significado do amor incondicional, apesar dos tempos que corriam. Tenho certeza de que ele sorri lá no céu ao nos ver felizes.
E, claro, a todas aquelas pessoas que em um dado momento da vida se viram sozinhas por causa desse inominável que move os fios do destino, e que lutaram como guerreiras para seguir em frente sem dar importância ao que diriam os outros.
Um viva a vocês!

Com carinho,
Megan

Nota da autora

Guerreiras e guerreiros:

Sem dúvida, a vida de muitos de nós poderia ser parte de um livro ou um filme, não é?

Lembro um dia em que minha editora, Esther, e eu estávamos em Palma de Mallorca almoçando, e quando comentei algo sobre minha mãe, ela me perguntou: "Por que você sempre só fala de sua mãe?". E então, eu lhe contei o porquê e relatei a história de meus pais.

Juro que, enquanto eu falava, a expressão dela foi passando da surpresa à incredulidade, e desta aos olhos marejados. Claro que caí na risada! A história de meus pais – o militar americano e a jovem espanhola que emigrou para a Alemanha – a deixara emocionada, e ela me perguntou: "Nunca pensou em escrever essa história?".

Quando a ouvi perguntar isso, sorri.

Não era a primeira vez que alguém me propunha isso, ou que eu mesma pensava nisso, mas nunca seriamente, pois imaginava que talvez minha mãe não gostasse.

Poucos dias depois de voltar a Madri, certa tarde, quando minha mãe foi a minha casa para ver meus filhos, eu lhe perguntei: "Mami, você gostaria que eu escrevesse sua história, com um belo final?".

Quando ela me ouviu dizer isso, seu rosto se transformou. Vi alegria em seu olhar, e suas palavras foram: "Eu adoraria! Tenho uma filha escritora. Quem melhor que você para fazê-lo?".

Essa resposta me surpreendeu.

Sem dúvida, minha mãe confiava em mim e no que eu poderia fazer com sua história de amor – mais do que eu pensava. E quando liguei para Esther para comentar isso, ela não hesitou um segundo e me disse: "Vá em frente! Quero esse romance".

Durante meses, minha mãe e eu falamos sobre o assunto, e apesar de eu saber milhares de coisas que ela havia me contado durante anos, ao fazê-la recordar ela rememorou outras histórias que adorei escutar pela primeira vez. Ela pegou fotos de meu pai, cartas, lembrancinhas etc.

E com minha mente inundada de tudo que era necessário, decidi pôr mãos à obra.

Subitamente eu me vi diante do computador relatando uma história real – a história de meus pais! E a primeira coisa que me veio à cabeça foram as palavras: "Olá, você se lembra de mim?". Não tive dúvidas. Já tinha o título!

Eu havia encontrado o título mais bonito que podia dar de presente à minha mãe e, então, decidi criar duas histórias dentro de um mesmo romance, conectadas entre si.

A primeira seria a de minha mãe, e a segunda, da filha que ela teve, e vocês sabem que sou eu, mas no livro tem uma vida totalmente diferente da minha de verdade.

Reconheço que, enquanto eu escrevia, meu coração se ressentiu em alguns momentos. Recordar certas coisas de meus pais ou de minha infância, quando as sombras me cercavam devido à falta de informação, não foi fácil; mas não desisti, e continuei até finalizar o livro. E hoje, agora que está acabado, garanto que foi uma das melhores experiências de minha vida, porque inventei um final lógico, mas não real, para uma história que nunca acabou.

Quando terminei o livro, antes de entregá-lo a minha editora, imprimi uma cópia e a entreguei a minha mãe para que o lesse. Eu queria saber se ela concordava com a história que eu havia criado ao redor do que ela havia me contado. Assim que acabou de ler, ela me ligou, emocionada, entre risos e lágrimas, para me dizer que havia adorado.

Vocês nem imaginam a onda de adrenalina e felicidade que senti quando minha mãe me disse isso, pois era muito importante para mim que ela se sentisse à vontade lendo o livro e, acima de tudo, que ela gostasse.

Agora vocês já sabem que a primeira parte desta história, apesar de certas mudanças, é baseada em fatos reais, e que a segunda parte não. Quero dizer que eu, e só eu, sou a responsável por ter omitido algumas coisas da primeira história e de ter mudado outras, porque assim decidi, para lhe dar o final que eu queria.

Hoje o mundo se transformou e a sociedade evoluiu. Graças a Deus! Mas o mundo e a sociedade em que vivi a infância eram diferentes, mais tradicionais e menos permissivos, e o fato de ser filha de mãe solteira às vezes era um empecilho para frequentar uma boa escola ou até mesmo para ter amigas.

Minha mãe, ciente disso, desde pequenininha me ensinou que eu não era menos que ninguém; ela me fez entender que os comentários de algumas pessoas não tinham que me roubar nem um segundo de felicidade e me preparou para ser uma mulher independente e segura de si.

Entendem por que sou tão guerreira?

E agora que lhes contei tudo isso, só espero que curtam este livro, sua música e sua história, tanto quanto eu curti enquanto o escrevia.

Estão prontos para lê-lo?

1

Espanha, 7 de dezembro de 1960

Eram cerca de nove horas da noite e a estação de trem Príncipe Pío, em Madri, era um formigueiro de pessoas.

Gente de diversas partes da Espanha havia se reunido ali para pegar um trem que a levaria a um novo presente; gente disposta a melhorar seu passado e a lavrar um futuro.

Famílias inteiras se despediam com os olhos cheios de lágrimas. O país não passava por um bom momento econômico, e muitos tinham que emigrar para o exterior para que seus entes queridos pudessem ter ao menos um prato de comida por dia e viver com dignidade.

Entre todas aquelas pessoas estava Miguel Rodríguez se despedindo de duas de suas filhas, apesar de ser um diretor de banco e não lhe faltar um prato de comida na mesa. Por sorte, eles não sofriam as carências de muitos outros dos que estavam ali, mas as garotas queriam arrumar um emprego na Alemanha.

– Ouçam um instante, Lolita e Carmencita – disse Miguel, muito sério. – Sei que você duas são ajuizadas, mas preciso que me prometam que vão ter muito cuidado e que vão se apoiar uma na outra para tudo, está bem?

– Sim, papai, já lhe prometemos isso – disse Carmen, sorrindo ao escutá-lo.

– Prometemos, papai – insistiu Loli.

– E você – disse o homem a Carmen com seriedade –, sei que não lhe importa o que as pessoas pensam, mas faça o favor de controlar esse gênio dos diabos que você tem. Eu não estarei lá para...

– Fique tranquilo, papai – interrompeu Loli. – Eu vou mantê-la na linha.

Carmen, ao escutar sua irmã mais velha, deu-lhe um cutucão com o quadril; divertida, respondeu:

– Tome cuidado para eu não pôr você na linha.

Don Miguel sorriu para sua filha espirituosa.

Ele tinha seis filhos maravilhosos: cinco meninas e um menino. Uma bênção de Deus, como dizia sua mulher. Mas também sabia que eram todos diferentes, e Carmen, embora fosse responsável, nunca havia se importado com o que as pessoas pensavam de seu caráter rebelde e contestador.

Sem perder o porte sério que seu trabalho lhe exigia, Miguel olhou para suas filhas. Ainda não entendia como havia se deixado convencer por aquelas duas a deixá-las partir. Ia sentir demais a falta delas; perdendo durante alguns segundos sua aparente frieza, abriu os braços e disse:

– Deem-me outro abraço. Já estou com saudades, e vocês ainda nem partiram.

Felizes, as jovens se jogaram nos braços do pai. Ele era carinhoso com elas, apesar de em público sempre se mostrar sério e distante. Como ele dizia, era preciso ser consequente a cada segundo do dia para manter um equilíbrio na vida.

Acabado o abraço, Miguel enfiou a mão no bolso do casaco, e estendendo duas caixinhas às garotas, murmurou:

– Tomem, balas para adoçar a viagem. Sei que vocês adoram.

– Obrigada, papai!

– Hmmm... La Violeta! Obrigada, papai.

Carmen sorriu ao ver aquelas balas de essência de violeta de que tanto gostavam.

Nesse instante, pelos alto-falantes da estação anunciaram que os passageiros com destino a Hendaia tinham que embarcar, pois partiriam em um minuto.

Nervosa, Loli deu um beijo rápido em seu pai e embarcou, enquanto Carmen, com a emoção refletida no rosto, tornou a abraçá-lo e murmurou:

– Não se preocupe com nada, papai. Dê um beijo grande em mamãe e em meus irmãos.

– Liguem para a casa de Manolita assim que puderem, para que saibamos que chegaram bem. E lembre-se, ontem à noite você anotou em seu diário o telefone de onde sua prima Adela e o marido trabalham em Bremen, caso precisem de alguma coisa.

Ela assentiu. Seu diário estava sempre com ela. Com um sorriso, disse:

– Claro que sim, papai. Não tenha dúvida.

Sem soltar-lhe a mão, Miguel insistiu em fitar sua bela filha morena de cabelo curto.

– Não esqueçam que a casa de vocês é aqui e que as portas estarão sempre abertas para recebê-las.

Emocionada, a jovem tornou a abraçá-lo e murmurou:

– Eu sei, papai. Eu sei.

– Vamos, Mari Carmen, entre de uma vez! – urgiu Loli assomando-se pela janela do vagão.

Miguel soltou sua filha, que subiu no trem junto com a irmã. Poucos instantes depois, o trem começou a se movimentar, e elas, pela janela, deram adeus ao pai.

– Tomem. Para que se distraiam um pouco lendo – disse ele enquanto lhes estendia o jornal *ABC* que tinha nas mãos.

Carmen o pegou. Seu pai sabia que ela gostava de ler as notícias.

– Lembrem-se. Podem sempre contar comigo. Sempre – insistiu ele, caminhando junto com o trem e erguendo a voz.

As irmãs sorriram e assentiram.

Miguel não sabia se o haviam ouvido ou não; com o coração apertado, viu suas duas meninas, aquelas menininhas que havia visto se tornarem mulheres, saindo de seu lado para começar uma nova vida.

Quando perderam o pai de vista, as jovens se sentaram nos bancos duros. Olhando para sua irmã, Loli pegou-lhe a mão e disse:

– Alemanha, aí vamos nós!

Ambas sorriram, apesar da emoção da despedida. Já recompostas, Carmen leu a primeira página do jornal que seu pai lhe havia dado; comentou:

– Veja, Fabiola de Mora y Aragón também está indo embora da Espanha para se casar com Balduíno da Bélgica.

As irmãs se distraíram lendo a matéria sobre aquela aristocrata espanhola. Prosseguiram com os anúncios dos frigoríficos americanos Kelvinator, e acabaram suspirando por não poder ir ao Cine Coliseum para a estreia do filme *Navidades en junio*, com o lindíssimo Alberto Closas.

– É melhor dormirmos um pouco. Antes, vamos comer os sanduíches que mamãe fez para nós? – sugeriu Loli.

– Tudo bem; não estou com muita fome, mas com o estômago vazio também não vou conseguir dormir – disse Carmen.

Depois de jantar passaram-se as horas, e entre o balanço do trem e as vozes de pessoas cantando, a jovem Carmen não conseguiu conciliar o sono.

Com carinho, olhou para sua direita. Apoiada em seu ombro, e dormindo feito uma pedra, descansava sua irmã Loli. Uma morena muito bonita, dois anos mais velha que ela, que tinha a sorte de não se incomodar com o barulho e que era capaz de dormir em qualquer lugar.

Com cuidado, Carmen pegou seu diário na bolsa e o abriu. Era um caderno que sempre a acompanhava, e no qual ela gostava de escrever o que pensava. Pegou uma caneta e anotou:

7 de dezembro de 1960

Loli e eu estamos no trem em direção a Hendaia, e como era de se esperar, ela já está dormindo como uma pedra. Como é possível dormir em qualquer lugar?

Quero muito chegar à Alemanha. Ainda não consigo acreditar que estou sentada neste trem.

Estou contente e triste ao mesmo tempo. Despedir-me da família foi mais difícil do que eu esperava, em especial por papai. Seu olhar cheio de temores tocou meu coração, porque sei que no fundo ele não queria que partíssemos. Sou uma filha ruim por ir embora?

Só espero chegar à Alemanha e fazê-lo ver que seus medos eram infundados e que tudo vai dar certo.

Entre o cansaço e as emoções da viagem, com o diário nas mãos, finalmente ela dormiu.

Horas depois, Carmen acordou. Já era dia. Com um sorriso, fechou seu caderno e suspirou.

Haviam se passado quase doze horas desde que partiram de Madri, e ali estavam elas, rumo à Alemanha, com as saias escocesas abaixo dos joelhos que a mãe lhes havia feito, os sapatos novos de sola de borracha e as blusas cinza de tricô.

A prima delas, Adela, havia partido meses antes para Bremen, e embora Carmen ouvisse dizer que as coisas não estavam muito boas na Alemanha para outros imigrantes, para ela e o marido não podiam estar melhor; e por isso as incentivaram a ir para lá também, depois de lhes arranjar emprego na Siemens de Nuremberg.

Carmen abriu a bolsa para guardar seu diário, e ao ver as balas La Violeta, sorriu. Sempre que seu pai passava pela praça Canaletas, em Madri, comprava aquelas balas para seus filhos. Eram tão gostosas!

Depois de colocar uma na boca e sentir a essência de violeta explodir dentro dela, Carmen pegou seu passaporte na bolsa e o observou.

"Que cabelo!", pensou ao ver sua foto.

Recordou a conversa que havia tido com seu pai sobre aquela viagem. Os conselhos, medos e preocupações dele, e sorriu ao rememorar o dia em que o pai as acompanhara a tirar o passaporte. Com 22 anos, Loli era maior de idade, mas Carmen só tinha 20, e precisava da autorização dele para tirá-lo.

Mergulhada em seus pensamentos, afastando-se de sua família e da cidade que conhecia, Carmen olhava pela janela enquanto as vozes de gente que cantava a faziam cantarolar *Adiós a España*,[1] e um nó de emoção lhe apertava a garganta ao pensar que metro a metro, quilômetro a quilômetro, instante a instante, ia se afastando de seu lar.

Foi invadida por uma série de sentimentos contraditórios, enquanto várias pessoas acompanhavam o homem que cantava no compartimento ao lado aquela linda canção de Antonio Molina. Tão logo acabou a canção, Carmen reprimiu as lágrimas disfarçadamente, justo quando sua irmã acordava.

– Que foi? Não dormiu nada? – perguntou Loli.

Carmen assentiu com a cabeça, mas não pôde dizer nada. Não conseguia. Se falasse, choraria.

Loli sussurrou, divertida:

– Sua bocó![2]

Essa expressão tão de Toledo, lugar onde haviam vivido vários anos antes de se mudar para Madri, fez as duas rirem. Carmen, fechando os olhos, murmurou:

– Ande, durma outra vez.

As duas irmãs se apoiaram de novo uma na outra, mas quando estavam bem acomodadas, o trem parou bruscamente.

– Vamos... vamos, Manolito – urgia uma mulher a seu filho. – Pegue a mala e a vasilha, vamos descer. Chegamos a Hendaia.

Sem tempo a perder, Carmen acordou sua irmã:

– Loli, já saímos da Espanha.

Carmen e Loli se entreolharam e, emocionadas, deram-se as mãos. Já haviam ouvido os mais velhos falarem da dor e tristeza que se sentia ao abandonar a terra e as raízes e, nesse momento, era o que elas, jovens de vinte anos, sentiam.

Sem perder tempo, as duas jovens pegaram suas malas e desceram do trem atrás daquela mulher. De braços dados, sem se separar, como

1 *Adiós a España*. Marina Music Publishing, S. L., interpretada por Antonio Molina. (N. da E.)

2 No original, *tonta el bolo*. (N. da T.)

haviam prometido a seus pais, seguiram a enorme multidão. Subitamente, um homem passou por elas e as empurrou. Loli quase caiu, e Carmen, ao ver aquilo, gritou:

– Ei, você, abobado! Olhe por onde anda!

– Mari Carmen! Lembre o que papai lhe disse – grunhiu Loli ao ver que o homem olhava para elas sério.

Sua irmã, sem se importar com a expressão dele, olhou para Loli e suspirou:

– Tudo bem... tudo bem... Você tem razão.

Esquecido o incidente, informaram-se sobre a plataforma da qual saía o trem seguinte. Ainda faltavam algumas horas, e os encarregados dos emigrantes, para manter unido o grupo de espanhóis que ia para a Alemanha, fizeram-nos entrar em um refeitório, onde lhes ofereceram um caldo fumegante que lhes aqueceu o corpo e o coração.

O bom humor reinava na sala, e como era 8 de dezembro, data em que naquela época se celebrava o Dia das Mães, cumprimentaram todas as mães que havia ali.

Quando acabaram de comer, pessoas de Andaluzia, de Extremadura, de Castela e de outras partes da Espanha conversavam como se fossem uma grande família; e para matar o tempo e as dores, começaram a cantar, entre risos e aplausos, a canção *Francisco Alegre,*[3] da grande Juanita Reina.

– Que frio – queixou-se Carmen, tiritando.

– Muitíssimo! Está muitíssimo frio – respondeu uma voz atrás delas.

Carmen e Loli se voltaram e encontraram uma jovem de cabelo claro, blusa de tricô preta e olhinhos vivos, que lhes perguntou:

– Vocês vão para Nuremberg?

As irmãs assentiram, e a jovem, contente, disse:

– Ah, que legal! Eu também!

Carmen olhou para a garota a sua frente e perguntou:

– Foi contratada pela Siemens?

---

3 *Francisco Alegre*, interpretada por Juanita Reina. (N. da E.)

Ela assentiu, e Carmen disse:

– Nós também!

A desconhecida se jogou nos braços delas e as beijou, fazendo-as sorrir. Quando se afastou, perguntou:

– Posso sentar com vocês?

– Claro, menina – afirmou Loli, feliz.

– Ai, que legal, que legal! – repetia. – Já me via viajando sozinha até essas terras sem falar com ninguém e morta de tédio, mas quando as vi, pensei: "Essas garotas parecem umas gracinhas e agradáveis". E acertei!

As irmãs se afastaram um pouco para que a jovem se sentasse junto delas. Ela se chamava Teresa e, como havia acabado de contar, viajava sozinha. Havia sido criada em um orfanato dirigido por freiras, em uma cidadezinha de Albacete, e ia para a Alemanha em busca de um futuro mais promissor do que o da Espanha.

Teresa falava muito, não parava! Loli e Carmen trocaram olhares e começaram a rir, mas rapidamente perceberam que aquela jovem era pura bondade. Notava-se em seus olhos e em seu jeito tão peculiar de se expressar.

– Como eu dizia, meu pai morreu porque uma leitoa lhe quebrou o pescoço fazendo-o cair de mau jeito na porta do chiqueiro, e minha mãe, logo depois que nasci, foi atrás dele, por causa de um problema de intestino. Segundo as freiras que me criaram no orfanato, quem explicou isso foi uma mulher que me levou até elas, e, claro, eu acredito. Por que teria que desconfiar, não é? – finalizou.

Loli e Carmen, impressionadas com a verborreia da jovem, assentiram e a abraçaram. Não podiam fazer nada além disso.

As risadas eram cada vez mais contagiosas, até que, de súbito, pelos alto-falantes anunciaram que tinham que embarcar no trem parado na plataforma número um com destino a Paris, onde tornariam a mudar de trem.

As três jovens passaram pela checagem de passaportes e, carregando suas malas, encaminharam-se ao vagão que lhes cabia e acomodaram sua bagagem com a ajuda de uns rapazes que haviam conhecido no refeitório. Por fim se sentaram nos desconfortáveis bancos de madeira e trocaram olhares, sorrindo.

A viagem era longa e cansativa, mas o calor humano de todos que ali estavam a tornava mais suportável; quando o trem começou a rodar, fez-se um silêncio sepulcral em todo o vagão.

Por fim a terra, a pátria e a família delas ficavam para trás; de repente, um homem, o que cantava melhor, puxou *El emigrante*,[4] de Juanito Valderrama, e todos se comoveram, identificando-se.

– Ah, meninas, que tristeza! – murmurou Carmen.

Loli, como a mais velha das três, pensou que tinha que ser forte, e dando uma piscadinha, murmurou:

– Um dia voltaremos, e muito melhor do que partimos.

Nesse instante, Carmen olhou para a irmã e, ao ver seus olhos lacrimosos, perguntou, sorrindo:

– Quem é a tonta agora?

Para não chorar, Loli respondeu:

– Ande, vá tomar um pouco de água.

– Ai, você é uma gracinha! – disse Teresa, sorrindo.

Com a mão trêmula, Carmen pegou a garrafinha esbranquiçada com um golinho de licor de anis – propriedade de uma passageira – que sua irmã lhe estendia. Não sabia o que estava acontecendo com ela. Estava contente com aquela viagem, ninguém a havia obrigado a fazê-la, mas ao escutar a letra daquela canção, deu-se conta de que, embora seu corpo ansiasse chegar a seu destino, seu coração havia ficado na Espanha.

Terminada a canção, todos os espanhóis que estavam no vagão aplaudiram. E após os aplausos, um silêncio geral os incitou a descansar.

Quando por fim o trem chegou à estação de Paris, um homem que segurava um cartaz com a palavra NUREMBERG os levou até alguns ônibus. Cruzaram aquela emblemática cidade até chegar a outra estação, onde pegaram o trem que os levaria definitivamente a seu destino: Alemanha.

4 *El emigrante.* Discmedi, S. A., interpretada por Juanito Valderrama. (N. da E.)

Depois de outra longa noite de viagem, um frio polar lhes deu as boas-vindas na estação de Nuremberg. Tudo estava coberto de neve e a temperatura era terrivelmente baixa.

– Mãe do céu – sussurrou Loli. – Aqui faz mais frio que em Navacerrada.

– Muitíssimo! – afirmou Teresa.

– Nem me fale – assentiu Carmen, batendo os dentes.

De novo um homem, dessa vez com um cartaz escrito SIEMENS, levou o grupo de espanhóis da Estação Central e, com um espanhol sofrível, foi chamando seus nomes e distribuindo-os em ônibus.

Inquietas por estar em um país estrangeiro, Carmen, Loli e Teresa, junto com outras mulheres, entraram no ônibus designado. Embora estivessem terrivelmente cansadas, não podiam deixar de observar com olhos curiosos tudo que havia ao redor.

O pouco que viram através da escuridão de Nuremberg parecia bonito, mas se notava que, depois da Segunda Guerra Mundial, precisava de renovação. O ônibus saiu da cidade e fez sua primeira parada. Ali, aquele que mal falava espanhol chamou algumas pessoas, que desceram do ônibus porque haviam chegado a seu destino.

– Como se chama o lugar aonde vamos? – perguntou Loli.

Carmen, ao ver o que estava escrito no papel, por fim o mostrou a sua irmã, dizendo:

– Para mim isto é grego.

Ambas riram. O idioma alemão era uma loucura.

Pouco depois, ao entrar em uma cidade, Carmen notou um letreiro com as mesmas letras que ela tinha no papel: BUCHENBACH. Sussurrou:

– Acho que chegamos.

O ônibus saiu da cidade e se dirigiu a um casarão enorme. Quando parou e as jovens desceram, Carmen murmurou:

– Meus pés estão congelados!

– Aqui faz mais frio que em Albacete. Deve ser assim o ano todo – riu Teresa.

– Vamos ficar com a pele toda rachada por causa do frio. Vamos, não parem – suspirou Loli.

Sem demora, elas e as demais garotas entraram naquela pensão para moças, onde uma mulher de aspecto severo e coque apertado foi distribuindo os quartos.

De braços dados, as irmãs e Teresa chegaram a um quarto onde havia oito beliches, que rapidamente foram ocupados. Depois de ir ao banheiro, que ficava fora do quarto, elas se deitaram, mortas de frio. Precisavam descansar.

Quando se levantaram, depois de desfazer as malas, as duas irmãs e Teresa desceram até o salão comunitário, onde, incrédulas, viram que ao fundo havia um aparelho de televisão.

– *Arrea*! Irmã Angustias diz que esse aparelho não é nada bom, e que se olhar muito, a pessoa pode ficar cega – sussurrou Teresa.

Todas riram, e Loli perguntou:

– E vamos poder ver algum programa espanhol?

– Com certeza – afirmou Carmen.

Estavam falando sobre isso, animadas, quando outra jovem disse em um espanhol muito peculiar:

– Não se entusiasmem. Só se veem canais alemães aqui.

As três a olharam, e, sorrindo, a jovem se apresentou:

– Sou Renata.

Renata era alta, muito alta. Morena, de cabelo longo e ondulado, olhos rasgados e escuros, e se vestia de um jeito muito moderno. Nada a ver com elas, que ao lado de Renata pareciam noviças.

Durante alguns segundos as três observaram mudas a garota, até que Carmen se aproximou dela e disse, também sorrindo:

– Muito prazer, Renata. De onde você é?

– Sou alemã.

– Alemã?! – exclamaram as três em uníssono.

– Mas os alemães não são louros? – perguntou Carmen.

Divertida, a garota olhou para elas e esclareceu:

– Também há alemães morenos, como eu. Meu pai era espanhol, especificamente de Múrcia, por isso falo o idioma de vocês; mas não sei escrever. E vocês, de onde são?

– Ai, gracinha, seu pai era de Múrcia? – aplaudiu Teresa. – Então, somos todos conterrâneos; eu sou de Albacete! A propósito, meu nome é Teresa e é um prazer conhecê-la, e...

– Nós somos de Madri – interrompeu Loli. – Somos irmãs e nos chamamos Mari Carmen e Loli.

– Mari Carmen sou eu, mas pode me chamar de Carmen! – disse a morena de cabelo curto com um sorriso agradável que Renata agradeceu.

Conversaram um pouco. Renata, assim como elas, trabalhava na fábrica da Siemens e, por circunstâncias da vida, alojava-se naquela pensão para moças.

Com prazer ela lhes falou sobre a pensão. Mostrou-lhes a lavanderia, a cozinha, onde cada uma preparava sua comida, e a sala do telefone, um lugar ao qual raras vezes se podia ter acesso devido ao custo das chamadas, mas aonde elas iriam assim que pudessem para ligar para a família e dizer que haviam chegado sãs e salvas à Alemanha.

Entre risos, Renata as apresentou a outras garotas. Eram de outros países. Russas, italianas e inglesas. Não falavam o mesmo idioma, mas o sorriso era uma boa linguagem universal, e com ele se entendiam.

– *Arrea*! Ela até fuma! Só falta a caneca de vinho – sussurrou Teresa ao ver que Renata abria a janela e acendia um cigarro.

Carmen não sabia o que dizer. Era a primeira vez que via pessoalmente uma mulher fumando. Até então, só havia visto as atrizes americanas ou Sara Montiel, no filme *A última canção*.

Loli e Carmen trocaram olhares, mas nenhuma das duas disse nada. Renata, ao ver como Teresa olhava para ela, após dar umas tragadas glamorosas de seu cigarro, apagou-o e, jogando-o na neve, comentou:

– Não se assuste por me ver fumando; é melhor se assustar com os sapatos horrorosos que você usa.

Essa resposta fez Carmen soltar uma gargalhada. Gostava de Renata.

Teresa não sabia o que responder, de modo que olhou para Carmen e murmurou:

– Meus sapatos são parecidos com os seus e os de sua irmã.

Teresa tinha razão. Comparar seus sapatos baixos, de cadarço e sola de borracha com as botas pretas de salto fino que usava aquela alemã era como comparar um espanhol com um americano. Nada a ver!

Sem querer entrar em debates, Renata disse que não havia horários na pensão. Podiam entrar e sair quando quisessem; mas a regra número um era que às sete da noite tinham que desligar o rádio nos quartos e não fazer muito barulho, para que as outras pudessem dormir. Na Alemanha se começava a trabalhar muito cedo.

– A que hora se janta aqui? – perguntou Loli.

– Às seis da tarde, ou até antes.

– Mas essa hora tomamos o lanche! – debochou Carmen.

Renata sorriu. Sem dúvida, aquelas jovens ainda não sabiam quanto teriam que trabalhar. Disse:

– Tudo depende de quão cansada você esteja e da vontade que tiver de dormir.

As recém-chegadas a olharam. Renata acrescentou:

– Aqui se acorda muito cedo e o trabalho é extenuante até você se acostumar. Acreditem ou não, vocês vão acabar dormindo cedo.

Teresa, que as escutava em silêncio, dirigiu-se à alemã e afirmou:

– Aí é que você se engana. Eu não deito tão cedo.

Divertindo-se com seu jeito de falar, que de certo modo lhe fazia recordar algumas coisas que seu pai dizia, Renata respondeu:

– Dê tempo ao tempo.

Depois de tudo esclarecido, as três jovens se agasalharam bem e decidiram sair. A quantidade de neve era impressionante. Elas nunca haviam visto nada igual. Ao sair, Carmen pegou um pouco de neve na mão e, fazendo uma bola, atirou-a em sua irmã, que protestou.

– Mas que tonta!

Cinco minutos depois deram início a uma guerra de bolas de neve, à qual se juntaram outras garotas que iam saindo da pensão. Todas riam enquanto brincavam.

Carmen sorriu, adorando tudo que a cercava. Sem dúvida, a Alemanha ia mudar sua vida.

2

Na segunda-feira, quando o despertador tocou, às 4h30 da madrugada, as jovens quiseram morrer. Estavam com sono, mas tinham que levantar. O trem passava às 5h45 na estação de Buchenbach e não podiam perdê-lo. Carmen olhou pela janela; estava tudo escuro, e ela pôde sentir a dureza exterior.

Como fazia frio na Alemanha!

Levantaram-se e, após esperar sua vez para usar o banheiro, desceram para tomar o café da manhã: uma caneca de leite com pão. Quando acabaram, agasalharam-se bem e seguiram as demais garotas. Todas iam trabalhar na fábrica da Siemens.

A estação de Buchenbach ficava a quinze minutos a pé da pensão. O frio era absurdo, mas a curiosidade por tudo aquilo as deixou animadas, e foram contentes para a fábrica.

Ao entrar no trem Carmen sorriu e, esfregando as mãos para se aquecer, disse:

– Precisamos de luvas.

– *Mamma mia*, que frio! – queixou-se Teresa.

– Vão precisar de luvas, gorro, umas boas botas e protetores de orelha – afirmou Renata.

– Vai ser a primeira coisa que vamos comprar quando recebermos o pagamento – disse Loli.

Depois de uma viagem de quase uma hora, chegaram a seu destino.

Ao chegar à fábrica, foram recebidas por um homem de cabelo claro, mais velho que elas, trajando terno escuro. Com ar profissional, ele se aproximou das mulheres e, estendendo a mão, disse em um espanhol quase perfeito:

– Prazer em conhecê-las. Meu nome é Hans Perez. Sou seu intérprete na fábrica, e...

– Você é espanhol? – perguntou Loli.

– Sou alemão – respondeu ele, sorrindo.

– Ai, que gracinha! – sorriu Teresa.

– Pois você fala muito bem espanhol – disse Carmen.

Com um sorriso agradável, ele explicou:

– Meu pai é espanhol.

Todas assentiram, e o homem continuou, divertido:

– Como dizia, sou intérprete de vocês para qualquer dúvida ou problema que tenham. Mas procurem se adaptar logo a seus trabalhos.

Dito isso, deu uma volta com elas pela fábrica e explicou que naquele setor se trabalhava em linha de produção, bobinando motores para aviões, caminhões ou contadores de luz, e que seus ganhos dependiam do esforço de seu trabalho.

Disse qual era o expediente: das sete da manhã às quatro da tarde. Às nove horas faziam uma pausa de quinze minutos para tomar o café da manhã, e ao meio-dia outra de trinta minutos para almoçar. A seguir, apresentou a elas seus chefes e lhes entregou uns uniformes, umas calças horrorosas cinza-escuras e blusa cinza-clara.

Tudo esclarecido, ele as levou até o setor onde os novatos aprendiam a bobinar os motores dos aviões. Embora fosse um trabalho nada fácil, elas se empenharam ao máximo para aprender, especialmente ao sentir o olhar duro de seu novo chefe, que, como era pequenininho e meio enrugado, as espanholas logo apelidaram de Garbancito![5]

Essa noite, assim que voltaram à pensão, às 18h30, foram se deitar sem jantar. O trabalho as deixara esgotadas.

No dia quinze, quando chegaram à pensão, à tarde, Carmen viu várias garotas correndo para a sala de televisão.

---

5 *Garbanzo* significa grão-de-bico em espanhol. *Garbancito* é o seu diminutivo. (N. da T.)

– O que está acontecendo? – perguntou, curiosa.

Teresa, que estava ao seu lado, pegou-a pela mão e disse, puxando-a:

– Venha, corra. Venha. Estão passando o casamento da espanhola Fabiola com Balduíno da Bélgica. Ai, que gracinhas!

Carmen a seguiu sem hesitar e se sentou no chão com outras garotas para ver o enlace real; Teresa sussurrou ao seu lado:

– Não é romântico?

– É.

Com um olhar sonhador, Teresa acrescentou:

– Um dia vou conhecer um homem carinhoso, atencioso e bom que vai me cortejar, me encantar, vai me pedir em casamento e me fazer feliz pelo resto da vida. Teremos filhos, se possível, cinco, depois as crianças vão crescer, meu marido e eu ficaremos velhinhos, as crianças vão se casar, depois vão me dar netos e...

– Teresa, mais devagar – debochou Carmen.

Renata, que a havia ouvido, sentou-se ao lado delas e disse:

– Eu nunca vou me casar.

– O que foi que você disse?!

Ao ouvi-las, Loli sorriu e afirmou:

– Eu quero me casar, sim. E espero que seja com um homem muito bonito, muito galante e que cuide de mim a vida toda.

Renata debochou dela, e Teresa, que queria ver o casamento, sussurrou:

– Ssshhh, caladas, não consigo ouvir!

Loli, Renata e Carmen se olharam com cumplicidade, sorriram e continuaram assistindo à cerimônia pela televisão.

O resto da semana foi igual. Acordar cedo, trabalhar, voltar para a pensão para tomar banho, jantar e dormir. Andavam tão cansadas que às vezes iam para a cama sem jantar. E Carmen sem escrever em seu diário.

Como no sábado não tinham que trabalhar, puderam dormir à vontade. Às dez horas, quando acordaram, lavaram os uniformes e decidiram ir ao supermercado que Renata indicara em Buchenbach, o vilarejo mais próximo. Precisavam se abastecer, pois a comida que haviam trazido da Espanha estava acabando.

Carmen, Loli e Teresa decidiram ir sozinhas fazer compras, porque Renata havia saído com um rapaz. Elas conheciam o caminho, pois o vilarejo ficava perto da estação de trem. Rindo, as três jovens foram ao mercado. Ao entrar e ler todos os cartazes em alemão, Loli sussurrou:

– Acho que devíamos ter esperado Renata para nos ajudar.

Carmen olhou para sua irmã e, revirando os olhos, respondeu:

– Menina, também não vai ser tão difícil comprar um pouco de comida.

Loli, surpresa com as palavras da irmã, incitou-a:

– Muito bem, linda, vamos, comece a comprar. Precisamos de xampu, latas de carne, pão, leite, biscoitos, batatas, e se encontrarmos frango será maravilhoso.

Com segurança, Carmen pegou uma cesta ao lado do caixa; a moça as olhou com curiosidade.

Sem sombra de dúvida, pensou ela, aquelas garotas eram da pensão para moças, e pelo sotaque e jeito de falar e mexer as mãos, eram espanholas ou italianas.

Loli e Teresa seguiram a decidida Carmen, que colocou na cesta leite, pão, xampu, biscoitos, latas de carne pronta e batatas. Depois, dirigiu-se ao balcão do açougue e, quando se aproximou, o homem que atendia disse:

– *Ja?*

As garotas se olharam; Loli sussurrou:

– O que foi que ele disse?

Teresa, com cara de susto, sussurrou:

– Ele está muito sério, não?

– Mãe do céu, vejam como ele olha para nós! – murmurou Loli.

Carmen, que até esse momento estava concentrada nos diversos tipos de carne que havia ali, levantou a cabeça ao ouvi-las.

– Ele disse "Sim". Lembrem: quando os alemães dizem "*Ja*", é simplesmente "Sim".

– Como ela é espertinha – debochou Loli, observando sua irmã.

– Menina, seu negócio são os idiomas – disse Teresa sorrindo e fazendo-as rir.

O homem, ao ver as três conversando e sorrindo, perguntou:

– *Spanien?*

Elas se olharam, e Carmen, segura do que dizia, respondeu:

– Sim... sim, espanholas!

Ele também sorriu. Não eram as primeiras espanholas que passavam por ali. Carmen, encorajada, acrescentou olhando para ele:

– Queremos *fran-go*.

O açougueiro pestanejou e ela repetiu lentamente:

– *Fran-go*.

Sem entender o que ela dizia, o homem começou a indicar as carnes que tinha. Tocava todas, menos a que elas desejavam.

– Acho que a coisa está ficando complicada – debochou Loli.

– *Fran-go*, gracinha, *fran-go*! – insistiu Teresa.

Mas nada, o homem não entendia. Então, Carmen gritou, para surpresa de todos:

– Có-có-ri-có!... Có-có-ri-có!

– Mas que maluca! – sussurrou Loli.

– Sem dúvida, seu negócio são os idiomas – debochou Teresa.

As três jovens caíram na risada. O homem perguntou:

– *Hähnchen?*

Carmen negou com a cabeça e repetiu lentamente:

– "Ranchen" não... quero Có-có-ri-có!

– *Hähnchen* – insistiu o homem.

A jovem suspirou, e ele, pegando um frango inteiro, repetiu:

– *Hähnchen!*

– Ahhh, "ranchen" é frango! Sim, sim.

Assentindo, olhou para as outras duas, que gargalhavam. Disse:

– Lembrem-se, frango é *"ranchen"*!

– *Hähnchen!* – corrigiu o homem.

– Tudo bem... *ranchen*... ou *raunchen,* ou como quiser... – riu Carmen, feliz.

Então, gesticulou para que ele entendesse que queria o frango cortado em quartos. Quando chegaram ao caixa para pagar, foi outra odisseia. A caixa apontava as latas de carne e dizia:

– *Das ist doch Hundefutter!*

– O que ela está dizendo? – perguntou Teresa.

– Sei lá – sussurrou Loli.

A caixa, com várias latas de carne na mão, negou com a cabeça. Carmen, pegando todas, afirmou:

– Sim, mulher, sim... queremos todas.

– Diga em alemão, ou ela não vai entender – sugeriu Teresa.

Carmen, sem soltar as latas, disse com ênfase:

– *Ja! Ja!* Sim, que saco! *Ja!*

Quando por fim a caixa se deu por vencida, colocou as latas em uma sacola. Depois de fechar a conta de todos os produtos, tornou a falar em alemão.

– Bem – sussurrou Loli. – Acho que ela acabou de dizer quanto temos que pagar em marcos.

Com paciência, a caixa repetiu o que havia dito. Por fim, Carmen, agoniada, estendeu sua carteira.

– O que está fazendo? – protestou Loli.

– O mais prático. Não sei o que ela está dizendo nem sei mexer com dinheiro alemão. Portanto, ela que pegue o que for e pronto.

– Mas e se ela pegar a mais? – perguntou Teresa.

Carmen, que era uma alma cândida, deu de ombros e respondeu:

– Então, terá me enganado como uma tola. Mas não posso fazer nada enquanto não entender o câmbio de pesetas para marcos e o idioma.

Depois que a caixa lhe entregou o troco, as jovens voltaram à pensão carregando as sacolas. Haviam feito sua primeira compra sozinhas na Alemanha.

Enquanto faziam a comida, Teresa murmurou:

– Santíssimo Cristo da agonia, que cheiro maravilhoso!

– Estou faminta – disse Loli.

A cozinha da pensão começou a encher; ao ver o que elas estavam cozinhando, várias garotas começaram a sorrir e a apontar para elas. Isso chamou a atenção de Carmen, que perguntou à irmã:

– Do que essas bobas estão rindo?

Loli, que mexia a carne na panela, olhou para as garotas a quem Carmen se referia e deu de ombros.

– Não faço ideia.

Teresa, que assim como elas se sentia o centro das atenções, sussurrou, olhando para uma das garotas:

– Não me encha o saco, italiana.

Durante um tempo continuaram preparando a comida, sob o atento olhar das outras. Até que chegou Renata, que, ao ver a lata que Carmen tinha nas mãos, pegou-a e perguntou:

– Vocês vão comer isto?

Carmen assentiu.

– Sim. Carne com molho.

Renata soltou uma gargalhada, e as mulheres que estavam na cozinha riram com ela. Teresa, Loli e Carmen se olharam, e Renata esclareceu:

– É carne, sim, mas para cachorro. É sério que vocês vão comer isso?

– *Arrea*!

– Nãããooo! – gritou Loli.

Carmen olhou para Renata boquiaberta. Agora entendia por que todas olhavam para elas e sorriam. Então, rindo, disse:

– Como somos idiotas! Era isso que a moça do caixa queria nos dizer. Que era comida para cachorro!

– Se bem que o que não mata, engorda – murmurou Teresa com cara de nojo, contemplando a panela que Loli tirava do fogo.

Nesse dia, na marra, aprenderam a diferenciar as latas de carne para cachorro das de carne para humanos. Se bem que, como comentou mais tarde uma garota italiana, ela havia comido no primeiro dia e não havia morrido. Mais tarde, mostraram suas compras a Renata e descobriram que em vez de xampu para cabelo haviam comprado detergente para a lavadora de roupas. Isso as fez gargalhar de novo.

Passaram-se três semanas, e além do valor do marco naquele país, Renata lhes ensinou a comprar comida. Com paciência, treinou com elas algumas palavras em alemão; as mínimas, para poderem sobreviver.

Elas tentavam ligar para a Espanha um domingo por mês, para a casa da senhora Manolita, a única do quarteirão que tinha telefone em casa.

Quando ligavam, a família já estava esperando, e durante alguns minutos podiam falar com eles e lhes contar como ia a vida na Alemanha. Ouvir suas vozes, e em especial ouvi-los rir com as coisas que elas contavam, recarregava suas energias.

– Deixe-me falar com papai – pediu Carmen, tirando o telefone de sua irmã. – Papai!

Miguel, ao ouvir a voz de Carmen, sorriu e perguntou:

– Tudo bem por aí, filha?

– Tudo muito bem, papai. Meus dedos estão meio esfolados de trabalhar, mas não se preocupe com nada.

Durante alguns minutos ela falou com ele. Despediu-se e desligou. E ao ver a cara de sua irmã, perguntou:

– E essa cara de bunda?

Loli se queixou:

– Da próxima vez, antes de desligar deixe eu me despedir também.

Carmen se desculpou.

– Tudo bem... você tem razão. Da próxima vez prometo deixar você se despedir.

No sábado seguinte, à tarde, decidiram ir a uma discoteca em Buchenbach onde costumavam ir as jovens da pensão. Chamava-se Ramona, e o melhor, era grátis para mulheres!

Com seus melhores sapatos, a melhor saia plissada e penteadas com recato, às seis da tarde, Carmen, Loli e Teresa entraram na discoteca com outras colegas da pensão. Renata havia marcado com um rapaz e chegaria mais tarde.

O ambiente era igual ou parecido ao que se costumava encontrar na Espanha. A diferença era que ali todos os homens eram louros, de olhos e pele claros, e não se ouvia música espanhola, e sim sucessos de Elvis Presley e Paul Anka.

– Veja essas aí, que descaradas! – sussurrou Teresa, apontando para umas garotas.

Ao olhar para onde Teresa apontava, Loli sussurrou:

– Estão de calça cigarrete e blusa amarrada na cintura. Se mamãe as visse, ficaria escandalizada.

Carmen as observou com curiosidade. Dando de ombros, disse:

– É o que se usa.

– Veja só, que moderna! – debochou Loli.

Sua irmã sorriu e insistiu:

– Aqui é a Alemanha, não a Espanha, o que vocês queriam?

– Mas não acham que elas estão muito descaradas? – insistiu Teresa sem tirar os olhos das jovens.

– Eu gosto dessa moda – afirmou Carmen.

Mas ao ver a expressão de Teresa, perguntou:

– Que foi, menina?

Sua amiga não respondeu. Irmã Angustias, a freira que a havia criado, não ia gostar nada de vê-la vestida assim. Respondeu:

– Ainda acho que são umas descaradas.

Carmen sorriu. Sabendo o que Teresa pensava, insistiu:

– Entendo que sua freira não goste de calças, mas, pelo amor de Deus, Teresa, você pensa igual?

Por fim a jovem sorriu e, suspirando, respondeu:

– Sou uma pecadora. Eu gosto!

Ao ouvi-la, Carmen soltou uma gargalhada.

– Assim que puder, vou comprar uma calça dessas – afirmou.

– Mari Carmen! – protestou Loli.

Durante alguns minutos as duas irmãs discutiram sobre aquilo; e então, Teresa, que se escandalizava com tudo, exclamou:

– Bendito seja Deus, elas também fumam!

– E daí? – perguntou de novo Carmen, que não era tão impressionável.

Teresa, afastando o cabelo do rosto, respondeu:

– Podem me chamar de antiquada, mas não é bonito uma mulher fumar.

Carmen ia falar, mas justo nesse momento começou a tocar *The Twist*,[6] de Chubby Checker, e um jovem alemão se aproximou e lhe perguntou, por gestos, se ela queria dançar. Sem hesitar, ela aceitou. E diante da cara de surpresa das outras duas, foi para a pista de dança.

Feliz e sorridente, dançou aquela canção mexendo os quadris e os ombros. Quando acabou, começou a tocar *You're Sixteen*,[7] de Johnny Burnette, e ela continuou dançando com vontade. Queria se divertir.

Meia hora mais tarde, depois de dançar várias outras canções, Carmen se juntou de novo a Teresa e sua irmã e se dirigiram ao balcão.

– Vamos pedir umas canecas de vinho? – propôs Teresa.

– Acho que não servem canecas de vinho aqui – respondeu Loli.

Rindo, por fim pediram sucos. Quando estavam bebendo, uns rapazes meio embriagados as empurraram. Teresa, voltando-se para eles, gritou:

– Idiotas!

E ao ver que eles nem olhavam para ela, afirmou:

– Esses alemães são mais brutos que o pessoal de minha cidade.

– Em sua cidade eles são bonitos assim? – debochou Loli.

– Loli, por Deus! – replicou Teresa.

---

6 *The Twist*, Fort Knox Music Co., Armo Music Corp., Fort Knox Music Inc., Sony/ATV Songs LLC, Lark Music Inc., Trio Music Company, Trio Music Co. Inc., interpretada por Chubby Checker. (N. da E.)

7 *You're Sixteen*, All American Summer, interpretada por Johnny Burnette. (N. da E.)

Carmen balançou a cabeça, divertida. Sem sombra de dúvidas, o fato de Teresa ter sido criada por freiras a tornava muito impressionável e tudo a surpreendia. Aqueles jovens não haviam sido delicados, certo, mas também não se podia generalizar. Ela havia dançado com dois alemães de excelentes modos.

– Olá, meninas, como está isto aqui?

Ao ouvir a voz de Renata, as três amigas se voltaram. Loli perguntou:

– E seu namorado?

A recém-chegada sorriu e, dando uma piscadinha, respondeu com segurança:

– Eu não tenho namorado.

Loli olhou para ela e, recordando algo que sua mãe dizia quando se surpreendia, murmurou:

– Jesus Maria José, aquele menino não era seu namorado?

– Não.

– Mas, então, quem era o rapaz que estava sugando seu estômago quando saiu da pensão? – perguntou Teresa.

– Sugando meu estômago? – riu Renata. – Que expressão é essa?

Carmen soltou uma gargalhada.

– Quer dizer beijar.

– Um amigo – afirmou a alemã, olhando para Teresa com segurança.

Ouviu-se um "Ohhhh!" geral por parte das três espanholas quando Renata, acendendo um cigarro, acrescentou:

– Meninas, diferente de vocês, já disse que não quero nem namorado nem marido.

Ficaram um tempo falando sobre isso. Renata confessou que havia tido um namorado de vários anos em Hannover, e que, no fim, ele a deixara da noite para o dia e se casara com outra porque tinha mais dinheiro que ela. Foi tamanha sua decepção que ela jurou nunca mais namorar na vida. Isso as impressionou.

Ao notar que Teresa a fitava sem pestanejar, a jovem perguntou:

– Que foi?

– Desde quando você tem essa calça?

A morena alemã e de quase um metro e oitenta se agachou e respondeu:

– Desde que a comprei.

E ao ver que Carmen contemplava a calça, disse:

– Eu a emprestaria, mas acho que ficaria grande.

– É linda – afirmou a jovem.

– Mas marca tudo! – sussurrou Teresa.

Renata soltou uma gargalhada. Dando uma voltinha, replicou:

– É o que se usa, Teresa. É confortável, eu gosto e me sinto bem com ela.

– Este mês não, mas mês que vem, quando receber – disse Carmen –, quero comprar um rádio para ouvir música na pensão, e uma calça como essa, mas azul-marinho. Você sabe onde vendem?

– Mari Carmen! – protestou Loli. – Se mamãe souber, vai ficar brava.

A jovem olhou para sua irmã; sem vontade de discutir, replicou:

– Você vai contar?

Loli sorriu. Carmen disse:

– Cuidado com o que vai contar. Você não vai querer que mamãe saiba que entre você e Pepito da adega houve mais que uma linda amizade.

Às nove da noite, nem um minuto a mais, as jovens da pensão para moças deram por finalizada a noite de baile e voltaram para casa. Tinham um bom trecho pela frente e precisavam preparar os uniformes para segunda-feira.

Antes de se deitar, Carmen pegou seu diário e escreveu:

A Alemanha é diferente da Espanha, e não só pelo idioma e pelos homens louros de claros olhos azuis que nos olham surpresos. Aqui as mulheres se comportam de uma maneira que na Espanha seria tachada de indecente; mas embora pegue mal, eu gosto que as mulheres sejam assim. (Nem quero imaginar os rosários que mamãe rezaria aqui por tanta alma perdida.)

Teresa se surpreende com tudo e Renata com nada. Cada uma, com seu jeito peculiar de ser, é autêntica e me faz sorrir.

A propósito, quero comprar uma calça cigarrete, e tenho certeza de que Loli também.

O mês de treinamento acabou, e as três jovens tentaram se empenhar ao máximo no novo emprego. Mas trabalhar em linha de produção era complicado. Exigia precisão e rapidez, e elas não estavam no mesmo nível que as outras garotas que faziam o mesmo na fábrica.

Desesperadas, tentaram se concentrar no que faziam, mas era impossível seguir o ritmo de suas colegas.

– Não consigo... puxa vida, não consigo! – queixou-se Loli.

– Cale-se e continue – urgiu Carmen, ciente de que estavam sendo observadas.

O chefe delas, *Garbancito*, fitava-as com expressão séria enquanto gritava em alemão de maus modos.

– O que Garbancito está rosnando? – perguntou Teresa.

– Não faço ideia, e acho que é melhor não saber – disse Carmen, e sorriu disfarçadamente. – Mas imagino que deve estar bravo porque devolveram outra vez o que fizemos.

Às 16h30, quando tocou a sirene anunciando o fim da jornada de trabalho, Carmen esfregou as mãos.

– Hoje é dia de pagamento! E poderemos fazer compras.

Felizes com a ideia, foram encontrar Renata, que trabalhava em outra seção da fábrica, e entraram na fila para receber o salário. Elas recebiam quinzenalmente. Quando Carmen assinou um papel, orgulhosa, e lhe entregaram seu envelope, sua expressão mudou ao abri-lo e ver o que havia dentro.

– Com isto não dá nem para comer este mês. Adeus rádio e calças.

As outras duas, ao abrir seus envelopes, disseram a mesma coisa. Aborrecidas e de mau humor, foram pedir explicações. No escritório, Renata lhes serviu de tradutora; disseram que tinham que falar com Hans, o intérprete, mas ele já havia ido embora.

Contrariadas e irritadas, foram para casa, cientes de que com o que haviam recebido não poderiam viver.

Depois de um fim de semana conversando sobre o que fazer para resolver o terrível problema, na segunda-feira, quando chegaram à fábrica, ficaram de costas para a linha de produção, de braços cruzados. Carmen disse:

– Estamos em greve.

Suas colegas, jovens de outros países, olhavam-nas sem entender nada. Aquelas três espanholas, as últimas a chegar, negavam-se a trabalhar.

Durante alguns minutos muitas daquelas estrangeiras e alemãs lhes faziam sinais dizendo que tinham que trabalhar, que senão podiam se meter em encrenca; mas elas, muito dignas e seguras do que estavam fazendo, insistiam.

– Não. Não vamos trabalhar. Estamos em greve.

Minutos depois chegou Garbancito. Ao vê-las, começou a cuspir palavras.

– Acho... acho que é melhor começarmos a trabalhar – murmurou Teresa, assustada.

– Nem pensar. Deixe-o latir – debochou Loli.

O homem, pequeno, mas valentão, vendo que não o entendiam, gritava e gesticulava. Carmen, a mais decidida de todas, fitava-o e dizia:

– Não vamos trabalhar! Com o que recebemos não dá para viver!

A confusão aumentava ali a cada segundo. Nunca ninguém havia feito greve na fábrica, e menos ainda recém-chegadas. Avisaram Hans Perez, que logo chegou.

Ao chegar e vê-las de costas para a linha de produção e de braços cruzados, suspirou.

Durante alguns minutos escutou os gritos de Garbancito, até que, aproximando-se, perguntou:

– Muito bem, o que está acontecendo?

Sem sair do lugar, Carmen respondeu:

– Hans, nós não podemos trabalhar nesta linha de produção.

– Por quê? – perguntou o homem, confuso.

– Trabalhar aqui – prosseguiu Loli – requer muita precisão, e nós não temos a experiência das demais garotas.

– Na sexta-feira recebemos, e isso e nada é a mesma coisa! – murmurou Teresa com um fio de voz.

Surpreso e incrédulo, e vendo que o chefão gritava de novo, Hans disse:

– Meninas, vocês foram as últimas a chegar!

– Nós sabemos – disse Loli. – Mas estamos aqui para ganhar dinheiro, não para perder; e menos ainda para que Garbancito fique gritando conosco o dia todo.

Hans, ao entender que "Garbancito" era o chefe, sussurrou:

– Vou fazer de conta que não ouvi como chamaram o sr. Schröeder, senão vocês podem se meter em uma bela confusão.

– *Arrea*! – murmurou Teresa.

– Ele é um amargurado, não vê? – replicou Loli.

Hans revirou os olhos. Quando ia responder, Carmen se antecipou:

– Hans, nós queremos trabalhar, e garanto que vamos trabalhar duro. Mas queremos trabalhar onde possamos ganhar dinheiro, não onde o percamos e façamos a empresa perder também; é tão difícil de entender?

Gostando ou não, as garotas tinham razão. Olhando para elas, Hans falou com o alemão irritado, que por fim disse:

– Tudo bem. Desta vez, vocês venceram. Vamos tentar colocá-las em outros departamentos, mas não ficarão juntas, entendido? – traduziu Hans.

As três se olharam. Não se importavam de ficar separadas durante as horas de trabalho, desde que ganhassem para viver. Após assentir, Hans e o chefe foram embora. No dia seguinte, quando chegaram, as jovens foram mandadas a lugares diferentes. Carmen, feliz em seu novo posto com as placas para fazer contadores, sabia que agora sim ganharia dinheiro suficiente para viver.

Os dias se passaram, e pouco a pouco as jovens foram se acostumando ao trabalho e à vida na Alemanha. Comiam salsichas, peixe defumado, repolho, e bebiam a deliciosa cerveja do país aos fins de semana, quando saíam e se divertiam.

Com o segundo salário, Carmen comprou um rádio. Ela adorava ouvir música, e agora podia cantar e dançar em seu quarto com suas amigas.

Com o salário seguinte, por fim comprou uma calça cigarrete azul-marinho, e Loli uma verde-garrafa. Teresa no começo se negou, mas depois de experimentar algumas e sentir a liberdade que aquela peça de roupa lhe dava, cedeu e comprou uma também.

Renata, que andava bem por Nuremberg, levava-as para fazer compras em lugares incríveis. Ela era de Hannover, mas conhecia muito bem a cidade onde residia. Em Hannover vivia em um sítio com os pais, um lugar que a asfixiava, acima de tudo pela teimosia de seu pai, que não lhe permitia ter iniciativa. Para ele, ela era apenas uma mulher, e só devia obedecer e trabalhar. Por isso, quando acontecera aquilo com seu ex-namorado, ela decidira ir embora, para desgosto de seus pais. E fora assim que chegara a Nuremberg dois anos antes.

Um sábado, depois de uma manhã na capital onde Renata comprou lindas luvas vermelhas de couro e um belo lenço de seda bege, entraram em um curioso restaurante.

Quando acabaram de comer umas deliciosas salsichas, Carmen olhou para Renata e disse:

– Deixe-me vê-las de novo, acho que estou apaixonada!

Divertida, a alemã pegou as luvas vermelhas de pelica que havia comprado no bazar de segunda mão. Carmen, tocando-as, murmurou:

– Que raiva de não as ter visto primeiro. São umas gracinhas.

Renata soltou uma gargalhada.

– Vocês podem usá-las quando quiserem.

Loli, com o lenço de seda bege nas mãos, disse:

– É uma maravilha de lenço. E como disse minha irmã, que raiva por não o ter visto primeiro!

Acabaram de comer entre risos, e então um grupo de rapazes se aproximou. Eram militares americanos e falavam espanhol. Conversaram um pouco com eles, divertidas, até que Renata, obrigando-as a sair dali, disse:

– Fiquem longe dos americanos.

– Nossa... mas são mais gostosos que churros com chocolate.

– Teresa! – riram Loli e Carmen ao ouvi-la.

Já fazia algumas semanas que a jovem que tanto se assustava com tudo havia deixado de fazê-lo. Olhando para elas, respondeu, divertida:

– Dormindo no mesmo quarto que vocês, estou me modernizando.

– O que você andou bebendo? – perguntou Renata, rindo.

Mas logo ficou séria e repetiu:

– Como disse, fiquem longe dos americanos.

– Por quê? Parecem simpáticos – disse Loli.

Renata, mais experiente em homens que elas, disse:

– Ouçam, esses americanos só querem uma coisa das mulheres. E quando conseguem, não lembram nem o nome delas.

– Por que está dizendo isso? – perguntou Carmen, curiosa.

Renata, ajeitando o cabelo, olhou para dentro do restaurante, onde aqueles rapazes continuavam rindo em grupo. Disse:

– Conheci uma francesa, em outra pensão onde estive, que se deixou enrolar por um deles, e quando ele conseguiu o que queria, não quis mais saber dela.

– Que canalha! – sentenciou Teresa.

Renata assentiu e, dando o braço para a garota, insistiu:

– Lembrem-se, dos americanos, quanto mais longe, melhor.

Carmen achou engraçada essa advertência, mas se calou. Para ela, os homens americanos, alemães ou espanhóis eram a mesma coisa. Seus olhares, às vezes descarados, davam a entender o que buscavam, e sem titubear afastava-se deles.

Chegou o Natal, e não existia nenhuma possibilidade de voltarem à Espanha para passá-lo com a família. O preço da viagem de avião era muito alto, e de trem ou ônibus perderiam muitos dias de ida e volta. Por isso, na véspera de Ano-Novo as quatro amigas foram jantar em um bar em Buchenbach.

– Um brinde a nós – disse Loli. – Que o ano que chega seja muito melhor que o que acaba.

As amigas brindaram. Teresa, meio triste por recordar as freiras do orfanato, murmurou ao ver Carmen enxugar as lágrimas:

– Um brinde às pessoas que nos amam e que, mesmo longe, estão em nosso coração.

Comovidas, tornaram a brindar. Renata, para tentar fazê-las rir, disse:

– Que da próxima vez que nós quatro voltemos a brindar com champanhe, nenhuma chore, e se chorar, que seja de felicidade.

Algumas horas e duas garrafas de champanhe barato depois, voltaram à pensão com uma bebedeira considerável, chorando de saudades de seus familiares.

3

O aniversário de Carmen era dia 6 de fevereiro, e as quatro garotas comemoraram em grande estilo. Carmen fazia 21 anos, e oficialmente era maior de idade.

Em março, decidiram deixar a pensão para moças e procurar algo mais perto de Nuremberg e da fábrica onde trabalhavam.

Por meio de uma amiga alemã de Renata, logo encontraram uma solução excelente. Uns tios dessa amiga tinham uma casa enorme no subúrbio de Schwabach e estavam procurando inquilinos de confiança. Então, foram vê-la.

– O que vocês acham? – perguntou Renata no meio da sala.

Loli e Teresa deram de ombros, e Carmen, olhando pela janela, disse:

– Não se pode dizer que a vista seja a melhor do mundo.

Todas sorriram. Da janela se via um cemitério. Renata disse:

– É, mas pelo menos sabemos que os vizinhos não vão fazer barulho.

– Não diga isso, Renata – reclamou Teresa. – É um campo santo.

Sua amiga revirou os olhos. Carmen, ao vê-las, interveio com um sorriso:

– É brincadeira, Teresa. Um pouquinho de senso de humor, minha filha.

– Como diria nosso pai – acrescentou Loli para suavizar o momento –, temos que temer mais os vivos que os mortos.

– Com isso eu concordo – assentiu Teresa.

A casa estava mobiliada. Quatro quartos, uma sala grande com televisão, dois banheiros, um deles com banheira. Aquilo representava um grande luxo depois de viver na pensão para moças.

Quando as garotas decidiram, Renata falou com os donos, Anita e Josef, e chegaram a um acordo: as quatro ficariam no primeiro andar, e eles, os senhorios, no térreo. Quinze dias depois, as jovens se mudaram para o novo lar.

Sem dúvida, foi uma decisão acertada e tudo era perfeito. Tinham até verduras frescas que os senhorios lhes davam quando as colhiam de sua própria horta, e elas agradeciam com um grande sorriso.

Anita tinha o dobro da idade delas, mas, por sua expressão sempre risonha, via-se que devia ser encantadora. Às vezes, à tarde, quando Carmen chegava do trabalho, se visse Anita sentada tricotando, ou na cozinha preparando alguma coisa, descia até a casa dela, e apesar de não poderem se comunicar bem com palavras, faziam-no com olhares e gestos.

Logo se criou um vínculo especial entre elas, e rara era a sexta-feira em que a mulher não fazia uma torta de queijo com framboesas para as garotas. Especialmente porque sabia que Carmen gostava.

A proximidade de Nuremberg fez que visitassem a cidade com assiduidade aos fins de semana. Era mais bonita do que elas haviam pensado a princípio. Nos dias livres, incentivadas por Teresa, visitavam lugares como a igreja de São Sebaldo, de São Lourenço ou Santa Martha – algo que deixava Renata entediada, mas que Teresa adorava. À noite, para compensar, iam dançar nos locais da moda, onde Renata se divertia e Teresa também aproveitava.

Naqueles passeios por Nuremberg cruzavam com centenas de militares americanos. Jovens que, como elas, queriam se divertir e rir; mas, seguindo o conselho que meses atrás Renata havia lhes dado, fugiam deles. Renata, que no sítio de seus pais dirigia um trator, depois de economizar um pouco comprou um fusca amarelo velho e descascado. Esse veículo deu às jovens mais liberdade.

Certa tarde, voltando da cidade, chovia a cântaros. Era a primeira vez que uma chuva assim pegava Renata ao volante. Por isso, ela olhou para as amigas e disse:

– Vou devagar, tudo bem?

Elas assentiram, preocupadas, em especial ao ver a expressão contrariada de Renata. A estrada que tinham que pegar para Schwabach não era muito boa, e a chuva era chata e incessante.

– Está chovendo muitíssimo! – disse Teresa.

– Está parecendo uma noite de Toledo – murmurou Loli olhando para fora.

Carmen, que estava na frente com a alemã, ao ver os punhos apertados de Renata intuiu o nervosismo que a amiga sentia. Disse enquanto a observava:

– Fique calma, você está indo muito bem.

A garota sorriu, mas com a geada e a chuva estava muito tensa. Subitamente, viu o veículo atrás delas fazer um movimento estranho, e antes que pudesse abrir a boca, foram abalroadas. As garotas gritaram.

Por vários metros o carro rodou descontrolado no gelo da estrada, até que bateu em uma árvore e parou.

Durante uma pequena fração de segundo nenhuma delas disse nada. E então, ouviram a voz de Teresa perguntando, assustada:

– Vocês estão bem?

Loli, que estava ao seu lado, assentiu. E então, gritou assustada:

– Mari Carmen... Mari Carmen!

Levando a mão à testa, Carmen murmurou:

– Loli, calma, estou bem.

Ela estava tremendo. O que havia acontecido? Ao olhar para Renata e vê-la imóvel e caída sobre o volante, gritou:

– Renata!

A garota não se mexeu. Alarmada, Carmen tentou abrir a porta. Não conseguiu. A árvore que as havia feito parar a impedia. Desesperada, tentou achar uma solução. Aquele veículo só tinha duas portas, e pela de Renata não podiam sair.

Ao olhar para frente, viu o para-brisa rachado devido ao impacto; sem hesitar, deu-lhe um murro e o quebrou em mil pedaços.

– O que está fazendo?! – gritou Loli, assustada.

Sem olhar para a irmã, e apesar do frio intenso, Carmen tirou o casaco, estendeu-o como pôde sobre o capô do carro e os cacos de vidro e disse:

– Temos que sair por aqui. Não dá para abrir a porta, e Renata não está bem.

– Ai, meu Deus! – soluçou Teresa.

Carmen saiu pela parte frontal do carro, com cuidado para não se cortar; a seguir, ajudou Loli, e depois Teresa. O veículo que havia batido nelas estava parado alguns metros mais atrás. Dele saiu um homem de idade avançada, que correu para elas gritando algo em alemão que as três não entendiam.

Sem olhar para ele, Carmen foi correndo em direção à porta de sua amiga para abri-la. Tinha que tirar Renata dali. Mas com o nervosismo, o frio, a tremedeira do momento e a chuva era impossível. O idoso, tão assustado quanto elas, também tentou abrir a porta, mas nada, estava travada.

Depois de dizer algo em alemão, o homem correu de novo para seu carro, enquanto Loli e Teresa choravam, assustadas. Carmen, com as mãos tremendo, subiu de novo no capô do veículo. Mexeu em Renata com delicadeza e, aliviada, viu que respirava.

– Vamos tirar você daqui. Vamos tirar você daqui – sussurrou, já quase chorando.

Nesse instante, Renata se mexeu, abriu os olhos e, olhando para Carmen, murmurou:

– Eu sei... eu sei... Vocês estão bem?

Ao ver que Renata se mexia, olhava para ela e, acima de tudo, falava, Carmen sorriu aliviada, enquanto o ancião se aproximava segurando uma barra de ferro. Ele a enfiou pela ranhura da porta e começou a fazer alavanca. Mas nada. Não conseguia abri-la.

Desesperada, Carmen olhou para Renata, que pouco a pouco recuperava a consciência. Dando-lhe um beijo rápido na testa, disse ao ver que um furgão parava para socorrê-las:

– Vou tirar você daqui de qualquer jeito.

Desceu do capô do carro dando um pulo, tremendo. Chovia cada vez mais. Quando chegou onde estavam sua irmã e Teresa, tirou a barra de ferro da mão do velho. E sem esperar que os dois homens que chegavam correndo a ajudassem, começou a fazer alavanca com todas as suas forças, até que a porta do fusca se abriu e ela caiu para trás.

Ao chegar a elas, os homens rapidamente ajudaram Renata a sair do veículo. Por sorte, ela estava bem, só havia sofrido um desmaio momentâneo. Quando Carmen se levantou da poça onde havia caído, Renata a abraçou sorridente e murmurou:

– No fim, vou ter que lhe dar as luvas vermelhas de couro de presente.

Ambas riram. A sorte as havia acompanhado, e não havia acontecido nada que não se pudesse remediar. O carro era coisa material e substituível, mas elas não.

Minutos depois, após acalmar o senhor idoso que as havia acertado, e de ele explicar a Renata pela enésima vez que seu veículo havia derrapado na chuva e no gelo, os homens do furgão levaram todos ao hospital mais próximo, onde foram atendidos, e, por sorte, disseram que estavam bem.

Um mês depois já haviam esquecido o incidente, e Carmen e Renata foram à oficina de um conhecido dela para buscar o carro. Com o fusca em casa, e recuperada a liberdade de ir e vir, as garotas não tornaram a falar do acidente. Era melhor esquecer.

Todos os sábados iam tomar café com leite no mesmo lugar, e Loli buscava com o olhar um jovem alemão que trabalhava ali e a agradava. Era alto e louro, de olhos azuis, e sempre que a via sorria.

Um desses sábados, o garoto, acompanhado por três rapazes, esperou no balcão até que viu chegar a jovem que havia chamado sua atenção. Incitado por seus amigos, ele se aproximou de Loli e, estendendo a mão, disse:

– Leopold.

Ela olhou para ele; estava se apresentando!

Teresa sussurrou, divertida:

– *Arrea*! Ele tem o nome do padre de minha igreja.

O garoto começou a falar, e Loli, com cara de vaso, buscou Renata com o olhar. Precisava de ajuda, e sua amiga lhe serviu de tradutora.

Leopold, contente por poder vencer aquela barreira que os separava, disse a seus amigos que se aproximassem; depois de propor a Renata que fossem todos dançar juntos, saíram do café e foram a um lugar próximo.

Depois de chegar ao local e pedir uns sucos, Loli se afastou de sua irmã e das outras e foi para a pista dançar com Leopold.

– Olhe para ela – comentou Carmen –, de calça cigarrete e flertando com um alemão. Se minha mãe souber, vai trancá-la em casa e fazê-la rezar vinte rosários.

Todas riram. Pouco depois, até Teresa estava na pista, divertindo-se, dançando um *twist* com um dos rapazes.

Uma hora depois, um grupo de americanos entrou no local, e enlouquecidos, correram para a pista para dançar *rock and roll* com as garotas que iam pegando pelo caminho.

– Mãe do céu, como se mexem bem! – exclamou Carmen.

Renata olhou para eles. Não podia negar, os reis da pista nessa modalidade eram os americanos. Enquanto isso, os alemães assistiam meio receosos por vê-los se aproximar de suas garotas. Teresa, contemplando as piruetas que algumas delas faziam, sussurrou:

– Mãe santíssima, acabei de ver o traseiro daquela de vestido azul-claro.

Carmen sorriu e não disse nada. Aqueles jovens queriam se divertir, dava para ver isso nos rostos e nos gestos.

Nesse momento, pelas caixas de som do local Neil Sedaka cantava *Oh! Carol*.[8]

– Adoro essa canção! – disse Carmen, começando a cantá-la do seu jeito. Seu inglês era mais que péssimo.

8 *Oh! Carol*, Ap Music Ltd., interpretada por Neil Sedaka. (N. da E.)

Renata, indicando Loli, que gesticulava com as mãos diante do alemão chamado Leopold, perguntou:

– Do que será que estão falando?

Divertida, Carmen olhou para sua irmã.

– Quem sabe? – respondeu.

Durante vários sábados se encontraram com aqueles rapazes alemães. Loli havia começado um relacionamento com o tal de Leopold, enquanto Teresa parecia se dar muito bem com outro deles.

Mas, um mês depois, o romance entre Loli e Leopold acabou e o de Teresa nem chegou a começar. Aquilo não tinha pé nem cabeça, e os dois grupos deixaram de se encontrar.

Vários sábados depois, certa noite que haviam ido dançar e estavam indo para o estacionamento pegar o carro de Renata, ao passar pela Estação Central de Nuremberg, Teresa ouviu alguém a chamar. Ao se voltar, ficou boquiaberta ao ver uma garota do mesmo orfanato onde havia sido criada correndo para ela.

– Teresa... Teresita, que alegria vê-la!

– Meu Deus, Luisi, o que está fazendo aqui? – exclamou Teresa, trocando com ela um grande abraço.

Durante alguns minutos falaram sem parar, enquanto Renata, Carmen e Loli as observavam. Quando Teresa olhou para elas, disse emocionada:

– Meninas, venham até aqui, quero lhes apresentar Luisi.

Elas a cumprimentaram com prazer, e a jovem disse que estava com um grupo de espanhóis, imigrantes como elas, passando o dia em Nuremberg. Nesse momento, ao ver Renata fumar, Luisi a olhou de cara fechada e se voltou para Teresa, que revirou os olhos. Esses gestos não passaram despercebidos por ninguém, mas Renata, que era uma mulher segura, não estava nem aí. Continuou fumando como se não fosse nada.

Antes de se despedir, Luisi as convidou a ir a uma festa no sábado seguinte, nos barracões onde morava. Com o carro de Renata seria fácil chegar lá.

Depois de uma semana de trabalho intenso, no sábado, às quatro da tarde, as jovens se despediram de Anita, a senhoria, entraram no carro e foram para a festa. Ao chegar ao local, ficaram horrorizadas. Os barracões onde aqueles espanhóis estavam alojados eram muito desconfortáveis. Como podiam viver ali?

Aquele lugar frio e feio não tinha nada a ver com a pensão para moças onde elas haviam ficado, ou com a casa que alugavam as quatro juntas. Elas ficaram tristes com a situação precária dos espanhóis e, uma vez mais, perceberam como tinham sorte.

Sem dizer nada, chegaram à festa e entregaram as garrafas de refrigerante que haviam levado para colaborar. Os espanhóis as receberam com alegria, mas alguns olhavam para Renata com estranheza, visto que ela usava calças e fumava.

– E essas mocinhas bonitas, quem são? – perguntou de súbito um jovem alto e bonito, aproximando-se.

Todas olharam para ele, e Luisi respondeu feliz:

– Esta é minha amiga Teresa, e estas são Carmen, Loli e Renata.

Todas sorriram para aquele homem tão bonito que, depois de cumprimentá-las, pegou a mão de Teresa, beijou-a todo galante e disse:

– Quem dera ser o sol para iluminar seu dia e a lua para velar seus sonhos.

– Arturo, você, como sempre, tão galante – aplaudiu Luisi.

Ele, ciente de que era o centro dos olhares de muitas das garotas presentes, deu uma piscadinha e respondeu:

– Diante de tamanha beleza, sempre!

Elas sorriram, encantadas com o belo elogio, e Teresa ficou vermelha como um tomate quando aquele galã lhe perguntou, sem soltá-la:

– Dança comigo?

Paralisada, a jovem não sabia o que dizer. Nunca na vida havia se encontrado em uma situação assim. Mas, incentivada por suas amigas, foi dançar com ele.

Luisi, ao ver os olhares e sorrisos delas, pontuou:

– Arturo é solteiro e muito divertido.

– Além do mais, é um paquerador nato – debochou Renata.

Depois de dançar com Teresa, Arturo tirou Carmen e depois Loli. Mas quando convidou Renata, ela recusou com um sorriso. Ele, aproximando-se demais, disse:

– Menina, não vou mordê-la, embora pareça uma delícia.

A alemã olhou para ele. De paquerador havia passado a idiota.

Nunca havia gostado de homens como esse. Sem responder, deu meia-volta e foi em busca de Loli, que conversava com umas garotas. Depois desse fora, Arturo olhou a seu redor, e ao ver que Teresa o observava, aproximou-se e disse:

– Alguém já lhe disse que você tem uma carinha linda?

A jovem ficou corada e não sabia o que responder. O fato de um homem a notar como aquele ali a notava era novo para ela, e lhe agradava.

Carmen, depois de dançar duas rumbas que um rapaz tocou no violão, começou a conversar com uma jovem chamada Conchita, que lhe perguntou, curiosa:

– Vocês quatro moram em um apartamento alugado?

– Sim – assentiu Carmen.

– A Siemens paga tão bem assim?

Com tantas perguntas, Carmen começou a se sentir sufocada. Que enxerida! Mas não queria ser indelicada, de modo que respondeu:

– Trabalhamos na linha de montagem e ganhamos por produção. E, na verdade, não pagam mal.

– Vocês sempre moraram ali?

– Não. Antes morávamos em Buchenbach, na pensão para moças da Siemens.

– E por que se mudaram?

A sabatina cada vez a incomodava mais.

– Para ficar mais perto de Nuremberg e não ter que acordar tão cedo – respondeu. – Por isso agora moramos em Schwabach.

A garota, surpresa por sua realidade ser tão diferente da de Carmen, sendo ambas imigrantes espanholas, perguntou:

– Posso lhe pedir um favor?

– Claro.

– Por favor, por favor, por favor, pode perguntar na Siemens se precisam de mais gente?

– Claro – assentiu Carmen.

Conchita sorriu e explicou:

– Manolo e eu estamos bem apertados de dinheiro. Mandamos mais da metade do que ganhamos para a Espanha, porque nossas famílias precisam.

Entendendo como devia ser difícil viver nessa situação, Carmen se compadeceu.

– Prometo que assim que tiver oportunidade vou perguntar o que você me pediu – afirmou.

Conchita pegou as mãos de Carmen e, fitando-a nos olhos, sussurrou:

– Vocês têm muita sorte, Carmen. Muita sorte. Nem todos os imigrantes podem se permitir o mesmo que vocês. Não ter que mandar dinheiro para a família é uma grande vantagem.

– Sim, você tem razão.

Durante um instante nenhuma das duas disse nada. Até que Conchita perguntou:

– Quer beber mais alguma coisa?

Sorrindo, Carmen fez que não com a cabeça, e a jovem, apontando para o rapaz que tocava violão, acrescentou:

– Meu marido adora de paixão estes momentos.

– É seu marido? – perguntou Carmen.

– Sim, Manolo e eu nos casamos há seis meses, na igreja de Santa Isabel. Nós nos conhecemos aqui, apaixonamo-nos e decidimos unir nossas vidas perante Deus, embora durmamos em barracões separados.

– Vocês vivem separados? – estranhou Carmen.

– No segundo sábado de cada mês, vamos a um hotelzinho não muito caro para passar a noite – respondeu Conchita com um sorriso maroto.

E a seguir, acrescentou com humor:

– A gente faz o que pode!

Quando voltaram para casa após a festa, Teresa estava emocionada. Arturo a deixara deslumbrada, e ela não conseguia parar de falar dele.

– Seus olhinhos estão brilhando – brincou Loli.

– Arturo... Oh, Arturo! Gosto até de seu nome – disse a garota, entusiasmada. – Tem nome de rei.

– Ele parece um polvo – afirmou Carmen, recordando quando havia dançado com ele.

Renata riu com os comentários. Olhando para Teresa, disse:

– Nunca imaginei que você pudesse gostar de um homem assim.

– Um homem assim? – perguntou a jovem. – O que quer dizer com isso?

Loli, Carmen e Renata se olharam. Todas entendiam o que esta queria dizer.

Arturo não havia parado de flertar com todas as mulheres da festa. Renata, disposta a ser sincera, como sempre, respondeu:

– Teresa, basta olhar para ele para saber que gosta de todas.

A expressão da garota mudou. O comentário não lhe agradara em nada.

– Ele pediu a alguma de vocês que voltasse semana que vem? – perguntou.

As outras negaram com a cabeça.

– Pois a mim pediu. Não acham que é por algum motivo?

E dito isso, empinou o queixo e foi para seu quarto.

– Ora, ora! – exclamou Renata.

– Ela nos deixou falando sozinha? – perguntou Loli.

– Sim – afirmou Carmen, divertida.

– Não gosto desse sujeito – insistiu Renata. – Não só flertou com todas como também não houve um só momento em que não estivesse com um copo na mão. Ele me faz recordar meu ex, e Teresa é muito inocente.

Loli e Carmen se olharam. Mesmo sem ter tanta experiência quanto ela, intuíam que Renata tinha razão. Teresa era muito inocente.

Mas a jovem não deu importância nenhuma a tudo que suas amigas diziam, e todos os sábados saía com aquele grupo de espanhóis para ver Arturo e, de quebra, levar-lhe uma garrafinha de vinho que lhe comprava, ou uma *tortilla* de batatas, ou rosquinhas que ela fazia para ele.

Ele, adorando tanto mimo, assim que a via chegar lhe dizia duas ou três bobagens, elogiava-a e ela sorria como uma tonta.

Arturo a deixava deslumbrada. Tudo que ele dizia era perfeito, e o fazia benfeito. Para Teresa, ele não tinha nenhum defeito. Era alto, bonito, simpático. Que mais podia pedir?

Mas a realidade que suas três amigas e mais gente via era muito diferente. Aquele jovem atraente era um sedutor que gostava de todas as mulheres, e embora houvessem tentado fazer Teresa ver isso, foi inútil. Subitamente, Teresa começou a mudar. Parou de usar calças, de brincar, e se distanciou de suas amigas.

Um mês depois, em outra festa com o mesmo grupo de espanhóis, alguém levou um toca-discos. Pela primeira vez não tocavam violão e dançavam música de Paul Anka, Elvis Presley e Connie Francis. Renata estava apoiada na parede com uma cerveja na mão, olhando os outros dançarem, quando alguém acariciou sua cintura. Era Arturo.

– O que está fazendo? – perguntou ela, afastando-se.

– Que tal se você e eu formos dar uma volta? – perguntou ele sorridente.

Renata olhou para ele boquiaberta. Sem dúvida, era um grosso insensível como seu ex.

– Que tal você se afastar de mim? – replicou ela.

– Nossa, não seja arisca – insistiu Arturo.

A alemã, dando um passo para trás, ergueu o queixo e disse:

– Comigo isso não cola; e tem mais: quero que se afaste de minha amiga Teresa.

– Por que está dizendo isso? – perguntou ele, sem deixar de sorrir, depois de tomar um gole da bebida que tinha nas mãos.

A cada instante mais incomodada, Renata respondeu:

– Teresa é uma boa garota e você vai machucá-la. Deixe-a em paz.

Arturo olhou para a jovem mencionada, que estava falando com sua amiga Luisi.

– Vamos, linda, esqueça Teresa e venha para fora comigo – respondeu ele. – Com certeza uma mulher como você vai me dar com prazer o que desejo.

– Uma mulher como eu?

Ele sorriu de novo e, com uma arrogância que tirou Renata do sério, explicou:

– Teresa é uma mulher sem graça e decente, tenho outras coisas reservadas para ela. Mas você é diferente, e com você eu poderia me divertir; entende o que quero dizer?

Incrédula, Renata teve vontade de lhe dar uma bofetada; mas se fizesse isso ali no meio de todos, sabia que poderia causar um grande problema. De modo que rosnou:

– Você é um desavergonhado.

E dito isso, afastou-se dele para não arranjar confusão.

Cinco minutos depois, o descarado dançava excessivamente meloso com Teresa a canção *Luna de miel,*[9] de Gloria Lasso.

– O que você tem? – perguntou Carmen a Renata, aproximando-se.

– Vontade de matar alguém – disse sua amiga.

– Que foi?

Renata precisava contar a alguém o que havia acontecido. Quando acabou, Carmen, impressionada com o que havia escutado, disse:

– O que você vai fazer? Vai contar a Teresa?

– Acha que adiantaria alguma coisa, ou, ao contrário, ela vai achar que sou uma leviana que quer roubar o homem dela?

9 *Luna de miel*, Marina Music Publishing S. L. U., interpretada por Gloria Lasso. (N. da E.)

Carmen pensou. Sabendo como era Teresa, e ainda mais após a mudança que havia sofrido depois de conhecer Arturo, achava que a amiga pensaria na segunda opção. De modo que, tentando tranquilizar Renata, sugeriu que saíssem para tomar um ar.

A partir desse dia Arturo não tornou a se aproximar dela, nem a jovem contou nada a Teresa. Mas só sendo tonta e cega para não ver como ele flertava com todas as mulheres. E quanto a esse assunto, Teresa era tonta e cega.

A cada nova festa que iam, Luisi se empenhava em juntar as três amigas com alguns dos homens presentes; mas elas não se interessavam por nenhum. Comentários como que suas mulheres nunca usariam calça, nunca fumariam, não dirigiriam nem poderiam tingir o cabelo as convenciam de que não queriam esse tipo de homem em sua vida.

Mas Teresa era diferente. Era feliz com os galanteios do arrogante Arturo. Ele a fazia se sentir especial, e, sem dúvida, seria a mulherzinha perfeita e tola para um homem como aquele.

Com o passar das semanas, a jovem deixou de fazer absolutamente tudo que fazia antes com suas amigas. Às vezes nem sequer ia com elas de trem ao trabalho. De súbito, a garota divertida que as fazia rir com seu peculiar jeito de falar e sua maneira de se surpreender com tudo havia desaparecido, dando lugar a outra que estava sempre na defensiva.

Nenhuma delas gostou da mudança, mas a respeitaram; mas quando, um mês depois, o relacionamento se tornou oficial, Renata não aguentou mais e uma noite contou a Teresa o que havia acontecido.

– Não fique brava, Teresa, mas eu tinha que lhe dizer – disse a alemã apoiada na janela da sala enquanto fumava um cigarro.

– Não ficar brava? – replicou Teresa, indignada. – Você está dizendo algo... algo horrível de meu namorado e pretende que não fique brava?

Loli, que se mantinha à margem desde o início da conversa, ao ver que as coisas estavam saindo do controle decidiu intervir:

– O que ela está tentando lhe dizer é que se previna e...

– Será que ela não se insinuou para ele? – interrompeu Teresa, ofendida.

– Ora, ora! – suspirou Renata.

– Como diria irmã Angustias, quem tanto desconfia não é de confiança.

Ao ouvir isso, Carmen, incapaz de se calar por mais um segundo, gritou:

– O que está dizendo?! Renata está lhe contando que seu namorado se insinuou e chamou você de sem graça! E você, em vez de ficar brava com ele, culpa a ela?

Teresa cruzou os braços, e Renata, cansada de ser cuidadosa com ela, deu uma tragada no cigarro e disse:

– Ouça, querida, faça o que quiser. Eu já avisei.

– Como diz Arturo, você é o que parece: uma libertina, uma mulher sem princípios! – gritou Teresa, surpreendendo-as.

– Teresa! – exclamou Loli.

Renata, que era mais de um palmo mais alta que Teresa, fitou-a, pronta para dizer tudo que pensava.

– Ouça, sua tonta! – sibilou. – É evidente que na Espanha e na Alemanha as coisas acontecem de forma diferente, mas quando uma pessoa é tonta, é aqui e lá.

– Está me chamando de tonta?

– Você não percebe que Arturo é como meu ex, e vai fazê-la sofrer?! – gritou Renata. – Esse sem-vergonha paquera todas, adora beber e só quer ficar com você porque vê um bom filão de dinheiro, por causa do seu emprego.

– Você é má, muito má! – gritou Teresa.

Carmen e Loli se olharam. Renata tinha razão em tudo. Cada vez que Teresa recebia, usava parte de seu salário para comprar roupas, cigarros e tudo que ele quisesse. Ela só queria vê-lo feliz e não dava ouvidos a mais nada.

– Tudo bem – disse a alemã, – posso ser má e libertina, mas você é tonta. Tonta por não querer ver como seu namorado é, tonta por não perceber como ele usa você para seu próprio benefício, e tonta por acreditar que eu quero alguma coisa com ele.

– Você é uma mentirosa – replicou Teresa.

Renata apagou o cigarro e, aproximando-se de Teresa, disse:

– Posso ser uma descarada e uma indecente para você e seu namorado, mas nunca fui mentirosa, e você sabe, mesmo que não queira reconhecer.

E sem poder se calar mais, acrescentou:

– Gosto de seus amigos espanhóis, mas sei que alguns como Arturo, Conchita e Luisi pensam coisas estranhas de mim porque sou alemã, uso calça comprida e fumo. Por acaso você acha que sou tão lerda assim para não perceber seus comentários?

Teresa não respondeu, Renata concluiu:

– Mas em vista de tudo isso, e dado que minha sinceridade a incomoda, para mim esta conversa acabou. Nunca mais vou dizer nada sobre seu namorado, e só espero que você faça bom proveito.

Dito isso, foi para seu quarto e bateu a porta, deixando as três espanholas sem palavras na sala.

Loli e Carmen iam dizer algo, mas Teresa se antecipou:

– Não é justo ela falar assim comigo.

– O que não é justo é você reagir assim – sentenciou Loli.

A conversa havia sido constrangedora para todas, mas, entendendo a alemã, Carmen aprofundou o assunto.

– Renata não mentiu. Eu também penso como ela. E por Renata e pelo carinho que ela tem por você, eu poria a mão no fogo. Você poria por Arturo?

Teresa não queria dar o braço a torcer. Levantou-se sem responder e foi para seu quarto.

– A coisa está complicada – sussurrou Loli a sua irmã.

Essa conversa marcou um antes e um depois no relacionamento de Teresa com as garotas. A partir desse momento, ela se tornou fria e distante, e quando voltavam do trabalho, a jovem se refugiava em seu quarto sem querer saber das outras.

No passado ficaram as risadas, as brincadeiras, as danças na sala escutando rádio, e as confidências. Tudo mudou, simplesmente porque Teresa estava apaixonada.

Certa noite, quando todas já estavam deitadas, Carmen pegou seu diário e escreveu:

É complicado viver com alguém que fica incomodado com você. É o que acontece com Teresa. Nós a incomodamos. A bola cresce dia a dia, e tremo só de pensar que em algum momento pode estourar.

Às vezes eu gostaria de poder sentar, como fazíamos antes, para conversar com ela sobre o que está acontecendo. Mas ela não me dá oportunidade; nem a mim nem a nenhuma de nós.

Sinto falta da Teresa que conheci e que dizia "Muitíssimo!" ou "Arrea!" e era feliz. Subitamente essa garota desapareceu, e só o que Arturo pensa tem importância. O resto não lhe interessa.

Às vezes a impotência nos vence, mas tentamos olhar para o outro lado para não discutir com ela. Mas, mesmo assim, o sangue ferve em nossas veias quando, bem no dia em que recebemos, Arturo está ali, na porta da fábrica, com seu melhor sorriso.

Seu último capricho foi uma jaqueta caríssima, que, claro, Teresa comprou para ele. Ela não diz nada. Evita contar. Mas ele se exibe diante dos amigos com sua nova aquisição, e Conchita, que fica sabendo de tudo, conta a Loli.

Renata se finge de forte diante do que está acontecendo, mas sei que esse assunto a machuca, por causa da lembrança que lhe traz de seu ex. Basta olhar para ela para saber que por trás dessa aparência de garota fria e durona há um grande coração. Como diria minha mãe, ela tem um coração que não lhe cabe no peito!

O que não entendo é, se todo mundo percebe, por que Teresa não?

4

Chegou o fim de ano, e dessa vez as amigas decidiram passar o réveillon em casa, não em um bar, como no ano anterior. Propuseram organizar uma ceia com Arturo e o grupo de espanhóis. Talvez isso descontraísse o ambiente com Teresa. Renata, apesar do que pensava de Arturo, até ofereceu seu carro para ir buscá-los.

Teresa gostou dessa gentileza, e pela primeira vez em várias semanas conversou com as meninas, e o ambiente tenso entre elas de certo modo se suavizou.

Renata foi buscar os convidados e voltou com Arturo, Conchita, Manolo e mais cinco pessoas, que milagrosamente conseguiram caber no fusca.

A noite prometia!

De madrugada, os senhorios Anita e Josef, e a filha deles, que havia ido passar a noite com os pais, ao ouvir a algazarra espanhola cheia de palmas, batidas de pés e "olés!", de início se incomodaram. As garotas nunca eram tão barulhentas; o que estavam fazendo?

Subiram em busca de explicações. Depois de falar com Renata e Carmen, elas os convidaram para a festa. Eles beberam umas taças de vinho, e logo eram os primeiros a gritar e bater palmas, entusiasmados, enquanto as garotas testemunhavam, mudas, Arturo se derreter para a filha dos senhorios quando Teresa olhava para o outro lado.

Como podia ser tão cega?

No Dia de Reis, Teresa chorou ao receber presentes das três garotas, porque ela não havia lhes comprado nada. Suas amigas, comovidas por suas lágrimas, disseram que não tinha importância, só importava o carinho que tinham uma pela outra. As coisas materiais não entravam no coração.

Essa noite, Teresa insistiu que a acompanhassem a uma festa nos barracões com os amigos espanhóis. De início as garotas resistiram. Ver outra vez Arturo, aquele sem-vergonha, não era o que mais lhes agradava; mas, por fim, cederam. Só queriam que Teresa ficasse contente.

Quando chegaram, durante um tempo se divertiram cantando *villancicos*, tocando pandeiro e bebendo licor de anis. Mas, de repente, quando menos esperavam, Arturo surgiu vestido como se fosse um astro de cinema. Com um lindo terno escuro e sapatos reluzentes, mostrou a todos o maravilhoso relógio suíço que sua namorada, Teresa, havia lhe dado de presente. E então, foi até ela e, tirando do bolso da calça uma caixinha vermelha, diante de todos entregou-lhe um anel de compromisso.

Teresa sorriu. Renata, ao ver aquilo, murmurou para suas amigas:

– Agora entendo por que Teresa queria que viéssemos.

As duas irmãs assentiram, e a alemã sussurrou:

– Aposto que foi ela quem pagou o anel.

Loli e Carmen concordaram. Não tinham a menor dúvida disso. No momento em que Teresa se aproximou para mostrar-lhes o anel, parabenizaram-na para não estragar o momento, mas todas tinham certeza de que ela sabia o que pensavam.

Passaram-se os dias, e certa tarde, quando Carmen e outras colegas de trabalho esperavam sua irmã e suas amigas saírem da fábrica, enquanto calçava as luvas vermelhas de couro de Renata, que ela adorava, passaram vários caminhões militares cheios de soldados americanos. Ao ver tantas mulheres juntas, eles começaram a gritar e a elogiá-las. Todas sorriram. Carmen também.

Cinco minutos depois, já recuperada a normalidade da rua após a passagem do comboio militar, enquanto caminhava com as outras garotas para a estação de trem Carmen perguntou:

– O que acham de quando tirarmos férias, em julho, tentarmos ir à Espanha, nem que seja por uma semana?

– Seria maravilhoso! Mamãe e papai ficariam felizes! – aplaudiu Loli.

Teresa, que nessa tarde estava com elas, disse:

– Não contem comigo.

– Comigo sim – disse Renata. – Vou adorar conhecer a Espanha.

Durante a viagem de trem conversaram sobre isso. Carmen, ao ver Teresa tão calada, perguntou:

– Você não gostaria de ver irmã Angustias e as freiras que a criaram?

– Morro de vontade de vê-las – respondeu a jovem com tristeza, – mas... não tenho dinheiro para ir. Além do mais, acho que Arturo não vai achar uma boa ideia.

Ao ouvi-la, Renata ia dizer algo, mas Carmen, segurando-lhe a mão, com o olhar lhe pediu que não dissesse nada. Por fim, a alemã ficou calada.

No fim de fevereiro, Arturo sofreu um acidente na fábrica onde trabalhava. A máquina que ele operava arrebentou seu braço, e para sua infelicidade a coisa se complicou e, no fim, tiveram que o amputar.

– Calma, Teresa, estamos ao seu lado – disse Carmen abraçando a amiga na fria sala do hospital, após receber a notícia.

Foram poucas as visitas ao hospital. Arturo tinha menos amigos do que imaginava. Uma semana depois, só sua noiva e as amigas dela o visitavam. Não podiam deixá-la sozinha. Teresa precisava delas.

Mas o humor de Arturo azedou. Ele passou de um Dom Juan sem-vergonha a um demônio mal-humorado que só era agradável com as enfermeiras jovens e bonitas e quando via sua noiva e as amigas chegarem comportava-se como um verdadeiro tirano.

Certa tarde, depois de passar pelo hospital, ao entrar em casa Renata se queixou:

– Ah, não. Isso é que não. Uma coisa é seu namorado lhe dizer como você deve se vestir e você aceitar. E outra coisa é ele se atrever a dizer isso a mim. Agora ele passou dos limites!

– Ele é um otário! – sibilou Carmen, incomodada com o tratamento recebido de Arturo aquela tarde no hospital. – Mas eu lhe disse meia dúzia de coisas que queria lhe dizer faz tempo, e não me arrependo. Porque, como diz meu pai, mais vale ficar vermelha uma vez que amarela centena de vezes!

Teresa não respondeu. Então, Carmen, mal-humorada, gritou:

– Por acaso as freiras não lhe ensinaram a ter dignidade?!

– Com certeza não me ensinaram é ser indecente como vocês – sibilou a garota, contrariada.

Essa resposta, tão típica de Arturo, deixou todas boquiabertas. Renata disse:

– Eu gostava mais da Teresa que dizia "*Arrea*!". É melhor eu trocar de roupa.

Teresa, ao se dar conta do que havia dito, murmurou depressa:

– Não vá... Desculpe, eu não quis dizer isso. Desculpe... desculpe...

Carmen olhou para Teresa, irritada, e não disse nada. Mas Loli replicou:

– Você está mudando, não percebe? Teresa, você é mesmo capaz de me dizer que gosta do que está se tornando? – E sem poder parar, acrescentou: – Você não é feliz, e sabe disso, assim como sabe que seu relacionamento com Arturo não vai acabar bem.

– Que saco, vocês precisam entender!

– Entender? – zombou Renata.

E esquecendo o espanhol, começou a falar em alemão.

No tempo que estavam ali as jovens haviam aprendido a se defender nesse idioma. E ao entender um pouco, Teresa grunhiu, contrariada:

– Você é uma mal-educada, sabia?

Renata parou de falar e, fitando-a do alto de sua estatura, sibilou:

– Sim, sou mal-educada por dizer em meu idioma o que realmente penso de você. Mas agradeça por eu me conter, porque, senão, além de mal-educada, serei uma grosseira impertinente como você.

Um silêncio constrangedor se apoderou do ambiente, até que Teresa, no limite, gritou:

– Eu não pedi que me acompanhassem ao hospital!

– Que mal-agradecida! – disse Carmen, chateada.

– Bem, já chega – pediu Loli, conciliadora.

– Vou me trocar – disse Renata, irritada. – Hoje é meu dia de fazer o jantar.

Quando Renata desapareceu, Carmen também saiu. Quando Teresa ia dizer algo, Loli a advertiu:

– É melhor não dizer nada, porque quando você fala só piora as coisas. E que fique claro que nossa paciência com você e com o tolo do seu namorado está acabando.

E sem deixá-la replicar, Loli saiu.

Essa noite, depois de um jantar tenso no qual só se ouvia a música do rádio, Teresa se levantou e disse, olhando para todas:

– Acho melhor que a partir de agora vocês não me acompanhem ao hospital. Assim, evitaremos incômodos para todos.

Nenhuma delas falou. Não valia a pena responder, porque tudo já estava dito.

Os dias se passaram e Arturo recebeu alta. Mas após o acidente, os donos da fábrica decidiram dispensar seus serviços e não o realocar. Inclusive lhe sugeriram que voltasse à Espanha.

Isso acabou com ele, e Teresa, desesperada, buscou mil soluções. Arturo não podia ir embora. Se fosse, o que ela faria? Depois de passar uma tarde com seu amor, ao chegar em casa ela comentou a solução para seu problema enquanto jantava com as garotas.

– Vocês vão se casar? – repetiu Carmen, surpresa.

– Sim.

– Você enlouqueceu? – insistiu Loli.

– Não – respondeu Teresa, ofendida. – Com o que eu ganho na Siemens, posso sustentar nós dois.

– Não estou falando disso, Teresa – grunhiu Loli. – Estou dizendo que você vai unir sua vida a um homem que... que...

– Que me ama – interrompeu Teresa, irritada.

Sem pensar antes de falar, Carmen replicou:

– Se isso é amar, prefiro que não me amem e me deixem viver em paz.

O silêncio tornou a tomar conta da sala. Renata suspirou. Não ia dizer o que pensava; aquela história ia de mal a pior.

– Teresa – Loli tentou fazê-la usar a razão –, entendo que você vai fazer isso por amor, mas a situação mudou. Arturo está amargurado porque percebeu que não tem amigos e por causa de sua invalidez, e... e... além do mais, com um salário só vocês vão passar muitas privações.

– Pior seria se ele tivesse que voltar para a Espanha. Teríamos que nos separar! – choramingou Teresa. – De qualquer maneira, eu... eu falei com Hans para que me arranje hora extra na fábrica...

– O que aconteceu com seu sonho? – perguntou Carmen. – Se bem me lembro, você queria encontrar um homem carinhoso, atencioso e bom que a amasse. E esse homem é mesmo Arturo?

Sem querer escutar nem mais uma palavra, a jovem respondeu, angustiada:

– Sim. É Arturo.

E então, deu meia-volta e saiu da sala, sem dar ouvidos a suas amigas. Renata, que apenas escutava em silêncio, comentou:

– Não importa o que vocês digam, ela está cega por esse homem. E, infelizmente, embora agora não enxergue, cedo ou tarde vai se arrepender. A única maneira de essa história acabar é se ele a deixar, e isso não vai acontecer.

– E Arturo vai morar aqui? – perguntou Carmen.

As três se olharam; Renata murmurou:

– Duvido que esse sem-vergonha se atreva a morar conosco.

Carmen ia dizer algo quando Loli a interrompeu:

– Não nos precipitemos, vamos esperar e ver o que acontece.

Arturo pediu a sua família na Espanha, e Teresa às freiras, que lhes enviassem os documentos que necessitavam para o casamento. Mas até para se casar aquele tirano impôs uma condição a Teresa. Morariam onde ele escolhesse.

Certa tarde, Teresa comentou isso com suas amigas; Loli, incapaz de ficar calada, disse:

– Teresa, você sabe que respeito seu relacionamento com Arturo, apesar dos pesares, mas tenho que lhe dizer que seu futuro marido é um grandessíssimo idiota.

– Onde você está se metendo? – Carmen interrompeu sua irmã ao intuir tudo que ela poderia soltar pela boca.

Teresa mordeu o lábio inferior e disse:

– Por meio de uma amiga de Arturo encontramos um apartamento que...

– Um apartamento só para vocês? – perguntou Renata, apoiada na parede.

Teresa, incomodada com a conversa, explicou:

– Não, é um quarto no centro de Nuremberg. Um apartamento dividido com várias pessoas. Não fica muito caro e posso ir trabalhar a pé.

As três amigas se olharam, sabendo o que aquilo significava. O que Arturo queria para Teresa não seria fácil para ela. Renata replicou:

– Tudo bem, querida... boa sorte!

O constrangimento pairava no ambiente. Por fim, Carmen explodiu:

– Você vai mesmo morar em um apartamento que no lugar de portas tem cortinas, onde não vão ter intimidade, só porque ele decidiu?

Loli, cansada do assunto, olhou para sua irmã e disse:

– É melhor esta conversa acabar aqui de uma vez por todas. Teresa fez sua escolha, que faça o que quiser.

No dia 5 de junho, depois de receber os documentos da Espanha, Teresa se casou na igreja de Santa Isabel com o amor de sua vida. A festa foi nos barracões. Os noivos aproveitaram seu grande dia, mas Teresa se sentiu mais sozinha que nunca, porque não pôde convidar suas amigas para o casamento. Arturo a proibiu, e como uma boa esposa, ela obedeceu.

Uma semana depois, Conchita e seu marido, Manolo, ocuparam o quarto vago na casa das três garotas.

– Obrigado por nos oferecer a possibilidade de estar aqui – disse ele, emocionado.

– É um prazer, Manolo – respondeu Renata, sorrindo.

Conchita, que havia perseguido Carmen até a exaustão, pegou o braço da jovem e murmurou:

– Não sei como lhe agradecer e pagar por ter nos arranjado emprego na Siemens.

Carmen sorriu e, embora achasse a garota uma enxerida, respondeu de coração:

– Foi um prazer, Conchita.

Depois que saiu da casa, Teresa desapareceu da vida delas. Já nem sequer tentava vê-las na fábrica no café da manhã ou no almoço. Ela só falava com Conchita, e embora para as três amigas doesse passar ao lado dela e não a cumprimentar, tiveram que fazer isso. Teresa assim queria, ou melhor, seu marido queria.

5

Em julho, após se despedir de Conchita, Manolo, Anita e seu marido, as três garotas embarcaram felizes no ônibus que as deixaria em Madri dois dias depois.

Quando chegaram a Atocha, desceram do ônibus emocionadas. A viagem havia sido longa, mas, por fim, estavam na Espanha!

As três jovens tiraram suas malas do veículo e se encaminharam ao local onde haviam marcado com o pai de Loli e Carmen. Loli, que havia posto na cabeça, de forma glamorosa, o lenço de seda de Renata, disse ao ver como as olhavam:

– Acho que devíamos ter trocado de roupa antes de chegar.

– Até parece que matamos alguém – sussurrou Carmen quando viu como as pessoas as olhavam sérias por usarem calças.

– Ah, é desagradável ser olhada assim? – debochou Renata ao perceber.

As duas irmãs anuíram rapidamente com a cabeça, e a amiga acrescentou:

– Pois é assim que eu me sinto com alguns dos seus amigos espanhóis na Alemanha.

Isso as fez rir. Nesse momento, Carmen viu seu pai. Seus olhos se encontraram e ela sorriu, emocionada. A poucos metros estava o homem que havia lhe dado a vida; ele vestia seu elegante terno escuro e seu chapéu de lado. Fazia um ano e meio que não o via; esquecendo a compostura que o homem sempre exigia, sem hesitar correu para ele e se jogou em seus braços.

Seu pai a abraçou tão doce e carinhosamente, como só ele era capaz, e ela teve vontade de chorar quando ele murmurou em seu ouvido:

– Bem-vinda à casa, filha.

Dois segundos depois chegou Loli e se juntou ao abraço. Quando os três se separaram, rapidamente apresentaram a jovem morena que estava ao seu lado. Com um sorriso ingênuo, Renata o cumprimentou. Ele lhe beijou a mão, galante. Minutos depois, ao ver como os observavam, o homem disse:

– Essas calças aqui só vão nos causar desgostos.

Loli e Carmen se olharam. Carmen disse:

– Fique tranquilo, papai, prometemos que não as vestiremos até irmos embora.

Miguel, cheio de alegria por vê-las, propôs:

– Vamos pegar o ônibus. Sua mãe e seus irmãos estão loucos para lhes dar um abraço.

Os dias que passaram de férias na Espanha com a família foram uma maravilha. Os cheiros da cozinha da mãe das garotas inundavam seu olfato e encheram-lhes o estômago. As risadas de seus irmãos e suas brincadeiras as fizeram sorrir, e com o consentimento de seu pai, passearam por Madri com Renata; mas não de calças; só saias e vestidos.

Certa tarde, enquanto Loli e Renata acabavam de se arrumar para ir a uma festa com uns amigos, Carmen, que já havia acabado, foi se juntar a seus pais na porta; eles estavam falando com uma vizinha, e Carmen a ouviu cochichar:

– Já sabem da filha de Jesús e Paqui?

Carmen olhou para seus pais, intrigada. Sua mãe disse:

– Pilarcita lhes deu o pior desgosto que se pode dar aos pais. – E ao ver que a filha a fitava sem compreender, baixou a voz e murmurou: – Engravidou, e ao que parece, a menina não quer dizer quem é o pai.

– Essa menina arruinou sua vida – afirmou a vizinha. – Quem vai querê-la agora?

Carmen não sabia o que dizer. Pilarcita era dois anos mais nova que ela.

– Paqui não para de chorar – explicou sua mãe. – É tanto o desgosto por causa da insensata de sua filha que nem sai à rua de vergonha. Coitada!

Miguel, ao ver Loli e Renata arrumadas, disse:

– Não voltem muito tarde, vocês sabem que eu me preocupo.

– Fique tranquilo, papai – respondeu Carmen sorrindo, e saiu com suas amigas enquanto pensava na pobre Pilarcita.

No dia seguinte, Carmen tentou ir vê-la, mas não foi possível. Seus pais a haviam mandado a Valência, a uma pensão para moças. À tarde, quando seu pai chegou do trabalho, ela se sentou ao seu lado e perguntou:

– Para que mandaram Pilarcita a essa pensão em Valência?

Miguel suspirou. Após pensar alguns segundos, respondeu:

– É uma maneira de encobrir a vergonha e a decepção que sentem. Como diz o ditado: "O que os olhos não veem, o coração não sente".

– Mas ela vai voltar com o bebê?

Seu pai deu de ombros.

– Não sei, filha. Mas creio que os ouvi dizer a sua mãe que, como a garota é menor, por meio dessa pensão os pais encontraram um casal que vai adotar o bebê.

Carmen sentiu seu coração se apertar. Coitada de Pilarcita.

As duas semanas de férias passaram rápido, e quando se deram conta já estavam de volta à Alemanha. Mas com a mala cheia de marmelada, chouriços, salsichão e queijo. Conchita e Manolo as receberam com alegria e, contentes, aproveitaram com elas os manjares da Espanha.

O fim do ano chegou de novo, e com ele a agitação e a alegria. Naquele ano Anita e Josef participaram desde o início da festa, e como era de se esperar, passaram momentos maravilhosos enquanto Manolo tocava violão e todos dançavam e cantavam *Porompompero*.[10]

Pouco tempo depois, souberam por Conchita que Teresa estava grávida, e isso as alegrou. Um filho sempre era motivo de felicidade. Mas, dias

10 *Porompompero*, Marina Music Publishing S. L., interpretada por Manolo Escobar. (N. da E.)

mais tarde, receberam a triste notícia de que ela havia perdido o bebê. Sem dúvida, isso teria sido outro grande golpe para Teresa.

Depois do aniversário de Carmen, informaram na fábrica que abririam uma nova pensão para moças em Nuremberg. Durante dias avaliaram a ideia de se mudar. A casa onde moravam era uma maravilha, mas a convivência com Conchita era insuportável. Ela se metia em tudo e mexia em tudo. Carmen comentou o assunto com Anita, a senhoria, e a mulher, apesar da tristeza que lhe causava o fato de as garotas irem embora, incentivou-as a ir morar mais perto do trabalho. Mas as fez prometer que a visitariam.

No início de março, então, elas se mudaram, deixando Conchita e Manolo naquela casa com Anita e Josef e novos inquilinos, dessa vez, italianos.

A nova pensão da Siemens ficava a cinco minutos da fábrica, e, para sorte das garotas, puderam escolher o quarto. Escolheram um dos três, com uma varanda que dava para a parte da frente da casa.

Uma manhã de sábado, enquanto Carmen arrumava sua cama, Loli entrou no quarto emocionada, com um jornal alemão nas mãos.

– Veja quem vem jogar em Nuremberg – disse.

Carmen pegou o jornal que Loli lhe estendeu e leu.

– O Atlético de Madri vem para cá?!

– Sim – afirmou Loli, emocionada. – Parece que vai jogar com o F.C. Nuremberg.

– Ora...

Ao ver Carmen fitar o jornal, sua irmã acrescentou:

– Eu sei que você sempre gostou do Real Madri, mas, que tal se fôssemos vê-los?

Carmen aceitou, feliz. Ver um time de seu país lhe parecia uma ideia maravilhosa.

– É uma ótima ideia – disse sorridente –, e vou torcer pelo Atlético de todo coração.

Chegou o dia do jogo, 10 de abril, e as três jovens, acompanhadas por vários amigos espanhóis e alemães, foram ao campo para torcer pelo time de sua terra. Não havia nada mais escandaloso que os grupos de espanhóis e suas canções. Mas a festa murchou um pouco quando o jogo acabou e o Atlético de Madri perdeu por 2 a 1.

Na saída, Renata, Loli e Carmen se despediram de seus amigos, e quando foram buscar o carro, três espanhóis, animados por causa do jogo, mexeram com elas. Mesmo estando na Alemanha, para muitos, ver mulheres sozinhas e usando calças parecia uma provocação.

Ao ouvir as coisas que diziam, Renata revirou os olhos e exclamou:

– Não deem bola. É melhor.

– Olhem a cara dos otários – debochou Loli.

– Como diria alguém que eu conheço, *arrea*! – disse Carmen.

As três sorriram recordando Teresa.

Vendo a situação, outros espanhóis que passavam por ali gritaram aos inconvenientes:

– Deixem as garotas em paz, cambada!

Vendo-se em minoria, os primeiros recuaram e se afastaram, enquanto elas agradeciam aos compatriotas que as haviam ajudado. Mas, quando chegaram ao estacionamento, os idiotas que as haviam insultado apareceram de novo.

Houve uma troca de palavras duras entre uns e outros, e um grupo de militares americanos que passava por ali parou para observar. De onde estavam, viam três homens discutindo com três garotas que pareciam muito irritadas.

– O que está acontecendo? – perguntou um dos rapazes, que todos chamavam de Panamá.

Teddy, de quem a morena de calça azul havia chamado a atenção, deu de ombros e respondeu:

– Não sei, mas não gosto do que estou ouvindo.

Eles falavam espanhol e entendiam tudo que diziam, de modo que quando a jovem de calça azul soltou um: "Atreva-se a me tocar e lhe parto a cara, otário", os americanos soltaram uma gargalhada.

Ao ouvi-los, os rapazes que discutiam se voltaram, e antes que algum deles pudesse dizer qualquer coisa, um dos americanos, de nome Arruga, advertiu-os em espanhol:

– Isso não é coisa de cavalheiros. Deixem as moças em paz.

De novo os gritos começaram, dessa vez com os americanos no meio. No fim, cansado daquilo, Teddy, um belo moreno, deu um passo à frente e disse:

– Se eu fosse vocês, daria meia-volta e iria embora antes de arrumar uma bela confusão conosco. – E tirando a jaqueta militar rapidamente, acrescentou, enquanto seus companheiros faziam o mesmo: – Nossa paciência não é como a dessas damas, e garanto que não há nada que nos agrade mais que uma boa briga.

Os três espanhóis se olharam e, sem dizer mais nada, deram meia-volta e foram embora apertando o passo. Quando eles já estavam longe o bastante, as garotas começaram a rir, e os americanos com elas.

– Garotas, acho que isso merece um doce beijo – disse o líder, maroto, pondo de novo a jaqueta.

– Ora... – suspirou Renata, disposta a discutir com eles dessa vez.

Ao ver a cara de Renata, Carmen olhou para o descarado que havia falado e, pondo as luvas vermelhas, sibilou:

– O que seu comentário merece é uma bofetada.

Eles soltaram outra gargalhada. Teddy, surpreso, assobiou e respondeu em tom conciliador:

– Ei, menina... calma.

– Menina?! – grunhiu Carmen, boquiaberta.

Loli, ao ver a cara da irmã, conhecendo-a muito bem, segurou-lhe a mão e disse:

– Obrigada pela ajuda, mas temos que ir.

E, sem mais, deram meia-volta e foram para o carro, enquanto ouviam as risadas dos americanos e Loli murmurava:

– Tão gentis... e que bonitos!

– Mas o otário me chamou de "menina" – suspirou Carmen, irritada.

– Por que você levou isso a mal? O garoto só estava brincando – disse sua irmã.

– Cuidado com as brincadeiras dos americanos – advertiu Renata.

Carmen, ainda alterada, olhou para trás e, ao encontrar o olhar maroto do americano moreno, disse ao vê-lo rir:

– Esse palhaço é um desavergonhado, Loli, não vê?

As três garotas entraram no carro. Quando as perderam de vista, o cabo Teddy disse a seus companheiros, que continuavam brincando:

– Vamos voltar à base.

6

Na segunda-feira, quando chegaram em casa, encontraram Anita esperando-as com uma de suas tortas maravilhosas. Felizes, elas a convidaram a beber algo no quarto delas, e enquanto preparavam café, a mulher disse:

– Vim me despedir de vocês. Meu marido e eu vamos morar em Stuttgart, com minha filha. Mas vamos manter a casa de Schwabach.

As jovens ficaram tristes, mas felizes por Anita. Estar perto de sua filha a fazia feliz. Conversaram um pouco sobre mil coisas, até que a mulher disse:

– Pelo visto, vocês não estão sabendo.

– Sabendo o quê? – perguntou Carmen.

– Estou muito triste – respondeu Anita, suspirando.

– Que foi? – alarmou-se Renata.

Anita olhou para elas em silêncio um momento e, respirando fundo, explicou:

– Semana passada, Teresa foi visitar Conchita e dormiu em casa.

Aquilo não soava bem. Loli, querendo saber mais, incentivou-a:

– E?

Anita baixou a voz.

– Na noite seguinte, quando Conchita voltou do trabalho, contou-me que Arturo havia expulsado Teresa de casa, e que, desesperada, ela havia ido dormir lá. Parece que ele vai de mal a pior. Ainda não superou o acidente e gasta com álcool e mulheres grande parte do que Teresa ganha. E o pior de tudo é que não foi a primeira vez que ela teve que dormir fora de casa.

– O quê?! – exclamaram as três em uníssono.

– Espere... espere – disse Carmen –, acho que não entendi direito, Anita.

Renata suspirou e a mulher assentiu.

– Sim, Carmen, você entendeu perfeitamente.

Durante um bom tempo as quatro conversaram sobre o assunto. Como Teresa pôde chegar a esse ponto?

– O mais triste de tudo – finalizou Loli – é que nós não podemos fazer nada. Teresa nos afastou.

– Eu sei... eu sei, meninas – Anita suspirou com tristeza. – Eu sei.

À noite, quando Anita foi embora, depois de muitos beijos e abraços, as garotas continuaram conversando e decidiram que no dia seguinte procurariam Teresa na fábrica e falariam com ela.

Mas nada saiu como esperavam. Teresa, mais fechada que nunca, assim que elas começaram a falar saiu do sério e gritou com elas, mandando que se calassem e que não se metessem no que não lhes dizia respeito. Surpresas com essa reação, suas amigas tentaram acalmá-la, mas Teresa, fora de si como nunca antes, disse que não queria falar com elas sobre algo tão privado, e sem lhes dar opção, foi embora, deixando-as sem saber o que fazer.

À noite, quando Loli e Renata foram se deitar, Carmen pegou seu diário e escreveu.

Sempre ouvi meu pai dizer que a vida não é fácil, e acho que Teresa está sofrendo o que nunca imaginou.

O amor que ela sente por esse homem errado está levando-a à destruição, e embora aqueles que a amam tentem ajudar, ela não quer ouvir. Morro de dó de ver que dia a dia ela vai se tornando uma estranha, que não quer nos ver nem falar conosco, simplesmente porque está sofrendo por amor.

Quando acabou de escrever, guardou seu diário e foi dormir. Tinha que descansar.

7

Na quinta-feira, quando acabou seu turno de trabalho, Carmen saiu da fábrica, junto com todas as outras mulheres de sua seção, para esperar Loli e Renata, que sempre demoravam mais que ela.

Enquanto caminhava, viu Teresa. Seus olhares se encontraram, e Carmen sorriu. Teresa não. Mal haviam se cruzado pela fábrica depois da última discussão. Mesmo assim, Carmen apertou o passo para cumprimentá-la. Embora Teresa não acreditasse, ela lhe tinha carinho. Mas ao ver Arturo na porta, deteve-se. Certamente, se a cumprimentasse, o tonto do marido ia se incomodar; de modo que deixou Teresa se afastar.

Com curiosidade, ela observou o encontro dos dois; como imaginava, foi frio. Nada de beijos. Nada de carinhos. Nada de abraços. Pobre Teresa.

Tão logo eles foram embora, Carmen seguiu seu caminho até a porta, onde encontrou Conchita. Conversaram por alguns minutos, até que Carmen, ao ver a hora, foi correndo para a estação para não perder o trem.

Apoiada na parede, Carmen conversava com outras garotas quando um comboio de veículos militares americanos passou diante delas.

Os militares, como sempre quando passavam nos caminhões, davam cantadas em todos os idiomas. Carmen os fitava divertida, até que ouviu:

– Olá, menina brava!

Ao olhar, ela se surpreendeu ao ver o militar de dias atrás. Do alto do caminhão ele deu uma piscadinha e, descarado, jogou-lhe um beijo e sorriu. Ela não reagiu, e segundos depois, o comboio desapareceu.

– Mas que idiota! – murmurou Carmen.

Minutos depois, quando sua irmã e Renata saíram, Carmen não comentou o que havia acontecido.

Sexta-feira era aniversário de seu pai, e decidiram ligar para ele, mesmo que não fosse domingo. Miguel, assim que foi avisado pela vizinha, subiu voando a escada e, quando pegou o telefone, sorriu ao ouvir suas duas filhas cantando *Parabéns pra você*.

No sábado, usando belos vestidos, com saia tipo cancã, e sapatos de salto alto e fino, Loli e Carmen foram ao parque Dutzendteich, onde haviam marcado com outras amigas.

Renata havia ido a Hannover e ia ficar uma semana na casa de seus pais. Era aniversário de sua mãe, e ela queria lhe fazer uma surpresa.

Quando todas as garotas chegaram ao ponto de encontro, começaram a pensar aonde ir. Havia dois lugares na moda. Enquanto decidiam, um grupo de homens se aproximou. Logo viram que se tratava de soldados americanos. Não estavam de uniforme, e sim à paisana, mas seu jeito de falar era inconfundível.

Carmen os observava com curiosidade. A última coisa que queria era tornar a ver o otário que a chamara de "menina". Relaxou quando constatou que ele não estava ali. Mas ficou sem palavras ao ver sua irmã pestanejar como uma tonta diante de um deles. Um moreno, muito bonito, que logo soube que se chamava Darío.

Durante um tempo todos conversaram com simpatia, e eles explicaram que estavam alojados na base militar de Merrell Barracks, do outro lado do parque. Ao ouvir esse nome, Carmen olhou para sua irmã. Ela entendeu o olhar e sussurrou:

– Sim, é o quartel que Renata comentou. Mas não devemos pensar que todos os americanos alojados ali são iguais, não acha?

Carmen observou Darío; aproximando-se de Loli, sussurrou:

– Ainda mais quando você fica piscando como uma idiota diante de um deles, não é?

– Mari Carmen, não seja desavergonhada! – replicou Loli.

– Desavergonhada, eu? Você que é – debochou Carmen.

Loli sorriu. Carmen pensou que sua irmã tinha razão. Não era certo julgar todo mundo igual, e por fim relaxou. Devia dar uma chance àqueles americanos, como havia dado aos alemães ou espanhóis, para saber se eram boas pessoas ou não.

A maioria deles era mexicana, porto-riquenha ou panamenha. Todos falavam espanhol, mas com sotaques diferentes, de modo que se entendiam perfeitamente. Também havia outros rapazes do Tennessee ou de Nova York que seus colegas ajudavam na hora de se comunicar.

Meia hora depois, aqueles dois grupos de homens e mulheres se tornaram um só, e decidiram ir dançar. Aconselhadas por eles, as jovens aceitaram ir a um lugar que não ficava longe dali, e quando chegaram, a música as envolveu. Rapidamente começaram a dançar a canção de Leslie Gore, *It's My Party.*[11]

Carmen, que adorava música e diversão, sorria para sua irmã enquanto cantavam juntas, com seu péssimo inglês, aquela canção que grudava no cérebro.

Do outro lado do balcão, o cabo Teddy conversava com umas garotas e diversos amigos. Em dado momento, ao olhar para a pista viu que a poucos metros dele estava a jovem com quem havia cruzado duas vezes e que o fazia rir com seu gênio forte.

Olhou para ela com curiosidade. Não era muito alta, magra, de cabelo escuro preso em um coque alto. Usava um lindo vestido azulão e sapatos altos. Gostou de tudo nela, e desfrutou da visão enquanto a garota dançava. Até que Larruga, seu amigo, perguntou:

– O que está olhando com tanta atenção?

Teddy apontou a pista com o olhar, e Larruga, ao reconhecer a jovem, aproximou-se e disse, sorrindo:

– Isso é coisa do destino, amigo.

O outro assentiu e, esquecendo as garotas que estavam com ele e seus amigos, não tirou mais os olhos da jovem de cabelo preto; e a seguiu quando ela parou de dançar. Ao ver que ela se aproximava de um grupo de soldados da base que ele conhecia, sorriu satisfeito. Isso facilitaria as coisas.

11 *It's My Party*, interpretada por Leslie Gore, 1963. (N. da E.)

Enquanto Loli e Carmen pediam Coca-Cola no balcão, a mais nova ouviu de repente detrás de si:

– Olá, menina.

Um calafrio percorreu seu corpo. Não podia ser!

Sem olhar, sabia de quem se tratava. Loli sorriu, e Carmen a pegou pelo braço e se afastou dali depressa, deixando o cabo boquiaberto.

A seguir, entrou no banheiro feminino, onde ele não as poderia seguir.

– Por que a pressa e essa cara de bunda? – perguntou Loli.

– Esse... esse idiota... – respondeu Carmen, indicando a porta.

– Por que idiota?

– Porque é um idiota – sentenciou Carmen.

Loli, que conhecia a irmã, disse sorrindo:

– Mas você nem falou com ele...

Afastando da testa uma mecha de cabelo que havia escapado do coque, Carmen disse:

– Falei com ele o suficiente para saber que é um palhaço. E digo mais: se ele tornar a se aproximar de mim, vou para casa!

– Ora, não seja exagerada – disse Loli, tentando acalmá-la.

– Claro... como você está babando por esse tal de Darío... – disse Carmen.

– Darío é um encanto de garoto – respondeu sua irmã, sorrindo –, e talvez esse que você chama de idiota e palhaço também seja. Por que não lhe dá uma chance?

Carmen suspirou. Nunca havia gostado de engraçadinhos, e aquele, sem dúvida, era um. Mas, quando foi responder, Loli pegou seu braço e disse:

– Venha, vamos sair daqui. Não viemos até aqui para ficar enfiadas no banheiro feminino.

Carmen assentiu sem muita vontade e saiu com sua irmã. Uma vez fora, chegou a seus ouvidos *Twistin' the Night Away,*[12] de Sam Cooke, que todo mundo cantava enlouquecido.

12 *Twistin' the Night Away*, RCA Records Label, interpretada por Sam Cooke. (N. da E.)

Quando chegaram ao salão, Carmen olhou para o lugar onde havia deixado o militar plantado. Ao ver que ele não estava lá, respirou aliviada. Sem dúvida ele havia se tocado. Mas ao se juntar ao grupo e contemplar a pista, surpreendeu-se ao vê-lo dançar com uma das garotas de sua turma. E pelo que parecia, os dois estavam se divertindo. Ele dançava muito bem e com muito ritmo.

Carmen rapidamente desviou o olhar. Não queria que ele a pegasse olhando. Mas quando se voltou, viu que os espelhos que tinha a sua frente lhe davam uma visão perfeita do que aquele bobo fazia na pista. E a verdade era que a cada segundo que passava aquele bobo dançava melhor.

Durante todo o tempo que durou a canção, Carmen ficou de costas para a pista. Quando a música acabou e viu que ele se aproximava, ela ficou tensa, pronta para lhe dizer poucas e boas. Mas ficou na vontade. Todo galante, o jovem levou sua amiga ao grupo e depois se afastou, não tornando a se aproximar de Carmen. Mas a observava disfarçadamente.

Carmen tentava não olhar para ele, mas a curiosidade era mais forte. Sem dúvida ele estava se divertindo. Não parava de rir e conversar com seu grupo. Ele era divertido. Dançava e brincava com todas as garotas. Até tirou sua irmã, Loli, para dançar.

Não ficou uma só de seu grupo com quem não houvesse dançado, exceto ela. Todas estavam encantadas com sua gentileza e seu cavalheirismo. Quando Loli parou de falar e se comportar como uma tonta com Darío e voltou, Carmen disse rapidamente:

– Não quero ouvir nem uma palavra.

– Nossa, que humor! – grunhiu sua irmã. – Só queria lhe dizer que tenho planos para quarta-feira.

– Planos? Que planos?

Toda atirada, Loli alisou a saia do vestido e respondeu:

– Darío me convidou para ir ao cinema que fica dentro da base americana.

– Loli, vai ao cinema com um desconhecido? Se mamãe souber...

– Não venha me dar sermão; e mamãe não vai saber.

As irmãs se olharam. Às vezes, com o olhar elas se diziam tudo. Por fim, Carmen perguntou:

– Há um cinema na base americana?

Não querendo se aborrecer, Loli assentiu, balançando os quadris ao compasso de *Do You Love Me*,[13] do The Contours, e respondeu:

– Sim. E um boliche, e um café, e um salão de baile. Parece que vão passar esse filme dos diamantes... Como é o nome? Com aquela atriz moreninha tão bonita.

– *Bonequinha de luxo*, com Audrey Hepburn – disse Carmen.

– Esse! Você não queria ver esse filme?

Carmen assentiu e Loli acrescentou:

– Então, venha conosco. O único problema é que é em inglês.

– Inglês?! E como você vai entender o que dizem? – perguntou sua irmã.

– Darío disse que vai traduzir para mim.

– Entre um beijo e outro – zombou Carmen.

– Ora, sua boba – disse Loli categórica. – Você tem duas opções: ou o vê em inglês, ou não o vê. Você decide.

E ao ver que Darío olhava para ela, Loli murmurou, mexendo no cabelo toda paqueradora.

– O que acha de Darío?

Carmen olhou para o militar, que nesse momento falava com o idiota que ela não queria ver nem pintado de ouro. Disse:

– É bonito.

– Só bonito? Por Deus, Mari Carmen, ele é lindíssimo! Veja que glória.

Ela revirou os olhos e olhou de novo. Dessa vez, os dois jovens riam de alguma coisa. Loli disse:

– Aquele que está com Darío se chama Teddy Díaz. É cabo, e...

---

13 *Do You Love Me*, Ling Music Group, interpretada por The Contours. (N. da E.)

– Já disse que não quero ouvir nem uma palavra – interrompeu Carmen. – E não me interessa se ele se chama Gratiniano Pérez e é coronel. E a propósito, esqueceu o que Renata disse?

– Sobre o quê?

– Sobre os militares americanos. Ela disse para ficarmos longe deles.

– Mari Carmen... – Loli suspirou.

– Faça o que quiser, minha filha, mas, depois, não venha se lamentar – concluiu Carmen, irritada.

Loli revirou os olhos e se calou. Quando sua irmã cismava, era melhor deixá-la em paz.

Uma hora depois, as luzes do salão diminuíram e o ritmo da música mudou, e Loli foi para a pista dançar *Only You,*[14] do The Platters, com Darío. Carmen observava os dois com curiosidade, e viu que formavam um belo casal. Sem dúvida, sua irmã tinha bom gosto para homens. Subitamente, notou que o cabo Teddy se aproximava e ficou em alerta. Ia lhe dar um belo fora, mas ele, em vez de perguntar se ela queria dançar, convidou a garota que estava ao lado. Quando os dois se afastaram, Carmen murmurou:

– Quanto mais rezo, mais assombração me aparece.

Minutos depois, aproximou-se um mexicano e começaram a conversar.

Carmen, sentindo calor, tirou a blusa de tricô que vestia e a deixou em cima de uma cadeira. Pouco depois, quando começou a tocar *Will You Still Love Me Tomorrow,*[15] do The Shirelles, ela foi dançar com o mexicano, que se chamava Ramón e era no mínimo encantador.

Dançaram várias canções, e assim que voltaram Carmen viu de soslaio Teddy se aproximar, bem quando começava *Since I Don't Have You,*[16] do The Skyliners. Ela ficou tensa. Dessa vez não havia nenhuma garota ao lado dela.

---

14 *Only You*, Butterfly Music, interpretada por The Platters. (N. da E.)

15 *Will You Still Love Me Tomorrow*, Gosto Records Inc., interpretada por The Shirelles. (N. da E.)

16 *Since I Don't Have You*, Classic Records, interpretada por The Skyliners. (N. da E.)

Quando ele chegou, antes mesmo de que pudesse falar, Carmen disse rapidamente, encarando-o:

– Não, não vou dançar com você.

Teddy sorriu e, agachando-se, recolheu a blusa dela do chão e respondeu:

– Eu só vim lhe dizer que deixou cair isto.

Envergonhada, ela pegou a blusa e, afastando os olhos, murmurou um tímido "obrigada", enquanto dava meia-volta e ia para junto de seus amigos.

Larruga o viu voltar com um sorriso divertido nos lábios e perguntou:

– O que é que há com você e essa morena?

Teddy apoiou o cotovelo no balcão do bar. Depois de tomar um gole de seu refrigerante, disse com um sorriso inocente, erguendo a sobrancelha:

– Vou me casar com essa morena, amigo.

Larruga soltou uma gargalhada e Teddy se juntou a ele, enquanto Carmen não sabia onde se enfiar.

Quando chegou a hora de ir, os rapazes se despediram delas, mas Teddy não se aproximou de Carmen. Se ela queria distância, era o que teria.

Carmen, nervosa como nunca, olhava as unhas enquanto sua irmã se despedia de Darío. Mas ao sair, olhou para trás e viu que Teddy estava sentado de costas para ela, falando com um dos seus amigos. O que Carmen não sabia era que por um espelho lateral ele estava controlando todos os movimentos dela.

8

Depois de muito pensar, na quarta-feira Carmen decidiu ir ao cinema. Queria ver *Bonequinha de luxo*, mesmo que fosse em inglês.

Com calças e jaquetas da última moda, Loli e Carmen esperavam na porta da base americana quando Darío saiu para recebê-las.

Feliz pela visita daquelas duas belezas espanholas, deu o braço a cada uma e as acompanhou até a guarita de entrada, onde elas teriam que deixar os passaportes.

A seguir, entraram naquele lugar cheio de homens, que as olhavam com curiosidade, enquanto Darío ostentava suas acompanhantes.

Larruga, ao passar, reconheceu a morena e foi correndo à lanchonete onde Teddy estava bebendo com alguns companheiros.

– E se eu lhe disser que sua futura esposa está na base? – disse.

Sem precisar perguntar a quem se referia, Teddy franziu a testa e perguntou:

– Com quem ela está?

– E se eu não disser? – provocou Larruga.

Teddy rapidamente o pegou pelo pescoço.

– Eu me rendo... eu me rendo – disse o outro, divertido.

Quando seu amigo o soltou, explicou:

– Ela está com Darío Cano, e acho que vão ao cinema.

Sem tempo a perder, Teddy saiu da lanchonete e foi para lá. Se a jovem estava na base, precisava vê-la. Ao sair ao pátio, observou a fila para entrar no cinema e, quando os encontrou, aproximou-se sorrindo e os cumprimentou com cortesia.

– Senhoritas. – E a seguir, dirigindo-se ao militar: – Tudo certo, Darío?

Carmen, ao vê-lo, fez cara feia, mas Loli a censurou com o olhar, e por ela, relaxou a expressão. Darío as apresentou.

As jovens estenderam a mão, e quando Teddy pegou a de Carmen, perguntou, dando uma piscadinha:

– É verdade que as espanholas são muito bravas?

– Só com os otários que merecem – respondeu ela com um sorriso nada conciliador.

Darío, que não estava entendendo nada, ao ver como se olhavam perguntou, para quebrar a tensão:

– Você também vai ao cinema?

– Talvez – respondeu Teddy com descaramento, sem deixar de olhar para ela.

– Preciso ir ao banheiro antes de entrar no cinema – disse Carmen, acalorada.

Darío indicou-lhe a porta.

– Eu a acompanho – ofereceu Loli.

Quando se afastaram, sob o olhar dos dois militares, Carmen sussurrou:

– Se ele entrar no cinema conosco, vou embora. – E já dentro do banheiro, perguntou, alterada: – Seu adorado Darío armou esta armadilha?

– Não que eu saiba – respondeu sua irmã, contrariada.

Carmen fechou os olhos. Não devia ter ido.

– Na verdade, o galã não está nada mal. É bonitão! – comentou Loli.

– Deus do céu! – suspirou Carmen.

Divertida, Loli se aproximou mais e sussurrou:

– Esse cabo estava devorando você com os olhos.

– Loli, não seja grossa! – protestou Carmen.

E erguendo as mãos para o céu, queixou-se:

– Por que tenho que o encontar aqui também?

Sem poder deixar de sorrir, sua irmã suspirou.

– Talvez porque estamos na base onde ele vive, e as probabilidades de encontrá-lo eram grandes. Por acaso você não havia pensado nisso?

Carmen suspirou. Claro que havia pensado nisso. Mas a base era muito grande. Olhou-se no espelho, e quando ia dizer algo mais, Loli a interrompeu:

– Deixe de drama. Esse rapaz está em seu direito de ir ao cinema. Se ele entrar conosco, basta não sentar ao lado dele e assunto encerrado. Venha, depressa, que o filme vai começar.

Tão logo saíram, foram para a pequena fila onde Darío as esperava ao lado do outro militar. Carmen suspirava, furiosa, sem olhar para ele, não querendo confraternizar. Aquilo estava indo de mal a pior.

Quando entraram na sala, Carmen empurrou Loli para sentar primeiro. Sua irmã se acomodou ao seu lado, com Darío junto a ela e Teddy depois.

No momento em que as luzes se apagaram Carmen sorriu, tranquila, devido à distância que interpusera entre os dois. Mas seu sorriso se apagou quando, minutos depois, sua irmã e o americano começaram a se beijar sem trégua na escuridão da sala.

O filme era lindo, mas ela não entendia nada do que diziam. Entre um beijo e outro, Carmen perguntava a Darío, mas no fim se rendeu. O que sua irmã e o acompanhante menos queriam era ver o filme, de modo que decidiu imaginar os diálogos.

Teddy, que testemunhava tudo aquilo, sorriu. Olhando para a jovem que estava na outra ponta, perguntou:

– Precisa de ajuda com o idioma?

– Não, obrigada – respondeu Carmen.

Depois disso, o cabo não tornou a dizer nada, e ela tentou aproveitar o filme, guiando-se simplesmente pelo que acontecia na tela para entendê-lo.

Quando acabou, olhou para sua irmã, e com olhar de censura, murmurou:

– Ainda bem que Darío ia traduzir o filme para nós.

Loli sorriu, marota, e sua irmã por fim também teve que sorrir.

Quando saíram do cinema, Teddy desapareceu sem se despedir. Depois de beber uns refrigerantes na lanchonete, as garotas pegaram seus passaportes na guarita de entrada e voltaram à pensão de moças. Era tarde, e no dia seguinte tinham que trabalhar.

Na sexta-feira, Carmen saiu da fábrica e esperou sua irmã na porta de entrada. Renata continuava em Hannover. Estava sol, e era agradável estar ali. Mas, de repente, seu coração quase parou quando viu o cabo que queria evitar caminhando para ela com seu uniforme militar e óculos de sol.

Como havia dito Loli, efetivamente o galã não estava nada mal, e com aqueles óculos de aviador parecia um astro de cinema.

Várias garotas olhavam para ele, que, encantado, sorria todo galante.

– Boa-tarde – ele cumprimentou Carmen quando se aproximou.

– Olá – respondeu ela com o coração na boca.

Durante alguns segundos ficaram os dois calados, apoiados na parede, até que, de repente, ele a olhou e disse:

– Desculpe, queria lhe perguntar se...

– Qual é seu joguinho? – interrompeu Carmen.

– Do que está falando?

Revirando os olhos, ela disse:

– Vejamos, seu tonto. Ainda não ficou claro que não quero nada com você? Já chega de ficar me cercando por todo lado.

Teddy, tirando os óculos bruscamente, olhou-a de cima a baixo, e com um sorriso que deixou Carmen sem fôlego, respondeu:

– Não sei do que está falando. E antes que continue, só queria lhe perguntar se você sabe se as garotas da seção quatro já saíram. Marquei com uma delas aqui.

"Que a terra me engula!", pensou ela. Mas disfarçando a vergonha, Carmen cruzou os braços e disse, sarcástica:

– Ah... claro.

O militar sorriu. Se ele era arrogante, aquela espanhola não ficava atrás.

Nesse momento uma garota o chamou, acenando com a mão:

– Cabo Díaz... cabo Díaz, estou aqui!

Carmen olhou para a loura e depois para ele.

"Que bola fora outra vez", pensou, corada.

Erguendo as sobrancelhas Teddy sorriu, pôs os óculos, e enquanto se afastava em direção à garota, sussurrou, virando a cabeça:

– Eu lhe disse, menina.

Envergonhada pelo enorme papel ridículo que havia feito, Carmen os seguiu com o olhar enquanto eles se afastavam de braços dados, rindo e felizes. O que ela não sabia era que aquela jovem era namorada de um cabo amigo de Teddy, e que ele havia combinado de ir buscá-la para poder ver a espanhola.

Loli saiu da fábrica, e ao vê-la de cenho franzido, perguntou:

– E essa cara azeda?

Carmen suspirou.

– Estou cansada de ficar sempre esperando você. Vamos embora!

– Ora, também não é para tanto – grunhiu Loli, sem saber o que havia acontecido.

9

No sábado, Carmen não foi dançar com sua irmã. Renata havia voltado, e saiu com ela e umas amigas. Não comentou nada sobre os americanos. Se falasse, sabia o que Renata diria. Mas à noite, quando voltou para casa, pegou seu diário e escreveu:

Nem eu me entendo.

Não quero ver esse americano, mas minha mente não para de pensar nele.

Como sou estranha!

No sábado seguinte, depois de uma semana de batalha entre sua mente e seu coração pelo conflito de sentimentos, Carmen se arrumou com capricho para sair. Queria estar bonita. Sua irmã, ao ver que ela punha um vestido novo e o fino casaco branco de tricô, exclamou:

– Como você está bonita!

Carmen sorriu.

– Obrigada.

Loli, que estava fazendo um coque alto diante do espelho, quando Renata foi embora olhou para sua irmã e sussurrou:

– Certeza que o cabo vai ficar sem fala quando a vir.

– Loli, vou te dar um tapa – disse Carmen, rindo ao escutá-la.

Dois minutos depois Renata entrou e, surpreendendo-as, perguntou com as mãos na cintura:

– Muito bem, Loli, quando você ia me contar que está saindo com um americano?

Elas a olharam boquiabertas, e a amiga continuou:

– Ludovica, da portaria, acabou de me contar. Disse que a viu com ele.

As irmãs se entreolharam. Loli explicou com paciência seu novo relacionamento com aquele homem. Renata no início resmungou, não achava uma boa ideia. Mas, por fim, depois de conversarem bastante, cedeu.

– Você não está brava, não é? – perguntou Loli.

– Claro que não, boba – respondeu Renata, negando com a cabeça. – Na verdade, estou brava comigo mesma. Desde que meu ex-namorado partiu meu coração, não confio em homem nenhum.

– Seu namorado era um otário – afirmou Carmen. – E um dia vai perceber o que perdeu deixando-a escapar.

As três sorriram. Loli disse:

– Acho que você devia começar a olhar os homens com outros olhos. Não são todos iguais, não acha?

– Dê-me um tempo – respondeu a amiga, suspirando.

Uma hora depois, quando as duas irmãs, Renata e outras amigas entraram na discoteca, Darío se aproximou. Sem pudor, Loli e ele se beijaram. Renata olhou para Carmen, que zombou, dizendo:

– É uma libertina.

Renata soltou uma gargalhada. Depois de cumprimentar o bonito militar também, os quatro foram para o balcão pedir uma bebida, enquanto as pessoas dançavam *Twist and Shout,*[17] de The Isley Brothers.

Carmen foi encontrando vários militares que já conhecia, mas não parava de olhar ao redor, incompreensivelmente em busca do homem que não queria ver. Ou será que queria?

Sem entender como nem quando, sua opinião sobre ele havia mudado, e de odiá-lo passara a morrer de vontade de vê-lo. Mas ele não estava ali. Decepcionada com sua ausência, dançou várias canções com Renata e as

---

17 *Twist and Shout,* Gusto Records Inc., interpretada por The Isley Brothers. (N. da E.)

garotas, e quando cantarolava *Baby Love,*[18] de The Supremes, seu coração acelerou ao vê-lo entrar com mais dois rapazes.

Renata, ao ver sua expressão mudar, olhou na mesma direção que Carmen. Murmurou, surpresa:

– Mas esse aí não é...?

– Sim – interrompeu Carmen.

– Não me diga que você também – disse a alemã sorrindo e bebendo um gole de sua bebida.

Rapidamente Carmen negou com a cabeça. Tentando convencer a si mesma, respondeu:

– Não, não, nem louca.

Mas ali, a poucos metros, lindo como sempre, estava aquele homem que de repente ela não conseguia tirar da cabeça. Seus olhares, como Carmen esperava, se encontraram, mas em nenhum momento ele se aproximou.

Durante um bom tempo mantiveram distância, até que Carmen viu a loura da fábrica aparecer. Isso a deixou em alerta. A namorada dele estava ali. No entanto, segundos depois ficou sem palavras quando viu que a jovem ia para o grupo onde ele estava, mas beijava um tal de Panamá, e não Teddy. Ao ver que ela o observava, ele sorriu, e com descaro, deu uma piscadinha.

– Mas que...!

Renata olhava para Carmen. Quando foi perguntar, ela disse:

– Dê-me um cigarro.

– Para que você quer um cigarro? – quis saber a alemã, surpresa.

– Vai me dar ou não? – insistiu Carmen.

Renata lhe deu o cigarro, e no momento em que foi acendê-lo, Carmen deu meia-volta e, com passo seguro, dirigiu-se ao grupo de militares.

Teddy, ao vê-la se aproximar, sorriu. Por fim havia se rendido.

Ela se aproximou dele com um sorriso encantador e o cigarro entre os dedos, e Teddy se apoiou no balcão para esperá-la. Aquela morena

18 *Baby Love,* One Meia iPLtd., interpretada por The Supremes. (N. da E.)

espanhola era uma beleza. Quando ela chegou e olhou para Teddy, ele foi dizer algo, mas a jovem se voltou para um rapaz que estava ao lado e perguntou:

– Tem fogo?

O rapaz, sem se dar conta de nada, sorriu, rapidamente pegou um fósforo e o acendeu, enquanto Teddy ficava a ver navios e com cara de bobo por causa do fora.

Assim que ela acendeu o cigarro – como Renata havia lhe explicado mil vezes – e soltou a fumaça com sofisticação, tentando não engasgar e fazer papel de ridículo, pelas caixas de som começaram a ouvir *It's Now or Never,*[19] de Elvis Presley, e sem hesitar Carmen incitou o rapaz a dançar.

Ele aceitou com prazer. Enquanto se afastavam, ela olhou para trás e, marota, deu uma piscadinha para Teddy, que a fitava pasmo.

Depois de dançar várias canções com o rapaz, Carmen voltou para junto de suas amigas. Loli, que a havia visto fumar, perguntou:

– O que estava fazendo fumando?

– Sinceramente, não sei – respondeu Carmen, ainda com o gosto nojento de cigarro na boca.

Renata suspirou. Sem dúvida, os americanos já estavam começando a aprontar.

Aquele cabo de guerra entre os dois durou mais umas duas semanas. Eles se olhavam, desafiavam, mas nenhum dos dois dava o braço a torcer.

Renata observava os movimentos dos dois. Apesar do repúdio que sentia pelos ianques, ela se divertia vendo sua amiga brincar com ele, e vice-versa. Sem dúvida havia uma grande atração entre eles, e era só questão de tempo que se resolvesse.

Certa tarde, depois de sair do trabalho e voltar para casa, Carmen foi de novo fazer compras. Precisava de linha para remendar as meias

---

19 *It's Now or Never*, RCA Records Label, interpretada por Elvis Presley. (N. da E.)

de náilon. Enquanto esperava sua vez na lojinha, umas batidinhas chamaram sua atenção. Ao olhar para a vitrine ficou em choque ao ver o cabo americano olhando pelo vidro, com um lenço branco amarrado no dedo, que ele balançava como se fosse uma bandeira. Ela não sabia o que fazer. Então, ele sorriu, e Carmen, esquecendo tudo, saiu da loja.

– Olá, você se lembra de mim? – perguntou Teddy com seu sotaque peculiar.

– Claro que me lembro de você – assentiu ela, por fim sorrindo.

Sem perder tempo diante daquela demonstração de doçura, ele apontou para o lenço no dedo e disse:

– Bandeira branca significa cessar fogo, rendição ou solicitação para negociar com o inimigo.

Carmen voltou a sorrir, e Teddy perguntou:

– Já posso guardá-la?

Ela assentiu de novo, e ele, guardando o lenço, estendeu a mão para Carmen.

– Acho melhor começarmos de novo. Olá, meu nome é Teddy Díaz.

– Carmen Rodríguez.

Ela estendeu a mão. Enquanto apertava a dele, sentia um frio no estômago.

Estavam se olhando como dois bobos quando a mulher que estava atrás dela na loja saiu e disse, irritada:

– Minha jovem, ou você pede, ou pedirei eu.

Carmen, que já entendia muito bem o idioma, reagiu. Olhando para Teddy, disse:

– Tenho que entrar. Se voltar para casa sem o que minha irmã me pediu, ela me mata.

– Entre, eu a espero aqui – disse ele, sorrindo.

Nervosa, alterada e sem saber como se dera aquele milagre, Carmen entrou na loja, pediu o que havia ido buscar, pagou e saiu.

– Posso convidá-la a tomar um refrigerante, Carmen?

Ela assentiu sem hesitar; nada lhe agradaria mais. E juntos, mas sem se roçar, chegaram a um café, onde se sentaram um de frente para o outro enquanto tocava no rádio *Be My Baby.*[20]

Ali Carmen descobriu que ele havia nascido em Nova York, tinha 23 anos e estava alocado na Alemanha havia quase três, na divisão Airborne. Durante mais de duas horas conversaram e riram. Comunicar-se de repente era fluido e fácil para eles.

Quando acabaram os refrigerantes, foram para o parque Dutzendteich e passearam margeando o lago, até se sentarem em um banco em frente à água. O tempo passou rápido entre confidências, e chegou a hora de se despedirem.

– Eu a acompanharia até sua casa, mas se não chegar a tempo à base, serei preso – disse Teddy olhando a hora em seu relógio.

– Não se preocupe, moro perto daqui.

– Eu sei – disse ele. E ao ver a cara de surpresa dela, esclareceu: – Eu a segui uma tarde ou outra; não via a hora de erguer a bandeira branca. Fico feliz por ter feito as pazes com você – acrescentou.

Carmen sorriu como uma boba. Nada disso importava mais, exceto o fato de estarem ali, juntos. Durante alguns segundos eles se olharam nos olhos. Tinham que se despedir, ou ele chegaria atrasado à base. Então, dando um passo atrás para se afastar, ela disse:

– Vá, ou não vai chegar a tempo.

– Você tem os olhos verdes mais lindos que eu já vi.

– Você vai se atrasar. Vá! – insistiu Carmen, com o coração a mil por causa do que ele havia dito.

Teddy assentiu. Embora não se atrevesse a lhe dar um beijo, para não a assustar, precisava de contato. Tocou-lhe a face e perguntou antes de se afastar:

– Vou vê-la este sábado?

---

20 *Be My Baby*, Legacy Recordings, interpretada por The Ronettes. (N. da E.)

Sem hesitar ela assentiu, e ele, feliz, deu-lhe uma piscadinha. Depois de um último olhar, saiu correndo. Carmen percorreu as ruas até chegar à pensão como se pisasse em nuvens. Ao entrar, cumprimentou Ludovica, a mulher da portaria, cruzou com outras garotas no corredor e por fim chegou a seu quarto.

– Menina, eu já estava preocupada – exclamou Loli ao vê-la entrar. – Por que demorou tanto?

Sentando-se na ponta da cama, ela olhou para sua irmã e para Renata e respondeu, sonhadora:

– No sábado tenho um encontro com o cabo americano.

– Não me diga que é com o idiota bonito – debochou Loli, sentando-se ao lado da irmã.

Carmen assentiu. Renata, revirando os olhos, suspirou:

– Vocês não têm jeito. O que é que vocês têm com os americanos?

Essa noite, antes de dormir, Carmen pegou seu diário e escreveu:

Não consigo parar de sorrir como uma boba.

O cabo tornou a cruzar meu caminho hoje. Amarrou um lenço no dedo como uma bandeirinha, e quando ele disse que bandeira branca é sinal de trégua ou solicitação para falar com o inimigo, eu tive que sorrir. Que espirituoso!

O nome dele é Teddy, mas isso eu já sabia; ele é nova-iorquino e, como disse minha irmã, é encantador. Eu o julguei mal quando o conheci.

Conversar com ele é muito fácil. Adoro seu sorriso, e sempre que ele me olha com esses olhos escuros, tremo como uma vara verde e fico vermelha como um tomate.

Hoje, pela primeira vez em muitos dias, minha cabeça e meu coração se reconciliaram e eu estou muito... muito feliz.

Pelo resto da semana Carmen continuou nas nuvens, e pela primeira vez desde que vivia na Alemanha, quando falou com seu pai ao telefone não lhe contou algo que era especial para ela. Evitou falar do rapaz americano que havia conhecido porque sabia que ele se preocuparia.

Chegou o sábado, e no momento em que Carmen entrou na discoteca com sua irmã e as outras garotas, tocava *Stand By Me,*[21] cantada por Ben E. King, e seu coração parecia querer sair do peito. Ela tinha um encontro!

Em Madri já havia ficado com rapazes, mas aquilo era diferente. Sentia que era algo muito especial.

Olhou ao seu redor, nervosa e com vontade de vê-lo, mas não o encontrou. Teria ela chegado cedo demais?

Seguiu sua irmã e suas amigas ao balcão para pedir refrigerantes, quando de repente alguém disse em seu ouvido:

– Olá, você se lembra de mim?

Carmen deu meia-volta com um sorriso cândido, e ao vê-lo, dessa vez à paisana, respondeu:

– Claro que me lembro de você.

Feliz com a reação contente dela, idêntica ao que ele sentia, pegou-a pela mão e a levou para dançar *Diana,*[22] de Paul Anka.

Loli, depois de cumprimentar Darío, que havia chegado com Teddy e outros rapazes, aproximou-se de Renata e sussurrou em seu ouvido:

– Acho que minha irmã está apaixonada.

– É genético – respondeu sua amiga. – Vocês gostam de americanos!

Acabada a canção, Carmen e Teddy dançaram mais duas canções e foram se sentar. Tinham mil coisas para conversar. Quando a música mudou e a intensidade da luz baixou, ao ouvir tocar *Perfidia,*[23] de Nat King Cole, Teddy se levantou da poltrona e perguntou, estendendo a mão:

– Vamos dançar?

---

21 *Stand By Me*, JB Production, interpretada por Ben E. King. (N. da E.)

22 *Diana*, ZYX Music, interpretada por Paul Anka. (N. da E.)

23 *Perfidia*, TV Music, interpretada por Nat King Cole. (N. da E.)

Carmen aceitou, feliz, e foi até a pista de mãos-dadas com ele. Já havia outros casais lá, entre eles, sua irmã. Os dois se aproximaram com decoro e começaram a dançar.

Aquela canção... aquela letra... aquela proximidade... aquele momento... tudo se somou para que Teddy e Carmen se olhassem nos olhos e acelerassem sua respiração e desejo.

Mas ela, surpreendendo-o, sussurrou:

– Não me olhe assim, não vou beijá-lo.

– Eu sei esperar – disse ele, sorrindo.

Ouvir isso deixou Carmen mais tranquila.

Mas o desejo que sentia por ele era algo desconhecido, e isso a fazia intuir que Teddy era especial. Por nenhum outro garoto ela havia sentido aquela louca atração.

Queria abraçá-lo, beijá-lo e não se afastar dele, e isso, de certa forma, assustou-a. O que estava acontecendo com ela? E ficou ainda mais confusa quando ele, fitando-a nos olhos, perguntou:

– Quer ser minha namorada?

Ela sorriu feito boba. Sem dúvida, era cedo demais para essa pergunta; mas, mesmo assim, ela respondeu:

– Sim, mas só se você me chamar de... menina.

Teddy soltou uma gargalhada. Erguendo-a, girou com ela pela pista enquanto as pessoas olhavam para eles, que, felizes, riam sem parar.

10

Uma semana depois, o cabo Díaz e Carmen continuavam isolados em sua bolha cor-de-rosa; até que chegou a notícia de que tinham que se separar. A tropa de Teddy ia sair em manobra.

Como se o mundo fosse acabar para os dois, no domingo aproveitaram todo o tempo que puderam para estar juntos. Quando chegou a hora da despedida na porta da pensão, Carmen, sem hesitar, olhou-o nos olhos, aproximou seus lábios dos dele e o beijou. Era o que mais queria.

Aquele esperado e ansiado beijo se estendeu por vários segundos, e só quando ouviram a mulher da portaria pigarrear foi que se separaram.

Surpreso, Teddy sorriu e murmurou:

– Valeu a pena esperar.

Feliz, Carmen beijou-o de novo, sem se importar com a tosse de Ludovica. Quando o segundo beijo acabou, com carinho ele afastou o cabelo do rosto dela e sussurrou:

– São só dez dias, menina.

Ela suspirou. O que menos queria naquele momento era ficar sem vê-lo. Mas ciente de que não tinha solução, optou por sorrir.

– Eu sei, e aqui estarei quando você voltar – disse.

Teddy deu-lhe um último beijo, uma piscadinha e, com um lindo sorriso, enfiou as mãos nos bolsos da calça e foi embora.

Duas noites depois, enquanto Renata e Pili, uma amiga da pensão, conversavam com sua irmã sentadas na cama, Carmen escrevia em seu diário. No rádio tocava *Devil or Angel*,[24] cantada por Bobby Vee.

---

24 *Devil or Angel*, EMI Records Ltd., interpretada por Bobby Vee. (N. da E.)

Nunca estive apaixonada, mas o que sinto por Teddy acho que é amor. Papai sempre diz que quando a pessoa se apaixona perde o apetite, o sono, e às vezes, até o senso de humor; e reconheço que tenho todos os sintomas. Não tenho fome, não tenho sono e não tenho vontade de brincadeiras.

Subitamente – embora em público eu nunca vá reconhecer – meu lindo militar se transformou em tudo, da noite para o dia! Como sempre ouvi minha mãe dizer, podemos enganar as pessoas e a nós mesmos, mas ao coração não se pode enganar. Ele é o primeiro a saber o que está acontecendo, e, sem dúvida, meu coração sabe que amo esse americano.

Eu sei que uma garota recatada não deveria pensar o que eu penso, nem desejar o que eu desejo, mas meus sentimentos, meu cérebro e meu corpo me pedem coisas que turvam minha razão.

Pela primeira vez acho que entendo Teresa e vejo quanto se pode chegar a fazer por amor.

Dez dias depois, certa tarde quando Carmen chegava do trabalho, ao vê-la, Ludovica a chamou. Entregando-lhe uma flor e um envelope, disse:

– Trouxeram isto para você.

Emocionada, Carmen abriu o envelope e sorriu ao ler:

Olá, menina.
Espero você às cinco horas no banco do lago, você sabe qual.
Amo você
Teddy

Seu coração deu um pulo. Teddy havia por fim voltado das manobras. Feliz, olhou o relógio. Eram quatro e dez.

– Boas notícias? – perguntou Ludovica.

Carmen assentiu com um sorriso esplendoroso e saiu correndo para seu quarto. Mal tinha tempo para se arrumar.

Ao entrar, tirou rapidamente a roupa, jogou-a pelo quarto e tomou um banho correndo. A seguir, pegou um vestido marrom, vestiu-o e fez um coque alto.

Estava com o coração a mil quando Loli, que havia ido comprar leite, abriu a porta e viu a desordem reinante.

– Mãe do céu – exclamou. – O que aconteceu aqui?

Enquanto calçava um sapato de salto alto, Carmen respondeu sem fôlego:

– Quando voltar, prometo que arrumo tudo.

Sem entender nada, Loli largou a sacola e perguntou:

– Aonde você vai?

– Teddy voltou – respondeu Carmen, feliz, antes de sair correndo.

Depressa e sem pausa, ela foi para o parque e, ao chegar, apertou o passo até o lago. Viu Teddy de longe, sentado no banco e uniformizado, e seu coração bateu forte. Tentando não fazer barulho, aproximou-se dele, e agachando-se, disse em seu ouvido:

– Olá, você se lembra de mim?

Teddy se levantou ao ouvi-la e, com um sorriso radiante, respondeu:

– Claro que me lembro de você.

Essa brincadeira boba havia se tornado algo muito especial para eles. Depois de se contemplarem por alguns segundos, por fim se beijaram com verdadeira paixão.

Os dias se passaram e o relacionamento foi ficando firme.

Tudo os divertia. No dia em que Carmen, na base, junto com sua irmã, experimentou pela primeira vez um hambúrguer, e de sobremesa banana split, ficou atônita. Aquilo era uma delícia!

Para Carmen, o mundo se centrava em Teddy, e vice-versa. Faziam todo o possível para se ver durante a semana, e nos fins de semana ficavam na discoteca da base, onde dançavam grudadinhos. Certa tarde, decidiram ir ao cinema. O filme se chamava *Amor sem fim*. Carmen, que caminhava de braços dados com sua irmã, disse:

– O protagonista é Troy Donahue, lindíssimo.

– Não me diga! Ah, adoro Troy! – suspirou Loli, encantada.

Aquele galã americano, louro, com cara de menino bonzinho e olhos azuis, era uma das estrelas do cinema naquela época. Teddy, olhando para Darío, zombou:

– Você também gosta desse tal de Troy?

– Adoro! Sou louco por ele – respondeu seu amigo, divertido.

Os quatro riram. Carmen, beijando Teddy, sussurrou:

– Como você é bobo!

– E otário também – acrescentou ele, sorrindo.

Viram o filme de mãos-dadas. Era uma linda história de amor, e como sempre, havia uma vilã disposta a acabar com o romance. Em dado momento, quando os pombinhos estavam jantando em uma gruta em Roma e um italiano começou a cantar *Al di là*,[25] Teddy e Carmen se olharam. Ao ver as legendas em inglês, ela perguntou:

– O que diz a canção?

– *Al di là* quer dizer "além", em italiano. E a letra diz algo como além do mais valioso, do melhor da vida e do mais belo está você.

Ambos se olharam. Teddy beijou Carmen, e enquanto o italiano cantava, ele traduziu.

– "Além do limite do mundo, do mar mais profundo e do horizonte infinito está você." E eu lhe digo o mesmo que a canção: você é meu além, e só você é para mim.

– *Al di là* – murmurou Carmen, emocionada.

Teddy sorriu. Sem perceber, aquela garota havia roubado seu coração.

– *Al di là* – murmurou ele também, levando seu nariz ao dela.

Apaixonados, beijaram-se enquanto aquela canção romântica prosseguia. Loli olhava para eles, divertida. Essa sua irmã...

---

25 *Al di là*, Sinetone AMR, interpretada por Emilio Pericoli. (N. da E.)

Quando saíram do cinema, Darío e Loli foram para a lanchonete beber alguma coisa, e Carmen e Teddy decidiram passear um pouco. Era o mês de julho e o tempo estava muito bom.

Durante um bom tempo caminharam comentando quanto haviam gostado do filme. Divertidos, tentaram cantarolar a canção. A seguir, sentaram-se em seu banco no lago. Teddy acariciou o rosto de Carmen e perguntou:

– Como é sua família na Espanha?

Carmen sorriu. Pensar neles sempre a deixava contente. Explicou:

– Meus pais são maravilhosos e tenho vários irmãos. Loli você já conhece. Também tenho outra irmã casada, mais duas meninas e um menino, que são pequenos e ainda vivem em casa. No total, somos seis irmãos.

– E você se dá bem com eles e com seus pais?

– Sim – disse ela com convicção.

– E se tudo é tão maravilhoso em sua casa, por que está aqui?

Surpresa com a pergunta, Carmen respondeu:

– Porque na Espanha não se consegue emprego. Meu pai, ao saber que Loli e eu queríamos ir embora, a princípio negou. Não queria que suas filhas ficassem tão longe de casa. Mas, no fim, ele entendeu e respeitou nossa vontade de buscar um futuro melhor. Ele é um homem incrível, Teddy. Finge ser durão e nos repreende às vezes, mas é muito carinhoso. Se você o conhecesse, tenho certeza de que gostariam um do outro.

Ele assentiu, comovido. Ela, ao ver sua expressão, perguntou:

– Que foi? Por que me perguntou isso?

Passando o dedo pelo queixo dela, o jovem militar respondeu com carinho:

– Fico feliz de saber que você tem uma família tão boa, e que seu pai é carinhoso. – E após uma breve pausa, acrescentou: – Minha família não é assim. Minha mãe morreu quando eu tinha dez anos...

– Sinto muito, Teddy...

– Não se preocupe – disse ele, sorrindo –, isso já está superado. O que acontece é que sou alérgico a penicilina, como minha mãe era, e...

– Você é alérgico a penicilina?

– Sim. Uma vez fiquei doente, e meu pai não avisou os médicos sobre a alergia, de modo que quase morri. Minha avó, mãe de minha mãe, ficou muito brava com ele quando soube e disse que queria que minha irmã e eu fôssemos morar com ela. Naquela época morávamos em Porto Rico. Meu pai nos mandou para ela sem hesitar. Dois a menos para alimentar! – Teddy suspirou ao recordar. – Por parte de pai tenho vários irmãos, de mulheres diferentes. Poucas vezes os vi e mal me relaciono com eles.

– Sinto muito – disse Carmen novamente.

Teddy sorriu. O passado já estava superado. Prosseguiu:

– Por sorte tive uma avó incrível. A melhor. A mais carinhosa que alguém já teve, mas ela morreu há quase quatro anos. Chamava-se Alana, um nome lindo, não é? Ela era alegre, animada, adorava dançar, brigava conosco quando tirávamos notas baixas na escola e fazia uns pratos maravilhosos no Natal; para não falar das tortas maravilhosas.

Ambos sorriram.

– Quando ela morreu, poucos meses depois minha irmã Audrey se casou com um sujeito de Nashville que havia ido a Nova York a negócios, e então fiquei sozinho. Durante uns seis meses vivi sem rumo, e uma noite, estava bêbado em um bar de quinta categoria quando de repente senti medo de ser como meu pai. Por isso me alistei no Exército. Nunca quis ser como ele. Jamais.

Ouvi-lo dizer isso deixou Carmen com o coração apertado. Teddy acrescentou:

– Só espero que, se um dia tiver filhos, eles não tenham de mim o conceito que eu tenho de meu pai. Quero que me vejam como uma pessoa que pensa neles antes de si mesmo, não como um egoísta que só se preocupa consigo mesmo, não importa o mal que possa causar.

Carmen o abraçou, sensibilizada. Pela primeira vez desde que o conhecera aquele jovem de sorriso eterno estava triste. Ela tentou lhe devolver a alegria; tocou seus lábios e murmurou:

– Por que você faz biquinho de pato?

Teddy soltou uma gargalhada. Piscando para ela como só ele sabia fazer, disse:

– Sabe que minha avó dizia a mesma coisa?

– Sério?

Ele assentiu.

– Ela sempre dizia que quando eu ficava bravo ou triste fazia biquinho de pato.

– Você vai ser um bom pai, pode acreditar! – animou-o Carmen segurando-lhe a mão.

Contente por encontrar nela o apoio que necessitava, Teddy se deixou mimar e sorriu sussurrando as palavras *Al di là* no ouvido dela.

Essa noite, quando Carmen chegou à pensão, pegou seu diário e escreveu:

É triste ver que a pessoa que você ama se entristece ao lhe contar sua vida. Sem dúvida, o fato de o pai de Teddy não ter sido o que ele esperava de um pai o fará ser como disse: um bom homem que zele pelo bem-estar dos filhos.

Dois meses mais tarde, depois de um dia de trabalho puxado, quando saía da fábrica, Carmen sorriu ao ver Teddy apoiado na parede, esperando-a.

– Olá, menina – cumprimentou-a e a beijou.

De mãos-dadas e apaixonados, decidiram dar um passeio. Pararam em um café não muito longe dali para beber alguma coisa, e então Carmen viu Teresa.

Ela parecia cansada, e caminhava olhando para o chão. A última notícia que tivera dela era que havia saído da Siemens para trabalhar em uma grande loja chamada Quelle, e que continuava trabalhando por dois e para os dois.

Teddy, vendo para onde ela olhava, perguntou:

– Você a conhece?

– Sim. – E ao vê-la desaparecer no fim da rua, explicou: – Teresa chegou à Alemanha com minha irmã e eu, no mesmo trem. No início era muito unida a nós e a Renata, até que conheceu Arturo. – Suspirou com pesar. – Se você a houvesse conhecido na época a teria adorado, mas agora ela não é mais a mesma. Arturo, seu marido, nunca foi bom para ela, e, infelizmente, acho que nunca será.

– Por que diz isso? – perguntou ele, interessado.

Carmen bebeu um pouco de sua Coca-Cola e disse:

– Arturo sofreu um acidente na fábrica onde trabalhava, e se antes disso eu já não gostava dele, depois de perder o braço ele se transformou em um tirano exigente e cheio de raiva. Parece que, segundo me contaram, ele vagueia o dia todo e dá uma vida péssima à pobre Teresa, enquanto ela trabalha como uma mula.

– E como você sabe que lhe dá uma vida péssima?

– Temos amigos em comum. E mesmo que não tivéssemos, basta ver seu olhar triste para saber que ela não é feliz.

Teddy assentiu, sentindo pena daquela jovem.

– Quer ir ao cinema? – perguntou ele, querendo estar com Carmen.

Uma hora depois estavam no cinema da base vendo *Amor, sublime amor*, uma linda história que eles adoraram, apesar do final nada feliz.

11

Quinze dias depois, Teddy teve que partir de novo em manobras.

Devido a sua condição de militar, tinha que fazer isso com muita frequência. Embora para Carmen fosse doloroso se afastar dele, pouco a pouco foi se acostumando. Não tinha outro jeito.

Como todos os domingos, enquanto sua irmã tomava banho, Carmen desceu à sala da pensão depois de tomar café da manhã. Algumas garotas conversavam, outras assistiam à televisão, e outras escreviam cartas para a família ou folheavam os jornais que sempre havia em cima da mesa.

Desanimada por causa do longo domingo sem Teddy que tinha pela frente, Carmen se sentou a uma mesa, e pegando um jornal, começou a ler.

As notícias sempre lhe interessavam muito. Ao ver uma que falava sobre o presidente Kennedy, um homem por quem Teddy parecia ter respeito e afeto, leu-a.

A matéria dizia que o presidente americano havia aprovado um programa de ajuda econômica, política e militar ao Vietnã do Sul. E que pretendia enviar mais de 16 mil soldados e forças especiais dos Estados Unidos. A matéria terminava com a pergunta: "Estarão caminhando para uma guerra?".

Carmen leu a última frase duas vezes. A palavra "guerra" era preocupante. Ia continuar lendo, quando Loli apareceu. Ao vê-la, Carmen largou o jornal e foi até sua irmã; tinham que ligar para o pai.

– Vou contar a papai sobre Darío – disse Loli antes de discar.

– O quê? Você está louca? – exclamou Carmen.

Sua irmã suspirou. Entre Darío e ela haviam acontecido coisas importantes que Loli não havia contado a ninguém.

– Não gosto de ter segredos com papai, Mari Carmen. Ele não merece isso, e acho que você também devia lhe contar sobre Teddy.

– Mas você é esperta mesmo – zombou Carmen. – Quer que eu conte para que a bronca não caia só em você.

– Tem razão, não vou negar – respondeu Loli. – Mas também para lhe dar só um desgosto, e não um hoje e outro no dia em que você decida contar.

Carmen não respondeu. Loli, revirando os olhos, discou o número de telefone. Conversou um pouco com sua mãe, que sussurrou que seu pai estava com uma tosse preocupante. Depois Loli falou com seu pai e se abriu com ele. Como era de se esperar, ao ouvir o que sua filha contava, Miguel ficou contrariado. O que Loli estava fazendo saindo com um americano?

Quando deu sua conversa por concluída, Loli passou o telefone a Carmen com uma expressão alterada.

– Ele quer falar com você – disse.

Carmen suspirou. Olhando para o telefone, resmungou:

– Já o aqueceu para mim, não? – e disse enquanto sua irmã se afastava – Olá, papai.

Miguel, ainda surpreso com a notícia que sua filha mais velha lhe havia dado, falou, falou e falou, até que, ao notar Carmen mais calada que o normal, perguntou:

– O que você tem, Carmencita?

A jovem respondeu rapidamente:

– Nada, papai, é só... só que entendo o que está dizendo, mas...

– Um americano! Pelo amor de Deus, filha, não havia outro homem de um país mais distante?

E de novo começou a ladainha de protestos. Evidentemente ela não ia dizer nada. Já era o bastante para seu pai pensar em um americano; dois seria demais.

Quando o homem por fim parou de reclamar, Carmen, para mudar de assunto, perguntou por sua mãe e seus irmãos. Ele disse que estavam bem. De repente, ela disse:

– Papai, hoje estava lendo o jornal e uma notícia me chamou a atenção. Queria comentá-la com você.

– Que notícia? – perguntou ele, surpreso.

– Uma que diz que o presidente Kennedy mandou soldados para o Vietnã do Sul e...

– Por que você lê essas coisas?

– Você sabe que me interessa o que acontece no mundo.

Miguel assentiu com a cabeça, mas ela não viu. De todos os seus filhos, Carmen era a que sempre se interessara mais pelas notícias. Mas, mesmo assim, perguntou:

– Seu interesse é pelo namorado americano de sua irmã?

– Talvez...

– Talvez?! – protestou ele, tossindo. – Como assim "talvez"?

– Que tosse é essa?

– Não é nada – respondeu seu pai sem dar importância. – Talvez esteja ficando resfriado. Muito bem, que "talvez" é esse, Carmencita?

Sua irmã tinha razão. Tinha que contar. Murmurou:

– Ouça, papai...

– Oh, não... não me diga! Você também conheceu um americano? – O silêncio de sua filha confirmou-lhe a resposta. Sentando-se na cadeira que ficava ao lado do telefone, disse baixinho para que ninguém ouvisse. – Parece que hoje é o dia das confissões.

Carmen suspirou. O tom de voz de seu pai era seco de novo quando perguntou:

– Vocês duas ficaram loucas? Por acaso não há homens na Alemanha, nem na Espanha, têm que ficar logo com dois americanos?

Carmen, que o conhecia muito bem, deixou-o falar. Seu pai era como uma bomba, e ela era igualzinha. Explodia, mas depois dava para falar com ele. E assim foi.

– O de sua irmã se chama Darío. E o seu?

Nervosa, Carmen olhou para Loli, que no fundo da sala ainda estava digerindo a bronca que seu pai lhe havia dado.

– Teddy Díaz Fischer – respondeu.

– Bendito seja Deus – murmurou o homem, levando a mão à cabeça.

– Ele é cabo da divisão Airborne.

– Paraquedista?

– Sim. É de Nova York, mas... embora seja americano, ele fala espanhol, e garanto que é um bom rapaz, e que se você o conhecesse, gostaria dele.

Miguel suspirou. Não via graça nesse assunto, mas sabia que se as proibisse, estando tão longe, suas filhas não lhe dariam ouvidos.

– Sua irmã e você já são crescidinhas. Só espero que pensem nas coisas antes de fazê-las.

– Sim, papai, fique tranquilo.

E baixando a voz para que sua vizinha não o ouvisse, murmurou:

– Tenha juízo, Carmencita. E como disse a sua irmã, não me decepcione nem me envergonhe.

Dito isso, mudou o tom de voz e acrescentou:

– Não se preocupe com o que dizem os jornais. Não acredito que para os americanos valha a pena entrar em guerra.

Quando Carmen desligou o telefone, seu coração estava a mil por hora. Contar aquilo a seu pai não havia sido fácil, mas depois se sentiu melhor.

– Eu também contei a papai – disse a Loli, que a esperava sentada em uma cadeira.

Sua irmã a olhou, incrédula, e dando-lhe o braço, soltou uma gargalhada e exclamou:

– Isso merece uma Coca-Cola!

Rindo, voltaram para o quarto, onde cada uma contou à outra várias vezes a conversa que havia tido com o pai, cientes de que, apesar do desgosto inicial, haviam feito o melhor. Ao fundo ouviam *Where The Boys Are,*[26] cantada por Connie Francis.

Os dias foram passando. Carmen continuava ansiando a presença de seu cabo do Exército, mas o passar do tempo a deixava animada, porque sabia que logo tornaria a vê-lo.

Na terça-feira à tarde, quando chegaram do trabalho, Ludovica disse a Renata que haviam ligado de sua casa e que devia entrar em contato com eles urgentemente.

As garotas se entreolharam. Renata correu para a sala do telefone, seguida por suas amigas. Elas esperaram do lado de fora para lhe dar privacidade; minutos depois, viram-na sair pálida e abatida.

– Preciso voltar para Hannover imediatamente – disse Renata.

– Por quê? – perguntou Loli. – O que aconteceu?

As pernas de Renata falharam; ela se sentou em uma cadeira antes de responder, chorando:

– Meu pai... morreu de repente.

Loli e Carmen a consolaram o máximo que puderam, mas Renata não parou de chorar a noite toda. As duas irmãs estavam muito preocupadas por vê-la assim, visto que ela sempre era tão forte.

– Por favor, não chore mais – pediu Loli.

Renata assentiu. Enxugando as lágrimas, murmurou:

– Meu pai morreu, nunca mais tornarei a vê-lo.

Carmen, angustiada, tirou um cigarro do maço, acendeu-o e o entregou a Renata. Ela o pegou, agradecida. Deu duas tragadas e disse:

---

26 *Where The Boys Are*, Universal Records, uma divisão da UMG Recordings, Inc., interpretada por Connie Francis. (N. da E.)

– Acho que não vou poder voltar a Nuremberg. Vou ter que ficar em Hannover.

Loli e Carmen se olharam. Renata, ao ver a expressão de desânimo delas, explicou:

– Não posso deixar minha mãe sozinha no sítio...

Mas não acabou a frase, porque sua voz falhou de novo.

No dia seguinte, as três foram ao escritório da Siemens para que Renata pudesse regularizar tudo. Uma vez ali, Carmen e Loli decidiram pedir o dia de folga para poder acompanhá-la.

Quando saíram, as três amigas se dirigiram à estação de trem e Renata comprou uma passagem para Hannover. O trem saía às seis e meia da tarde. Com a passagem na bolsa, de braços dados, voltaram para a pensão.

Renata fez a mala em silêncio. Assim que a fechou, deu a Carmen suas luvas vermelhas de couro.

– Fique com elas. Sei que você se apaixonou por elas assim que as viu.

– Não posso aceitar, Renata – disse Carmen com um fio de voz. – São suas melhores luvas.

A jovem alemã deu de ombros e suspirou.

– No sítio não vou precisar delas. Como diria minha mãe, são elegantes demais. Vamos, pegue – insistiu.

Carmen pegou as luvas. Renata se voltou para Loli e lhe entregou o fino e delicado lenço de seda bege.

– E isto é para você, e não pode dizer não.

As duas irmãs, emocionadas, tentaram falar, mas Renata, que havia recuperado sua força de sempre, disse pegando-lhes as mãos:

– Quero que saibam que ter vocês como amigas, enquanto estive em Nuremberg, foi uma das coisas mais maravilhosas que me aconteceram, e que jamais vou esquecê-las enquanto viver.

Loli começou a chorar. Carmen, engolindo as lágrimas, respondeu:

– Claro que não vai nos esquecer, porque vamos continuar em contato a vida toda, entendeu?

Renata assentiu, sorrindo. Sem dúvida, quando voltassem a seu país elas a esqueceriam.

Sentou-se na cama e olhou o relógio. Faltavam quinze para meio-dia.

– Que tal irmos passear pelo lago no parque Dutzendteich e depois almoçarmos juntas antes de eu partir?

– Marquei com Darío às cinco – disse Loli.

– Perfeito – respondeu Renata com um sorriso. – Assim posso me despedir desse belo americano e lhe pedir que amanhã leve meu carro até a estação para que chegue o quanto antes a Hannover.

No início caminharam em silêncio por aquele parque onde tantas vezes haviam passeado; até que Renata começou a recordar casos e as três começaram a rir.

Nos quase três anos que haviam passado juntas tinham muitas histórias. Durante um tempo esqueceram o que havia acontecido para recordar a pensão de Buchenbach, as latas de comida para cachorro que haviam comprado, o acidente de carro e como Carmen havia arrancado a porta para tirar Renata; os lugares aonde haviam ido dançar. Falaram de Leopold, o primeiro caso alemão de Loli, de Anita e Josef, os senhorios de Schwabach, e como não, de Teresa e de quanto sentiam falta dela.

Durante o almoço riram, emocionadas, recordando todas essas vivências. Quando acabaram, Renata disse:

– Eu avisei para se afastarem dos americanos, mas acho que minhas palavras caíram no vazio. – As irmãs riram e ela continuou: – Mas quero que saibam que estou muito contente por vocês. Darío e Teddy me parecem duas pessoas maravilhosas, e tenho certeza de que ambas vão ser muito felizes com eles.

– E você vai ver – afirmou Carmen –, porque pretendo ir visitá-la sempre que puder. Pode ter certeza!

Renata sorriu. Nada a faria mais feliz.

Pouco depois, Darío se juntou a elas. Ficou muito triste pelo que havia acontecido. Por fim, depois de passar pela pensão para pegar a mala de Renata, despediram-se entre risos e lágrimas na Estação Central de Nuremberg. Carmen e Loli deram adeus a sua boa amiga na plataforma; quando o trem desapareceu, Darío, que se continha melhor que elas, abraçou-as e, sem disfarçar, as duas jovens deixaram a tristeza correr solta. Sem Renata nada seria igual.

12

Como era de se esperar, a partida de Renata demarcou um antes e um depois na vida de Carmen e Loli. Sentiam falta da alegria e loucura que aquela alemã fumante lhes transmitia. Olhavam sua cama com tristeza, e no dia em que foi ocupada por uma italiana, de novo choraram com pesar.

Teddy voltou de suas manobras, e o reencontro, como sempre, esteve carregado de amor e carinho. Carmen era tudo para ele. Era seu destino, seu porto e o pouco de verdadeiro que tinha na vida.

Quando ela mencionou que havia lido no jornal sobre as tropas que Kennedy havia enviado ao Vietnã, de início ele tentou não dar importância ao fato. Não queria falar de guerras, tanques ou metralhadoras, e menos ainda com Carmen.

No sábado, ele foi buscá-la na pensão, e decidiram ir dançar num lugar que já conheciam. Ao entrar, cumprimentaram Panamá, Larruga e outros companheiros de Teddy. Rapidamente ele a tirou para dançar. Tocava *Twistin' the Night Away,*[27] de Sam Cooke. Depois dessa, dançaram outras. Os dois gostavam de dançar. Durante um bom tempo riram enquanto mexiam os quadris aos ritmos da época.

Quando se cansaram, foram até o balcão, onde Carmen pediu uma Coca-Cola. Depois de beber um gole, Larruga pegou a garrafa e, acabando de encher o copo, disse:

– Depois de um copo encher... resta outro por beber.

Carmen olhou para ele sem entender. Ele esclareceu:

– É o que dizia uma propaganda antiga da Coca-Cola.

– É mesmo?

27 *Twistin' the Night Away*, RCA Records Label, interpretada por Sam Cooke. (N. da E.)

– Sim. – E apressando-a, acrescentou: – Ande, beba, vamos dançar.

– E sua garota?

Larruga olhou para a jovem loura alemã, que conversava com umas moças, e sussurrou:

– Ela precisa descansar.

Divertida, Carmen bebeu outro gole de sua bebida. Depois de olhar para Teddy, que deu uma piscadinha de cumplicidade, foi dançar com Larruga, que era um dançarino incrível.

Os risos, a diversão e a música duraram horas, até que, de repente, Teddy levou um empurrão. Voltando-se para ver quem havia sido, perguntou, olhando para Panamá:

– O que é que há com Larruga?

Panamá, que fazia um bom tempo que observava o amigo, respondeu:

– Acho que exagerou na bebida.

Mal acabou de dizer isso, ouviram ruído de vidros quebrados. Teddy soltou um palavrão. Larruga havia arrumado encrenca.

– Não saia daqui – pediu a Carmen. – Já volto.

Panamá foi com ele.

– O que é que há, Larruga? – perguntou Teddy.

O soldado olhou para eles, mas quando foi responder, Panamá se antecipou:

– Este idiota descobriu que vai ser pai. Só isso.

Surpreso com a notícia, Teddy olhou para Antje, namorada de Larruga, e sorriu. Ia se aproximar para lhe dar os parabéns quando ouviu vozes de novo. Dessa vez, Larruga estava mexendo com uns alemães. Teddy foi até lá para se desculpar por seu amigo. Levantou as mãos e disse em alemão:

– Peço desculpas, mas...

Não teve tempo de dizer mais nada. Um dos louros se jogou em cima dele e rapidamente a confusão começou.

As garotas corriam assustadas pela sala, enquanto os americanos e alemães brigavam. Todos davam socos a torto e a direito. Carmen, aterrorizada por ver Teddy metido naquilo, correu para ajudá-lo.

Sem saber o que fazer, pegou uma cadeira. Ia jogá-la nas costas de um alemão quando Teddy a deteve e lhe perguntou, surpreso:

– O que está fazendo?

– Ajudando você.

– Ajudando?! – gritou ele.

Uma cadeira voou acima da cabeça dos dois. Teddy, tentando evitar que ela se ferisse, empurrou-a para tirá-la dali.

– Saia daqui agora mesmo.

Carmen quis responder, mas não teve tempo. Um alemão gigante a empurrou, e Teddy, sem hesitar, jogou-se em cima dele para socá-lo. Mas só conseguiu dar um soco. O alemão era enorme, e se não fosse por Carmen por fim lhe quebrar uma cadeira nas costas, sabe-se lá como aquilo teria terminado.

Cinco minutos depois, os donos do local gritaram que a Polícia Militar já estava avisada e que em poucos segundos chegaria. Sem tempo a perder, Teddy pegou Carmen e Antje pelo braço, e vendo que outro companheiro e Panamá levavam Larruga, tirou-as dali depressa. Ninguém queria ser detido pela polícia.

Enquanto corriam pelas ruas de Nuremberg com outros militares, Teddy disse, irritado:

– Você ficou maluca? Que ideia foi essa de se meter em uma briga?

Quase sem fôlego devido à corrida, ela respondeu:

– Eu não podia ficar quieta vendo você apanhar.

– Eu, apanhar? – grunhiu ele.

– Ora, por favor! O alemão era enorme!

– O que quer dizer?

Carmen revirou os olhos. Sem dúvida, suas palavras feriram o ego de macho de Teddy. Mas ela insistiu, entregando-lhe um lenço para que limpasse o sangue do lábio:

– Se eu não o detivesse, agora você estaria com a cara arrebentada.

– Não diga bobagens!

– Não diga bobagens você! – gritou Carmen, irritada.

Contrariado, Teddy não respondeu. Quando chegaram a uma rua movimentada, pararam. Antje abraçou seu marido bêbado e todos passaram a andar normalmente. Ali a Polícia Militar não os poderia deter. Mas o humor de Carmen e Teddy já não era o mesmo.

Como sempre que se irritava, seu mau humor passou em dez minutos. Tentou falar com Teddy, mas ele não respondeu. Decidiu se calar.

Durante um bom tempo caminharam em silêncio olhando à frente, até que Carmen não aguentou mais. Parando, disse:

– Teddy, as coisas se resolvem conversando, não acha?

Ele continuou sem responder. Ela insistiu:

– Você não vai dizer nada?

Teddy continuou em silêncio. Carmen o advertiu:

– Bem, não quero me zangar, mas se não me responder, vou me irritar. E quando eu me irrito, sai da frente!

– Não estou com vontade de falar com você, portanto, faça o que lhe der na telha! – replicou ele.

Carmen ia dizer algo, mas decidiu se calar. Até para se irritar eles eram diferentes. Ele calava e ela se desesperava.

Continuaram caminhando sem se olhar e em silêncio. Carmen tentou de novo, mas depois de várias tentativas frustradas, e farta daquela situação, ao passar por um ponto de táxi tomou um sem dizer nada e foi embora, deixando-o ali plantado com cara de bobo.

Quando chegou à pensão, cumprimentou Ludovica séria e entrou no quarto como um furacão.

– O que é que você tem? – perguntou Loli, que não havia saído porque Darío estava em manobras.

Ela, furiosa pelo que Teddy havia feito, respondeu:

– Nada.

– Para quem não tem nada, essa cara de bunda está um pouco demais. Ande, conte-me o que aconteceu com o cabo.

Carmen fitou-a, deixou o casaco em cima da cama e, tirando os sapatos, jogou-os com raiva contra o armário.

– Ele é um idiota, é isso.

– Calma...

– Aquele... aquele otário ficou bravo e não se dignou a me dirigir a palavra.

Durante um bom tempo falaram sobre o que havia acontecido. Loli soltou uma gargalhada ao imaginar sua irmã com a cadeira erguida.

Subitamente, bateram na porta do quarto. Quando abriram, Ludovica disse:

– Carmen, o americano bonito está procurando você.

Ela gostou de saber que Teddy estava ali, mas, disposta a fazê-lo sofrer como ele havia feito com ela, respondeu:

– Diga que ainda não cheguei.

A mulher olhou para Loli. Preocupada, sussurrou:

– Não posso dizer isso. Ele me perguntou se você havia chegado e eu disse que sim.

Carmen revirou os olhos.

– Ai, Ludovica, por que você disse isso?

– Porque ele é um rapaz muito gentil e tem um lindo sorriso – respondeu a mulher, tensa.

Carmen suspirou. Sabia como ele podia ser sedutor. Negando com a cabeça, disse, obstinada:

– Muito bem. Então diga que não quero vê-lo. Que vá embora.

– Mari Carmen, não seja assim! Pobre Teddy – protestou Loli.

Carmen olhou para sua irmã e, apertando os olhos, repetiu:

– Já disse que não quero vê-lo; entenderam as duas?

Loli e Ludovica se olharam, e por fim a mulher da portaria foi embora. Loli, que conhecia bem a irmã e sabia que logo passaria a raiva, disse:

– Você vai se arrepender, e sabe disso.

– Dane-se, não quero vê-lo!

Aproximando-se disfarçadamente da janela, Loli olhou para a rua. Ao ver Teddy, exclamou:

– Coitado! Trouxe até flores.

Surpresa, Carmen olhou. De fato, ali estava ele com um lindo arranjo de flores. Isso tocou o coração de Carmen, mas ela não queria dar o braço a torcer. Apagou a luz do quarto e, sem dar ouvidos aos argumentos da irmã, disse:

– Quero que ele vá embora, e não se fala mais nisso.

Loli viu Ludovica ir até o jovem militar. Ele balançou a cabeça e começou a gritar:

– Menina! Menina, apareça na janela, por favor!

Loli olhou para sua irmã, que disse:

– Não pretendo aparecer.

– Mari Carmen... menina... – insistiu Loli.

– Meu amor, lembre-se de *Al di là... Al di là*! – gritava Teddy.

Loli, ciente do que essas palavras significavam para eles, disse:

– Carmencita, não seja teimosa.

– Lolita, não seja chata.

Durante vários minutos as duas ficaram discutindo, até que, de repente, a porta do quarto se abriu e várias colegas da pensão, que haviam ouvido os gritos de Teddy, foram avisá-la. Ele prosseguia:

– Menina, tenho que falar com você! Vamos, meu amor, não faça isso comigo!

No quarto, todas as garotas davam sua opinião. Até que chegou Ludovica.

– A diretora disse que, se esse rapaz continuar com esse escândalo, vai chamar a polícia – disse.

Todas olharam para Carmen, mas ela, teimosa, replicou:

– Pois que chame.

– Mari Carmen! – gritou Loli. – Vão prendê-lo.

Ludovica foi embora depressa. Tinha que deter aquele rapaz, ou ele se meteria em uma bela encrenca. Mas apesar das advertências da mulher, os gritos dele continuaram.

Loli, olhando para sua irmã, disse enquanto saía do quarto:

– Vou falar com ele.

Vinte minutos depois, Loli subiu de novo. Depois de fazer todas as outras jovens saírem, jogou em Carmen as flores que Teddy lhe havia levado; então, olhou para ela e disse:

– Ele foi embora. Satisfeita?

Sua irmã assentiu. Mas, pouco depois, já mais relaxada, contemplou as flores e viu que havia cometido um erro.

Naquela noite, quando Loli e a italiana Constanza dormiram, ela não conseguia conciliar o sono; pegou seu diário e escreveu:

A raiva passou, mas agora não adianta, porque ele não está aqui. Entendo que ele só queria me proteger, mas eu precisava fazê-lo ver que também queria protegê-lo. Por acaso é errado proteger a quem se ama?

Mas me sinto mal, terrivelmente mal. Teddy gritou Al di là *para mim, palavras que significam "além", e eu não respondi.*

Por que às vezes o amor é tão complicado?

13

Durante o resto da semana, cada vez que Carmen saía da fábrica esperava encontrar Teddy na porta com seu melhor sorriso. Mas ele não apareceu.

Quando chegava à pensão, continuava tendo a esperança de vê-lo ali falando com Ludovica, ou de que ele houvesse deixado um bilhete. Mas nada, ele não dava sinais de vida, e Carmen, com pesar, resignou-se.

No fim de semana, sua irmã a convidou para sair com ela e Darío, mas Carmen recusou. Se Teddy a havia esquecido, ela não iria atrás dele. Como sempre havia dito sua mãe, ela podia ser mulher, mas não era boba!

De modo que ficou no quarto, sozinha, remendando umas meias e ouvindo no rádio Brenda Lee cantar *You Can Depend On Me.*[28] Era uma canção linda, que mais de uma vez ela havia dançado com Teddy.

Começou a nova semana, e ela recuperou a esperança de vê-lo. Mas quando, certa tarde, um comboio militar da base passou pela porta da fábrica e viu nele Panamá e Larruga, que piscaram para ela, sua alma se esvaiu ao entender que Teddy estava ali com eles, mas que não a quis ver.

No sábado seguinte era aniversário de Darío, e ele as convidou a ir à base beber alguma coisa. No começo, Carmen recusou. Se fosse, certamente encontraria Teddy. Mas, no fim, a insistência de Darío e de sua irmã, e sua própria vontade de vê-lo – por mais que ela mesma negasse –, fizeram-na decidir ir.

Depois de deixar o passaporte na guarita, sentiu dificuldade para respirar. Fazia quinze dias que não o via, e sabia que quando se encontrassem, não seria fácil. Mas esforçando-se para sorrir, entrou primeiro na lanchonete, onde cumprimentou vários jovens que conhecia, e depois no salão

---

28 *You Can Depend On Me*, Acrobat Licensing Ltd., interpretada por Brenda Lee. (N. da E.)

de baile, onde se ouvia a voz de Roy Orbison interpretando a romântica canção *Crying*.[29] Como sempre, depois de pôr umas moedas na *jukebox*, a música tocava enquanto os militares dançavam com suas garotas.

Ao ver Carmen, Panamá logo se aproximou para cumprimentá-la. A seguir, Larruga e sua mulher fizeram o mesmo. Durante um tempo conversaram e brincaram, mas nenhum deles mencionou Teddy. Quando eles foram embora, Carmen olhou ao seu redor com curiosidade em busca do homem que desejava ver; mas ele não estava em lugar nenhum. Com tristeza, observou sua irmã e Darío dançando agarradinhos a canção romântica *I'm Sorry*,[30] de Brenda Lee.

Ciente de que seria uma longa noite, Carmen viu muitos jovens que conhecia dançando. Quando uma canção acabou e começou outra, Carmen se surpreendeu. Era *Al di là*. Antes que pudesse se mexer, ouviu atrás de si:

– Dança comigo, menina?

Ao se voltar, encontrou o rapaz que há dias buscava com o olhar e o coração. Sem hesitar, levantou-se e, segurando a mão dele, foi para a pista enquanto a canção dizia aquelas maravilhosas palavras de amor.

Abraçada a Teddy, sem dizer nada, ela se deixou levar pela música; ao mesmo tempo, o perfume que ele usava a inundava e a fazia fechar os olhos, emocionada. Dançaram um bom tempo em silêncio, até que Teddy disse no ouvido dela:

– Além de tudo está você.

Sua voz e o que aquilo significava para eles fez que o coração de Carmen acelerasse. Quando acabou a canção, ela ficou tensa. E se ele fosse embora sem dizer mais nada? Mas ele não a soltou; olhou-a e disse:

– Lamento ter me comportado como um idiota outro dia. Você me perdoa?

---

29 *Crying*, Monument/Legacy, interpretada por Roy Orbison. (N. da E.)

30 *I'm Sorry*, Shami Meia Group, Inc., interpretada por Brenda Lee. (N. da E.)

Carmen suspirou e sorriu. Ela também havia se comportado como uma idiota.

– Só se você me perdoar também – disse.

Teddy a abraçou, sorrindo. Depois da tempestade havia chegado a bonança, e isso era só o que importava.

Naquela noite ela soube que Teddy havia movido céus e terra para arranjar o disco dessa canção, e que Darío, Loli, Larruga e Panamá estavam mancomunados com ele para que Carmen não fosse embora da base sem perdoá-lo.

Depois desse episódio, retomaram o relacionamento com mais força ainda.

Teddy a fazia se sentir especial. O caráter de cada um era diferente em uma infinidade de coisas, mas o amor que professavam fazia que ambos passassem a pensar muito bem antes de ficar bravos de novo. Precisavam demais um do outro para perder tempo com bobagens.

Certa tarde, as garotas receberam uma ligação na pensão. Era sua mãe, para dizer que o pai havia sido internado. Estava com tuberculose.

Naquela tarde, quando Teddy foi buscá-la, encontrou as duas em prantos. Quando lhe explicaram o que havia acontecido, ele rapidamente as tirou de casa e as levou para dar um passeio.

Sentados na varanda de um bar, ele tentava fazê-las sorrir, mas era impossível. Ambas estavam muito preocupadas.

Um pouco depois chegou Darío, que foi embora com Loli.

– Seu pai vai se recuperar, você vai ver – disse Teddy a Carmen quando ficaram sozinhos.

Ela assentiu.

– Quero acreditar nisso. Mamãe parecia tranquila. Disse que meu pai está internado na Sear.

– O que é Sear?

– Uma clínica em Madri que atende pacientes com tuberculose.

Durante um longo tempo falaram sobre isso. Depois, Teddy disse:

– Menina, você sabe que não sou um homem rico, mas se precisar do dinheiro que tenho, conte com ele.

Essa gentileza por fim a fez sorrir. Acariciando o rosto dele com carinho, ela murmurou:

– Obrigada.

Teddy, contente de ver aqueles olhinhos verdes sorrindo, disse emocionado:

– Faço tudo para vê-la sorrir.

Nos dias seguintes as duas irmãs recebiam ansiosas as notícias que chegavam da Espanha. No início eram preocupantes, mas, por sorte, com o passar dos dias, o pai delas começou a se recuperar.

Certo sábado, quando estavam no salão de baile da base, Carmen observava alguns daqueles seus amigos americanos dançarem o rock *Rip It Up*,[31] do Bill Halley and His Comets. O jeito deles de se mexer ao ritmo da música e fazer piruetas com as garotas era incrível.

Carmen e Teddy viram Larruga e foram até ele lhe perguntar por Antje. Ele, emocionado pela paternidade que se aproximava, contou-lhes que ela estava descansando na casa dos pais. Então, Carmen pegou a garrafa de Coca-Cola, esvaziou-a no copo dele e disse, fazendo-o sorrir:

– Depois de um copo encher... resta outro por beber.

Pouco depois, Larruga foi dançar com a namorada de um colega. Teddy, vendo Carmen os observar, perguntou:

– Quer dançar?

Ela negou com a cabeça. Sabia que ele dançava muito bem *rock and roll*, mas ela não queria fazer papel ridículo.

– Quer aprender a dançar *rock and roll*? – disse ele, lendo seu pensamento.

– Você acha que eu consigo aprender a dançar assim?

– Eu garanto, menina, você vai aprender! – respondeu ele, divertido.

31 *Rip It Up*, Baierle Records, interpretada por Bill Halley and His Comets. (N. da E.)

A partir desse dia, ele lhe ensinou a dançar *rock*, e no sábado seguinte, Carmen dançou *Rock Around The Clock*,[32] de Bill Halley e Seus Cometas, com ele no salão da base, e não sentiu que estava destoando. Havia tido um professor magnífico.

Com os meses, o estado de Miguel foi melhorando. Depois de voltar para casa, ele começou a levar uma vida normal. Certa tarde, as duas irmãs falaram com ele de um telefone da base americana. Ambas choraram e se emocionaram quando, primeiro Teddy e depois Darío, falaram também e apresentaram seus respeitos, fazendo-o ver que o que tinham com suas filhas era sério.

Miguel gostou disso. Falar com aqueles rapazes o reconfortara mais do que qualquer um poderia imaginar.

Vários dias depois, Teddy partiu em manobras de novo, e dessa vez não puderam se despedir. Carmen soube de sua partida em uma segunda-feira, quando saiu do trabalho e sua irmã lhe disse que Darío também havia partido. Isso entristeceu as duas.

Depois de uma semana sem notícias deles, na segunda-feira seguinte Ludovica entregou a Carmen um telegrama que havia chegado para ela. Carmen abriu com impaciência e leu.

> *Menina, perdoe-me por não ter escrito antes, mas na verdade não tem me sobrado tempo para nada. Te amo muito, nos vemos em onze dias, ok?*
>
> *Seu, Teddy.*

Essas simples palavras a encheram de alegria.

Darío voltou oito dias depois de suas manobras, e Carmen, feliz, viu sua irmã correr para recebê-lo. Era um prazer vê-los juntos.

Quatro dias depois, quando Carmen saía da fábrica, seu coração deu um salto ao ver o cabo que ela adorava apoiado na parede em frente. A surpresa a

32 *Rock Around The Clock*, Digital Gramophone, interpretada por Bill Halley e seus cometas. (N. da E.)

fez pular, exaltada, e sem se importar com os modos nem com o que pensassem dela, correu para ele. Divertido, ele a estreitou em seus braços e a beijou.

Durante vários minutos as bocas não se separaram, a não ser para dizer sem parar quanto haviam sentido saudades um do outro.

– Parem com isso – disse Loli, que saía nesse momento acompanhada de Conchita. – Parem ou vão chamar a polícia. Você está de uniforme, cabo.

– Isso é... é indecoroso! E não me diga que não – sussurrou Conchita, fazendo Loli rir.

Sem se importar com nada, felizes com o reencontro, despediram-se de Loli, que havia marcado com Darío, e foram passear pelo lago. Teddy lhe contou que haviam feito manobras perto de Munique, e ela escutou, divertida, suas peripécias com Panamá e Larruga. Mas sua expressão mudou quando ele disse que haviam ido visitar o campo de concentração de Dachau.

Era um dos lugares mais representativos do massacre nazista. Ficava a uns treze quilômetros ao nordeste de Munique e a apenas um quilômetro de onde eles estavam fazendo as manobras.

Com horror, Carmen o ouviu relatar o cheiro estranho que ainda havia ali dentro, e como era triste ver os fornos crematórios e os barracões onde milhares de pessoas haviam padecido tanto.

Ela o abraçou com carinho. Teddy, afundando o nariz no pescoço dela, murmurou:

– Quatro mil setecentos e onze. Adoro seu perfume.

Subitamente, ouviram gritos. Carmen se levantou. Era Teresa e o homem de aspecto deplorável à frente dela era Arturo. Fazia bastante tempo que não tinha notícias deles.

– Que foi? Você os conhece? – perguntou Teddy.

Ela, com o coração apertado, observou Arturo, que outrora havia sido um galã, e que era agora pouco mais que um bêbado sujo. Ele gritava para Teresa todo tipo de barbaridades, uma pior que a outra, e insistia que ela fosse para casa, que ele iria quando quisesse. Minutos depois, deu meia-volta e foi embora, deixando-a sozinha no parque.

Sem saber o que fazer, Carmen olhou para Teddy e murmurou:

– Sim, é Teresa.

Ele se lembrou do nome e soube de quem se tratava. Antes que ele pudesse dizer qualquer coisa, Carmen se levantou e, pegando a mão de Teddy, aproximou-se da jovem, que havia ficado sentada em um banco.

Quando chegaram, ao ver que estava chorando, Carmen se sentou ao lado dela e, com carinho, mas sem tocá-la, perguntou:

– Você está bem?

Teresa, ao ouvir sua voz e reconhecê-la, fitou-a, e dessa vez, diferente de outras, negou com a cabeça e abraçou Carmen em busca de carinho e proteção.

Teddy, sem saber o que fazer, ficou parado observando-as, até que por fim tomou as rédeas do assunto. Levantou Teresa do banco com carinho e foi com as duas a um café. Um bom tempo depois, já mais tranquila e sem chorar, Teresa explicou o que estava acontecendo. A seguir, olhou para Carmen e murmurou:

– Obrigada.

– Não tem que me agradecer, boba – respondeu ela, sorrindo.

Teresa, ciente de quão mal havia se portado com suas três amigas, acrescentou:

– Pode não acreditar, mas vocês três foram a melhor coisa que eu tive na Alemanha.

Carmen a abraçou, comovida, e disse:

– Não fale no passado, Teresa. Você ainda tem a nós três, e sabe disso, não é?

A jovem assentiu depois de soltar um suspiro que fez Carmen entender como se sentia mal. Olhando para Teddy, que havia se levantado para pagar, murmurou:

– Ele é muito bonito, mas com certeza Renata não gosta dele por ser americano.

– No início ela fez seu sermão! – explicou Carmen, sorrindo. – Mas depois, quando conheceu Teddy e Darío, namorado de Loli, que, aliás, também é americano, percebeu que nem todos os americanos são ruins. E, falando em Renata, sabia que ela voltou para Hannover?

– Ouvi dizer. O que aconteceu?

Sentida pela ausência daquela amiga maravilhosa com quem continuava se correspondendo, Carmen disse:

– O pai dela morreu e ela teve que voltar para ajudar a mãe no sítio.

– Lamento pelo pai dela. E por ela também. Ela nunca gostou de trabalhar no sítio – recordou Teresa.

– Você tem razão, ela nunca gostou! Mas agora é ela quem dirige tudo, está contente. Em sua última carta me disse que sua mãe, diferente do que ela acreditava, aceita as mudanças que ela propõe. Reservaram uma parte do sítio para criar galinhas e estão indo bem.

– *Hähnchen* – riu Teresa, e olhando para Carmen, acrescentou: – Lembra como foi difícil fazer o açougueiro entender que queríamos frango naquele dia?

– Como posso esquecer? Có-có-ri-có!

Ambas riram. De repente, Teresa disse:

– Estou grávida.

Carmen ficou boquiaberta. Teresa, com os olhos cheios de lágrimas, acrescentou:

– Estou feliz pela vida que carrego dentro de mim, mas tenho medo pelo futuro incerto que possa ter. Eu...

Não pôde dizer mais nada, desmoronou. Carmen, abraçando-a, acalentou-a e prometeu ajudá-la com tudo que ela necessitasse. Tudo.

– Tenho que ir – disse Teresa pouco depois vendo a hora no relógio de parede. – Se Arturo voltar antes de mim, vai se zangar.

– Não esqueça que estou aqui, está bem? – respondeu Carmen com dó, dando-lhe um abraço.

A jovem assentiu. Depois de dar a mão a Teddy, que já havia voltado, desapareceu, deixando sua amiga preocupada.

– Lamento por tudo que Teresa nos contou – comentou Teddy. – Sem dúvida ela deve amar muito esse Arturo para aguentar tudo dessa forma.

– Esse homem vive graças a ela, come graças a ela, veste-se graças a ela. Ela se mata de trabalhar para sustentá-lo, porque ele não pode, e veja como a trata. E agora ela está grávida. Se eu me encontrasse na situação dela, preferiria estar sozinha.

– Só quem vive essas coisas é que sabe, menina.

– Eu sei, sim – afirmou Carmen com segurança, fitando-o nos olhos. – De jeito nenhum eu ia querer viver como ela. Não. Definitivamente não. Agora ela vai ter um filho, e tem que pensar nele e em seu futuro, não em um homem ruim, amargurado e raivoso que só lhe faz mal e vive às custas dela.

Cinco minutos depois os dois saíram do café e de mãos-dadas seguiram para a pensão de moças onde Ludovica, ao ver o jovem cabo, sorriu e o cumprimentou, encantada.

14

Certa tarde do fim de outubro, quando Carmen estava saindo do trabalho, encontrou Conchita, que lhe perguntou:

– O moreninho americano não vem buscá-la?

O tom de sua voz fez Carmen ver que ela não aprovava seu relacionamento com Teddy. Calçando as luvas vermelhas de couro, respondeu:

– Por que tenho a impressão de que você não o aprova?

Conchita, vendo tamanha franqueza, olhou para Carmen e, suavizando o tom de voz, disse:

– Por Deus, o que você está fazendo com um sujeito assim?

– Assim como?

– Um americano! Por acaso não ouviu o que estão comentando na fábrica? Esses sujeitos só querem brincar com as mulheres, e depois, quando vão embora, nunca mais pensam nelas. Você quer acabar assim?

Isso, em vez de irritar Carmen, a fez sorrir. Mas a outra, não entendendo sua reação, prosseguiu:

– Além do mais, é indecoroso o jeito como vocês se beijam na rua.

– Ouça, Conchita – interrompeu Carmen –, generalizar não é bom. E fique tranquila, eu não sou boba e sei com quem estou. E garanto que minha irmã também sabe.

– Ui, desculpe – replicou a garota, incomodada com a resposta.

Durante alguns metros caminharam em silêncio, até que Conchita disse:

– A propósito, não sei se você sabe, mas aconteceu uma coisa terrível.

– O que aconteceu?

Conchita, ao ver Loli se aproximar, esperou que chegasse e explicou:

– Eu soube que Arturo, marido de Teresa, apareceu morto antes de ontem.

– O quê?! – exclamou Carmen, surpresa.

– Dizem que foi um infarto na cama – contou Conchita.

As duas irmãs se olharam boquiabertas e horrorizadas. Loli perguntou:

– Você sabe onde mora Teresa?

Conchita assentiu. Anotou o endereço em um papel e ia dizer algo, mas ao ver que os namorados americanos delas se aproximavam, disse, afastando-se:

– Preciso ir, senão vou perder o trem. Mas digam a Teresa que vou visitá-la assim que puder.

Depois de explicar a Darío e a Teddy o acontecido, eles decidiram acompanhá-las à casa de Teresa.

Quando chegaram, os quatro se olharam, surpresos. A amiga delas vivia naquele lugar horroroso? Depois de desviar de vários bêbados que encontraram pela escada, chegaram à porta que Conchita havia indicado. Bateram. Quem abriu foi um homem de aspecto sujo e desalinhado. Teddy, ao ver o desconcerto de Carmen e sua irmã, perguntou por Teresa. O homem chamou uma jovem. Quando ela chegou à porta, disse que Teresa não morava mais ali, que havia ido embora naquela mesma manhã depois do enterro do marido.

Elas se olharam desconcertadas. Para onde teria ido?

Durante vários dias tentaram descobrir seu paradeiro, mas ninguém, nem sequer sua amiga Luisi, sabia onde Teresa estava. Teria voltado para a Espanha? As irmãs sentiam que Teresa havia precisado delas e elas não estavam ao seu lado. Isso as deixou muito tristes.

As notícias que Carmen continuava lendo nos jornais, sobre o contingente de soldados dos Estados Unidos no Vietnã, lhe causavam calafrios. A última matéria dizia que no fim de 1961 havia cerca de 3.200 militares lá; no ano de 1962 esse número havia subido para 11.400, e em 1963 para mais de 16 mil. Supunha-se que em 1964 se chegaria à cifra de 23 mil.

Às vezes, quando ligava para seu pai, eles falavam sobre o assunto; mas ele, assim como Teddy, não dava muita importância. Não queriam comentar temas bélicos com ela, e isso a deixava desesperada. Por que a tratavam como se ela fosse uma boba? Por acaso uma mulher não podia se interessar por uma guerra?

As manobras cada vez eram mais frequentes, e Teddy foi embora de novo. Naquela noite, depois de se despedir dele na porta da pensão, Carmen esperou que sua irmã e Constanza adormecessem e escreveu em seu diário:

Nunca conheci ninguém mais patriota que os americanos, e não falo só de Teddy. Falo dele, de Darío, de Panamá, de Larruga e de todos os rapazes que estão na base militar de Merrell Barracks.

Assusta-me pensar que um dia Teddy, o amor de minha vida, possa se ver envolvido em uma guerra terrível. Ele diz que não, que não devo pensar nisso, que guerra é coisa do passado.

Entendo que ele é militar e que treina todos os dias para defender seu país, se for necessário, mas tenho medo. E cada vez que falamos desse assunto e ele diz: "Sou um soldado dos Estados Unidos da América, e se minha bandeira e meu país precisarem de mim, ali estarei", sinto uma imensa vontade de chorar, porque percebo que assim sendo, algo terrível pode acontecer e eu não poderei fazer nada, salvo esperá-lo e rezar.

Certa tarde, Carmen estava passeando por Nuremberg com sua irmã quando Loli parou diante de uma linda vitrine cheia de vestidos de festa. Propôs:

– Vamos entrar e provar um?

Carmen fitou-a. Para que queria um vestido desses?

– Você vai a alguma festa? – perguntou sorrindo.

– Acho que iremos a uma em breve – respondeu sua irmã, marota. – Antes de partir, Darío me disse que, quando voltasse, um dos oficiais ia comemorar seu aniversário, e que...

– Teddy não me disse nada.

– Vai lhe dizer quando voltar.

– Talvez não o convidem. Lembre que eles são de unidades diferentes – insistiu Carmen.

– Vão convidar, sim – afirmou Loli muito segura.

– E como você sabe?

Loli, que não conseguia guardar segredos, desviou o olhar e disse:

– Ande, não faça mais perguntas, vamos entrar para olhar.

Esse "não faça mais perguntas" pareceu suspeito para Carmen. Sua irmã estava escondendo alguma coisa.

A loja era encantadora e os vestidos, maravilhosos, finos e delicados. Ao ver os preços, Carmen se assustou, mas Loli a incitou a continuar olhando. No rádio tocava *Blue Velvet,*[33] de Bobby Vinton. Durante um bom tempo ficaram observando as maravilhas que vendiam ali, até que Loli perguntou:

– Gostou de algum?

– E você? – perguntou Carmen, por sua vez.

Loli assentiu, mas olhando para sua irmã, repetiu:

– De qual você gostou?

Sua insistência por fim fez que Carmen também insistisse.

– Posso saber o que você está me escondendo?

A jovem Loli, sentindo-se descoberta, desviou os olhos e murmurou:

– Nada, por que pergunta?

– Loli, não seja boba, nós nos conhecemos.

– Não sei do que está falando, sério.

– Ouça, queridinha, como diz papai: mentira tem perna curta. O que está acontecendo?

Carmen pegou o braço da irmã, foi para a rua com ela, e apertando os olhos acrescentou:

– Ou me diz agora mesmo o que está acontecendo, ou vou me zangar. E muito!

Loli suspirou.

33 *Blue Velvet*, Golden Oldies, interpretada por Bobby Vinton. (N. da E.)

– Por favor, não faça mais perguntas, mas entre e compre um lindo vestido, porque sábado à noite você vai precisar.

– Sábado à noite? O que tem sábado? – quis saber Carmen.

– Ai, Mari Carmen, como você é chata!

Mas vendo que sua irmã continuava esperando, por fim disse:

– Tudo bem, você me pegou! Antes de partir, Teddy me pediu para fazer você comprar um vestido para quando ele voltar. Porque... porque... ele comprou um anel de noivado para você.

Ao ouvir isso, Carmen cobriu a boca com a mão. Loli murmurou:

– Era surpresa, e quando Teddy souber que você sabe, vai me matar.

– Eu juro que não direi nada – respondeu Carmen com um fio de voz.

– Eu agradeceria, querida, ou vou me sentir péssima – replicou sua irmã.

– É verdade que Teddy me comprou um anel? – insistiu Carmen, emocionada.

– Sim, e é lindo. Darío e eu o acompanhamos antes de eles partirem em manobras, no dia em que você saiu com Constanza para fazer compras. Só lhe direi que ele estava muito contente e que quer entregá-lo a você.

– Então, vamos – disse Carmen, pegando Loli pelo braço e entrando de novo na loja. – Vi um vestido de veludo azul-escuro que é uma maravilha.

15

Passaram-se os dias; Teddy voltou das manobras, e no sábado de manhã, Carmen recebeu uma ligação dele.

– Olá, menina.

– Olá! Por que está me ligando? – perguntou ela.

– Ouça, meu amor, acabaram de me avisar que hoje à noite haverá um jantar de gala para comemorar o aniversário de um oficial, e fomos convidados. O que acha da ideia?

Carmen deu-lhe corda para não entregar sua irmã. Disse:

– É o mesmo jantar ao qual vão Darío e Loli?

– Sim.

– Mas vocês não são da mesma unidade, não é? – perguntou Carmen, sorrindo.

Teddy pigarreou e, depois de inventar uma mentira mais ou menos crível, insistiu:

– Quer ir?

– Claro que sim – respondeu ela.

Teddy ergueu o polegar para seus amigos, que o observavam, divertidos, e disse:

– Tudo bem. Darío vai passar para pegá-las. Vejo vocês aqui, Ok?

– Ok, meu amor. Até mais tarde.

Carmen desligou o telefone e se apoiou na parede, sorrindo. Não podia estar mais feliz.

À noite, fez um coque italiano, colocou seu lindo vestido de veludo azul e sapatos de salto alto. A seguir, foi para a porta da pensão, onde sua irmã e o namorado a esperavam. Quando a viram, Darío assobiou.

– Você está linda, cunhada – disse.

Carmen sorriu. Ao vê-lo vestido normalmente, perguntou:

– E onde está seu terno de gala?

– Quando voltarmos à base, vou me trocar – respondeu ele com um sorriso cândido. – Vamos, belezuras– acrescentou, parando um táxi –, marquei com Teddy e os rapazes em um bar para tomarmos alguma coisa antes do jantar.

Carmen, nervosa, deu a mão a Loli, e esta a apertou. Entreolharam-se e sorriram disfarçadamente.

Quando desceram do táxi, as pernas de Carmen tremiam. Sua irmã, notando como ela estava alterada, pegou-a pelo braço. Carmen agradeceu.

Entraram no bar. Nenhuma das duas havia ido ali antes. Teddy logo apareceu. Estava vestido normal, como Darío, com um terno cinza-claro que o deixava lindíssimo.

– Uau – murmurou ele ao vê-la.

Carmen soltou uma gargalhada e, dando uma voltinha, perguntou:

– Acha que estou bem para esse jantar de gala?

Fascinado com a beleza dela, Teddy afrouxou a gola da camisa. Beijando-a, afirmou:

– Menina, você está mais que bem.

Feliz e contente, Carmen olhou ao redor e estranhou ao ver que Darío trancava a porta do bar e fechava umas cortininhas pretas, para que ninguém os visse de fora.

– De quem é este bar? – perguntou curiosa.

– Do pai de Antje, mulher de Larruga. Hoje está fechado para nós.

Quando entraram, Carmen viu os colegas de Teddy, que foram cumprimentá-los. Ali estavam Panamá e Larruga, Chino, Micky, Thompson, Willy e mais outros da unidade de Teddy, com suas namoradas e esposas. No total eram umas vinte e cinco pessoas.

Larruga, aquele maluco encantador do Texas, ergueu um copo de Coca-Cola e gritou:

– Como digo sempre, depois de um copo encher...

– ...resta outro por beber – completaram todos em coro.

Subitamente, atrás deles apareceu uma linda morena. Olhando para as irmãs, que a contemplavam boquiabertas, perguntou:

– Que foi, não me conhecem mais?

– Renata! – gritaram as duas ao mesmo tempo.

Felizes, correram para lhe dar um beijo. Aquilo havia sido uma surpresa também para Loli. Carmen perguntou, feliz:

– O que está fazendo aqui? Quando chegou?

A alemã olhou para Teddy, que não tirava os olhos dela, e respondeu com um ar maroto:

– Um cabo bonito me ligou e me convidou para jantar. Pensei durante uns dias, vocês sabem que não gosto de americanos; mas, no fim, não pude dizer não.

Carmen olhou para Teddy boquiaberta, e ele, sorrindo, disse, entregando-lhe uma tacinha com licor de cereja:

– Não me olhe assim. Queria lhe fazer uma surpresa.

– Mas por que tudo isso? – perguntou ela, fazendo-se de boba.

– Tudo a seu tempo, menina. Tudo a seu tempo – respondeu ele, dando-lhe um beijo no pescoço.

Durante um tempo os amigos conversaram e beberam, e a seguir, a um sinal de Teddy, passaram todos para outra sala. Ao entrar e vê-la decorada para uma festa, Carmen ia dizer algo, mas ele, pegando-lhe a mão, antecipou-se.

– Não faça perguntas e aproveite.

Caminharam juntos para uma mesa adornada. Carmen se sentou onde Teddy lhe indicou. Todos se acomodaram, mas ele permaneceu em pé. Olhando para todos, disse:

– Agradeço por estarem aqui; nem é preciso dizer que vocês são minha família. Espero que o jantar e a festa sejam o mais divertido possível. E agora, vou deixá-los com o melhor cozinheiro do mundo para que nos diga com que vai nos deleitar esta noite.

Juárez, um dos seus colegas, olhou-o divertido, levantou-se também e começou:

– Todos nós gostamos de coisas boas, saborosas e genuínas. Por isso, depois de muito pensar no cardápio que teria o prazer de lhes oferecer esta noite, decidi preparar o melhor, o inigualável, o incrível hambúrguer Juárez. Vocês vão lamber os beiços.

Os presentes aplaudiram, divertidos, e o jovem, piscando para Carmen, acrescentou:

– E agora, Miko, que tal pôr uma música para animar esta noite elegante e maravilhosa?

– É para já – respondeu.

Subitamente, pelas caixas de som começou a tocar *Shout! Shout!*,[34] de Ernie Maresca, e todos começaram a dançar e a bater palmas. Depois dessa canção, tocou *Speedy Gonzalez*,[35] de Pat Boone, e divertidos, continuaram dançando enquanto Juárez, Chino e Thompson preparavam o jantar para todos.

– Vamos jantar hambúrguer? – perguntou Renata.

E ao ver o olhar de Loli, debochou, revirando os olhos:

– Esses americanos!

Divertidas pelo comentário, as duas irmãs começaram a rir.

Meia hora depois, todos já servidos, comeram os excelentes hambúrgueres que todos haviam tirado escondidos da base americana.

Depois do jantar, Miko, Leal, Thompson e Chino pegaram umas maracas, uns bongôs e um violão e se puseram a tocar música ao vivo.

Larruga, aproximando-se de Teddy e Carmen, disse:

– Queremos que dancem a canção de vocês.

Teddy pegou a mão trêmula de Carmen e a levou para pista. Os outros, com Thompson e seu peculiar sotaque como vocalista, começaram a tocar *Perfidia*, de Nat King Cole, enquanto os demais faziam coro.

---

34 *Shout! Shout!*, President Records Ltd., Londres, Inglaterra, interpretada por Ernie Maresca. (N. da E.)

35 *Speedy Gonzalez*, Golden Oldies, interpretada por Pat Boone. (N. da E.)

Apaixonados, felizes e compenetrados, os dois dançaram grudadinhos. Quando a canção acabou, Teddy pegou um papel no bolso do paletó, e mostrando-o a Carmen, disse, diante do silêncio expectante de todos:

– Eu escrevi para seu pai para pedir a mão de sua linda filha, e nesta carta ele diz sim.

Carmen cobriu a boca, emocionada. Teddy, ajoelhando-se, prosseguiu, sem afastar o olhar:

– Agora que sabe que seu pai está de acordo, quer se casar comigo, meu amor?

Carmen ficou sem fôlego, e no momento em que ele lhe ofereceu uma pequena caixa com um lindo anel de ouro e três diamantes – dois pequenos e um maior –, assentiu com a cabeça sem hesitar.

– Claro que sim. Sim, quero – disse quando por fim pôde falar.

Ele pôs o anel no dedo dela. Havia economizado por meses para comprar essa joia. A seguir, beijou Carmen, a mulher de sua vida.

Os aplausos de seus amigos ecoaram no salão. Segundos depois, todos corriam para abraçá-los e beijá-los, felizes, dando-lhes os parabéns. A festa durou horas. Carmen se sentia nas nuvens de felicidade, dançando com seu futuro marido, cujo rosto refletia toda a felicidade que ele também sentia.

Quando tocou *Al di là*, os noivos, que nesse momento estavam cada um em um canto falando com seus amigos, olharam-se e, aproximando-se um do outro, dançaram apaixonados, beijando-se e fazendo chamego com todo o carinho do mundo.

– O que acha de nos casarmos no fim de fevereiro? – perguntou Teddy a certa altura da noite.

– Em fevereiro? Por que tanta pressa?

– Dizem que esse é o mal dos militares, a pressa! – respondeu ele sorrindo. – Nunca gostei de esperar. Além do mais, estamos em outubro. Se começarmos já a cuidar da documentação, em quatro meses chegarão da Espanha e de Nova York, e com certeza para fevereiro teremos tudo pronto para casar no cartório de Nuremberg. E depois de umas duas semanas, podemos nos casar na igreja da base. O que acha?

Carmen olhou para ele. Não havia nada que quisesse mais que se casar com ele. Mas, pensando um pouco, disse:

– Quero me casar com você, mas...

– Mas?!

– Seria muito importante para mim que meus pais estivessem aqui no dia do casamento – explicou ela acariciando-lhe o rosto.

– Claro que sim, menina – respondeu ele. – Que venham!

Mas Carmen franziu a testa.

– Teddy, meu pai não está totalmente recuperado da doença. E além do mais, com os gastos que tiveram com a clínica, não creio que seja um bom momento.

Teddy a olhou pensativo. Ela tinha uma família, e precisava dela ao seu lado nesse dia. Se sua avó ainda fosse viva, ele também teria gostado que estivesse no casamento. Por isso, disse:

– Tudo bem, menina, vamos adiar por alguns meses.

– De verdade? Você não se incomoda?

– Claro que não, meu amor – respondeu Teddy. – Assim nós dois poderemos economizar e pagar a viagem de seus pais. Está bem assim?

Com um grande sorriso, Carmen assentiu e o beijou. Teddy era incrível.

Essa noite, quando voltaram para a pensão depois da festa maravilhosa, Renata foi com elas. Ludovica ficou muito feliz ao vê-la. Quando Carmen lhe mostrou o anel de noivado, deu-lhe os parabéns, encantada. Depois de conversar com elas um bom tempo, Ludovica fez vista grossa e deixou Renata entrar na pensão para passar a noite com suas amigas. A mulher da portaria era maravilhosa.

Ao chegar ao quarto, Constanza rapidamente cedeu a Renata sua cama e foi dormir em outro quarto. Todas lhe agradeceram.

– O anel é maravilhoso, Carmen. Muito bonito – disse Renata enquanto se despiam.

– Você devia ser mais egoísta, Mari Carmen – disse Loli de repente.

Renata e sua irmã olharam-na sem entender.

– Acho que você devia se casar com Teddy sem pensar nos outros. Tenho certeza de que papai e mamãe não se incomodariam.

Casar-se com seu amor era o que Carmen mais queria, mas respondeu:

– Para mim é importante que eles estejam comigo no dia de meu casamento. Não quero privar papai de seu olhar: "Você fez o que queria!".

– Que tola você é! – disse Loli, sorrindo.

Carmen olhou o lindo anel em seu dedo e confirmou:

– Você tem razão, Renata, é lindo. O anel mais bonito do mundo.

Durante um tempo as três ficaram conversando sobre a festa e tudo que havia acontecido. Até que Renata perguntou:

– Você já teve intimidades com o americano?

– Não – respondeu Carmen meio incomoda com a pergunta.

Sua amiga ergueu as sobrancelhas e, aproximando-se, insistiu:

– Nada de nada?

Loli sorriu pela cara de sua irmã, que respondeu:

– Já disse que não. Nada de nada.

Incrédula, a alemã acendeu um cigarro e, sentando-se na cama, disse com ironia:

– Está me dizendo que você e o lindo cabo, não... não?

– Renata! – repreendeu-a Carmen.

O que Renata estava perguntando era algo que a enlouquecia. Quando Teddy tinha licença de fim de semana, em várias ocasiões havia insinuado que podiam passar a noite fora, mas ela recusava, e ele respeitava sua decisão.

Esse era um tema tabu, um assunto delicado do qual nenhum dos dois se atrevia a falar. Seus pais haviam ensinado a Carmen que o respeito vinha em primeiro lugar, e embora às vezes, quando o beijava, quase perdesse a cabeça e quisesse mais, até o momento sempre havia conseguido se manter fiel ao que havia prometido a seu pai.

– Pois você não sabe o que está perdendo – disse Renata, rindo. – No começo é meio desconcertante, mas quando se pega o ritmo, como diriam vocês, olé!

– Renata, você nunca vai mudar! – exclamou Loli rindo ao ouvi-la.

A alemã, a cada momento mais divertida, voltou-se para Loli.

– E você, também não? – inquiriu.

A garota sorriu. Carmen, ao ver a cara de sua irmã, arregalou os olhos.

– Loli, você fez?! – perguntou.

Loli cobriu a boca com a mão, e vermelha como um tomate, murmurou:

– Sim... e não me olhe assim, que não matei ninguém.

Renata soltou outra gargalhada e disse:

– Loli, olé para você!

Boquiaberta, Carmen não podia acreditar no que sua irmã havia afirmado. Se sua mãe ou seu pai soubessem, seria terrível!

– Mas quando e onde? – perguntou.

– Quer também que lhe diga como? – replicou Loli, olhando para Carmen, divertida.

– Por que não me contou? – insistiu Carmen, balançando a cabeça.

– Foi há meses, e...

– Há meses, e você não me contou? – censurou-a, indignada.

– Ouça, tolinha, quer que lhe conte agora ou não? – grunhiu Loli.

Carmen fechou o bico e assentiu. Sua irmã prosseguiu.

– Tanto Darío quanto eu andávamos pensando no assunto, e uma tarde, decidimos ir ao hotel que fica perto da estação. Eles fazem preço especial para militares americanos. E, bem... uma vez ali, os dois sozinhos, começamos a nos beijar, uma coisa levou à outra, e aconteceu o que tinha que acontecer.

Durante um tempo Carmen escutou o que as duas conversavam entre risos e sussurros; e se algo ficou claro para ela foi que o momento em que ambas perderam a virgindade não havia sido para soltar rojão, mas que a partir de então, cada vez que repetiam viam fogos de artifício.

Naquela noite, quando sua irmã e Renata adormeceram, Carmen ligou o rádio, e ouvindo baixinho *Since I Don't Have You,*[36] de The Skyliners, escreveu em seu diário:

Hoje foi o dia mais feliz de minha vida.

Teddy organizou uma festa para mim, deu-me um lindo anel e me pediu em casamento. Claro, eu aceitei.

Vou ser esposa dele!

Esta noite, quando ele me olhava, quando me beijava, quando dançava comigo, senti que nós dois éramos uma só pessoa; e especialmente senti que ele estava feliz por ter-me ao seu lado.

Eu lhe pedi tempo antes do casamento. Tempo para poder juntar ele e meus pais em nosso casamento, porque eu gostaria muito disso, e ele entendeu, apesar de sua pressa. Como ele diz, a pressa é o mal dos militares! E parece ser verdade.

Larruga nos fez brindar mil vezes com Coca-Cola. Se esta noite ele disse "Depois de um copo encher... resta outro por beber" mais de cem vezes, foi pouco.

Ao chegar à pensão, Renata, que foi convidada para a festa por meu amor, me perguntou se eu já tive relações com ele. E não, não tive. Meus pais me ensinaram que a decência é uma virtude; mas hoje, escutando Loli e Renata, eu me dei conta de que uma mulher pode ser decente e boa pessoa mesmo desfrutando o sexo.

Desejo Teddy, e sei que ele me deseja. Nem precisa me dizer. Vejo isso em seus olhos, no jeito como me olha e como me beija. Acho que chegou a hora de deixar de ser uma garota para me transformar em mulher. A mulher de Teddy.

No dia seguinte, às quatro da tarde, Carmen e Teddy acompanharam Renata até o trem. Ela tinha que voltar para Hannover. Carmen usava as luvas vermelhas que sua grande amiga lhe dera, e Renata se emocionou ao vê-las.

---

36 *Since I Don't Have You,* Classic Records, interpretada por The Skyliners. (N. da E.)

– É aqui que os militares americanos vêm com suas namoradas? – disse ela com um fio de voz, surpreendendo-o.

– Sim – murmurou ele.

Durante alguns segundos ambos se olharam, até que Carmen, armando-se de coragem, perguntou:

– Quer entrar?

Ele a olhou boquiaberto e incrédulo. Não havia nada que quisesse mais que isso, mas ao ver a cara de susto dela, respondeu:

– Não é necessário, menina.

Isso a fez sorrir. Ciente da importância daquela resposta, ela o beijou. E quando seus lábios se afastaram, disse:

– Estou morrendo de vergonha pelo que estou lhe propondo, mas não quero esperar nem mais um segundo. Posso esperar para nos casarmos, mas para isto não quero esperar...

Não pôde dizer mais nada. Teddy a beijou com ímpeto, exigente e delirante. E quando de novo o beijo acabou, perguntou:

– Tem certeza?

Carmen assentiu. Pegando-lhe a mão, disse antes de entrar no hotel:

– Nunca estive mais segura em minha vida.

16

Como era de se esperar, Teddy partiu de novo em manobras.

Durante esses dias Carmen e Loli compraram revistas de noivas. Carmen queria ver vestidos. Com os olhos arregalados, observavam aqueles modelos tão lindos e inacessíveis para elas.

Um domingo, Loli falou com seu pai ao telefone, e a seguir o passou para Carmen.

– Olá, papai, como você está?

– Melhor, filha. Muito melhor. Os remédios e eu já entramos num acordo.

Ambos sorriram. Miguel, sabendo o que sua filha e o namorado iam fazer para que eles fossem ao casamento, disse:

– Escute, Carmencita, sobre seu casamento...

– Não, papai – interrompeu ela. – Não vou me casar sem que vocês estejam presentes. Portanto, não se fala mais nisso!

A risada de Miguel do outro lado da linha a fez sorrir, especialmente quando ele disse:

– Quando você fala assim, parece minha mãe, sua avó.

– Eu tinha que parecer com alguém, papai! – brincou ela.

No dia seguinte, assim que Carmen voltou do trabalho, Ludovica lhe mostrou um envelope, e ela correu para pegá-lo. Sem dúvida, era uma carta de Teddy.

Sem esperar sua irmã, que havia se distraído conversando com Pili na sala, subiu para seu quarto, sentou na cama, e abrindo o envelope com impaciência, sorriu ao ver uma foto de Teddy em cima de um tanque, cercado de neve. Olhou para a foto por bastante tempo. Como ele estava bonito! A seguir, largou a foto e leu o que ele havia escrito.

Olá, você se lembra de mim?

Meu amor, estamos perto de Düsseldorf, e faz muito, muito frio aqui. Ainda bem que trouxe comigo o creme de mãos que você me deu de aniversário adiantado. Você pode não acreditar, mas foi um dos melhores presentes que já me deram na vida.

Menina, você não imagina a saudade que sinto. Às vezes fecho os olhos e imagino você comigo. Esse é o melhor momento do dia.

Larruga, como sempre, está ferido. Outro dia, quando pulamos de paraquedas, ele caiu mal e abriu o supercílio. Debochamos dele porque bebe Coca-Cola para a dor, mas você o conhece, ele não se irrita com nada e aguenta tudo que dizemos.

Não vejo a hora de voltar para a base para poder vê-la, beijá-la, olhar em seus olhos e dizer al di là. *Pelos comentários que ouvi do comando, em 20 de novembro já estaremos aí.*

Amo você. Seu,

Teddy

Ela releu a carta mil vezes com um sorriso nos lábios.

Na data que ele havia dito, Teddy voltou a Nuremberg e foi buscá-la na porta da fábrica, onde, como sempre, o encontro dos dois foi efusivo. A seguir, sem que precisassem perguntar, os dois caminharam de mãos-dadas para o hotel. Precisavam de intimidade.

No dia 22 de novembro passearam durante horas pelo parque e o lago, conversando sobre suas coisas; tinham mil assuntos para falar. Quando chegou a hora de voltar, Teddy a acompanhou até a pensão. Ficaram surpresos por não ver Ludovica na porta e fizeram brincadeiras a respeito. Teria fugido?

Depois de vários beijos de despedida, Teddy por fim foi embora. Carmen entrou na pensão e encontrou um panorama que a deixou desconcertada. Várias jovens estavam chorando. Ao ver Ludovica sair da sala de televisão, perguntou:

– O que aconteceu?

– Mataram o presidente norte-americano, Kennedy – respondeu a mulher, pesarosa.

A notícia deixou Carmen em estado de choque. De repente, ela deu meia-volta e saiu correndo da pensão. Tinha que encontrar Teddy para lhe contar. Ao virar uma esquina, viu e o chamou, quase sem fôlego.

Ele se voltou, e ao ver Carmen correndo ao seu encontro, ficou preocupado. Seu rosto falava por si só. Quando ela chegou a ele, pegou-lhe a mão e disse, olhando-o nos olhos:

– Kennedy foi assassinado.

Teddy ficou lívido ao ouvi-la. Sem dizer nada, abraçou-a e fechou os olhos.

Assim permaneceram alguns minutos, até que, afastando-se um pouco, ele disse:

– Ouça, menina, não sei em que essa desgraça pode nos afetar, nem quando tornarei a vê-la, mas fique tranquila, Ok?

Carmen assentiu. Teddy, dando-lhe um beijo e recordando-lhe que a amava, saiu correndo. Tinha que chegar à base o quanto antes.

No dia seguinte, nenhum militar de Merrell Barracks saiu. Carmen, junto com sua irmã e as namoradas de muitos deles, foram até ali, onde lhes informaram que eles estavam aquartelados.

Desesperadas, Loli e Carmen voltaram à pensão. Ao chegar, Ludovica lhes disse que o pai delas havia ligado e que às sete horas tornaria a ligar. Rapidamente olharam o relógio. Faltavam dez para as sete, de modo que foram para a sala do telefone.

Quando o aparelho tocou, a encarregada atendeu e o passou a Carmen.

– Olá, papai.

– Filha, tudo bem com vocês?

– Sim, papai, não se preocupe. Nós estamos bem.

– E Teddy e Darío, depois do assassinato do presidente deles? – quis saber.

Carmen suspirou. Desanimada por não ter podido vê-lo, respondeu:

– Imaginamos que estejam bem, mas hoje não puderam sair da base.

– Que coisa terrível isso que aconteceu. Pobre homem! E coitada de sua esposa, que angústia deve ter sentido.

Estavam bem vivas na cabeça dela as imagens que havia visto na televisão de Jackie Kennedy chorando, com seu lindo terninho rosa manchado de sangue.

– Você leu algum jornal alemão? – perguntou seu pai.

– Sim, li.

Miguel, que cada vez gostava mais de falar com sua filha sobre aqueles temas, explicou:

– O *ABC* de hoje diz que Lyndon B. Johnson tomou posse do cargo 38 minutos depois da morte de Kennedy. Que barbaridade! Parece que foi no mesmo avião em que voltava a Washington com a pobre viúva, a senhora Kennedy. É terrível!

– Sim. Terrível.

– Estão falando do homem detido pelo atentado?

Carmen abriu o jornal que tinha na mão e respondeu:

– Estão falando de um tal de Lee Harvey Oswald.

Durante um tempo pai e filha ficaram conversando. Quando Carmen passou o telefone a sua irmã, subiu para seu quarto, onde rapidamente ligou o rádio. Precisava escutar as notícias.

No dia seguinte também não puderam ver os rapazes. A base estava fechada a sete chaves e ninguém podia entrar nem sair. Ficou assim por uma semana. Uma semana cheia de notícias desconcertantes, de tensão e de nervosismo.

Os Estados Unidos haviam trocado de presidente, e isso podia afetar muito mais coisas do que qualquer um deles era capaz de imaginar.

No oitavo dia deixaram que os militares reclusos na base saíssem. Carmen, que esperava do lado de fora junto com sua irmã e várias outras mulheres, ao ver Teddy correu para ele e o abraçou. Precisava tê-lo perto e fazê-lo saber que estava ao lado dele.

Chegou o fim de ano, e embora tudo estivesse de ponta-cabeça por causa do assassinato, comemoraram o réveillon na base americana.

Ali, diferente da Espanha, eles não comiam uvas. Todos em pé no salão de festas gritavam a contagem regressiva até chegar ao zero, e então se cumprimentavam, e no caso de Carmen e Teddy e centenas de outros casais, beijavam-se com adoração.

Essa noite dançaram, beberam e desfrutaram uma noite maravilhosa. E Teddy, que normalmente só bebia Coca-Cola, acabou com alguns drinques a mais.

Começava 1964, e esperavam que tudo fosse melhor.

17

As notícias sobre o Vietnã eram cada vez mais preocupantes. Carmen lia todos os jornais que caíam em suas mãos, mas quando comentava com Teddy, ele sempre tentava não dar importância.

Sua irmã e Darío iriam para a Espanha na última semana de março. Sem dizer nada, ele andara economizando para lhe fazer uma surpresa. Na hora em que lhe mostrou as passagens de avião, Loli deu um pulo, entusiasmada. Ia ver seus pais. E de avião!

Quando voltaram, uma semana depois, no início de abril, depois de chegar à pensão e dar um beijo em sua irmã, Loli disse, mostrando-lhe o anel que usava:

– Vou me casar com Darío!

– O quê? – perguntou Carmen surpresa, olhando o anel.

Loli, ainda emocionada, sentou-se ao lado da irmã na cama e explicou:

– Darío não me disse nada. Há três noites, quando estávamos jantando em casa, ele surpreendeu a todos pedindo permissão a papai para se casar comigo. E papai concedeu. Depois, ele se ajoelhou e me deu este anel. – E levando a mão ao peito, acrescentou: – Foi tudo tão romântico que acho que ainda não acredito.

Feliz por ver sua linda irmã tão contente, Carmen a abraçou com carinho.

– Darío e eu pensamos que poderíamos nos casar os quatro no mesmo dia, e assim papai e mamãe teriam que fazer uma viagem só, e todos nós juntos poderíamos pagá-la. O que você acha?

– Por mim está ótimo, mas preciso falar com Teddy.

– Amanhã quando sairmos da fábrica vamos à base – propôs Loli. – Darío vai nos esperar lá e falamos com Teddy, pode ser?

Carmen concordou.

No dia seguinte, então, foram à base, onde Darío e Loli deram a feliz notícia de seu casamento ao cabo, que ficou muito contente por eles. Depois, Carmen propôs que se casassem os quatro no mesmo dia e Teddy, ao ver a alegria dela, não hesitou nem um só instante e aceitou.

Naquela tarde os quatro conversaram sobre o assunto. Teddy e Carmen propuseram se casar no dia 5 de julho, mas talvez a papelada que necessitavam ainda não houvesse chegado, de modo que, de comum acordo, decidiram adiar para agosto. Eles se casariam no dia 6 de agosto no civil, e no dia 14 de agosto na igreja da base!

Decidida a data, foram juntos ao parque, onde tiraram várias fotografias para recordar esse dia sempre.

Naquela noite, Carmen escreveu em seu diário:

Marcamos a data do casamento!

Agora, nada nem ninguém poderá me separar de meu amor. Vamos nos casar no mesmo dia que Loli e Darío, e nós quatro pagaremos a visita de meus pais à Alemanha.

Estou feliz, tão feliz, que me dá até medo.

Enquanto os quatro esperavam a chegada dos documentos, as garotas pensavam em como arranjar os vestidos de noiva. Comprar um era impensável. Se quisessem pagar as passagens de seus pais tinham que economizar. Mas logo encontraram a solução. Duas amigas da fábrica lhes ofereceram seus vestidos, e elas aceitaram satisfeitas. Foram pegá-los para fazer as modificações adequadas.

As fotografias que haviam tirado no parque, no dia em que decidiram a data do casamento, ficaram perfeitas. Os quatro saíram felizes e contentes. Loli ficou com as dela e seu namorado e Carmen com as suas com Teddy. Mas, dentre todas, Carmen gostou especialmente de uma: aquela na qual estava sentada com Teddy no banco dos dois, de mãos-dadas. Quanto mais a olhava, mais gostava dela.

Durantes as noites, na pensão, com a ajuda de Constanza modificaram com cuidado os lindos vestidos de noiva. Por sorte, a companheira italiana delas era uma costureira maravilhosa, e as ajudou em tudo.

Os dias se passaram e a alegria os fazia andar nas nuvens. Certa tarde, enquanto Carmen e Teddy faziam um agradável passeio pelo parque, encontraram um homem de uniforme, e o jovem cabo bateu continência.

– Descansar, cabo – disse seu superior em castelhano.

Carmen se sentiu inibida. Em outras ocasiões havia visto aquele homem grisalho, mas era a primeira vez que ele lhes dirigia a palavra em sua presença. Era o capitão Roberto Suárez. Olhando para ela, perguntou a Teddy:

– É sua noiva, Díaz?

– Sim, senhor – assentiu Teddy.

O capitão pegou a mão de Carmen e a beijou.

– É um prazer conhecê-la, minha jovem.

– Igualmente, se... senhor – respondeu ela.

O capitão se despediu com um sorriso; mas antes de seguir caminho, parou e disse:

– Cabo Díaz, lembre que os espero no domingo para o almoço.

– Estaremos lá, senhor.

Quando o militar foi embora, Carmen perguntou a Teddy:

– Que almoço?

– De vez em quando o comando organiza almoços para a tropa e suas acompanhantes, e dessa vez é para o pessoal da minha unidade.

Carmen sorriu. Aquilo parecia bom, mas Teddy estava sério. O pano de fundo daqueles almoços nem sempre era bom.

No domingo todos trajavam suas melhores roupas; Teddy e seus companheiros, com suas namoradas ou esposas, divertiam-se no almoço. O ambiente era descontraído, e Carmen desfrutou o encontro.

Acabado o almoço, vários oficiais subiram a um pequeno palco para dizer algumas palavras, em inglês, que fizeram que muitos dos presentes deixassem de sorrir. Carmen, ao ver que Teddy, Larruga, Panamá e muitos outros amigos se olhavam, perguntou:

– Que foi?

– Nada, meu amor – respondeu Teddy, tentando sorrir.

Mas ela estranhou aquela repentina seriedade tão pouco habitual nele e nos demais rapazes. A seguir, o capitão Suárez subiu ao palco e começou a falar também em inglês.

"O que será que estão falando?", desesperou-se Carmen.

O que o capitão estava comunicando era que, a pedido do presidente Johnson, várias unidades lotadas naquela base teriam que voltar aos Estados Unidos. Ele falou de patriotismo, de dever e de honra, e finalizou seu discurso explicando que, quando chegassem aos Estados Unidos, muitos deles seriam enviados ao Vietnã.

Depois de suas palavras, um silêncio sepulcral se apoderou do salão. Carmen só entendeu "Vietnã" e viu o desconcerto nos olhares de todos. Observou Teddy, cujo semblante estava lívido. Ao sentir seu olhar, ele pegou sua mão e, levando-a aos lábios, beijou-a e murmurou:

– Fique tranquila, não se preocupe.

– O que ele disse?

– Depois eu explico.

– O que ele falou sobre o Vietnã?

– Depois, meu amor... depois – replicou ele.

Carmen só conseguia ouvir as fortes batidas de seu coração e repetidamente a palavra "Vietnã".

O capitão acrescentou mais algumas coisas, e quando acabou, os presentes aplaudiram. Nesse momento, a bela namorada alemã de Panamá se levantou e, aproximando-se de Carmen, murmurou:

– Você me acompanha até o banheiro?

Com mil perguntas na cabeça, ela quase disse não, mas ao ver a angústia no rosto da garota, levantou-se e, sem olhar para Teddy, foi com ela.

Quando entraram no banheiro a jovem começou a chorar. Voltando-se para Carmen, perguntou:

– Você entendeu o mesmo que eu?

Carmen não respondeu, e a outra insistiu:

– É verdade que eles têm que voltar para os Estados Unidos para ir ao Vietnã?

Antes que Carmen pudesse responder, a porta se abriu e entraram mais duas garotas, igualmente angustiadas e chorosas. Todas estavam desconcertadas. Carmen, sem querer acreditar no que todas diziam, respondeu:

– Não sei, mas lave o rosto agora mesmo, vamos voltar à mesa e perguntar para eles.

Dois minutos depois, quando voltaram ao salão, o drama estava servido. Muitas das garotas choravam desconsoladamente. Assim que Carmen se pôs diante de Teddy, antes que ela perguntasse qualquer coisa ele pegou-lhe a mão e disse:

– Vamos embora daqui.

Saíram da base sem dizer nada, mas, antes de atravessar a rua, Carmen soltou sua mão e sussurrou:

– Diga-me que não é verdade o que as garotas estão dizendo.

Teddy não respondeu, apenas limitou-se a olhar para ela.

– Você vai voltar para os Estados Unidos? – sibilou ela.

– Sim – disse ele com os olhos cheios de dor.

Boquiaberta e incrédula, Carmen respirou fundo e, com um fio de voz, murmurou:

– Desde quando você sabe?

Levando as mãos à cabeça, Teddy fechou os olhos. Os primeiros surpreendidos com a notícia haviam sido ele e toda sua unidade. Naquela manhã haviam vazado informações confusas, mas nenhum deles quisera acreditar, até que o capitão confirmou tudo.

– Ouça, menina...

– Não, ouça você – interrompeu ela. – Se é verdade que você vai embora, quando pretendia me contar? Pensei que você e eu... que você e eu...

Não conseguiu dizer mais nada, porque seus olhos se encheram de lágrimas e sua garganta se fechou. Teddy a abraçou, murmurando:

– Calma, meu amor... calma...

Ele a abraçou para acalmá-la, sussurrando doces palavras de amor no ouvido dela. A última coisa que ele queria era vê-la chorar ou sofrer. Ele nunca desejaria algo assim para ela.

Contrariado com a situação, viu outros companheiros de sua unidade saírem com suas namoradas ou esposas, tão desconsoladas quanto Carmen. Para todos, aquilo era um golpe. Ninguém esperava, mas tinham que aceitar. Era o trabalho deles. Eram militares, e poderiam ser enviados para onde fosse necessário.

Teddy não queria ficar ali parado na porta da base. Convenceu Carmen a caminhar pelo parque. Um pouco de ar fresco faria bem a ambos. Avançaram em silêncio durante um tempo e, quando ele notou que ela estava mais tranquila, sentaram-se em um banco do parque. Teddy disse:

– Nem você nem eu somos alemães, viemos para cá por uma circunstância e por um tempo, mas nós dois sabemos que nossa vida não está neste país.

Carmen olhou para ele. Teddy prosseguiu:

– O fato de que eu voltaria aos Estados Unidos era algo que já sabíamos de antemão, algo que cedo ou tarde iria acontecer. Mas não fique angustiada, meu amor, vamos nos casar antes de eu ter que voltar, e você irá comigo, assim como Larruga vai levar sua esposa. Aonde quer que eu vá, você terá um...

– Eu não quero ficar nos Estados Unidos se você não estiver lá – interrompeu ela.

– Ouça, menina, eu sou militar – insistiu ele, sorrindo. – Você me conheceu militar, e sempre soube qual era meu trabalho. E quanto ao casamento...

– O casamento é o que menos importa agora, Teddy – disse Carmen, afastando-se dele. – O que realmente me preocupa é que você tenha que ir para o Vietnã. Por quê? Por que você tem que ir para lá?

Entendendo o medo dela, ele se aproximou de novo e respondeu o mais tranquilo que pôde:

– Eu sou um soldado dos Estados Unidos, e...

– Eu sei... eu sei – interrompeu Carmen. – Não repita esse negócio patriota de que onde seu país precisar de você, ali estará, porque isso eu já sei.

Um terrível silêncio se fez entre os dois. Um silêncio doloroso, até que ele disse:

– Eu nunca menti para você... e você sabe.

Carmen cobriu o rosto com as mãos. Teddy tinha razão, ele nunca havia mentido. Não podendo acreditar no que estava acontecendo, chorou, enquanto ele, com o coração partido por vê-la tão desconsolada, disse:

– Ouça, menina, não vamos antecipar os acontecimentos. Ainda não há data para nosso regresso aos Estados Unidos, podem se passar meses até que isso ocorra. Enquanto isso, vamos focar em nosso casamento e ser felizes até então, está bem?

Ela assentiu. Não queria ser negativa. Teddy acrescentou:

– Vou tentar resolver isso da melhor maneira possível, mas, por favor, não chore assim, porque corta meu coração.

Essa noite, quando Carmen chegou à pensão e contou a sua irmã o que havia acontecido, ambas choraram, desesperadas. Se o presidente Johnson havia dado ordens de que a unidade de Teddy voltasse aos Estados Unidos para ir ao Vietnã, sem dúvida a de Darío não tardaria a fazer o mesmo.

Depois de ficar rolando na cama sem conseguir dormir, Carmen abriu seu diário e escreveu:

Meu pior medo se tornou realidade. Hoje eu soube que Teddy tem que voltar a seu país para, provavelmente, dali partir ao Vietnã. Durante todos estes meses meu pai e ele me tranquilizaram e me fizeram acreditar que os tempos haviam mudado e que guerra era coisa do passado. Mas não. O homem que eu amo, com quem vou me casar, vai direto para uma contenda terrível, e por mais que rezemos, como sei que minha mãe dirá que façamos, nada vai mudar isso.

Só espero que ele tome muito cuidado e que nunca esqueça que o espero aqui.

18

Os dias posteriores foram de muita angústia. Ninguém lhes informava nada nem levava em consideração o mal-estar que as palavras do capitão Suárez haviam causado.

Carmen ligou para seu pai para lhe informar o que havia acontecido e notou em sua voz a preocupação que a notícia lhe causou. Ele havia vivido a guerra civil na Espanha, e por nada deste mundo queria ver Teddy na mesma situação.

Carmen perguntou sobre a documentação que estavam esperando para o casamento. Tentou apressá-lo, mas, como disse ele: "As coisas de palácio são lentas", e por mais que insistissem, nada se aceleraria.

No fim de abril nasceu o filho de Larruga e Antje. Era um bebê gordinho; seus pais lhe deram o nome de Daryl. Todos ficavam fazendo caretas para ele.

Em primeiro de maio a unidade de Teddy partiu em manobras; voltaram dia 15. À tarde, quando Carmen saiu da fábrica e o viu, correu para ele e se beijaram com paixão.

– Quer ir? – perguntou ele quando afastaram os lábios.

Sem precisar perguntar a que lugar ele se referia, Carmen assentiu. Era o que mais queria.

Nessa tarde, no hotel, fizeram amor várias vezes. Eles se desejavam, necessitavam, adoravam. Mas um sexto sentido fez Carmen sentir que algo estranho estava acontecendo. Inquiriu:

– O que você tem, Teddy?

Surpreso com a pergunta, ele pensou em desviar o assunto, mas por fim disse:

– Precisamos conversar.

Essas palavras lhe caíram mal, muito mal, mas Carmen se sentou ao lado dele e deixou que ele explicasse.

– Durante as manobras, o capitão disse que voltaremos aos Estados Unidos no dia 7 de junho.

Carmen cobriu a boca com a mão; seu mundo caiu. Teddy estava indo embora?

– Menina, sinto muito. Eu tentei retardar minha partida até depois do casamento, falei com todos os oficiais que pude, mas nenhum me deu uma solução, e não podemos nos casar sem os malditos documentos.

Ela olhou para ele sem saber o que dizer; choraram abraçados.

Os dias seguintes foram um tormento. Teddy não desistiu de tentar que algum oficial de sua unidade entendesse seu caso e o ajudasse a encontrar uma solução; mas ninguém ajudou. Ele não era o único militar americano na divisão com problemas pessoais.

Antje, mulher de Larruga, tentou animar Carmen e a namorada de Panamá. Sua situação era diferente da delas. Como mulher de militar e mãe de um bebê, ela tinha três opções: ficar na Alemanha com sua família, partir para os Estados Unidos, onde seria alojada em uma base militar até a volta de seu marido, ou ir para o Texas com a família de Larruga. Ela decidiu o último, mas, mesmo assim, estava preocupada. Muito preocupada.

Uma tarde, quando Teddy e Carmen passeavam de mãos-dadas, começou a chover. Eles correram para se refugiar e chegaram à linda igreja de Santa Martha.

Nenhum dos dois estivera ali antes. Sentaram-se em um dos bancos e a contemplaram em silêncio. Até que Teddy disse:

– Se o padre nos permitisse, eu me casaria agora mesmo com você.

– Eu também – respondeu ela.

O silêncio da igreja era absoluto. Levantando-se de repente, Teddy pegou Carmen pela mão e a puxou.

– O que está fazendo?

– Venha – respondeu ele.

Carmen o seguiu, surpresa. Quando chegaram sob uns vitrais, Teddy se ajoelhou e fez que ela se ajoelhasse ao seu lado. Pegou-lhe as mãos e, fitando-a nos olhos, murmurou:

– Eu, Teddy, prometo amá-la eternamente, Carmen, até o fim dos meus dias.

Comovida com o olhar dele, ela disse:

– Eu, Carmen, prometo amá-lo eternamente, Teddy, até o fim dos meus dias.

O amor que tinham um pelo outro, somado à intensidade do momento e à quietude do lugar, emocionou-os até as lágrimas. Teddy deu uma piscadinha e acrescentou:

– Perante Deus já somos marido e mulher, menina.

Enfeitiçada pelo que seu coração sentia naquele instante, ela assentiu e murmurou:

– Só falta selarmos isso com um beijo.

Mas quando ele foi beijá-la, de repente se abriu uma porta lateral e entrou um padre com um missal na mão.

Sem perda de tempo, os dois se levantaram e saíram da igreja. Havia parado de chover. Ao cruzar a porta, Teddy abraçou a mulher que já considerava sua esposa e, sem hesitar, beijou-a.

– Da próxima vez que nos casarmos, estaremos cercados pela família e pelos amigos – afirmou ele muito sério.

Carmen assentiu.

À tarde, depois do que para eles havia sido seu casamento, foram à lanchonete da base. Sem contar aos amigos o que haviam acabado de fazer, pediram bebidas e brindaram.

A tristeza havia inundado o dia a dia, e a última coisa que Carmen queria era que ele ficasse mais angustiado do que ela sabia que ele já estava. Como sempre dizia seu pai, não é chorando que se resolvem os problemas.

Por isso, ao ouvir a música que chegava da sala ao lado, ela se levantou, e pegando Teddy pela mão, propôs:

– Vamos.

Teddy a seguiu até a sala onde vários militares estavam dançando com suas namoradas ou amigas. Carmen, com seu melhor sorriso, disse:

– Acabamos de nos casar; não vai dançar comigo?

Ele a abraçou, e juntos dançaram ao compasso da linda canção de Patsy Cline, *Crazy*.[37]

Apertando os olhos para não deixar escapar as lágrimas, Carmen dançou com Teddy sem notar que ele estava se controlando também. Nada daquilo estava sendo fácil.

Quando acabou a canção romântica, dançaram mais duas, até que o estilo de música mudou e os dois riram dançando o rock *Good Golly Miss Molly,*[38] de Little Richard.

À noite, depois de passar toda a tarde com o homem que adorava, quando chegou à pensão, Carmen voltou à dura realidade. Abriu o armário e pegou aquele que teria sido seu vestido de noiva. Ficou olhando para ele um tempo. Havia ficado lindo depois do trabalho de Constanza, mas jogou-o em cima da cama e, sem importar se o amassaria, deitou-se sobre ele para chorar.

Loli, que entrava nesse instante com Constanza, ao ver aquilo ficou parada, sem saber o que fazer. Quando Carmen por fim parou de chorar, levantou-se, enxugando as lágrimas, pegou o vestido e disse:

– Constanza, quando puder preciso que, por favor, desfaça os ajustes. Quero devolver este vestido a sua dona o quanto antes.

Rapidamente a italiana o pegou e assentiu. Ninguém disse mais nada.

Mais tarde, quando as outras adormeceram, Carmen, incapaz de dormir, pegou seu diário e acendeu o abajur de seu criado-mudo para escrever.

---

37 *Crazy*, Puzzle Productions, interpretada por Patsy Cline. (N. da E.)

38 *Good Golly Miss Molly*, Soul Concerts.com Limited, interpretada por Little Richard. (N. da E.)

O relógio continua avançando; só restam nove dias para que Teddy e eu tenhamos que nos separar sem saber quando tornaremos a nos ver.

Hoje aconteceu algo mágico entre nós, mas não contamos a ninguém porque ninguém entenderia. Ao chegar à igreja de Santa Martha, sozinhos perante os olhos de Deus, meu amor e eu nos casamos. Olhos nos olhos, nos dissemos lindas palavras. Sei que esse casamento não significa nada para os outros, mas para nós dois é tudo, e é só isso que importa.

A partir de hoje tentarei sorrir, por ele, como sei que ele faz por mim. Não quero que nossas últimas lembranças sejam mais tristes e dolorosas do que já são.

Mas cada instante que passa me arrependo mais de não termos nos casado quando ele me pediu, há meses. Como fui tola!

Se houvéssemos solicitado a documentação naquele momento, já poderíamos estar casados com o consentimento de minha família e do Exército, e pelo menos eu poderia ir com ele. Mas o "se houvéssemos" não adianta nada. A realidade é que não nos casamos, e embora hoje tenhamos celebrado nosso casamento, isso não vai resolver nada.

Eu devia ter sido egoísta, como disse Loli no dia de meu noivado, e ter pensado só nele e em mim. Isso me fez entender a pressa dos militares e perceber que, quando queremos uma coisa e surge a oportunidade, não devemos deixá-la escapar, porque a vida, assim como dá, toma.

19

A partida de Teddy e sua unidade estava programada para quatro dias depois. Os casados, como Larruga, partiriam um dia antes, de modo que Carmen e as garotas se despediram de Antje, de seu marido e do pequeno Daryl. Foi um triste adeus.

Os oficiais deram uma licença especial de 48 horas à unidade de Teddy. Depois disso, tinham que voltar à base para pegar suas coisas e partir no dia seguinte.

Carmen e ele planejaram passar essas 48 horas juntos; ninguém os impediria. Antje deixou para eles a chave de uma casinha que seus pais tinham nos subúrbios de Nuremberg; eles aceitaram sem hesitar. Nesses dois dias cozinharam, brincaram, passearam, beijaram-se, dormiram e acordaram juntos; coisa que em todo esse tempo nunca puderam fazer. Riram, dançaram, conversaram, e construindo um pequeno mundo naquela humilde casinha, durante horas esqueceram tudo e conseguiram ser felizes e imaginar como seria a vida deles depois de casados.

Mas o maldito tempo passou, e quando chegou a hora de voltar, com toda a dor do mundo voltaram à dura realidade.

Naquela noite, na pensão, Carmen chorou muito. Loli e Constanza se deitaram com ela na cama e a abraçaram. Não podiam fazer mais nada.

No dia seguinte, 7 de junho, às sete da manhã, Carmen, junto com muitas outras garotas e sua irmã Loli, estavam na porta da base para se despedir. Deixaram o passaporte na entrada e, mergulhadas em sua própria angústia, rumaram para onde indicava a Polícia Militar. Minutos depois, a unidade de Teddy surgiu no pátio para se despedir.

Com um sorriso decidido nos lábios, Carmen foi até ele e se abraçaram. Eles tinham só quinze minutos para o adeus, e nenhum dos dois queria desperdiçá-los chorando.

– Ouça, menina – disse Teddy indicando duas sacolas que havia deixado no chão. – Fique com o toca-discos e nossos discos até que nos vejamos de novo, Ok?

Carmen assentiu. Abraçando-a, ele murmurou:

– Sei que isto é difícil, mas nós vamos superar. Está certo?

– Sim.

– Não se preocupe com nada. Vou ficar bem, prometo me cuidar e tentarei voltar à Alemanha assim que puder, entendeu?

Carmen assentiu de novo. Teddy exigiu com um lindo sorriso:

– Prometa que vai ficar bem e tranquila.

– Prometo.

– Escreverei sempre que puder, e espero que você também me escreva brigando comigo e me chamando de otário.

Ambos riram. Mas ele, ao ver que o queixo de Carmen tremia, olhou para Loli e disse:

– Cuide dela para mim até eu voltar para buscá-la, está bem, cunhada?

Loli, tão emocionada quanto Carmen com a partida dele, e temendo que Darío também tivesse que partir em breve, assentiu. Dando-lhe um tenro abraço, murmurou:

– Não tenha dúvidas disso, cunhado. Cuide-se.

Passados os quinze minutos, alguns oficiais da unidade apareceram para apressá-los a terminar as despedidas. Teddy, vendo que ela mal podia respirar devido à angústia que estava sentindo, abraçou-a com força. Dando-lhe outro beijo nos lábios, sussurrou:

– Amo você, menina.

– Eu também amo você – conseguiu murmurar Carmen.

Sem soltá-la, Teddy a olhou nos olhos.

– Não chore, linda. Não gosto de vê-la chorar. Lembre-se de *Al di là*.

Ela, enxugando as lágrimas, sorriu, mas não conseguiu responder.

Teddy, beijando Carmen pela última vez, deu-lhe uma piscadinha, como sempre fazia, deu meia-volta e foi embora para que ela não visse que ele também estava com os olhos marejados. Homem não chora, e menos ainda um militar dos Estados Unidos da América.

Agarrada ao braço de sua irmã, carregando a sacola com o toca-discos e os discos, Loli e Carmen foram até onde estava a namorada de Panamá e de Juárez, que também choravam. Despedir-se era duro e a incerteza de ter notícias deles ainda mais.

Minutos depois, quando saíram da base depois de pegar seus passaportes, viram na porta, reunidas, muitas das garotas que haviam estado ali dentro. Imaginaram que elas estavam esperando o comboio de militares sair em direção ao aeroporto.

As duas também esperaram, e quando os caminhões saíram, Carmen procurou um último olhar do homem que amava. Por sorte, ela o viu. Ele estava sentado ao lado de seus companheiros de unidade, sério. Para ele também não estava sendo fácil.

As mulheres começaram a gritar. Todo mundo trocava palavras de amor. Quando Teddy a viu, levantou-se e gritou:

– Ei, menina! Ei, bravinha! Amo você!

Ela sorriu. Jogando-lhe um beijo com a mão, gritou:

– *Al di là*, meu amor. *Al di là*!

Ele deu uma piscadinha. Carmen, sem se mexer nem deixar de sorrir, viu-o se afastar enquanto em sua cabeça retumbavam sem parar aquelas doces palavras de amor: *Al di là*.

20

Segunda-feira...

Terça-feira...

Quarta-feira...

Os dias da semana passavam e para Carmen haviam perdido a emoção. Desde a partida de Teddy, todos eram idênticos e terríveis.

No sábado, Renata foi visitá-la para consolá-la. Loli havia entrado em contato com ela, e assim que pôde a alemã viajou para ficar ao lado de sua querida amiga.

Mas os dias passavam e nada mudava. Carmen estava tão deprimida que até a comida lhe caía mal. Vomitava e se sentia péssima.

Quando faltavam dois dias para completar um mês da partida de Teddy, ela recebeu uma carta dele, escrita pouco depois de ele ir embora. Leu-a, emocionada.

10 de junho de 1964

Olá! Você se lembra de mim?

Espero que esta carta chegue logo e que ao lê-la você sorria, pois sabe que não gosto de vê-la chorar. Quero que saiba que estou em Nova York. Chegamos ontem à noite. A viagem foi extenuante. Muitas horas, e o conforto dos aviões em que viajamos não se pode dizer que seja dos melhores.

Estamos em uma antiga base de Nova York, mas as notícias são que logo seremos transferidos a outra em Nevada. Você pode me escrever nesse endereço do envelope; eles enviarão suas cartas aonde eu estiver.

Menina, não há um único instante em que eu não pense em você e na vontade de estar ao seu lado, de me casar com você de novo e começar uma linda vida juntos.

Amo você. Seu. Al di là.

Teddy

Carmen releu a carta várias vezes. Era como ouvir a voz de Teddy em sua cabeça. Sem hesitar, escreveu para ele. Queria que ele também a pudesse ouvir, mesmo que fosse por meio de uma carta.

As semanas se passaram; certa manhã, chegou um envelope da Espanha. Ao abri-lo, viram que continha os documentos de que precisavam para se casar. Carmen suspirou. Loli, ciente do mau momento que sua irmã estava passando, disse, sentando-se na cama:

– Eu me sinto péssima!

– Mas não deve, Loli. Só porque eu não vou me casar não significa que você não deva.

Sua irmã a fitou. As olheiras e o rosto cinzento de Carmen falavam por si mesmos.

– Eu entendo, mas ponha-se no meu lugar. Para mim será o dia mais lindo de minha vida, ao passo que para você será...

– Um dia ruim – Carmen acabou a frase por ela. Mas logo acrescentou: – Ouça, Loli, sou sua irmã, amo você e desejo sua felicidade de todo coração. Quero que você se case com Darío, que tenha seu casamento maravilhoso como sempre sonhamos e que seja muito, muito feliz. Portanto, seja egoísta e pense em você e nele. Eu não fui, apesar de você me avisar, e no fim...

Não pôde acabar a frase porque teve que ir ao banheiro vomitar.

– Lamento fazê-la passar por isso – disse Loli, que havia ido atrás dela. – Lamento de verdade.

Carmen assentiu. Ela sabia.

Três dias depois, ela continuava vomitando o tempo todo. Sentia-se péssima. Embora no início atribuísse seu mal-estar à partida de Teddy, certa noite, depois de checar em sua agenda a data de sua última menstruação, intuiu que estivesse grávida.

Sem querer se alarmar, comentou com Loli, que ficou sem fala. Dias depois, foram juntas a um hospital para fazer um exame de sangue. Tinham que saber.

Carmen foi pegar o resultado e, quando abriu o envelope e leu POSITIVO em letras bem grandes, sentou-se em uma cadeira do hospital e chorou.

O que mais poderia acontecer?

À noite, Loli chegou depois de ir com Darío ver o apartamento que haviam alugado para morar depois do casamento. Quando viu sua irmã mais abatida que nunca, com o papel na mão, nem precisou perguntar. Sabia qual era o resultado do exame.

Durante alguns dias, quando ninguém as podia ouvir, conversaram sobre o que fazer. Aquilo representava um problema terrível para Carmen. Ser solteira e estar grávida não era algo que a sociedade aceitaria, e seus pais muito menos. Pensar no desgosto que ia dar a seu pai fazia o coração de Carmen se apertar. A última coisa que queria era envergonhá-lo.

Mencionaram a possibilidade de um aborto. Poderia ser uma rápida solução para o problema, e elas conheciam outras mulheres que haviam feito e que poderiam aconselhá-las. Mas depois de refletir, Carmen disse a Loli, pela manhã, que não abortaria.

– O quê?

– Não posso – insistiu ela. – Entendo e não critico o fato de outras mulheres o fazerem, mas eu não. Não posso fazer isso.

Loli, também desesperada, murmurou:

– Mas se não fizer, mamãe e papai vão ficar sabendo, e...

– Não me importa. Não posso!

– Mari Carmen...

Mas ela continuou se recusando. Estava em uma encruzilhada. Por um lado, não queria envergonhar seus pais, e, por outro, aquele bebê era a única coisa que ela tinha de Teddy. O que devia fazer?

Durante horas conversaram e choraram. Loli tentou entendê-la e, ao mesmo tempo, fazê-la ver os problemas que sua decisão acarretaria. Mas Carmen, que havia decidido ouvir seu coração, já havia tomado uma decisão. Repetiu:

– Vou ter o bebê, doa a quem doer. – E depois de um breve silêncio, acrescentou: – Papai e mamãe vão saber quando eu lhes contar. Nem você nem ninguém deve lhes falar do que está acontecendo até que eu lhes conte, certo?

A seriedade e a firmeza com que Carmen falava fizeram Loli entender que ela não ia mudar ideia. Respondeu:

– Tudo bem.

– E, por favor, não comente com ninguém.

– Nem com Renata?

– Com ninguém – insistiu Carmen. – Preciso que isto fique entre mim e você por enquanto.

Loli olhou para a irmã, nervosa, e disse:

– Darío já sabe.

– Que saco, Loli! Por que você contou?

– Porque... porque ele me viu inquieta, eu precisava falar com alguém. Mas, fique tranquila, Darío sabe guardar muito bem um segredo.

– Espero que sim – replicou Carmen. – Mas, a partir de agora, ninguém, Loli. E ninguém é ninguém, entendeu?

Sua irmã assentiu.

– Você sabe que eu não vou dizer nada e que sempre a defenderei perante quem for. Mas mamãe e papai virão para o casamento daqui a dez dias e vão notar algo estranho. Você viu sua aparência?

Carmen se olhou no espelho. Realmente, não estava com muito boa aparência. Aquelas olheiras e cara péssima diziam tudo. Mas ela tocou as faces e respondeu:

– Eles vão pensar que estou arrasada pela partida de Teddy e porque esse dia teria que ser meu casamento também. Por enquanto não quero lhes dizer nada, e menos ainda nessa ocasião. Não quero estragar a cerimônia para você nem para eles.

Loli assentiu. Talvez, por enquanto, fosse melhor esconder. Ela sabia que não seria fácil para seus pais aceitar aquilo. Aproximando-se de sua irmã, sussurrou:

– Faça o que fizer, estarei ao seu lado.

– Obrigada, Loli.

– Mas, como eu disse quando Teddy a pediu em casamento, seja egoísta e pense em você. Se você tiver o bebê, vai ser mãe solteira, e isso lhe fechará muitas portas. As pessoas têm muitos preconceitos.

– Você sabe que o que as pessoas dizem não me importa.

Loli sorriu; claro que sabia. Carmen disse com segurança:

– Vou ter o bebê, e quando Teddy voltar, vamos nos casar e tentar ser os melhores pais do mundo.

À noite, uma vez tomada a decisão, Carmen escreveu a Teddy para lhe contar o que estava acontecendo. Quando acabou aquela carta difícil, pegou seu diário e escreveu:

Meu mundo está desmoronando, mas tenho que ser forte e reconstruí-lo até Teddy voltar.

Acabo de escrever a meu amor para lhe dizer que ele vai ser pai e que, aconteça o que acontecer, decidi levar a gravidez adiante.

Durante dias conversei com minha irmã sobre o que fazer, e até cheguei a pensar em aborto. Mas só de mencionar essa palavra já fico doente. Não posso. O bebê que cresce dentro de mim é fruto do amor, de um lindo e maravilhoso amor, e não merece, nem por um segundo, que eu pense em me livrar dele.

Sei que essa decisão será motivo de vergonha e desonra para meus pais. Eu prometi a meu pai algo que não pude cumprir, e só espero que um dia ele me perdoe e entenda que, embora tenha faltado à minha palavra, amo-o com todo meu ser, e que esse amor que ele sente por mim é o mesmo que eu sinto por meu bebê, mesmo sem ter visto sua carinha.

Houve um tempo em que eu quis tudo: meus pais ao meu lado no dia de meu casamento e um homem que me dizia palavras de amor. E agora, acho que, por ter querido tudo, talvez tenha ficado sem nada.

21

A primeira coisa que Carmen fazia todas as manhãs era ligar o rádio em busca de notícias. Não sabia onde Teddy estava, mas precisava saber o que estava acontecendo. E quando ouviu que no dia anterior três torpedeiros do Vietnã do Norte haviam atacado o contratorpedeiro americano *USS Maddox*, no golfo de Tonkin, olhou para sua irmã e as duas se abraçaram.

No dia seguinte as notícias não foram melhores. Havia ocorrido um segundo ataque. Darío, apesar de estar preocupado, tentou não dar importância ao fato. Ia se casar em poucos dias.

Em 5 de agosto, Carmen, Loli e ele foram até o aeroporto pegar os pais das garotas.

O reencontro foi um motivo de grande alegria, até que Miguel notou o rosto de sua filha menor e disse, abraçando-a com carinho:

– Você não está com boa aparência; está tudo bem?

Carmen negou com a cabeça.

– Como vai estar bem? – respondeu sua mãe, aproximando-se. – Ela ia se casar amanhã, e não vai poder porque o maldito Exército americano levou Teddy.

Darío e Loli se olharam; não podiam dizer uma palavra do que realmente estava acontecendo.

– Fiquem tranquilos, logo estarei bem – murmurou Carmen, fazendo das tripas coração.

– Teve notícias dele?

Ela assentiu e, tentando sorrir, respondeu:

– Ele me mandou uma carta quando chegou a Nova York. Disse que logo seriam transferidos para outra base, provavelmente em Nevada, mas não sabia com certeza.

Miguel também estava preocupado. Pelas notícias que lia, o conflito entre norte-americanos e vietnamitas do Norte parecia recrudescer. Mas abraçou-a e disse:

– Não se preocupe, filha. Teddy sabe se cuidar.

Do aeroporto foram direto para a casa que Darío e Loli haviam alugado. Eles haviam reservado um quarto para Carmen, que havia concordado em ir morar com eles após o casamento.

Os pais delas ficaram nessa casa, enquanto Darío voltava à base e as garotas, à pensão. Assim que chegaram, Carmen ligou o rádio; as notícias informaram que os americanos haviam respondido aos ataques. Ela correu ao banheiro para vomitar.

No dia seguinte, 6 de agosto, Loli e Darío se casaram no civil, na prefeitura de Nuremberg, perante os pais e a irmã dela e alguns amigos da unidade dele. Loli usava um lindo vestido curto bege e Darío um terno escuro.

Durante os dias que faltavam para o casamento religioso, as garotas passeavam com seus pais e lhes mostravam a cidade. Quando voltavam à pensão, à noite, Carmen se deitava e tentava descansar. Disfarçar o dia todo a angústia que sentia por causa das terríveis notícias que escutava, o mal-estar que sentia e o enjoo que lhe provocavam os diversos odores não era fácil. Mas precisava fazer aquilo, ou sua mãe, que já a olhava com estranheza, perceberia tudo.

No dia 14 de agosto, às quatro horas da tarde, Loli, nervosa, estava colocando seu lindo vestido de noiva branco, ajudada por sua irmã e por Constanza, quando a porta do quarto da pensão se abriu e Renata gritou:

– Cheguei!

Loli e Carmen correram para ela, abraçaram-na e a beijaram. Era essencial que Renata estivesse ali. Quando se acalmaram, a amiga olhou para Loli e disse:

– Você está lindíssima!

Ela suspirou, feliz, e se olhou no espelho.

– E você parece doente – acrescentou a alemã olhando para Carmen.

"Se você soubesse", pensou Carmen, mas tentou disfarçar, e respondeu com um sorriso, sentindo-se péssima por esconder aquilo de sua amiga:

– Obrigada, mulher!

Segundos depois, enquanto Constanza prendia o véu em Loli, Renata pegou Carmen pela mão e perguntou:

– Soube alguma coisa de Teddy?

Ela negou com a cabeça. Renata suspirou.

– E de Teresa?

Carmen negou de novo com a cabeça. Ao ver que seus olhos se enchiam de lágrimas, Renata a abraçou.

– Fique calma. Os dois devem estar bem.

– Eu sei... é o que desejo – disse Carmen soluçando.

– Sei que você está triste por...

A amiga começou a consolá-la, mas Carmen a interrompeu.

– Não está sendo um dia fácil para mim, nem vai melhorar.

Renata assentiu e a abraçou, comovida, sem dizer mais nada. Não era necessário.

Quando Constanza acabou de pôr o véu em Loli, esta se voltou para elas e perguntou:

– Está bom?

As duas assentiram. Loli tornou a se olhar no espelho e murmurou, suspirando:

– Bendito seja Deus, como estou nervosa!

Pouco depois, o quarto se encheu de garotas da pensão, além também de Ludovica. Todas queriam dar os parabéns à noiva.

Às dez para as cinco, o carro chegou para pegar as quatro e levá-las à base, onde Darío já esperava com os pais de Loli.

Quando desceram na porta da base, vários militares as elogiaram ao vê-las, e Renata, Constanza e Carmen, junto com a noiva, entraram com um sorriso de orelha a orelha.

– Isso mesmo, menina, sorria – disse seu pai a Carmen, contente por vê-la mais animada. – Estou muito orgulhoso de você.

Essas palavras tão carinhosas, somadas àquele olhar, partiram o coração de Carmen. E ao pensar no que estava escondendo dele, sem poder evitar começou a chorar. Se ele soubesse a verdade, não teria dito que sentia orgulho dela.

Renata a viu e a abraçou. Estava sendo um dia muito difícil para sua amiga, mas ali estava ela para ajudá-la em tudo que pudesse.

Carmen foi testemunha do casamento de sua irmã com Darío sem conseguir parar de chorar. Ela também deveria estar vivendo esse momento feliz com Teddy; mas ele não estava mais ali. Os olhos de Carmen pareciam duas torneiras abertas.

– Por Deus, Carmen, você vai desidratar! – exclamou Renata.

Mas nada do que lhe dissessem podia acalmar a dor tão grande que ela sentia. Todo mundo atribuía aquilo à tristeza que Carmen sentia por não poder celebrar seu casamento também; só Loli e Darío sabiam a verdade. Uma verdade que a cada segundo lhes pesava mais, mas que de jeito nenhum poderiam contar.

Durante a festa, oferecida em um salão da base para cerca de vinte pessoas, Miguel, ciente da dor de sua filha mais nova, sentou-se ao seu lado e a mimou o máximo que pôde. Mas os mimos a faziam sentir-se ainda pior.

Às onze da noite Renata teve que ir embora. Não podia passar o fim de semana ali, como teria gostado de fazer. Seu trabalho no sítio requeria todo seu tempo. Depois de beijar os recém-casados, Carmen e os pais das amigas, pegou um táxi para ir à estação.

Acabada a festa, Darío e Loli foram passar a noite de núpcias em um hotel que Renata pagara como presente. Miguel e sua mulher tentaram fazer Carmen ir com eles à casa onde estavam alojados, mas ela recusou. Precisava ficar sozinha.

Depois de deixar seus pais no apartamento alugado por sua irmã e seu marido, Carmen voltou andando para a pensão. Ludovica, ao vê-la, perguntou pelo casamento. Depois de lhe contar que tudo havia estado ótimo, foi para seu quarto. Constanza havia saído para dançar com um amigo alemão, de modo que Carmen estava sozinha. Tirou o vestido que havia comprado para o casamento e os sapatos de salto alto. Soltou o cabelo, ligou o rádio e ouviu que estava tocando *Days of Wine and Roses,*[39] de Andy Williams. Uma linda canção romântica que em outro momento ela teria dançado com Teddy; isso a fez chorar. Todas as canções a faziam recordar-se dele. Pegando seu diário, olhou para ele um bom tempo, mas por fim só pôde escrever:

Estou sozinha.

Mais sozinha que nunca, mesmo cercada das pessoas que mais me amam.

Novamente, dois dias depois estavam no aeroporto, porque seus pais iam voltar para a Espanha. Miguel olhou para sua filha cheia de olheiras e disse, enquanto sua mulher falava com os recém-casados:

– Carmencita, agora que sua irmã se casou, se você quiser voltar pra casa, venha. Sabemos que ela irá com Darío quando ele for para os Estados Unidos, e você não tem por que ficar aqui sozinha. Pense nisso, filha.

– Obrigada, papai – respondeu ela, carinhosa –, mas quero ficar aqui.

Depois de um longo olhar, o homem assentiu. Abraçando-a, murmurou:

– Corta-me o coração vê-la assim. Preciso que me prometa que vai ficar bem, e que se precisar de qualquer coisa vai me ligar, está bem?

– Está bem, papai – disse Carmen com o coração apertado.

Uma hora depois, já de volta à pensão, Loli e Darío a animaram a ir com eles para o apartamento; mas ela disse que iria dali a alguns dias. Eles eram recém-casados e precisavam de intimidade.

39 *Days of Wine and Roses*, Rarity Music, interpretada por Andy Williams. (N. da E.)

No fim de agosto Carmen recebeu uma carta de Teddy. Seu coração acelerou e ela correu para o quarto para lê-la. Precisava de notícias dele, mas, acima de tudo, precisava saber o que pensava de sua gravidez.

Base militar da Califórnia, 31 de julho

Olá, meu amor!

Hoje de manhã recebi sua carta e tentei ligar para a pensão, mas foi impossível. Precisava lhe dizer que a amo, que quero esse filho que está crescendo dentro de você e que com sua decisão você me fez o homem mais feliz do planeta.

Se antes eu queria voltar para você, agora necessito e anseio, porque você é a mulher da minha vida e vai ser mãe dos meus filhos.

Sei que quando esta carta chegar a suas mãos terão se passado muitos dias, e que pode até ter passado o dia de nosso casamento; mas, menina, não se preocupe. Não chore, sorria, porque nosso casamento chegará cedo ou tarde e seremos muito felizes.

Cuide-se, meu amor, e cuide de nosso bebê até que eu possa cuidar de vocês dois.

Amo você. Seu. Al di là.

Teddy

Como havia feito ao receber a carta anterior, ela a leu mil vezes; essa noite, quando a guardou no envelope e dentro de seu diário, sorriu e não chorou mais. Tinha que cuidar de seu bebê.

Em setembro, acompanhada de Loli, Carmen foi ao ginecologista do hospital que tinha convênio com a Siemens. Após lhe fazer várias perguntas, o médico disse que ela daria à luz no fim de fevereiro.

As cartas de Teddy eram contínuas. Carmen recebia uma por semana, e ficava mais tranquila ao saber que ele continuava nos Estados Unidos, na mesma base da Califórnia. Em suas cartas, ele relatava, animado, seu dia a dia dentro da base e nunca falava do Vietnã. Era evidente que a última coisa que ele queria era preocupá-la.

Em meados de setembro, diante da insistência de sua irmã para que fosse para o apartamento dela, Carmen decidiu ir, apesar de lamentar deixar a pensão, especialmente por Ludovica. Mas ter seu próprio quarto era muito agradável, ainda mais agora que ia precisar de espaço para seu bebê. Escreveu para Teddy para lhe dar seu novo endereço.

Em outubro, Loli soube que também estava grávida. Carmen se alegrou por eles, mas suspirou com tristeza ao ver como os dois se abraçavam. Ela daria metade da vida para receber um abraço assim de Teddy.

Em novembro, apesar de Carmen estar muito magra, a gravidez começou a se notar. Na fábrica, os olhares indiscretos e os cochichos eram constantes, mas ela não se importava. Era uma pessoa forte, e o que pensassem ou dissessem lhe entrava por um ouvido e saía pelo outro. Mas, certa manhã, a decepção a deixou paralisada. Cruzou com Conchita, e esta, sem cumprimentá-la e esboçando um sorrisinho, afastou-se cochichando com a mulher que a acompanhava.

Loli, ao ver esse descaramento carregado de maldade, disse:

– Maldita, nojenta, ingrata. Como se atreve a fazer isso com você? Ela deveria beijar o chão que você pisa, depois de tanto que você ajudou a ela e ao marido!

Mas Carmen se recompôs rapidamente e ergueu o queixo. Aquele havia sido o primeiro dos desaforos que sofreria por ter decidido ser mãe solteira, e não seria o último. Ciente disso, olhou para sua irmã e replicou:

– Como diz papai, o tempo põe cada um em seu lugar.

22

O Natal chegou com pouca alegria para Carmen, especialmente quando deixou de receber notícias de Teddy. As cartas, que antes chegavam com frequência, de repente cessaram.

Ela tentava sorrir para não estragar a festa de sua irmã e o marido, mas realmente não tinha muitos motivos para isso. A tristeza pela ausência de Teddy e por não ter ainda contado a seus pais sobre sua já evidente gravidez não a deixavam dormir.

No fim de janeiro, chegou do trabalho e, como sempre, abriu a caixa de correspondência. Seu semblante mudou ao ver uma carta de Teddy. Finalmente!

Rapidamente entrou em casa e, jogando a bolsa em cima da cama, sentou-se para lê-la.

4 de janeiro de 1965

Olá, você se lembra de mim?

Meu amor, sei que esta carta demorou mais que as outras. Estou no Vietnã, na base aérea de Pleiku, mas, pelo que ouvi, logo seremos transferidos para Da Nang.

Tenho muito pouco tempo para escrever, mas quero que você saiba que todos os dias, quando acordo e antes de dormir, olho nossa foto, essa em que estamos sentados no parque, de mãos-dadas, e peço a Deus que eu possa voltar logo ao seu lado para que juntos possamos abraçar e dar todo nosso amor a nosso filho.

Em sua carta você disse que o bebê continua crescendo e que você está gorda feito um barril. Que raiva não poder vê-la! Tenho certeza de que você está linda. Aliás, minha avó Alana sempre dizia que quando as mulheres ficam grávidas são mais bonitas.

E você, menina, com certeza está também, por mais que insista em me dizer que não.

Preciso continuar recebendo suas cartas. Ter notícias suas é a única coisa que me interessa; e, por favor, não se preocupe comigo. Estou bem e vou me cuidar.

Não esqueça que a amo como nunca vou amar alguém.

Seu. Al di là.

Teddy

Quando acabou de ler, seu mundo desabou. Agora sim, Teddy estava no Vietnã e ninguém mais poderia dizer que isso não aconteceria. Angustiada, Carmen leu a carta várias vezes mais. Precisava escutar a voz dele em sua cabeça para poder respirar.

À tarde, assim que sua irmã chegou, Carmen viu que havia acontecido alguma coisa. Esquecendo sua tristeza, perguntou o que acontecera. Loli, chorosa, disse que no fim de março a unidade de Darío partiria diretamente para o Vietnã.

Essa noite ele tinha que ficar na base. As duas irmãs dormiram juntas, mas mal puderam pregar o olho. A preocupação não lhes permitia.

Em 8 de fevereiro, quando Carmen se levantou para ir trabalhar, ligou o rádio, como todas as manhãs. Ouviu que os vietcongues haviam atacado a base aérea de Pleiku e começou a chorar. Era a base de onde Teddy havia escrito!

Loli, ao ouvir seu pranto, foi rapidamente ver o que estava acontecendo. Ao entender o que sua irmã estava tentando dizer, ficou angustiada. Mas relendo a carta dele, fez Carmen notar que Teddy havia dito que iam mudar de base. Não devia perder a esperança.

Os dias se passaram, angustiantes. Não saber se ele estava bem ou mal a deixava louca. Até que uma tarde, Darío voltou da base e disse que Teddy e seu batalhão não estavam mais em Pleiku. Ele havia indagado, e um coronel lhe confirmara que a unidade de Teddy estava havia três semanas em Da Nang e que todos estavam bem. Carmen quis acreditar. Era a única coisa que podia fazer.

Por sorte, dois dias depois chegou uma carta de Teddy, datada de dias antes do ataque.

22 de janeiro de 1965

Olá, meu amor

Como está minha garota?

Como já lhe disse, toda minha unidade foi transferida para a base de Da Nang. A paisagem aqui é linda. Você gostaria do verde das árvores; mas acho estranho pensar que esta paisagem tão bonita é o esconderijo perfeito de milhares de vietcongues.

Espero que o bebê e você estejam bem. É a única coisa que preciso saber. O bem-estar de vocês para mim é primordial.

Aqui o tempo passa lentamente, enquanto patrulhamos as imediações da base aérea, bebemos cerveja ou um licor de arroz local horroroso e escutamos música. A propósito, outro dia, quando tocou Crazy, *da Patsy Cline, por um momento fechei os olhos e senti você comigo. Foi um momento estranho, mas bonito.*

Amo você, menina. Estou louco para vê-la, não esqueça isso nem um instante.

Seu. Al di là.

Teddy

Em 26 de fevereiro, após um trabalho de parto de 24 horas durante o qual Carmen pensou que morreria de dor, às 20h15, deu à luz uma menina no hospital Krankenanstalten de Nuremberg.

Quando Darío saiu da base no dia seguinte, Loli e ele foram conhecer a nova integrante da família. Carmen estava com sua filha, adormecida, no colo. Darío, emocionado, aproximou-se, pegou-a nos braços e murmurou, olhando para ela maravilhado:

– É perfeita... linda.

Depois de beijar sua irmã, Loli também a pegou.

– Ai, meu Deus, que coisinha mais linda!

– Vamos, podem falar – disse Carmen, sorrindo.

– O quê? – perguntaram os dois em uníssono.

– Que ela é igualzinha a Teddy – respondeu ela, radiante.

Era verdade; a menina tinha a mesma carinha do pai. Loli disse:

– Tem até o biquinho de pato dele.

Esse comentário fez com que os três rissem.

– Que nome você vai dar para esta coisa linda? – perguntou Darío.

Carmen, que até esse momento não quisera falar de nomes, suspirou e disse:

– Ela vai se chamar Alana, como a avó de Teddy.

– Bonito nome – afirmou Darío e, beijando a menina, murmurou: – Olá, Alana, eu sou seu tio e padrinho.

O carinho que ele demonstrava por sua filha, e a ternura com que a ninava emocionaram Carmen. Certamente, se Teddy estivesse ali estaria fazendo o mesmo. Mas ela não queria chorar em um dia tão feliz, de modo que pegou a câmera fotográfica que sua irmã havia deixado em cima da cama, e entregando-a a ela, pediu:

– Bata uma foto. Quero mandar a Teddy o quanto antes.

23

Na fábrica, quando souberam do nascimento do bebê, algumas colegas mandaram ao hospital um buquê de flores e alguns presentinhos. Isso a emocionou. Por sorte, havia pessoas no mundo que não se deixavam guiar pelo preconceito.

No quinto dia depois de voltar para casa, enquanto Loli ficava com Alana, Carmen foi falar com seus chefes. Queria saber se tinha direito a alguns dias de licença após o nascimento de sua filha. Sem hesitar, eles lhe concederam até 1º de junho. Disporia de três meses.

Carmen voltou feliz para casa. Poderia cuidar ela mesma de sua filha, e com o que recebesse e o que havia economizado, poderia inclusive se permitir continuar morando ali quando sua irmã e seu cunhado partissem.

Alguns dias depois do nascimento da pequena Alana, Carmen e sua irmã foram ao Cartório de Registro Civil de Nuremberg para registrar a menina. Carmen ficou olhando os papéis que lhe entregaram, e Loli, sem entender por que ela demorava tanto, perguntou:

– Que foi?

– Estou confusa – respondeu ela, angustiada.

– Por quê?

– Acho... acho que deveria pôr só meus sobrenomes em Alana – respondeu ela, angustiada.

Loli a olhou, surpresa.

– E por que você faria isso?

Carmen suspirou e disse:

– Em todo esse tempo pensei mil coisas. Algumas agradáveis e outras não, e acho que Alana deve ter só meu sobrenome, para evitar que alguém possa reclamá-la. Quando Teddy voltar e nos casarmos, mudaremos. Mas, enquanto isso, ela é só minha filha.

Loli não havia pensado isso, mas depois de analisar, assentiu. Sua irmã tinha razão.

– No fim, papai tem razão. Como você é esperta!

Ambas sorriram, e Carmen por fim preencheu os papéis. Sua filha era só sua. E a registrou com o nome de Alana Rodríguez.

No fim de março Darío iria para o Vietnã. Seus superiores haviam lhe dado alguns dias para levar Loli a Porto Rico, onde vivia sua família, antes de se reincorporar a seu batalhão.

Loli estava desconsolada. Ter que abandonar sua irmã e sua sobrinha era insuportável, e não parava de chorar.

Carmen fez de tudo para consolá-la. Para ela também não era fácil, mas Loli tinha que seguir sua vida, como ela teria feito se houvesse se casado com Teddy.

No aeroporto, foram beber alguma coisa no café enquanto esperavam a saída do voo. Carmen, enchendo o copo de Coca-Cola de sua irmã, recordou com carinho:

– Como dizia Larruga: "depois de um copo encher... resta outro por beber".

Loli, ao ver que, apesar da tristeza em seus olhos, Carmen tentava brincar, disse:

– Como você é forte, Mari Carmen... tão forte!

– As coisas são assim, Loli – respondeu ela, sorrindo –, e temos que aceitar. Ande, beba um pouquinho e pare de chorar.

Com a menina no colo, Darío fitava as irmãs. Sabendo que elas precisavam de alguns segundos a sós, afastou-se.

– Tenho a sensação de que estou abandonando você – disse Loli –, e me sinto péssima, porque...

Mas Carmen cobriu-lhe a boca com a mão.

– Não se sinta mal e pare de chorar, que não é bom para o bebê. Você está fazendo o que tem que fazer. E tenha certeza de que se a situação fosse ao contrário, eu faria o mesmo que você. Portanto, sorria e prometa-me que vai me escrever assim que chegar para me dizer como está, certo?

Sua irmã assentiu; Carmen, não querendo estender a agonia, olhou para Darío. Fazendo-lhe um sinal para que se aproximasse, abraçou-o e, pegando sua filha, despediu-se deles.

– Lembre-se de ligar para papai quando chegarem a Porto Rico. Vocês sabem que ele vai ficar preocupado até receber a ligação. E, Darío, cuide-se no Vietnã e, por favor, se souber algo de Teddy, escreva-me dizendo, Ok?

O militar assentiu e ela acrescentou, sorrindo:

– Boa viagem. Amo vocês.

A seguir, com o coração apertado, deu meia-volta e seguiu para a saída do aeroporto sem olhar para trás, para que eles não vissem as lágrimas em seus olhos.

À noite, quando a bebê dormiu, Carmen se sentou à mesa da casa agora vazia e, pegando seu diário, pela primeira vez em muitos meses abriu-o e escreveu:

Loli foi para Porto Rico com Darío e estou triste, mas contente. Triste porque fiquei sozinha com Alana, e contente porque sei que minha irmã vai ficar bem.

Parece que foi ontem que conhecemos Teresa em Hendaia e Renata ao chegar à Alemanha, na primeira pensão de moças. Quantas lembranças bonitas tenho delas! E agora, depois de vários anos, sou a única que continua aqui. Todas foram embora. Cada uma seguiu seu rumo, e só espero que encontrem a felicidade.

Preciso saber que Teddy está bem. Ele disse para eu não me preocupar, que se cuidaria, mas como não vou me preocupar, se o amo tanto?

Queria ver a cara dele quando recebesse as fotos da filha e soubesse que ela tem o nome de sua avó adorada. Com certeza isso vai deixá-lo muito feliz, tão feliz quanto eu me sinto ao olhar para a carinha da minha bebê e saber que agora ela, apesar de ser tão pequenininha, é meu presente e meu futuro.

Fico triste por ter escondido de meus pais o nascimento de Alana, mas quando a olho e vejo Teddy em suas expressões, sei que tudo valeu a pena, porque prefiro me arrepender mil vezes do que fiz do que deixei de fazer.

E por Alana, não me arrependo de nada.

24

Os dias se passavam e, às vezes, Carmen era consumida pela solidão. Ela ligou para seu pai, que lhe disse que Loli e Darío haviam chegado a Porto Rico sem problemas.

Enquanto falava com ele, Carmen fitava o carrinho onde sua filha dormia. Precisava lhe contar. Tinha que ser sincera com ele e encarar o problema de uma vez; mas não conseguia. Ouvia-o tão feliz que não queria acabar com sua alegria.

Dias depois, Carmen falou com a creche da fábrica, onde teria que deixar Alana quando começasse a trabalhar de novo. Mas não tinham vaga para o momento.

Desesperada, ela começou a procurar, mas nada do que via a convencia. Certa tarde, quando voltava do supermercado com a bebê, encontrou uma colega da fábrica, que comentou que uma amiga levava seus dois filhos a uma casa onde ficavam de segunda a sexta-feira, quando ia buscá-los para passar o fim de semana com eles e devolvê-los no domingo.

Carmen visitou o lugar, e embora sentisse seu coração se apertar só de pensar em não ter sua filha com ela todos os dias, sabia que aquela era a única solução. Era sozinha, e pouco mais podia fazer.

No início de abril, uma onda de frio percorreu a Alemanha. Sair para passear com a bebê era uma loucura, de modo que passava a maior parte do tempo trancada sozinha com ela em casa, escutando as notícias. Sem perceber, isso foi deixando-a deprimida; mas uma nova carta de Teddy a animou de novo.

Base aérea de Da Nang, 16 de março de 1965
Olá, minha vida

Conhecer nossa filha e saber que você lhe deu o nome de Alana foi a coisa mais maravilhosa que me aconteceu na vida. Amo você, menina, e se antes já a amava, agora não encontro mais palavras para lhe dizer o orgulho que sinto de que seja minha mulher.

Alana é linda. É a menina mais bonita que já vi, e eu mataria para poder pegá-la no colo e sentir o cheiro de sua pele.

Mostrei a foto aos companheiros da unidade, e eles me deram os parabéns e brindamos com licor de arroz. Larruga, Panamá e Juárez olham a foto de Alana e dizem que quando ela crescer não a deixarão sair com sujeitos como eles.

Disseram-nos que ficaríamos aqui dois meses, mas, menina, acho que a coisa vai se estender. Malditos vietcongues com seus pijamas pretos!

Espere-me. Voltarei e a amarei como você merece.

Amo vocês duas. Al di là.

Teddy

Ler a carta a fez sorrir, e imaginá-lo olhando feliz a foto de sua filha a fez chorar de emoção.

Certa tarde, quando estava tranquilamente em casa tricotando um gorrinho para a bebê, tocaram a campainha. Carmen olhou o relógio; eram sete horas, e ela não esperava visita. Deixando o tricô em cima da mesinha, foi abrir. Ficou sem fala. Diante dela estava Teresa com uma criança no colo.

– Podemos entrar? – perguntou sua velha amiga.

Sem dizer nada, Carmen a abraçou com força, até que a criança se mexeu. Pondo-se de lado, por fim disse:

– Pelo amor de Deus, entrem, está frio demais.

Carmen fechou a porta e Teresa deixou a criança no sofá. A seguir, voltou-se para Carmen e, abrindo os braços, murmurou enquanto a fitava com carinho:

– Mas que olheiras você tem! Venha aqui.

Carmen a abraçou de novo. O calor humano que Teresa lhe dava era o que necessitava. Assim ficaram um bom tempo.

Nessa noite Teresa dormiu lá. Tinham muito que conversar. Quando deitaram Nicolás, que era como a criança se chamava, Carmen disse:

– Ele é lindíssimo, e igualzinho a você. Tem seu olhar, seu sorriso, a cor de seu cabelo...

– E a cor dos olhos de seu maldito pai – completou Teresa.

Carmen a olhou surpresa. Não querendo falar de Arturo, perguntou:

– O que achou de minha bebê?

– É uma preciosidade, muitíssimo!

Ao ouvir essa palavra tão de Teresa, Carmen riu e exclamou:

– Que saudades senti desse "muitíssimo"!

Ambas riram. A seguir, Teresa acrescentou com tristeza:

– Como agi mal, Carmen, tão mal! Eu me apaixonei pelo homem errado, e... bem... agi muito mal. Mas por meu filho, por meu Nicolás, agiria mal outra vez, mas tentaria ser diferente com vocês.

– Eu sei... – respondeu Carmen, sorrindo.

As duas amigas que se reencontraram conversaram muito sobre a vida de cada uma. Teresa, depois da morte de Arturo, havia voltado a Albacete com o dinheiro que lhe restava para ter seu bebê lá. Nicolás nascera em 2 de abril, de modo que havia acabado de fazer um ano. E com a ajuda das freiras, ela havia seguido a vida trabalhando para um cartório da cidade.

– E o que está fazendo aqui? – perguntou Carmen com estranheza.

– Ainda tenho contato com uma garota da fábrica – respondeu Teresa –, e quando eu soube que você havia tido um bebê, falei com Conchita.

– Nem me fale nela! – exclamou Carmen.

Teresa sorriu ao ouvi-la e ao imaginar por que dizia isso. Respondeu:

– Ela é uma grande enxerida, desprezível, mas foi ela quem me disse onde você morava e que estava muito sozinha.

– Com certeza ela também disse que eu mereço isso, não é?

Teresa não disse nada. Diante de seu silêncio, Carmen murmurou:

– Ela é uma pessoa má.

– Sim, é bem má e invejosa, mas eu a usei para chegar até você. Portanto, não vamos perder tempo com ela. Não vale a pena falar desse tipo de gente. – E pegando a mão de Carmen, continuou: – Se vim até aqui foi para saber o que está fazendo sozinha na Alemanha depois da partida de sua irmã e de Teddy. Por que não voltou para a Espanha?

Carmen suspirou. Precisava falar com alguém, e se abriu com Teresa, que a escutou sem soltar sua mão enquanto tocava no rádio *My Guy,*[40] de Mary Wells. Teresa ficou muito impressionada ao saber que Carmen não havia contado sobre a filha a seus pais nem ao resto de sua família. Como podia esconder deles a existência daquela menina?

Ver sua amiga, sempre tão forte, chorar enquanto expunha suas dúvidas e medos deixou Teresa de coração partido. Em todos os anos que a conhecera nunca a havia visto tão fraca. Tentou consolá-la.

– Não me diga que Renata também não sabe da menina – comentou Teresa.

– Não.

– Mas, garota, assim já é demais!

Ao ouvi-la, Carmen sorriu e disse:

– A última vez que nos vimos foi no casamento de Loli, e depois, ela veio há dois meses a Nuremberg e quis me encontrar, mas eu disse que não podia.

– Mas, Carmen, como fez uma coisa dessas?

– Não sei – respondeu ela, dando de ombros. – Simplesmente disse que não podia vê-la.

– Mas Renata a teria ajudado.

– Eu sei. No entanto, minha reação foi essa.

Teresa suspirou. Decidida a não deixá-la mais sozinha na Alemanha, perguntou:

– Você tem o endereço dela em Hannover?

Carmen assentiu, e sua amiga disse, sorrindo:

---

40 *My Guy*, Horizon Records, Ltd., interpretada por Mary Wells. (N. da E.)

– Então, amanhã mesmo vamos pegar um trem com nossos filhos e visitá-la.

– Sem avisar?

– Ela tem telefone?

Quando Carmen respondeu que não, Teresa acrescentou, decidida:

– Então, chegaremos sem avisar. Só vou ficar dez dias na Alemanha, e quero aproveitá-los ao máximo. Além do mais, morro de vontade de ver a cara de Renata quando aparecermos lá com as crianças.

E fizeram isso. No dia seguinte, pegaram um trem que as levou diretamente a Hannover, e uma vez ali, um táxi até o sítio de Renata.

Quando chegaram e desceram do veículo, uma mulher de idade avançada saiu à porta. Devia ser a mãe de Renata. Sem dizer quem eram, Carmen pediu que avisasse a filha.

A mulher assentiu, surpresa. Poucos minutos depois, Renata, despenteada, apareceu na porta – com um cigarro na mão, como não. Ao ver as duas, murmurou, boquiaberta, em espanhol:

– *Arrea*!

Teresa soltou uma gargalhada ao ouvir essa expressão tão sua. Renata, emocionada, jogou o cigarro fora, murmurando:

– Não acredito, não acredito!

E não pensando em mais nada, correu para elas e as abraçou forte.

À noite, depois de pôr as crianças na cama, as três amigas conversaram longamente diante de uma grande lareira.

Teresa lhes contou o fim de seu relacionamento com Arturo, sua vida em Albacete e o nascimento de seu filho Nicolás, acrescentando que desde que havia voltado à Espanha, tudo andava melhor.

Carmen a escutava sorrindo. Quando Renata a olhou em busca de uma explicação pelo segredo que havia guardado desnecessariamente, ela lhe explicou como pôde.

Sua amiga a censurou com carinho. Não entendia como pudera lhe esconder isso. Por que não havia recorrido a ela?

Por fim, Renata falou de Würten, seu namorado.

De certo modo, todas tinham algo para contar porque todas haviam escondido alguma coisa. Mas o carinho e o sentimento que tinham uma pela outra era puro e verdadeiro, e nada podia mais que o amor.

No dia seguinte, passeavam pelo sítio quando Carmen reparou em um homem alto e corpulento que as observava; olhou para Renata e perguntou:

– Esse é Würten?

– Sim – disse sua amiga. – É neto de meus vizinhos. Na verdade, eu nunca me imaginei com um homem tão paciente. Mas sua tranquilidade comigo e seu carinho me fizeram acreditar de novo no amor. Mas às vezes ele é meio cabeça-dura – acrescentou sorrindo.

– Se eu souber que ele a trata mal, acabo com ele! – brincou Teresa.

Todas riram. Renata disse:

– Coitadinho. Ele é tão bonzinho. Eu sou pior, você me conhece. Sou uma víbora quando quero.

De novo deram risada, contentes por estarem as três juntas de novo.

Depois de cinco dias maravilhosos no sítio, Würten e Renata levaram as garotas e seus filhos à estação.

– Ainda não a perdoei por não ter me contado – recriminou Renata com a pequena Alana no colo. – Como pôde esconder esta boneca de mim?

– Eu sei, agi mal – respondeu Carmen, sorrindo com cumplicidade. – Mas você tem a vida inteira para me perdoar.

Sua amiga sorriu. Dando um beijo na testa da menina antes de devolvê-la a Carmen, Renata acrescentou séria:

– Não continue adiando. Ligue para seus pais e conte a eles. Você sabe que vão se zangar e talvez até se sentir decepcionados com você, mas não lhes negue saber que eles têm esta linda neta.

Carmen assentiu. Renata e Teresa tinham razão, devia lhes contar.

– Vou contar, boba, vou contar – murmurou Carmen, abraçando-a.

– Ouçam – disse Teresa nesse momento –, embora cada uma viva em um lado diferente do mundo, devíamos tentar nos ver pelo menos uma vez por ano. O que vocês acham?

– Gostei da ideia! – exclamou Renata.

– Eu também – disse Carmen, sorrindo. – E tenho certeza de que Loli vai gostar, embora ela viva ainda mais longe.

Teresa, feliz por ter recuperado aquela parte tão importante de sua vida, também sorriu e disse:

– Não vou esquecer que as duas concordaram. Portanto, como agora eu vim para a Alemanha, ano que vem espero vocês em Albacete, combinado?

– Combinado – responderam ambas em uníssono.

Cinco minutos depois, Renata, de mãos-dadas com Würten, dizia adeus a elas na estação enquanto o trem se afastava.

Carmen, triste por ficar sozinha de novo em Nuremberg, despediu-se de Teresa dois dias depois, entre promessas de que tornariam a se ver.

Em 26 de abril, a pequena Alana acordou com febre e tosse. Carmen, assustada, correu com ela para o hospital, onde a acalmaram; era só um resfriado.

Naquela noite, enquanto ninava sua filha na solidão de sua casa, tocou no rádio *Perfidia*, de Nat King Cole. Carmen fechou os olhos e imaginou Teddy ao seu lado. Por um momento tornou a senti-lo perto, e até pareceu sentir seu cheiro.

Foi um momento mágico. Mas quando a canção acabou e ela abriu os olhos, viu que continuava sozinha. Terrivelmente sozinha.

No dia seguinte, a criança, que então tinha dois meses, continuava tossindo e com febre. Carmen ficou preocupada. Pensar que quando começasse a trabalhar de novo não a veria de segunda a sexta-feira lhe cortava o coração. E se ela ficasse doente esses dias, será que a avisariam?

Angustiada, olhou para sua filha, e sem hesitar, agasalhou-a e foi para a fábrica. Falou com seus chefes e pediu mais um mês. Eles já não reagiram com a mesma gentileza da primeira vez, mas, no fim, aceitaram. Assinaram uma carta dizendo que ela podia voltar na segunda-feira, 5 de julho.

Carmen saiu da fábrica relativamente contente sabendo que dispunha de mais um mês para ficar com sua filha. Mas essa noite chorou ao recordar que 5 de julho era a data em que Teddy e ela queriam se casar. Se assim houvesse feito, o dia em que ela teria que voltar ao trabalho, e se separar de sua filha, teria sido seu primeiro aniversário de casamento.

Acabou o mês de abril, passou o mês de maio, e em meados de junho Carmen continuava sem notícias de Teddy. Depois da última carta, ela não soubera mais nada dele, e as informações sobre a terrível guerra no Vietnã a fizeram temer que alguma coisa houvesse acontecido.

A angústia pela falta de notícias e o fato de, em poucos dias, ter que levar sua filha à casa de acolhimento para trabalhar não a deixavam dormir. Ali teriam seus dados, para o caso de acontecer alguma coisa. Mas se acontecesse algo com Carmen, quem iria buscar a criança?

Ela pensou em dar também os dados de Renata, mas de repente se deu conta de que sua mentira não podia mais continuar. Alana tinha quatro meses. Era uma menina risonha e esperta, que a fazia rir quando Carmen mal tinha forças para isso. Sem hesitar, quando a criança dormiu, ela a colocou no carrinho e foi até um telefone público para ligar para a Espanha.

Cumprimentou sua vizinha quando ela atendeu ao telefone e, nervosa, pediu que avisasse seu pai. Quando, minutos depois, ouviu a voz dele, Carmen respirou fundo e, sem deixá-lo falar, contou tudo que havia acontecido sem interrupção.

– Desculpe, papai – disse ao terminar. – Lamento tê-lo decepcionado, e, acima de tudo, não ter lhe contado antes. Mas... mas eu não tive coragem porque tinha medo, vergonha e um sem-fim de outras coisas por causa do desgosto que sabia que ia dar a mamãe e a você. Em breve voltarei ao trabalho e terei que deixar a menina em uma casa de acolhimento de segunda à sexta-feira, e pensei que se algo me acontecer, não quero que ela fique sozinha e sem família. E... e queria saber se posso dar seus dados para que, se acontecer algo comigo, eles avisem vocês.

O silêncio de seu pai era desesperante e constrangedor. Miguel havia ficado sem palavras com a notícia. Sua filha havia acabado de dizer que ele tinha uma neta de quatro meses. Como digeriria isso?

Com o coração a mil, Carmen continuou esperando uma resposta, até que a criança começou a chorar.

– Papai, a menina acordou, eu...

Miguel, que continuava em estado de choque, ao ouvir o choro do bebê só pôde balbuciar:

– Cuide dela, depois conversamos.

Dito isso, desligou o telefone. Tentando disfarçar para que sua vizinha não percebesse nada, ele voltou para casa para pensar e falar com sua mulher.

Depois de desligar, Carmen procurou a chupeta e a deu a sua filha, enquanto a acalmava com doçura. A menina a pegou rapidamente e sorriu.

Mais tarde, quando Alana adormeceu, Carmen pegou seu diário e escreveu:

Por fim tive coragem e contei a meu pai da existência de Alana. Levei muitos meses, mas por nada neste mundo eu ia querer que me acontecesse alguma coisa e minha filhinha ficasse sozinha sem família. Agora, falta saber se meus pais vão querer acolher minha filha. Vou rezar para que assim seja, mas também darei os dados de Renata. Ela não a abandonará.

Só espero que um dia meus pais me perdoem. E peço a Deus que no futuro minha filha tenha a confiança de poder me contar o que for, e que saiba que apesar dos erros que possa cometer, eu sempre vou estar ao seu lado, porque ninguém no mundo vai amá-la tanto quanto eu.

Sinto-me mal. Péssima. Não sei nada de Teddy, a maldita guerra está recrudescendo e não ter notícias às vezes é pior que as ter, por piores que sejam.

25

Uma semana depois, quando Carmen voltou das compras, entrou em casa e deixou Alana no sofá, cercada de almofadas para que não caísse.

Depois de guardar tudo, brincou um pouco com sua filha, encantada ao vê-la sorrir. Subitamente, tocaram a campainha. Carmen pegou a menina no colo para ir abrir. E então, ficou paralisada.

– Papai – murmurou com um fio de voz.

Sem alterar sua expressão séria, Miguel olhou para sua filha e, a seguir, para a menina que ela segurava no colo. Apaixonou-se em décimos de segundo pelos olhos redondos e vivos daquela menina. Voltando-se para Carmen, perguntou:

– Posso entrar?

Rapidamente ela lhe deu passagem.

Com a pulsação a mil por hora, totalmente desconcertada com a visita imprevista, Carmen fechou a porta atrás dele sem saber o que pensar.

Seu pai, olhando ao redor e vendo uma foto de sua filha com Teddy e outra de toda a família da Espanha, deixou a mala no chão e disse:

– Sente-se.

O homem cravou os olhos nela. Carmen estava muito magra e com grandes olheiras. Durante alguns instantes nenhum dos dois disse nada, até que, recostando-se na cadeira, ele começou:

– Nunca pensei em encontrar algo assim.

– Ouça, papai, eu...

– Não, ouça você – disse seu pai, interrompendo-a. – Eu amo você desde o primeiro segundo que chegou ao mundo. Criei você para que não lhe faltasse nada, confiei em você quando quis vir para a Alemanha, e acho que não fui um pai ruim, ou estou enganado?

– Não, papai, não está enganado.

– Então, pode me dizer por que escondeu isso de mim?

Confusa e nervosa, Carmen não sabia o que responder. Tremia até a alma. Ele prosseguiu:

– A menina tem já quatro meses, filha; como pôde não nos contar uma coisa dessas?

– Desculpe, papai – Carmen conseguiu responder –, mas fiquei com medo. Eu me lembrei de Pilarcita, a vizinha e eu... eu... E depois, quando falava com você, nunca queria lhe dar esse desgosto. Eu sabia que o envergonharia.

– Sua mãe é que teve um belo desgosto – interrompeu-a. – Você nem imagina como ela ficou quando lhe contei.

Ao ver como sua filha olhava para ele, acrescentou:

– Fique tranquila, ela já está bem. Você sabe que ela é meio melodramática.

Carmen assentiu. Miguel pegou a mãozinha da menina, que o fitava de olhos arregalados no colo de sua mãe.

– Como se chama? – perguntou.

– Alana.

Ele assentiu. Sem perguntar a que se devia esse nome tão estranho, sussurrou:

– Olá, Alana. Sou seu avô Miguel.

Aquele tom de voz e aquela doçura fizeram Carmen chorar, por fim. O homem, levantando-se, arrastou a cadeira até pô-la ao lado de sua filha. A seguir, segurando-lhe o queixo para que olhasse para ele, disse:

– Nada, absolutamente nada neste mundo justifica a solidão, o desassossego e a inquietude que você teve que sentir estes meses, Carmen. Nada!

Ela soltou um gemido e murmurou:

– Papai, desculpe... desculpe...

– Lamento não ter conhecido minha neta antes e não ter podido ajudar. Mas isso acabou, entendeu, filha?

Carmen assentiu. Enxugando as lágrimas, ia falar, quando seu pai perguntou:

– Tem notícias de Teddy?

Ela negou com a cabeça. Miguel, ciente da dor da filha, disse.

– Sinto muito, filha. Lamento pelo que você está passando. Só espero que esse rapaz esteja bem.

Carmen assentiu. Ela também esperava.

– Você devia ter confiado em mim – continuou seu pai –, ou talvez eu devesse ter deixado mais claro que nada nem ninguém vai me fazer sentir vergonha de você na vida, e muito menos de minha neta. Porque quem se atrever a dizer algo de vocês que não me agrade vai se ver comigo.

– Papai... – murmurou Carmen, emocionada.

Carmen chorou durante um tempo no ombro de seu pai. Sim, devia ter confiado nele. Que tola havia sido!

Quando se acalmou, seu pai pegou a neta pela primeira vez no colo, beijou-lhe o rosto e, orgulhoso, afirmou, olhando para sua filha:

– Enquanto eu estiver vivo, nenhum neto meu vai ser criado por desconhecidos em uma casa de acolhimento, sendo que eu posso educá-lo e amá-lo como merece. Portanto, esqueça esse assunto de levar esta menina a um lugar desses, porque eu não vou permitir.

Carmen sorriu. Ele prosseguiu:

– Quando pensar em ser motivo de vergonha, quero que pense que você não é a primeira mulher, nem será a última, que tem um filho sendo solteira, e que decide criá-lo sozinha. Não vou negar que eu teria preferido que você estivesse casada, mas agora, depois de conhecer Alana e ver seus olhinhos, sua boquinha e essas bochechinhas gordinhas, garanto que para mim dá absolutamente na mesma o que digam, pensem ou critiquem os outros; como sei que para você também.

Carmen assentiu, emocionada. Seu pai, uma vez mais, estava lhe dando uma bela lição de amor.

– Ao meu lado e do resto da família – continuou ele –, não vai faltar nada a você nem a minha neta; muito menos nosso carinho e proteção.

Mas há algo do qual não posso protegê-la, filha. É dos falatórios. Você sabe que isso...

– Não me importa, papai – respondeu ela, emocionada, com um fio de voz.

Miguel sorriu. Passando a mão no cabelo da filha, perguntou com carinho:

– Você sabe que a amo, não é, Carmencita?

Sua filha assentiu, chorando desconsoladamente. Ele acrescentou, com os olhos marejados:

– Justamente porque a amo, não gosto de vê-la infeliz, querida. Você e seus irmãos são a coisa mais importante para mim, e quero que sejam felizes. A felicidade de vocês é minha felicidade. Volte para casa com a menina. Você não tem o que fazer sozinha na Alemanha, e na Espanha todos a receberemos de braços abertos. Quanto a Teddy, o que tiver que ser, será.

Três semanas depois da visita de seu pai, Carmen ajeitou as coisas na fábrica, deixou seu novo endereço com os donos da casa para que lhe enviassem a correspondência que chegasse e, com o coração partido, pegou um avião com sua filha para voltar à Espanha, ciente de que dessa vez deixava o coração na Alemanha.

26

A volta não foi fácil.

Como já haviam imaginado, algumas vizinhas de seus pais sorriam para Carmen pela frente, mas assim que se voltava, criticavam-na dia sim, dia também. Essas fofocas tiravam sua mãe do sério, e embora ela tentasse não lhes dar atenção, era impossível. As pessoas eram muito cruéis, e às vezes, até a própria família menos próxima era pior que os vizinhos. Mas Miguel convenceu sua mulher que o importante era sua filha e sua neta, e que o que dissessem os outros, família ou não, devia entrar por um ouvido e sair pelo outro. Nem Carmen nem a menina haviam matado ninguém, e não mereciam esse desprezo.

Passaram-se oito meses.

Oito longos e angustiantes meses, tempo em que Carmen não recebeu nem uma única notícia de seu amor, enquanto todo dia lia nos jornais coisas terríveis sobre a guerra. Em fevereiro, Alana completou seu primeiro ano. Carmen sorria, emocionada, vendo seus pais e irmãos comemorando-o com alegria e amor. Sem dúvida, ela tinha uma família fantástica.

Nessa época, ela começou a trabalhar em uma fábrica de tintas em Madri. O salário não tinha nada a ver com o que ganhava na Alemanha, mas agora tinha que se adequar à realidade da Espanha.

A amizade com Teresa e Renata continuou. Escreviam-se sempre que podiam, e algumas vezes Teresa foi a Madri ver Carmen. Mas Carmen não era feliz; à noite, quando punha Alana na cama, ficava olhando o teto durante horas, ou escrevia em seu diário coisas como estas:

A solidão que sinto é inquietante.

Minha filha me faz sorrir, meus pais me consolam, meus irmãos me dão carinho, mas é tão grande o vazio que tenho dentro de mim sem Teddy, sem seus beijos, sem seus sorrisos e sem suas carícias, que não sei se um dia conseguirei me recuperar.

Vivo uma vida estranha, trancada em mim mesma, e embora o sorriso de Alana e seus biquinhos tão iguais aos do pai me deem a vida, pensar em meu amor a rouba de mim.

Só peço a Deus que minha filha um dia possa conhecer um homem que a ame e a faça se sentir tão especial quanto seu pai me fez sentir, mas que não sofra por amor como agora sofro.

Certo dia de maio, quando Miguel voltou do trabalho, sua mulher disse, preocupada:

– Chegou uma carta da clínica Sear. Você se sentiu mal de novo?

Ele ficou surpreso. Era a clínica onde havia ficado quando teve tuberculose. Dando de ombros, respondeu:

– Deve ser para algum exame periódico.

E sem dar maior importância ao fato, entrou na sala onde estava sua filha com a pequena Alana. Feliz por ver sua neta, agachou-se, abriu os braços e disse, sorrindo:

– Alana, venha com seu vovozinho.

A menina, que havia começado a andar fazia pouco tempo, ao ver aquele homem que tanto carinho lhe dava sorriu e correu para ele.

Depois de beijar sua filha e sua neta, Miguel pegou a carta da clínica e foi para seu quarto para lê-la. Dentro havia um envelope fechado e uma carta da secretaria do hospital explicando que aquilo havia chegado para ele.

Quando virou o envelope e viu o nome de Teddy Díaz, ficou sem palavras. Mas, sem perder um só segundo, abriu e leu.

Base aérea de Da Nang, 4 de fevereiro de 1966

Caro senhor Miguel:

Passou-se tanto tempo desde a última vez que o senhor e eu falamos que acho que devo me apresentar de novo. Sou Teddy Díaz, o homem que uma vez lhe escreveu para pedir a mão de sua filha Carmen, e pai da pequena Alana.

Quando estiver lendo isto, com certeza vai se perguntar: "O que esse homem quer e por que escreveu para a Sear?".

O motivo desta carta é porque estou há meses tentando localizar sua filha na Alemanha, e foi impossível. Tentando encontrá-la, eu me lembrei que o senhor havia ficado internado nessa clínica na Espanha, especificamente em Madri. Depois de conseguir o endereço, tomei a liberdade de escrever para esse lugar para que lhe enviassem esta carta, porque imaginei que eles teriam seus dados nos arquivos.

Por respeito ao senhor, a Carmen e a minha filha, quero lhe informar o que aconteceu e o porquê de meu silêncio durante todo esse tempo.

Como deve saber, estou no Vietnã, onde, junto com outros companheiros, fui feito prisioneiro perto de Vung Tau, e lá, uma febre terrível quase nos matou. Fomos libertados, e quando me recuperei e voltei à ativa, tentei localizar Carmen, mas as cartas que envio para a Alemanha me são devolvidas dizendo que o destinatário é desconhecido.

Senhor Miguel, sei que sua filha está há mais de um ano sem receber notícias minhas, e justamente por isso escrevo para o senhor. Talvez ela tenha retomado sua vida, tenha conhecido alguém ou até se casado, e eu não gostaria de interferir se ela for feliz e minha filha também.

Mas caso ela continue pensando em mim como eu penso nela, todos os dias, eu lhe peço, rogo encarecidamente, que lhe entregue esta carta.

Sem mais, e esperando que sua saúde continue bem, despeço-me.

Atenciosamente,

Teddy Díaz

Com o coração agitado, Miguel tornou a ler a carta. Quando acabou, dobrou-a e a guardou no bolso da calça. Tinha que pensar no que fazer.

Quando voltou à sala, sua mulher e seus filhos estavam brincando com a pequena Alana. Desde que a menina estava em casa sua felicidade os havia contagiado. Ela era alegre e risonha, e um motivo de alegria para todos.

Durante dias o homem pensou se devia entregar a carta a sua filha. Se entregasse, Carmen saberia que Teddy estava vivo e recuperaria a esperança; mas detinha-o o fato de que a carta datava de fevereiro, e já haviam se passado quase três meses, de modo que ele não tinha certeza de que ainda estivesse vivo, visto que a situação no Vietnã era cada dia mais complicada. Pensou em sua filha Loli, no quanto sofria por ter Darío no Vietnã, segundo lhes contava em suas cartas. Apesar de ter tido um filho e de estar com a família de Darío em Porto Rico, Loli se sentia triste pela ausência do marido. No entanto, Miguel sabia que embora Carmencita sofresse ao saber das condições em que Teddy sobrevivia no Vietnã, o fato de ter notícias dele faria que ela mantivesse viva a esperança de tornar a vê-lo um dia.

Mas e se ele estivesse morto? Jamais se perdoaria por ter feito sua filha passar por uma situação dessas, alimentar suas esperanças para que depois, talvez, fosse ainda mais duro aceitar a realidade.

Hesitou. Hesitou. Hesitou. O que devia fazer?

Certa tarde, Miguel entrou no banheiro onde sua filha estava dando banho na menina e a ouviu dizer algo que o ajudou a tomar a decisão.

– Você sorri como seu pai. Como eu gostaria de ver vocês dois sorrindo juntos!

Essas palavras tocaram-lhe a alma, e ele entendeu que não podia continuar escondendo o que sabia. Se fizesse isso, falharia com sua filha, e isso era a última coisa que queria. De modo que à noite, depois do jantar, esperou que ela pusesse Alana na cama, e quando Carmen saiu do quarto da menina, disse:

– Carmencita, venha. Tenho que lhe mostrar uma coisa.

Dez minutos depois, a felicidade mais absoluta inundava de novo o rosto de Carmen. Teddy estava vivo e procurava por ela!

Sem hesitar, nessa mesma noite escreveu outra carta e juntou fotos da menina e dela. Sabia que demoraria a chegar, mas não tinha importância. A única coisa que importava era que ele havia procurado por ela e a encontrara, e Carmen precisava lhe mostrar que ainda o amava.

Um mês e meio depois, Carmen recebeu uma nova carta de Teddy que a encheu de alegria. Mas ela chorou ao saber que Juárez, o garoto que no dia em que Teddy e ela ficaram noivos havia feito os melhores hambúrgueres, e Thompson, que havia cantado *Perfidia* na mesma festa, haviam morrido. A dor que sentiu foi terrível, mas, ao mesmo tempo, saber que Teddy estava vivo e bem a reconfortou. Por ora, não precisava de mais nada.

À noite, quando todos na casa dormiam, Carmen acendeu o abajur de seu quarto, pegou seu diário e escreveu:

> *O amor de minha vida voltou para mim. Ele me ama. Ama a Alana e a mim. Eu nunca duvidei, e nunca farei que nossa filha duvide de seu amor por nós. Ela é o fruto de um lindo amor, e pelo que vivi com Teddy, e por ter Alana, eu o repetiria mil vezes mais.*
>
> *Sempre soube que ele me amava e que eu era importante para ele, apesar de as pessoas questionarem.*
>
> *Não falam pela frente, ninguém comenta comigo, mas eu sei ler nas entrelinhas... Estou tão feliz que acho que vou explodir de felicidade.*
>
> *Se estou aprendendo algo com essa maldita guerra é que a vida, e especialmente o presente, deve se desfrutado o máximo possível, para que se transformem em algo único e especial. O futuro vai chegar, mas o presente é hoje.*
>
> *Por isso, quero, desejo e anseio que Alana, no futuro, seja feliz e viva o presente e a vida como uma mulher independente, que viaje e que lute pelo que desejar a cada segundo do dia.*

Mas também quero que ela saiba o que é um lindo amor. Um que a emocione de tal forma que ela seja capaz de romper barreiras por ele, de fazer loucuras, e que a leve a desfrutar sempre do presente, porque o futuro, como diz Teddy, está sempre por chegar.

A correspondência entre eles se tornou constante. Miguel via sua filha sorrir como fazia tempo que não sorria, e isso o deixava feliz.

Carmen merecia.

E Teddy, cada vez que recebia correspondência em qualquer lugar que se encontrasse, sorria como um bobo. Só vivia para essas cartas.

Falavam de casamento. Que assim que se reencontrassem se casariam, sem esperar mais.

Mas o tempo passava e Carmen, assim como acontecia a sua irmã Loli com Darío, notava que a alegria de Teddy se desvanecia. Mal fazia brincadeiras, e o que lhe contava para desabafar a deixava preocupada.

Em novembro de 1967, Carmen recebeu outra carta dele.

Base aérea de Dak To, 30 de setembro de 1967

Olá, você se lembra de mim?

Meu amor, escrever e saber que você me lê deixa tudo diferente. Enquanto escrevo, não penso no que me cerca, e consigo até deixar de escutar o barulho dos M-16 e das AK-47.

O Vietnã é um mundo diferente. A temperatura sobe a mais de 38 graus e a umidade nos deixa constantemente ensopados, como se estivéssemos na sauna.

Minha seção parte amanhã em missão de busca e destruição. Como sempre, imaginamos que ficaremos na selva uns 40 dias, e é desanimador.

Desanimador porque os civis e não civis que simpatizam com os vietcongues guardam comida e armas para eles, são camponeses de dia e soldados à noite, e os que nos apoiam se calam com medo de represálias dos comunistas. Um vietnamita nunca nos aconselha a não ir por um caminho, mesmo sabendo que estará cheio de bombas e que estamos aqui para ajudá-los.

Na última missão que fizemos, nosso chefe de seção foi ferido gravemente. Por sorte, Larruga conseguiu usar o rádio, e um helicóptero os retirou, a ele e a vários outros homens, para levá-los a um dos hospitais. Só espero que se recuperem.

Não sabemos quem é amigo ou inimigo, e isso é inquietante. Mas quando você vê uma criança sorrir, é inevitável sorrir também, mesmo que essa criança talvez o mate quando você se virar. No mundo do qual você e eu viemos, as crianças se comportam como o que são, e não esperamos que, depois de um doce sorriso, elas atirem uma granada para acabar com a vida dos dois. Mas isto aqui é o Vietnã, e é o horror.

Menina, às vezes tento recordar sua voz, mas não consigo. Olho sua foto sempre que posso, para me certificar de que você é real e que, fora do horror desta guerra, existe, assim como existe minha pequena Alana.

Quando voltamos à base depois de alguma missão, enquanto outros se drogam e bebem para esquecer, eu escuto nossas canções para não esquecer você. Se eu puder escolher o que não esquecer, sem dúvida escolho não esquecer você.

Às vezes, quando ouço o som das árvores explodindo, ou os gritos agônicos dos soldados em combate, fico travado e penso: "Que estou fazendo aqui?". Mas rapidamente reajo e recordo que vim ajudar as pessoas, mesmo que nos olhem com medo e desconfiança, e que sou um militar do Exército dos Estados Unidos.

Não sei quando esta carta chegará nem quando tornarei a vê-la. Mas o que sei é que amo vocês duas e desejo que você cuide dela para que quando crescer ela cuide de você. Ambas são reais, as duas são meu mundo, e nada poderá impedir que eu as recorde, apesar de a guerra ser a doença da humanidade.

Amo vocês. Al di là.

Teddy

P.S.: Mujer, si puedes tú con Dios hablar... *Você se lembra desta canção?*

Essa carta, tão triste e desmotivada, deixou Carmen muito preocupada. Rapidamente ela lhe escreveu para animá-lo. Tentou adotar um tom de positividade e otimismo. Explicou-lhe os progressos da pequena Alana, falou de seus risos, suas palavras. De como a menina dançava quando ela punha os discos dele que ela havia trazido da Alemanha, e disse que lhe ensinaria a dançar *rock and roll* antes que ele voltasse.

Chegou o Natal e ela não teve notícias de Teddy. E assim passou janeiro, fevereiro, março e abril. Em maio, Carmen estava desesperada.

Depois da última carta, de novembro, ela não soube mais dele. Com a ajuda de seu pai, entrou em contato com o consulado americano, com a embaixada, com o Exército norte-americano, mas de nada adiantou. Como ela não era casada com o cabo Teddy Díaz Fischer, por quem perguntavam, negavam-lhe qualquer informação.

Ela tentou localizá-lo por intermédio de seu cunhado, Darío. Ele estava no Vietnã, como Teddy, e certamente poderia descobrir alguma coisa. Mas, para sua infelicidade, Darío, depois de indagar, escreveu-lhe, em janeiro de 1968, dizendo que não havia conseguido encontrar nada.

Carmen esperou durante muito tempo uma nova carta de seu amor no Vietnã, mas essa carta... nunca chegou.

35 ANOS DEPOIS

1

Madri, 2003

Apesar de ser terça-feira, o lugar estava lotado de gente.

Todo mundo dançava, ria e cantava, a fim de se divertir. Isso era o bom de viver em Madri; a cidade nunca dormia, e menos ainda a Gran Vía!

As celebrações sempre eram motivo de alegria, e Alana brindava com suas amigas no Quédate!, um barzinho, enquanto de fundo tocava *Can't Get You Out Of My Head*,[41] de Kylie Minogue.

– É sério, meninas! – gritava Lola para que a ouvissem –, vocês não sabem quanto lhes agradeço por estarem aqui comigo celebrando meu divórcio!

– Se nós a acompanhamos em seu casamento, por que não estaríamos aqui também agora? – disse Isa, rindo.

– Um brinde a seu divórcio! – propôs Alana.

– Viva o divórcio! – gritou Susana, fazendo-as rir.

As pessoas próximas as olhavam com estranheza.

Todas aplaudiram felizes, sem se importar com o que pensassem. Durante dois anos Lola fora casada com um imbecil que a única coisa que havia feito era traí-la, amargurá-la e fazê-la infeliz.

– A seu divórcio, e às calças que você vai arrancar dele! – acrescentou Isa.

– E a BMW! – gritou Susana.

Claudia, a advogada do grupo, olhou para as amigas com o drinque na mão e disse:

---

41 *Can't Get You Out Of My Head*, Parlophone Records Ltd., interpretada por Kylie Minogue. (N. da E.)

– Conseguimos a casa, e isso porque Lola não quer mais.

Lola balançou a cabeça com os olhos cheios de lágrimas, apesar de sua alegria, quando Isa disse:

– Você é tão boazinha que passa por tonta!

Lola deu de ombros, não se importava. Só queria esquecer sua experiência desagradável de casada. Nesse momento, começou a tocar *It's Raining Men*[42]. Deixando seus drinques em cima da mesa, todas se levantaram rindo e foram dançar sem censura.

Ao vê-las tão animadas, vários homens se aproximaram tentando ficar com elas.

As garotas se olharam, divertidas. São uns animais! Todas passavam dos trinta, não eram umas crianças que pudessem ser manipuladas. Aqueles convencidos que se achavam os reis da festa pensavam que eram eles que escolhiam, quando a realidade era que quem escolhia e decidia com quem e como eram elas.

Quando a canção acabou e conseguiram se livrar daquele grupinho de chatos, voltaram a seu lugar.

– Só para constar, eu prefiro que chovam mulheres – esclareceu Isa quase sem fôlego –, e se possível, como a lourinha que está no balcão da direita, acompanhada de um desses de que vocês gostam. Vocês viram que corpinho a garota tem?

Todas olharam. Alana, contemplando o morenaço que acompanhava a jovem, afirmou, sorrindo:

– Sem dúvida, eu fico com a bundinha dele.

Claudia, Lola e Susana eram da mesma opinião. Elas gostavam de homem.

– Você pecaria com a loura? – perguntou Claudia.

– Sua dúvida me ofende – debochou Isa.

– A propósito – disse Susana olhando para Alana –, o que aconteceu outro dia com o Borrascas?

---

42 *It's Raining Men*, Parlophone Records Ltd., interpretada por Geri Halliwell. (N. da E.)

Ao ouvir esse nome, todas soltaram uma gargalhada. Borrascas era um apresentador do tempo da televisão de Madri que perseguia Alana.

– Eu diria nublado e com probabilidade de chuvas – brincou Isa.

Alana respondeu, divertida:

– Outro dia ele foi me encher o saco, mas, por sorte, desde que ele apareceu na redação da revista, há uma semana, com um buquê de flores, e eu soltei um anticiclone, nunca mais apareceu. Mas continua mandando mensagenzinhas e e-mails.

– Coitadinho – debochou Isa. – Ele chegou tão contente com as rosas amarelas...

– É que ele é um porre!

Claudia soltou uma gargalhada e afirmou:

– Quem é chato é meu Jesús. Passou mal de gripe a semana passada e jurava que estava vendo a luz no fim do túnel!

Todas riram.

– Meu Deus, eu o amo porque ele é uma delícia, mas quando fica doente é insuportável.

Subitamente, Isa pegou Alana pelo braço e disse:

– Não olhe para a direita!

– Por quê?

E sem poder evitar, olhou, ao mesmo tempo que as outras. E ao ver seu ex com uma garota, sorriu.

Ismael, conhecido como Micropênis, havia sido namorado de Alana durante seis anos e haviam terminado fazia dois. Foi o namorado ideal enquanto durou, e quando, em uma viagem a Paris, ele a pediu em casamento ajoelhado diante da Torre Eiffel, ela não pôde dizer não.

Tudo era fantástico. A cerimônia ia ser na igreja de seu bairro, a festa no Hotel Emperador, os convites já haviam sido enviados e o vestido de noiva preparado; mas, uma semana antes do casamento, ele apareceu uma noite de surpresa na casa dela e rogou que cancelassem o casamento. Subitamente, ele não tinha certeza de que Alana era a mulher de sua vida.

Ela cancelou o casamento, queimou o vestido de noiva e terminou com ele.

Sua mãe, sua família e suas amigas ficaram ao seu lado durante o luto, e quando ela saiu do poço no qual quase se afogou durante meses, jurou e perjurou que nunca mais acreditaria em um homem, e menos ainda no amor. Para não esquecer, um dia, quando passava em frente a um ateliê de tatuagens, entrou e fez uma no antebraço direito: "O que não mata fortalece".

Quando sua mãe viu aquilo ficou horrorizada. Uma tatuagem era para a vida toda.

– Não olhe para Micropênis! – disse Susana, tirando-a dos devaneios.

Alana soltou uma gargalhada. Ismael só lhe provocava uma indiferença absoluta. Ao notar que todas as suas amigas olhavam para ela, disse, enquanto ele ia embora sem ter reparado nelas:

– Ora, vocês não sabem que superei totalmente esse homem?

– Fique tranquila, Alana, já enfiei esse aí no congelador faz tempo. Esse não sai debaixo das ervilhas enquanto eu viver – afirmou Isa, fazendo todas rirem.

Lola, a recém-separada, pegou-a pelo braço e disse:

– Ei... chega de falar de borrascas, chatos e micropênis. Vamos a minha casa ver nosso filme preferido.

– Nem fodendo! – recusou Alana. – Amanhã tenho que trabalhar.

Mas sem lhe dar ouvidos, as outras a empurraram e acabaram como a maioria das vezes, jogadas no sofá de uma delas vendo *A força do destino*, comentando como Zack Mayo, que não era ninguém menos que Richard Gere, era gostoso, e chorando pelo drama de Paula, interpretada por Debra Winger.

2

O dia não havia começado bem para Carmen.

Quando abriu os olhos aquela madrugada e viu uma grande mancha no teto, pulou da cama. O susto aumentou ao ver que a mancha de umidade se estendia para o corredor e o banheiro.

– Bendito seja Deus – murmurou, angustiada.

E vestindo o roupão, amarrou-o na cintura e subiu ao andar de cima. Seu vizinho abriu a porta com o esfregão e o chão encharcado. Olharam-se, e com cara de espanto, ele disse:

– Não me diga que chegou até você.

Ele desceu para ver o estrago que havia causado e se desculpou por ter deixado uma torneira aberta. A seguir, foi embora. Carmen pegou as chaves do apartamento de sua filha e foi avisá-la. Por sorte, Alana morava no mesmo andar, e ao ouvir a voz de sua mãe, saiu da cama e correu a seu encontro. Havia se deitado tinha apenas duas horas. Entrou cambaleando na casa de sua mãe; com remela nos olhos, fitava o que ela apontava.

– Dá para acreditar? – disse Carmen. – O imbecil do andar de cima deixou uma torneira aberta.

A jovem olhou para o teto e assentiu.

– Não se preocupe, vamos chamar o seguro. – E olhando a hora, grunhiu: – Pelo amor de Deus, mamãe, o que está fazendo acordada às seis da manhã?

– Não sei – respondeu sua mãe. – Acordei e... bom. Filha, que cara horrível! A que hora foi se deitar?

Alana se sentou no sofá vermelho de sua mãe e respondeu, aconchegando-se:

– Há menos de duas horas.

– Por quê?

Alana apoiou a cabeça em uma almofada e respondeu sem vontade:

– Ontem à tarde Lola assinou o divórcio e fomos comemorar.

Carmen balançou a cabeça.

– Que coisas estranhas vocês comemoram hoje em dia. – E encaminhando-se para a cozinha, disse: – Vou fazer café. Acho que você está precisando.

Uma hora depois, já mais acordada, Alana batalhou pelo telefone com a seguradora da casa para que fosse o quanto antes. Quando desligou, lembrou que o irmão de sua amiga Claudia trabalhava naquela empresa.

Rapidamente ligou para ela para que lhe desse o número dele. Ele garantiu que seria sua primeira visita do dia. Alana avisou no trabalho que chegaria um pouco mais tarde e depois pegou a escada da varanda e começou a tirar as cortinas do quarto. Se ela não fizesse isso, com certeza sua mãe faria, e era o que Alana queria impedir.

Subitamente, tocou o interfone.

– Deve ser o irmão de Claudia, do seguro; vá abrir! – gritou Alana.

Instantes depois, entrava um jovem de óculos de armação de acetato e terno escuro. Cumprimentando-o, Carmen disse, indicando o teto:

– Como você pode ver, é urgente. Veja só o que fez o vizinho de cima, tanto aqui quanto no banheiro e no corredor. O que você acha?

Ele, acostumado ao desespero dos clientes diante desse tipo de desastre, observou o teto com atenção e disse, anotando algo em um papel:

– Não se preocupe, o seguro cobre tudo. É para isso que a senhora paga.

Alana desceu da escada e deixou as cortinas em cima da cama antes de se juntar a eles. Discutiram o assunto com o irmão de Claudia, e quando ele foi embora, Carmen se lamentou:

– Bendito seja Deus. Agora vamos ter que estourar o teto! Vou ficar com a casa bagunçada sabe-se lá quanto tempo, e suas tias chegam no começo de julho. Que fatalidade!

Alana sorriu. Além de suas tias de sangue, que eram maravilhosas, ela tinha a grande sorte de contar com "tias do coração", que era como Renata e Teresa adoravam se referir a si mesmas.

A amizade da juventude na Alemanha entre elas e Carmen havia perdurado. Como uma vez propuseram, todos os anos se encontravam e passavam um mês inteiro juntas na casa de uma delas. Dessa vez era na casa de Carmen.

– Fique tranquila, mamãe – disse Alana. – Tenho amigos pintores que vão deixar isto perfeito muito antes de as tias chegarem.

– Que amigos? Não quero nenhum serviço porco.

A jovem soltou uma gargalhada.

– Luis e o pai trabalham com esse tipo de coisa. Pode confiar neles, de verdade. Vou ligar para eles e pedir que venham fazer um orçamento, pode ser?

– Luis? O Luis que eu estou pensando? – perguntou Carmen.

– Sim, mamãe, esse que você imagina, mas foi só um rolo sem importância há alguns meses. Pare de me olhar assim, vamos esvaziar o armário, como o irmão de Claudia mandou.

Carmen soltou uma gargalhada. Se havia algo que adorava em Alana era sua força interior, especialmente depois do que havia acontecido com Ismael. Sua filha havia mostrado como nunca a força que Carmen sempre soube que ela tinha. Gostou de ver.

Juntas começaram a esvaziar o armário; e então, Alana encontrou no fundo uma caixinha. Ela sabia que continha as fotos e as cartas de seus pais. Carmen, ao vê-la, sorriu e a pegou.

– Mãe do céu, há quanto tempo esta caixa está aí guardada! – E abrindo-a, pegou seu velho diário, folheou-o e murmurou: – Quantas lindas recordações guardo aqui!

Guardou-o de novo na caixa e o entregou a sua filha.

– Tome, para você.

Alana a pegou, desconcertada. Sua mãe acrescentou:

– Quando tiver tempo, leia meu diário. Assim, como o que eu lhe contei sobre seu pai, as fotos e o que escrevi na época, você poderá conhecê-lo um pouco melhor.

– Mas mamãe, é seu diário!

– Tudo que é meu é seu, minha querida – respondeu Carmen, sorrindo. – Especialmente este diário e tudo que eu escrevi nele.

Alana a olhou emocionada e sem saber o que dizer. Sua mãe era única.

Quando acabaram de esvaziar tudo, Alana disse:

– Vou tomar banho e ir trabalhar, tenho uma reunião às onze horas com meus chefes. Enquanto isso, pegue o que precisar e vá para minha casa. Você não vai poder ficar aqui até a obra acabar.

– Que saco! – protestou Carmen.

– Como você disse, tudo que é meu é seu – respondeu Alana dando-lhe um beijo. – Mas já vou avisando: se inventar de fazer uma limpeza geral, amarro você numa cadeira!

Dito isso, pegou a caixinha que sua mãe havia lhe dado e saiu correndo. Uma hora e meia depois, Alana entrava na redação da revista. Isa, com um café na mão, perguntou:

– Como você está?

– Podre, como você – respondeu ela pegando o café de Isa e dando um gole.

Foram juntas até a mesa de Alana; ela guardou a bolsa em uma gaveta.

– Acho que nos deram vinho barato ontem à noite, não acha? – comentou Isa.

Alana assentiu.

– Parece que o Big Boss vai estar hoje na reunião – disse sua amiga.

Alana suspirou. O Big Boss nunca estivera presente antes. Prendendo o cabelo, exclamou:

– Uau, que legal!

– Ouça... eu queria falar sobre o assunto de ontem à noite.

– O que aconteceu ontem à noite?

– Micropênis – sussurrou a jovem.

Alana sorriu ao ouvi-la chamá-lo assim. Disse:

– Isa, não acredito que você não me conhece. Quando o vi e me lembrei do que conheci depois dele em termos de sexo... espessuras e tamanhos, quase corri para beijá-lo e agradecer por ter me deixado.

Isa soltou uma gargalhada. Alana acrescentou:

– Ande, esqueça esse Micropênis. Espere aqui, já volto.

– Aonde você vai?

A caminho da sala de sua chefe, Alana respondeu sem se deter:

– Vou perguntar à diva mais diva do divino mundo das divas se já decidiu quem vai a Nova York cobrir o evento da Fundação Real World e o desfile de moda da Carolina Herrera. Lembre que fui eu quem a informou de ambas as coisas, e propus que fôssemos eu e você.

– Como diria minha amada Coco Chanel, não perca tempo batendo na parede com a esperança de que se transforme em uma porta – murmurou Isa.

Alana, que a ouviu, respondeu sorrindo:

– Como diria meu amado Homer Simpson, não sou de rezar, mas se estiver no céu, ajude-me, Superman!

Isa soltou uma gargalhada.

Quando Alana chegou diante da sala de sua chefe, Laura, bateu na porta e entrou.

Como sempre, a mulher estava impecavelmente vestida, penteada e maquiada. Não tinha nenhum defeito, e seu posto no mundo das divas estava mais que garantido. Laura estava ao telefone, e ao ver Alana, disse:

– Sim, Lolo, sim... garanto que serei pontual. Agora tenho que ir. Tchau.

Assim que desligou, olhou para a jovem e perguntou, seca:

– Pois não?

Alana suspirou disfarçadamente. Sabia que sua chefe não gostava dela desde que, um ano antes, em uma festa da revista, Roberto Pucha, um executivo italiano convidado ao evento, interessara-se por Alana em vez de Laura. Sua chefe nunca a havia perdoado.

Sem se acovardar, Alana respondeu:

– Na semana passada você comentou que hoje já teria decidido quem cobriria os eventos de Nova York, e eu...

– Não será você – interrompeu a outra com antipatia. – Escolhi Sonia. Algo mais?

Alana entendeu o golpe. Sem dúvida, enquanto Laura continuasse sendo sua chefe, não teria possibilidade de nada.

– Fui eu quem lhe informou sobre esses eventos – disse. – Um dos organizadores e membro da fundação é amigo meu.

– Dê-me os dados dele – exigiu sua chefe. – Vou passá-los a Sonia para que entre em contato com ele.

A frieza e falta de tato de Laura deixou Alana irritada. Sem poder se conter, sibilou:

– Quanto tempo mais isso vai durar?

Laura, que sabia perfeitamente a que Alana se referia, respondeu:

– Tanto quanto eu quiser.

Era evidente que Laura era uma víbora. Alana disse:

– Depois lhe dou o contato. Não o tenho aqui agora.

Abrindo uma pastinha, Laura não olhou mais para Alana; com um sorriso desagradável, respondeu:

– Muito bem. Já pode ir.

Com vontade de estrangulá-la, Alana deu meia-volta e saiu da sala. Deveria começar a procurar outro emprego.

– Ela pisou no seu calo, não foi? – perguntou Isa. E ao vê-la assentir, acrescentou: – Não me diga: não vamos para Nova York porque quem vai é Sonia. Acertei? Hoje à noite, vou enfiar as duas no congelador.

Isso as fez rir. Alana, pegando-a pelo braço, disse:

– Pare com esse negócio de congelador e vamos para a reunião.

Na sala, encontraram outros colegas, entre os quais estava Sonia, que olhou para Alana de tal maneira que esta soube que ela já sabia das boas notícias. Ficou puta da vida.

Mas se havia algo que ela fazia muito bem era disfarçar seu mal-estar. Desde pequena, sua mãe lhe ensinara que nunca devia se mostrar derrotada diante dos inimigos, porque isso lhes dava mais força. De modo que sorriu, ergueu o queixo e deu os parabéns a Carlos, outro colega, que havia acabado de ser pai.

Dez minutos depois, abriram-se de novo as portas e entraram os chefes: Leonardo, que se achava um DiCaprio, mas estava mais para Torrente, e mesmo assim era boa pessoa; e Laura Macía, a víbora do escritório, diante de quem quase todo mundo se curvava como se ela fosse a rainha da Inglaterra. Por isso a chamavam de diva pelas costas.

Depois deles entrou o Big Boss, Michael Bridges, um americano de uns cinquenta anos, de aspecto sério e culto, que havia chegado um ano antes para dirigir a versão espanhola da revista *Exception*, fundada por seu pai em Nova York, e da qual era proprietário.

Todos os presentes se sentaram e ficaram em silêncio. Tanto que dava para ouvir até o nascimento de um pelo.

O primeiro a falar foi Leonardo, responsável pela informação. Como sempre, recordou a todos que a *Exception* era uma das melhores publicações mensais de moda, viagens, cultura, shopping, eventos, blá-blá-blá... blá-blá-blá, e durante mais de dez minutos não parou de elogiar a revista.

"Que puxa-saco", pensou Alana.

Quando Leonardo acabou, Laura, como chefe da redação, falou dos objetivos do número seguinte e os alcançados nos anteriores. Como Leonardo, lambeu as botas do Big Boss, e quando acabou, pediu um brainstorming para a publicação seguinte, enquanto sr. Bridges se limitava a observar e a escutar atentamente.

Durante mais de uma hora debateram sobre como direcionar as ideias surgidas durante a reunião para apresentá-las de maneira interessante. Por fim, Laura distribuiu as tarefas aos presentes.

– Sonia – disse depois de citar outros redatores –, já que você vai para Nova York para os eventos da Carolina Herrera e da Real World, vou lhe dar um contato muito interessante para que faça uma matéria sobre o *Ground Zero* e o que pretendem construir lá. Foi um parto conseguir esse contato, e quero que você o mime para obter o máximo de informações, entendeu? Ah... e pensando melhor, você também devia tentar entrar em contato com algum responsável pelo novo Instituto Cervantes de Nova York...

– Isso não está certo! – explodiu Alana. – Eu acabei de sugerir essa matéria, e acho que não...

– Alana – interrompeu sua chefe –, se Sonia vai a Nova York cobrir outras notícias, não acha que é mais lógico que ela mesma o faça?

Todos sabiam da antipatia de Laura por Alana. Os olhares passavam de uma a outra. Mas Alana, sem se acovardar, respondeu:

– O curioso é que Sonia vai cobrir quase todas as notícias que eu sugeri. Devo pensar que se eu propuser ir ao Polo Norte porque Papai Noel teve uma torção cervical você também vai mandá-la?

Ouviu-se um "Oh" geral.

Laura, constrangida pelo olhar de sr. Bridges, respondeu o mais tranquila que pôde:

– Se você não se importa, falaremos disso depois em minha sala.

– Eu me importo, sim – replicou ela. – Prefiro falar na frente de todos.

– Alana do céu – sussurrou Isa, enquanto os presentes murmuravam –, o que você está fazendo?

Laura, surpresa pela desfaçatez de Alana diante do Big Boss, cravou o olhar nela e respondeu, seca:

– Já disse que conversaremos depois. Por ora, para o número seguinte, quero que você escreva uma matéria sobre receitas contra depressão e outra sobre o look chique das mães atuais.

Alana fez uma careta. Odiava escrever sobre aquilo, sabia que era um castigo. Tudo porque um dia um homem gostara dela, e não de sua chefe. Não era justo! Mas quando foi falar, Isa, pegando-a pelo braço, sibilou disfarçadamente:

– Cale-se, caralho, ou você vai para o olho da rua!

Com grande esforço, Alana conseguiu se acalmar e não mandar aquela estúpida à merda.

– Alguém pode me explicar o que está acontecendo aqui? – perguntou de repente Michael Bridge.

Alana amaldiçoou em silêncio o momento em que havia aberto a boca. Mas ao ver que o homem esperava uma resposta, mesmo sabendo que depois ia se ferrar, disse:

– Senhor, acho que não é justo o que está acontecendo, e simplesmente reclamei.

– Ai, mãe do céu – murmurou Isa levando a mão à testa.

Todos os colegas olharam para Alana. Ela estava maluca?

Laura, a cada momento com mais raiva de sua subordinada, cravou seus olhos mesquinhos nela, enquanto o americano, interessado, estimulava-a a prosseguir.

– Continue, srta. Rodríguez. O que não é justo?

Alana suspirou. Definitivamente, era uma boca mole. Depois de olhar para Isa, respondeu:

– Trabalho nesta revista há doze anos, senhor, e nos últimos tempos sinto que... que minha carreira estancou por causa de um problema pessoal com minha chefe, que não vem ao caso.

De novo se ouviu um "Ohhhh!" dos presentes. Laura explodiu:

– Acho que não é hora nem lugar para falar de algo que nada tem a ver com trabalho...

– Srta. Macía, por favor – disse sr. Bridge, interrompendo-a.

Ela se calou, horrorizada. O que aquela insensata ia contar? Mas Alana, cheia de coragem, prosseguiu:

– Não sou novata, senhor. Nem uma estagiária que está começando a carreira e tem que aprender escrevendo as matérias que ninguém quer fazer. Simplesmente quero de volta o status que eu tinha antes na redação, para poder escrever matérias atuais e de qualidade. Matérias que inclusive já me renderam alguns prêmios, e dos quais a revista se beneficiou tanto quanto eu.

O Big Boss fitou-a. Ele sabia muito bem quem era aquela garota, os prêmios que havia ganhado e o que escrevia. Conhecia inclusive a origem do problema delas. Se seu pai havia lhe ensinado algo era que conhecer seus funcionários, e o que acontecia na redação, era primordial para o bom funcionamento de uma revista. Por isso, olhando para a jovem de cabelo claro que o observava, respondeu:

– Entendo o que está dizendo e conheço suas qualidades como jornalista, mas se sua chefe lhe pede que escreva essas duas matérias, é o que deve fazer, para o bom funcionamento geral.

"Legal, filho da mãe. Acabou de dizer para eu me calar e aguentar. Ótimo!", pensou Alana. No entanto, olhou para ele e respondeu:

– Certo, senhor. Assim farei.

Laura, contente com a réplica de Bridges, olhou para Alana e disse com firmeza:

– Nesta redação, querida Alana, cada um tem seu cargo e seu lugar.

– Na redação e na vida em geral – respondeu Alana, sem poder se conter.

Novo murmúrio se ouviu na sala. Isa, apertando a coxa de Alana, sussurrou:

– Alanaaaaaaaa, pare de cutucá-la e feche o bico de uma vez.

Laura a queimou mais uma vez com o olhar e fechou sua pasta com força. Leonardo, que conhecia muito bem as duas, para acabar com aquele duelo disse:

– Muito bem, a reunião acabou. Mas antes que todos voltem a suas mesas, informo que o sr. Bridges pediu a Laura e a mim o nome de dois redatores que se destaquem por suas matérias. Os escolhidos foram Sonia e Ángel, e o sr. Bridges quer falar com eles. Por favor, os demais saiam da sala.

Todos se olharam. Aqueles dois eram os protegidos da redação. Isa, pegando sua amiga pelo braço, sussurrou:

– Levante a bunda, maldita boca dura, e vamos sair já daqui!

Alana, ainda contrariada pelo fora que o Big Boss havia lhe dado na frente de todos, suspirou e se levantou para sair. Mas, nesse momento, ouviu a voz do americano dizendo:

– Srta. Alana Rodríguez, fique também.

Ela olhou para sua amiga. Aquilo seria bom?

Isa, ao entender seu olhar, sussurrou:

– Se for despedida, mato você, entendeu?

– Desculpe, senhor – disse Laura aproximando-se do homem –, mas ela não foi selecionada.

– Tem razão. Mas lembre-se: eu disse que também escolheria alguém; e minha escolha é a srta. Rodríguez. Ela fica.

Contrariada, Laura deu meia-volta e apressou o resto a sair da sala de reuniões, enquanto Alana dizia a meia voz:

– Isa, prepare-se que hoje à noite vamos comemorar minha demissão.

– Você sabe que eu adoro uma festa, mas, caralho, não por esse motivo!

Quando os selecionados ficaram a sós com os chefes, o sr. Bridge fez um sinal a sua secretária, e ela entregou a todos umas pastinhas vermelhas, que ninguém tocou.

Ao ver a expectativa no rosto de todos, ele também pegou uma pasta e disse:

– Há vinte anos dirijo a *Exception*. Dezenove em Nova York e quase um na Espanha. Durante todo esse tempo, além de fazer meu trabalho, eu me interessei por meus funcionários. E neste último ano, embora vocês e seus colegas não soubessem, eu li tudo o que escreveram para a revista, e inclusive coisas que haviam escrito antes. Quando pedi a seus chefes alguns nomes para este projeto e eles me deram os seus, só pude concordar. A srta. Sonia Suárez é a proposta de Laura, e aplaudo sua escolha. Gosto de sua precisão no enfoque das notícias e tenho orgulho de tê-la em nossa revista.

A jovem, encantada ao escutar isso, sorriu feliz. Olhando fugazmente para sua chefe, murmurou:

– Obrigada.

– Sr. Ángel Sánchez – continuou Bridge –, você é a proposta de Leonardo; devo dizer que adoro suas matérias maravilhosas, porque você mostra ao leitor o que realmente aconteceu, em vez de se limitar a redigir um fato. Você é um excelente jornalista, e demonstra isso a cada número de nossa revista.

– Obrigado, senhor – respondeu Ángel, orgulhoso.

– E srta. Alana Rodríguez – finalizou sr. Bridges, olhando para ela intensamente –, você é minha proposta.

Leonardo sorriu. Sabia quanto valia aquela jovem.

– Vim hoje à reunião para decidir qual dentre todos os presentes que não haviam sido escolhidos seria meu candidato. E se escolhi você é porque gosto da confiança que demonstra ter em si mesma, algo muito valioso neste ofício; e, claro, por suas matérias de linguagem simples e direta, o que é muito apreciado no jornalismo.

Alana engoliu em seco. Ao ver de soslaio sua chefe balançar a cabeça contrariada, sorriu e disse:

– Obrigada, senhor. Espero não o decepcionar.

– Vocês três são excelentes jornalistas – continuou ele –, e os três merecem participar do que vou explicar. Uma notícia bem escrita nunca é ambígua nem repetitiva, porque cada palavra que colocamos nela conta, não é verdade?

Todos assentiram. As mãos de Alana suavam.

– Durante os anos que passei em Nova York – prosseguiu o homem –, eu sempre desafiei meus melhores jornalistas a elaborar uma matéria para fechar o ano da revista. E agora, decidi fazer o mesmo pela primeira vez com vocês, aqui na Espanha. Sem dúvida, verão que isso é uma grande oportunidade.

Os três candidatos se olharam, surpresos.

– Abram as pastinhas vermelhas, por favor – pediu o diretor.

Todos obedeceram.

– Como verão, há uma carta, assinada por mim, dando-lhes liberdade durante um mês para trabalhar na matéria que quiserem. Passado esse tempo, vocês voltarão à redação. Enquanto isso, receberão seu salário normal, como sempre, mas não poderão apresentar gastos adicionais. Tudo que precisarem fazer para obter sua notícia correrá por conta de vocês. Poderão dispor de um fotógrafo. Se for da *Exception*, ele também receberá, como vocês, a carta de liberdade por um mês, e a seguir, retomará seu trabalho. Se não for daqui, vocês o pagarão. Quero que formem uma equipe com o fotógrafo, e, claro, que mantenham a confidencialidade, porque a matéria deve surpreender quando for lida. – E olhando para Laura, acrescentou: – Durante o tempo que eles passarem fora, a empresa contratará estagiários. Depois desse mês, todos retomarão o trabalho normalmente até que o nome do ganhador seja anunciado.

Alana o escutava boquiaberta enquanto fitava os papéis que tinha a sua frente. A proposta dele era alucinante!

– Estamos em seis de março – prosseguiu ele. – Vocês têm até primeiro de outubro às nove da manhã para tirar seu mês de licença, escrever a matéria e entregá-la a mim perfeitamente documentada e concluída. Vou precisar da matéria impressa e uma cópia em pendrive. O texto vencedor estampará a capa da edição de dezembro e seu autor receberá um bônus de 10 mil euros, além de poder escolher entre uma promoção ou uma transferência para qualquer filial que a revista *Exception* tenha na América e na Europa. O fotógrafo será também premiado com 10 mil euros. Alguma pergunta?

Os três selecionados estavam boquiabertos e espantados. Aquela era a oportunidade de ouro que todo jornalista gostaria de ter na vida. Leonardo sorriu, contente, mas Laura, com inveja por não estar no lugar deles, disse:

– Vamos, perguntem. Ou não têm nenhuma dúvida? Tão claro assim lhes parece o desafio que o sr. Bridges propôs?

Sonia e Ángel se olhavam, nervosos. O que poderiam perguntar? Mas Alana, ciente da importância daquela oportunidade, perguntou:

– Quem decidirá o ganhador?

– Meu pai – respondeu o homem. – Ninguém menos que a pessoa que criou a *Exception* do nada e que foi um renomado jornalista em sua época.

Ao ver que ninguém mais abria a boca, Alana disse:

– Posso fazer outra pergunta?

Sr. Bridges assentiu. Sem dúvida, havia tomado uma boa decisão escolhendo-a.

– Claro, srta. Rodríguez. Pergunte.

– Pode nos dizer de que tratavam as matérias que seu pai escolheu como ganhadoras nos outros anos?

Ele sorriu. Recostando-se na cadeira, respondeu:

– Eu lhes direi três. A primeira falava sobre a vida de Nelson Mandela, relatada por ele mesmo em uma entrevista apaixonante. A segunda falava sobre Svetlana Savitskaya, uma pilota e cosmonauta soviética que foi a segunda mulher russa a ir para o espaço. E a terceira era uma matéria sobre o enorme trabalho que algumas pessoas têm para encontrar famílias às centenas de animais que são abandonados depois do Natal. Como podem ver, três matérias muito diferentes entre si e interessantes. E agora, com qual vocês vão surpreender meu pai?

Alana sentiu seu coração bater forte. Nem em seu melhor sonho ela poderia ter imaginado uma oportunidade como aquela.

– Não sei, senhor – disse –, mas garanto que tentarei surpreendê-lo.

Dez minutos depois, quando Alana voltou para sua mesa, sussurrou para Isa:

– Eu vou ter um troço!

– Foi demitida? – perguntou sua amiga, ansiosa.

– Não. Pegue sua bolsa e seu casaco, vamos almoçar. É por minha conta. Tenho que lhe fazer uma proposta.

– Se for indecente, melhor – respondeu Isa sorrindo. – Você sabe que me atrai muito.

Em um dos bares da Plaza Mayor, em Madri, comendo uns sanduíches de lula, Alana contou a sua amiga o que havia acontecido e lhe propôs que fosse sua fotógrafa. Isa quase engasgou de emoção, mas, uma vez recuperada, aceitou feliz. Além de um grande desafio, era uma oportunidade maravilhosa para as duas. Só tinham que pensar sobre que assunto iam falar.

3

Uma semana depois, já digerida e celebrada apropriadamente a notícia, Alana chegou ao escritório, sentou-se contente a sua mesa e ligou seu computador.

– Alana, já começou alguma das matérias que lhe pedi? – perguntou Laura, aproximando-se.

– Estou colhendo informações, e...

– Venha a minha sala – interrompeu sua chefe.

Alana a fitou. Aquela, como sempre, atacando. Mas sorriu. Nada ia estragar seu dia.

Na sala de Laura, sentadas frente a frente, sua chefe fitou Alana em silêncio por alguns segundos:

– Tenho esta conversa pendente com você desde a semana passada, mas quis deixar passar alguns dias para me acalmar antes de lhe dizer: que seja a última vez que em uma reunião, e especialmente na frente do sr. Bridges, você contesta alguma ordem minha, entendeu?

Alana não respondeu; Laura prosseguiu:

– Agradeça à sua sorte, porque se você não houvesse caído nas graças do Big Boss, há dias teria assinado sua demissão.

Alana estava esperando essa bronca desde o dia da reunião, mas não pretendia entrar no jogo dela. Estava tão contente com a proposta de Bridges que não queria que nada a estragasse.

– Clara caiu hoje de manhã e quebrou a perna – disse Laura, então.

– Oh, Deus, coitada!

Sua chefe assentiu com a cabeça.

– Ela ia cobrir a seção de cultura este mês. Já estava pautada para vários lançamentos de livros, discos e pré-estreias de cinema. Você pode cuidar disso?

Alana disse que sim e Laura lhe entregou uma credencial de imprensa com o nome da revista.

– Muito bem, é só isso. Adeus.

Quando Alana chegou onde estava Isa, mostrou-lhe a credencial. Poder ir a esses eventos e ver todas as pré-estreias grátis era uma notícia maravilhosa.

Dois dias depois, quando Alana chegou à redação, sua chefe a chamou de novo a sua sala. Carlos, aquele que havia acabado de ser pai, havia decidido tirar sua licença paternidade; de modo que Laura também passou a Alana as matérias dele sobre gastronomia.

Subitamente Alana se viu transbordando de trabalho, e a culpa era só dela, por não ter dito não. Além do seu, ainda tinha que cuidar da seção de cultura e de gastronomia. Como faria?

Certa noite, depois da pré-estreia de um filme, Isa e ela foram a um dos restaurantes sobre os quais Alana tinha que escrever. Os donos, ao saber que eram da revista, rapidamente as convidaram a jantar por conta da casa. Isa, depois de fotografar alguns pratos e o local, disse, divertida:

– Sem dúvida, a diva quer nos deixar cultas e gordas como um peru.

– Enquanto não queira nos sacrificar no Natal, tudo bem!

– A propósito, meu pai mandou eu lhe dar os pêsames por seu time.

Alana sorriu. E ao pensar na maré de azar que seu time do coração, o Atlético de Madri, estava vivendo, disse:

– Sabe o que eu digo disso? *Que aúpa Atleti*!

Ambas riram. Isa perguntou:

– Já pensou em alguma coisa para a matéria? Pergunto porque vou ter que informar antes de fotografar qualquer coisa.

Alana negou com a cabeça. Engolindo um champignon, disse:

– Eu penso, mas com tanto trabalho não me ocorre nada. Queria saber sobre o que Sonia e Ángel vão escrever. Se bem que aposto que ele, do jeito que é apaixonado por carros e mecânica, vai escrever sobre isso.

– Você está enganada, e já lhe digo por quê. E quanto a Sonia, aposto qualquer coisa que vai acionar contatos para ter acesso a Armani ou Versace e fazer uma glamorosa matéria sobre eles e seu império.

– Você tem razão. Ela é previsível – assentiu Alana, pensando melhor. – E Ángel?

Isa sorriu, fez cara de malvada e disse:

– Mudança climática.

– Mudança climática?

Isa assentiu e, baixando a voz, respondeu:

– Sim, minha rainha, isso mesmo que você ouviu.

Alana a olhou, surpresa. Nunca na vida teria imaginado Ángel escrevendo uma matéria dessas.

– Ontem de manhã cruzei com ele no elevador – explicou Isa –, e notei que, entre outros livros, tinha um da Nasa. Fiquei surpresa. Como você disse, ele é louco por mecânica e motores e só fala de carros, escapamentos e essas coisas. Pois bem, esse livro me chamou tanto a atenção que mais tarde, quando passei por acaso perto da mesa dele...

– Por acaso? – debochou Alana.

– Sim... sim, puro acaso! – disse sua amiga, rindo. – Vi que ele estava fazendo anotações sobre esse livro, muito interessado, e quando me aproximei, vi que estava escrevendo algo tipo que o Ártico encolhe, ao passo que a Antártida cresce. Mas a coisa não acaba aí; porque hoje de manhã o vi tomando café da manhã no bar em frente ao escritório com Silvio Méndez, um renomado fotógrafo que trabalhou para a Nasa e que, veja que coincidência, é primo de Aránzazu, aquela garota bonita, de olhos incrivelmente azuis com quem tive um rolo há um ano. Enfim, esperei que Ángel saísse, fingi encontrar Silvio de surpresa, e ele, sem que eu perguntasse nada, comentou que estava ali porque um jornalista o havia chamado para comprar umas fotos espetaculares que ele tem sobre mudança climática.

– Como você não tem igual, Isa de minha vida – disse Alana, rindo.

Sua amiga, colocando outra batata frita na boca, sorriu feliz:

– Eu sei. Depois de mim, minha mãe jogou a forma fora. E falando de forma, sabe quem acaba de dar um grande desgosto à Dolorosa?

– A sua mãe?

– Sim.

– Quem?

– Meu divino irmão Carlitos.

– Não me diga! O que ele fez?

– Apaixonou-se por uma pequinesa e vai se casar com ela em primeiro de novembro – explicou Isa.

– Vai se casar?!

– Isso mesmo. Meu pai lhe prometeu a camisa do Real Madri e minha avó já estava comemorando ontem com umas taças de vinho.

– Ele vai se casar com uma pequinesa? – riu Alana.

Isa esclareceu, divertida:

– Quando eu disse pequinesa, não me referia à cachorrinha, e sim a uma chinesa.

– Menina, eu sei disso!

– Mas chinesa mesmo. Chinesa de Pequim.

– Caramba, o golpe foi forte. Casamento e tudo!

– Segundo ele, foi amor à primeira vista.

– Mas isso existe? – debochou Alana.

– Parece que sim – disse Isa, rindo. – A garota se chama Xiaomei. Eu a conheci ontem. Você precisava ver como minha avó olhava para ela enquanto lhe oferecia croquete. Meu pai não parou de falar do Real Madri, lançando-me olhares assassinos porque torço para o Barça. A pobre garota ria, mas acho que era para não chorar, porque não entendia nada. Mas o desgosto que a Dolorosa sofreu com Carlitos por não se casar com uma marquesa de avoengo rançoso conseguiu fazê-la esquecer o que eu lhe dei há anos, quando contei que era lésbica. Ou o tormento de meu pai quando soube que eu torcia para o Barça. Acho que a notícia de Carlos superou as minhas.

No dia seguinte, quando Alana chegou ao escritório, surpreendeu-se ao ver Sonia e o Big Boss na sala de Laura. Todos gesticulavam, alterados, e a chefe até gritava.

– Não sei o que está acontecendo – sussurrou Isa –, mas a diva está atacada. Portanto, nem olhe para ela, senão vai sobrar para nós.

Dez minutos depois, a porta se abriu e Sonia saiu com ar triunfante, pegou suas coisas da mesa e disse a Alana em voz baixa:

– Vou embora. Meu avião decola daqui a quatro horas. Vou começar a escrever a matéria. Quero ganhar o desafio e ir trabalhar em Roma.

E sem mais, despediu-se de todos na redação.

Minutos depois, a porta da sala tornou a se abrir, e dessa vez foi o sr. Bridges quem saiu. Sem olhar para ninguém, dirigiu-se ao elevador e foi embora.

– Quer apostar que vai sobrar para nós? – sussurrou Alana a Isa.

Cinco minutos depois, todos na redação sofriam a ira da diva. Laura estava muito irritada. Segundo ela, Sonia havia falhado. Gritava que a havia deixado na mão.

Alana olhou para Isa, que como a conhecia muito bem, replicou:

– Nem pense nisso! O dia tem só 24 horas, e você já não tem tempo para tudo que tem que fazer. Não cometa uma loucura!

Mas ela, sem lhe dar ouvidos, murmurou:

– Essas matérias de Nova York são as que eu queria cobrir, e ainda as quero para mim.

– Alana, você vai se meter em confusão – insistiu a amiga.

Instantes depois, Alana foi até dois colegas da redação e os levou para tomar um café e falar com eles. Finalizada a conversa, eles aceitaram cuidar das seções de cultura e gastronomia, desde que a chefe aceitasse e isso lhes rendesse uma pequena compensação financeira.

Feliz, Alana contou a Isa, que murmurou:

– Como eu disse: você está louca.

– Louca não. A diva está com essas matérias em cima da mesa, e eu quero consegui-las antes que ela as passe a outra pessoa. Tere e Alejo aceitaram cuidar de cultura e gastronomia. Só falta eu falar com Laura.

– Que Deus tenha piedade de sua alma. Não há dúvida, você é masoquista, gosta de sofrer!

– Como dizia sua grande Coco Chanel – respondeu Alana –, para chegar a ser insubstituível, primeiro é preciso ser diferente.

– Humm... essa mulher tinha umas frases ótimas.

– Vou falar com ela para ver o que se pode fazer – concluiu Alana alisando a camisa.

A recepção de sua chefe não foi a melhor do mundo, mas a isso ela já estava acostumada. Foi direto ao assunto. Ela poderia cuidar de suas matérias e das de Nova York se Laura aceitasse que Tere e Alejo cobrissem cultura e gastronomia e fossem recompensados no fim do mês.

Sua chefe não disse nada. Pela primeira vez em dois anos, escutou-a e, a seguir, perguntou com seriedade:

– Você fez tudo isso para me ajudar?

Alana olhou para Laura por alguns segundos.

– Eu poderia responder que sim e ficaria muito bem, mas estaria mentindo. Se faço isso é porque quero fazer as matérias de Nova York. Não preciso recordar que fui eu quem as sugeriu.

Laura a olhou com dureza. A inimizade entre elas era palpável, mas pegou o telefone e digitou um número.

– Tudo bem – respondeu. – Mas que fique claro que lhe dou as matérias porque Clara quebrou a perna e Roberta está em Bucareste... Alô, Cristina, é Laura – disse sem olhar para Alana. – Preciso que cancele as passagens de Sonia para Nova York... O quê? Ela trocou para Milão? Não... não, cancele essas também. Se ela vai para Milão, que pague de seu bolso. Como estava dizendo, cancele...

– Cancele também a do fotógrafo que ia acompanhá-la – disse Alana. – Eu levo meu próprio fotógrafo.

Laura olhou para Alana um instante e por fim disse:

– Cancele também a do fotógrafo que ia acompanhar Sonia a Nova York. Alana e Isabel vão descer para lhe dar seus dados. Sim... sim... sem problema. Tchau.

Quando desligou, olhou para Alana com uma expressão azeda.

– Vá com Isabel passar seus dados. Cristina vai precisar deles.

Quando Alana se levantou para sair da sala, a outra acrescentou:

– Espero ver matérias excepcionais.

– Vai ver – garantiu Alana sem olhar para ela.

Quando encontrou Isa, tirou-lhe a câmera fotográfica das mãos e disse:

– Tenho duas notícias. Qual você quer primeiro: a boa ou a ótima?

– Vamos começar pela boa – aceitou sua amiga, sorrindo.

– Sonia vai para Milão.

– Eu disse! – disse Isa, rindo. – Ela é previsível; moda italiana. E a ótima?

– Duas mulheres bonitas, estilosas e independentes irão em breve para Nova York.

Isa olhou para Alana boquiaberta.

– Você é a melhor, Alana da minha vida. A melhor!

Essa noite, quando chegou em casa, ouviu o som da televisão e imaginou que sua mãe estivesse assistindo. Deixou as chaves em cima do móvel da entrada e gritou, zombando:

– Querido, cheguei! – E agachando-se para pegar seu gato no colo, deu-lhe um beijo na cabeça e murmurou: – Olá, Pollo, a vovó cuidou bem de você?

Carmen sorriu ao ouvi-la. Sua filha era maravilhosa e divertida. Pegando o controle da tevê para baixar o volume, perguntou ao vê-la entrar na sala com o gato:

– Já jantou?

Alana negou com a cabeça.

– Está com fome?

– Como diria tia Tere, *muitíssima!*

Ambas riram. Carmen, levantando-se, disse:

– Ande, largue Pollo, lave as mãos e venha jantar. Fiz um ensopado.

– Humm... que gostoso! – respondeu Alana dando um beijo em sua mãe.

Dois minutos depois, enquanto Carmen estava na cozinha preparando a pequena mesa para sua filha, Alana entrou e exclamou:

– Meu Deus, mamãe, vou ter que pôr óculos de sol de tanto que brilham os azulejos da parede.

Carmen sorriu, mas Alana grunhiu. Pegando uma lata de Coca-Cola na geladeira, acrescentou:

– Já não falei que não quero que você faça limpeza?

– Filha, cheguei do Tai Chi e estava entediada. Além do mais, hoje, com essa chuva, não fui passear com minhas amigas, por isso não tinha nada melhor para fazer. A propósito, os pedreiros estão tocando muito bem a obra em minha casa, e são muito limpos. Estou contente.

Alana suspirou. Sua mãe era obcecada por limpeza.

– Está bem, mamãe, mas que isso não se repita, entendeu? Você não está aqui para limpar. Vai poder inaugurar o festival da limpeza quando os pedreiros saírem de sua casa.

– Ande, jante – disse Carmen, divertida.

Enquanto Alana comia o delicioso ensopado, falaram das coisas que haviam feito aquele dia. E então, Carmen disse:

– Pollo é um traste.

– Agora que você descobriu? – perguntou Alana, rindo, fitando o gato que as observava da porta.

– Eu estava costurando seu roupão e...

– Costurando? Mas mamãe!

– Ai, meu Deus, filha! Vi que o bolso estava rasgado, e não me custa nada. Pois então, enquanto eu costurava, o sem-vergonha, com essa patinha ficou cutucando até derrubar a caixa de costura. Xinguei o pai, a mãe e toda a família felina dele. Ah... e levou uma chinelada.

Alana soltou uma gargalhada. Olhando para o gato, advertiu-o:

– Pollo... Pollo... com a vovó não se brinca.

– Leu meu diário? – perguntou sua mãe a seguir.

– Não, mamãe. Do jeito que trouxe a caixa a deixei no criado-mudo. Estou atrapalhada.

– Leia, você vai gostar.

– Tudo bem, vou ler – assentiu Alana sem muita convicção.

De certo modo, ela ficava sem graça de ler algo tão íntimo de sua mãe. Um diário é coisa pessoal, e ela não entendia por que sua mãe insistia para que o lesse.

– Ah, vou para Nova York no fim do mês. Ficarei umas três semanas. Vou cobrir vários eventos, e estou muito, muito, muito contente.

Não era a primeira vez que Alana ia para aquele país, especialmente para essa cidade.

– Que bom! – exclamou Carmen saindo da cozinha. – Você gosta tanto da Big Apple! Está em seus genes. Você sabe que seu pai era de lá.

Alana suspirou. Seu pai sempre havia sido um tema tabu na família. Ninguém falava dele, ninguém o mencionava, e desde pequenininha ela também aprendeu a calar.

Quando acabou de jantar, colocou o prato sujo na pia, guardou em um pote o ensopado que sobrou e foi à sala, onde sua mãe estava vendo televisão.

– Leve o diário para ler no avião ou nas horas vagas – insistiu Carmen. – E já que você vai a Nova York, poderia...

– Vou a trabalho, mamãe – interrompeu Alana. – Não vou ter tempo para outra coisa que não seja trabalhar.

Sua mãe suspirou, e antes que pudesse dizer mais nada, sua filha se antecipou:

– Ouça, mamãe, você e eu estamos muito bem sozinhas e não precisamos de mais ninguém.

Carmen sorriu. E tocando os lábios da filha, murmurou:

– Quando você fica séria, faz o mesmo biquinho de pato que ele.

– Mamãe!

– Claro que não precisamos de mais ninguém – continuou Carmen ao vê-la sorrir –, isso eu já sei. Mas um dia eu gostaria de saber o que aconteceu.

Alana suspirou e, sem dizer mais nada, abraçou sua mãe.

4

Os dias passavam a toda velocidade e Alana trabalhava com diligência para acabar a matéria com as receitas contra a depressão e a do look atual das mães chiques. Quando acabou e as entregou a sua chefe, suspirou aliviada ao ouvi-la dizer:

– Gostei. Pode mandar.

Alana sorriu; uma palavra gentil sempre era bem recebida. Quando ia sair da sala, Laura perguntou:

– A que hora sai o voo de vocês amanhã?

– Às dez.

– Faça valer a pena meu voto de confiança em você – disse sua chefe sem olhar para ela.

Alana revirou os olhos. Era de matar!

No dia seguinte, depois de quase nove horas de voo, Alana e Isa aterrissaram no aeroporto John Fitzgerald Kennedy de Nova York. Depois de entregar seus documentos na imigração e pegar a bagagem, saíram para tomar um táxi. Quando chegaram e Alana viu o hotel, murmurou, zombando:

– Já se vê que a diva não se esforça muito quando não é ela que viaja.

Rindo, entraram no edifício do Murray Hill. Não tinha nada a ver com os hotéis onde Laura costumava se hospedar quando viajava.

Já no quarto, a primeira coisa que Alana fez foi ligar para sua mãe. Sabia que ela ficaria esperando sem sair do lado do telefone. Falou com ela, disse que havia chegado bem, mandou-lhe milhões de beijos e logo desligou para que Isa ligasse para a Dolorosa.

Depois, enquanto tiravam a roupa das malas e a penduravam nos armários, Isa comentou:

– Este é o vestido para a festa da fundação.

– É maravilhoso – admirou Alana.

– Eu sei, e o melhor de tudo é que deixa meus seios deslumbrantes! – exclamou Isa, rindo.

Alana riu também. Ao tirar sua roupa da mala, notou alguma coisa. Era o diário de sua mãe. Ao abri-lo, encontrou uma foto de seus pais, uma de que sempre havia gostado. Pegando-a, murmurou:

– Mamãe... como é teimosa.

Ao ver que Alana tinha algo nas mãos, Isa ergueu seu vestido, aproximou-se e perguntou:

– Quem são?

– Meus pais.

– Seus pais?! – exclamou sua amiga, surpresa.

– Sim.

– Essa mocinha é Carmela?

– Sim.

– Que linda!

– Ela sempre foi muito bonita.

Alana sorriu com carinho.

– E seu pai é esse morenaço?

– Sim.

– Caramba, ele era militar americano?

– Sim.

– E por que você nunca me contou?

Alana suspirou.

Quando, aos doze anos, elas mudaram de bairro, Alana decidira guardar o segredo que tanta dor havia causado a sua mãe. Respondeu:

– Porque não há nada para contar.

Isa olhou para sua melhor amiga desde a adolescência e disse:

– Eu achava que ele era espanhol e que havia morrido quando você era pequena.

– Pois pode continuar achando isso.

– Nem pense nisso, garota! Conte-me agora mesmo quem era seu pai e por que nunca me falou dele e me deixou acreditar no que eu achava.

Alana suspirou. Isa sempre lhe havia contado tudo. Inclusive, Alana foi a primeira pessoa a quem ela confessara que era lésbica.

– Eu nunca falo dele porque não há nada a dizer. Quando minha mãe e eu mudamos de bairro, decidi deixar que todo mundo acreditasse que meu pai havia morrido, para que acabassem as fofocas e as bobagens. Esse era meu segredo. – E ao ver a expressão de sua amiga, acrescentou: – Tudo bem. Nesta foto meu pai tinha 24 anos. Sabe o que é crescer vendo que eu envelheço e ele continua sempre com a mesma idade?

– Por sorte, as fotos são documentos vivos – disse Isa. – Eu gostaria de ter fotos de meus pais jovens, mas para eles, no interior, isso era um grande luxo que não podiam se permitir. Só tenho quatro fotos deles, e, na verdade, são horrorosas. Meu pai parece um presidiário de boina, e minha mãe mais velha do que é agora.

Ambas riram. Isa insistiu:

– E agora que eu sei seu segredo, conte-me coisas sobre seu pai.

Alana respondeu com ar cansado:

– Ele se chamava Teddy Díaz Fischer, militar norte-americano da divisão Airborne. Era nova-iorquino por parte de mãe e porto-riquenho por parte de pai. Minha mãe e ele se conheceram na Alemanha, quando ela foi trabalhar lá. Eles se apaixonaram, depois meu pai foi embora, e no fim nasci eu!

– Nossa, você fala de um jeito...

Alana sorriu.

– Eles se casaram na Alemanha? – perguntou Isa.

– Não... eles não chegaram a se casar.

– Sério? Sua mãe não era casada?

– Não, sou filha do pecado – respondeu Alana.

– Uau! – Isa pestanejou, incrédula. – Se antes sua mãe era minha heroína, por causa dos bolinhos de bacalhau que faz, agora é em dobro. Que coragem, ser mãe solteira naquela época!

Alana assentiu, sorridente, e disse com carinho, mostrando-lhe o diário:

– Ela é uma guerreira. Este diário é dela, e ela quer que eu leia, acredita?

– Uau... pois eu adoraria lê-lo.

– Porque você é uma enxerida – debochou Alana.

– Eeeeeeeeuuuu?

Ficaram fazendo brincadeiras, e depois Isa perguntou:

– Por que seu pai foi embora?

– Caralho, Isa, viu como você é enxerida?

Mas ao notar que a amiga esperava uma resposta, acrescentou:

– Porque ele era militar e tinha que cumprir ordens. E, bem... foi mandado para o Vietnã.

– Vietnã? – repetiu sua amiga, boquiaberta. – Está me dizendo que seu pai esteve no Vietnã?

– Sim.

– Nossa! Seu pai é um Rambo.

– Isso não sei, na verdade – disse Alana, sorrindo. – Só sei que minha mãe perdeu o rastro dele lá.

– Está brincando! Nossa – repetiu Isa. – Isso que você está contando parece coisa de filme, ou de livro.

– Para você ver que a realidade às vezes supera a ficção.

– Pois é – assentiu Isa.

– Se você se atrever a dizer algo do que lhe contei a sua mãe, a Lola ou a alguma das garotas, juro que corto suas orelhas. Eu sei que às vezes você é meio linguaruda. Se as garotas choram vendo *A força do destino*, e se sentem mal porque a pobre Paula não conhece o pai, e isso é só um filme, se elas souberem de...

– Nossa, é verdade! – exclamou Isa. – O pai de Paula era militar americano, como o seu. Que demaaaaaais!

Alana suspirou e fechou os olhos. Drama não era com ela.

– Basta manter a boquinha fechada sobre isso. Eu lhe contei meu segredo e peço discrição, Ok? E agora, se não se importa – disse Alana pegando a foto –, não quero mais falar de militares americanos nem de nada do tipo.

Mas Isa tirou de novo a foto das mãos de Alana e insistiu em saber mais. No fim, com paciência, Alana lhe contou toda a história, tal como sua mãe sempre a havia contado a ela.

Quando acabou, Isa, com os olhos totalmente marejados, murmurou:

– Como você é forte. Se fosse meu pai, eu estaria arrasada, chorando todos os dias.

Alana deu de ombros.

– Isa, você foi criada com um pai, e lógico, se ele faltasse, sentiria falta dele. Mas eu não posso sentir falta de algo que nunca tive.

– Ai, meu Deus. Você é durona como a Paula do filme. Ela e sua mãe. Você e sua mãe. Oh... Uau! – murmurou Isa, assoando o nariz enquanto Alana revirava os olhos. – E você vai ler o diário de sua mãe?

– Não sei – respondeu Alana olhando para ele. – Minha mãe insiste que o leia, e também quer que eu pergunte por meu pai na embaixada ou onde julgar pertinente. Mas sabe de uma coisa? Embora uma parte de mim queira saber o que aconteceu com ele, outra parte grita para eu deixar as coisas como estão. Digamos que a cabeça me diz para não mexer um dedo, e o coração diz que mexa.

– Você não quer saber se ele está vivo ou morto?

– Não sei – repetiu Alana, suspirando.

E ao ver como sua amiga a fitava, acrescentou:

– Ele pode estar morto, mas e se estiver casado, feliz e com quinze filhos? Como diria isso a minha mãe?

– Seria um problema. Você tem razão.

– Às vezes, não saber evita a dor – prosseguiu Alana. – E eu não quero ver minha mãe sofrer por algo que está enterrado.

Isa assentiu. Sem dúvida, estar na pele de sua amiga não era fácil. Abraçando-a com carinho, olhou para ela e disse:

– A história de seus pais é demais! Você devia ter me contado há séculos, para desabafar. Mas, decida o que decidir fazer, sempre vou respeitá-la, e prometo guardar segredo, mesmo que seja a última coisa que eu faça nesta vida.

– Ora, deixe de drama. Vamos sair para curtir esta cidade incrível – replicou Alana, guardando o diário.

Comeram um cachorro-quente em um café que Alana conhecia da avenida Madison. Quando estavam voltando ao hotel, Isa recebeu um SMS. Depois de lê-lo, perguntou a Alana:

– Você está muito cansada?

Alana olhou para a amiga sorrindo. Isa explicou:

– Tenho uma amiga que mora aqui, e quando ela soube que estou na cidade, convidou-nos para uma festa em Manhattan.

– Ela convidou você.

– Convidou nós duas. Eu disse que estou com minha chefe.

– Nossa, fui promovida – disse Alana, rindo. – Não, vá você. Eu prefiro descansar.

– Nem pensar. – E parando um táxi, Isa disse: – Vamos, tomamos um drinque e depois voltamos juntas para descansar.

– Você sabe que não gosto da mesma coisa que você – respondeu Alana, divertida.

– É uma pena, você ia se divertir!

– Lamento, mas sou mais homens – respondeu Alana, rindo. – E, se possível, musculosos como esses que vemos nos filmes de ação.

– Que peninha! – debochou Isa enquanto entrava no táxi. – Você ia se dar bem na festa, vai perder grandes oportunidades.

E assim foi. Mulheres abordavam Alana por todos os lados, mas com sorriso e um não, tudo ficava esclarecido. Nada a ver com os homens, que normalmente insistiam, ficavam inconvenientes ou levavam a mal.

De madrugada, depois de vários drinques, Alana voltou de táxi sozinha para o hotel. Isa havia conhecido uma morena chamada Karen e, sem hesitar, fora passar a noite com ela.

Entraram no quarto se beijando, com a respiração agitada. Karen fechou a porta com um pontapé e, sem perder tempo, começou a abrir a calça de Isa, enquanto esta, encantada, desabotoava também a dela.

– Por que tanta pressa? – perguntou.

Karen a olhava sem se deter. Com fogo no olhar, murmurou:

– Porque desejo você.

Isa gostou da impetuosidade de Karen. Ambas sabiam o que queriam e sem hesitar, foram atrás. Quando as calças desapareceram, e depois delas as blusas, sutiãs e calcinhas, deslizaram as mãos com carinho uma pelo suave corpo da outra.

– Você é linda – murmurou Karen, excitada.

Isa sorriu e, mordendo os lábios de Karen, respondeu, manhosa:

– Você é mais.

O sorriso com que Karen respondeu fez seu sangue se agitar. Quando baixou a mão e tocou a umidade do sexo dela, Isa disse:

– Vamos. A cama nos espera.

Deitaram-se sem demora, beijaram-se na boca, nos olhos, no pescoço, nos seios, brincaram com seus mamilos, e quando Karen assumiu o controle e desceu até o centro de desejo de Isa para chupar seu clitóris com deleite, a espanhola se arqueou, encantada. Aquilo era maravilhoso.

Karen sorriu ao ver a deliciosa resposta de Isa. Introduzindo dois dedos nela, começou a mexê-los enquanto se arrastava pelo corpo de Isa para olhá-la nos olhos.

– Isso é só o começo de uma noite incrível.

Isa assentiu. Sem dúvida, a noite prometia.

5

Na manhã seguinte, Alana dormia tranquilamente quando a porta do quarto se abriu de par em par e Isa gritou:

– Bom-dia, dorminhoca!

Eram apenas nove da manhã, e Alana se lembrava de ter ido deitar perto das três. Cobriu a cabeça com um travesseiro e resmungou:

– Quero dormir. O que está fazendo acordada?

Isa despiu-se para tomar um banho; mas, em vez disso, deitou-se ao lado de sua amiga e respondeu:

– É o que eu me pergunto. O que estou fazendo acordada tão cedo, quando devia estar abraçada ao corpo da deusa mais incrível que conheci em toda minha vida? Deus, que mulher! Mas, quando acordamos, no hotel, depois de me beijar e fazer amor como se não houvesse amanhã, ela insistiu que eu tinha que ir embora; e não tive mais remédio senão ir.

– Cale-se, quero dormir – insistiu Alana.

Mas Isa, sem lhe dar ouvidos, deitou-se de costas e prosseguiu:

– O nome dela é Karen, e tem uns lábios... Hummm... maravilhosos! Deus, que delícia, e que noite mais incrível me fez passar. Seus seios são duros e suaves, e seus mamilos são incríveis. E se você visse o olhar dela quando...

– O que você está me contando? – protestou Alana, tirando o travesseiro da cara.

Se Alana tinha algum defeito, era como acordava. Enquanto não se passasse pelo menos meia hora e houvesse tomado um café, não era gente. Mas Isa, que a conhecia muito bem, disse sem se alterar:

– Acho que conheci um grande pecado.

– Que bom! – grunhiu Alana olhando para Isa.

– Mas sou uma imbecil, e não peguei o número de telefone dela. E, claro, a única opção é ir até o hotel. Mas... mas depois do jeito como ela me mandou embora, não quero ser inconveniente!

– Lamento.

– Eu mais ainda! – gritou Isa, angustiada. – O que vou fazer?

– Você não sei, mas eu, se não se calar, vou fazê-la comer o travesseiro.

Isa a olhou, frustrada.

– Mas preciso lhe contar. Conheci uma mulher incrível!

Alana, afastando o cabelo do rosto, olhou para Isa e disse:

– E você não pode esperar eu acordar sem me dar tantos detalhes sobre coisas que não me interessam e que considero privadas entre você e ela?

Sua amiga negou com a cabeça.

– Eu sempre a escutei quando você falava de seus ficantes com tanquinho, medidas extremas e oblíquos perfeitos. Até quando você me falava do Micropênis.

– Não me faça lembrar disso – grunhiu Alana, esfregando os olhos.

– Nossa... que mulher essa Karen – prosseguiu Isa. – Ela tem um corpo incrível, e umas coxas de aço maravilhosas. Precisava ver as pernas dela. É pura fibra...

Alana, sentando-se na cama, bateu em Isa com o travesseiro e exclamou, irritada:

– Cale a boca, concentre-se e vá tomar banho, antes que eu te mate por não me deixar dormir!

Isa soltou uma gargalhada ao vê-la assim. Levantando-se, disse enquanto se dirigia ao banheiro:

– Como é a inveja! Mas depois, quer você goste, quer não, vou lhe contar tudo.

Horas depois, à uma da tarde, enquanto caminhavam para o Instituto Cervantes para tirar umas fotos das obras, Isa continuava falando, de câmera na mão:

– Não sei como localizá-la. Como fui tão idiota a ponto de não pedir o número de seu celular?

– Você estava ocupada com outras coisas – debochou Alana.

– Vou ter um troço se não a encontrar.

Alana estava rindo de Isa quando, de repente, viu um cartaz onde se lia ASSOCIAÇÃO DE VETERANOS DO VIETNÃ. NOVA YORK. E sem saber por que, parou.

Leu aquele cartaz mais duas vezes; retomando o passo, disse ao ver sua amiga encará-la sem dizer nada:

– Vamos continuar.

Isa não disse nada. Sabia o que ela havia pensado, mas preferiu se calar e respeitá-la.

Umas ruas mais adiante, visitaram uma exposição de fotografia que Isa queria ver. Ao sair, ela disse:

– Sabe, cada vez estou pensando mais sério em pedir uma licença e vir expor minhas fotos em Nova York.

Alana fitou-a. Esse sempre havia sido o sonho de sua amiga. Murmurou:

– E o que eu ia fazer em Madri sem você?

Isa sorriu. Era um assunto sobre o qual haviam conversado milhões de vezes.

– Ficar com saudades, como eu de você – respondeu Isa, pegando Alana pelo braço.

Quando chegaram à sede em obras do Instituto Cervantes, Isa tirou centenas de fotos com sua Canon digital, enquanto Alana a observava mergulhada em seus pensamentos.

Deveria entrar naquela Associação de Veteranos para perguntar por seu pai?

– Você não vai acreditar, mas Karen acabou de me ligar! – exclamou Isa de repente, alterada.

Ao ver como Alana a fitava, explicou:

– Karen, a garota das coxas de aço.

– Ahhhh... – assentiu Alana, voltando a si.

– Parece que, enquanto eu fazia sei lá o que, ela fez uma chamada perdida do meu celular para o dela para que ficasse gravado o número, e me ligou!

– Fico feliz.

– Eu também. Marquei hoje à noite com ela e seus amigos em um bar chamado Manamoa, na 42 esquina com a oitava, para tomarmos uns drinques com eles.

– De novo fez compromisso por nós duas?!

– Sim – disse Isa, emocionada.

– Ah, não. Hoje à noite outra vez, não. Se você marcou com ela, você vai!

– Mas ela disse que vai estar com uns amigos. Por favor, acompanhe-me.

– Nem pensar!

– Por favor... por favor, venha comigo, e se em cinco minutos se entediar, pode ir embora; mas não me faça chegar sozinha.

Alana soltou uma gargalhada.

– É claro que vou acompanhá-la. Acha que não quero ver essa garota de coxas de aço?

Voltaram ao hotel rindo; mas, dessa vez, ao passar pela frente da Associação de Veteranos, Alana parou e disse:

– Acho que tenho que entrar. Senão, vou me sentir mal por minha mãe.

– Eu a acompanho – respondeu Isa.

Ali dentro, viram vários militares uniformizados e outros à paisana, todos de certa idade, conversando. Como ninguém lhes deu atenção, as garotas foram até uma parede onde havia várias fotos em preto e branco. Retratos de militares. Instantâneos de rapazes em uma selva, sorrindo, apontando fuzis ou simplesmente deitados, ocupavam a grande parede. Mas as que mais lhes chamaram a atenção foram umas que pareciam ter sido tomadas em pleno combate. Nelas viram militares correndo de fuzil na mão, enquanto as árvores explodiam e a terra voava em pedaços ao seu redor.

– Essas fotos foram tiradas em Kham Duc.

Ao se voltar, viram um homem à paisana, de uns sessenta e poucos anos, que lhes perguntou:

– O que estão buscando aqui, minhas jovens?

Isa olhou para Alana à espera de uma resposta. Limpando a garganta, sua amiga respondeu, tirando as luvas vermelhas pelas quais tinha muito carinho:

– Vim ver se vocês poderiam me dizer se um soldado que esteve no Vietnã está vivo ou morto.

O homem a observou atentamente; ao ver que a jovem o fitava com desconfiança, perguntou:

– Você tem os dados desse veterano?

Alana assentiu. O homem indicou:

– Sigam-me, vamos ver em nossa base de dados.

Quando ele deu meia-volta, Isa murmurou:

– Nossa mãe, Alana, estou tão nervosa! E você?

Ela fez que sim com a cabeça. Estava uma pilha.

O homem entrou atrás de um balcão e perguntou:

– Vocês não são norte-americanas, não é?

– Espanholas – respondeu Isa.

Mas assim que falou, arrependeu-se ao ver o olhar de sua amiga.

Outro homem, mais jovem que o primeiro e uniformizado, aproximou-se.

– O que está acontecendo?

O primeiro comentou o que a garota lhe havia perguntado. Olhando para Alana, o uniformizado disse:

– Só informamos dados dos militares a familiares diretos. Qual é seu parentesco com o homem por quem pergunta?

– É meu pai – respondeu ela com cautela.

Era a primeira vez que ela dizia isso diante de alguém que não fosse sua mãe ou agora Isa.

O militar assentiu e, sorrindo, disse com gentileza:

– Então, sem problemas. Dê-me o nome de seu pai, o número da Seguridade Social, se tiver, e, por favor, seu passaporte ou algum documento.

Ao ouvir isso, Alana soube que não poderia ir adiante. Assim que o homem visse que seu sobrenome e o de seu pai não eram o mesmo, nada mais poderia fazer. De modo que sorrindo, disse:

– Não estou com o passaporte aqui, mas tenho os dados de meu pai...

– Lamento, minha jovem – interrompeu o militar, mudando de atitude. – Sem comprovar seus dados, não posso lhe fornecer o que solicita.

– Pelo amor de Deus – queixou-se Isa. – Ela está perguntando pelo pai, não pelo endereço pessoal de George Clooney. Dê-lhe os dados e amanhã traremos o passaporte dela.

O militar negou com a cabeça.

– Sinto muito. Quando trouxer seu passaporte, poderemos procurar os dados que nos pede.

– Está falando sério? – grunhiu Isa.

– Totalmente sério, minha jovem – afirmou ele.

Alana, que ficara calada, assentiu. Sem vontade de lutar contra o impossível, disse sorrindo:

– Obrigada, até logo.

– Mas que otário! – exclamou sua amiga, uma vez do lado de fora. – Nem que estivéssemos pedindo os números premiados da loteria. Caralho, é seu pai! Será que é tão difícil de entender?

– Baixe a voz, ou vamos nos meter em confusão – disse Alana, olhando para os homens que as contemplavam da porta.

– Amanhã voltaremos com seu passaporte e vou esfregá-lo na cara dele.

Alana o tirou da bolsa. Ao ver a cara de Isa, murmurou:

– Lembre que minha mãe não se casou com meu pai, portanto, não tenho o sobrenome dele. Por isso não lhe mostrei o passaporte.

– Caramba, é verdade! Mas o sujeito era um chato.

– Sim, concordo que ele foi cricri, mas, de certo modo, fez o que tinha que fazer, Isa. Os militares americanos estiveram em meio mundo, e tenho certeza de que deve haver milhares de casos como o meu de filhos não reconhecidos. E embora eu fique com raiva, é natural que eles tentem proteger tanto seus dados. – E guardando de novo o passaporte na bolsa, acrescentou: – Pelo menos eu tentei; você é testemunha disso para dizer a minha mãe, se ela perguntar. Fim de papo.

Mas Isa, incapaz de deixar para lá, disse caminhando ao lado de Alana:

– E se tentarmos por outras vias?

– Não, Isa – respondeu Alana, parando e olhando para ela séria. – Por favor, lembre-se de nossa conversa. Talvez eu prefira que as coisas fiquem assim.

– Tudo bem... tudo bem... mas você nunca se rende, e vai se render nessa?

– Maria Isabel García de la Riva Servigal, você vai se calar?

– Tudo bem, eu me calo. – E olhando para as mãos de sua amiga, comentou: – A propósito, sempre gostei dessas luvas vermelhas.

Alana sorriu. Olhando as luvas que primeiro haviam sido de sua tia Renata, depois de sua mãe e agora dela, respondeu:

– Eu também. São muito especiais.

Depois de passar pelo hotel para deixar os apetrechos de trabalho de Isa, saíram de novo, pegaram um táxi e foram até o bar combinado.

– Karen é a morena de blusa vermelha, calça verde e cabelo solto – sussurrou Isa quando entraram.

Alana a fitou. Parecia se divertir jogando bilhar.

– Ande, apresente-me sua deusa – disse.

– Ela não fala espanhol – sussurrou sua amiga, contente. – A partir deste momento, você e eu só falaremos em inglês.

– Tudo bem.

Encantada, Isa abriu caminho, e Karen, ao vê-la, apoiou-se no taco de bilhar e disse:

– Vejam só quem está aqui.

Isa se aproximou, beijou-a nos lábios e as apresentou:

– Karen, esta é Alana, minha melhor amiga.

A jovem lhe deu dois beijinhos e disse com um lindo sorriso:

– Prazer.

– Igualmente – respondeu Alana sorrindo.

– Vamos, Karen! – gritou uma voz masculina. – É sua vez.

Karen estava jogando com três homens, um maior que o outro.

– Rapazes, estas são Isabel e Alana – apresentou Karen. – E esses são Ivan, Kevin e Tom. E antes que desperdicem suas artes com elas, saibam que Isabel já tem dono, e não quero ter que cortar as mãozinhas de vocês.

Os homens riram. Sem se aproximar, assentiram com a cabeça em sinal de saudação.

Isa e Alana foram até o balcão pedir bebidas. Olhando para a morena que continuava jogando bilhar, Alana sussurrou:

– Pequenininha, mas brava.

– Meu Deus, você viu os lábios dela?

Alana soltou uma gargalhada. Não era a primeira vez que via sua amiga tão boba assim por alguém.

– Sim, ela tem lábios muito bonitos, não vou negar – disse.

– Ande, peça uma cerveja para mim. Preciso beijar esses lábios outra vez.

E sem mais, afastou-se, diante do olhar divertido de Alana, que nesse momento ouviu:

– Seus lábios também são muito bonitos.

Olhou para sua direita. Um homem alto, louro, de olhos claros e olhar perigoso perguntou:

– Posso convidá-la para tomar um drinque?

Ela sorriu, dando um passo atrás, e negou com a cabeça.

– Prometo que eu não mordo – insistiu ele, sorrindo também.

Alana ergueu as sobrancelhas e com o dedo traçou uma linha imaginária.

– Está vendo meu dedo? – perguntou.

E quando o homem assentiu, ela disse:

– Pois daqui para lá é seu espaço, e daqui para cá, o meu. Portanto, adeus, e não me incomode!

Ela achou engraçada a cara de surpresa dele. Estava claro que ele não esperava aquilo.

Dando meia-volta, Alana foi para o outro lado do balcão para se afastar, e pediu ao garçom duas cervejas. Mas quando foi pagar, a mesma voz rouca disse atrás dela:

– Joseph, ponha as cervejas em nossa conta.

Ela se voltou para lhe dizer umas poucas e boas, mas o homem, levantando as mãos de um jeito engraçado, defendeu-se:

– Estou respeitando seu espaço. Não o ultrapassei, nem sequer me aproximei.

Alana franziu a testa; ele murmurou:

– Se olhar matasse, eu já estaria morto!

– Por que insiste?

– Porque esp...

– Já disse que não quero que me convide para nada – interrompeu ela. – Por acaso você é surdo?

– Não.

– Então, é um inconveniente que não sabe aceitar um não como resposta, é isso?

O homem sorriu sem sair do lugar.

– Sou amigo de Karen e estou com eles. E quanto ao convite, Joseph anota na comanda tudo que consumimos, e pagamos antes de ir embora. Não me leve a mal.

O esclarecimento fez Alana se sentir uma idiota.

– Ok, menina, não a incomodarei mais! – acrescentou o homem antes de dar meia-volta.

Quando ele se afastou, Alana pegou as cervejas e caminhou com brio até onde sua amiga estava com Karen. Durante um tempo observou o grupo jogar bilhar. Sorriu ao ver o bom humor de todos e como brincavam entre si.

Meia hora depois já estava arrependida de ter falado daquele jeito com o homem do balcão. Sem dúvida era um sujeito simpático, com um lindo sorriso, e todos pareciam gostar muito dele. Além do mais, tinha que reconhecer que era um gato. Mas ele não tornou a se aproximar de Alana, limitando-se a olhar para ela através de seus cílios claros, fazendo seu coração disparar.

Ouviu que o chamavam de Joel; também gostou do nome.

E quando, sem nenhum senso de ridículo, começou a tocar *Bad Medicine*,[43] do Bon Jovi, ele começou a cantar alto a canção junto com seus amigos, Alana sorriu.

Em dado momento, Joel cravou os olhos nela, mexendo o corpo ao ritmo da música de uma maneira irresistivelmente varonil que deixou Alana embasbacada. O sujeito era sexy, masculino e selvagem, terrivelmente selvagem.

– Sim, convencido, você é um pecado – murmurou em espanhol.

Isa, ao ouvi-la, olhou para onde Alana olhava e sussurrou:

– Você pecaria com o lourão?

– Loucamente e sem esperar perdão – afirmou Alana.

Sua amiga soltou uma gargalhada.

– O que achou de Karen? – perguntou a seguir.

Alana, que estava absorta observando Joel e seu bumbum durinho, respondeu:

– Interessante.

Isa riu de novo.

– Hoje à noite vou deixar o hotel para você. Vou embora com Karen.

Alana assentiu sem tirar os olhos de Joel.

Se sua mãe havia lhe ensinado algo, era que não se deve desperdiçar os momentos especiais que a vida oferece. E, sem dúvida, aquele era um desses momentos; se bem que sua mãe se escandalizaria. Alana desejava aquele homem.

Quando acabou a canção, todo o grupo de Karen brindou com suas garrafas de cerveja. A seguir, Joel, aproximando-se de Alana como não o fizera até então, perguntou-lhe no ouvido:

43 *Bad Medicine*, The Island Def Jam Music Group, interpretada por Bon Jovi. (N. da E.)

– Você é *bad medicine*?

– Tanto quanto você – respondeu ela, voltando-se para contemplá-lo descaradamente.

Ambos sorriram e, olhando-se nos olhos, brindaram com as garrafas.

Suas diferenças estavam enterradas. A partir desse momento, Joel e Alana não pararam de se olhar e de se provocar. Ambos controlavam muito bem a linguagem dos olhos, e estava claro o que estavam dizendo um para o outro.

Acabada a partida de bilhar, Joel propôs outra, e dessa vez Alana quis participar. Ela mal sabia jogar, mas podia ser divertido.

Sem desperdiçar a oportunidade, Joel a escolheu como parceira, e colando seu corpo ao dela, ia explicando como bater na bola quando era a vez de Alana. Como pôde, Alana seguiu suas instruções, apesar do que sentia diante da descarada proximidade dele. Sentir o corpo fibroso dele contra o seu a desconcentrava. Apesar disso, uma das vezes conseguiu enfiar a bola onde queria. Cumprimentando-a com um *high five*, Joel disse com certa arrogância:

– Eu sou um bom professor.

Seu olhar, e em especial seus olhos carregados de desejo, mostraram a Alana que essas palavras significavam outra coisa. Sem se acovardar diante aquele americano arrogante, ela apoiou o quadril na mesa de bilhar e respondeu:

– Você é um metido, isso sim.

Seus amigos soltaram uma gargalhada.

Cinco minutos depois, quando Joseph apareceu com outra rodada de cervejas, Joel deu um gole da sua e, olhando para Alana, perguntou:

– Onde você quer que eu enfie... a bola vermelha?

– No buraco da direita – respondeu ela.

Ele assentiu. Ela havia indicado o lugar mais complicado; ele gostou. Olhou para a mesa de bilhar, estudou a tacada, posicionou-se e, quando foi jogar, disse:

– Se eu conseguir, qual será meu prêmio?

Tom e Kevin riram ao ouvi-lo. Alana, depois de olhar para Isa e vê-la sorrir, contemplou a mesa cheia de bolas que complicavam o movimento e disse:

– Se conseguir, deixo você escolher.

– Pode ser um beijo? – insistiu ele.

Um beijo, dois, vinte, gato, que já estou a mil, pensou Alana, excitada. Mas respondeu:

– Acerte a bola e depois veremos.

– Uau, vou ter que me empenhar – brincou Joel ao ouvi-la.

E sem que ninguém pudesse imaginar, bateu com o taco na bola vermelha, e esta, como se dançasse sobre o pano, desviou das outras bolas e acabou no buraco da direita. Todos aplaudiram e começaram a gritar:

– Beijo! Beijo! Beijo!

Incrédula por ele ter sido capaz de acertar, mas ao mesmo tempo contente pelo que supostamente ele ia pedir, Alana revirou os olhos e sorriu. A cada segundo que passava gostava mais daquele sujeito. Brincando, os amigos o incentivavam a beijá-la. Ele, sorrindo, aproximou-se e disse:

– Vim buscar meu prêmio.

Exaltada, perturbada e excitada com a proximidade dele, ela olhou para aqueles lábios tentadores e perguntou:

– E qual é seu prêmio?

Joel, do alto de seu mais de um metro e noventa de altura, observou-a. Aquela lourinha com cara de inocente era mais perigosa do que ele havia imaginado a princípio, e isso o atraía. Nunca havia gostado de santinhas.

Apoiando o taco de bilhar na mesa, sem se importar com a gritaria de seus amigos para que pegasse o prêmio, respondeu:

– Por ora, um beijo. Estou muito necessitado, menina.

Ouvi-lo chamá-la assim deixou-a arrepiada; mas murmurou, sorrindo:

– Duvido que um metido como você esteja tão necessitado.

Sem querer continuar falando, para não dar chance de ela voltar atrás, Joel a abraçou pela cintura, puxou-a para si, roçou seu nariz no dela com sensualidade, e quando todos aplaudiram, pousou sua boca na dela, e cheio de desejo, beijou-a. Enfiou-lhe a língua de tal maneira que Alana ficou sem fôlego ao sentir sua impetuosidade.

Quando o beijo acabou – antes do que ela esperava –, e ele a soltou, tonta, ela deu um passo para trás e murmurou enquanto o grupo aplaudia e dava vivas:

– Dívida paga. Da próxima vez serei menos impulsiva.

Joel sorriu e, voltando-se para seus amigos, levantou os braços em sinal de vitória enquanto o cumprimentavam. Depois desse instante, a respiração de Alana não voltou ao normal. Depois daquele beijo, ele a olhava com mais intensidade que antes e se aproximava demais da conta. E Alana permitia. Sentiam-se atraídos, e não eram crianças para ficar com bobagens.

Alana foi ao banheiro para se refrescar. Quando saiu, Joel a esperava do lado de fora. Pegou-a pela mão, encostou-a na parede e sem uma palavra beijou-a. Beijá-la mil vezes havia se tornado uma necessidade imperiosa. Quando o beijo acabou, ele murmurou enormemente excitado:

– Sei que acabei de violar sua linha e invadir seu espaço, mas quer ir embora daqui?

Ela assentiu como um robô. Era o que mais queria.

Foram até onde estavam todos para pegar a bolsa dela. Alana olhou para Isa, deu uma piscadinha cúmplice e depois os dois foram embora.

Quando saíram do bar, Joel, com a mão dela entre as suas, perguntou:

– Casa ou hotel?

– Estou em um hotel – disse Alana.

Enquanto esperavam um táxi, ela o observou. Ele era uma delícia. Alto, cabelo curto e louro, pernas maravilhosas, costas quadradas e uma bunda impressionantemente dura. Dinamite pura.

Ele, ao ver o sorrisinho dela, puxou-a para si e, beijando-a com desejo, murmurou com voz rouca:

– O que é tão divertido?

Alana ia responder, quando uma corrente prateada que ele usava no pescoço lhe chamou a atenção.

– O que é isto? – perguntou ela, tocando-a.

– Minhas *dog-tags* – respondeu ele. E ao ver como ela o olhava, esclareceu. – Minhas placas de identificação...

– Eu sei o que são *dog-tags* – grunhiu Alana, interrompendo-o.

Joel, não entendendo a mudança no tom de voz dela, inquiriu:

– Que foi?

– Você é militar?

Ele assentiu.

– Sou capitão J...

– Capitão?!

A cada segundo mais surpreso com o que estava acontecendo, ele insistiu:

– Sou o capitão Joel Parker, da primeira divisão de fuzileiros navais do Exército dos Estados Unidos.

Alana pestanejou. Fuzileiro naval americano? Instintivamente, soltou-se dos braços dele.

– Você está de brincadeira, não é? – murmurou ela.

Joel negou com a cabeça.

– O que é que deu em você? – perguntou ele, sem entender nada.

Ela também negou com a cabeça.

– Deixe-me entender: Nova York é enorme, imensa. Por que eu tive que conhecer justamente um fuzileiro naval?

Sem conseguir entender a reação dela, ele a olhou e insistiu:

– Menina, os rapazes que ficaram no bar também são fuzileiros navais. Estamos de licença.

– Caralho!!!

– Ok, você me pode dizer qual é o problema? – perguntou ele, incomodado.

Alana levou a mão à testa. Que coisa de louco! Se tinha certeza de alguma coisa, era de que não queria nada com nenhum militar. Dando um passo para trás, disse:

– Olhe, não me leve a mal, sei que até dois segundos você e eu íamos direto para a cama em meu hotel, mas agora que sei que você é militar, decidi voltar sozinha.

Joel a olhou, incrédulo.

– E por quê? O que aconteceu?

Ao ver chegar um táxi, Alana levantou a mão a fim de pará-lo. Olhando para o homem ao seu lado, respondeu:

– Por sorte, não aconteceu nada. Adeus.

Joel, ainda sem entender nada, ia pegar-lhe o braço, mas ao ver que ela se esquivava, deixou quieto. Quando o táxi se afastou, ele suspirou e foi para seu apartamento.

Às nove da manhã seguinte, quando Isa chegou, sentou-se ao lado de sua amiga, que ainda dormia, e sussurrou:

– Conte-me agora mesmo o inenarrável. Maxipênis ou micropênis?

Alana deu um pulo na cama e, ao ver Isa, grunhiu.

– Não estou de bom humor. Deixe-me dormir.

Mas Isa, sem se dar por vencida, deitou-se ao lado dela e insistiu:

– Ande, conte-me seu pecado. Ele é tão sexy quanto parece?

Alana suspirou. Sabia que Isa não a deixaria em paz. Sem olhar para ela, respondeu:

– Não sei.

– Como não sabe?

– Quando saí do bar, deixei-o plantado e voltei sozinha para o hotel.

– Mas o que aconteceu? – perguntou Isa com os olhos arregalados. – Quando vocês saíram parecia que...

– Você sabia que ele, sua garota das coxas de aço e os outros são fuzileiros navais? – perguntou Alana, sentando-se na cama.

Vendo que Isa não dizia nada, sibilou:

– Eu devia matá-la, nunca mais na vida falar com você.

Isa afastou o cabelo do rosto e murmurou:

– Eu sabia que Karen é tenente...

– Caralho, Isa!

– Ela me contou na primeira noite que passamos juntas, quando eu vi que tinha *dog-tags*, mas não lhe contei por que... por que... sei lá por que não lhe contei! Mas eu não sabia que os amigos dela também eram. Mas quando vocês saíram e alguém disse que o capitão teria uma bela noite pela frente, juro que eu quis morrer imaginando o que você ia pensar!

– E por que não me mandou uma mensagem?

– Alana, por Deus! Você não havia saído com um traficante de drogas!

– Você não contou a Karen nem a nenhum deles sobre meu pai, não é?

– Mas claro que não. Não confia mais em mim? – protestou sua amiga.

Alana olhou para ela e suspirou. Não estava mais a fim de falar do assunto. Disse:

– Vou tomar um banho, e quando sair, não quero mais falar disso.

Isa fingiu passar um zíper na boca.

Às dez horas, foram até o escritório da *Exception* de Nova York. Participaram de uma das reuniões matinais e cumprimentaram colaboradores com quem falavam diariamente por e-mail. Alana olhou ao redor em busca de Scott, um homem com quem havia tido um caso tempos atrás; mas não o viu. Melhor assim.

Acabada a reunião, como Isa havia marcado com dois dos fotógrafos, foram os quatro almoçar juntos. Durante o almoço falaram de tudo, menos de trabalho. Quando acabaram, Isa e Alana os acompanharam à cobertura da inauguração de uma mostra no Museu de Arte Moderna. Qualquer notícia extra sempre poderia ser usada na revista da Espanha.

Depois de cobrir o evento, seus colegas tiveram que ir, e as duas foram ao Central Park beber alguma coisa. Lá, de repente, apareceram Karen, Joel e mais alguns.

Alana, ao vê-los, olhou para Isa, que rapidamente explicou:

– Eu só marquei com Karen, juro!

– Veja só... é Ligeirinho – debochou Joel ao ver Alana. – Vai sair correndo de novo?

Ela, ao ver que os amigos dele riam, olhou para Isa e disse em espanhol:

– Pode me explicar por que esse otário engraçadinho de dentes perfeitos e sorriso idem está aqui?

Mas antes que Isa pudesse responder, Alana, sentindo-se observada por ele, sibilou:

– Deixe para lá. Estou indo. Vejo você no hotel. Tchau.

Saiu andando sem olhar para trás nem uma vez. Não queria nada com aqueles fuzileiros navais, e menos ainda com o simpático que a havia chamado de Ligeirinho.

Quando chegou ao hotel, tirou a roupa, tomou um banho, e sentando-se na cama, ligou para sua mãe. Depois de falar um pouquinho com ela e ver que estava bem, pegou seu computador e começou a trabalhar.

Duas horas depois, após comer o sanduíche que havia pedido para jantar, ligou a tevê. Mas nada do que passava nos mil canais disponíveis lhe interessou. Só conseguia pensar no capitão americano. Mas que tonto! No fim pôs na MTV. A seguir, pegando o diário de sua mãe na mala, olhou-o e murmurou:

– Tudo bem, mamãe, vou lê-lo.

Começou sem muitas expectativas, mas pouco a pouco a leitura a cativou; sorriu ao imaginar sua mãe com 20 anos. Ao ler sobre as discussões de suas tias Renata e Teresa, gargalhou. Sem dúvida, o tempo havia passado, mas elas continuavam iguais cada vez que se encontravam.

Leu bastante, até que de repente parou ao ver:

Nem eu me entendo.

Não quero ver esse americano, mas minha mente não para de pensar nele. Como sou estranha!

Alana suspirou. Parecia que ela mesma havia escrito esse comentário. Fechando o diário, deixou-o sobre o criado-mudo e disse, antes de apagar a luz:

– Mami, eu também não me entendo. Somos duas estranhas.

6

No dia seguinte, depois da cobertura de uma conferência sobre direitos humanos que sua chefe havia lhes atribuído por e-mail na noite anterior, saíram do auditório. Alana ficou paralisada ao encontrar os militares na porta. Seria possível que iam em grupo para todo lado?

– Juro que eu não sabia que viriam todos – disse sua amiga rapidamente.

Alana, que não estava a fim de discutir, deu meia-volta e foi embora. Joel observou-a se afastar sem dizer nada. Qual era o problema daquela mulher?

No fim da tarde, enquanto Alana via um filme jogada na cama do hotel, Isa apareceu.

– O que está fazendo aqui? – perguntou Alana ao vê-la.

– Karen tinha coisas para fazer – respondeu sua amiga deixando a bolsa da câmera e se sentando na cama ao lado de Alana.

Ela balançou a cabeça. Não pretendia perguntar que coisas.

– Está a fim de sair para jantar e beber alguma coisa? – perguntou Isa.

– Você não vai encontrar Karen depois? – E ao vê-la negar com a cabeça, respondeu: – Então, decidido. Vamos nós duas!

Ao chegar ao restaurante que haviam escolhido, o acaso fez que encontrassem Gina e Víctor, colegas que trabalhavam na *Exception* Nova York. Eles estavam com alguns amigos e rapidamente as convidaram a se sentar com eles. Quando o jantar acabou, insistiram que os acompanhassem para beber uns drinques em um bar novo da cidade.

Durante horas as duas amigas se divertiram, dançaram e riram. Até que, em dado momento, quando Alana voltava para a mesa onde estavam os outros, esbarrou em alguém. Ao levantar os olhos para se desculpar, viu que era o fuzileiro naval de quem vinha fugindo.

– Sem sombra de dúvidas, o azar me persegue – disse ele.

– Pelo menos uma vez estamos de acordo – sibilou Alana.

– Vai sair correndo de novo, Ligeirinho?

– Vá à merda, Capitão América.

E sem mais, Alana seguiu seu caminho, ciente da risada dele.

Ao chegar onde estava seu grupo, pegou sua bebida e olhou para Isa para lhe contar, mas como ela estava conversando tranquilamente com Víctor, decidiu não dizer nada. Para quê? Aquele homem não lhe importava nem um pouco, bastava ignorá-lo. No entanto, dez minutos depois, viu-o no balcão conversando com uma garota e não pôde tirar os olhos dele. O que estava acontecendo com ela?

Por sorte, poucos minutos depois o viu desaparecer.

Dois dias depois, quando Isa e ela saíam de uma entrevista com um músico irlandês muito famoso, encontraram Karen e Joel esperando-as na porta.

Sem dar oportunidade a Isa – que estava sem graça – de lhe dizer qualquer coisa, Alana se despediu e seguiu para o metrô. Mas, de repente, sentiu alguém pegar seu braço.

– Ei... ei... Ligeirinho, espere.

– Solte-me! – protestou ela. – Se me chamar de novo de Ligeirinho... garanto que vai se arrepender.

Joel soltou-a rapidamente. Enquanto Isa e Karen se afastavam, perguntou:

– O que é que há com você, menina? Não entendo.

– E também não me chame de menina. Não sou sua menina! – grunhiu ela.

Ao ver a expressão contrariada dela, ele suspirou. Levantando as mãos, disse:

– Ok, desculpe, não achei que fosse se ofender! – E diante do silêncio dela, prosseguiu: – Não sei qual é seu problema comigo, mas eu gostaria de conversar pelo menos para saber o que eu fiz de errado na noite em que você me deixou plantado.

Alana olhou para ele. Ele não havia feito nada de errado. Só que era um fuzileiro naval. E antes que pudesse abrir a boca, Joel propôs:

– Deixe-me levá-la para beber alguma coisa e conversar.

– Não tenho nada para conversar com você – respondeu ela.

– Você está enganada, e sabe disso – insistiu ele em tom meloso. – Seus olhos me dizem que você sabe que não está sendo justa comigo, não é?

Alana não respondeu.

– Entre nós dois surgiu algo que poderia ter acabado muito bem.

– Ouça, Capitão América, se surgiu algo ou não, depois eu pensei melhor e...

– Se não quiser que a chame de Ligeirinho, me chame de Joel, ou só de capitão – interrompeu-a; e fitando-a nos olhos, sussurrou: – Não consegui dormir pensando em você.

Alana balançou a cabeça. Aquele gato alto e louro era de matar. E embora ela também não houvesse dormido pensando naqueles lindos olhos azuis, respondeu:

– Fique tranquilo, "só capitão", hoje à noite você vai dormir em paz.

A resposta dela o fez sorrir. E seu sorriso fez Alana recordar os da primeira noite. Sentiu um calorão.

– Vamos, durona, deixe-me levá-la para tomar um café.

– Não!

Joel suspirou. Sem dúvida, não era uma garota fácil de convencer. E já dando tudo por perdido, murmurou com voz suave:

– Olhe, menina, agora mesmo eu beijaria esse seu biquinho de pato, mas sei que corro um grande risco se ocupar seu espaço, não é?

Ouvi-lo dizer biquinho de pato tocou-lhe o coração, mas ela respondeu cortante:

– Sem dúvida, correria um grande risco. Adeus.

E sem mais, deu meia-volta e saiu andando. Tinha que desaparecer dali o quanto antes.

Joel quis ir atrás dela, mas desistiu. Nunca havia gostado de ser inconveniente com as mulheres, como às vezes elas eram com ele.

Alterada por causa dos sentimentos que aquele desconhecido estava provocando nela, Alana caminhou depressa. Quando chegou a um banco, sentou-se com o coração acelerado. Subitamente, sentia-se péssima. Ela nunca era tão grossa com as pessoas.

Sem poder evitar, olhou para trás e viu Joel se afastar lentamente, com as mãos nos bolsos da calça. A raiva a consumiu.

Por que diabos ele tinha que ser militar? Por que diabos tinha que ser um fuzileiro naval?

Durante alguns segundos ficou observando-o; sorriu no momento em que uma bola foi parar em seus pés e ele se agachou para devolvê-la a uma criança. Quando já quase o havia perdido de vista, levantou-se e, sem pensar duas vezes, correu atrás dele.

Ao chegar, esgotada pelo esforço, parou diante dele, que a fitava surpreso, e fazendo um gesto para que não se mexesse, respirou e disse:

– Convide-me para tomar um café.

– E se agora eu não quiser?

– Então eu convido – replicou ela com segurança.

Ele franziu a testa. Afastando-se dela, disse:

– Está vendo meu dedo?

Alana assentiu. Oh-oh.

– Daqui para lá é seu espaço, e daqui para cá é o meu. Portanto... – Pegou a mão dela e acrescentou: – Ande, Ligeirinho. Vamos tomar um café.

Sem soltar as mãos, caminharam juntos até um café e se sentaram um de frente para o outro.

– Desculpe por ter sido meio grossa com você – disse Alana olhando-o nos olhos.

– Meio?

– Tudo bem... desculpe por ter sido tão grossa com você – reconheceu ela, sorrindo.

– Desculpas aceitas.

Quando chegaram os cafés, Alana prosseguiu:

– Lamento ter fugido aquela noite.

– E eu também.

Ele olhou sério para ela e, depois de alguns segundos, perguntou:

– O que aconteceu?

Não queria lhe dizer uma mentira. Respondeu:

– Eu me assustei. Essa é a verdade.

– Com quê? – exclamou ele, confuso. – Tudo ia bem até você ver minhas placas de identificação e descobrir que eu sou fuzileiro naval. Foi por isso?

Alana respirou fundo e disse:

– Meu pai era militar americano.

Ao ver a expressão de surpresa dele, antes que ele pudesse perguntar alguma coisa, acrescentou:

– Mas não quero falar dele. Só quero explicar por que fiquei tão angustiada e fui embora sozinha para o hotel ao saber que você era militar.

Joel pensou que alguma coisa ruim devia ter acontecido com o pai dela para que tivesse tanta aversão a militares. Estendeu a mão por cima da mesa, quase tocou a dela e perguntou:

– Posso?

Alana olhou para sua mão. Assentiu. Ele a pegou e, apertando-a com carinho, murmurou:

– Não vamos falar de nada que você não queira. Mas quero que saiba que estou contente por estar tomando este café com você.

Ela sorriu como se houvesse tirado um peso das costas. Mencionar seu pai nunca era fácil.

– E isto? – perguntou Joel olhando a tatuagem no antebraço dela e passando-lhe o dedo.

Alana leu para si: "O que não mata fortalece". Respondeu:

– Uma tatuagem.

Ele soltou uma gargalhada.

– Isso eu vi; só queria saber o que...

– Não quero falar disso – interrompeu-o ao intuir que ele não entendia espanhol. – Só vou dizer que foi um impulso.

Joel assentiu e não perguntou mais nada. Sem dúvida, ela era uma garota cheia de segredos. Durante um bom tempo falaram de mil coisas. Alana notou que ele era simpático, cavalheiro e educado. Também havia gostado de ver seu lado canalha na outra noite com seus amigos no bar.

Quando saíram do café, passaram por uma rua cheia de restaurantes e Joel a convidou para jantar. Durante o jantar, a boa sintonia entre os dois prosseguiu.

Alana observou as mãos dele. Mãos grandes e fortes. Olhou sua boca, bonita e desejável. Contemplou seus olhos, claros, sagazes, vivos e tentadores. Tudo nele lhe agradava de novo e seu corpo gritava alto e claro: "sexo!".

– Você iria agora ao hotel comigo? – perguntou ela ao terminar de jantar.

Joel sorriu. Era o que mais queria; mas respondeu:

– Eu iria aonde você quisesse, mas não é necessário.

Ela, aproximando-se pela primeira vez dele, beijou-o nos lábios e murmurou com sensualidade:

– Sim, é necessário, meu querido, você está muito necessitado.

Ao escutar isso, Joel aceitou um novo beijo, sorriu e sussurrou:

– Ok, menina, você tem razão. Estou imensamente necessitado.

No táxi não pararam de se beijar. Quando chegaram ao hotel, a vontade de unir os corpos havia se tornado uma necessidade urgente.

Já no quarto, Alana acendeu a luz, mas ele a apagou e, pegando-a com ímpeto entre seus braços, murmurou:

– Menina, garanto que vamos nos divertir muito.

E a seguir, beijou-a com delírio, enquanto despiam um ao outro. Quando Alana ficou de calcinha e sutiã, Joel sussurrou com um olhar feroz:

– Como você disse, estou muito necessitado.

– Venha aqui – disse ela, sentando-se na cama.

Ao ver sua ereção protuberante, ela sorriu; e aproximando-se, lambeu-a com carinho.

Ao sentir aquela doce carícia, ele jogou a cabeça para trás e soltou um gemido. Fechou os olhos e se deixou levar. Mas isso durou pouco, porque rapidamente ele se afastou, e pegando na carteira um preservativo, colocou-o e murmurou, ansioso:

– Você se importa se desta vez pularmos as preliminares?

– À merda as preliminares. Venha agora.

Joel soltou uma gargalhada. Mordendo o lábio inferior, tocou-a. Ao senti-la molhada, afundou nela, sussurrando:

– Você nem imagina quanto a desejo.

Alana se arqueou, sentindo todas as suas terminações nervosas. Seu corpo se abria pouco a pouco para recebê-lo. Fechando os olhos, arfou ansiosa enquanto escutava:

– Ok, menina... Ok.

Enquanto o quarto ia mudando de cor por causa do luminoso que havia do lado de fora, louca de desejo ela levantou os quadris, trêmula, para ir ao encontro dele. Precisava disso. Ambos arfaram ao sentir aquela profundidade. E esquecendo o mundo, curtiram o momento entre beijos, prazer e luxúria, enquanto ele a imobilizava para afundar nela sem parar.

Depois de quatro combates corpo a corpo nos quais os dois se sentiram ganhadores, às sete da manhã Joel se levantou da cama e começou a se vestir. Nua na cama, Alana o observava. Viu que ele também tinha uma tatuagem no braço. Leu em inglês em voz alta:

– "*What doesn't kill you makes you stronger*". Mas que invejoso! Acredite ou não, diz a mesma coisa que minha tatuagem em espanhol!

Ambos riram por causa da coincidência. Então, Alana viu que ele tinha algo mais tatuado.

– Gosta de tatuagens?

– Não.

– E por que tem essa cobrindo o bíceps?

Sem parar de se vestir, Joel respondeu:

– Foi numa noite de bebedeira com os integrantes de meu pelotão. Todos nós tatuamos o símbolo dos fuzileiros navais junto com a bandeira norte-americana e a frase que você leu. Por sorte, fizemos no bíceps, senão teríamos tido um grande problema.

– Problema por quê?

– Os fuzileiros navais são proibidos de tatuar os punhos e as mãos.

Alana cravou os olhos nele e suspirou. Joel era pura tentação. Além de ter um corpo perfeito, musculoso e desejável, e um sorriso cativante, na cama era um Deus.

Depois de Ismael, o Micropênis, Alana havia tido uma infinidade de rolos com homens. Mas, sem dúvida, o daquela noite estava deixando todos os anteriores no chinelo.

– Sabe que palavra me surgiu na cabeça na primeira noite em que o vi? – perguntou ela. – Pecado!

– Pecado?! Por que pecado? – replicou ele, divertido.

Animada pelo sorriso dele, ela respondeu:

– Porque ao vê-lo eu só conseguia pensar em pecar.

Ele soltou uma gargalhada. Bagunçando com carinho o cabelo dela, respondeu:

– Adorei ter pecado com você, pecadora!

Quando acabou de se vestir, ele se sentou ao lado de Alana na cama. Olharam-se em silêncio. Depois de beijá-la nos lábios com infinita doçura, ele disse:

– Foi um prazer.

Ela ficou atordoada com o magnetismo dele, olhando-o enquanto ele pegava sua jaqueta, abria a porta do quarto e fitando-a de novo, ia embora.

Ao ficar sozinha no quarto, Alana se aconchegou na cama. Havia sido incrível; mas uma pergunta começou a torturá-la: por que Joel não havia pedido seu telefone nem um novo encontro?

7

Mais tarde, nessa mesma manhã, Alana e Isa saíam do escritório de Carolina Herrera com as credenciais para o desfile da nova coleção.

– Adoro essa mulher – comentou Alana. – Que carisma! Falar com ela me deixa positiva e de alto-astral, a você não?

– Ela é encantadora – afirmou Isa. – E que lenços lindos nos deu!

Nesse momento tocou o celular de Alana. Quando desligou, ela disse à amiga:

– Era a secretária do sr. Hudson, que toca as obras do World Trade Center. Disse que hoje ele não pode nos receber, mas que podemos fazer a entrevista depois de amanhã.

– Ótimo! – exclamou Isa.

– Está com fome? – perguntou Alana.

– Sempre.

– Eu conheço um italiano que tem uma pizza maravilhosa. Vamos!

Enquanto as duas saboreavam uma pizza estupenda e conversavam sobre o que acontecera na noite anterior, Isa recebeu uma mensagem.

– É Karen. Disse para nos encontrarmos hoje à noite no Manamoa. Com certeza Joel também estará lá. Você vem?

Alana pensou. O que mais queria era tornar a ver esse homem; mas negou com a cabeça.

Isa olhou-a, boquiaberta. Depois de todas as maravilhas que Alana havia lhe contado dele, não entendia sua reação.

– Por quê? Você não se divertiu com o Capitão América?

– Muito. Joel é o homem menos egoísta na cama que já conheci. Mas acho que ele não quer me ver de novo.

– Por que está dizendo isso?

Alana suspirou.

– Porque ele se despediu de mim e foi embora sem dizer mais nada. Não pediu meu telefone nem marcou nada para outro dia. E eu não quero ser inconveniente e aparecer lá hoje à noite. Não estou tão desesperada. E além do mais, quero descansar. Enquanto você tirava as fotos de Carolina, me ligaram do Instituto Cervantes e marquei para amanhã às nove horas com o futuro diretor. Depois, lembre que às quatro e meia temos outro encontro naquele café-livraria lindo, no Brooklyn, com meu amigo Matthew para pegar as credenciais para a Real World.

Isa deu uma mordida na pizza e murmurou:

– Acho que você está enganada. Devia ir hoje à noite.

– Isa, vá você e divirta-se com sua tenente maravilhosa. Não se preocupe com o resto.

Quando acabaram de comer, decidiram fazer um passeio. Quando viram o letreiro da Bloomingdale's, não hesitaram e entraram. Aquelas lendárias lojas de departamento eram uma maravilha. Durante horas ficaram andando ali. O poder aquisitivo delas não permitia muitas das coisas que viram e queriam, mas se conformaram em olhar. Quando saíram, andando pela Quinta Avenida, a rua mais célebre do mundo, por alguns minutos sentiram-se ricas e famosas. Isa tirou várias fotos. Aquele lugar cheio de gente, história, elegância e luxo havia sido palco de centenas de filmes e séries.

De repente, Alana parou e disse:

– E se fizermos a matéria do Big Boss sobre a Quinta Avenida? É um lugar lendário no mundo inteiro, com grande quantidade de mansões, restaurantes, lojas exclusivas e história. O que você acha?

Sua amiga assentiu, encantada.

– Alana, temos a grande matéria!

Emocionadas com a ideia, chegaram ao Central Park, onde se sentaram em um banco para continuar falando do assunto. Alana pegou o caderno que carregava na bolsa e começou a fazer anotações. Tudo que lhes ocorresse sobre aquele lugar lendário valia a pena ser desenvolvido.

Durante duas horas conversaram sem parar e, quando o sol começou a se pôr, decidiram ir embora do parque.

De novo mergulharam no ambiente das ruas de Nova York. Ao passar por um barzinho, um cartaz na porta chamou a atenção de Alana, que se aproximou mais para lê-lo.

– Nossa, vou ter um treco! – exclamou.

– Que foi? – perguntou Isa olhando ao redor.

Mas Alana, aproximando-se mais do cartaz, disse:

– Sábado à noite El Canto del Loco vai tocar aqui! Dá para acreditar?

– Já sabemos onde estaremos sábado à noite, certo? – respondeu sua amiga, sorrindo. – Nossa, quando Lola souber, vai querer morrer. Ela adora o Dani!

Contentes com aquela agradável surpresa, voltaram ao hotel. Isa queria ficar bonita para ver Karen.

Assim que Isa saiu, Alana pôs a tevê na MTV clássica. The Carpenters estavam cantando a doce e velha *Close to You*.[44] Ela começou a cantar também. Lembrando-se do militar, cantorolou: "*The angels got together and decided to create a dream come true so they sprinkled moondust in your hair and golden starlight in your eyes of blue...*".[45] Que breguice!

A seguir, apareceu Michael Jackson bem novinho, de cabelo afro, cantando *One Day In Your Life*,[46] e Alana se sentou na cama para vê-lo.

Sua mãe e ela sempre gostaram muito desse cantor. Olhando sua carinha de criança, Alana escutou-o cantar aquela velha canção romântica. Era linda.

44 *Close to You*, A&M Records, interpretada por The Carpenters. (N. da E.)

45 "Os anjos se reuniram e decidiram tornar real um sonho, então espalharam pó de lua em seu cabelo e a luz dourada das estrelas em seus olhos azuis." (N. da T.)

46 *One Day In Your Life*, Motown Records, uma divisão da UMG Recordings, Inc., interpretada por Michael Jackson. (N. da E.)

Quando acabou, decidiu procurar outro canal de música um pouco mais alegre. Não queria romantismo; pôs na MTV atual. Instantes depois, a voz de Michelle Branch com Santana cantando *The Game of Love*[47] a fez dançar.

A música sempre havia sido uma boa companheira – era algo que sua mãe havia lhe ensinado. Alana sorriu ao cantarolar "*it started with a kiss*". Sem poder evitar, lembrou-se de Joel e do beijo que ele havia exigido no jogo de bilhar. Mas rapidamente o tirou da cabeça. Era bobagem pensar nele. O que havia acontecido era passado, e não tinha quc ficar com masturbação mental, como diria Isa.

Depois de ligar seu notebook, viu na televisão uma propaganda da série *Charmed*, que tinha o ator Eric Dane, tão alto, louro, e com aquele sorriso entre sensual e malvado. Suspirou ao se lembrar do maldito Capitão América.

– Ai, caramba, estou ferrada!

E sem hesitar, tirou a roupa e entrou no chuveiro. Isso sempre limpava sua mente.

Quando acabou, enrolou uma toalha branca no corpo e começou a desembaraçar o cabelo enquanto cantarolava *Whenever Wherever*,[48] da Shakira, e rebolava imitando-a.

Subitamente, ouviu batidas na porta. Largou o pente e foi abrir. Diante dela estava o homem tentador que não conseguia tirar da cabeça.

Ele, ao vê-la quase nua, olhou-a com seus olhos claros e disse:

– Nem em meu melhor sonho esperava encontrá-la tão pecadora.

Alana sorriu, sensual, e ele, sem hesitar, entrou. Depois de tirar com carinho a toalha que a cobria, fez amor com ela apaixonadamente.

Uma hora depois da prazerosa "invasão" do capitão, esgotados e arfantes, ambos ficaram olhando para o teto.

---

47 *The Game of Love*, Arista, interpretada por Michelle Branch e Santana. (N. da E.)

48 *Whenever Wherever*, Epic, interpretada por Shakira. (N. da E.)

– Menina... você me deixa sem palavras.

– E você me deixa sem sentidos.

– Eu esperava que você fosse ao bar.

– Não sabia que você esperava que eu fosse.

Retirando uma mecha de cabelo da testa dela, Joel disse:

– Karen comentou que havia mandado uma mensagem a Isabel dizendo que estaríamos lá.

– Achei que só Karen estava esperando alguém.

– Pois se enganou – sussurrou ele, sorrindo e aproximando seus lábios dos dela. – Eu também esperava alguém... você.

Um novo beijo os uniu. Quando afastaram os lábios, Joel se levantou, pegou seu celular e disse:

– Dê-me seu número. Da próxima vez, vou me assegurar de que você saiba que a estou esperando.

Alana lhe deu o número, feliz por ele ter pedido. Segundos depois, seu telefone tocou.

– Você ligou para ver se eu menti? – perguntou ela divertida, pegando o celular.

– Não, Ligeirinho – replicou ele, deixando seu celular em cima da mesa. – Fiz uma chamada para que você tenha meu número também.

Nesse momento, Joel viu uma barrinha de cereais em cima da mesa e perguntou:

– Esse é seu jantar?

Quando ela assentiu, ele balançou a cabeça. Pôs o jeans e a camiseta e ordenou:

– Vista-se. Vamos jantar.

Sem muita vontade, Alana suspirou e disse:

– Ouça, Joel, estou muito feliz por estar aqui com você, de verdade, mas não posso sair hoje; tenho que preparar uma entrevista para amanhã, e...

Sem deixá-la terminar, ele a pegou pela cintura e a puxou para si:

– Cada vez que você fizer esse biquinho de pato, vou beijá-la.

E depois de fazê-lo com impetuosidade, afastou-se e insistiu:

– Você vai preparar essa entrevista, mas depois de jantar.

Ao ver sua determinação, Alana entendeu que era uma batalha perdida. De modo que pôs uma calça jeans, uma camiseta e as botas, e quando colocou um gorro de lã e um casaco de plumas escuro, Joel a olhou e disse, sorrindo:

– Você está linda com esse gorrinho.

Ao sair, de mãos-dadas, foram a um fast food que havia na esquina. Quando chegaram e se sentaram a uma das mesas, Alana tirou as luvas vermelhas. Joel comentou:

– Belas luvas.

A jovem sorriu com carinho e guardou em sua bolsa para não as perder. Instantes depois, uma garota gentil pegou o pedido deles.

– Fico lhe devendo um jantar de verdade.

– Eu lhe garanto que adoro o que vamos jantar – disse ela.

Durante alguns minutos conversaram de coisas diversas; até que ele pegou a mão dela por cima da mesa e disse:

– Que tal me contar alguma coisa de você?

– Só se depois me falar de você.

Joel assentiu, sorrindo. Alana, respirando fundo, falou de sua profissão, onde trabalhava, onde morava, e disse que ia ficar mais duas semanas em Nova York.

Joel lhe fez muitas perguntas; parecia muito interessado nela. Até que, de repente, começaram a tocar os primeiros acordes de *Crazy*, de Patsy Cline.

– Meu Deus, que música! – exclamou ele. – Adoro música dos anos 1960. Vamos dançar?

– Aqui?

– Sim.

– No meio do restaurante? – perguntou Alana, surpresa.

Levantando-se da cadeira, Joel estendeu-lhe a mão e, com um sorriso inocente, murmurou:

– Você não sabe que qualquer lugar é bom para dançar?

A canção era um clássico. Sua mãe tinha o disco de vinil e o guardava como se fosse ouro. Pertencia à coleção de discos de seu pai, que ele havia lhe entregado quando partira para os Estados Unidos a caminho do Vietnã. Alana havia escutado esses discos bilhões de vezes durante a adolescência, e podia dizer que os sabia de cor.

Se fechasse os olhos, podia ver a imagem de sua mãe escutando triste aquela canção, enquanto o disco girava no toca-discos de couro marrom.

Ela sempre gostara daquela canção, apesar de a letra falar de uma mulher que sofria por amor, enlouquecia de tristeza e recordava para não esquecer.

Alana olhou para Joel a fim de dizer que não podia dançar, mas ele insistiu:

– Venha, é uma canção linda.

Por fim, ela se levantou da cadeira e, abraçando-o, balançou ao ritmo daquela canção incrível, enquanto todos os presentes olhavam para eles e sorriam. Ao pensar em seus pais dançando aquela mesma melodia, ela também sorriu.

– Danço tão mal assim? – perguntou Joel ao vê-la.

Alana olhou para ele e, beijando-lhe os lábios, murmurou:

– Você dança muito bem, fique tranquilo.

– E por que está sorrindo?

– Porque estava pensando que minha mãe dançou esta canção com um militar americano, assim como estou fazendo agora.

Joel gostou de vê-la mencionar o pai. Era um bom passo; mas não perguntou mais nada.

Uma hora depois, quando voltaram ao hotel e Alana mordia o lóbulo da orelha dele, brincalhona, disse, manhosa:

– Você não me contou nada de você.

– E nem vou contar se você continuar fazendo isso – respondeu ele rindo, enquanto a afastava. – Eu prometi que você ia preparar sua matéria, e agora é a hora.

– Não enquanto não me contar algo de você – insistiu Alana, sentando-se em uma cadeira.

Joel, vendo que ela não ia desistir, sentou ao contrário em outra cadeira e disse em um espanhol perfeito:

– Meu pai se chama Taylor, é de Los Angeles, e...

– Você fala espanhol? – perguntou Alana, surpresa.

Joel soltou uma gargalhada e respondeu:

– Sim, e me doeu quando, outro dia, você disse para Isabel que eu era o otário de dentes perfeitos.

– Puxa... desculpe – murmurou ela, divertida.

Joel prosseguiu:

– Minha mãe, Rosa María, é nova-iorquina, mas filha de mexicanos, por isso falo espanhol. Meus pais se conheceram quando mamãe foi trabalhar em Los Angeles. Aliás, ela é dentista, por isso meus dentes são perfeitos.

Ambos riram; ele prosseguiu:

– Eles se casaram e se estabeleceram em Los Angeles, onde nasceram minhas irmãs Rosa, Lorna, e, por último, eu. Elas são casadas, tenho quatro sobrinhos que são a loucura de todos, e, bom, eu também me casei. Tinha 22 anos na ép...

– Caralho! – interrompeu Alana, levantando-se abruptamente.

– Que foi? – inquiriu ele ao ver a reação dela.

– Você é casado? – perguntou ela, boquiaberta.

Entendendo a reação de Alana, ele logo esclareceu e pediu que se sentasse de novo.

– Fui casado durante pouco mais de um ano. Quando estive na Guerra do Golfo, em 1990, minha mulher se apaixonou por outro, e quando voltei nos separamos.

– Você estava na guerra e sua mulher fez isso?

– Éramos crianças – disse ele, minimizando o fato. – Namorávamos desde a escola. Nós nos casamos, mas ela não aguentou a pressão de eu não estar por perto. Apaixonou-se por outro, e fim da história.

– Mas isso não doeu?

– Sim, claro que sim. Na época doeu muito, principalmente porque eu não esperava, menos ainda dela – admitiu. – Mas isso pertence ao passado, e, por sorte, já está esquecido.

– Eu entendo. Eu tive um namorado com quem quase me casei, mas...

Ao se dar conta do que estava contando, Alana se calou. Mas Joel, interessado, perguntou:

– Mas?

Alana continuou, com cara de vaso:

– Mas uma semana antes do casamento, ele me pediu que cancelássemos. Subitamente, ele não tinha certeza de que eu era a mulher da vida dele. Reconheço que fiquei mal alguns meses, e por isso – indicou a tatuagem no antebraço – tatuei esta frase. Sem dúvida, superar aquilo me fez mais forte e me fez perceber que o amor é uma merda. Sempre nos faz sofrer.

– Ligeirinho – murmurou ele –, você não devia pensar assim.

– Eu sei – suspirou. – Mas há antecedentes demais em minha vida para eu não pensar.

– Você não acredita em amor à primeira vista?

– Não. – E antes que Joel continuasse, perguntou: – E você se casou de novo, ou tem namorada?

– Se eu fosse casado ou tivesse namorada, pode ter certeza de que não estaria em Nova York com meus amigos, e sim com ela. Eu sou desses que ainda acreditam na família, na fidelidade...

– E se acredita em tudo isso, por que está sozinho?

– Pela simples razão de que nunca mais me apaixonei. Por causa de meu trabalho eu me ausento durante meses, e, na verdade, nenhuma mulher me chamou tanto a atenção a ponto de eu querer procurá-la quando volto.

Alana o fitava, boba; Joel continuou:

– Meu avô era militar, meu pai foi militar e agora eu estou na ativa. Como pode ver, minha profissão vem de família. Eu me alistei muito jovem, e assim como meu avô e meu pai, também participei, e participo, de conflitos. Atualmente acabei de voltar do Afeganistão, depois de um período de sete meses. E depois de alguns dias de descanso, serei reincorporado e irei aonde me enviarem.

Alana assentiu; não perguntou sobre o último comentário. Não queria saber mais.

Joel, ao ver que o olhar dela havia mudado, intuiu o que lhe passava pela cabeça. Levantando-se, pegou um livro que estava sobre o criado-mudo e perguntou:

– É bom?

A jovem olhou para ele.

– Estou gostando.

Ele leu a contracapa e disse:

– Você se importa se eu ler um pouco enquanto você trabalha? – E ao ver como ela o olhava, acrescentou: – Não quero ir embora ainda; tenho a esperança de que quando você acabar de preparar seu trabalho, faça amor comigo de novo. Você sabe, estou muito necessitado.

Essas últimas palavras fizeram Alana rir. Dando-lhe um beijo nos lábios, ela respondeu:

– Se passar de onde eu parei, não se atreva a me contar nada, entendeu?

– Sim senhora, minha sargento! – brincou ele.

Cinco minutos depois, Alana estava sentada à mesa preparando no notebook a entrevista do dia seguinte. Mas de vez em quando levantava a vista a fim de olhar para Joel. Havia lido pouco, pois adormecera rapidamente.

Ela trabalhou durante um bom tempo, até que, de repente, bateu com o cotovelo no celular e o derrubou. Joel deu um pulo da cama que a assustou. Ele olhou para ela durante alguns momentos com uma expressão dura.

– Desculpe. Dei uma cotovelada no celular e o derrubei.

Joel passou a mão pelo cabelo e, suavizando a expressão, perguntou, sorrindo:

– Falta muito?

O roteiro da entrevista estava praticamente pronto. Com vontade de estar com ele, tirou o elástico do cabelo e murmurou, aproximando-se e beijando-o:

– Já acabei.

8

Na manhã seguinte, quando Isa entrou no quarto, Joel, assustado, deu outro pulo na cama, acordando Alana.

– Vou esperar no café do hotel enquanto vocês ficam mais apresentáveis – disse Isa cobrindo o rosto ao vê-lo nu. – E, Alana – acrescentou, pegando a bolsa da câmera fotográfica –, lembre-se de que temos a entrevista no Instituto Cervantes daqui a uma hora e quinze.

– Merda! – gritou ela, pulando da cama.

Quando Isa saiu, Joel olhou o relógio e murmurou, espantado:

– Incrível. Dormi mais de quatro horas seguidas sem acordar.

Alana, cujos despertares eram bem ruins, correu para o banheiro para tomar banho. Quando viu que ele entrava atrás dela, grunhiu:

– Não me toque, estou com pressa!

Surpreso, Joel levantou as mãos.

– Ok, menina. Fique tranquila, não vou tocá-la.

Sem intenção de sair do banheiro, sentou-se no vaso sanitário.

– Vou tomar banho, o que está fazendo aí? – protestou ela.

Estava linda com o cabelo revirado.

– Esperando minha vez.

De cara franzida, Alana resmungou alguma coisa; Joel, sem poder evitar, sorriu. Evidentemente, ela não acordava de muito bom humor.

Ele a observou tomar banho por trás do boxe do chuveiro. Embora desejasse entrar e ensaboá-la, conteve-se. Quando ela acabou, ele entrou sem tocá-la e tomou banho também.

Saiu do banheiro com uma toalha ao redor da cintura e viu que Alana já estava praticamente vestida. Assobiou em aprovação.

Ela, de humor um pouco melhor, disse:

– Se vista rápido, tenho que ir.

Sem dizer nada, Joel se vestiu. Quando acabou, foi até a mesa onde ela estava revisando alguns papéis.

– Já posso lhe dar um beijo de bom-dia? – perguntou ele.

Incapaz de rejeitar aquele pedido, Alana o beijou rapidamente. Mas quando ia se afastar, ele a segurou.

– Precisa mudar esse mau humor matutino. Despertar para um novo dia deveria sempre fazê-la sorrir, porque nem todos acordam.

– Você acordou poético? – debochou ela.

Joel a soltou, sorrindo. Havia muitas coisas que ela não entendia.

– Ande, vou acompanhá-la aonde você for – disse ele enquanto vestia a jaqueta de couro.

– Você não tem nada melhor para fazer? – perguntou Alana, surpresa.

– Estou de licença – respondeu ele, dando de ombros. – E o que é melhor que ficar com você? Desde que não se importe.

Ela assentiu, e sem dizer mais nada, saíram do quarto e foram ao café buscar Isa. A seguir, pegaram um táxi; não podiam se atrasar.

A entrevista durou cerca de uma hora. Joel esperou pacientemente em um café, folheando o jornal. As notícias que lia sobre o Afeganistão às vezes o faziam soltar um palavrão. Nada era como se contava, pensou, suspirando. Quando acabaram, Alana viu que tinha uma chamada perdida de um número que não conhecia. Retornou a ligação. Era a secretária do sr. Hudson para remarcar de novo a entrevista, para segunda-feira da semana seguinte.

Foram almoçar em um restaurante da Oitava que o capitão conhecia. Isa pulou de alegria ao ver Karen ali os esperando. A jovem tirou uma infinidade de fotos. De Karen, de Joel, de Alana. Seria uma bela recordação.

Ao sair do restaurante, o celular de Alana tocou. Era seu amigo, Matthew. Havia surgido um imprevisto e tinha que cancelar o encontro na livraria. Por que todo mundo estava cancelando os compromissos? Quando desligou o telefone e comentou o acontecido, Isa e Karen se afastaram rapidamente e foram embora. Ao ficar sozinho com Alana, Joel perguntou:

– Isso quer dizer que você tem a tarde livre?

Alana assentiu, e ele, pegando-a pelo braço, exclamou:

– Ok, menina!

Caminharam durante horas pelas ruas de Nova York, sorridentes e contentes, falando de mil coisas enquanto anoitecia. Quando, perto do Central Park Alana ficou olhando a típica carruagem puxada por cavalos, Joel perguntou:

– Quer dar um passeio em uma?

Embora sempre houvesse chamado sua atenção, Alana nunca andara. Achava que era coisa de turistas, de modo que rapidamente negou com a cabeça.

– Deve custar os olhos da cara, e prefiro gastar o dinheiro com outra coisa. Por exemplo, jantando!

Joel ia responder quando seu celular tocou. Era Kevin.

– Eram os soldados de minha unidade me convidando para tomar uns drinques – disse Joel ao desligar. – Está a fim de ir antes do jantar?

– Acho uma ideia excelente!

– Então, decidido. Vamos lá – respondeu ele, pegando-a pela cintura.

Ao chegar, os soldados os receberam animados. Alana não conhecia nenhum deles, mas gostou da alegria de todos. E achou excitante ouvi-los chamar Joel de capitão Parker.

Ela o observou entre aqueles homens um pouco mais jovens. Joel conhecia todos pelo nome e brincava com eles. Acabadas as saudações, Joel a pegou pela mão e foram ao balcão pedir uma bebida. Depois, voltaram ao grupo, e durante mais de uma hora riram e brincaram sobre centenas de coisas.

Em certo momento, Joel a viu olhar sorrindo para a pista, onde os soldados brincavam escandalosamente enquanto dançavam com umas garotas.

– Do que está rindo? – perguntou.

Alana apontou para os jovens e perguntou:

– Eles são sempre assim?

– Quando estamos de licença, tentamos nos divertir e desligar de nossa realidade. Há algumas semanas estávamos no Afeganistão, e eu lhe garanto que lá precisamos pensar que nosso mundo é este, e não o que vivemos naquele país. Infelizmente, quando estamos em missão, não existe tranquilidade para nós.

– É tão ruim quanto dizem?

– Às vezes, sim.

Ao ouvir a resposta seca, sua alma de jornalista a fez continuar:

– Onde você estava?

Joel tomou um gole de cerveja e respondeu:

– Konduz, Candaar, Tora Bora, diversos lugares. Sou fuzileiro naval, vou aonde sou necessário.

Essa resposta, tão parecida à que seu pai havia dado a sua mãe anos atrás e que ela havia registrado no diário, fez Alana suspirar.

– E você não tem medo?

– De quê?

– Joel... é perigoso.

– Como diz a tatuagem que nós dois temos, o que não mata fortalece! – E cravando o olhar nela, acrescentou: – E antes que continue perguntando, eu tenho consciência do perigo, mas se tivesse medo, não poderia fazer o que faço. E embora às vezes pareça mentira que só algumas horas de avião separam dois mundos tão diferentes, é assim. Este mundo e aquele no qual trabalho são duas realidades diferentes. Aqui você pode andar pela rua e tomar uma cerveja com relativa tranquilidade, ao passo que lá tudo é cheio de opressão, perigos e crueldade.

Ao ver sua expressão séria, Alana decidiu não perguntar mais. Aproximando-se mais dele, deu-lhe um beijo nos lábios e disse:

– Então, não vamos mais falar disso e vamos curtir nossa liberdade.

Nesse instante começou a tocar o rock do rei Elvis Presley, *Don't Be Cruel*.[49] Alana, querendo animá-lo, pegou-o pela mão, e puxando-o, propôs:

– Vamos dançar.

Mas Joel não se mexeu; disse, sorrindo:

– Eu não sei dançar isso.

Exagerando a expressão para fazê-lo rir, Alana levou as mãos à cabeça e exclamou, escandalizada:

– Um americano que não sabe dançar *rock and roll*! Não acredito!

Joel soltou uma gargalhada.

– Pode acreditar. – E a seguir, perguntou: – Você sabe?

– Sim.

– Sério? – brincou ele.

Ela assentiu, e Joel, voltando-se, gritou:

– Cassidy, minha garota quer dançar esta canção!

Alana achou engraçado o fato de ele a considerar sua garota. O soldado se aproximou, sem hesitar, pegou a mão de Alana e disse:

– Os desejos de meu capitão são ordens para mim. Vamos dançar!

Divertida, Alana assentiu e deu uma piscadinha para Joel. Segurando a mão de Cassidy, chegaram à pista, onde se olharam, e sabendo o que tinham que fazer, simplesmente se deixaram levar pela música, enquanto Joel os observava, encantado.

Alana curtiu a dança. Nunca havia dançado *rock and roll* daquele jeito. Gritou de felicidade quando Cassidy a levantou no ar. Sem sombra de dúvidas, ele era um excelente dançarino.

Quando a canção acabou, acalorada e acompanhada pelo jovem, voltaram para junto de Joel. O rapaz disse, todo galante:

– Foi um verdadeiro prazer dançar com Alana, capitão.

– Desapareça de minha vista, Cassidy – interrompeu Joel, divertido.

Ela sorriu. Quando o rapaz foi embora, Joel lhe perguntou:

---

49 *Don't Be Cruel*, RCA Records Label, interpretada por Elvis Presley. (N. da E.)

– Quem lhe ensinou a dançar assim?

Alana tomou um gole de Coca-Cola, pois estava sedenta, e disse:

– Minha mãe. Mas garanto que é a primeira vez que danço um rock com outra pessoa que não seja ela. – E exaltada, acrescentou: – Estou alucinada de ver como consegui acompanhar bem Cassidy.

– Meu pai teria adorado vê-la.

– Por quê? – disse ela, rindo.

– Porque ele é um excelente dançarino e sempre reclama que minha mãe nunca quis aprender a dançar rock. Onde a sua aprendeu?

– Na Alemanha; meu pai lhe ensinou. Mamãe me contou uma infinidade de vezes que todos dançavam bem na base americana de Merrell Barracks.

Ele assentiu; registrou mentalmente o nome Merrell Barracks.

– Seu pai esteve lotado na Alemanha?

– Sim. E para sua informação, eu nasci lá.

– Na Alemanha?

Alana assentiu. Joel disse:

– Não acredito.

Surpresa pela resposta dele, ela pegou sua identidade espanhola na bolsa.

– Está vendo? Está escrito aqui. Mas, na verdade, eu me considero totalmente espanhola.

Joel assentiu, satisfeito. Alana havia caído em sua armadilha e lhe mostrara o que ele necessitava: seu sobrenome.

Queria saber mais dela e, acima de tudo, quem havia sido seu pai.

– Em que divisão seu pai estava?

Alana, ao notar que estava falando além da conta, mudou de expressão e, bebendo Coca-Cola, olhou para outro lado e ficou em silêncio. Ao ver isso, Joel decidiu não perguntar mais. Olhou o relógio e disse:

– Está a fim de ir jantar?

– Estou faminta.

Depois de se despedirem dos militares, que reclamaram porque eles iam embora, saíram andando sem dizer nada. Até que Joel perguntou:

– Aonde quer ir?

Alana pensou em alguns restaurantes que conhecia, mas disse:

– Surpreenda-me!

– Está dizendo para eu levá-la para jantar onde eu quiser?

– Sim.

– E se você não gostar?

– E se você não gostar do lugar que eu escolher? – brincou ela.

Joel assentiu divertido; levantou a mão a fim de parar um táxi e deu o endereço ao motorista.

– Espero surpreendê-la – sussurrou no ouvido dela.

Vinte minutos depois, o táxi os deixou diante de um edifício alto. Entraram; Joel cumprimentou o porteiro. Alana, ao intuir que não havia nenhum restaurante ali, ia dizer algo, mas Joel, cobrindo-lhe a boca com a mão, ordenou:

– Calada! Eu decidi.

Entraram no elevador e ele apertou o botão do décimo quinto andar. Ao saírem, Joel pegou uma chave no bolso da calça e abriu uma porta. Acendeu as luzes, e, com um olhar astuto, disse olhando para ela:

– Bem-vinda ao restaurante do *chef* Joel.

– Você vai cozinhar? – perguntou ela, soltando uma gargalhada.

Ele tirou a jaqueta, jogou-a em cima de um sofá escuro e respondeu:

– Tire o casaco, fique à vontade e siga-me. Você vai me ajudar a fazer o jantar.

Quando Joel foi para a cozinha, Alana olhou ao seu redor. O apartamento não era muito grande e a cozinha e a sala eram juntas. Olhou os sofás escuros que ficavam em frente a uma grande televisão. Aproximou-se maravilhada, da janela, de onde se tinha uma vista espetacular de Nova York.

Viu várias fotos em cima de uma mesinha e se aproximou para olhá-las.

– São fotos de minha família – ouviu-o dizer.

Alana as olhou, curiosa, e se surpreendeu ao ver como Joel se parecia com o pai, e suas irmãs com a mãe.

Quando acabou de xeretar, tirou o casaco e perguntou:

– Como posso ajudar?

– Você sabe picar cebola e tomate? – perguntou ele, colocando as hortaliças na frente dela.

– Sua dúvida me ofende, metido – respondeu ela, erguendo uma sobrancelha.

– Se continuar me olhando com essa cara de menina malvada e pecadora, vamos passar diretamente para a sobremesa – murmurou Joel, aproximando-se e beijando-a.

Alana curtiu o maravilhoso beijo, até que sussurrou:

– Estou com fome...

– Muita fome? – brincou ele sem se afastar.

Ela assentiu. Depois de roçar seus lábios nos dele, ela respondeu:

– Demais. E quero provar algo do *chef* Joel antes de passar para a sobremesa.

– Então, decidido. O *chef* Joel vai preparar para você filé de frango ao molho de cerveja com pimentão.

– Uau!

Enquanto cozinhavam, Joel ligou o equipamento de som e a voz de Sade começou a cantar *Your Love Is King.*[50]

– Sade é uma cantora excepcional – comentou Alana.

– Sim. Ela é ótima.

Um pouco depois, sentaram-se à mesa. Ela cortou um pedaço de filé de frango e o levou à boca.

– E aí, gostou? – perguntou ele.

O sabor era delicioso, e o frango estava no ponto certo.

– Hummmm... está demais.

Joel sorriu, feliz, e atacou seu prato.

– Quem lhe ensinou a cozinhar?

---

50 *Your Love Is King*, Epic, interpretada por Sade. (N. da E.)

– Minha mãe. Diferente de minhas irmãs, eu gosto de cozinhar.

– Este apartamento é seu?

– Não. É de minha irmã Rosa e seu marido. Ele trabalha com informática e vem a Nova York de vez em quando. E... bem, quando voltei do Afeganistão, há uma semana, passei uns dias em Los Angeles, mas...

– Na casa de seus pais?

– Não, em minha casa.

– E por que, tendo uma casa em Los Angeles, você está em Nova York? – perguntou ela depois de mastigar e engolir um pedaço de frango.

– Porque preciso me desligar de tudo. E se eu ficar lá, meu pai e meu avô me perseguem querendo falar de assuntos militares, e minha mãe, minhas irmãs e minhas tias não param de "acidentalmente" me apresentar mulheres.

– Sério? – disse Alana, rindo.

– Totalmente sério. As mulheres de minha família não entendem que um homem de 35 anos não seja casado nem tenha filhos. E embora eu lhes recorde que já me casei uma vez e não deu certo, elas ou são surdas ou não querem me escutar.

Ambos riram, divertidos.

– Por isso, sempre que estou de licença, depois de passar alguns dias com a família, meu cunhado Mário deixa as chaves deste apartamento comigo para eu dar uma fugida e relaxar.

– Sabia que sou mais velha que você? – comentou Alana.

– É mesmo?

– Tenho 38, e não sei por que estou lhe dizendo isso.

Sem dar importância ao fato, Joel soltou uma gargalhada.

– Você tem irmãos?

– Não.

– E sua mãe e sua família são como a minha, ficam tentando lhe arranjar namorado?

– Não.

E ao ver que ele a fitava esperando algo mais, Alana acrescentou:

– Minha mãe é uma mulher muito independente, nunca se meteu em minha vida. Nem minhas tias. Somos uma família unida, diante de qualquer eventualidade nós somamos forças, mas cada um vive o dia a dia do seu jeito. E não ficam tentando me arrumar namorado. Eles sabem que não quero e, que se quisesse, eu mesma arranjaria um.

Ficaram em silêncio; só se ouvia a música. Joel perguntou depois de um tempo:

– Mas você quase se casou uma vez, não foi?

– Sim, mas, por sorte, não casei.

De novo silêncio. Joel, vendo-a cortar outro pedacinho de frango, voltou ao ataque:

– Eu sei que você não quer namorar, não acredita em amor à primeira vista e que encontra sozinha o que deseja, mas, atualmente, há alguém especial na Espanha com quem você divide a vida e a cama?

Alana assentiu sem dar muita importância. Joel largou o garfo na mesa e murmurou, alterado:

– Você está com alguém?

Alana assentiu de novo e, cortando outro pedacinho de frango, disse:

– Se para você estar com alguém é dividir a vida e a cama, então estou com alguém!

A cada instante mais incrédulo, Joel replicou:

– Você divide sua vida e sua cama com alguém na Espanha e está aqui, tão tranquilamente comigo, sabendo que quando acabarmos de jantar vou querê-la nua em minha cama?

Ela deu de ombros e murmurou:

– Pollo não é ciumento.

– Pollo?!

– Sim.

– O nome dele é Pollo?

Alana fez que sim com a cabeça. Levantando-se, pegou seu celular.

– Espere – disse –, tenho uma foto dele. Ele é louro como você, lindo.

– Não preciso ver fotos – respondeu ele, contrariado, recostando-se na cadeira.

Mas Alana, sem lhe dar ouvidos, procurou no celular e, mostrando-lhe a tela, disse:

– Pollo e eu em casa. O que acha?

Embasbacado, sem saber o que dizer, Joel olhou um gato amarelo com Alana. Vendo-a cair na risada, ele se levantou, tirando-lhe o celular das mãos, pegou-a no colo e sibilou:

– Esse é o louro com quem você divide a vida?

– E a cama – afirmou ela, enquanto ele a deitava no sofá. – Aliás, é um abusado, fica com todo o lado direito. Às vezes me espreme e não consigo me mexer.

Joel a beijou, encantado, devorando seus lábios com deleite. Quando afastou os lábios, disse:

– Agora sério, há algum homem especial em sua vida?

Durante alguns segundos ambos se olharam em silêncio. Por fim, Alana respondeu, enquanto Sade começava a cantar *Is It A Crime*.[51]

– Tenho amigos especiais, como você deve ter amigas especiais. Algo mais?

Entendendo o que ela queria dizer, Joel assentiu. Roçando seu nariz no dela, sussurrou:

– Ok, menina. Por enquanto, só isso. Mas, agora, vou passar direto para a sobremesa.

Joel não era o primeiro homem de sua vida, mas cada vez que a beijava, que a olhava ou tocava, o que sentia era tão avassalador e inigualável que era mais forte que ela.

Os dois já estavam nus. Joel pôs um preservativo; as emoções dispararam enquanto as línguas e os corpos se enroscavam no sofá da sala de jantar.

Como sempre, a impaciência os dominou. Recostando-se, Alana murmurou:

---

51 *Is It A Crime*, Epic, interpretada por Sade. (N. da E.)

– A luz do teto está me cegando – comentou ela, deitada de barriga para cima.

Joel pegou o sapato, fez mira e o jogou no interruptor. A luz se apagou.

– Que pontaria! – disse Alana, rindo.

– Sou um bom atirador – replicou ele.

Nesse momento, sua profissão voltou à mente dela. Sem querer pensar nisso, murmurou:

– Desejo você com urgência. Agora.

Ele sorriu.

– À merda as preliminares?

Alana assentiu. Joel, colocando a ponta de seu pênis no úmido centro do desejo dela, começou a esfregar para que ela o desejasse mais e mais. Quando a sentiu tremer suavemente, começou a penetrá-la. Os suspiros dos dois se ouviam em todo o apartamento. Com carinho, ele segurou os punhos de Alana acima da cabeça e, uma vez totalmente dentro dela, parou e fitou-a.

Ao senti-lo parar, Alana abriu os olhos. Sem se mexer, fizeram amor com o olhar, enquanto Sade cantava *Love Is Stronger Than Pride*.[52] Joel se mexeu. Foi só um pequeno movimento, mas ambos arfaram com deleite. Instantes depois, ele roçou seus lábios nos dela. Não a beijou, só roçou seus lábios. Quando começou a entrar e sair dela com movimentos firmes, Alana gritou, enlouquecida.

Olharam-se de novo, com a respiração entrecortada. Os dois gostavam de se olhar enquanto faziam amor. Assim ficaram um bom tempo, até que ele, não conseguindo aguentar nem mais um segundo, soltou-lhe as mãos, pegou-a pelos quadris, e com uma investida seca, forte e firme, levou-a ao sétimo céu, seguindo-a instantes depois.

Quando acabou, Joel desabou sobre Alana, e ela o abraçou enquanto a respiração de ambos se normalizava.

---

52 *Love Is Stronger Than Pride*, Epic, interpretada por Sade. (N. da E.)

Com os olhos fechados, Alana suspirou. A sensação tão maravilhosa que ele lhe proporcionava era algo desconhecido para ela. Estar com aquele homem e fazer amor com ele era incrível.

Subitamente, notaram que o equipamento de som pulava para outro CD. Quando ouviu uma melodia que conhecia, Alana murmurou:

– Bee Gees. Há quanto tempo que não os escuto.

– Meu cunhado é fã deles – comentou Joel, levantando-se para ir ao banheiro.

Alana o observou se afastar. Que bundinha linda!

Instantes depois, ela também se levantou do sofá, pegou a camisa de Joel do chão, vestiu-a rapidamente e foi até o aparelho de som para aumentar o volume de *How Can You Mend A Broken Heart.*[53]

Sentindo o aroma de Joel na camisa, Alana estava cantarolando no escuro aquela canção que falava de curar um coração partido quando sentiu que Joel a abraçava por trás. Beijando-lhe o pescoço com doçura, ele perguntou:

– Gosta desta canção?

Alana assentiu. Voltando-se de frente para ele, respondeu:

– Minha mãe adora os Bee Gees. Além do mais, a letra diz coisas tão bonitas, não dá para não gostar.

Sem dizer mais nada, ela pôs as mãos sobre os ombros dele; Joel a pegou pela cintura e juntos começaram a se mover lenta e pausadamente, enquanto as vozes harmoniosas daqueles irmãos cantavam a canção tão melodiosa.

Só se ouvia a respiração dos dois e a música. Fechando os olhos, Alana apoiou a testa no rosto dele e curtiu o momento como nunca pensou que poderia.

Enquanto isso, abraçando-a, Joel aspirava o perfume do cabelo e da pele de Alana. Repetia para si mesmo que não o podia esquecer.

---

53 *How Can You Mend A Broken Heart.* Barry Gibb, The Estate of Robin Gibb and The Estate of Maurice Gibb, sob licença exclusiva para Warner Strategic Marketing Inc. Empresa do grupo Warner Music, interpretada pelos Bee Gees. (N. da E.)

Assim ficaram até que a canção acabou. Após um segundo de silêncio, começou *More Than a Woman*.[54] Para quebrar o momento mágico que se dera entre eles, Alana se soltou e, mexendo os quadris, perguntou:

– Quem nunca dançou esta canção?

Divertido, Joel começou a imitar John Travolta em *Os embalos de sábado à noite*. E quando ela caiu na gargalhada, ele parou e disse:

– Dance você, que dança melhor que eu.

Sem se importar que ele olhasse para ela, Alana continuou dançando.

– O que você quer beber? – perguntou Joel.

– O mesmo que você.

Feliz pelo mágico momento com ela, Joel foi à cozinha e preparou dois uísques com gelo, enquanto Alana continuava dançando no escuro no meio da sala, só iluminada pela luz da lua que entrava pela janela.

Quando ele lhe entregou sua bebida, ela estranhou ao ver que era uísque.

– Você disse o mesmo que eu – recordou Joel.

Alana assentiu. Erguendo seu copo, fez tim-tim com o dele.

– A esta noite maravilhosa.

Nesse momento começou a tocar *Too Much Heaven*,[55] também dos Bee Gees. Alana exclamou:

– Meu Deus! Eu dançava esta canção quando tinha 15 anos! Nossa mãe! Lembro que os meninos me tiravam para dançar, e quando me abraçavam, eu ficava histérica.

Joel riu, divertido; tirando-lhe o copo das mãos, deixou-o em cima da mesinha junto com o seu.

– Que tal dançá-la agora comigo? – perguntou, abrindo os braços.

---

54 *More Than A Woman*. Barry Gibb, The Estate of Robin Gibb and The Estate of Maurice Gibb, sob licença exclusiva à Warner Strategic Marketing Inc. Uma empresa do grupo Warner Music, interpretada por Bee Gees. (N. da E.)

55 *Too Much Heaven*. Barry Gibb, The Estate of Robin Gibb and The Estate of Maurice Gibb, sob licença exclusiva à Warner Strategic Marketing Inc. Uma empresa do grupo Warner Music, interpretada por Bee Gees. (N. da E.)

Sem hesitar, Alana aceitou. Para Joel, o resto do mundo deixou de existir. Não havia preocupações, não havia perigo. Só aquela mulher linda e incrível.

Enquanto isso, Alana se deixava levar, de olhos fechados, e seu coração acelerado lhe perguntava o que estava fazendo.

– Deixo você histérica? – perguntou ele no ouvido dela.

Seus pelos se arrepiaram ao escutar o tom de voz dele, que roçava seu rosto no dela.

– Muito – respondeu.

Durante os quase cinco minutos que durou a canção, nenhum dos dois disse nada nem se afastou. Quando acabou, olharam-se na escuridão. Foi um desses momentos perfeitos e únicos em que os dois sabem tudo. Um sabe por que o outro olha, por que o coração bate acelerado; mas também sabe que está encrencado.

– Alana...

– Não – murmurou ela, e cobriu-lhe a boca com a mão.

Sem se dar por vencido, ele beijou a mão dela e, tirando-a da boca, perguntou:

– Por que não baixa a guarda?

Essa pergunta tão de supetão pegou-a desprevenida e Alana não soube o que responder. Até que Joel disse:

– Tem tanto medo de conhecer um fuzileiro naval?

Sem vontade nem necessidade de mentir, ela assentiu. E olhando-o nos olhos, respondeu:

– Sinto muito, mas com dois militares americanos na família já foi suficiente.

– Dois? – perguntou Joel, surpreso.

– Meu tio também era.

Ao ouvir isso, Joel não soube como reagir. Ela, afastando-se, disse:

– Desculpe, preciso ir ao banheiro.

Quando fechou a porta do banheiro, Alana se apoiou nela e, afastando o cabelo do rosto, abanou-se com a mão.

– Alana, não se enrosque, fique firme – murmurou. – O que não pode ser, não pode ser.

Depois de fazer amor mais duas vezes, de madrugada Alana insistiu em voltar para o hotel. Joel tentou dissuadi-la. Ele estava sozinho no apartamento, ela podia ficar; mas foi impossível convencê-la, e no fim, sem sequer deixar que ele a acompanhasse, Alana foi embora no táxi que havia chamado depois de lhe dar aquela piscadinha tão especial.

Quando Joel subiu de novo ao apartamento, ficou olhando ao redor e se sentou no sofá. Não sabia o que havia acontecido com aquela mulher, mas sabia que não podia tirá-la da cabeça nem um segundo. Por isso, ansioso por informações, fez uma ligação. Talvez sabendo o que havia acontecido com o pai dela ele pudesse entender muitas coisas.

9

Pela manhã, Alana e Isa decidiram ir ao Marco Zero de Nova York para entrevistar os empregados do sr. Hudson. Eles estavam colocando de pé o novo World Trade Center.

Ao chegar ao enorme terreno onde haviam estado as torres gêmeas, ambas se emocionaram. Era impossível olhar aquele espaço desolado e não pensar, com o coração apertado, no que acontecera ali no fatídico 11 de setembro de 2001.

Durante um bom tempo, Isa tirou fotografias, enquanto Alana falava com alguns dos funcionários.

Quando acabaram, Isa propôs ir à igreja St. Paul para tirar umas fotos. Aquele edifício, o mais antigo de Nova York, durante os atentados e meses posteriores havia sido um lugar muito importante para os habitantes da cidade.

– Como é triste recordar às vezes, não é? – comentou Alana depois da visita.

– Principalmente coisas tão atrozes como essa.

Nesse momento, tocou o celular de Alana. Ao tirá-lo da bolsa e ver quem ligava, resmungou:

– Que pé no saco!

– Quem? – E ao ler o nome que sua amiga lhe mostrava, sibilou:

– Nossa, esse Borrascas é de matar. Ele não se toca?

Contrariada, Alana desligou a chamada. Isa, ao ver a expressão dela, propôs:

– Está a fim de um cachorro-quente?

Ao chegar e se sentar no local, o telefone de Alana tocou de novo.

Ela viu que era Joel; baixou o volume e não atendeu.

– Qual o problema com o capitão metido? – perguntou Isa.

– Nenhum.

– Não minta, Pinóquia, que nos conhecemos – disse sua amiga sorrindo.

Alana suspirou e por fim disse:

– Ele é fuzileiro naval, e minha família já sofreu bastante com...

– Você é besta? Que culpa tem ele?

– Isa... acabou!

A garçonete deixou o pedido delas em cima da mesa. Alana, fazendo um rabo de cavalo alto com seus longos cabelos louros, lamentou:

– Com tantos homens em Nova York, por que fui achar um maldito militar?

– Muito fácil, minha linda – disse Isa, que a conhecia muito bem. – Porque quem manipula os fios do destino é um grandessíssimo filho da mãe. Com certeza é homem!

– Ai, Isa, Joel acredita em amor à primeira vista, e até abaixa a tampa do vaso sanitário quando sai do banheiro.

Ao ouvi-la, Isa sorriu. Recordando seu pai e seu irmão, e as vezes que já lhes havia dito que fizessem aquilo quando usassem o banheiro, afirmou:

– Sem sombra de dúvidas, esse capitão é uma espécie em extinção. E, ainda por cima, acredita em amor à primeira vista. Que fofo!

Joel ligou de novo.

– Não vai mesmo atender?

– Não.

– Mas está morrendo de vontade, admita!

– Isa, não me encha o saco.

– Menina, ele é dos que abaixam a tampa do vaso!

– Não, não! E pare de brincar.

– Gosta tanto assim dele?

– Isa, não abuse!

– Ok, Ok! – zombou sua amiga, pegando uma batata. – Achei que nunca veria isso, mas a dura Alana está fugindo de um maxipênis de quem gosta de verdade.

– Isa, você está me irritando!

Soltando uma gargalhada, Isa mastigou a batata e replicou:

– Pode se irritar, mas que você gosta do capitão, gosta, e muito, não é?

– Feche o bico! – sibilou Alana.

– Tudo bem, vou fechar.

– Sério?

– Nem fodendo! – debochou Isa, divertida.

Alana revirou os olhos, mas por fim teve que rir. Com Isa sempre tinha que rir.

Uma hora depois, as duas estavam na Carolina Herrera da Avenida Madison fazendo umas fotos. Tudo ali era glamoroso, divino, magnífico. Quando terminaram, sem passar pelo hotel dirigiram-se ao desfile dessa estilista incrível.

Ao chegar, sem perder tempo, começaram a entrevistar e a fotografar os famosos que haviam ido ver o desfile. A nova coleção era inspirada em Hitchcock.

Enquanto estava sentada em frente à passarela, Alana notou seu celular vibrar no bolso da calça. Olhou quem era e, ao ver que se tratava de Joel mais uma vez, balançou a cabeça e guardou o celular de novo. Estava trabalhando.

Enquanto ouvia a música e as modelos desfilavam com estilo as diversas peças, Alana fez rapidamente centenas de anotações. Quando o desfile acabou e Carolina Herrera apareceu para cumprimentar o público, antes de fechar o caderno, anotou: "Carolina soube combinar a elegância e o glamour das heroínas de Hitchcock com as necessidades da mulher atual. Nota dez para ela".

– Nossa, como é tarde! – disse Isa quando se juntou a Alana. – Oito e meia já, e ainda tenho que enviar as fotos para Madri. Vou ter que ligar para Karen e marcar para mais tarde.

– Não se preocupe, vá a seu encontro. Eu pretendia ir à redação da *Exception* para enviar minha matéria. Dê-me a câmera que eu envio as fotos de lá.

– Você vai à *Exception*? – perguntou sua amiga.

– Sim. Não tenho nada melhor para fazer.

– Tudo bem. Entendo que você não queira atender ao celular, mas podemos ir as duas à *Exception*, fazer o que temos que fazer, e depois você vai jantar com Karen e comigo.

– Não.

– Por que não?

– Porque não, Isa, e não insista.

– Caralho, Alana... Eu me sinto péssima deixando-a na mão.

– Você não está me deixando na mão. Quero ir à *Exception,* e, sinceramente, não estou a fim de sair com vocês.

– E não vai ligar para o capitão pecado?

– Não.

– Mas, Alana...

Alana ergueu o dedo.

– Isa, é melhor parar por aqui. Dê-me a maldita câmera e vá encontrar Karen de uma vez.

Sabendo que quando Alana ficava assim não havia jeito de fazê-la mudar de ideia, sua amiga lhe entregou a bolsa. Depois de lhe dar um beijo, murmurou, enquanto ia correndo para o metrô:

– Seja boazinha e não se meta em confusão.

Alana sorriu e parou um táxi.

Chegou à redação da revista, e depois de cumprimentar algumas pessoas que conhecia, dentre elas Scott, o jornalista com quem havia passado umas noites tórridas tempos atrás, mandou as fotos para a redação de Madri. A seguir, revisou sua matéria duas vezes e, quando teve total certeza de que era a definitiva, enviou-a a sua chefe, murmurando:

– Espero que goste, superdiva.

Depois de checar se as fotos e a matéria haviam chegado a seu destino, pegou suas coisas e foi para o elevador. Scott a seguiu.

– Quando você chegou? – perguntou ele.

– Há alguns dias.

– Está a fim de beber alguma coisa comigo?– propôs ele com um sorriso sedutor.

– Não é uma boa ideia, acredite – respondeu ela, também sorrindo.

O elevador chegou e as portas se abriram. Tão logo começou a descer, Scott insistiu:

– Por que não é uma boa ideia?

Alana suspirou.

– Porque, se bem me lembro, você se casou com uma mulher encantadora há apenas quatro meses. Por acaso esqueceu?

Mas ele, aproximando-se um passo, sussurrou no ouvido dela:

– Pelos velhos tempos.

Sentir a respiração dele tão perto de sua boca a incomodou. Alana nunca havia ficado com um homem casado, e aquela não seria a primeira vez.

– Scott, não seja bobo e valorize o que você tem – replicou, afastando-o com as mãos.

Quando as portas do elevador se abriram, Alana olhou para ele e disse:

– Boa-noite, Scott.

E sem mais, dirigiu-se às portas de vidro e saiu. Mas, segundos depois, Scott a pegou pelo braço e, puxando-a para si, tentou beijá-la. Alana resistiu até conseguir se soltar.

– Ande, não seja boba – disse ele.

– Eu disse que não. Qual é a sua?

Com um sorriso cativante, Scott deu de novo um passo adiante e insistiu:

– Podemos nos divertir. Vamos a um hotel?

Alana suspirou e, afastando-se, parou um táxi. Sem sequer se despedir, entrou no carro e se assegurou de que ele não pudesse entrar.

O veículo se pôs em movimento e ela deu o endereço do hotel; apoiou a cabeça no encosto e suspirou. Por que alguns homens eram tão infiéis?

Uma vez no quarto, deixou a câmera de Isa em uma cadeira e sintonizou a MTV, em que a banda No Doubt estava cantando *Don't Speak.* [56] Cantarolou; precisava ouvir música.

Quando estava desabotoando o casaco, ouviu umas batidinhas na porta. Alucinada pensando que Scott a havia seguido, amaldiçoou e abriu, irritada:

– Scott, eu já disse que...

– Scott é o imbecil de terno que tentou beijá-la na porta da revista?

Era Joel. E ao ver sua expressão sisuda, e em especial ao vê-lo ali, Alana replicou, furiosa:

– Isso não lhe interessa. O que está fazendo aqui?

Ele a fitou. Sem dúvida, Alana também não estava em seu melhor momento.

– Posso entrar, ou pretende discutir na porta?

– Vamos discutir?

– Ah, sim, menina... receio que sim.

Alana achou graça. Afastando-se, fez uma reverência enquanto dizia:

– Entre, Capitão América.

Sem se mexer nem mudar de expressão, Joel sibilou:

– Você está me irritando mais, Ligeirinho.

Ela revirou os olhos.

– Vai entrar ou não?

Dessa vez ele entrou.

Alana fechou a porta com excessivo brio e disse a seguir:

– Joel, eu não tive um dia bom, e a última coisa que quero é discutir.

– Por que aquele sujeito queria beijar você? O que você tem com ele?

Boquiaberta diante das perguntas dele, Alana replicou:

– E como você sabia onde eu estava?

---

56 *Don 't Speak*, Interscope Records, interpretada por No Doubt. (N. da E.)

– Não importa. Tive um trabalhão para encontrá-la, e soube que você estava entregando um trabalho na *Exception*.

– Maldita linguaruda – murmurou Alana ao intuir quem lhe havia dito.

Mas não estava a fim de falar sobre isso; mudou o peso do corpo de pé e perguntou:

– O que você quer?

Joel queria abraçá-la, mas se conteve. Cravando nela seus impactantes olhos claros, respondeu:

– Liguei para você o dia inteiro. Por que não me atendeu?

– Estava trabalhando.

– E não teve nem um segundo?

– Não.

Ela foi tão categórica que o incomodou; mas quando ia dizer algo, Alana se antecipou:

– Ouça, Joel, sejamos sinceros. Não somos crianças para acreditar em Fada do Dente, porque sabemos que ela não existe, assim como sabemos que entre nós não pode haver nada mais. Conhecer você foi fantástico. Você é um homem maravilhoso, divertido e sexy. Nós nos divertimos muito juntos, mas acho que chegou a hora de descer das nuvens e...

– Está falando sério que não quer mais me ver? – interrompeu ele.

Ela não respondeu. Joel insistiu:

– Eu mal a conheço. Só sei aquilo que me permite saber, mas gosto de você. Você é a primeira mulher em quem penso quando não está perto de mim, e embora você não acredite em amor à primeira vista, eu...

– Ah, não... não vá por aí – interrompeu ela.

Mas antes que ela pudesse dizer outra coisa, ele já a havia pegado entre seus braços, e levando-a até a parede para imobilizá-la, beijou-a. Devorou seus lábios de uma maneira selvagem, exigente, passional e louca. Esse beijo transbordando desejo falava de desespero, ternura e anseio. Quando Joel acabou, murmurou perto da boca de Alana:

– Você me deseja tanto quanto eu a desejo, não é?

Alana não disse nada. Apertando sua virilha contra a dela, ele insistiu:

– Não só me deseja, como também se pergunta o que poderia surgir entre nós se você baixasse a guarda e me desse uma chance. Sou militar, e americano, como foram seu pai e seu tio, e isso a assusta. E por essa razão você me afasta, não é?

– Não é só isso – respondeu ela.

– Ligeirinho, o homem que a deixou uma semana antes do casamento é um imbecil. Eu nunca faria isso. Nunca – murmurou ele.

– Joel, meu ex já está superado, mas... mas não quero um relacionamento estável.

– O que seu pai fez para que você tenha tanta aversão a militares?

Alana não respondeu. Não queria falar disso.

Joel havia tentado indagar sobre o assunto, mas não encontrara nada. Era como se aquele homem nunca houvesse existido. Ao ver que ela não abria a boca, insistiu:

– O que é que você tanto teme? Diga, eu quero saber.

– Joel... – murmurou Alana.

– O que é? – insistiu ele mais uma vez. – Eu sei que meu trabalho representa um risco, mas sempre me cuidei, e tenha certeza de que continuarei me cuidando. Gosto de você, você me atrai.

– Pare com isso.

Alana ficou em silêncio enquanto na televisão tocava *(Everything I Do) I Do It For You*,[57] de Bryan Adams.

Joel prosseguiu:

– Todo mundo pode passar por percalços, minha linda. Um taxista pode sofrer um acidente, um cozinheiro pode se queimar cozinhando, um açougueiro pode se cortar, e até uma dona de casa pode sair para comprar pão e num dia de vento cair-lhe uma árvore em cima. São probabilidades a que todo ser humano está exposto porque podem acontecer. A vida e o

57 *(Everything I Do) I Do It For You*. A&M Records, interpretada por Bryan Adams. (N. da E.)

destino são imprevisíveis assim, mas sabe de uma coisa? Não dá nem para ficar trancado em casa, porque mesmo ali um vazamento de gás, um terremoto ou um desabamento podem ocorrer.

– Joel... não...

– Você mesma pode sair e podem acontecer mil coisas, desde escorregar e cair até...

Ao ver a angústia no olhar dela, ele parou de enumerar e disse:

– Não posso viver pensando que vai me acontecer algo por eu ser militar. Se eu pensasse assim, morreria. Conheci muitos homens que pensavam assim, e cedo ou tarde aconteceu alguma coisa com eles. Mas eu não sou assim, eu vivo o presente, curto a vida; e, claro, penso também no futuro. Agora é nosso presente e eu gostaria de tê-la no futuro, mas você insiste em não querer.

– Joel...

– Eu gosto de você, você gosta de mim. Eu a desejo, você me deseja. Por que não aproveitar isso?

– Porque é complicado – sussurrou ela, amolecendo.

– Não, não é.

– É impossível.

– Entre nós dois nada é impossível, exceto pelas barreiras que você insiste em levantar. – E passando os lábios pelos dela, Joel murmurou: – Não sentiu minha falta hoje? Não pensou em mim nem um só instante, e não sentiu que o que está acontecendo entre nós é especial? Não tem saudades de meu toque, como eu tenho do seu? E diga que neste instante, e com esta música, você não deseja me beijar, como eu desejo beijá-la.

Enlouquecida com as coisas que ele dizia, ela não aguentou mais. Aproximando com urgência seus lábios dos dele, beijou-o. Enfiou a língua naquela boca tentadora com gosto e deleite, até que ele a soltou e, sentando-se na cama, disse:

– Não me faça perder o entusiasmo pelo presente, Alana. Não sei se estaremos juntos no futuro, ou se quando nos despedirmos não tornaremos a nos ver. Mas hoje, agora, neste maldito instante, quero tê-la, beijá-la, abraçá-la e fazer amor com você, não uma, mas mil vezes.

Enfeitiçada pelas palavras de Joel, Alana o beijou de novo. A seguir, levantou-se e começou a se despir lentamente diante dele, enquanto Joel a fitava de boca seca. Já totalmente nua, ela se aproximou, e fazendo-o levantar da cama, tirou-lhe a camisa e depois a camiseta. E quando o deixou nu da cintura para cima, beijou seus peitorais firmes e sussurrou:

– Desejo que você comece essas mil vezes agora mesmo.

Nessa noite fizeram amor durante horas, com calma, deleite e ardor. O desejo de ambos era incontido, inesgotável. Às três da madrugada, quando ambos saíram do banho, Joel, mais relaxado, perguntou:

– O que você teve com o sujeito de terno?

– Sexo, nada mais – respondeu ela.

Joel assentiu. Ficou mordido ao saber, mas pegou a mão dela e respondeu:

– Ok, menina, obrigado pela sinceridade. Mas há uma coisa que você disse que preciso esclarecer.

– O que é?

Joel sorriu com ar travesso e perguntou:

– É verdade que a Fada do Dente não existe?

Ela soltou uma gargalhada. Beijando-o, jogou-o em cima da cama, onde, instantes depois, fizeram amor de novo.

10

Nos dois dias seguintes Alana e Joel só se separaram para dormir, e porque ela assim queria. Precisava de seu espaço. Chegaram a um acordo: passariam todo o tempo que pudessem juntos, e quando aqueles dias acabassem, cada um seguiria seu caminho. Joel concordou.

Subitamente, ele, um homem que até então não havia sido detalhista, via-se levando-lhe flores e se comportando como nunca pensou que se comportaria com uma mulher. Alana, vendo a atitude dele, decidiu curtir o momento e não pensar em mais nada.

Uma noite, quando caminhavam junto com Karen e Isa pela Quinta Avenida, Joel recebeu uma ligação de um de seus homens. Depois de desligar, olhou para Karen e disse:

– Cassidy.

Ela, ao ouvir o nome, revirou os olhos.

– Em que confusão esse inconsequente se meteu agora? – perguntou ela.

Joel sorriu sem dizer nada; Karen entendeu. Cassidy e seus problemas.

– Mais tarde nos vemos – disse ele a Alana, dando-lhe um beijo nos lábios. – Onde vocês vão estar?

– Vamos jantar no restaurante da Oitenta e Seis do outro dia. Sabe qual é?

– Vejo você lá – apontou ele, assentindo e indo embora.

Karen, que estava ao lado de Alana, ao ver como o observava enquanto se afastava, murmurou:

– Que bela bundinha tem o capitão, não é?

Surpresa pelo comentário, Alana sorriu e afirmou:

– Maravilhosa.

– Desde quando você repara na bundinha dos homens? – perguntou Isa, divertida.

– Desde que passo horas ouvindo outras mulheres da companhia falar disso. O capitão é um troféu que muitas gostariam de obter.

O comentário fez Alana olhar para Karen, que esclareceu:

– Fique tranquila, se há alguém profissional e sério quando estamos trabalhando, é Joel.

Sem querer dar importância àquilo, Alana deu de ombros e, tentando parecer indiferente, respondeu:

– Joel é um homem livre, não se confunda.

Um pouco além pararam em frente à vitrine de uma joalheria. Durante um tempo contemplaram as joias enquanto faziam comentários.

– Adoro esse anel. Não parece de princesa, com esse diamantezinho e o aro de ouro? – disse Alana.

– Compre para você! – incitou Isa.

Mas Alana sorriu, negando com a cabeça.

– Não, linda. Tenho que pagar a hipoteca da casa, a luz e o gás. Não estou para anéis de princesa.

– Estão em liquidação. Vão fechar 31 de dezembro.

– Como você sabe? – perguntou Alana.

Apontando para um cartaz que cruzava toda a porta da joalheria, a tenente respondeu, divertida:

– Está escrito aqui.

Isa ia dizer algo quando, de repente, um moleque se aproximou, arrancou-lhe a câmera fotográfica das mãos e saiu correndo.

– Puta que pariu! Pega ladrão! – gritou Isa, correndo atrás dele.

Sem perda de tempo, Karen e Alana a seguiram. As pessoas olhavam para elas, mas ninguém as ajudava. O moleque corria com a câmera na mão, mas elas não desistiram. Karen, que era a que estava em melhor forma física, deu um *sprint,* e quando o garoto ia atravessar, jogou-se sobre ele como se sua vida dependesse disso.

Os dois rolaram pelo chão, enquanto os carros freavam para não os atropelar. Subitamente, outro moleque que elas não haviam visto se jogou em cima de Karen e ajudou o primeiro a escapar. Ao ver isso, Isa tornou a persegui-lo; teve a sorte de que um policial o deteve.

– Dê aqui minha câmera, imbecil! – gritou Isa, aproximando-se.

Enquanto isso, Alana estava em cima do moleque que estava sobre Karen; ele, ao tentar se livrar, arrancou a corrente do pescoço de Alana e lhe deu uma cotovelada no rosto.

Mais dois policiais chegaram rapidamente e ajudaram Alana a se levantar. Ela se queixava, com a mão no rosto:

– Meu Deus, que dor.

Karen, ao ver que o olho de Alana estava começando a mudar de cor a um ritmo vertiginoso, voltou-se para o garoto que o policial havia detido, e sem aviso prévio, virou-lhe um soco de direita.

– Senhora! – gritou o policial.

Isa, que já havia se recuperado do susto e estava explicando aos policiais o acontecido, ao ver aquilo foi até Karen e murmurou:

– Pare, ou vão nos deter também.

– Você viu o olho de Alana? – grunhiu Karen.

Isa, que não havia percebido, ao vê-la com a corrente quebrada na mão e o olho inchado, voltou-se para o moleque enlouquecida, tentando agredi-lo. E então, foi Karen quem teve que segurar Isa.

– Isa... Isa... Estou bem... – disse Alana.

As pessoas se juntaram ao redor delas dando apoio às três mulheres. Haviam visto aquele moleque arrebatar a câmera das mãos de uma delas e depois o outro bater em Karen e Alana. Uma vez esclarecido o incidente, quando os policiais souberam do acontecido aconselharam Alana a pôr gelo no olho e foram embora levando os dois detidos.

– Mãe do céu... mãe do céu, seu olho está ficando preto – sussurrou Isa, alarmada.

E a seguir, indicando o pescoço de Alana, disse:

– Vamos ter que comprar uma correntinha nova para isso. Você tem que usar essa plaquinha de que é alérgica a penicilina. Nunca se sabe o que pode acontecer.

A dor forte de Alana havia passado, e apesar do incômodo que sentia no rosto e no olho, perguntou:

– Está tão escandaloso?

Suas duas amigas assentiram. Isa pegou um espelhinho na bolsa e o entregou a Alana.

– Caralho! – exclamou Alana ao se ver.

– Deem-me um segundo – disse Karen, afastando-se.

Alana estava se olhando ao espelho quando, através dele, viu Karen se aproximar de uma garota que parecia conhecer e beijá-la na boca. Isso a incomodou, mas ao olhar para Isa e ver que ela não havia notado, devolveu-lhe o espelho. Por que Karen estava beijando aquela garota?

– Você vai ver quando o capitão a vir – debochou Isa.

– Pior seria que minha mãe me visse – respondeu ela, enquanto Karen voltava.

Passaram por uma farmácia para comprar uma pomada anti-inflamatória e depois foram para o restaurante, onde lhes deram gelo. Quando Joel chegou e a viu, ficou chocado.

– O que aconteceu com você? – perguntou, alarmado.

Rapidamente lhe contaram o acontecido e ele se amaldiçoou por não estar presente; enquanto isso, as mulheres, mais tranquilas, agora riam ao recordar o incidente.

Um pouco mais tarde, quando Isa estava no banheiro e Joel atendendo ao celular, Alana disse a Karen:

– Sei que você mal conhece Isa, mas só vou lhe pedir que não a machuque.

Karen olhou-a sem dizer nada; Alana acrescentou:

– Se ela tivesse visto você beijar aquela garota na boca, garanto que não estaria tão sorridente.

– Isa e eu somos só amigas, do que está falando?

– Estou falando de você deixar as coisas claras antes que ela se apaixone por você.

Instantes depois, Joel se sentou de novo à mesa. Karen, levantando-se, afastou-se. Uma vez sozinhos, ao ver como ele a olhava, Alana o tranquilizou:

– Não foi nada, estou bem. E isto dá para cobrir com maquiagem.

Joel afastou a franja do rosto dela. Vê-la assim lhe doía na alma.

– Devíamos ir ao hospital para que lhe receitassem alguma pomada.

– Já tenho. Compramos em uma farmácia antes de vir para o restaurante.

Ele assentiu. Dando-lhe um doce beijo nos lábios, disse:

– Isto prova que pode acontecer qualquer coisa com qualquer um a qualquer momento, não acha?

Alana sorriu.

– Sim, metido... Ou melhor, como diria você, Ok, *baby*!

Essa noite, quando Karen e Isa foram embora, Joel insistiu que Alana fosse a seu apartamento; ela aceitou. Estava dolorida e cansada. Ao chegarem, ele se preocupou em deixá-la confortável e lhe aplicou a pomada. A seguir, encheu um copo com água e lhe deu um comprimido.

– Tome e vá direto para a cama – disse ele.

– Você parece minha mãe – debochou ela.

– Deve ser porque eu também te amo.

Ouvir isso fez seu coração se apertar. Qual era o jogo de Joel?

Mas, sem responder, ela se deixou guiar até a cama, onde, após se despir, deitou-se. Ele se deitou também, abraçando-a, e ela, sem reservas, adormeceu.

Na manhã seguinte, quando acordou, Alana estava sozinha na cama; ouvia música de fundo. Espreguiçou-se, levantou-se e foi ao banheiro. Ao ver sua pálpebra roxa e o olho vermelho, gritou:

– Caralho!

Dois segundos depois, Joel entrava, alarmado.

– Que foi? – perguntou.

Mas não precisou de resposta. Vê-la se olhar no espelho o fez sorrir.

– Fique tranquila, em alguns dias vai desaparecer.

– É a primeira vez que fico com olho de funeral – comentou Alana, boquiaberta.

– Olho de funeral? – repetiu Joel.

Vendo que ele não havia entendido a expressão, deu meia-volta e explicou:

– Olho roxo.

Joel abraçou-a com carinho e, fazendo-a rir, murmurou:

– O bom de ter um olho roxo é que hoje você não acordou de péssimo humor.

Alana se aproximou dele e sussurrou em seu ouvido:

– E se você tomar banho comigo e esfregar minhas costas, garanto que meu humor vai melhorar ainda mais.

Sem fazê-la repetir, Joel tirou a camiseta, e com um sorriso de orelha a orelha, respondeu:

– Ok, menina. Seu desejo é uma ordem.

Depois do almoço, Karen e Isa foram ao apartamento de Joel. Queriam ver como estava Alana. Depois de rirem um pouco, ela passou maquiagem para que o olho não ficasse tão ruim e saíram.

Alana havia marcado com Matthew na livraria do Brooklyn para pegar as credenciais para o evento da fundação. Ao entrar no enorme café-livraria olhou ao redor, e ao ver seu amigo sentado ao fundo, acenou e disse a Joel:

– Fique aqui um pouquinho com as garotas.

Ele assentiu; mas enquanto Karen e Isa xeretavam pela livraria, Joel não podia afastar os olhos de Alana e daquele jovem, que ela havia abraçado com excessiva familiaridade ao cumprimentá-lo.

– A nova paternidade lhe fez bem – dizia Alana nesse momento enquanto se sentava ao lado de seu amigo. – Como estão Rita e as meninas?

Feliz, Matthew pegou sua carteira e lhe mostrou uma foto.

– Priscilla já está com cinco meses e é uma coisa linda. É boazinha, risonha, estamos todos abobados. E Marjorie, minha meninona, também está bem, apesar de seu problema. O que houve com seu olho?

– Ontem tentaram nos assaltar e meu olho levou a pior – explicou ela, sorrindo.

– Nossa, Alana, tem certeza de que está bem?

– Sim, Matthew, fique tranquilo, estou ótima.

Ela olhou a fotografia que seu amigo havia tirado da carteira e sorriu. Marjorie era a primeira filha do casal; havia nascido com paralisia cerebral, motivo pelo qual ele colaborava tão ativamente com aquela fundação. Alana ainda recordava o desespero de Matthew quando a menina nascera.

– Fico feliz de ver que todos estão bem – disse ela, abraçando-o com carinho.

Ele sorriu; bagunçando o cabelo dela, perguntou:

– E esse sujeito que não tira o olho de nós, quem é?

Ao olhar para onde Joel estava, respondeu:

– Um amigo.

– Só amigo?

Alana sorriu. Viu Karen fazendo gracinhas com uma das vendedoras da livraria. Reiterou:

– Sim. Só um amigo.

– Como vão as coisas em Madri? – perguntou Matthew.

– Bem. Trabalhando muito. A chefia nos espreme, mas, é o de sempre.

Os dois jornalistas se entenderam sem mais palavras. Haviam se conhecido anos atrás, em uma das viagens de Alana a Nova York, e imediatamente se tornaram bons amigos. Seis meses depois, ele se casara com Rita, uma canadense que trabalhava em uma agência de notícias, e depois de um ano tiveram Marjorie. Seis anos depois chegara ao mundo Priscilla, a menina que os fazia sorrir de novo.

Conversaram sobre uma infinidade de coisas, até que Matthew olhou o relógio e viu a hora. Pegou duas credenciais e as entregou a Alana.

– Para você e sua fotógrafa. Não as esqueçam, e não as percam, ou não as deixarão entrar. E eu, embora esteja por ali, não poderei lhes dar atenção esses dias.

A seguir, entregando-lhe uma pastinha, explicou:

– Aqui estão as informações das atividades de cada dia. No final, haverá um coquetel. Na segunda-feira, às seis horas, conferência sobre a fundação, seus projetos e inquietudes, a cargo de ninguém menos que nossos padrinhos de honra, Antonio Banderas e Nicole Kidman. Na terça-feira, leilão de uma infinidade de materiais que os famosos nos doaram. Na quarta-feira, show beneficente com Jon Secada e Rosario Flores. Na quinta-feira, desfile de moda de diversos estilistas, e na sexta, jantar de gala.

– Mãe do céu, que superevento vocês organizaram! – aplaudiu Alana.

Matthew assentiu, orgulhoso, e respondeu, emocionado:

– Só espero que dê tudo certo. Foram dois anos de muito esforço e trabalho por parte de todos para conseguir o que conseguimos, e espero que os benefícios ajudem a fundação a tocar seus projetos.

– Certeza que sim.

Feliz, Alana tornou a abraçar seu amigo. Mathew foi embora, e Alana começou a guardar as coisas que ele lhe havia dado. E então, Joel se aproximou e perguntou:

– Seu trabalho consiste em abraçar assim seus amigos?

– Claro – debochou ela, divertida. – Às vezes até os levo para a cama.

Incrédulo, Joel mudou o tom de voz e perguntou:

– Você está brincando, não é?

Ao notar que não havia captado a ironia, Alana olhou para Joel, e franzindo a testa, respondeu:

– Claro, seu bobo!

E ao ver a expressão dele, perguntou:

– Mas por que isso?

– Tanto abraço me incomodou, só isso.

– Ai, meu Deus! Vai ficar com ciuminho? Ah, não... não, isso não estava no contrato.

Alana riu, mas Joel não. Ela prosseguiu:

– Ouça, nós nos conhecemos há cinco minutos, fomos para a cama umas poucas vezes...

– Mas essas poucas vezes – interrompeu ele – e esses cinco minutos foram muito intensos e especiais para mim. Para você não?

Cada vez mais surpresa pelo fato de ele se declarar constantemente, Alana replicou:

– Joel, não me sufoque!

– Estou sufocando você? – perguntou ele, contrariado.

Incomodada com a conversa, ela disse, irritada:

– Você não acha que está indo depressa demais?

O rosto de Joel se contraiu; Alana acrescentou rapidamente.

– Ouça, não vou negar que gosto de você e de estar com você. Mas sou uma mulher moderna, livre e independente, que foi para a cama com um cara que conheceu durante sua estadia em Nova York. E como combinamos, quando esta viagem acabar, vamos nos despedir e certamente não tornaremos a nos ver. E se acha que por eu ter ido para a cama com você tem direito de me pedir explicações do que faço, está enganado! Porque eu não vou dar explicações nem a você nem a ninguém. Está me entendendo?

Constrangido pelas coisas que ela dizia, mas mais ainda pelo que ele havia dito, Joel assentiu. Tentando não explodir depois daquela bronca tão merecida, afirmou:

– Você tem toda a razão do mundo.

Um silêncio constrangedor se instalou entre eles. Nenhum dos dois sabia o que dizer. E então, Isa se aproximou.

– Karen ligou para Cassidy e os rapazes, eles vão conosco ao show hoje à noite. Marcamos com eles no Manamoa às sete e meia. – E ao vê-los tão calados e sérios, perguntou: – O que vocês têm?

Joel continuou em silêncio. Alana, sem olhar para ele, tentou sorrir.

– Nada importante. Tenho que ir ao banheiro retocar a maquiagem do olho. Já volto.

E sem olhar para trás, encaminhou-se ao banheiro. Precisava desaparecer da vista de todos pelo menos por cinco minutos. Que diabos Joel queria dela?

Quando Alana saiu, Isa olhou para o capitão, que a observava se afastar, e perguntou:

– Discutiram por algum motivo?

Ele, ciente de que havia pisado na bola, assentiu com a cabeça, e com voz rouca, disse:

– É melhor eu ir. Despeça-se de Alana e de Karen por mim.

E sem dar tempo a Isa de dizer nada, foi embora, deixando-a de boca aberta. O que havia acontecido ali?

Quando Alana chegou ao banheiro – que, por sorte, estava vazio –, apoiou-se na parede. O que estava acontecendo com ela? Por que lhe doía a discussão que havia acabado de ter com Joel? Abanou-se com a mão e abriu a torneira para jogar água no pescoço. Quando por fim se olhou no espelho, sentiu-se péssima. E não só pelo aspecto de seu olho.

Angustiada, e ciente de que estava demorando demais da conta, por fim saiu do banheiro. Quando chegou à mesa, estavam só Karen e Isa, e esta última disse, séria:

– Joel foi embora. Deixou um tchau. O que aconteceu?

Decepcionada consigo mesma, Alana olhou para a porta. Se corresse, talvez pudesse alcançá-lo. Mas seria a segunda vez que correria atrás dele, de modo que, embora sofrendo, disfarçou, deu de ombros, esboçou um sorriso e respondeu:

– Não aconteceu nada. Só opiniões diferentes sobre um mesmo assunto. Vamos para o hotel. Quero deixar o que Matthew me entregou.

Dois segundos mais tarde, quando saíam da livraria, Alana se sentia terrivelmente sozinha e entendia perfeitamente o que Joel quisera lhe dizer.

11

Quando as três mulheres chegaram ao Manamoa, às sete horas, Alana tinha esperança de que Joel aparecesse. Quinze minutos depois chegaram Jack, Cassidy e Kevin com umas garotas.

Durante o pouco tempo que ficaram no bar, ela se sentiu estranha. Todos estavam acompanhados, menos ela. Nesse momento, Jack se aproximou e perguntou:

– O que houve com seu olho?

Alana sorriu e, bebendo um gole de Coca-Cola, ia responder quando Isa se antecipou.

– Um soco por causa de um infeliz que quis roubar minha câmera fotográfica. Mas já vou avisando que não a levou.

O rapaz franziu o rosto.

– Dói? – perguntou.

– Não – disse Alana sorrindo. – Absolutamente nada.

– O capitão Parker vem?

Vendo que Alana não respondia, Karen deu de ombros e respondeu:

– Não sei. Estou ligando, mas ele não atende.

Isa olhou disfarçadamente para Alana, que continuava sorrindo. Não queria deixar transparecer a tristeza que sentia. Já era o suficiente que todos vissem seu olho roxo.

Às sete e meia, decidiram ir para a sala de shows. Do grupo, as únicas que conheciam El Canto del Loco eram Isa e Alana, mas todos quiseram ir com prazer. O local estava lotado; as duas garotas sorriram ao ver que quase todos os presentes eram espanhóis.

Já ali dentro, dirigiram-se ao balcão para pedir umas bebidas. Nesse momento, Alana ouviu ao seu lado:

– Ok, menina. Pisei na bola de novo. Eu me precipitei, e assumo meu erro.

– Que bom que você veio – respondeu ela olhando para Joel, feliz por ele estar ali.

Queria beijá-lo para firmar a paz; moveu-se para fazê-lo, mas, diferente de outras vezes, ele não se aproximou. Ao contrário, deu um passo para trás, perguntando:

– Está vendo meu dedo? Pois alguém me ensinou um dia que daqui para lá é seu espaço, e daqui para cá o meu.

– Por que isso? – perguntou ela, contrariada.

Joel a fitou. Recusar esse beijo não havia sido fácil. Mas queria que Alana se sentisse como ele se sentia às vezes com os insultos dela. E sem perder a compostura, disse:

– Quero lhe propor uma coisa.

– Diga – respondeu ela, ainda contrariada.

– Você vai ficar em Nova York mais oito dias, e eu sete. Vamos passá-los juntos. E quando digo juntos quero dizer como um casal. Quando esse tempo acabar, separamo-nos como dissemos, sem nenhum compromisso.

– Já não chegam os dias, quer as noites também agora? – provocou Alana.

– Quero tudo – respondeu ele com segurança.

– Você ficou louco?

– Provavelmente – afirmou ele, sorrindo. – Mas Nova York nunca me pareceu tão apaixonante, e tenho certeza de que é só porque você está aqui. E por você, moça do olho de funeral, vale a pena enlouquecer por uma semana.

Ela ia recusar, quando Joel acrescentou:

– Não precisa responder agora. Curta o show e, quando acabar, diga-me o que acha. Eu prometo que aceitarei sua decisão, seja qual for. – E ao ver que ela ia dizer algo, explicou: – Sou um homem adulto, Alana, não um moleque. E se a resposta for não, não vou insistir e partirei para nunca mais. Mas se a resposta for sim, quero-a comigo cem por cento, e em troca, eu lhe darei cem por cento de mim também.

– Mas... eu estou aqui a trabalho.

– Eu sei, e respeitarei isso. Mas depois do trabalho, quero você só para mim. Pense nisso.

– Capitão Parker!

Joel deu meia-volta. Viu Cassidy se aproximar com umas garotas e sorriu. Seu sorriso cativante fez o coração de Alana se apertar; e ainda mais quando ele se afastou sem dizer nada e Cassidy lhe apresentou as jovens, que sorriam, encantadas.

Alana pediu uma Coca-Cola e ficou vários minutos sem tirar os olhos dele, pensando no que lhe havia proposto.

– Ora, ora, o capitão metido por fim veio – disse Isa, aproximando-se.

– Sim.

– Viu, boba? – sussurrou sua amiga. – Você está fazendo tempestade em um copo d'água.

– Não fale como o Borrascas – debochou ela.

Isa soltou uma gargalhada.

– Ele me pediu para passar os dias que me restam em Nova York com ele, como um casal de verdade. Disse que depois, quando nos separarmos, será sem compromisso.

– Sério? Que demais. Aceite!

– Aceitar?

– Sim. Acho uma ideia excelente.

Alana a olhou, boquiaberta.

– O hotel onde Karen está é uma merda, e se você ficar com ele, eu poderei levá-la ao nosso comigo. Acho que o plano dele seria bom para todos, não acha?

– Para todos ou para você e Karen?

– Para todos – respondeu Isa, sorrindo. – Lembre-se do que disse Karen: o capitão é o troféu que todas querem. E você tem a sorte de ele só a querer em sua cama.

Alana suspirou. Devia dizer a sua amiga o que havia visto Karen fazer? Era algo que a atormentava. Por fim, decidiu:

– Isa, tenho que lhe dizer uma coisa sobre Karen.

– Se é que ela beijou uma garota, eu já sei. – E vendo a cara de Alana, acrescentou: – Karen me contou. E também me disse que você ficou incomodada.

– Claro que fiquei. Achei uma falta de respeito. Se ela está com você, está com você.

– Ela não é minha namorada, Alana, e pode fazer o que quiser, assim como eu. Portanto, fique tranquila, esqueça isso e concentre-se no Capitão América.

– Sério que você quer que eu fique com Joel?

Sua amiga bebeu um gole da Coca-Cola de Alana e, devolvendo-a, respondeu:

– Sim. E garanto que Lola, Claudia e Susana acham o mesmo que eu.

Alana ia dizer algo, mas Isa continuou:

– Eu mandei uma foto dele por e-mail e elas ficaram babando.

– Por que fez isso? – resmungou Alana, incomodada.

– Caralho, Alana, não é todos os dias que se conhece um sujeito que abaixa a tampa do vaso sanitário.

– Isa!

– Elas não paravam de mandar e-mails perguntando como estão as coisas em Nova York e eu lhes mandei a foto de Karen e Joel no parque. Eles estão tão bonitos nessa, sabe qual é?

– Sim, claro que sei qual é.

– Lola disse que, se você não o quiser, ela quer... todinho. E Susana e Claudia recortaram Karen e puseram a foto do capitão de fundo de tela.

– Caralho! Elas não vão dizer nada a minha mãe, não é?

Isa, que havia contemplado a possibilidade de que alguma de suas amigas encontrasse Carmen pelo bairro, respondeu:

– Fique tranquila, eu disse para ficarem de boca fechada; e você sabe que elas sabem guardar segredo muito bem. Mas voltemos ao metido. Que diferença faz passar também as noites com ele se você já passa os dias? Qual é o problema? Como eu disse, aceite! Ele é um partidão.

Alana bebeu um gole de sua bebida e quase engasgou ao contemplar a cena: uma das garotas que estavam com Cassidy e Joel pôs um pedaço de limão na boca e pediu que Joel o chupasse antes de beber a tequila que tinha na mão. Para alívio de Alana, ele se recusou. Isa, ao notar o que sua amiga olhava, comentou:

– Como diria minha mãe, essa aí não dorme no ponto. E assuma, querida, há fila para ficar com o maldito Capitão América.

Alana olhou de novo e não respondeu. Mas notava que um estranho ciúme crescia dentro dela, despertando seus instintos assassinos. Estava começando a sentir algo pelo militar?

Sem querer pensar mais nisso, Alana se afastou do balcão de braços dados com sua amiga. Instantes depois, começaram a conversar com uns espanhóis que, como elas, estavam surpresos por ter encontrado aquele show em Nova York.

Joel observava Alana a distância. Daria tudo que tinha para que ela aceitasse sua proposta, mas não a pressionaria. Odiava quando as mulheres o sufocavam, e não estava a fim de fazer o mesmo, apesar do enorme desejo que sentia de estar com ela.

Alana havia irrompido em sua vida de uma forma imprevisível, e sem intenção ocupara um lugar em seu coração. Mas aquele estranho relacionamento havia chegado a um ponto em que Joel achava que tinha que avançar para algum lado, e por isso havia decidido lhe fazer aquela proposta.

O show começou, e durante mais de quarenta minutos Alana e Isa dançaram incansavelmente, cantando as canções que sabiam de cor. De vez em quando Alana buscava disfarçadamente Joel entre as pessoas do salão, e sempre o via cercado de mulheres.

No entanto, pouco a pouco essas mulheres foram dispersando, até que só restou uma: a do limão na boca! Pelo modo como ela o olhava, não havia dúvida de que estava muito interessada nele.

Com o ciúme lhe revirando o estômago, Alana suspirou ao ver Isa e Karen se beijando a poucos metros.

Seu relacionamento com o militar não tinha futuro. Era uma loucura! E depois de meditar um pouco, achou que o melhor seria dizer não a sua proposta para que ele pudesse ficar com a do limão.

Começou a tocar *Son sueños*,[58] que Alana adorava. Ela começou a cantar, enquanto seus olhos voavam para Joel. Viu-o sorrir para a garota, e quando se deu conta de que seu pecado desejado estava flertando com outra, ficou fora de si. Realmente queria aquilo?

E, de repente, como se Moisés houvesse aberto as águas e sua mente, percebeu que aquele sonho de que falava a canção era o capitão metido. Ela não precisava inventá-lo nem encontrá-lo, porque já o tinha... se quisesse.

E quando, em certo momento, ele a olhou e sorriu, a couraça que Alana usava fazia anos explodiu em mil pedaços. Aceitaria a proposta.

– Vou aceitar a proposta – gritou para Isa, que cantava ao seu lado.

– O quê?

– Vou aceitar a proposta de Joel – repetiu.

– Essa é minha garota! – exclamou sua amiga, sorrindo feliz.

E então, decidida a ouvir seu coração, Alana deu meia-volta, foi até onde ele estava com aquela jovem e, pegando-lhe o pescoço, levou sua boca à dele e o beijou, deixando Joel totalmente alucinado e a garota sem palavras.

Ao senti-la tão entregue e receptiva, ele não desperdiçou o momento. Abraçando-a, aprofundou o beijo, enquanto a garota do limão saía de perto, desconcertada.

Quando os lábios se afastaram, Alana murmurou:

---

58 *Son sueños*. Ariola, interpretada por El Canto del Loco. (N. da E.)

– Aceito.

– O que aconteceu para que vo...

– A canção – interrompeu ela.

– A canção? – disse Joel rindo.

Alana assentiu.

– Enquanto eu cantava, percebi que você não é um sonho, é real, e que não posso, nem quero, desperdiçar o tempo que posso passar com você.

Ouvindo isso, o militar assentiu e murmurou, surpreso:

– Ok, menina! É uma bela canção.

Divertida pelo comentário, Alana tornou a beijá-lo e não se afastou dele a noite toda. A decisão estava tomada e, quando chegasse a hora de se despedir, veria o que aconteceria.

Na manhã seguinte, quando Alana acordou nua na enorme cama do apartamento de Joel e ouviu a música de El Canto del Loco, em vez de grunhir, sorriu. Antes de sair do show na noite anterior ela havia comprado o CD para Joel, e agora ele o estava escutando.

Instantes depois, sentou-se na cama cantarolando, enquanto observava o armário meio aberto. Dentro viu uma mochila militar, e sem poder evitar, levantou-se para xeretar.

Abriu o armário totalmente e viu os uniformes pendurados, etiquetados com o nome dele, "J. Parker". Isso lhe arrepiou a pele, de modo que o fechou de novo, voltou para a cama e colocou o travesseiro no rosto. Estava louca, muito louca. Ela não acreditava em amor à primeira vista, mas, por mais estranho que parecesse, não queria acabar com aquela loucura.

Depois de um tempo Joel apareceu no quarto com uma bandeja de café da manhã. Alana, tirando o travesseiro do rosto, murmurou ao vê-lo:

– Não, por favor... você não pode ser tão perfeito.

Joel sorriu ao ouvi-la; sentando-se ao lado dela, disse:

– Moça do olho de funeral, eu trouxe café, bacon, *tortilla*, suco de laranja, biscoitos e torradas recém-feitas. Qual é o problema?

– Ninguém, fora minha mãe, jamais me trouxe café na cama.

– Eu já disse uma vez e repito – respondeu ele, olhando para ela com intensidade: – Talvez seja porque ela e eu a amamos e nos preocupamos com você. Durante o tempo que passarmos juntos eu quero mimá-la o máximo possível, e quero que você também me mime.

Alana suspirou; sem dúvida, Joel era um sonho. Murmurou, sorrindo:

– Pode me mimar, capitão Parker. Estou muito necessitada.

12

Passaram um maravilhoso domingo juntos. Passearam de mãos-dadas pelo Central Park e jantaram em um lindo restaurantezinho irlandês. Na segunda-feira de manhã, Isa foi buscar Alana no apartamento de Joel.

– Nossa, Capitão Pecado, adorei o apartamento! – exclamou Isa, admirada, ao entrar.

Joel riu ao ouvir como ela o havia chamado. Entregando-lhe uma xícara de café, disse:

– Minha irmã e meu cunhado têm muito bom gosto.

Isa foi até os janelões da sala; ao ver a cidade de Nova York a seus pés, comentou:

– Alana disse que tinha uma vista impressionante, e tinha razão.

Joel também estava se aproximando das janelas para olhar aquela paisagem que havia contemplado centenas de vezes quando ouviu Isa gritar:

– Mas que linda você está hoje, amigaaaaaaaaaaaaa!

Ele, que não a havia visto ainda, ao se voltar assobiou, impressionado.

Com aquele *tailleur* preto, salto alto, coque italiano e camisa vermelha Alana estava impressionante. Ela sorriu e disse:

– Está boa a maquiagem do olho?

Eles assentiram. Mais segura, ela explicou:

– Vamos ao escritório incrível do sr. Hudson e depois à conferência da fundação, e quero causar boa impressão. – E aproximando-se de Joel, levantou a saia para que ele visse a cinta-liga vermelha que usava. – Gostou?

Joel engasgou e respondeu como pôde:

– Adorei, Ligeirinho... adorei.

– Ora, ora... – debochou Isa. – Estou vendo que gostam de um fetiche...

Ele a olhou, divertido; Alana foi de novo para o quarto em busca dos brincos, e nesse momento tocou seu celular, que estava em sua mão.

Joel e Isa se olharam. Ela afirmou:

– Não pega bem eu dizer por que ela é minha amiga, mas Alana está espetacular.

Joel estava totalmente de acordo com ela; soltou uma gargalhada, mas se interrompeu quando de repente Alana saiu do quarto gritando:

– Como não pode nos atender porque vai viajar! Não... não posso esperar até segunda-feira que vem porque não estarei mais em Nova York. Sim – prosseguiu ela –, entendo que o sr. Hudson está muito ocupado, mas eu também estou, e acho uma total falta de respeito ele cancelar a entrevista várias vezes, e ainda por cima não me dar opções. Sim... Ok... tudo bem. Até logo.

Irritada, jogou o celular no sofá e sibilou:

– Acho que vou ter um troço!

– Que foi?! – perguntou Joel, alarmado.

Mas Isa, que conhecia sua amiga, aproximou-se e disse com calma:

– Respire, acalme-se e diga-me o que aconteceu.

Alana, ainda com os nervos a mil, explicou:

– A secretária do sr. Hudson disse que hoje também não poderemos fazer a entrevista. Parece que o homem vai viajar e decidiu nos ignorar. Por quê? Por que tem que acontecer isso conosco?

– Filho da mãe! – rosnou Isa. – Esse infeliz cancelou a entrevista outra vez!

– E o pior – continuou Alana – é que se não levarmos à diva entre as divas divinas da divinagem a maldita entrevista, ela nos vai nos matar. Esse sujeito é um imbecil.

– Quem é esse Hudson? – perguntou Joel, aproximando-se.

– O responsável pelas obras do novo World Trade Center – disse ela. – Preciso falar com ele para escrever uma matéria decente sobre as obras que estão sendo feitas lá, mas, ao que parece, ele não está nem aí. Até o momento, só pudemos falar com os trabalhadores.

– Se quiser, posso ligar e tentar fazer que...

– Por favor, Joel, não diga bobagens – interrompeu Alana indelicadamente. – Minha chefe levou meses para conseguir essa maldita entrevista, e agora, o sujeito nos ignora. Caralho...

Mas sem se dar por vencido, ele insistiu.

– Vou fazer umas ligações.

Alana assentiu sem nem olhar para ele e continuou falando com Isa. O que poderiam fazer?

Joel pegou seu celular e foi para o quarto. Quando saiu, depois de dois minutos, entregou um papel a Alana dizendo:

– Hudson os receberá em quarenta minutos na casa dele.

– Na casa dele?

– Sim.

Isa e Alana o olharam, atônitas. Alana perguntou:

– Está falando sério?

Joel pegou sua jaqueta de couro e as apressou:

– Vamos, mulheres de pouca fé, ou vamos nos atrasar.

Sem perder tempo, as duas garotas se levantaram e saíram atrás de Joel. Uma vez na rua, pararam um táxi, e já a caminho, Alana perguntou:

– Como você conseguiu?

– Liguei para um amigo, que me deu o telefone da casa do sr. Hudson, e falei com ele.

– O telefone da casa dele?

– Sim.

– E você falou com ele? – perguntou Isa.

Joel sorriu e, dando uma piscadinha para as duas, respondeu:

– Eu tenho contatos que me ajudam quando preciso. Eu me apresentei como capitão Parker, da primeira divisão de fuzileiros navais dos Estados Unidos, e disse que minha linda namorada – e riu ao dizer isso – tinha uma entrevista com ele, e que se não a concedesse, ele poria em risco meus poucos dias de licença em Nova York antes de voltar ao Afeganistão.

Elas o olharam sem saber o que dizer. Isa murmurou:

– Capitão metido, com isto e mais a tampa do vaso sanitário, você é meu herói! Acabou de salvar nossa pele com a diva.

– Quem é a diva? – perguntou ele, sem querer entrar no assunto da tampa do vaso sanitário.

– Nossa chefe insuportável – respondeu Alana.

– Bom, isso merece pelo menos um beijo, não? – disse ele.

Ela sorriu, encantada, e deu-lhe um beijo mais que saboroso. Isa, olhando pela janela, gritou:

– Por favor!

Vinte minutos depois chegaram a um edifício luxuoso. Joel propôs esperá-las embaixo. No entanto, elas insistiram para que ele subisse. Quando chegaram ao vigésimo andar, porta D, bateram. Uma mulher, que se apresentou como esposa de Hudson, convidou-os a entrar em sua luxuosa casa.

Dois segundos depois, sr. Hudson entrou e foi direto para Joel, cumprimentando-o com afeto.

Depois de ele cumprimentá-las também, Alana começou a entrevistá-lo, enquanto Isa batia fotos. Hudson respondeu encantado a todas as perguntas, e até lhe entregou um esboço do futuro World Trade Center para que fosse publicado na revista. Meia hora depois, a esposa dele entrou para dizer que o carro que o levaria ao aeroporto já o estava esperando.

Hudson se despediu deles com gentileza. Ao se despedir de Alana, disse:

– E agora, minha jovem, trate bem seu namorado. Porque além de ser um herói para muitos de nós, quero que saiba que ele moveu céus e terra para lhe conseguir esta entrevista.

– Obrigado, senhor – respondeu Joel, pegando Alana pela cintura –, por suas palavras e por ter tanta consideração por minha profissão. Mas por minha garota, faço o que for preciso!

Alana sorriu, envergonhada, mas quando entraram no elevador, jogou-se sobre Joel, beijou-o com paixão e murmurou quando ele a estreitou em seus braços:

– Capitão América, prepare-se porque hoje à noite vou lhe dar um belo presente.

– Ligeirinho, não vejo a hora.

À tarde, às cinco e meia, Alana e Isa dirigiram-se ao evento da Fundação Real World, na qual Matthew trabalhava. Como haviam imaginado, havia muita segurança.

De passagem, viram Antonio Banderas e Nicole Kidman, os padrinhos do evento. Alana tomou nota de tudo e gravou tudo que foi dito sobre os projetos que a fundação queria desenvolver.

Quando acabou o discurso, antes de começar o coquetel, as jovens foram embora. Haviam marcado com Joel e Karen para jantarem juntos em uma pizzaria.

Depois do jantar divertido, chegou a hora de se despedirem. Enquanto os dois militares conversavam, Isa disse a sua amiga:

– Ouça... estou pensando uma coisa.

– Que coisa?

Isa fitou Alana.

– Não sei se devo dizer... Às vezes você é tão grossa... talvez fique brava e diga que estou passando dos limites.

– Mas que palhaça! – exclamou Alana rindo.

Pegou Isa pelo braço e a incitou:

– Ande, diga agora mesmo o que pensou.

– Pensei que se Joel tem tantos contatos, talvez possa lhe dizer algo sobre seu pai.

Na realidade, Alana também havia pensado nisso; mas, nesse momento, não tinha vontade de falar sobre o assunto, de modo que deu um beijo em Isa e murmurou:

– Talvez eu lhe pergunte...

– Pense bem. Ele poderia lhe dizer se ele está vivo ou morto. Não gostaria pelo menos de saber isso?

– Vou pensar – respondeu Alana piscando para Isa.

Pouco depois, os dois casais se separaram e seguiram caminhos diferentes. Quando Joel e Alana chegaram à porta do prédio, cumprimentaram o porteiro e entraram no elevador junto com dois vizinhos, que iam para o décimo andar.

Quando as portas do elevador se fecharam, Alana olhou para Joel com picardia, e sem que ninguém percebesse, estendeu a mão e, divertida, passou-a pela braguilha da calça dele. Joel a olhou, surpreso, e sorriu ao vê-la piscar com cumplicidade.

Instantes depois, o capitão enfiou a mão por baixo da saia curta dela, tocou-lhe a bunda e deu-lhe uma beliscada. Alana soltou um gritinho e todos olharam para ela. Segundos depois, o elevador parou no décimo andar e os vizinhos se despediram e saíram. Quando as portas se fecharam, Alana olhou para Joel.

– Um beliscão na bunda?!

– Você começou – replicou ele.

Alana deixou a bolsa no chão, e parando o elevador, sussurrou:

– Ok, *baby*, foi você quem pediu.

Joel, intuindo o que ela pretendia, murmurou:

– Meu amor, há muitos moradores neste edifício, o elevador não pode...

– Eles que peguem o outro elevador! – respondeu ela, beijando-o.

Durante alguns instantes ficaram se beijando. Quando Alana notou que Joel havia caído em sua rede, perguntou:

– Quer seu presente?

Ele assentiu sem hesitar e, colocando a mão por baixo da saia dela, respondeu:

– Exijo-o agora mesmo.

Sem demora, Alana tornou a beijá-lo, enquanto ele a apertava contra seu corpo para fazê-la sentir sua excitação. Ele deslizou a mão pelas coxas dela até chegar à bunda e beliscá-la outra vez. Ela riu e ele murmurou:

– Quando você me toca, fico duro feito aço.

Olharam-se nos olhos. Joel, arrancando a calcinha dela, perguntou:

– Quer?

– Sim – afirmou ela, excitada.

Com um meio sorriso que aqueceu até a alma dela, Joel exigiu:

– Abra as pernas.

Alana as abriu até onde sua saia lhe permitia, e ele introduziu um dedo na vagina dela.

– Ah, sim... que gostoso – sussurrou ela.

Ele sorriu. Alana, levando a mão até o cós da calça dele, enfiou-a dentro da cueca.

– Adoro seu aço.

– Meu Deus... não pare – disse ele, fechando os olhos.

Prazer em troca de prazer. Tesão por tesão. Foi o que deram um ao outro, até que, passados alguns minutos, o elevador começou a se mexer. Instintivamente Joel tornou a pará-lo e disse, sorrindo, enquanto tirava um preservativo da carteira:

– Venha, menina... vamos acabar com isso agora.

– À merda as preliminares – riu ela.

Alana deu meia-volta e apoiou as mãos na parede do elevador, enquanto Joel, depois de pôr depressa o preservativo, subia-lhe a saia, ajeitando-a como queria. E depois de guiar seu pênis duro até a entrada da úmida vagina dela, penetrou-a de uma vez.

Alana arfou e um estremecimento percorreu seu corpo quando, além de tudo, sentiu a respiração dele em sua nuca. Pegando-a pela cintura, Joel começou a entrar e sair dela, duro. O elevador tornou a se mover. O porteiro devia estar acionando os comandos de baixo; mas dessa vez foi Alana quem o deteve de novo.

Ciente de que aquela loucura tinha que acabar o quanto antes, ou seriam pegos, Joel a tomou com força pelos quadris para afundar totalmente nela repetidas vezes, acelerando os movimentos de sua pelve entre os gemidos de ambos.

Fazia um calor terrível. A temperatura dentro do elevador devia ter subido aos mil graus.

O elevador tornou a se mexer, dessa vez descendo.

Joel o deteve batendo a mão no botão enquanto entrava o máximo possível nela, não deixando nem um milímetro de seu duro membro viril fora. Alana gritou, tremeu e exigiu mais.

A loucura se apoderou deles. Dando-lhe um tapinha na bunda que os acendeu ainda mais, Joel deu mais duas investidas que os levou direto ao clímax.

A seguir, ficaram em silêncio, até que Joel disse:

– Ligeirinho, você é louca... muito louca.

– Você é meu pecado e eu sou uma pecadora. O que esperava? – perguntou ela rindo e pegando parte de sua calcinha rasgada do chão.

Divertido pela resposta dela, Joel apertou o botão do décimo quinto andar e o elevador começou a subir, enquanto eles riam do acontecido. Quando as portas se abriram, saíram depressa e correram até chegar ao apartamento. Sem dúvida, a festa ia continuar.

Essa noite, depois de fazer amor em cima da mesa da sala de jantar e na cama, Joel, suando, nu, deitado de barriga para cima, murmurou:

– Eu adoro ser seu pecado. Peque comigo quanto quiser, menina.

Ela sorriu, encantada. Levantou nua da cama para buscar água. Quando voltou com a jarra, viu um quepe militar camuflado e o colocou.

– Você fica muito bonita com ele – comentou Joel, sorrindo.

Os dois beberam água. Alana tirou o quepe, apagou a luz e entrou na cama, abraçada a Joel.

– Vamos dormir, pecadora. É muito tarde – disse ele.

Permaneceram um momento em silêncio, até que, de repente, a voz de Alana soou na escuridão do quarto.

– Meu pai era paraquedista, e a última coisa que soubemos dele foi que estava no Vietnã.

Surpreso com a revelação, Joel murmurou:

– Sinto muito, meu amor. Sinto muito.

– Por mim não sinta – disse ela. – Não posso sentir falta de algo que nunca tive. Mas sinta por minha mãe. Ela foi a grande prejudicada. Durante bastante tempo tentou encontrá-lo, saber dele. Escreveu para a embaixada, para o Exército, mas foi impossível ter notícias dele. E antes que me pergunte por que foi impossível, meus pais nunca se casaram e tenho só o sobrenome de minha mãe. Por isso ninguém quis ajudá-la, embora ela só quisesse saber se ele estava morto ou vivo.

Isso por fim esclarecia tudo. Com razão Joel não havia encontrado a informação do pai dela que havia solicitado. Porque havia pesquisado com o sobrenome de Alana, que não tinha o do pai.

Durante um tempo ambos permaneceram calados, mergulhados em pensamentos; até que ela disse:

– Joel...

– O que, querida?

Alana tornou a pensar no que ia dizer, mas por fim falou:

– Você poderia perguntar a esses contatos que tem se meu pai está vivo ou morto?

– Claro que sim, meu amor – respondeu ele, abraçando-a. – Quando quiser.

Ela sorriu, feliz, fechou os olhos e adormeceu.

13

Na manhã seguinte, quando Alana acordou, sorriu ao recordar o lance do elevador. Que loucura haviam feito! Mas a seguir, ao se lembrar da conversa que haviam tido antes de dormir, ficou de mau humor.

Havia ficado maluca? Por que havia lhe pedido que averiguasse sobre seu pai?

Levantou-se de um salto, pôs uma camiseta de Joel e foi para a sala. Lá estava ele, sentado a uma mesa em frente à janela, bebendo uma xícara de café e lendo o jornal com música de fundo. Com carinho, Alana se aproximou dele e, abraçando-o, perguntou:

– Você gosta muito de Phil Collins, não é?

– Sim. E desde que conheci você, especialmente de *A Groovy Kind Of Love*.[59]

– Não sei qual é.

– Quando tocar eu aviso.

Encantada, ela assentiu e perguntou:

– Por que essa canção?

Ele sorriu. Aspirando o perfume dela, murmurou:

– Porque, estranhamente, essa canção me lembra você.

Largando o jornal, ele a sentou em suas pernas. Olhando-a nos olhos, murmurou:

– Você fica muito bem de verde.

– Você perguntaria mesmo de meu pai por mim? – disse Alana após um breve silêncio.

---

59 *A Groovy Kind Of Love*. Atlantic Record Corporation nos Estados Unidos e WEA International Inc. no resto do mundo, interpretada por Phil Collins. (N. da E.)

– Sim. Claro que sim, meu amor. Você só tem que me dar os dados dele.

Levantando-se do colo dele, Alana entrou no quarto. Pegando uma caderneta em sua bolsa, voltou à sala.

– Aqui estão.

Ao ver como ela ficara tensa com aquilo, Joel se levantou e, abraçando-a, murmurou:

– Ei... menina... calma. Vamos fazer isso quando você quiser.

– Eu não sei o que quero. Uma parte de mim quer saber, mas outra não. Minha mãe merece saber o que aconteceu, mas, seja o que for, vai remexer o passado, e não quero que ela sofra. No entanto, ela me pediu mil vezes que investigue, que procure, que encontre respostas. Mas eu tenho medo de levantar essa pedra. Quero deixar o passado quieto. Mas agora chega você e me oferece essa possibilidade, e eu... eu me sentiria uma péssima filha se a desperdiçasse.

Joel a escutou, sabendo como ela se sentia. Ia dizer algo, quando ela exclamou:

– Decidido! Ligue e pergunte. Não quero saber nada dele, só se está vivo ou morto, para poder dizer a minha mãe.

– Tem certeza?

– Sim.

Joel pegou a caderneta que ela lhe havia entregado e se afastou alguns metros para falar no celular, enquanto Alana pegava leite na geladeira para preparar o café da manhã.

Quando estava colocando o copo no micro-ondas, sentiu as mãos dele em sua cintura. Apoiou a cabeça nele sem se voltar e perguntou:

– Pronto?

Joel beijou-lhe a cabeça e respondeu:

– Daqui a pouco vão me ligar para dizer alguma coisa.

Segurando o copo de leite e a mão de Joel, Alana foi até a mesa e se sentou. Durante alguns minutos ambos ficaram em silêncio, até que ele pegou a caderneta e uma caneta e disse:

– Eu perguntei a meu contato o que você pediu. E especifiquei que não quero saber nada dele, exceto o acrônimo que estiver em sua ficha.

– O acrônimo?

– Nos arquivos dos militares os acrônimos, ou siglas, são muito significativos. Acho que você deve saber os significados, para quando a resposta chegar. O que você acha?

Alana assentiu, e ele escreveu na caderneta.

– *KIA* significa morto em combate. *WIA*, ferido em combate. *MIA*, desaparecido em combate, e *POW*, prisioneiro de guerra. Se na ficha de seu pai não houver nenhuma dessas siglas, é porque ele voltou do...

– Eu só quero saber se ele está vivo ou morto. Nada mais.

– Escute, acho que...

– Não, escute você – interrompeu ela. – Não quero saber nada, exceto as duas alternativas que eu disse. Vivo ou morto, entendeu?

Ao ver o olhar dela, por fim Joel assentiu.

– Ok, menina. Só vai saber o que pediu.

Com a pulsação a mil, Alana tentou sorrir e bebeu o leite.

Nesse momento, o celular de Joel tocou. Era uma mensagem.

Depois de alguns segundos tensos, nos quais só se ouvia a voz de Phil Collins e Philip Bailey cantando animadamente *Easy Lover*,[60] Joel estendeu a mão para o telefone e perguntou:

– Quer que eu olhe?

Alana assentiu, inspirando profundamente. Ele olhou e, quando deixou o celular em cima da mesa, disse:

– Como eu disse, há mais opções além de vivo ou morto.

Paralisada, Alana olhou o caderno onde ele havia escrito os acrônimos. Se fosse *KIA*, morto em combate, Joel lhe teria dito; de modo que, levantando-se, murmurou:

– Não quero saber. Vou tomar banho.

---

60 *Easy Lover*, Gelring Limited, Anthony Banks Limited, Phillip Collins Limited, Michael Rutherford Limited, interpretada por Phil Collins e Philip Bailey. (N. da E.)

Quando fechou a porta atrás de si, Alana sentia que seu coração ia sair do peito. Aquilo confirmava o que muita gente sempre havia insinuado. Que seu pai estava vivo e as havia abandonado. Que as havia esquecido e não quisera saber delas.

Irritada, ela se despiu rapidamente e entrou debaixo do chuveiro. Precisava se livrar daquela sensação ruim de qualquer jeito. Mas a água só a molhou, e Alana deu um soco na parede.

Sua mãe não merecia isso. Nunca na vida havia falado mal dele, e Alana sabia que, a seu modo, continuava amando-o, apesar do passar dos anos. Se agora ela lhe dissesse que ele não havia morrido, sem sombra de dúvidas isso a machucaria muito.

– Você está bem, meu amor?

Ao ouvir a voz de Joel, Alana abriu a cortina do box e, olhando para ele, assentiu. Mas, instantes depois, murmurou:

– Não, não estou bem. Agora sei que ele não morreu e tenho que contar a minha mãe. Como vou fazer isso? Como vou lhe dizer que ele a esqueceu? Para mim dá no mesmo, mas e para ela? Então ele não a amava tanto quanto minha mãe o amava?

– Se quiser, eu...

– Não, Joel – interrompeu ela. – Não quero saber mais nada.

Ele entrou vestido debaixo do chuveiro e a abraçou. Se Alana não queria saber mais nada, ele se calaria; mas ninguém o impediria de abraçá-la e mimá-la.

Um bom tempo depois, ela já estava mais calma; estavam tomando um café quando o celular de Alana tocou. Era Isa. Haviam combinado de ir às seis horas ao leilão da fundação. Disse que a esperasse na porta de onde havia sido a recepção do dia anterior. Quando Alana desligou e largou o telefone, viu o celular de Joel. Ficou olhando-o por alguns segundos, mas, por fim, deu meia-volta e se afastou.

Quem havia mandado perguntar?

Uma hora depois, saíram juntos do apartamento para ir comer alguma coisa e dar uma volta até a hora do encontro com Isa. Sabendo o que ela tinha na cabeça, Joel fez todo o possível para ela esquecer e sorrir, e por fim conseguiu.

Às seis horas, de novo com suas credenciais de imprensa, Alana e Isa entraram na sala de leilão e observaram os mais ricos da cidade, ou os colecionadores, disputando os objetos exclusivos que os famosos haviam doado. Matthew se aproximou de Alana e sussurrou:

– Seu olho está melhor.

Ela sorriu em resposta.

– Estão se divertindo? – perguntou ele.

– Demais! – afirmou Isa, que fotografava tudo que via, enquanto Alana fazia anotações.

Duas horas depois, quando tudo acabou, Isa foi embora com Karen. Joel, ajeitando bem o cachecol de Alana ao redor do pescoço dela para que não pegasse frio, perguntou:

– O que quer fazer? Aonde quer que a leve para jantar?

Ela pensou e, olhando a carruagem de cavalos que passava diante deles, disse:

– Que tal se jantarmos em casa? E depois, podemos ver um filme com uma taça de vinho.

– Pode não acreditar, mas é o que eu mais queria – respondeu ele, abraçando-a pela cintura.

Quando chegaram ao apartamento, Joel rapidamente pôs água para ferver e, voltando-se para ela, perguntou:

– Gosta de *calamari carbonara*?

– Lula à carbonara?

Ao ouvi-la ele sorriu. Mostrando-lhe um saco de massa italiana em forma de anéis de lula, disse:

– *Calamari*... O nome disto é *calamari*, ou *calamarata*.

– Nunca ouvi falar desse macarrão *calamari*, ou *calamarata*, nem nunca vi – respondeu Alana olhando o saco.

– A mãe de meu cunhado é italiana, e de tempos em tempos ela lhe manda um carregamento de massa – explicou ele, abrindo uma despensa lotada de pacotes.

– Nossa, que delícia – murmurou Alana olhando a grande variedade de massa que havia ali. – Gosto de massa, portanto certeza que desses *calamari* também – disse ela fechando a porta da despensa.

Enquanto Joel cuidava do jantar, ela ligou o aparelho de som e a voz de Phill Collins encheu o ar. Decidiu deixar esse CD. A seguir, abriu a garrafa de vinho que haviam comprado no caminho, pegou duas taças onde ele havia dito que estavam e o serviu.

Deu uma a Joel e, sentando-se em um banquinho na cozinha de frente para ele, observou-o cozinhar. Aquele grandão de cabelo louro e olhos claros ficava incrível de avental.

– O que está pensando? – perguntou ele ao ver como o olhava.

Alana suspirou.

– Como você está sexy com esse avental.

– Sem ele fico mais, garanto!

– Mas que metido!

Joel sorriu, e ela acrescentou:

– Neste momento, eu me sinto como sua mãe, suas tias e suas irmãs.

– Não me assuste – brincou ele.

Divertida pela expressão marota dele, ela disse:

– Sinceramente, não consigo entender como um homem como você, atraente, simpático, que sabe cozinhar e é um excelente amante, não é casado ncm namora.

Joel, que estava cortando o bacon, parou e respondeu, sorrindo:

– Obrigado por tanto elogio. Quanto ao resto, até agora ninguém me interessou tanto a ponto de eu querer me casar.

Alana bebeu um gole de vinho. Deixou a taça sobre a mesa e insistiu:

– Mas garotas não devem lhe faltar, não é?

Deixando a faca de lado para beber também, Joel respondeu:

– Eu mentiria se dissesse que sim.

Alana assentiu e sorriu disfarçadamente. Por que isso a incomodava?

Mas seu desconcerto foi absoluto quando Joel, pegando-lhe a mão, beijou-a, e olhando para Alana com intensidade, perguntou:

– Você se casaria comigo?

Alana pestanejou, atônita. Como?! Havia ouvido direito?

Durante intermináveis segundos ambos se olharam nos olhos, até que ele pegou um dos *calamari* e murmurou:

– Se disser que sim, já tenho até o anel.

Isso a fez rir. Com o coração a mil, ela respondeu:

– Você é um bobo.

Ele também riu. Soltando-lhe a mão, murmurou, ciente do que havia acabado de perguntar:

– Com você, um grande bobo!

Nesse momento, uma nova canção de Phil Collins começou a tocar, e o destino fez que fosse *A Groovy Kind Of Love*. E Joel, deixando o *calamari* em cima da mesa, aproximou-se de Alana, pegou de novo sua mão e disse:

– Esta é a canção que me faz lembrar de você. Venha, vamos dançar – propôs.

Alana o abraçou e, sem dizer nada, deixou-se levar pela melodia.

– Sabe como seria o nome desta canção em espanhol? – E antes que ela respondesse, sussurrou em seu ouvido: – Algo assim como um tipo maravilhoso de amor. – E ao notá-la tremer em seus braços, acrescentou: – Fique tranquila. O negócio do casamento era brincadeira.

– Eu sei – respondeu Alana, desconcertada.

Joel, afundando o nariz nos cabelos dela, murmurou:

– E se eu houvesse perguntado a sério, o que pensaria?

Alana olhou para ele e, com um fio de voz, respondeu:

– Pensaria que você ficou louco, que tem um parafuso a menos.

– Conhecer você foi um sopro de ar fresco – continuou ele, passando a boca pela face de Alana. – E quando eu voltar ao serviço ativo, como diz a canção, cada vez que me sentir desorientado vou olhar sua foto, e isso vai me alegrar e orientar.

Joel respirou fundo e, sem afastá-la de seu corpo, prosseguiu:

– Quero que saiba que quando nos separarmos, é só você me chamar que estarei ao seu lado.

– Joel...

Ele pôs o dedo sobre os lábios dela.

– Estes dias, quando passeamos de mãos-dadas, ou quando durmo com você, eu me sinto imensamente feliz, e sei que estou vivendo algo único. Quero que saiba que nunca vou esquecer isso, e muito menos vou esquecer você.

– Joel, o que está fazendo?

Ele beijou a ponta do nariz de Alana e respondeu, fitando-a nos olhos:

– Estou me declarando para uma garota que mal conheço e que não acredita em amor à primeira vista; uma garota que eu adoro, que me deixa sem fala e me enlouquece quando diz que sou seu pecado. Se fosse por mim, eu me casava com você agora mesmo. E sabe por quê?

Como hipnotizada, Alana negou com a cabeça.

– Porque gosto muito de você; porque, como diz a canção, temos um tipo maravilhoso de amor, e porque quanto mais estou com você, mais percebo o que posso perder.

Durante alguns segundos Alana foi incapaz de falar; mas sabia que ele esperava uma resposta. Nada do que ela dissesse poderia ser tão perfeito e incrível quanto o que ele havia dito.

Quando acabou a canção, Joel deu-lhe um doce beijo nos lábios e, quebrando o feitiço, afastou-a um pouco e perguntou, como se nada fosse:

– Você já havia dançado com um homem de avental?

– Não – respondeu ela, desconcertada.

– Que bom – disse ele, sorrindo. – Assim, vai se lembrar de mim.

E sem mais, voltou ao bacon e continuou cortando-o, enquanto Alana o observava, surpresa.

Joel, ciente disso, não quis olhar para ela, e se amaldiçoou com seus botões pelo que havia dito. Não devia ter feito aquilo. Ela fugia de compromissos, e ele, por causa de seu trabalho, não devia assumi-los. Mas aquela canção e Alana ali o transformavam no sujeito mais idiota do universo.

– Passe o sal – pediu.

Alana reagiu e lhe deu o sal. Ao ver o *calamari* que minutos antes ele havia lhe oferecido como anel, foi dizer algo, mas Joel se antecipou:

– O que acha de tirar Phil Collins e pôr outro tipo de música? Meu cunhado tem centenas de discos de vinil; quer dar uma olhada?

Durante um tempo Alana ficou olhando os discos, recompondo-se do intenso momento que havia acabado de viver.

Sorriu ao ver um monte de música dos anos 1980 e 1990. Pegou um do Kool & The Gang, e pondo-o com cuidado no toca-discos, perguntou quando a melodia começou:

– Boa essa?

Ao ouvir *Celebration*,[61] Joel sorriu; dançando de leve, respondeu:

– Ok, menina, adoro essa.

Contente por tê-lo feito dançar, ela começou a rodar também pela sala, até que, minutos depois, ele saiu da cozinha e, tirando o avental, juntou-se a ela, entre risos.

– Ligeirinho, você me deixa louco – murmurou, acalorado, quando a canção acabou.

---

61 *Celebration*. The Island Def Jam Music Group, interpretada por Kool & The Gang. (N. da E.)

14

Passaram a manhã em uma feira de antiguidades. Joel deu a Alana uma linda pulseira de prata de presente. À tarde, Isa e ela foram ao show beneficente da Fundação Real World.

Depois de tirar várias fotografias dos famosos, Isa se sentou ao lado de sua amiga e perguntou:

– O vestido prateado de paetês já está pronto para amanhã?

– Sim.

– Você fica demais com aquele vestido! Vai ver quando o Capitão América a vir – comentou Isa, divertida.

Alana sorriu ao pensar nele. Voltando-se para sua amiga, ia dizer algo, mas parou. Isa, ao ver a expressão de Alana, perguntou:

– O que você ia dizer?

– Nada.

– Ah, não. A mim você não engana. Eu sou do Barça, e sei quando um *colchonero* tem algo a dizer. Vamos, desembuche!

– Estou me enroscando com Joel, e bem – disse Alana, suspirando –, ele sente certas coisas... E me disse com detalhes e com suas incríveis palavras, e eu...

– Você sente essas coisas também?

– Sim – respondeu ela sem hesitar. – Mas...

– Começou com os "mas". Por que sempre tem que haver um "mas"? – resmungou Isa.

– Porque é complicado.

– Complicada é você, querida, eu a conheço. Talvez, se você se deixasse levar, veria que nem todos são como o Micropênis.

– O que ele tem a ver com isso?

Isa olhou para Alana e respondeu, suspirando:

– Porque por causa dele você não deixa ninguém se aproximar de seu coração. Acha pouco?

Isa tinha razão. Não era a primeira vez que falavam sobre esse assunto.

– Tudo bem, reconheço que você tem razão, mas acho que devemos terminar já esta conversa que nunca devíamos ter começado.

– Mas...

– Nada de "mas"! – replicou Alana sorrindo, e perguntou: – Que vestido você trouxe para a festa?

– O preto que comprei na liquidação da Zara. Aquele com strass na cintura e na gola.

– Ah, é verdade. Aquele que deixa seus seios maravilhosos – brincou Alana.

– Quero ver quando minha linda tenente Collins me vir – disse, pensando em Karen. – Quero deslumbrá-la!

– E vai. Vai ficar linda.

Isa respondeu, divertida:

– Como diria minha amada Coco Chanel, a simplicidade é o segredo da verdadeira elegância!

A seguir, ao ver a pulseira que Alana tinha no pulso, perguntou:

– É nova? – E ao ver sua expressão, acrescentou: – Presente de Joel, não é?

Alana assentiu.

– É muito bonita. Que é?

– Que é o quê?

– Esse sorriso bobo.

– Isa... você é impossível – disse Alana, rindo.

– Você está mesmo apaixonada pelo capitão pecado?

– Não quero falar sobre isso – sussurrou Alana.

Mas ao ver que Isa não tirava os olhos dela, tentando mudar de assunto, perguntou:

– E você com Karen?

Isa mordeu o lábio.

– Ela é meio mandona e intransigente às vezes, mas eu gosto. Você sabe que sempre me sinto atraída por quem não devo.

– Por que diz isso?

Isa deu de ombros.

– Porque eu sei. Ela não morre de vontade de estar comigo como eu com ela. Mas não quero me angustiar, veremos.

– Você vai manter contato com ela depois que formos embora?

– Claro que sim.

– Mas você está me dizendo que...

– Eu sei o que estou dizendo, mas talvez as coisas mudem. Talvez, quando nos separarmos, ela perceba que gosta de mim mais do que acreditava e possamos ter uma chance.

– Isa...

– Ouça, Alana, não quero me preocupar com isso agora. Se as coisas derem certo, vamos lá! E se não derem, bola para frente!

– Ela pegou você de jeito, não?

– Sabe de uma coisa? Amor à primeira vista existe – respondeu sua amiga.

Alana pensou em Joel e se emocionou ao ouvi-la. Isa, que notou, pegou-lhe as mãos e disse:

– Ouça, eu sei que depois do imbecil do Micropênis você nunca quis ter um homem fixo em sua vida, e eu fui a primeira a parabenizá-la por essa decisão. Mas acho que Joel merece uma chance. Basta ver como ele olha para você, como fala, ou como cuida de você para perceber como você é especial para ele.

Alana suspirou. Se Isa soubesse que ele estava disposto a se casar com ela, piraria.

– E mais: Karen, que o conhece há mais de nove anos, disse que é a primeira vez que ele se dedica tanto a uma garota. Parece que antes de você aparecer, a cada noite ele estava com uma mulher diferente. Mas você ele não solta, e até a levou para morar com ele.

– E o que quer dizer com isso?

– Caralho, Alana, mais claro impossível! Dê uma chance ao amor, porque senão desta vez acho que você vai perder algo incrivelmente maravilhoso. Joel, o capitão metido, o capitão pecado; você merece.

– Mas Karen não merece você, eu sei disso! E você sabe também, não é? – disse Alana sem poder se calar.

– Pode ser – assentiu Isa –, mas quero tentar.

Ambas se olharam.

– Em que confusão nos metemos vindo para Nova York! – murmurou Isa.

– E fizemos questão de vir! – debochou Alana.

Nesse momento Rosario Flores subiu ao palco. Como boas espanholas, as duas a aplaudiram e, esquecendo suas dúvidas e preocupações, cantaram e dançaram as canções, intuindo que essa viagem estava mudando a vida de cada uma.

15

Prosseguiu a semana da Fundação Real World, e na quinta-feira foram ver o desfile de moda. Isa tirou centenas de fotos e Alana tomou nota de tudo que viu.

À noite, quando chegou à casa de Joel, depois de jantarem juntos, ela passou a limpo todas as suas anotações enquanto ele lia no sofá. Ela o olhava disfarçadamente de vez em quando, por cima da tela do computador, e seu coração disparava.

Aquilo havia mesmo sido amor à primeira vista? Como dizia a canção, um tipo maravilhoso de amor?

Pela primeira vez na vida ela estava curtindo a intimidade de casal. Ela jamais havia dividido teto e dia a dia com outro homem além de Micropênis, e compará-lo com o incrível Joel era absurdo.

Com Joel tudo era diferente, interessante, e ela gostava de tudo. Ele era tão surpreendente em tantas coisas que Alana às vezes não conseguia acreditar.

Subitamente, recordou umas palavras do diário de sua mãe; pegou-o na mala para lê-las.

Nunca estive apaixonada, mas o que sinto por Teddy acho que é amor. Papai sempre diz que quando a pessoa se apaixona perde o apetite, o sono, e às vezes, até o senso de humor; e reconheço que tenho todos os sintomas. Não tenho fome, não tenho sono e não tenho vontade de brincadeiras.

Subitamente – embora em público eu nunca vá reconhecer – meu lindo militar se transformou em tudo, da noite para o dia! Como sempre ouvi minha mãe dizer, podemos enganar as pessoas e a nós mesmos, mas ao coração não se pode enganar. Ele é o primeiro a saber o que está acontecendo, e, sem dúvida, meu coração sabe que amo esse americano.

Sua mãe tinha razão. Podia enganar a si mesma, ao mundo inteiro, mas nunca poderia enganar seu coração.

Acalorada, fechou o diário, guardou-o e se levantou. Joel olhou para ela e deu-lhe uma piscadinha, e Alana foi para a cozinha beber um pouco de água.

Como podia se sentir tão identificada com essas palavras que sua mãe havia escrito anos atrás?

Depois de saciar a sede, Alana voltou para a sala e olhou para Joel de novo. Sem sombra de dúvidas, aquele louro de olhos claros estava fazendo-a sentir coisas que nunca sentira antes. E ela começou a questionar se valeria a pena tentar.

Rapidamente seu coração respondeu: claro que sim! Mas seria bastante complicado. Ela na Espanha; ele em qualquer lugar do mundo, em perigo. Não, não podia ser, gritou sua mente racional. Ela não podia viver sempre atenta ao telefone e temendo que lhe houvesse acontecido alguma coisa. Que tipo de futuro a esperava?

Bloqueada por seus pensamentos, fechou o notebook, guardou suas coisas, e desejando a proximidade dele, jogou-se no sofá e se enroscou no corpo de Joel. Ele beijou-lhe a testa e perguntou:

– Tudo bem, meu amor?

Ela assentiu em silêncio e curtiu a tranquilidade e ele. Durante um tempo nenhum dos dois se mexeu, até que, deixando o livro sobre a mesa, Joel começou a beijá-la, despiu-a e fez amor com ela com ternura.

Na sexta-feira, quando Alana acordou, ouviu-o assobiar no chuveiro e sorriu contente. Mas ao recordar que no domingo teriam que se separar, sentiu seu coração apertar.

Levantou-se da cama, foi direto para o armário onde estava a mochila e a roupa militar de Joel e a abriu. Tocou-a e a cheirou. Contemplou o sobrenome dele no bolso direito das camisas e sorriu enquanto se perguntava o que estava fazendo com um militar.

Pegou uma camiseta dele e fechou o armário. Nesse momento, viu o celular de Joel em cima do criado-mudo. Ficou olhando alguns segundos; a tentação de ler a mensagem referente a seu pai era cada vez mais forte. Mas, resistindo, saiu do quarto e foi preparar o café da manhã.

Quando Joel saiu do banheiro e sentiu cheiro de *tortilla* e bacon fresquinhos, sentou-se sorridente diante do prato que Alana havia lhe servido e perguntou, depois de beijá-la:

– Por que levantou tão de bom humor hoje? Com seu sorriso e este café da manhã, não há melhor maneira de começar o dia. Não vai comer?

– Não estou acostumada a comer tanto quando acordo – respondeu ela indicando a xícara de café com leite que tinha nas mãos.

– Pois deveria – respondeu ele depois de engolir um pedaço de *tortilla*. – O café da manhã é uma das refeições mais importantes do dia.

– É o que dizem, mas na Espanha não se come desse jeito de manhã. Tomamos um café com biscoitos ou torradas, um suquinho, e depois, no meio da manhã, é quando comemos algo mais pesado. Como o café que vocês tomam e o nosso. Vocês tomam *chafé,* enquanto...

– *Chafé?* – debochou ele.

Alana assentiu com um sorriso.

– Os espanhóis gostam de café mais forte. Vocês gostam dele mais aguado. São tantas as diferenças que existem entre nós que...

– As diferenças se superam quando se quer – interrompeu Joel, olhando para ela. – Basta querer para poder, Ligeirinho. Nunca se esqueça disso.

Estava claro que ele se referia a outras coisas.

Joel, ao ver a expressão pensativa dela, bebeu um gole de café e perguntou:

– A que hora você tem esse jantar de gala?

– Começa às oito – disse ela sem muito entusiasmo, recostando-se no balcão.

– Que falta de vontade!

Alana se sentou em cima dele e apoiou a cabeça em seu ombro.

– É que eu preferia ficar com você – murmurou.

– Uau, menina! – exclamou ele, encantado. – É um triunfo você dizer isso, e me sinto muito lisonjeado, mas é seu último dia de trabalho. Vou buscá-la à meia-noite. E sabe o melhor de tudo?

Alana negou com a cabeça. Joel, beijando-a com carinho, continuou:

– Teremos o sábado inteirinho para nós, e poderemos fazer tudo que quisermos.

Joel era perfeito, perfeito! E carinhosa como nenhum outro dia, ela o abraçou. Precisava sentir sua proximidade. Separar-se dele seria muito difícil.

– O que você tem, querida?– perguntou ele, surpreso com aquela efusividade matinal.

Ao perceber como estava ficando melosa, Alana se levantou rapidamente e, sentando-se na cadeira ao lado, pegou um pedaço de bacon com o garfo e respondeu:

– Nada. Bem, é que... acho que vou sentir sua falta mais do que eu queria.

O coração de Joel disparou. Sem dúvida, estava fazendo grandes progressos com ela. Mas cada vez que pensava na separação, sentia-se morrer. Alana seria um grande incentivo para voltar sempre de onde estivesse. Mas sem querer reconhecer diante de Alana quão indispensável ela se tornara para ele, respondeu, olhando-a com carinho:

– Você sabe que, quando me chamar, ali estarei, Ligeirinho.

No meio da manhã, Joel recebeu uma ligação de alguns companheiros de unidade que haviam acabado de chegar a Nova York e quis que Alana os conhecesse.

Ao chegar ao bar onde haviam marcado, Joel lhe apresentou Daryl e Norman, dois militares fortes e rudes, como Joel, mas ao mesmo tempo doces e cavalheiros.

– O que querem beber? – perguntou Norman.

Eles pediram cerveja e Coca-Cola. Quando o garçom deixou as bebidas em cima da mesa, Daryl pegou o copo de Alana e, enchendo-o, disse:

– Depois de um copo encher... resta outro por beber.

– Sabe que minha mãe também diz isso? – comentou ela, sorrindo.

– Copiei de meu pai – respondeu o militar. – Parece que foi o slogan de uma campanha da Coca-Cola há muitos anos, e se arraigou de tal maneira que já é como parte da família.

Ambos riram. Quando Daryl se voltou para dizer algo a Norman, Alana viu seu nome completo no bolso direito da camisa: "D. Larruga".

Incrédula, tornou a ler o nome. Larruga?!

Sua cabeça começou a girar ao recordar que Larruga era um dos amigos de seu pai na base americana da Alemanha. O homem que sua mãe mencionava quando dizia esse slogan da Coca-Cola.

– Que foi, meu amor? – perguntou Joel, preocupado ao ver a expressão dela.

Alana o olhou, embasbacada. Se Daryl fosse do Texas, ela morreria ali mesmo.

– Onde Daryl mora? – perguntou a Joel, baixando a voz.

– Na Pensilvânia.

Ela suspirou aliviada, mas então ele acrescentou:

– Mas antes de se casar morava no Texas, com seus pais.

Alana pegou a Coca-Cola e tomou um grande gole, sentindo seu coração bombear a toda velocidade.

Poderia ser o filho do amigo de seu pai?

Joel ia dizer algo quando tocou o telefone de Alana. Ela se levantou como se houvesse levado um choque e saiu do bar. Precisava de ar fresco.

Era Isa, e Alana, vendo que podia se abrir com ela, sem deixá-la falar exclamou:

– Eu vou ter um treco!

– Não me assuste! – respondeu sua amiga, alarmada. – O que aconteceu?

– Vou para o hotel. Diga a Karen que surgiu um trabalho de última hora e peça para ela ir embora. Diga que... que ligue para Joel e vá se encontrar com ele, entendeu?

– Mas o que está acontecendo? – insistiu Isa, assustada.

– Conto quando chegar. Agora, vou dizer a Joel que apareceu um trabalho urgente e que nos veremos à noite depois da festa, certo?

– Tudo bem – murmurou sua amiga antes de desligar.

Alana levantou o rosto para receber o ar fresco. Nesse momento, sentiu alguém pôr seu casaco em seus ombros.

– Que foi? – perguntou Joel.

Ela não queria lhe contar o que julgava ter descoberto, de modo que Alana sorriu e, guardando o celular, disse:

– Era minha chefe de Madri. Ela quer que eu faça uma entrevista de última hora – e olhando o relógio, exclamou: – Nossa... que tarde! Tenho que ir já.

Ele a olhou sem dizer nada, e Alana acrescentou:

– Já liguei para Isa para avisá-la. Vou passar pelo apartamento para pegar o vestido, pedirei ao porteiro que abra a porta. E à noite nos vemos depois da festa, meia-noite, certo?

– Pode me dizer o que está acontecendo? – insistiu Joel.

– O que acabei de dizer. Trabalho.

– Vou acompanhá-la – ofereceu ele.

– Não. – E ao se dar conta do tom que havia empregado, suavizando-o disse: – De verdade, meu amor, tenho que ir sozinha. Vejo você à noite, Ok?

Nada convencido de que ela estava dizendo a verdade, Joel assentiu; de rosto franzido, observou-a se afastar. Nesse momento, seu telefone tocou. Era Karen. Ele disse onde estava bebendo com seus companheiros e, a seguir, entrou de novo no bar. Mas não pôde deixar de pensar em Alana e no que estaria acontecendo.

Quando ela chegou ao apartamento, depois de o porteiro gentilmente lhe abrir a porta, sem perder tempo Alana pegou em sua mala o diário de sua mãe e procurou até encontrar a citação na qual ela se referia a Larruga.

Como Larruga sempre diz quando tomamos Coca-Cola: Depois de um copo encher... resta outro por beber.

Ela tinha razão, recordava o nome direito. A seguir, pegou o vestido e os sapatos que ia vestir essa noite, colocou-os em uma sacola e foi para o hotel, onde sua amiga a esperava.

Isa, preocupada, disse assim que a viu:

– Muito bem, pode me dizer o que está acontecendo?

Alana tirou o vestido da sacola para que não amassasse mais e, depois de pendurá-lo no armário, respondeu:

– Acho que acabei de conhecer o filho de um amigo de meu pai.

– Conte-me... – disse Isa, sentando-se com ela na cama e segurando-lhe a mão.

16

À noite, com seus lindos vestidos, Alana e Isa chegaram ao lugar onde se celebrava a festa de gala da fundação. Sentaram-se com outros jornalistas convidados e degustaram as delícias que lhes serviram.

Com o passar das horas Alana se acalmara, e se sentia péssima por ter mentido para Joel. Ele não merecia isso; mas também não queria envolvê-lo mais em seus problemas familiares.

Quando o jantar acabou e os organizadores indicaram um salão contíguo, onde seria a festa, Isa disse:

– Tenho que ir ao banheiro; sabe onde fica?

– Onde ficava há meia hora, quando fomos; está esquecida?

– Já volto – respondeu Isa, sorrindo.

Alana suspirou. Pegando uma taça de cava, de uma bandeja, olhou para as pessoas ao seu redor, que conversavam e começavam a dançar. Ela ainda pensava naquele Larruga. Cada vez tinha mais certeza de que era filho do amigo de seu pai. Seria muita coincidência o lance da Coca-Cola. Com certeza sua mãe teria alguma foto do Larruga pai na caixinha que havia lhe dado. Quando voltasse, olharia as fotos. Talvez fossem parecidos!

– Você está linda.

Ao ouvir essa voz, Alana se voltou e ficou sem palavras ao ver Joel diante dela, com um smoking espetacular e gravata-borboleta. Se já o achava bonito com roupa normal, vestido de gala estava, como diria sua amiga Claudia, de devorar e não deixar nem os ossinhos.

– O que está fazendo aqui? – perguntou ela, surpresa.

Sorrindo, ele se aproximou, beijou-a nos lábios e, olhando-a com verdadeira admiração, disse:

– Eu sei que você é bonita, mas vestida assim, está impressionante.

Ela ia falar, mas ele, mostrando-lhe a credencial que tinha no bolso, explicou:

– Isa saiu com Karen e eu vim no lugar dela. Gostou da troca, biquinho de pato?

Alana soltou uma gargalhada e murmurou, encantada:

– Você nem imagina como fiquei feliz com a troca.

Durante horas curtiram a festa e o baile, esquecendo o resto do mundo, e quando, à meia-noite, Joel sugeriu que fossem embora, ela não recusou. Passaram pela chapelaria para pegar seus casacos, e quando saíram, Joel pegou a mão de Alana, e beijando-a, sussurrou:

– Sua carruagem a espera, princesa.

Alana viu, assombrada, uma linda carruagem puxada por cavalos parada em uma lateral da rua. Olhou para Joel, boquiaberta.

– Imagino que você não pretendia ir embora de Nova York sem andar em uma dessas comigo.

Alana sorriu, encantada, e subiu na carruagem. O cocheiro lhes ofereceu umas mantas, com as quais os dois se cobriram, e a viagem começou.

Ficaram alguns minutos sem dizer nada, só escutando o som dos cascos contra o chão, enquanto ela pensava que Joel era incrível.

– Acabou o trabalho – disse ele, beijando-lhe o pescoço. – A partir deste instante, seremos só você e eu até domingo ao meio-dia, Ok, menina?

Alana assentiu, e quando ia dizer algo, Joel perguntou:

– Por que foi embora tão depressa do bar hoje de manhã?

– Por nada...

– Ligeirinho... – sussurrou ele –, você mente muito mal.

Alana sorriu. Sem dúvida aquele homem estava se dando o trabalho de conhecê-la mais do que ela acreditava.

– Sabe de uma coisa? Estou adorando estar nesta carruagem com você, mas o que realmente quero é chegar ao apartamento, tirar esse smoking e fazer amor com você até que suplique para eu parar.

Joel assobiou ao ouvi-la, e deu ao cocheiro o endereço do apartamento.

– Em vinte minutos estaremos lá, e não quero que pare até eu suplicar, entendeu?

Essa noite fizeram amor sem reservas. Durante horas curtiram o carinho, a ternura, o tesão, a paixão; um jogo perigoso que ambos sabiam que cedo ou tarde os machucaria.

Na manhã seguinte, quando acordaram, Alana ia levantar da cama, mas Joel não permitiu.

– Tenho que ir ao banheiro – protestou ela, divertida.

– Não, não quero que você saia da cama.

– Joel! – disse ela, rindo.

Divertido pela expressão travessa dela, por fim ele a soltou.

Quando Alana saiu do banheiro e o viu apoiado nas almofadas, montou sobre ele e lhe perguntou, enquanto de fundo ouviam a romântica *Is This Love,*[62] do Whitesnake:

– Muito bem. Quais são os planos para hoje?

Joel, segurando-a para ajeitá-la melhor, respondeu, carinhoso:

– O plano é muito simples. Beijá-la, fazer amor, pecar, olhá-la e curti-la; está bom para você?

– Ok, *baby* – murmurou ela, divertida. – É um ótimo plano.

Joel sorriu. Alana, pegando o pênis duro dele, introduziu-o em sua vagina úmida.

– Amor, estou sem preservativo – disse Joel.

– Não se preocupe, eu tomo pílula – respondeu Alana, aproximando-se dele até roçar seus lábios.

Ao sentir pela primeira vez aquele contato incrível de pele com pele, Joel fechou os olhos. Arqueando o corpo, suspirou:

– Meu Deus... é melhor do que eu pensava.

---

62 *Is This Love,* Parlophone Records Ltd., interpretada por Whitesnake. (N. da E.)

– Sim... é delicioso.

Sem falar, só se olhando, começaram a se movimentar; primeiro lentamente, e a seguir cada vez mais forte.

– Você me deixa louco...

Ela sorriu, e gemendo, sussurrou:

– Eu gosto quando você me chama de Ligeirinho.

Joel sorriu e estremeceu ao sentir os tremores da vagina de Alana. Senti-la daquele jeito o fez se sentir no sétimo céu. Puxando-a pela nuca para aproximá-la de si, exigiu com urgência:

– Beije-me, Ligeirinho.

Ela fez o que ele pediu. Beijou-o, saboreou-o, enlouqueceu-o, e quando as bocas se afastaram, esticando-se, ela aproximou um de seus seios da boca dele. Joel brincou com ele, lambeu-o com deleite, e quando viu que o mamilo estava duro como uma pedra e a respiração de Alana imensamente acelerada, mordiscou-o e o soltou, arfante, enquanto no rádio começava a tocar *Every Time You Go Away*,[63] de Paul Young.

Sem parar, Alana continuou se mexendo sobre ele com descaramento. Queria que ele olhasse para ela, que a recordasse, que a curtisse, e sabia que estava conseguindo. Bastava ver seu olhar e como ele vibrava inteiro.

Nesse instante só os dois importavam. Joel e Alana. Ligeirinho e Capitão América. Desejavam curtir, desfrutar, enlouquecer, explorar e se dar o maior prazer possível, enquanto suas respirações pareciam uma louca composição musical.

Quando Alana mordeu o lábio inferior, soltou um grito e arqueou o corpo para trás, Joel não pôde mais. Tomando as rédeas, virou-a até colocá-la de costas na cama. Sem sair dela, investiu até atingir o clímax, ao mesmo tempo que Alana experimentava o máximo prazer. Com aquele incrível orgasmo os dois se fundiram em um único ser. Em um único amor.

---

63 *Every Time You Go Away*, Sony Music UK, interpretada por Paul Young. (N. da E.)

Depois de alguns instantes imóveis, extenuados, acalorados e sem fôlego, Joel rolou de lado na cama. Deitado olhando para o teto enquanto sua respiração se acalmava, pegou a mão de Alana, entrelaçou seus dedos nos dela, beijou-a e murmurou:

– Eu te amo.

Alana fechou os olhos ao ouvi-lo e sussurrou em resposta:

– Eu também te amo... como amigo.

Tentando sorrir, Joel respondeu:

– Pelo menos sei que me ama, nem que seja como amigo.

Ambos sorriram, e a jovem murmurou:

– Você está louco, Capitão América.

Ele assentiu:

– Sem dúvida. Louco por você – afirmou ele sussurrando, sem soltar-lhe a mão.

Durante o resto do sábado não saíram do apartamento. Trocaram mil demonstrações de carinho, atenção e amor.

Alana escondia tudo o que lhe passava pela mente, mas tinha cada vez mais claro aquilo que sua mãe dizia no diário: "Podemos enganar as pessoas e a nós mesmos, mas ao coração não se pode enganar".

À tarde, quando o telefone de Joel tocou, ele explicou, olhando para ela:

– É minha mãe, para saber se quando eu chegar a Fort Irwin vou vê-los em Los Angeles.

Ela disse que ia tomar banho, e ele, sentando-se no sofá da sala de jantar, começou a falar com a mãe.

Durante alguns segundos, Alana o observou para reter em sua retina aquela bela imagem. Joel sentado, com a cidade de Nova York ao fundo.

Entrou no chuveiro, angustiada pela iminente separação, e uma infinidade de emoções a percorreu ao pensar nos terríveis perigos que Joel ia correr. Fechando os olhos, encostou a testa nos azulejos e se permitiu chorar.

Precisava desabafar de alguma maneira sua raiva e frustração. Sua dor por ter que se separar de Joel, ainda mais sabendo que ele tinha que voltar para um lugar tão perigoso.

Por que a história tinha que se repetir?

Será que o maldito que mexia os fios do destino não tinha mais a quem incomodar?

Por que ela tinha que se apaixonar por um militar americano, igual a sua mãe?

– Ei... que foi, meu amor? – ouviu de repente.

Alana, ao se ver descoberta, olhou para ele sem saber o que dizer. Joel fechou rapidamente a torneira e, pegando um roupão, cobriu-a e abraçou-a.

– Que foi, meu amor?

– Estou... estou angustiada – Alana conseguiu responder.

– Vai ter um treco? – perguntou ele, fazendo-a sorrir.

E antes que ela respondesse, Joel beijou-lhe a ponta do nariz e disse:

– Não chore, Ligeirinho. Mulheres duras como você não choram.

Ao ouvir isso, um soluço descontrolado saiu de sua garganta, e ele, comovido ao ver as lágrimas rolando por aquele rosto bonito, murmurou com ternura:

– Ora, parece que choram sim.

À noite, sem vontade de perder tempo cozinhando, pediram uma pizza. Enquanto comiam seminus na cama, Joel pegou uma caneta e escreveu algo na tampa da caixa da pizza.

– Este é meu e-mail, eu gostaria muito que você me escrevesse, mesmo que só como amigo. Prometo lhe escrever sempre que possa.

Alana arrancou o pedaço de papelão, deixou-o junto com seu celular e, tirando a caneta das mãos dele, também escreveu algo.

– Meu e-mail. Não prometo nada.

Joel guardou no criado-mudo o pedaço de papelão. Vendo-a de cabelo solto e uma camisa dele, perguntou, sorrindo:

– Posso tirar uma foto sua?

– Deste jeito?

Mas ele pegou o celular e insistiu:

– Você está linda, Ligeirinho. Posso?

Ela revirou os olhos e Joel a fotografou o quanto quis, até que Alana pegou seu celular e fez o mesmo. Uma vez terminada aquela guerra de fotos e risos, acabaram fazendo amor sobre a caixa de pizza.

Uma hora depois, jogaram-se no sofá para ver um filme. Os minutos passavam, e Alana, apesar de tentar não pensar nisso, começava a se sentir angustiada. Em apenas algumas horas teria que se despedir dele, e deu-se conta de que não estava preparada.

Com a cabeça sobre as pernas dele, olhava para a televisão, mas o que menos via era o filme. Por fim, adormeceu.

Joel não queria dormir. Não podia. Só queria olhar para ela e sentir o aroma de sua pele para recordá-lo. Quando voltasse a sua realidade na guerra, precisaria dele.

Quando o filme acabou, ele pegou o controle remoto e desligou a televisão, ficando na sala escura. Sem se mexer, cobriu Alana com uma manta e apoiou a cabeça no encosto do sofá. Assim permaneceu durante horas, até que, quando já estava amanhecendo, ela se mexeu.

– Que horas são? – perguntou olhando para ele ao ver que havia adormecido.

– Oito e dez.

Alarmada, Alana se levantou e, tirando o cabelo do rosto, disse:

– Por que me deixou dormir? Era nossa última noite.

Ele sorriu; e acariciando-lhe o rosto com carinho, murmurou:

– Não fique brava, querida. Você estava linda dormindo e tinha que descansar.

Alana sorriu. A última coisa que queria era se irritar com ele.

– Você dormiu também?

Joel mentiu.

– Sim. Também descansei.

Ao meio-dia Joel tinha que estar no aeroporto para pegar um avião a Fort Irwin. Pegando a mão dele, Alana o puxou.

– Venha, vamos tomar banho e depois tomar o café da manhã.

Ele se levantou com um sorriso. Quando entraram no chuveiro, sem hesitar nem um segundo sequer, fizeram amor. Com desespero. Um intuía a louca necessidade que tinha do outro, mas nenhum dos dois disse nada. Uma hora depois, enquanto Alana preparava o café da manhã, Joel fazia a barba e se vestia no quarto. Depois de calçar suas botas militares e seu uniforme cor de areia, fechou a mochila e foi para a sala. Alana, ao vê-lo, ficou sem fala, e ele, de quepe, em posição de sentido e batendo continência, disse alto e claro:

– Senhor, capitão Parker se apresentando.

Alana largou o prato que tinha na mão e se apoiou no balcão.

Vê-lo de uniforme militar, tão bonito, tão varonil, forte e poderoso, tão americano, impressionou-a mais do que teria imaginado.

– Capitão Parker, sente-se para tomar o café da manhã antes que eu o dispa de novo e ignore as preliminares – disse ela quando pôde reagir.

Divertido, Joel soltou a mochila e se sentou à mesa. Ela também, e começaram a tomar o café da manhã ouvindo *Fallen*,[64] cantada por Lauren Wood.

Nenhum dos dois falou nada enquanto a voz de Lauren Wood dizia: "*I can't believe it, you're a dream comin' true. I can't believe how I have fallen for you*".

Alana olhou para Joel de soslaio. Ele parecia sorrir enquanto comia. Que canalha! Sem dúvida, sabia que a canção mexia com ela.

– Bela canção, não é? – perguntou ele olhando para ela.

Alana assentiu, soltou o garfo e disse:

– Eu vou escrever. Prometo.

64 *Fallen*, Warner Bros Records, fabricado e comercializado por Warner Strategic Marketing, interpretada por Lauren Wood. (N. da E.)

Pegando a mão de Alana, Joel a sentou em seu colo e, antes de beijá-la, murmurou:

– Ligeirinho, como diz a canção, você é meu sonho que se tornou realidade.

– Odeio você – murmurou ela com o coração apertado.

Por que ele tinha que lhe dizer essas coisas?

Ele, ao ver a expressão dela, sorriu e afirmou com carinho:

– E me ama. Eu sei, mesmo que não queira reconhecer.

Às onze chegaram ao aeroporto, onde se juntaram a outros militares; chegaram também Karen e Isa. Não se tocavam, nem sequer se roçavam. A orientação sexual de Karen, uniformizada e diante de tanta gente desconhecida, tinha que passar despercebida. Isso entristeceu Alana. Quantos preconceitos tolos existiam na vida!

Isa estava tão séria quanto Karen e, quando esta se afastou para cumprimentar outros companheiros, ela murmurou:

– Acho que vou chorar como um bebê.

– Nem se atreva – sussurrou Alana, prestes a fazer o mesmo. – Segure a onda. A última coisa que Karen vai querer é vê-la chorar.

Segundos depois chegaram Norman Jackson e Daryl Larruga com suas mochilas no ombro. Ao ver Alana, cumprimentaram-na com carinho. Alana observou com curiosidade que os militares que iam chegando cumprimentavam Joel batendo continência, e que ele respondia com o mesmo gesto seguro e seco. Ela permaneceu calada ao lado dele, até que Joel, afastando-a um pouco de onde estavam os outros, passou-lhe o braço pela cintura, puxou-a para si e, fitando-a nos olhos, perguntou:

– Você vai ficar bem?

– Sim. E você?

– Pode ter certeza, menina – respondeu ele, sorrindo com segurança. – Ficaremos 48 horas em Fort Irwin; nesse tempo, vou ver meus pais, e depois decidirão nosso destino.

– Você sabe quanto tempo vai ficar fora?

Ele negou com a cabeça.

– Durante os dois últimos anos fiquei fora bastante tempo. Acho que agora não vão me mandar por muito mais de dois meses.

E ao ver os olhos úmidos dela, perguntou:

– Garota durona, vai chorar?

– Nem fodendo! – replicou ela, engolindo o nó de emoções.

– Ok, menina – murmurou ele com carinho. – Eu não gostaria de deixá-la chorando.

Alana o abraçou. Que saudade ia sentir dele!

Fechou os olhos para conter as lágrimas e, quando os abriu, notou que a maioria dos militares que estava ali com suas mulheres, filhos e família sorria. Sem dramas desnecessários.

Ela também tinha que se esforçar. Nesse momento, viu que muitos pegavam suas mochilas e se dirigiam à porta.

Que coisa horrível!

Com a respiração acelerada por causa dos sentimentos e pensamentos que a atormentavam, viu Karen e a Isa se despedindo com um olhar. Joel a afastou dele com pesar.

– Chegou a hora.

– Não... – rebelou-se ela.

Com um sorriso carinhoso, ele tocou o nariz de Alana e murmurou:

– Temos que nos despedir.

Essas palavras a fizeram tremer. Seu coração e todo seu ser achavam que iam morrer.

– Joel, por favor... por favor... prometa-me que vai ter muito cuidado, e...

Vendo seu estado, ele encostou um dedo na boca de Alana para calá-la, e mostrando-lhe outro, disse:

– Está vendo meu dedo? Daqui para lá é seu espaço, e daqui para cá o meu...

Sem deixá-lo acabar, Alana o abraçou de novo. Ao notar que ele ria, sussurrou:

– Vou sentir saudades, Capitão América.

Olharam-se em silêncio. Então, ele a soltou, pegou sua mochila que estava no chão, jogou-a sobre o ombro e, dando-lhe um beijo rápido nos lábios, respondeu:

– Não tanto quanto eu, Ligeirinho.

E sem mais, Joel deu meia-volta e se dirigiu com segurança para a porta por onde entravam os demais militares, enquanto Alana ficava parada, observando-o, com as lágrimas prestes a transbordar de seus olhos.

Antes de ultrapassar a porta, Joel deu meia-volta e ela sorriu para ele, para que visse que estava bem. E fez o que ele adorava: deu uma piscadinha.

Joel, encantado ao vê-la, sorriu, deu meia-volta e foi embora. Segundos depois, Alana sentiu umas mãos a segurando; ao se voltar, encontrou Isa, desconsolada. Dois segundos depois, as duas choravam como madalenas arrependidas.

Naquela noite, depois de passar pela portaria do apartamento de Joel, onde Alana havia deixado sua mala, voltou ao hotel com Isa, que decidiu tomar um banho para se acalmar. A partida de Karen a havia afetado, e muito.

Alana se sentou na cama, pegou o diário de sua mãe, abriu-o e leu:

> *Só peço a Deus que minha filha um dia possa conhecer um homem que a ame e a faça se sentir tão especial quanto seu pai fez eu me sentir, mas que não sofra por amor como agora sofro.*

Fechou o diário, deitou-se na cama, e olhando para o teto, murmurou:

– Mamãe, eu o conheci, mas acho que vou sofrer, sim.

No dia seguinte, depois de conversarem a noite toda, Isa e Alana se dirigiram ao aeroporto JFK, onde pegaram um voo para a Espanha.

Ambas sabiam que o coração das duas ficava em Nova York.

17

Voltar à rotina de certo modo as reconfortou. O trabalho as fazia manter a mente ocupada, embora as notícias que liam sobre o conflito no Golfo Pérsico não fossem muito boas.

Alana não contou a sua mãe sobre Joel, e muito menos o que achava ter descoberto sobre seu pai, nem do possível filho de Larruga. Era melhor deixar as coisas como estavam e não as complicar ainda mais.

Sua chefe, aquela diva entre as divas divinas, gostou das matérias, das entrevistas e das fotos, e as jovens suspiraram e sorriram, satisfeitas. Pelo menos alguma coisa havia dado certo.

No dia seguinte a sua chegada, Claudia, Lola e Susana foram buscá-las na saída da revista. Todas queriam saber de tudo e fofocar.

Entre risos e alto-astral, foram comer uns aperitivos. Tanto Isa quanto Alana degustaram umas boas batatas bravas, umas deliciosas lulas à romana, e uma excelente carne desfiada. Não que em Nova York houvessem comido mal, longe disso; era simplesmente que os sabores e os odores conhecidos de seu país eram duplamente bons, especialmente conversando com amigas em um barzinho.

– Muito bem – começou Lola –, Isa já nos falou desse furacão chamado Karen. E você, o que diz de seu capitão?

Alana sorriu ao pensar em Joel. Engolindo a lula que tinha na boca, replicou:

– Ele não é meu capitão.

– Como não é seu capitão? – perguntou Lola.

– Mas ele é um gato, e até abaixa a tampa do vaso sanitário – acrescentou Claudia.

Alana olhou para Isa, que dando de ombros, justificou-se:

– Você sabe que sou linguaruda e conto tudo.

Alana soltou uma gargalhada. Susana insistiu:

– Ei, se você não o quer, passe-me agora mesmo o e-mail dele, ou o telefone, e garanto que o conquisto em um piscar de olhos. Que olhos tem o amigo, e que corpo!

Alana as escutava, divertida. Elas, que não haviam conhecido Joel pessoalmente, estavam impressionadas com ele. E não era para menos. De modo que, pensando melhor, engoliu um pedaço de pão e disse:

– Ok, garotas, é meu capitão.

Todas soltaram uma gargalhada, especialmente Isa. Ela sabia o que Alana sentia por esse homem, embora insistisse em disfarçar.

Quando saíram dali, passaram pela rua Preciados porque Alana queria comprar um CD do Phil Collins com a canção *A Groovy Kind Of Love*. À noite, quando chegou a sua casa, a primeira coisa que fez foi pô-lo no aparelho de som e procurar a canção. Assim que começou a tocar, fechou os olhos e se emocionou escutando a letra. Era muito romântica, e tão especial quanto Joel.

Depois de escutá-la várias vezes, Alana se sentou diante de seu notebook e abriu seu correio eletrônico, desejando encontrar um e-mail dele. Mas ao ver que não havia chegado nada, suspirou.

Pensou em dar o primeiro passo, escrever o primeiro e-mail, mas seu orgulho a impediu.

Pareceria muito desesperada.

E fechando o notebook, pegou seu gato, Pollo, e foi dormir. Na manhã seguinte, com um humor do cão, Alana saiu de casa e foi para seu carro. Ficou boquiaberta ao ver o Borrascas apoiado nele.

Que diabos estava fazendo ali?

– Lindo dia, minha flor – cumprimentou ele.

– Bom-dia – cumprimentou ela.

O homem, um metido da televisão, afastou com estilo a franja do rosto e, aproximando-se, perguntou:

– Como foi sua viagem a Nova York? Eu liguei para a redação e me disseram que você estava lá.

– Boa – respondeu ela, incomodada. – E já disse para você não ligar para a redação.

Ao vê-la tão pouco comunicativa, o homem perguntou:

– Até quando vai durar essa neblina, minha flor?

Ela odiava que a chamasse assim. Olhando para ele com raiva, sibilou:

– Antonio, quantas vezes tenho que lhe dizer que não há nada entre nós? Caralho, só fomos para a cama duas vezes.

– E estou louco por uma terceira.

– Vá esperando, colega – zombou ela.

Mas ao ver que ele não se tocava, acrescentou:

– Estou saindo com alguém de quem gosto muito, entendeu?

Ele ficou boquiaberto.

– Como pode sair com outro que não seja eu?

Alana suspirou. Aquele metido era um otário... mas um otário de carteirinha. Abrindo a porta de seu carro, estava prestes a entrar quando Borrascas disse:

– Eu gosto muito de você, minha flor. O amor é como uma noite de estrelas, que mesmo de dia continuam acesas.

Ao ouvir tamanha breguice, Alana olhou para ele e rosnou:

– O amor é como a gripe: se pega na rua e se cura na cama. Ah... espere, eu sei outra frasezinha sobre o assunto: o amor é como papel higiênico, vai acabando com cada cagada. E você só faz cagada!

– Mas, Alana...

– Antonio, chega de frasezinhas tolas de amor que não o levarão a lugar nenhum, porque, no máximo, seremos amigos e nada mais, entendeu?

Surpreso com o que ela havia dito e pelo tom depreciativo, ele olhou-a enquanto ela entrava no carro e antes de arrancar dizia:

– Adeus, Antonio. E, por favor, arranje outra flor e me esqueça.

Dito isso, foi embora, e ao olhar pelo retrovisor, soltou uma gargalhada. Esperava que por fim ele houvesse entendido.

Alguns dias depois, quando já estava começando a pensar que Joel nunca lhe escreveria, recebeu o primeiro e-mail.

De: *JSM123123@hotmail.com*
Para: *alanaexception@hotmail.com*
Assunto: *Olá, Ligeirinho*

Olá, linda. Como está você?

Faz alguns dias que cheguei ao Iraque, mas foi impossível entrar em contato com você. Com frequência a comunicação é inexistente aqui, por causa das mil situações que se dão, mas fique tranquila, como prometi, estou me cuidando e, acima de tudo, tento cuidar de meus homens.

Tenho que confessar que coloquei uma camiseta sua em minha mochila. Adoro sentir o cheiro dela, porque se fecho os olhos, imagino que você está ao meu lado. Celular aqui não pega, por isso não ligo para você. É quase melhor, porque se eu pudesse, ligaria a cada segundo do dia para saber de você.

Hoje levamos alimentos a uma escola em Bagdá. Ver as carinhas das crianças ao receber a comida compensa muitas coisas que às vezes não são fáceis de digerir.

Estou com saudades, e a cada instante mais. Ok, menina?

T.A... amiga.

Joel

Alana leu o e-mail com o coração acelerado e sorriu pelo lance da camiseta. Como não havia lhe ocorrido pegar uma camiseta ou algo dele?

Essa noite, enquanto escutava Phil Collins em sua casa, ela acessou seu e-mail e escreveu:

De: *alanaexception@hotmail.com*
Para: *JSM123123@hotmail.com*
Assunto: *Olá, capitão pecado*

Além de americano e militar, você também é ladrão?

Não, é brincadeira. Fiquei contente por você levar minha camiseta com meu cheiro. E fico feliz de saber que você está bem, apesar de estar em um lugar tão perigoso. Por favor, por favor, por favor... cuide-se, Ok?

Esqueça o celular e concentre-se no que tem que se concentrar. Isso é uma ordem!

Por aqui começa a rotina. Trabalho, trabalho e mais trabalho.

As matérias de Nova York agradaram muito, e isso me deixa muito feliz.

Isa sente saudades de Karen, e, claro, eu me lembro de você. Ok, baby?

Alana

Antes de apertar o botão Enviar, pensou se deveria escrever também aquela sigla T. A., mas achou que era expor excessivamente seus sentimentos. De modo que decidiu omiti-la e mandou a mensagem. Joel ia gostar de recebê-la.

A partir desse dia, ele começou a escrever para Alana sempre que podia. Algumas vezes demorava mais, outras menos. Eles nem sempre tinham conexão fixa nem segura, e ela entendia. Cada vez que via na televisão e lia nos jornais notícias daquela região, sentia-se péssima. Como ele podia estar em um lugar tão perigoso e ela tranquilamente tomando sorvete em sua casa?

Certa noite, quando ia preparar o jantar, seu celular tocou. Viu que era Isa, de modo que atendeu.

– Que foi, pentelha?

– Minha linda, é Dolores, mãe de María Isabel – respondeu a mulher.

Ao ver que era a Dolorosa, como elas a chamavam, perguntou surpresa:

– Aconteceu alguma coisa?

– Ai, que raiva, minha filha. Você precisa vir para cá. Alguma coisa está acontecendo com María Isabel. Ela se trancou no quarto e não para de chorar desconsoladamente.

– Em cinco minutos estou aí.

Depois de desligar, pegou as chaves de casa e saiu voando. Se a Dolorosa estava ligando, era porque a coisa era grave. Isa não chorava à toa.

Por sorte, moravam perto, e Alana chegou até antes do que previra. Quando entrou na casa, Emilio, o pai de Isa, exclamou ao vê-la:

– Ora, ora... a *colchonera*!

Alana sorriu. Nesse momento apareceu Carlos, irmão de Isa, de braços dados com sua namorada chinesa.

– Sua amiguinha está aprontando – disse. – Você sabe o que há com ela? Tomou um pé na bunda?

Alana deu de ombros. A avó de Isa, uma senhora de 95 anos com mais vitalidade que alguém de vinte, aproximando-se, sussurrou-lhe no ouvido:

– Eu acho que o clarete que ela bebeu subiu-lhe à cabeça.

– Por Deus, mamãe – exclamou a Dolorosa –, não diga isso, María Isabel não bebe.

– Isso é o que você pensa. Até parece que não bebe canecas de vinho tinto – debochou a anciã.

Então, pegando Alana pelo braço, a Dolorosa lhe explicou:

– María Isabel estava falando ao telefone na varanda e, quando desligou, começou a chorar como uma louca. Não sei mais nada. Ai, Alana, minha pressão está nas nuvens, até tomei um remedinho. – E, angustiada, insistiu: – Você sabe de alguma coisa? Sabe por que ela está chorando assim?

– Antes de mais nada, acalme-se – disse Alana à mulher –, sabe que não faz bem para sua pressão você ficar alterada.

– Mas María Isabel está...

– Vou entrar e ver o que está acontecendo – interrompeu Alana. – Mas, por favor, acalme-se, senão no fim vamos ter que sair correndo para o hospital.

– Tudo bem – disse a mulher, assentindo. – Vou fazer um chá, vai ser bom para todas nós.

– É melhor preparar uns drinques – interveio a avó.

Alana se dirigiu ao quarto de sua amiga, entrou e a viu sentada na cama, cobrindo o rosto com as mãos. Aproximou-se e a abraçou em silêncio. Isa, ao vê-la, chorou mais ainda, mas pouco a pouco foi se acalmando. Vendo-a mais tranquila, Alana perguntou:

– O que aconteceu?

Com o queixo ainda tremendo, Isa olhou para Alana e disse:

– Falei com Karen ao telefone agora há pouco... ela está na Alemanha.

– Na Alemanha? – repetiu Alana, surpresa.

– Está no hospital. Houve um acidente há alguns dias e... e... vão transferi-la para Nova York.

Ao ouvir a palavra "acidente" Alana se assustou. Sentindo suas têmporas começarem a latejar, perguntou:

– O que aconteceu?

Com os olhos inchados pelo choro, Isa olhou para Alana e respondeu, soluçando:

– Estavam em missão, e o Hummer que ia à frente deles passou por cima uma mina e... e voou pelos ares. – E voltando a chorar, murmurou: – Oh, Deus, é horrível... horrível! Karen só quebrou umas costelas, sofreu uns cortes e hematomas, mas... mas...

Alana ficou horrorizada. Havia visto a notícia na televisão dias antes.

E com mais medo do que jamais havia sentido em toda sua vida, levou a mão ao peito e perguntou com um fio de voz:

– E Joel? Joel está bem? Estava com ela?

Isa, chorando de novo, não respondeu. Alana, descontrolando-se, pegou Isa pelos ombros para que a olhasse e gritou, chacoalhando-a:

– Diga, Isa... Joel está bem?!

Sua amiga, ao ver a angústia de Alana, afastou o cabelo do rosto e murmurou:

– Sim... sim... ele está bem. Não estava nesse comboio, continua no Iraque com o resto de sua unidade. Mas os militares que estavam no primeiro Hummer morreram. Oh, Deus... Alana, morreram! E não posso parar de pensar que se Karen estivesse nesse veículo em vez de no segundo, estaria morta como eles.

Alana respirou aliviada. Por alguns segundos havia temido o pior. Havia temido por Joel. Mas não havia acontecido nada nem com ele nem com Karen; embora com os outros sim, infelizmente.

Uma hora mais tarde, depois de tomar várias xícaras do chá que a Dolorosa fizera, começaram a se acalmar. Alana dormiu na casa de Isa, mas nenhuma das duas pregou o olho.

No dia seguinte, Isa partiu para a Alemanha. Precisava ver Karen. Alana a acompanhou ao aeroporto e, ao voltar, escreveu um e-mail para Joel. Mas a resposta dele não chegou.

Sua amiga voltou dois dias depois, com uma cara melhor. Karen estava bem. Ia ser transferida para o hospital de Nova York e, quando saísse, ficaria alguns dias com a família em Maryland.

Alana continuava sem notícias de Joel, e embora Isa houvesse lhe assegurado que ele estava bem, segundo dissera Karen, ela estava desesperada. Um dia, depois de fazer uma entrevista para a revista, decidiu ficar em casa. Não estava com vontade nem humor para ver ninguém.

Ao chegar, Pollo foi recebê-la, e ela o beijou com carinho. Depois, abriu seu e-mail para ver se havia recebido alguma coisa; mas de Joel, nada. Queria pensar que ele estava bem, no entanto, não receber notícias dele a estava matando.

Tomou um banho para tentar se acalmar; ao sair, pegou o diário de sua mãe e leu:

Se algo estou aprendendo com essa maldita guerra é que a vida, e especialmente o presente, deve se desfrutado o máximo possível, para que se transformem em algo único e especial. O futuro vai chegar, mas o presente é hoje.

Levantando os olhos do diário, Alana gemeu. Sua mãe falava de viver o presente, assim como Joel. Sem dúvida, ambos sabiam do que estavam falando; e agora ela estava começando a entender. Enxugando as lágrimas que corriam por suas faces, continuou lendo.

Por isso, quero, desejo e anseio que Alana, no futuro, seja feliz e viva o presente e a vida como uma mulher independente, que viaje e que lute pelo que desejar a cada segundo do dia.

Mas também quero que ela saiba o que é um lindo amor. Um que a emocione de tal forma que ela seja capaz de romper barreiras por ele, de fazer loucuras, e que a leve a desfrutar sempre do presente, porque o futuro, como diz Teddy, está sempre por chegar.

Fechou o diário e o deixou em cima da cama, chorando.

Por que a história tinha que se repetir?

Quando se acalmou, guardou o diário na gaveta do criado-mudo, vestiu-se e foi para a sala, onde se sentou diante do computador e começou a trabalhar. Em dado momento, abriu um dos e-mails que costumava receber da agência EFE e leu:

Membros da antiga Guarda Republicana do Iraque realizam ataques terroristas contra soldados americanos.

Horrorizada, fechou o notebook bruscamente. Não queria ler nem saber mais nada. Nervosa, deitou-se no sofá e fechou os olhos. Tinha que se acalmar. Quando estava quase conseguindo, ouviu umas batidas na porta. Alana as reconheceu; levantou para abrir para sua mãe.

– Voltei das compras e vi seu carro estacionado embaixo e... O que você tem, meu amor?

Seus olhos inchados a delatavam. Carmen, ao ver sua filha nesse estado, entrou, fechou a porta e deixou a sacola com as frutas no chão. E então, sentou-se ao lado de Alana no sofá e insistiu:

– O que você tem?

Alana engoliu as lágrimas. Não queria e não podia chorar diante sua mãe. Respondeu:

– Um dia ruim, mami... só isso.

Mas Carmen, que a conhecia muito bem, afastou-lhe o cabelo do rosto e voltou à carga:

– Eu não disse nada, mas ultimamente você não anda com uma cara boa. Perdeu o apetite, não brinca como antes, e nem sequer me dá uma piscadinha quando se despede.

– Mamãe...

– E não diga que não, porque sou sua mãe e conheço até seu jeito de respirar quando vai ficar resfriada. Além do mais, você nunca chora, exceto com as propagandas de Natal. Diga agora mesmo o que está acontecendo.

Alana tentou sorrir, mas as lágrimas a dominaram; respondeu:

– É complicado, mamãe. É um assunto muito difícil que...

– Você foi demitida?

– Não.

– Aconteceu alguma coisa com as tias, os primos, os tios?

– Não, mamãe. Que eu saiba, estão todos bem.

– Aconteceu alguma coisa com Isa, Claudia, Lola ou Susana?

– Não.

– Ai, meu Deus – assustou-se Carmen de repente. – Você está doente e não me disse?

– Não, mamãe – respondeu ela rapidamente. – Não é nada disso.

Carmen se levantou e foi à cozinha buscar uma Coca-Cola para sua filha. Colocou duas pedrinhas de gelo no copo e a serviu. Voltou à sala e a ofereceu:

– Beba.

Alana bebeu um gole desse refrigerante de que tanto gostava e deixou o copo em cima da mesa. Sua mãe, sentando-se ao seu lado com a lata da bebida na mão, encheu de novo o copo, dizendo com carinho:

– Depois de um copo encher... resta outro por beber.

Ao ouvi-la, Alana levou a mão à testa e murmurou, triste:

– Ai... mamãe.

Carmen a abraçou, ninou-a; o que estava acontecendo? E quando Alana se acalmou de novo, murmurou com ternura:

– Vejamos: se a família e suas amigas estão bem, não é por causa do trabalho e você não está doente, o que aconteceu para você ficar assim?

– É complicado de explicar.

– É por causa de um homem?

Alana pensou em mentir, mas ao ver os olhos preocupados de sua mãe, assentiu. Carmen, suavizando sua expressão e sua voz, perguntou:

– Qual é o nome dele?

– Joel.

– E por que não liga para ele, vão tomar um café e conversam tranquilamente? Vamos, querida, não creio que o que tenha acontecido seja tão grave.

Alana suspirou. O que havia acontecido não era grave; era gravíssimo! Nem Karen nem Joel haviam morrido, mas outros companheiros deles sim. Alana respondeu, tentando não se desesperar:

– Mamãe... eu disse que é complicado.

Carmen soltou de repente:

– Ele é casado?

– Não, não é casado.

Carmen respirou aliviada. Não gostaria disso para sua menina. Mas olhando-a e vendo a tristeza em seus olhos, suspirou. Sem dúvida, o amor tanto podia fazer feliz quanto chorar desconsoladamente. Não querendo perguntar nada que não devesse, especialmente que sua filha não quisesse lhe contar, Carmen disse:

– Ouça, Alana, não sei quem é esse homem, mas só de ver como você está, sei que ele é importante e especial, não é?

Sua filha assentiu.

– Então, escute uma coisa: como sua mãe, quero vê-la sorrir, não gosto que você fique assim. E se um homem a faz chorar em vez de sorrir, talvez você deva pensar se esse relacionamento vale ou não a pena, não acha?

Alana suspirou. Se ela soubesse!

E bebendo outro gole de refrigerante, assentiu. Tentando sorrir, Alana respondeu:

– Você tem razão, mamãe, talvez não valha a pena.

Essa noite sua mãe ficou para jantar com ela, e quando a viu mais tranquila, foi embora. Assim que Alana ficou sozinha, ligou o rádio e se sentou no sofá. Enquanto escutava música, não parou de pensar no que deveria fazer. Devia dar continuidade ao relacionamento com Joel? Estava disposta a viver com medo por ele? Ou, pelo contrário, deveria pôr um fim naquele relacionamento para retomar as rédeas de sua vida e voltar a viver sem temores?

De madrugada, com a cabeça a mil, enquanto ouvia *Cherish*,[65] do Kool & The Gang, tomou uma decisão. Aquilo nunca devia ter começado. E então, armou-se de coragem, abriu seu e-mail e, com dedos trêmulos, começou a escrever uma mensagem.

De: *alanaexception@hotmail.com*
Para: *JSM123123@hotmail.com*
Assunto: *Alana*

Olá, Joel:

Espero que você esteja bem. Você não sabe como fiquei feliz ao saber que depois do que aconteceu com o comboio em que Karen viajava no Iraque, ela está bem e você não estava lá. Claro, sinto muito pelos companheiros falecidos.

Escrever este e-mail para lhe dizer o que sinto não está sendo fácil, mas Joel, eu não posso nem quero viver assim.

Seu ofício é sua paixão, está em seu sangue, assim como é o meu para mim, mas o problema aqui sou eu. E o medo de que possa acontecer alguma coisa com você não me deixa viver. Por isso, e diante da

65 *Cherish*, Charly Records, interpretada por Kool & The Gang. (N. da E.)

impotência de superar meu medo, tenho que dizer que o que havia entre nós tem que acabar, e há de acabar neste instante.

Sei que talvez não seja o melhor momento nem o melhor lugar para fazer isso, mas desde o início eu lhe disse que não era uma boa ideia. E assim como você não se importou com o que eu pensava nem com minhas negativas, tenho que ser egoísta e não pensar no que você sente, e sim em mim.

Não lhe escreverei mais, nem quero que você me escreva.

Adeus, e cuide-se, por favor.

Alana

Ao acabar de escrever, leu o e-mail mil vezes. Quanto mais o lia, mais lhe doía; até que, com um último impulso, clicou em Enviar.

– Adeus, capitão – sussurrou, fechando os olhos.

Quando, dois dias depois, Joel chegou ao acampamento militar americano, próximo ao rio Tigre, depois de vários dias vigiando e cobrindo várias estradas, a primeira coisa que fez foi se dirigir à tenda onde ficavam os computadores.

Após cumprimentar alguns companheiros, que, como ele, haviam ido buscar notícias da família, sentou-se e abriu seu e-mail. Ao ler o e-mail de Alana, ficou sem fala. Ela não queria mais nada com ele. O medo a vencera.

Joel blasfemou. Seu primeiro impulso foi responder e tentar chegar de novo a seu coração; mas depois de pensar com calma, não respondeu. Alana sempre havia sido clara a respeito de seus sentimentos, e ele tinha que respeitar.

Saiu da tenda e foi para a lanchonete beber. Era só o que podia fazer se quisesse esquecer.

18

Passaram-se dois meses. Dois longos e difíceis meses durante os quais Alana checava seus e-mails umas vinte vezes por dia, só para ver que ele estava respeitando sua decisão e não lhe escrevia. Mas, ao mesmo tempo, seu coração queria ter notícias dele.

Joel desapareceu como havia aparecido, sem alarde. Enquanto isso, Alana escutava Phil Collins, rememorando os momentos únicos que haviam vivido juntos, e olhava as fotos que haviam tirado.

Carmen observava sua filha sem dizer nada. Ela a conhecia, e sabia que estava sofrendo; de modo que decidiu ficar ao lado dela, mas em silêncio. Como ela mesma fora no passado, Alana era reservada para as coisas do amor.

O coração de Alana doía. Doía como nunca havia doído em toda sua vida.

Um dia, depois de uma reunião, ela saiu da sala e encontrou o Big Boss, o sr. Bridges.

– Como anda a matéria que pode lhe proporcionar uma ascensão na carreira, srta. Rodríguez? – perguntou o homem, cravando seus olhos severos nela.

Alana suspirou. Não havia começado nem tornado a pensar nisso. Mas não queria lhe contar a verdade, de modo que respondeu:

– Bem... bem... coletando informações.

– Já tirou seu mês para investigação?

Alana negou com a cabeça. Ele, afastando-se, disse:

– Pois tire. Não é todo dia que um jornalista tem este tipo de oportunidade.

Isa, que caminhava para ela nesse momento, ao ouvir o que ele havia dito, pegou o braço de Alana e sussurrou:

– Ele tem razão. Devíamos ir de novo para Nova York para fazer a matéria sobre a Quinta Avenida. A propósito, tenho o endereço de alguns fotógrafos que estão fazendo um trabalho incrível; acho que devíamos falar com eles.

– Ótimo – respondeu Alana, ciente de que voltar a Nova York não seria fácil dessa vez, porque as lembranças a atormentariam.

Na sexta-feira, depois do trabalho, Claudia, Susana e Lola foram buscar suas amigas para jantar e tomar uns drinques. Precisavam animá-las, assim como Alana e Isa as haviam animado quando precisaram.

Como sempre, foram a um restaurante de cozinha mediterrânea que elas adoravam. Comeram bem, riram e conversaram com prazer e, ao sair, decidiram ir beber no Ágora. O local era dirigido por Luis, um amigo colorido de Susana, que por sorte disse que era tudo por conta da casa.

Terminada a segunda garrafa de champanhe, começou a tocar uma canção. Elas, já meio altas, descaradas, começaram a cantar e dançar *Sarandonga*,[66] de Lolita.

Rindo, as cinco dançavam, brincavam, divertiam-se, espantando todos os homens que se aproximavam. Quando acabou a canção, Isa, que se segurava em Claudia, perguntou, sedenta:

– Vamos pedir mais champanhe?

Às duas da madrugada foram para a casa de Lola, onde se jogaram nos sofás e, como sempre, acabaram vendo *A força do destino*. Emocionaram-se, choraram, irritaram-se, e no fim do filme, ao ver o lindíssimo Zack Mayo, vestido de branco e transformado em oficial, ir à fábrica buscar Paula, aplaudiram enlouquecidas.

Isso era o melhor daquele filme: no final, o amor sempre, sempre vencia.

66 *Sarandonga*, Warner Music Spain, S. A., interpretada por Lolita. (N. da E.)

Para sorte de Alana, Isa ainda não havia dado com a língua nos dentes sobre seu pai, e em silêncio ela lhe agradeceu. Já era o bastante aguentar suas amigas no que dizia respeito ao capitão.

Às seis da manhã, quando um táxi deixou-as na porta da casa de Alana, Isa disse:

– Minha avó vai dizer que o clarete me subiu à cabeça.

Ambas riram. Alana, segurando sua amiga, que estava bem mais prejudicada que ela pela bebida, disse:

– Você vai dormir em minha casa; vamos!

Isa assentiu.

– Mas não ponha um *baby-doll* vermelho – pediu Isa, rindo –, nem uma peruca preta, senão não vou resistir pensando que é minha linda tenente Collins.

Na entrada do edifício Alana pediu silêncio a Isa; Ao entrarem, Pollo rapidamente foi a seu encontro, espreguiçando-se.

– Pollo... Pollito, venha com a titia.

Isa pegou o pobre gato, e Alana, ao ver como o apertava, tirou-o dela.

– Pelo amor de Deus, você vai sufocá-lo!

– Ai, coitadinho... – E divertida, Isa acrescentou: – Claro, vou asfixiá-lo com estes peitões que eu tenho.

Assim que entraram na sala, Alana olhou para o notebook. Isa, intuindo o que a amiga estava pensando, disse, sentando-se no sofá:

– Abra seu e-mail. Talvez ele tenha escrito.

– Não escreveu.

Sua amiga assentiu. Suspirando, disse:

– Ligue isso já, caralho! Nunca se sabe o que você pode ter recebido.

Para não discutir com Isa, Alana ligou o notebook. Durante alguns segundos ambas ficaram olhando para a tela à espera que a página carregasse.

– Sua senhoria está contente agora? – perguntou Alana, séria, quando viram que não havia nada.

Isa assentiu.

– Tudo bem, ele não escreveu. Só espero que ele e Karen estejam bem, onde quer que estejam.

Ouvir aquele "onde quer que estejam" fez Alana de repente explodir. Cobrindo o rosto para não gritar, murmurou:

– Meu Deus, estou enlouquecendo. Por que tinha que me apaixonar por ele?

– Dói... dói... dói... não é?

– Por que isso foi acontecer comigo? – insistiu Alana.

– Já disse: porque o filho da mãe que move os fios do destino é um filho da mãe, lembra?

Sem lhe dar ouvidos, Alana prosseguiu:

– Não passa nem um dia em que eu não pense nele duzentos milhões de vezes e me pergunte onde ele está, como está...

– Está em Baçorá e puto da vida. Foi a última coisa que Karen me disse.

Ao ouvir esse nome, Alana ficou descontrolada. Ela só fazia ver e ler coisas terríveis que aconteciam em Baçorá. Grunhiu:

– Por que você me disse onde ele está?

– Ora, mãe do céu, você não fica se perguntando? Pois eu sanei suas dúvidas.

– Preciso parar de pensar nele. Não quero sofrer – murmurou Alana desesperada.

– Ouça, infeliz. Eu sei por Karen que ele sente sua falta e que não está melhor que você; e também sei que os outros é que estão pagando pelo mau humor dele.

– Sério?

Isa assentiu. Havia tentado falar disso com ela mil vezes, mas Alana não lhe permitira.

– Claro que é sério. Por que minha linda, bonita e incrível Karen mentiria para mim?

Saber que ele pensava nela fez Alana sorrir.

– Escreva para ele de uma vez por todas, diga que sente falta dele e que morre de vontade dele.

– Não posso.

– Querer é poder, Alana. Além do mais, ele disse que bastava chamar que ele viria.

– Isa, isso é absurdo – protestou Alana, levantando-se. – Eu lhe escrevi um e-mail terrível dizendo que me esquecesse, ignorando seus sentimentos e o momento que está vivendo. Fui uma egoísta! E agora, tenho vergonha de escrever para ele.

– Você é de matar, minha rainha... – murmurou Isa, bem no momento em que Alana corria para o banheiro para vomitar.

Havia bebido demais.

Isa olhou para o gato, que a observava, e perguntou:

– Pollo, o que podemos fazer?

E ao notar o computador a sua frente, sorriu.

– Pollo, como você é! Mas sim, você tem razão. Se Maomé não vai à montanha, a montanha vai a Maomé.

E clicando em Responder a uma das últimas mensagens de Joel, escreveu:

> ***De:*** *alanaexception@hotmail.com*
> ***Para:*** *JSM123123@hotmail.com*
> ***Assunto:*** *RE: Olá, capitão*
>
> *Sinto sua falta e quero vê-lo. Captou a indireta?*
> *Muaskiss, mylove*

Clicou em Enviar, sorriu, e olhando para Pollo, que não tirava os olhos dela, disse:

– Quer parar de olhar meus peitos, seu descarado?

O animal nem se mexeu. Alana voltou pouco depois, pálida pelo vômito, e Isa disse, apontando para o notebook:

– Acabei de escrever para o Capitão América e disse que venha ver você.

– Você não fez isso! – sussurrou Alana.

– Oh, sim... fiz.

Rapidamente, Alana entrou na caixa de Enviados e quis morrer quando leu o que sua amiga havia escrito.

– Você é xarope ou o quê?

– Foi ideia de Pollo, brigue com ele – zombou Isa, recostando-se no sofá.

Alana começou a resmungar – não muito alto, devido à hora que era –, andando de cima para baixo pela sala. Em dado momento, ao olhar para Isa, que estava muito calada, viu que havia adormecido.

– Deus, dê-me paciência – murmurou. – Porque se me der mais força, eu a mato!

Mas, feliz ou infelizmente para Alana, passaram-se os dias e Joel não respondeu.

19

No início de julho chegou Teresa, amiga de Albacete de sua mãe e sua tia de coração. Dois dias depois, com três horas de diferença, chegaram Loli dos Estados Unidos e Renata da Alemanha.

Alana, que havia ido ao aeroporto com Teresa e sua mãe para buscá-las, divertiu-se ao ver o reencontro. Que linda amizade tinham as quatro! E torceu para que a sua com suas amigas perdurasse do mesmo modo no tempo.

Como sempre que as quatro se juntavam, os comentários eram dos mais variados enquanto punham os assuntos em dia. Alana, que estava dirigindo, sorria enquanto as escutava falar e rir.

– Alana, você está de namorado novo? – perguntou Teresa de repente.

Carmen olhou para sua amiga com cara de censura. Renata disse:

– Começou a história dos namorados. Quer deixar a garota viver e se deitar com quem quiser, sem precisar namorar?

– Falou a casada – debochou Teresa. – Você diz cada coisa!

– Veja só a viuvinha alegre – soltou Renata.

– Não discutam, vamos ter paz – interveio Loli.

– Falou a divorciada – suspirou Teresa.

Loli trocou um olhar com Renata, que revirou os olhos; e olhando para Teresa, grunhiu:

– Você é ruim. E quanto a Alana, como se lhe interessasse muito se a menina namora ou não.

– Muitíssimo! – afirmou Teresa. – Me interessa muitíssimo. E sim, sou ruim, mas vocês me amam, não é? A propósito, meu Nico vai ser pai pela segunda vez. E eu só queria saber se Alana um dia vai assentar e ter família.

– Teresa, pelo amor de Deus – recriminou-a Carmen. – Quer parar de ser tão indiscreta?

– Indiscreta? – disse Renata, rindo. – Você quis dizer enxerida.

Alana, divertida vendo-as discutir, como sempre que se juntavam, pôs a mão no joelho de sua mãe, e levando na brincadeira, disse:

– Meninas, caladas!

Quando se calaram, Alana acrescentou, sorrindo:

– Estou levando uma solteira, uma casada, uma viúva e uma divorciada. Com o que é que vocês se surpreendem?

– Com o quanto Teresa é enxerida – exclamou Renata, sorrindo.

Todas riram. Alana, olhando para Teresa pelo espelho retrovisor, disse:

– Tia, trabalho muito e tenho pouco tempo para namorar. Mas fique tranquila, basta pegar o telefone; tenho amigos coloridos suficientes para passar umas cem noites loucas quando estiver a fim.

– *Arrea*!

– Essa é minha garota – aplaudiu Renata.

– Muito boa resposta, filha – disse Carmen, rindo.

Enquanto Loli e Teresa, as mais conservadoras, olhavam-se meio horrorizadas pelo que Alana havia dito, Renata acendeu um cigarro.

– Já vai começar a nos defumar! – protestou Teresa.

A alemã olhou para sua amiga e assentiu.

– Pois aguente, querida. E à noite, quando você dormir, tem mais.

– Nem pensar. No quarto você não vai fumar.

Loli e Carmen se olharam. Aquelas duas, não importava quantos anos se passassem, nunca mudariam.

– Querem parar de discutir? – ordenou Loli, impondo paz. – Acabamos de nos encontrar!

Na quinta-feira, Alana saiu cedo do trabalho, passou na casa de sua mãe para pegar a turma, levou-as a um restaurante na Cava Baja, e depois foram comer umas trufas na doçaria La Mallorquina, em Puerta del Sol. Aquilo era um clássico que nenhuma delas queria abandonar.

À noite voltaram para casa, e quando Alana entrou em seu apartamento e fechou a porta, murmurou, olhando para seu gato:

– Pollo... essas mocinhas me deixam esgotada!

No dia seguinte era feriado em Madri, e Alana as levou a Toledo. Sua tia Loli, como cada vez que visitava a Espanha, gostava de ir à cidade onde havia nascido. Ali caminharam pelas ruas estreitas durante horas, comeram frango à toledana em um lindo restaurante e, como não, antes de ir embora visitaram a catedral.

Ao chegar a Madri e estacionar o carro, Renata quis ir a um bar próximo para tomar um chocolate com churros. Sem hesitar, foram as cinco para lá. Depois de comer até explodir, às nove e meia da noite voltaram para casa. Ao entrar no edifício, entre risos e brincadeiras começaram a subir a escada. Até que Carmen, que ia à frente, parou. Depois dela parou Renata, depois Teresa e Loli. Alana, ao se ver detida, perguntou:

– Por que pararam? Que foi?

Renata e suas tias se afastaram, e de repente Alana ficou boquiaberta ao ver que Joel, que estava sentado no chão, com seu uniforme cor de areia e sua mochila, se levantava, e com um sorriso encantador, olhava para ela e dizia em espanhol:

– Olá, Ligeirinho.

As mulheres se olharam, surpresas. Quem era aquele militar? E Alana sentiu suas orelhas de repente começarem a arder.

O que Joel estava fazendo ali?

Com o coração acelerado, Alana olhou para sua mãe, que a observava tão surpresa como ela mesma.

– Alana, você conhece este jovem? – perguntou Carmen.

Tremendo como uma vara verde, ela assentiu e murmurou:

– Sim, mamãe. É o capitão Joel Parker.

"Joel", pensou Carmen ao ouvir esse nome.

Loli, encantada ao ver aquele fuzileiro naval tão parecido aos amigos de seus filhos nos Estados Unidos, rapidamente o cumprimentou em inglês, enquanto Teresa cochichava:

– Que moço alto e bonito!

Joel, após cumprimentar Loli, cumprimentou a mãe de Alana com carinho, e a seguir, Teresa, enquanto observava a quarta mulher, a mais alta, fitar Alana boquiaberta.

– Americano? Outro americano e militar? – ouviu-a perguntar.

E balançando a cabeça, a mulher grunhiu:

– Definitivamente, o problema de vocês é genético.

Alana estava totalmente desconcertada. O que Joel estava fazendo ali?

Carmen, vendo o aturdimento de sua filha, abriu a porta de sua casa e disse a suas amigas e a sua irmã:

– Vamos... Todas para dentro. Alana e Joel devem ter que conversar.

As outras três entraram, protestando, e quando Carmen fechou a porta, olhou para Renata, que a observava. Apontando-lhe o dedo, sussurrou:

– Se você se atrever a dizer mais alguma coisa dos americanos, sua tola, vai se ver comigo.

– Mas que bonito! – comentou Loli, enquanto Renata ria.

– E alto – afirmou Teresa, sorrindo.

Enquanto isso, Alana ainda não havia se mexido no patamar da escada; e Joel, abrindo os braços, disse com um sorriso cândido:

– Menina, peguei três aviões para chegar à Espanha e daqui a 72 horas tenho que pegar outro voo de volta. Não vai mesmo me dar um beijo de boas-vindas?

Ao ouvi-lo dizer isso, Alana sorriu e, dando um salto, jogou-se nos braços dele para beijá-lo. Ainda não podia acreditar. Joel estava ali!

Quando afastaram a boca um do outro, Alana abriu a porta de sua casa; entrando e fechando-a, beijaram-se de novo.

O desejo crescia cada vez mais dentro dela; mas, de repente, ao pensar em sua mãe, Alana deteve Joel e disse:

– Meu amor, desejo você mais que tudo neste mundo, mas dê-me um segundo. Já volto.

Surpreso e excitado, Joel a viu pegar umas chaves e sair. Uma vez no corredor, Alana fechou os olhos e beliscou o braço para ver se estava acordada. Sorriu ao comprovar que sim.

Sem perder tempo, abriu a porta da casa de sua mãe com suas chaves, e ao entrar, encontrou as quatro amigas sentadas no sofá.

– Mamãe...

Carmen se levantou.

– Conheci Joel da última vez que estive em Nova York, mas como ele é militar americano eu não quis lhe dizer nada porque...

Carmen, apoiando o dedo na boca de Alana, fez que se calasse.

– A vida é sua, meu bem. E só você pode e deve escolher por quem se apaixonar. Ele era essa coisa tão complicada de explicar, não é?

Alana assentiu, e sua mãe perguntou, sorrindo:

– O que está fazendo aqui com estas velhas tendo esse homem bonito esperando você?

Alana sorriu. Por sorte, sua mãe havia aceitado bem, como sempre. E dando-lhe um beijo, voltou para sua casa.

Renata, que já havia acendido um cigarro, olhou para Carmen, e indicando Teresa, disse:

– Por velha você devia estar se referindo a esta, não é?

Isso fez as quatro gargalharem.

O ciclo da vida continuava, e Alana tinha que viver o seu.

Quando entrou em sua casa, Alana se jogou nos braços de Joel e de novo o beijou. Devorou-o. Sem falar, foram se despindo, deixando a roupa espalhada por todos os lados. E sem chegar ao quarto, Joel, impaciente, fez amor com ela em cima da mesa da sala de jantar.

Depois desse primeiro assalto houve outro, e então curtiram com mais calma o corpo um do outro, sua sexualidade e a felicidade do reencontro.

Acabado esse segundo assalto, deitados os dois na cama, Joel olhou para Alana e sussurrou:

– Eu disse que, se me chamasse, eu viria.

Alana sorriu; escondendo que Isa havia escrito aquele e-mail, sentou-se sobre ele, beijou-o com sensualidade e murmurou:

– Senti saudades de você.

– E eu de você, Ligeirinho... e eu de você. Mas, por ora, quero aproveitar cem por cento essas 72 horas.

Uma vez saciados de sexo e de carinho, levantaram-se e foram para a cozinha comer alguma coisa.

Quando Pollo apareceu diante eles, Joel comentou:

– Veja só, o louro que ocupa o lado direito de sua cama.

Alana pegou o gato e disse, divertida:

– Pollo, esté é Joel. Joel, Pollo.

Ele tocou a cabeça do animal. Feliz de estar ali com ela, beijou-a de novo.

– Vou fazer uma omelete, o que acha?

– Fenomenal.

Juntos prepararam o jantar, conversando e rindo. Vê-lo só de cueca e *dog-tags*, e a tatuagem no bíceps, era, no mínimo, excitante. Joel, ao ver como Alana o olhava, cravou os olhos nela e perguntou, divertido:

– Que foi, Ligeirinho?

Ela verteu os ovos batidos na frigideira, deu uma piscadinha e murmurou:

– Nem imagina a vontade que estou de passar para a sobremesa.

– Ok, menina, mas primeiro me deixe comer e recuperar minhas forças, senão seu capitão pecado pode decepcioná-la.

Quando a comida ficou pronta, levaram os pratos para a sala de jantar. A seguir, Alana ligou o aparelho de som.

– Desde quando você escuta Phil Collins? – perguntou Joel.

– Desde que sei que você gosta. Além do mais, *A Groovy Kind Of Love* me faz pensar em nós.

Joel a beijou com tal intensidade que quase esqueceram a comida.

Quando acabaram de comer, sentaram-se no sofá, e Alana disse:

– Lamento pelo e-mail que lhe mandei; desculpe por ter sido tão egoísta e ter pensado só em mim. Mas eu me assustei demais quando aconteceu aquilo com Karen, e se houvesse...

Não pôde dizer mais nada, porque ele a fez calar. Mostrando-lhe um dedo. perguntou:

– Está vendo meu dedo? Pois tudo que ele toca é meu e só meu, e tudo o que você toca é seu e só seu, e não vou permitir que ninguém a tire de mim. – Ao vê-la sorrir, prosseguiu: – Entendo que você tenha ficado assustada, tanto quanto eu fiquei. Alguns dos meus homens estavam lá, e, bem... não notaram que os insurgentes haviam colocado uma armadilha...

– Uma armadilha?

– É; um cabo de cobre enterrado no chão. Você pisa e...

Durante um segundo seus olhos se escureceram. Joel se recuperou e continuou:

– Eu sou um fuzileiro naval, o que eu faço lá é meu trabalho, meu amor, e preciso que você entenda. Eu gosto de minha profissão, mas também gosto de você. Por isso, quero lhe propor uma coisa:

– Outra vez? Tenho medo de suas propostas – disse ela, sorrindo. E ao ver como ele a olhava, sussurrou: – Tudo bem. Pode falar.

– Está claro que você sentiu minha falta tanto quanto eu a sua, certo?

Alana assentiu.

– E embora você não diga abertamente que me ama, como eu digo, e disfarce dizendo que me ama como amigo, eu sei a verdade, Ligeirinho. E como não estou a fim de que você fuja de mim de novo por medo de minha profissão, pensei que eu talvez possa aceitar um projeto que meus superiores me propuseram há um tempo. Se eu aceitasse, isso representaria só duas viagens por ano, de apenas um mês cada uma, e o resto do tempo eu ficaria em Fort Irwin. Mas a condição para que eu aceite isso é que você vá viver comigo. Do jeito que você quiser, com casamento ou sem.

– Como é que é?! – exclamou ela.

– Não se altere, pense nisso, Ok, menina? Em Los Angeles você poderia trabalhar como jornalista. Eu a ajudarei a arrumar emprego, ou talvez sua revista mesmo possa transferi-la para lá.

Ao ver o desconcerto no rosto dela, ele insistiu:

– Eu só vou aceitar participar desse projeto se você for comigo. De nada adianta estarmos você na Espanha e eu nos Estados Unidos ou onde for. Você sabe que quando quero algo, quero inteiro. Porque eu me dou inteiro.

– Você está falando de abandonar o Exército por mim? – murmurou Alana, atônita e surpresa.

– Eu não abandonaria o Exército, meu amor – esclareceu ele. – Seria instrutor em Fort Irwin, e embora tivesse que me ausentar dois meses por ano, não seria o mesmo que passar quase todo o ano fora. Existe um programa de artes marciais, coisa que eu pratico desde pequeno, em Quântico, e meus superiores me propuseram criar um programa parecido em Fort Irwin; mas eu não aceitei. No entanto, agora, depois de conhecer você e ver como sinto sua falta, pensei melhor e acho que eu poderia fazer isso; mas só com você ao meu lado.

Alana o olhou em silêncio, sem saber o que dizer.

– Já disse, não precisa responder agora. Você pode pensar durante alguns meses. Mesmo que eu fale agora com meus superiores, não poderei deixar a ativa da noite para o dia. Há muitas coisas envolvidas. Mas pense, reflita. O que lhe peço é que, enquanto pensa, não me mande outro e-mail terminando comigo, porque não sei se meu coração resistiria.

– Ah, que fofo! – murmurou ela, boba.

Joel a abraçou, e durante um tempo ficaram assim, em silêncio. Até que Pollo subiu nas pernas de Alana, enfiando-se entre os dois.

– Cuidado, Pollo, o fuzileiro naval aqui é uma máquina de matar.

Ambos riram; logo ela acrescentou, já séria:

– Prometo pensar. E obrigada por não se dar por vencido e vir para me fazer recordar quanto gosto de você.

– Você me chamou, não lembra?

Ela assentiu e, sentando-se sobre ele, roçou seu nariz no dele e murmurou, dengosa:

– Capitão pecado... eu te amo.

Ele levantou as sobrancelhas; e ao ver que não havia nenhum adendo àquele "eu te amo", sorriu e a beijou, enquanto tocava *I Never Loved A Man*,[67] de Aretha Franklin. E com o mesmo fogo e sensualidade com que Aretha cantava aquela canção, Joel fez amor com a mulher que amava.

Na manhã seguinte, quando Joel acordou, viu Alana olhando-o e sorrindo, feliz. Aproximou-se dela, beijou-a e disse:

– Bom-dia, menina. Estava preparado para ouvi-la grunhir, mas gostei mais de seu sorriso.

– Bom-dia, Capitão América – respondeu Alana, incapaz de acordar de mau humor com ele ao seu lado.

Tomaram banho juntos. Ao sair do banheiro, ela viu o celular dele sobre o criado-mudo e perguntou, surpreendendo-o:

– Você ainda tem a mensagem sobre meu pai?

Quando ele assentiu, Alana respirou fundo e disse:

– Eu gostaria de saber o que diz.

Joel procurou a mensagem e mostrou a ela. Alana recordou que ele havia escrito umas siglas em um papel, mas naquele momento o nervosismo não lhe deixou prestar atenção.

– O que significa WIA? – quis saber.

– Ferido em combate – respondeu Joel.

---

67 *I Never Loved A Man*, Atlantic Recording Corp., produzido e comercializado por Rhino Entertainment Company, uma empresa do grupo Warner Music, interpretada por Aretha Franklin. (N. da E.)

Alana assentiu e, caminhando para a janela, abriu-a e respirou fundo. Precisava de ar. Tudo que se relacionava a seu pai lhe causava uma infinidade de sentimentos.

Joel se aproximou e a abraçou por trás. Durante alguns minutos permaneceram calados, até que ela murmurou com voz trêmula:

– Como vou dizer isso a minha mãe?

Joel a fez virar para olhá-la nos olhos. Ele sabia mais do que Alana podia imaginar. Pegando-a pela mão, levou-a até a cama, onde ambos se sentaram.

– Quer saber mais sobre ele? – perguntou.

Ela o olhou e, com um fio de voz, sussurrou:

– Você sabe mais coisas?

Joel assentiu. Alana fechou os olhos e murmurou:

– Primeiro, preciso de um café. Quer um?

Joel negou com a cabeça, mas se levantou e foi atrás dela. Enquanto Alana mexia na cozinha, ele se sentou em uma cadeira e a observou. Estava nervosa. Seus movimentos rápidos e seu rosto franzido indicavam isso. Mas, de repente, detendo-se, Alana se voltou para ele.

– No dia que estávamos em Nova York e você me apresentou Norman Jackson e Daryl Larruga, Daryl disse uma coisa que me deu o que pensar. Mas eu me assustei e saí correndo dali, lembra?

Joel assentiu. Claro que recordava que aquela fuga o fizera ligar para seu contato e perguntar sobre o pai de Larruga. Ao saber onde ele havia estado, e quando, somara dois mais dois.

– O pai de Daryl era amigo de seu pai, e continua sendo. Quando você perguntou onde Daryl morava e automaticamente saiu correndo, comecei a suspeitar. Por isso, investiguei e descobri que seu pai e o dele estiveram na base militar alemã de Merrell Barracks.

Alana cobriu a boca com a mão. Trêmula, sentou-se em uma das cadeiras da cozinha.

– Diga. Quero saber – pediu ela em voz baixa, respirando fundo.

E foi assim que ele tirou uma pasta de sua mochila e a entregou a Alana. Depois de ler os poucos dados que ali havia, Alana suspirou.

Os dois dias seguintes foram um sonho. Alana decidiu não contar a sua mãe o que havia descoberto, e se dedicou a mostrar a cidade a Joel. Mas o tempo que iam passar juntos era pouco, e também foi egoísta. E só uma tarde deixou que ele passasse cinco minutos na casa de sua mãe para que elas e suas tias o conhecessem.

Joel conquistou todas com sua simpatia; inclusive Renata. Alana viu nos olhos da mãe a satisfação. Gostara do capitão Joel Parker.

As 72 horas passaram rápido demais; quando Alana se viu no aeroporto para se despedir dele, ficou desesperada. Agarrada a ele enquanto Joel aguardava na fila, aspirava seu cheiro. Precisava poder recordá-lo. Odiava o fato de terem que se separar, e odiava mais o lugar para onde Joel tinha que ir. Mas não disse nada. Já era duro o bastante para ele ter que partir.

Quando todos os trâmites haviam sido feitos, caminharam de mãos-dadas e em silêncio. Até que ela, ao ver a tensão na mandíbula apertada de Joel, disse para distraí-lo:

– Fiquei com uma camiseta sua, tem problema?

– Claro que não, meu amor – respondeu ele, divertido. – Nenhum.

Beijaram-se com carinho, e quando o beijo acabou, Joel a olhou nos olhos e disse:

– Eu adoraria que você fosse a senhora Parker.

– Joel – replicou ela sorrindo, desconcertada –, quer parar de me deixar nervosa?

Ele soltou uma gargalhada e, aproximando-a mais, sussurrou:

– Adoro deixá-la nervosa.

– Tenho que confessar uma coisa, senão não vou conseguir dormir tranquila.

– Diga.

– Não fui eu quem escreveu aquele e-mail para que você viesse. Foi Isa. Lamento ter que confessar isso, mas...

– Eu já sabia.

– Sabia? – perguntou Alana, boquiaberta.

Joel sorriu.

– Aquele "*Muaskiss, mylove*" no final logo me fez saber quem havia escrito o e-mail. Você nunca escreveria isso. Além do mais, Karen me contou que Isa sempre se despede assim dela em seus e-mails.

Ao ver o desconcerto de Alana, Joel acrescentou, divertido:

– Mas como eu estava morrendo de vontade de vê-la, abraçá-la e beijá-la, decidi me fazer de bobo e vir. Eu não tinha nada a perder, e muito a ganhar.

Joel era incrível. Ele a beijou de novo e disse, sem soltá-la:

– Pense em minha proposta, Ok, menina?

Alana assentiu. Claro que ia pensar.

Mas a simples ideia de se afastar de sua mãe partia seu coração. Como poderia fazer isso? Subitamente, seu coração estava dividido entre sua mãe e o homem que adorava. O que podia, e que devia fazer?

Os minutos passavam cada vez mais rápido; quando chegou a hora de Joel passar pelo raio X, os dois se olharam com intensidade.

– Cuide-se, por favor – sussurrou Alana.

– Prometo, meu amor – garantiu ele, sorrindo.

Alana não saiu de onde estava enquanto ele se afastava. Precisava olhar para ele o máximo de tempo que pudesse. Quando ele se voltou e a viu, ela sorriu e, dando uma piscadinha, gritou:

– Eu te amo!

Joel esboçou um enorme sorriso e, segundos depois, desapareceu.

20

Depois de alguns dias, quando Joel lhe mandou um e-mail para dizer que havia chegado à base de Kandahar, seu coração se apertou, mas Alana suspirou, resignada. Sua mãe e suas tias a haviam interrogado no instante em que a pegaram livre, e ela respondeu a tudo, encantada. Falar de Joel e de como se sentia feliz ao lado dele era uma das coisas de que mais gostava.

Certa tarde, ao terminar uma matéria que estava escrevendo, Alana levantou a vista do computador e olhou ao redor. Havia pouca gente na redação, de modo que decidiu dar uma parada no trabalho e abrir a pasta que Joel havia lhe entregado. Pegou um documento e o leu pela enésima vez. Continha algo terrível.

Ela não o havia mostrado a sua mãe. Não podia.

Seu pai, o cabo Teddy Díaz, havia sido ferido no Vietnã. Segundo leu no relatório, ele e vários outros do mesmo pelotão estavam perseguindo guerrilheiros vietcongues quando entraram em uma mata fechada. Na correria, pisaram em umas minas, que explodiram em cadeia, fazendo-os voar pelos ares. Os companheiros que saíram ilesos pegaram os feridos e um helicóptero os evacuou da aérea. Seu pai era um deles.

A explosão da bomba e a posterior queda haviam afetado sua medula espinhal, deixando-o sem mobilidade nas pernas. Por sorte, ao ser levado para o hospital da Alemanha, os médicos conseguiram salvá-las, mas ele nunca mais pôde andar, e ficou condenado a uma cadeira de rodas.

Alana lia com os olhos cheios de lágrimas, quando Isa disse:

– Claudia ligou; parece que Susana conheceu um sujeito magrelo desses que ela gosta, e ele a convidou para sair hoje à noite. Mas acontece que o sujeito magrelo é irmão de um primo do cunhado do ex de Lola, que disse que se o ex for, vai quebrar a cara dele, porque ele pisou demais na bola quando...

Subitamente Alana levantou a vista. Isa, ao ver os olhos dela prestes a transbordar, alarmou-se.

– Ai, meu Deus, você está com cara de quem vai ter um troço! O que aconteceu? Não me assuste. Que foi?

Alana precisava falar com alguém sobre o que havia descoberto, de modo que pegou a folha que tinha nas mãos e a estendeu a sua amiga.

– Joel me deu isto quando esteve aqui – explicou.

Isa pegou a folha rapidamente, sentou-se na cadeira em frente à mesa e começou a ler.

– Caramba, Alana... seu pai está vivo!

A cara de sua amiga dizia tudo. Alana tirou dela o documento e guardou de novo na pasta.

– Você contou para sua mãe? – perguntou Isa.

Alana negou com a cabeça.

– Não. Não sei nem como contar.

Isa suspirou. Aquilo era uma complicação.

Alana desligou o computador, guardou a pasta em sua maleta e disse:

– Vamos embora. Preciso beber alguma coisa.

Desceram até o bar mais próximo, onde pediram um drinque. Depois de dar o primeiro trago, Alana disse:

– Gosto muito das garotas, de Zack Mayo e de Paula, mas hoje não estou com humor para acabar vendo *A força do destino*.

– Fique tranquila – disse Isa –, vou ligar para elas e dizer que temos que trabalhar. Além do mais, acho que nem vão sair, com a confusão que Lola armou.

Durante alguns instantes ficaram caladas, até que Isa, para tentar distrair Alana, perguntou:

– Já pensou na matéria da Quinta Avenida?

Alana assentiu, mas sua mente estava em outro lugar.

– Agora que sei que ele está vivo, e onde, não sei o que fazer!

– O que fazer sobre o quê?

– Sobre tudo. Minha mãe, ele...

– Se eu fosse você, iria conhecê-lo.

– Ah, claro – zombou Alana. – Apareço diante dele e digo "Olá, papi, sabe quem sou eu?".

– Não... não estou dizendo isso – respondeu Isa, negando com a cabeça. – Mas não gostaria de ver como ele é hoje em dia? Você mesma disse, quando me mostrou a foto dele, que para você ele era um rapaz de 24 anos. Não quer vê-lo, nem que seja de longe?

Alana suspirou.

– Não vou negar que sinto curiosidade. Mas, por outro lado, se eu fizer isso sem dizer nada a minha mãe, seria desleal.

– Desleal por quê?

– Porque foi ela quem me criou, quem trabalhou para me sustentar, quem sofreu com minha catapora, minhas gripes...

– E justamente por isso, antes de lhe contar qualquer coisa acho que você devia ver como ele é. Acha que ela não vai querer saber como ele está quando souber que continua vivo?

Alana pensou. Conhecendo sua mãe, ela exigiria isso.

– Escute, Alana, antes de contar a sua mãe, você devia vê-lo, mesmo que seja de longe. Imagine se ele for uma má pessoa. Você ia querer que sua mãe trocasse a bela recordação que tem pelo que ele pode ser agora?

– Você tem razão. Mas conhecê-lo, acho demais.

– Pense bem. Por sorte, temos que voltar a Nova York para a matéria da Quinta Avenida.

– Cada vez estou menos a fim de escrever essa matéria. Não consigo me concentrar!

– Pois eu quero ir a Nova York, e não exatamente pela matéria. Sondei por e-mail algumas galerias e queria visitá-las para saber se tenho possibilidades de expor lá. O que você acha?

– Acho legal, e pode ter certeza de que quando formos, a primeira coisa que faremos será visitar essas galerias.

Durante um tempo falaram disso; mas Alana continuava com a cabeça em outro lugar.

Ela sempre havia sido uma mulher muito responsável com seu trabalho, e diante do desafio proposto pelo Big Boss, em outros tempos teria se esforçado mil por cento para ganhar. O que estava acontecendo agora, visto que isso era o que menos lhe importava?

– Vejamos – prosseguiu Isa, olhando para ela –, podemos ir a Nashville, passar onde mora seu pai e ver. Acho que não perdemos nada por isso, não acha?

– Não sei, Isa... não sei.

– Bom, pense; eu digo o mesmo de sempre: qualquer que seja sua decisão, será a certa, Ok?

Alana assentiu.

À noite, quando chegou a sua casa, a porta de sua mãe se abriu e sua tia Loli a chamou:

– Sua mãe fez *tortilla* de batata para o jantar, estávamos esperando você.

Com um sorriso Alana entrou, e após beijar cada uma das mulheres que ali estavam, sentou-se com elas, e durante um tempo riu e comeu, enquanto todas faziam gracinhas.

– A propósito – disse sua mãe entregando-lhe uma caixinha que pegou de cima de um móvel. – Comprei uma corrente de prata nova para pôr a plaquinha que diz que você é alérgica a penicilina. Filha, pelo amor de Deus, você não pode andar sem isso.

– Ah, obrigada, mami. Estou tão enrolada que esqueci – disse Alana, abrindo a caixinha.

– Igual ao meu Nico; qualquer dia perde a cabeça! – sussurrou Teresa.

Como sempre, sua mãe estava atenta a tudo. Alana deu uma piscadinha para fazê-la sorrir, mas seu coração se apertou quando pensou em tudo que sabia e que estava escondendo dela.

Quando acabaram de jantar e mãe e filha estavam enchendo a lava-louça, Carmen perguntou:

– Está tudo bem?

– Sim.

Mas a mulher insistiu:

– Aconteceu alguma coisa? Você está muito calada.

Se ela soubesse! Mas sorriu e respondeu:

– Hoje tive um dia terrível na revista, só isso.

Carmen assentiu, mas não acreditou nela. Fechando a porta da cozinha para que pudessem ter uma conversa privada, disse:

– Alana, desde que Joel foi embora, sinto que você me olha de um jeito que me faz imaginar que está escondendo alguma coisa. Eu conheço você, e quando me olha assim é porque tem alguma coisa para me contar, não é?

Alana a fitou. Como podia conhecê-la tão bem? Mas não, não podia explicar-lhe o que havia descoberto de seu pai. Apoiando-se no balcão da cozinha, ia dizer algo quando sua mãe continuou:

– Imagino que está fazendo isso porque suas tias estão aqui, mas sei que está escondendo alguma coisa, e preciso saber. O que é?

Alana fechou os olhos e disse:

– Joel me pediu para ir morar com ele em Fort Irwin.

– Ele a pediu em casamento?

– Não... bem, sim. Bem, não sei.

– Mas, filha como não sabe?

Ao ver sua mãe rir, Alana sorriu.

– Mamãe, você sabe que casamento não é algo que me emociona muito.

– Eu sei... eu sei... – suspirou a mulher, recordando o que sua filha havia passado tempos atrás.

– A questão é que ele pediu para eu ir morar com ele, mas... mas isso significaria deixar meu emprego na Espanha, e deixar você, para ir morar na Califórnia.

Carmen balançou a cabeça.

– Se eu aceitar, ele vai pedir a seus superiores que o deixem cuidar de um programa na base de Fort Irwin e abandonar o serviço ativo... O que você acha, mamãe?

Carmen se sentou em uma cadeira. Havia anos que esperava aquilo. Algum dia Alana teria que se afastar dela, era a lei da vida. E então, esse momento havia chegado.

– Acho que se isso a fizer feliz e se você ama esse homem, deve aceitar.

Alana pegou outra cadeira, sentou-se em frente a Carmen e, apertando-lhe as mãos, sussurrou:

– Claro que me faz feliz, mamãe, e o amo, mas o que não me faz feliz é ter que me afastar de você. Eu vivo muito bem aqui, tenho meu emprego, minha família, você...

– Mas não tem Joel, e se ele é o amor de sua vida, não hesite e vá.

– Mas, mamãe...

– Escute, Alana. Eu também tive sua idade, e por seu pai teria atravessado meio mundo, apesar do muito que amava seus avôs e seus tios. Temos que estar onde está nosso coração. De nada adianta ter o corpo na Espanha e o coração na Califórnia. Isso só a fará sofrer, filha, e a vida tem que ser vivida e desfrutada, não sofrida. Além do mais, sou sua mãe e o serei para sempre, e do jeito que gosto de viajar, garanto que vai me ver, esteja onde estiver, mais do que pensa. E a suas tias também.

Alana sorriu. Sua mãe era incrível. A melhor.

– Eu ainda não dei uma resposta. Ele disse para eu pensar, mas, antes, queria falar com você.

– Eu agradeço a consideração, querida, mas lembre-se: é sua vida, e eu quero que a viva feliz.

– Eu sei que não é todo dia que eu digo que a amo, mas acho que você sabe, não é? – perguntou Alana, emocionada.

– Eu sei, meu amor. Claro que sei – respondeu sua mãe, sorrindo.

Contente pelo fato de que sua mãe não fazia daquilo um drama, Alana perguntou:

– Mami, por que você torna tudo tão fácil para mim?

Carmen pensou em seu pai, naquele homem que tanto a havia amado sem se importar com a opinião dos outros, e respondeu:

– Porque sou sua mãe, amo você e quero que seja feliz. E se sua felicidade está com esse homem, vá em frente! Além do mais, para mim você é a pessoa mais importante do mundo, e sua felicidade é minha felicidade. E depois de conhecer Joel, esse imponente capitão americano – ambas riram –, sei que ele vai cuidar de você tanto quanto eu.

As duas se abraçaram, emocionadas. Indiscutivelmente, sua mãe era uma mulher nota dez.

A porta da cozinha se abriu de repente. Renata, ao vê-las abraçadas, perguntou:

– Que foi?

Mãe e filha se afastaram. Alana olhou para Renata, divertida.

– Simplesmente minha mãe é minha mãe e eu sou filha dela.

Depois de tirar a mesa, as quatro amigas se sentaram em frente à televisão.

– O que vocês vão ver? – perguntou Alana.

Com uma expressão marota, sua mãe lhe mostrou o filme *Candelabro italiano*. Alana disse sorrindo, enquanto se sentava ao lado dela:

– Não vou perder seus comentários quando aparecer Troy Donahue. Vou ficar!

Sua mãe havia lhe contado mil vezes que havia visto esse filme com seu pai e seus tios Loli e Darío, na Alemanha, na base americana. As quatro mulheres pareciam abduzidas pelo filme, e cochichavam sobre como Troy Donahue era atraente. E Loli e Carmen brincaram sobre o ciúme de Teddy e Darío quando elas haviam dito como gostavam do ator no dia em que viram o filme juntos.

Mas quando começou a tocar *Al di là*, todas se calaram. Alana, olhando para sua mãe, quase se emocionou ao ver em seus olhos a saudade, a felicidade e a dor. Pegando-lhe a mão instintivamente, deu-lhe uma piscadinha; sua mãe sorriu.

Assim que acabou a canção, Renata, Loli e Teresa olharam para Carmen. Todas sabiam o que essas palavras significavam para ela. Carmen, enxugando o cantinho do olho com a ponta de um lenço, murmurou:

– Fiquem tranquilas, sem drama.

Já em casa, Alana pôs o pijama, sentou-se no sofá e abriu seu e-mail esperando encontrar uma mensagem de Joel; mas não. Isso a incomodou. Fazia vários dias que não tinha notícias dele, mas não quis se alarmar. Ele lhe havia dito que isso poderia acontecer.

Ela estava sem sono; ligou a televisão. Não havia nada interessante, e no fim, deixou em um programa de esportes que falava do Atlético de Madri, um time que ela havia aprendido a amar e respeitar incondicionalmente graças a seu tio Fernando, o maior *colchonero* que já conhecera e que curtia tanto quanto sofria com seu amado time rubro e branco.

Quando o programa acabou, Alana se recostou no sofá e sorriu ao recordar a conversa com sua mãe. Sem dúvida, Joel havia conquistado um lugarzinho no coração de todas. Ficou feliz.

Instantes depois, levantou-se e foi para seu quarto, e ao ver Pollo dormindo tranquilamente na cama, disse:

– Deixe um lugar para mim, seu abusado.

Mas o gato nem se mexeu. E Alana, encolhida, adormeceu.

21

Os dias se passaram. Dia 3 de agosto Teresa iria embora. Seu filho, Nico, foi buscá-la de carro e foram embora depois de almoçarem todos juntos. No dia seguinte, Loli e Renata partiram.

Alana as acompanhou ao aeroporto junto com sua mãe, e quando ficaram as duas sozinhas, deram-se as mãos e se dirigiram ao carro. A vida, como sempre, continuava.

Uma das noites em que Alana saiu com suas amigas, ao entrar em um barzinho deu de cara com Borrascas. Depois do último encontro na rua, ele não tornara a se aproximar. E quando a viu, simplesmente a cumprimentou e continuou falando com a garota que o acompanhava. Sem dúvida, havia encontrado outra flor.

Dia 8 de agosto Alana decidiu adiar suas férias. Receberam a notícia na redação de que havia uma matéria a fazer na Alemanha, especificamente em Nuremberg, e sem hesitar Alana aceitou.

Dessa vez foi sozinha. Isa estava de férias com sua família e não quis dizer a sua mãe que ia para Nuremberg. Se Carmen soubesse, ia querer ir com ela, mas Alana precisava ir sozinha e caminhar pelas ruas da cidade onde havia nascido.

Quando chegou ao aeroporto, pegou um táxi até o hotel. Não entendia alemão, mas, por sorte, pôde se comunicar em inglês. Depois de deixar a mala no quarto, pediu um mapa. Sabia bem aonde queria ir depois de cobrir a notícia.

Tão logo acabou, aventurou-se naquele lindo dia ensolarado. Com o mapa na mão e o diário de sua mãe na bolsa, dirigiu-se para aquela que havia sido a base americana de Merrell Barracks.

Ao chegar diante daquele enorme edifício, Alana se deteve. Olhou seus muros, suas pedras, o imponente arco da entrada e suspirou ao imaginar a quantidade de vezes que seus pais o teriam ultrapassado, anos atrás, sorridentes, para ir ao cinema, à lanchonete ou simplesmente para dançar. Mas sentiu seu coração apertar ao recordar que também fora ali que os dois se viram pela última vez e sua mãe gritou *Al di là* para ele.

Querendo saber mais sobre aquilo que tanto havia escutado de sua mãe e lido no diário dela, procurou no mapa a igreja de Santa Martha. Viu que ficava na Königstrasse 74-78.

Ao chegar, observou aquele lindo edifício antigo e, sem hesitar, entrou. Com o coração acelerado diante do silêncio do lugar, sentou-se em um dos bancos de madeira e imaginou seus pais, jovens, casando-se ali, sozinhos, diante de Deus. Recriou a cena em sua imaginação tal como sua mãe a havia contado; sorriu emocionada. Seus pais haviam sido românticos.

Meia hora depois, saiu da igreja e se dirigiu ao parque Dutzendteich. Queria caminhar pelo mesmo lugar pelo qual eles haviam passeado centenas de vezes de mãos-dadas.

Quando chegou, olhou ao redor. O lugar era relaxante. As pessoas andavam com tranquilidade, as crianças brincavam, algumas pessoas tomavam sol sentadas em uma varandinha enquanto bebiam uma cerveja, e outras estavam deitadas na relva perto do lago, lendo ou ouvindo música.

Maravilhada por estar ali, Alana caminhou até um dos bancos de madeira e se sentou. Tirou da bolsa o diário de sua mãe, olhou a foto de seus pais ali mesmo e leu:

Só espero que um dia meus pais me perdoem. E peço a Deus que no futuro minha filha tenha a confiança de poder me contar o que for, e que saiba que apesar dos erros que possa cometer, eu sempre vou estar ao seu lado, porque ninguém no mundo vai amá-la tanto quanto eu.

Estaria fazendo mal escondendo de sua mãe o que sabia de seu pai? Carmen a havia criado na liberdade e na confiança, e nunca houvera segredos entre elas, afora um ou outro beijo na adolescência. Agora, ler o desejo de Carmen de que sua filha nunca lhe escondesse nada a entristeceu. Mas sem querer pensar mais nisso, continuou lendo:

Sinto-me mal. Péssima. Não sei nada de Teddy, a maldita guerra está recrudescendo e não ter notícias às vezes é pior que as ter, por piores que sejam.

Quando leu isso, tornou a lhe dar razão. Subitamente, pensou em sua relação com Joel. Em escala diferente, sua situação era parecida com a de seus pais. Joel também era um militar americano na ativa, e o risco de que lhe acontecesse algo terrível estava igualmente presente em sua vida.

Alana fechou os olhos e sentiu como se o sol estivesse entrando pelas janelas do apartamento onde havia passado alguns dias com Joel. Pôde ver Nova York ao fundo e até senti-lo se mover atrás dela.

Assim ficou alguns minutos, até que abriu os olhos e voltou à realidade. Olhou ao redor. As pessoas continuavam passeando tranquilamente, ao passo que sua cabeça era um turbilhão de preocupações. De um lado estava sua mãe, de outro lado seu pai. Devia ouvir seu coração, e não sua cabeça, e ir vê-lo? E de outro lado estava Joel e a preocupação que ela sentia por causa do lugar onde ele estava.

E para arrematar, com todas as suas preocupações não estava aproveitando o trabalho e a oportunidade que o sr. Bridges lhe havia dado de fazer uma matéria que a ajudasse a crescer na carreira.

Sua vida sempre havia sido meio complicada, mas, naquele momento, mais enrolada não podia estar.

No dia seguinte voltou a Madri. De certo modo, essa viagem havia clareado, e muito, suas ideias.

No dia 17 de agosto os redatores começaram a voltar para a revista. Certa manhã, Alana estava na sala de sua chefe, comentando com ela certos trabalhos, quando de repente a porta se abriu e entrou o sr. Bridges. Ao vê-la, cumprimentou-a e perguntou:

– Como está sua matéria, srta. Rodríguez?

Tentando evitar que seu rosto a delatasse, ela assentiu e respondeu com segurança:

– Bem... bem, muito bem.

Sr. Bridges sorriu. Não acreditou no que ela dizia, mas respondeu:

– Meu pai quer que eu entregue as matérias, mas fique tranquila, enquanto não me entregar a sua, continuarei guardando as duas que seus colegas já me deram.

Ele a estava avisando que o tempo estava acabando.

– A data limite é primeiro de outubro, não? – perguntou.

– Sim. Dia primeiro de outubro às nove da manhã.

O tempo urgia. Faltava pouco mais de um mês, só.

– Alana, pode ir – disse sua chefe.

Ela se levantou ligeira da cadeira, despediu-se dos dois e, quando chegou à redação, foi até a mesa de Isa e sussurrou:

– Obrigue-me a começar a maldita matéria da Quinta Avenida já! O tempo está acabando e não fizemos nada.

Mas Isa sorriu e disse, feliz:

– Recebi uma mensagem de Karen. Ela disse que daqui a uns dez dias vão voltar aos Estados Unidos e quer me ver. Joel lhe escreveu?

– Isso é me obrigar ou me distrair?

Mas, contente com a notícia, Alana esqueceu a matéria, correu para sua mesa e viu que tinha uma mensagem dele.

De: *JSM123123@hotmail.com*
Para: *alanaexception@hotmail.com*
Assunto: *Cadê a Ligeirinho?*

Olá, linda:

Estou no Kuwait, mas daqui a uns dez dias volto para casa e fico até 12 de setembro. O que acha de nos vermos? Vou eu? Vem você?

Responda assim que souber.

Eu te amo, e não vejo a hora de vê-la.

Seu Capitão América

Emocionada e feliz, Alana abraçou Isa, que estava ao seu lado.

– O que acha de irmos segunda-feira para Nova York fazer essa matéria?

– Fazer a matéria ou ver Joel e Karen?

Alana balançou a cabeça. Isa tinha razão, mas insistiu:

– Se nos organizarmos, poderemos fazer as duas coisas.

– Duvido – disse sua amiga rindo.

Mas ao ver a expressão dela, assentiu:

– Sim... sim, como quiser!

À noite, quando chegou a sua casa, Alana passou para ver sua mãe e lhe contou que na segunda-feira iria a Nova York para fazer a matéria. Como sempre, Carmen se alegrou por ela, e ainda mais quando soube que Alana encontraria Joel lá. Mas, pela primeira vez, não pediu que buscasse informações sobre seu pai. Alana achou estranho.

Cinco dias depois, as duas amigas caminhavam de braços dados pela Times Square.

– Muito bem – disse Isa –, a Times Square é um ícone mundial e símbolo da cidade de Nova York, assim como a Piccadilly Circus é em Londres e a Praça Vermelha em Moscou. Fica na esquina da Avenida Broadway com a Sétima, e...

– Caralho, Isa, esse filme parece ótimo! – interrompeu Alana.

Durante alguns minutos ficaram olhando para a tela megagigante que havia diante delas; e quando as imagens desapareceram, Isa disse:

– *Timeline*. Anotei. Estreia no fim do ano.

– Mãe do céu, vou ter um troço! – exclamou Alana. – Meus dois atores favoritos, Gerard Butler e Paul Walke, juntos em um filme. Não posso perder!

Isa soltou uma gargalhada.

– Pare de babar por esses *macho men* e vamos tomar uma Coca, estou morrendo de sede.

No café, falaram sobre a matéria. Ambas sabiam o que queriam. Ligariam o passado com o presente mediante entrevistas com pessoas que houvessem morado e que morassem ainda nessa rua, assim como com os donos de suas famosas lojas exclusivas. Também utilizariam fotografias da hemeroteca e as atuais que Isa tirasse. Ela era uma fotógrafa excelente, e certamente o material que escolhesse seria impactante e da melhor qualidade. Tudo parecia se encaixar; felizes e contentes, voltaram para o hotel. Tinham muito trabalho pela frente.

No dia seguinte visitaram a hemeroteca da cidade. Isa anotou os nomes de fotógrafos que haviam imortalizado a Quinta Avenida durante anos. Alana e ela se encontraram com alguns deles para tentar obter uma foto especial, e conseguiram. Embora nem todos quisessem colaborar, dois deles, sem pedir nada em troca, deram-lhes dois instantâneos impressionantes de certos pontos daquela rua lendária. Quando Isa localizou o lugar exato onde haviam sido tomados, durante horas ficou tirando novas fotografias com a mesma perspectiva. Queria que as imagens falassem por si sós, que explicassem o passar do tempo só de vê-las.

Alana sorriu. Se alguém era capaz de conseguir aquilo, era Isa.

À noite, quando chegaram ao hotel, Alana ligou seu notebook e bateu palmas, contente, ao ler uma mensagem de Joel dizendo que chegariam a Fort Irwin em três dias. Antes do que esperavam. Isso deixou as duas imensamente felizes, e foram comemorar sozinhas no Manamoa.

Quando voltaram, já de madrugada, Alana se deitou na cama e murmurou:

– Isa, minha cabeça vai explodir. Vou ter um treco!

– Por quê?

– O que faço com o lance de meu pai?

– Você decide, minha rainha.

Alana suspirou.

– A razão me diz para esquecer, e meu coração para procurá-lo. Tenho o endereço dele, sei que está vivinho da silva, mas tenho tanto medo de achar o que não procuro que...

– Eu já disse que você deveria tentar conhecê-lo. Não tem mesmo vontade de ver como ele é?

– Como diria minha tia Teresa, *muitíssima!*

Ambas riram. Isa, entrando na cama com Alana, propôs:

– Se quiser, amanhã pegamos um voo para Nashville. O trabalho anda bem, e assim o tempo de espera por Karen e Joel passará mais depressa. Lá, podemos alugar um carro e ir até a casa dele. Com um pouco de sorte, você poderá vê-lo e por fim vai parar de pensar que seu pai é um garoto de 24 anos.

Alana pensou, e quando seu coração ganhou a batalha, disse, levantando-se:

– Vou procurar voo e escrever a Joel para que, em vez de vir até aqui, Karen e ele vão para Nashville. O que você acha?

– Acho uma ideia excelente.

22

Quando chegaram ao aeroporto internacional de Nashville, após quase duas horas de viagem, Alana e Isa pegaram um ônibus até o centro da cidade. Uma vez ali, seguindo as indicações das pessoas, chegaram ao hotel.

Música ao vivo – country, jazz, soul – estava presente em cada esquina que passavam.

– Por isso é chamada cidade da música – comentou Alana.

Subiram até o quarto para deixar as coisas. Alana murmurou para si mesma:

– Ainda não sei o que estou fazendo aqui.

Isa sorriu. Sabia como aquilo estava sendo difícil para sua amiga. Disse:

– Não comece com sua negatividade, que eu a conheço, Ok?

Alana suspirou. Ela tinha razão. Já estavam ali, e tinha que ser positiva.

Foram a um restaurante que o pessoal do hotel lhes recomendou, o Birdy, onde pediram uns hambúrgueres com batatas e anéis de cebola deliciosos.

– Que delícia! – exclamou Isa.

Alana lhe deu razão. Estava maravilhoso!

– Muito bem, qual é o próximo passo?

Alana pegou um papel do bolso da calça e disse:

– Aqui diz que ele mora em um lugar chamado Nolensville.

– Então, vamos alugar um carro.

Foram a uma locadora de veículos e escolheram um utilitário que não chamasse a atenção. Depois de perguntar e saber que Nolensville ficava há apenas meia hora, seguiram caminho. Durante a viagem, Alana passou por todos os estados emocionais possíveis, enquanto Isa dirigia e falava com ela, tentando distraí-la.

Quando chegaram a Nolensville, perguntaram pelo endereço, e uma mulher lhes indicou como chegar.

O lugar estava cercado de árvores. Isa parou o carro na estrada.

Alana olhava tudo com os olhos arregalados.

– Muito bem – disse sua amiga –, tem início a operação Pantera Cor-de-Rosa. Passo um, desligar os celulares, senão podem tocar e vão nos descobrir.

– Não pretendo desligar meu celular! – exclamou Alana. – E que operação Pantera Cor-de-Rosa é essa?

– Um pouco de senso de humor, mulher – disse Isa rindo; e insistiu: – Vamos baixar o volume e deixá-los no porta-luvas. Se estamos camufladas, não seria muito bom que tocasse uma musiquinha.

Alana fez o que ela pediu, e depois, ambas desceram do carro. Rumaram para a casa tentando se esconder entre as árvores.

– O nervosismo está me consumindo – sussurrou Alana. – Se minha mãe souber o que estou fazendo, vai me matar. Vamos embora daqui!

– Já quer abortar a operação?

Concentradas em sua conversa, não perceberam que um homem a cavalo se aproximava delas por trás, até que de repente ouviram:

– Boa-tarde, jovens.

Elas levaram um belo susto. Voltando-se, encontraram um desconhecido que tirava o chapéu de caubói e olhava para elas.

Alana não sabia o que dizer, mas Isa, recuperando-se rapidamente, explicou:

– Somos jornalistas e... e... aquele carro vermelho que está estacionado na estrada é nosso.

O homem, de uns trinta e poucos anos, moreno e de boa aparência, assentiu. Isa prosseguiu de um fôlego só:

– Estamos... estamos fazendo uma matéria sobre os veteranos do Vietnã e soubemos que um deles mora aqui. E, bem, estávamos pensando em ir até a casa dele e pedir-lhe uns minutos de seu tempo para lhe fazer umas perguntinhas.

Ao ouvi-la, Alana quis morrer. O que aquela louca estava fazendo?

Sem tirar os olhos delas, o homem assentiu, olhou para a casa e disse:

– Sim, aqui mora um veterano, com minha mãe e comigo, mas acho que não vai querer recebê-las.

Para Alana, ouvir isso foi impactante. Ele era filho de seu pai? Seu irmão? Amaldiçoou em pensamento. Olhando para Isa, murmurou em espanhol:

– Vamos embora!

Mas, diferente dela, com aparente tranquilidade sua amiga insistiu:

– Você poderia lhe perguntar? Por favor. Talvez esteja enganado e ele aceite.

– Acho que não estou enganado. Ele não gosta de falar sobre o Vietnã.

– Por favor... por favor... – rogou Isa, fazendo cara de cachorrinho perdido.

Ao ver essa expressão ele sorriu e, sem soltar as rédeas, deu uma piscadinha cúmplice e disse:

– Tudo bem. Deem-me cinco minutos, vou deixar o cavalo. Depois tentaremos, Ok?

Elas assentiram. Quando ele se afastou, Alana murmurou, desconcertada:

– Meu Deus... acho... acho que ele é meu irmão.

– Seu irmão? E por que ele seria seu irmão?

– Ele piscou para nós.

– E daí? – zombou Isa.

– Minha mãe disse que eu pisco como meu pai, e... e agora... ele piscou também. Você não viu?

– Alana, não comece com sua masturbação mental, eu conheço você!

– Eu tenho um irmão! – insistiu ela.

– Tudo bem... parece que sim... mas só parece.

– Mãe do céu. Meu pai é casado e feliz. Caralho! Que desgosto minha mãe vai passar!

– Quer parar de ser tão negativa?

– Como foi falar dessa matéria sobre veteranos?

– Foi a primeira coisa que me ocorreu.

Alana suspirou e fechou os olhos.

– Lembre-me de matá-la quando sairmos daqui.

Isa sorriu e, pegando Alana pelo braço, deu-lhe um beijo no rosto. Dois minutos depois, o homem voltou, e se aproximando, disse com seu forte sotaque:

– Meu nome é Daniel. Desculpem por não ter me apresentado antes. E vocês são...

– Isabel e Alana – respondeu Isa.

Daniel olhou para a morena descarada de cabelo curto que falava. Sorrindo, acrescentou:

– Sigam-me. Vamos até a casa.

Elas assim fizeram. Olhando para elas, ele perguntou.

– De onde vocês são?

Isa ia responder, mas Alana disse rapidamente:

– Somos de Nova York e trabalhamos para a revista *Exception*.

– Minha mãe compra essa revista às vezes.

– Ah, que legal! – disse Alana, irônica.

Pensar na mãe desse homem revirava-lhe o estômago. Tinha que pensar na sua própria, e o que estava descobrindo não lhe agradava nada.

– Estão hospedadas na cidade?

– Em Nashville. No hotel Dulport, perto de um restaurante incrível chamado Birdy, conhece? – perguntou Isa.

– Claro – sorriu ele. – O Birdy é famoso por sua carne maravilhosa. Uma vez por semana minha família e eu jantamos lá.

Isa e o vaqueiro começaram a falar sobre o hambúrguer fantástico que elas haviam comido. A seguir, ele perguntou, surpreso:

– Vocês vieram de Nova York a Nashville para entrevistá-lo?

As jovens se olharam sem saber o que dizer. Até que Alana disse:

– Não. Estamos visitando vários veteranos, e ele está no caminho.

Subiram os três degraus da varanda e o homem abriu a porta para que entrassem.

– É melhor esperarmos aqui – disse Alana. – Não queremos incomodar.

Ele assentiu e, com um sorriso encantador, desapareceu no interior da casa.

Uma vez sozinhas, as duas se olharam; Alana murmurou:

– Maldita operação Pantera Cor-de-Rosa. Por que fui lhe dar ouvidos?

– Calada, tonta...

– Caralho, Isa – e baixando a voz, sussurrou: – Esta é a casa de meu pai, sua mulherzinha e seu filho. Quem mandou eu vir? – E abanando-se com a mão, acrescentou: – Estou com vontade de vomitar.

– Nem pense nisso! – disse Isa.

– Vou ter um treco.

Segundos depois, a porta se abriu e apareceu uma morena de grandes olhos escuros, que olhou para elas e disse:

– Olá, meu nome é Audrey. Vocês são mesmo da revista *Exception*?

Elas assentiram, e a mulher continuou, alegre:

– Pelo amor de Deus, como meu filho pôde deixá-las aqui! Entrem, vamos tomar uma limonada!

Alana, ciente de que aquela mulher era quem havia roubado o amor de sua mãe, quis arrastá-la pelos cabelos sem piedade, mas se conteve. Ela não tinha culpa. A culpa era de seu pai, que mesmo sabendo da existência de sua mãe e dela havia decidido esquecê-las e formar uma nova família.

Isso a atormentava. Isa, ao vê-la de semblante franzido, pegou-a pelo braço e a fez entrar na casa, onde seguiram a mulher até uma bela sala.

Quando se sentaram, a mulher disse:

– Daniel foi ao jardim falar com meu irmão sobre o que vocês disseram. Já vou trazer a limonada.

– Caraca, ele não é seu irmão! – murmurou Isa quando a mulher saiu.

Alana, mais trêmula ainda que antes, assentiu. Ainda bem que não a havia arrastado pelos cabelos.

– São sua tia e seu primo.

– Caralho! – murmurou Alana.

– Mãe do céu, a operação Pantera Cor-de-Rosa está rendendo seus frutos – aplaudiu Isa.

Alana assentiu, boqueando como um peixe; e então, sua vista recaiu sobre umas fotos que estavam no console de uma lareira rústica. Viu uma de seu pai quando era jovem, uniformizado, rindo ao lado de um avião com outros homens que deviam ser seus companheiros.

Estava olhando a foto quando Audrey, a mulher que ela havia acabado de descobrir que era sua tia, voltou com uma jarra de limonada e alguns copos. Sentando-se com elas, começou a falar de quanto gostava daquela revista.

Alana a observou como através de uma nuvem. Como não havia notado sua semelhança com seu pai? Tinha os mesmos olhos e os mesmos pômulos.

Nesse momento, ouviram uma porta se abrir e uma voz rouca dizer:

– Daniel, eu disse que não.

Alana voltou rapidamente a vista, mas só viu durante um segundo um homem passar depressa, sentado em uma cadeira de rodas, com um cachorro preto ao lado.

Era seu pai, e havia ouvido sua voz!

Instantes depois, Daniel se juntou a elas, contrariado, e abrindo os braços disse:

– Lamento, mas como eu imaginava, ele disse que não.

Isa olhou para sua amiga, que se levantando depressa largou o copo de limonada e, com um sorriso forçado, disse:

– Agradecemos muito sua atenção, vamos indo.

Isa também se levantou, e embora tanto a mãe quanto o filho tentassem fazê-las ficar um pouco mais, no fim desistiram e as deixaram ir.

Quando chegaram ao carro, Alana disse, rosnando:

– Arranque agora mesmo e vamos embora daqui.

Fizeram o caminho de volta em silêncio, enquanto tocava no rádio música country. Quando chegaram ao hotel, Alana foi para a cama, disposta a dormir. Não estava a fim de conversar.

Isa lembrou que haviam deixado os celulares no porta-luvas do carro, mas estava tão cansada que o deixou lá. No dia seguinte os pegariam.

Na manhã seguinte, ao abrir o computador, Alana viu que tinha uma mensagem de Joel.

De: *JSM123123@hotmail.com*
Para: *alanaexception@hotmail.com*
Assunto: *Onde você está?*

Olá, meu amor

Já estou em Fort Irwin. Karen e eu ligamos mil vezes, mas vocês não atendem. Onde estão?

Ligue-me quando ler esta mensagem, seja a hora que for.

Te amo

Joel

– Isa, caralho!

– Que foi?

– Karen e Joel estão nos ligando desde ontem. E os telefones estão...

– No porta-luvas do carro. Vou buscá-los!

Quando Isa subiu com eles e entregou o de Alana, ela viu que tinha quinze chamadas perdidas de Joel e várias mensagens de voz. Sorrindo, aumentou o volume e ligou para ele.

– Onde você se meteu? – perguntou ele assim que atendeu.

– Ei, ei, Capitão América, se falar assim comigo, desligo agora mesmo – e ao ouvi-lo suspirar, explicou: – Esquecemos os celulares no porta-luvas do carro. Meu amor, você chegou bem?

Joel, mais tranquilo ao saber que tanto ela quanto Isa estavam bem, mudou o tom de voz, e feliz, combinou de ir ao hotel de Nashville dois dias depois.

De humor melhor por terem falado com Joel e Karen, depois de tomar o café da manhã, as duas amigas deram uma volta por Nashville para conhecer o lugar. Visitaram o Museu da Fama, e dali pegaram um ônibus que as levou até o RCA Studio B, um pequeno estúdio de gravação. Em uma visita guiada, explicaram-lhes que artistas do calibre de Dolly Parton, Roy Orbison e Elvis Presley, entre outros, haviam gravado ali. Também escutaram algumas canções do rei gravadas ali mesmo, e como cereja do bolo, puderam tirar umas fotografias com o piano que o próprio Elvis havia tocado.

Já havia anoitecido quando voltaram à região onde ficava o hotel; estavam com fome, e decidiram ir ao Birdy. Fizeram seu pedido, e estavam conversando quando de repente ouviram:

– Olá, moças da *Exception*.

Ao se voltar, encontraram Daniel, que, sorrindo, perguntou:

– Pediram hambúrguer de novo?

– Tem alguma dúvida? – respondeu Isa, sorrindo.

Alana olhou para ele boquiaberta, sem dizer nada, tocando a correntinha que usava no pescoço. Ele deu uma piscadinha e explicou:

– Estou jantando aqui com minha mãe e meu tio. Vimos sempre de quinta à noite. É uma tradição.

– Que bom! – disse Alana com ironia, quebrando a correntinha, de tão nervosa.

Disfarçadamente, guardou a corrente e a medalhinha no bolso da calça. Agora teria que comprar outra. Mas o que realmente a preocupava era saber que seu pai estava naquele local, sob o mesmo teto que ela.

Quando ia dizer algo, Isa se antecipou:

– Se vocês vêm tanto, não há dúvida de que o restaurante é de qualidade.

– Muito boa qualidade – afirmou Daniel, sorrindo para Isa de um jeito sedutor.

Daniel estava flertando com ela?

– Se quiserem, podem se juntar a nós – propôs ele. – Estamos na varanda. Diremos a meu tio que são amigas, e não as jornalistas. Estão a fim?

– Não – disse Alana rapidamente. – Estamos com pressa. Obrigada, Daniel, mas assim que comermos os hambúrgueres, teremos que ir.

Ele não quis insistir. Olhando para Isa, perguntou:

– Até quando vão ficar por aqui?

– Mais dois dias – afirmou ela, surpreendendo Alana. – Vamos entrevistar outros veteranos que moram por aqui e depois voltaremos para Nova York.

Daniel assentiu, mas antes de ir sugeriu:

– O que acham de amanhã à noite eu ir buscá-las no hotel, lá pelas oito, e as levar para jantar em um lugar que tem boa comida, bebida e música country? Vocês não podem ir embora de Nashville sem ter vivido sua essência.

– Excelente! Adorei a ideia – afirmou Isa.

E anotando seu número de telefone em um papel, disse:

– Tome, meu telefone, caso aconteça alguma coisa. Assim você poderá nos avisar.

O homem, feliz por ter atingido seu propósito, despediu-se dizendo:

– Muito bem, pego vocês amanhã. Se possível, comprem uns bons chapéus de caubói.

– Você ficou maluca? – sussurrou Alana quando ele foi embora.

– Por quê? Por deixá-lo flertar comigo e não lhe dizer que gosto mais da garçonete que dele, ou por combinar de sair amanhã?

Alana suspirou.

– Caralho, Alana, esse sujeito mora aqui, e pode nos levar a um lugar bom. Além do mais, Karen e Joel só chegam depois de amanhã. Qual é o problema?

Alana fechou os olhos, e quando os abriu, pronta para protestar, a garçonete peituda, que devia ter ouvido Isa, depois de lhe dedicar um olhar intenso, deixou um hambúrguer imenso e foi embora.

– Mãe do céu...

– Mãe do céu digo eu! – repetiu Alana ao ver a garçonete fazer biquinho para Isa.

– Em Nashville eu me sinto incrivelmente sexy, divina e maravilhosa. Que sucesso! – exclamou Isa, rindo. – A ruivinha acabou de me dar uma baita mordida na jugular. Vamos comer e fugir daqui antes que ela me coma inteira.

Sem conseguir esquecer que seu pai estava na varanda daquele lugar, Alana olhou várias vezes para fora. Mas de onde estava não podia ver nada. Quando acabou seu hambúrguer, foi ao banheiro, enquanto a ruiva se aproximava de novo de Isa para pegar o pedido da sobremesa.

Enquanto isso, Alana se aproximou disfarçadamente da janela da varanda, e então o viu. Viu seu pai pela primeira vez na vida, e sem saber por que, sorriu. Estava com uma camisa jeans e ria com seu sobrinho por algo que Audrey dizia. O tempo o havia tratado bem.

Subitamente, o rapaz de 24 anos que Alana havia visto durante toda sua vida só em imagens se materializou em um adulto grisalho, de meia-idade, mas com o mesmo sorriso das fotos. Com o coração a mil por hora, ela o observou por um bom tempo, até que notou que estava demorando muito e voltou à mesa.

Ao chegar, Isa olhou para ela e, tomando seu enorme sorvete de baunilha, comentou:

– Já ia mandar o Exército atrás de você. Ande, ajude-me a comer isto e vamos embora daqui, que a garçonete anotou o número do celular dela na toalha de mesa – disse indicando uns números.

Alana riu; pegou uma colher para atacar a sobremesa.

– Foi só você sair para a ruiva atacar.

– A coelhinha está interessada – debochou Alana.

– Coelha? – replicou Isa. – Esta mais para loba. E então? Viu seu pai?

Não estava a fim de mentir. Alana assentiu.

– E?!

Alana engoliu o sorvete gelado e, quando ia responder, ouviu atrás delas:

– Mas que coincidência agradável!

Era Audrey, que se aproximava delas com o pai de Alana e Daniel atrás.

– Veja, Teddy, cabeça-dura, são as jornalistas simpáticas que estiveram em casa ontem e que você não quis receber.

O homem cravou seus olhos escuros nas duas jovens. Primeiro em uma e depois na outra, observando-as com curiosidade. A seguir, trocando sua expressão risonha por outra mais séria, disse:

– Desculpem, mas o Vietnã é uma parte de minha vida sobre a qual não gosto de falar.

Alana assentiu, travada. Diante dela estava seu pai; seu pai! Contemplando aquele homem que a fitava diretamente nos olhos, tentou sorrir, e com um fio de voz conseguiu dizer:

– Não se preocupe, senhor... nós entendemos.

Ele, após assentir, levou as mãos às rodas de sua cadeira e, com um movimento seco de cabeça, afastou-se. Sua irmã revirou os olhos e sussurrou:

– Eu gosto dele porque é meu irmão e é muito bom, mas não há ninguém mais teimoso que ele no mundo. Adeus, foi um prazer tornar a vê-las.

Daniel, piscando para elas com cumplicidade, afastou-se atrás de sua mãe e seu tio.

Isa murmurou:

– Uau... que situação!

Alana olhou para sua amiga e assentiu. Havia ficado sem palavras.

23

No dia seguinte, depois de Alana quase não deixar Isa dormir falando do que havia acontecido no dia anterior, foi tomar banho. Ao sair, ouviu o telefone de Isa tocar; Isa atendeu e, depois de falar com alguém, olhou para sua amiga e disse:

– Você não vai acreditar, mas a operação Pantera Cor-de-Rosa está indo cada vez melhor. Era seu primo Daniel. Disse que o tio concordou com a entrevista.

– Que entrevista?

– A que você vai fazer com ele sobre o Vietnã.

Ao ouvi-la, Alana se sentou na cama e sibilou:

– Eu deveria ter matado você há anos.

Três horas mais tarde, depois de preparar voando uma entrevista fictícia no hotel, pegaram o carro alugado e voltaram a Nolensville. Alana estava histérica e Isa emocionada.

Quando chegaram à casa, estacionaram na lateral. Audrey apareceu rapidamente para recebê-las. Como se as conhecesse desde sempre, abraçou-as e as beijou, encantada, e as fez entrar na casa.

– Que cheiro bom!

A mulher sorriu e sussurrou:

– Estou fazendo uma torta. Uma receita de minha avó. É uma delícia. E estou fazendo *hot chicken* também.

– O que é isso? – perguntou Isa.

Audrey, olhando para Isa com um sorriso encantador, respondeu, orgulhosa:

– É um prato típico daqui, que consiste em frango marinado na manteiga, empanado e passado num molho picante de pimenta-vermelha. Mas o meu não é muito picante. Depois, é só fritar e servir com rodelas de pão branco e picles. É muito gostoso. A propósito, vocês vão ficar para o almoço, não é?

Alana rapidamente ia dizer não, mas Isa, antecipando-se, respondeu:

– Será um prazer provar tudo isso.

Alana a olhou boquiaberta. Aproximando-se, Isa sussurrou:

– Eu sei, você devia ter me matado.

– Meu irmão está no jardim – disse então Audrey, e indicando a porta da cozinha, acrescentou: – Podem sair por aí. Certamente vão encontrá-lo lendo debaixo da pérgula.

As mulheres saíram e rapidamente o viram. O coração de Alana começou a bater com força, especialmente quando ele olhou para elas. Aquele homem era seu pai!

Subitamente, o cachorro preto, que estava sentado ao lado dele, levantou-se e ia se dirigir para elas, mas Teddy, com voz de comando, ordenou:

– *Al di là*, não!

O animal se sentou de novo. Alana suspirou. Havia ouvido *Al di là*?

Quando elas se aproximaram, ele fechou o livro e disse:

– Minha irmã e meu sobrinho me convenceram. Só espero que a entrevista não seja muito longa.

As duas se olharam. Aquele ia ser um osso duro de roer. Mas Alana disse:

– Fique tranquilo, senhor. Seremos rápidas.

Isa deixou a bolsa no chão e pegou a câmera fotográfica. A seguir, perguntou, indicando-a:

– Importa-se se eu bater algumas fotos?

Ele a olhou e franziu o rosto, mas por fim disse:

– Desde que me mande uma cópia depois...

Com um sorriso, Isa respondeu:

– Não se preocupe, senhor, garanto que lhe mandarei todas que quiser.

Alana, com as mãos trêmulas, sentou-se ao lado dele. O que sua mãe pensaria se soubesse que nesse momento estava com seu pai?

Queria olhar para ele abertamente, tocar suas mãos, fazer mil perguntas pessoais, mas não podia. Se fizesse isso, correria o risco de ele suspeitar de algo. De modo que, com profissionalismo, pegou sua caderneta enquanto Isa começava a medir a luz.

– Por que está tremendo, minha jovem? – perguntou ele, surpreendendo-a.

Alana não sabia o que dizer. Não estava frio, de modo que olhou para o cachorro e mentiu:

– Tenho medo de cachorro.

Isso fez Teddy sorrir. Tocando a cabeça do animal, disse:

– Fique tranquila. Tudo que *Al di là* tem de imponente tem também de nobre.

Ao ouvir de novo essas palavras que significavam tanto para sua mãe, sem poder evitar, comentou, ligando o gravador:

– É um nome estranho para um cachorro.

– *Al di là* são palavras muito especiais para mim – explicou ele, sorrindo. – Este é o terceiro *Al di là* que tenho. Infelizmente, eles vivem menos que nós. Sempre que tenho um cachorro novo, ponho o nome de *Al di là*.

Alana assentiu. Se sua mãe soubesse que ele havia usado essas palavras significativas para dar nome a um cachorro, o que pensaria?

Quando ia começar a entrevista, ele perguntou:

– Qual é seu nome?

– Alana.

Ele assentiu com um sorriso, e dando uma piscadinha, como ela costumava fazer, comentou:

– Minha avó se chamava Alana. Portanto, deduzo que, com esse nome, você não pode ser má pessoa, não é?

Ela sorriu e respondeu:

– Se perguntar a minha mãe, ela vai dizer que sou a melhor pessoa do mundo. Mas, claro, é minha mãe; que mais ela ia dizer?

Ele balançou a cabeça, sorridente, enquanto ela pegava de novo a caderneta e começava a virar folhas até encontrar o que buscava – a folha onde havia anotado aquela manhã as perguntas improvisadas. A seguir, Alana ligou o gravador.

Pelo modo como seu pai franzia a testa, algumas perguntas sobre o Vietnã não estavam sendo fáceis para ele. Mas Teddy as respondeu. Falou de seus dias lá; de lugares como Saigon, Phu Vinh, Phan Thiet, onde morreram amigos muito queridos sem que ele nem ninguém pudessem fazer nada por eles.

Alana o escutou em silêncio, enquanto fitava a medalha que ele mostrava. Era o Coração Púrpura, uma condecoração que lhe haviam dado depois de ser ferido em combate.

Ele lhes contou uma infinidade de coisas. Muitos dos nomes que ele mencionava, como Larruga, Thompson, Panamá, ela havia lido no diário de sua mãe. O fim de vários deles havia sido muito triste, e ela se entristeceu ao imaginar a impotência, a raiva, a solidão e a dor que todos tiveram que viver naqueles momentos tão duros.

A imagem de Joel no Iraque passou por sua mente, mas Alana rapidamente a afastou. Não queria pensar que ele estava vivendo o mesmo. Não podia pensar isso, ou se confundiria.

Teddy lhes contou que após as missões de busca e destruição, que costumavam durar de trinta a quarenta dias, 24 horas por dia, os superiores lhes davam dois dias de descanso fora dali. Tiravam-lhes as armas e as granadas e lhes davam álcool e comida até se fartarem, e, depois desses dois dias de desconexão total para evitar que pensassem, devolviam-lhes as armas e os enfiavam nos helicópteros que os levavam de novo direto ao horror.

Falou de emboscadas, de armadilhas com bombas, de balas e fogo de morteiro que chegavam por todo lado, enquanto os vietcongues, como chamavam o guerrilheiros vietnamitas, pareciam reviver das cinzas com seus pijamas pretos. Relatou que garotos de dezoito ou dezenove anos choravam sem saber onde haviam se metido, enquanto lutavam como verdadeiros soldados. Sua voz falhou ao recordar que um desses rapazes, ao levantar um saco de arroz, detonou uma bomba. Era uma armadilha. Seu corpo ficou todo crivado de estilhaços.

– Tudo que estou contando eu vi, vivi, e, infelizmente, essa experiência vai me acompanhar pelo resto da vida – finalizou.

Isa, com o coração apertado pelo que havia ouvido, guardou a câmera fotográfica e disse:

– Enquanto vocês terminam a entrevista, vou ali dentro ver se Audrey precisa de ajuda.

Alana, ao vê-la sair e deixá-la sozinha, tentou fingir tranquilidade e prosseguiu com a entrevista com profissionalismo, mas tremendo inteira por dentro. Mas sua alma de jornalista aflorou e, sem olhar para a caderneta, perguntou:

– Em que o Vietnã mudou sua vida?

Ao ouvir isso, ele fechou os olhos. Quando os abriu, sussurrou:

– O Vietnã me tirou tudo.

– Por que diz isso?

– O Vietnã me deixou aqui – disse, dando um golpe seco na roda de sua cadeira. – Levou minha segurança, meu sono, minha paz. Privou-me de minha família, de minha dignidade, de meu futuro; enfim, mesmo tendo voltado vivo, ele me tirou a vida.

Tentando não pensar como filha, e sim como uma jornalista, Alana apontou:

– Sua vida continua sendo sua, senhor. Sua família o ama. Eu o vejo respirar, ouço-o falar, vejo...

– Minha passagem pelo Vietnã mudou tudo – interrompeu ele com dureza.

E depois de um silêncio tenso, suspirou e prosseguiu:

– Sim, tenho sorte de minha irmã e seu marido terem me acolhido em sua casa, e mesmo aturando meu mau humor durante anos, não me tiraram de sua vida. Outros não tiveram a mesma sorte que eu, e depois de lutar por seu país e deixar metade da vida lá, encontraram-se desenganados, na rua, morrendo na indigência.

Alana suspirou. Havia lido notícias sobre aquilo.

– O Vietnã reforçou minha ideia de que devemos viver o presente com intensidade, porque o futuro é incerto e sempre está por chegar. Você pode saber muito bem o que quer, o que deseja, o que vai conseguir se batalhar, mas tudo isso pode mudar da noite para o dia, e o que você achava que chegaria e seria possível pode desaparecer. Por isso, Alana, incito-a a viver o presente e aproveitá-lo. – E cravando o olhar nela, prosseguiu: – Eu era um jovem de 28 anos, com planos, como todos nessa idade, e quando um dia acordei depois de voar pelos ares por causa de uma mina, o futuro não existia mais para mim.

Ouvir isso deixou-a angustiada. Seu pai falava do presente do mesmo jeito que sua mãe e o próprio Joel. Era evidente que os três sabiam do que estavam falando.

Alana quis perguntar a Teddy por que esse futuro deixou de existir para ele. Sua mãe sempre o havia esperado; porém, perguntou:

– E qual era esse futuro sonhado, senhor?

Teddy coçou a cabeça e pensou, mas desviando da pergunta, disse:

– Graças a meu cunhado, que em paz descanse, minha irmã Audrey e meu sobrinho, posso dizer que consegui seguir em frente, apesar de me sentir morto em vida.

A crueza de suas declarações deixou Alana arrepiada.

– Nunca pensou em se casar e formar uma família?

– Não. Minha família é o que vê, nada mais.

Ouvir isso atormentava o coração de Alana, mas se aprofundar mais nos sentimentos dele poderia ser cruel. Ela tinha mil perguntas para lhe fazer. Quis perguntar por sua mãe, por ela mesma, pelo motivo de seu silêncio mesmo depois de ter voltado vivo do Vietnã; mas ao ver a dor no olhar dele, entendeu que tinha que parar. Havia encontrado seu pai e ele estava vivo.

Desligou o gravador e disse sem tocá-lo:

– Muito obrigada por esta entrevista, senhor.

Nesse momento Daniel saiu da casa. Aproximando-se, perguntou, acariciando a cabeça de *Al di là*:

– Tudo bem por aqui?

Teddy assentiu, olhou para Alana, e virando a cadeira de rodas, disse ao cachorro:

– Vamos, *Al di là*. Vamos passear.

– Tio, a comida já vai ficar pronta – recordou Daniel.

Teddy não olhou para ele; levantou a mão e se afastou. Daniel se sentou ao lado de Alana e, voltando-se para ela com um sorriso, perguntou:

– Como foi a entrevista?

Ela, ainda comovida pelo que havia escutado, guardou o gravador e a caderneta na bolsa e respondeu:

– Bem. Seu tio facilitou as coisas.

Ele sorriu com carinho.

– Ele é uma figura. Às vezes meio rabugento, mas é uma boa pessoa.

– Ele sempre morou com vocês?

– Sim. Quando voltou do Vietnã, meus pais tiveram a preocupação de trazê-lo para casa. Ele não podia se virar sozinho. Embora no início não tenha sido fácil, pois ele voltou um ser desconfiado e com raiva do mundo, com o tempo tudo se suavizou. Meu pai era um homem muito paciente e um grande conversador, e acabaram se dando muito bem. E quando papai lhe ofereceu emprego – emocionou-se ao dizer isso –, lembro como titio chorou. Foi um dia de Ação de Graças, todos estávamos sentados à mesa, e tio Teddy lhe prometeu que não o decepcionaria.

– Por que ele chorou? – perguntou Alana, comovida.

– Quando se recuperou, apesar de estar em uma cadeira de rodas, tio Teddy tentou arranjar emprego, mas ninguém queria contratá-lo. Ficou assim cerca de três anos. Por isso chorou no dia em que meu pai lhe ofereceu fazer a contabilidade do sítio.

– E seu pai?

– Morreu há dez anos.

– Lamento, Daniel.

– Quando papai morreu, garanto que se não fosse por meu tio, minha mãe teria perdido a cabeça. Mas ele cuidou dela todos os dias. Animava-a, estimulava-a a sair, e até começou a cozinhar para fazê-la ver que ou ela se recompunha, ou ele botaria fogo na casa.

Ambos sorriram, e Daniel acrescentou:

– Depois, eu passei a cuidar do sítio e ele continuou com a contabilidade, até hoje.

– E ele nunca se casou, nem namorou?

– Não. Nunca. E garanto que mais de uma vizinha se derretia por ele, mas meu tio nem olhava para elas. Pelo que ele contou, no passado teve um amor tão grande que nenhuma mulher conseguiu superá-lo.

Ouvir isso deixou Alana emocionada.

– E se esse amor de seu tio foi tão especial, por que não estão juntos?

Daniel suspirou.

– Não sei – respondeu ele, dando de ombros. – Ele nunca quis falar disso.

– Pessoal! – chamou Isa. – Audrey está chamando para comer.

Eles se levantaram. Alana, olhando na direção por onde seu pai havia desaparecido, perguntou:

– Seu tio não vem?

– Não se preocupe, ele voltará quando estiver com fome.

O almoço foi divertido e ameno. Alana observava sua tia e seu primo, e se surpreendeu ao se sentir tão bem entre eles. Não era em absoluto o que sempre havia imaginado. Aquela família era tão normal quanto a sua, e o melhor, seu pai vivia com eles.

Ele não apareceu durante o almoço; Audrey e Daniel não estranharam.

Quando chegou a hora de irem, Daniel disse, acompanhando-as até o carro:

– Não esqueçam que vou passar para pegá-las às oito horas no hotel, certo?

Elas assentiram e entraram no carro. Ao começar a rodar, Alana olhou para trás a fim de conseguir ver seu pai pela última vez. Mas não viu, e isso a entristeceu.

Quando chegaram ao hotel, pegou o gravador na bolsa e ficou olhando para ele. Ali estava a voz de seu pai contando coisas terríveis; mas ele não havia dito nada sobre ela nem sua mãe. Alana não havia conseguido lhe arrancar nem uma só palavra sobre essa parte de seus sentimentos.

Isa, ao vê-la, tirou-lhe o gravador das mãos e disse:

– Ande, coloque um vestidinho bonito e vamos descer até o hall do hotel. Vi que vendem uns chapéus de caubói bem legais lá.

Sem querer pensar mais naquilo, Alana fez o que sua amiga dizia e desceu com ela para comprar um chapéu. Às oito em ponto Daniel passou para pegá-las, e tal como havia dito, levou-as para jantar em um restaurante com música ao vivo. Era um lugar curioso e acolhedor, parecia o celeiro de um sítio.

Durante o jantar, Daniel se derretia por Isa. Quando ele foi cumprimentar uns amigos, Alana sussurrou, divertida:

– Coitadinho, viu como ele olha para você?

Isa assentiu. Afundando o chapéu de caubói na cabeça, disse enquanto se levantava:

– Sim. E vou agora mesmo falar com ele, antes que o rio transborde.

Sem que pudesse detê-la, Alana viu Isa se dirigir para onde estava Daniel; afastou-o um pouco de seus amigos e falou algo em seu ouvido.

Instantes depois, a expressão dele era de choque total. Mas depois de se recuperar do que havia ouvido, pegou Isa pelo braço e disse:

– Mas isso não a impedirá de dançar comigo, não é?

Feliz por ele ter aceitado bem a homossexualidade dela, Isa deu-lhe um beijo no rosto e disse:

– Claro que não, convencido! Prepare-se.

Mas dançar mesmo, dançaram pouco. Elas não sabiam os passos daquela dança; viram os presentes executarem com facilidade todos aquelas danças country, enquanto elas batiam palmas e gritavam, encantadas.

A noite se estendeu além da conta; e Daniel também bebeu além da conta. Não estava caindo pelas tabelas, mas era evidente que não poderia dirigir daquele jeito. De modo que Alana tirou as chaves do carro dele e o levou até a porta do hotel.

Uma vez ali, as amigas, que também estavam meio alegres, olharam-se. Isa perguntou, ao ver que eram seis da manhã:

– O que vamos fazer? Subimos com ele para o quarto?

Mas Alana negou com a cabeça.

– Não podemos. Joel e Karen vão chegar hoje e, se o virem conosco, vão pensar bobagem.

– É verdade. – E sorrindo, Isa acrescentou: – Bem, Joel vai pensar. Karen sabe que eu não curto homens.

– Fiquem tranquilas, garotas, estou bem! – disse Daniel, olhando-as e sorrindo abobado.

Durante um tempo pensaram no que fazer. O que não admitia discussão era que ele não podia voltar dirigindo. Por fim, Alana pegou o celular dele e procurou o telefone de sua casa. Ao ver um número que dizia "Tio Teddy", ligou.

Depois de dois toques, rapidamente ouviu sua voz rouca.

– Senhor, é Alana. A jornalista que esteve com o senhor ontem.

– O que aconteceu, Alana? – perguntou ele, surpreso.

– Sei que isso não é hora de ligar, mas Daniel não está em condições de dirigir até Nolensville. Será que poderia mandar alguém buscá-lo?

– O que há com ele?

Alana deixou escapar uma gargalhada e respondeu:

– Acho que ele bebeu demais da conta.

– Só ele?

– Tudo bem, eu confesso. Todos bebemos demais da conta. Ele diz que está bem para dirigir, mas eu não acredito, e...

Teddy, que estava tomando café da manhã na cozinha de sua casa, olhou para sua irmã, que nesse instante entrava prendendo o cabelo, e disse:

– Diga onde estão. Nós vamos buscá-lo.

Depois de dar-lhe o endereço do hotel, Alana desligou. Olhando para Isa, sussurrou:

– Eles já vêm buscá-lo.

Estavam sentados em um banco no saguão do hotel quando, de repente, a porta se abriu e entraram Joel e Karen, ainda uniformizados.

Alana, ao vê-lo ali, levantou-se e se jogou nos braços dele e começou a beijá-lo. Isa, por sorte, não fez o mesmo, e Karen lhe agradeceu. Não podia se permitir algo assim uniformizada.

Depois de lhes explicarem que haviam saído para dançar com Daniel, e depois de Alana sussurrar no ouvido de Joel que havia visto seu pai e que aquele homem era seu primo, ele a olhou surpreso.

Alana havia visto o pai?

Ele escutou com grande interesse tudo que ela lhe contava. Sem dúvida, sua namorada havia decidido saber mais sobre o assunto, e parecia que havia conseguido. Estavam entretidos na conversa quando uma caminhonete parou ao lado do carro de Daniel, e segundos depois, Audrey desceu.

Todos foram ao encontro deles na rua. Ao ver seu filho, ela disse:

– Daniel Anthony Moore Díaz, estou muito brava com você!

– Ei, mamãe!

Todos olharam para a mulher que os observava com as mãos na cintura. Mas Alana só tinha olhos para seu pai, sentado na caminhonete. Estava muito sério. Ele abriu a porta, baixou uma plataforma metálica e saiu com sua cadeira de rodas.

– Acham bonito beber sem controle? – disse, parando diante deles.

Joel, ao ver que ele o fitava, ia responder, quando Alana esclareceu:

– Senhor, nem ele nem Karen beberam. Eles acabaram de chegar.

– Daniel – disse Teddy. – Entre agora mesmo na caminhonete e vamos embora!

– Fique tranquilo, tio, estou bem – respondeu ele. – Foram só duas cervejas a mais.

– Só duas... – debochou Isa.

Alana sorriu, divertida, e foi até Daniel para ajudá-lo. Mas, de repente, um ciclista que vinha pela rua a atropelou. Ela caiu na rua e o ciclista acabou sendo atingido por um carro na sequência.

Todos gritaram. Joel, assustado, foi rapidamente ajudá-la, enquanto Daniel e Karen iam até o ciclista, que, pelos gritos, parecia ter quebrado alguma coisa.

– Fiquem tranquilos... calma... eu estou bem – murmurou Alana.

Audrey, angustiada, disse a seu irmão:

– Teddy, chame o resgate.

Nesse instante, a bebedeira de Daniel passou de súbito, e ver o ciclista e Alana fez que se sentisse culpado por ter bebido demais. Aproximou-se dela e se agachou, mas quando ia tocá-la, Joel o impediu, dizendo:

– É minha namorada, eu cuido dela.

Daniel se levantou, surpreso. Isa, ao ver a preocupação de todos, disse:

– Se quiserem, podem ir. Nós vamos esperar o resgate.

– Iremos quando virmos que todos estão bem – replicou Teddy.

Em poucos minutos chegaram duas ambulâncias e a polícia. Formou-se uma rodinha na rua, e eles explicaram o acontecido. Uma das ambulâncias levou rapidamente o ciclista, e Alana entrou na traseira da outra, onde cuidaram de sua mão. Especificamente de um dos dedos. Por sorte, não estava quebrado, mas lhe disseram que o melhor seria ir até o hospital para fazer uma radiografia.

– Você é alérgica só a penicilina? – perguntou um dos socorristas.

Ela não se lembrava de ter fornecido essa informação, e não estava com a plaquinha no pescoço.

– Sim, só. Mas como sabe que sou alérgica? – perguntou, curiosa.

Ele, enquanto terminava de enfaixar a mão de Alana, respondeu:

– Assim que chegamos, o homem da cadeira de rodas me disse que, se fôssemos medicá-la, levássemos em conta sua alergia a penicilina.

Alana ficou sem fala. Seu pai era tão observador que havia reparado em sua plaquinha?

Mas rapidamente recordou que, quando se encontraram no Birdy, quebrara a correntinha e que no dia seguinte, durante a entrevista, não a estava usando. Surpresa, olhou para ele através da fresta da porta da ambulância.

Como podia saber que ela era alérgica?

E, de repente, Alana ficou arrepiada e intuiu a verdade. Aquele homem sabia quem ela era, assim como ela sabia quem era ele.

Seu pulso se acelerou. Como era possível?

Subitamente, sentiu um calor terrível. Ansiosa para sair da ambulância, olhou para o socorrista e perguntou:

– Falta muito?

Ele pôs um pedaço de esparadrapo para segurar a faixa, e com um sorriso, respondeu:

– Pronto.

Alana pulou da ambulância. Joel foi até ela, mas Alana passou reto, como se não o visse, foi direto para o homem que a fitava em sua cadeira de rodas, e parando diante dele, perguntou:

– Como sabia?

Ele, imaginando o que ela estava perguntando, não respondeu. Mas ela insistiu, com raiva:

– Não tem nada a me dizer, senhor?

Joel pegou a mão de Alana e murmurou:

– Menina... você deve descansar.

Alana assentiu, mas sem se mexer ficou esperando uma resposta, até que seu pai por fim disse:

– Não, não tenho nada a lhe dizer, minha jovem.

Alterada, Alana quis pular na jugular dele e arrancá-la.

Como podia saber quem era ela e não se mostrar pelo menos alegre? Era assim tão frio?

Daniel e sua mãe se olhavam sem entender nada. O que estava acontecendo ali?

Mas Isa, que conhecia muito bem a linguagem corporal de sua amiga, ao intuir que ela ia armar um escândalo, murmurou, indo para ela:

– Caralho.

– Que foi? – perguntou Karen.

Isa se aproximou de Alana e a pegou pelo cotovelo. Se não a tirasse dali, ela daria um showzinho. De modo que, enquanto a puxava, olhou para Audrey e Daniel, despedindo-se, e entrou com sua amiga no hotel, seguida por Karen e Joel.

– Calma, Alana, que eu a conheço e sei que vai ter um treco – murmurou Isa.

– Que filho da mãe... que filho da mãe! – repetia Alana sem parar.

– Mas o que aconteceu? – perguntou Isa com um fio de voz.

Alana rapidamente sussurrou a ela o que havia descoberto. Isa, boquiaberta, exclamou:

– Que filho da mãe!

Quando desapareceram hotel adentro, Audrey, seu filho e seu irmão entraram na caminhonete e voltaram para Nolensville, sem saber que o coração do ex-cabo Teddy acabava de se partir.

Enquanto isso, no elevador do hotel, com os olhos marejados, Alana murmurava:

– O tempo todo ele sabia quem eu era e não foi capaz de...

– Calma, Alana. Quem perde é ele.

– Que tipo de homem ele é? Será que não tem sentimentos? Será que não imagina que eu vim até aqui para saber?

Karen, que não sabia o que estava acontecendo, perguntou e Isa disse que depois explicaria. Joel, que até então se mantivera em segundo plano, pegou o rosto de Alana nas mãos e disse:

– Respire! Menina, você me prometeu que isso não ia afetá-la, e não é o que está acontecendo.

Ela assentiu; ele tinha razão. E uma vez que chegaram a seu respectivo andar, cada casal foi para seu quarto.

Ao ficarem sozinhos, Joel abraçou-a com força.

– Vamos, amor, relaxe.

– Não consigo, Joel.

– Consegue sim – afirmou ele com carinho.

– Esse... esse homem, a quem nunca mais tornarei a me referir como meu pai, advertiu os socorristas de que sou alérgica a penicilina. Como ele poderia saber disso se essa alergia foi diagnosticada quando eu era menina, e ele desapareceu quando eu era bebê?

Joel não sabia o que responder. Alana prosseguiu:

– Ontem de manhã eu o entrevistei. Passei horas com ele, e não foi capaz de me dizer que sabia quem eu sou. Ele sabia e não me disse nada. Por quê?

– Calma, meu amor. Talvez ele também tenha ficado surpreso ao vê-la.

– Infelizmente, não dei ouvidos a minha cabeça e me deixei guiar pelo coração. E não só conheci pessoalmente esse homem, como também conheci sua frieza. Como vou contar isso a minha mãe? Como?

Joel se sentou na cama e a sentou sobre suas pernas.

– Você está ferida, decepcionada, cansada e irritada. Acabou de saber algo que não esperava, mas acho que não deve julgá-lo sem falar com ele antes.

– Mas eu já falei bastante com ele. Como não vou julgá-lo?

– Talvez ele também esperasse que você fosse sincera. Não pensou nisso? Você fez o mesmo jogo que ele. Será que você não tem sua parte da culpa?

Furiosa, ela se levantou do colo de Joel e se afastou. Afastando o cabelo do rosto, sibilou:

– Maldição, por que você teve que me dar os dados dele? Por quê?

Ele a olhou, incrédulo:

– Porque você me pediu, por acaso esqueceu?

Alana não respondeu. Joel acrescentou:

– Que eu me lembre, foi você quem quis ver a mensagem que dizia se ele estava vivo ou morto, e depois...

– Depois você investigou mais. Quem lhe pediu? Quem?

Confuso pela recepção que estava tendo, que não era a que esperava depois de voltar do Iraque, Joel replicou:

– Ninguém me pediu, fiz por minha conta.

– Está vendo? Você também tem parte da culpa. Eu, por não ter ouvido minha razão e ter me deixado levar pelos sentimentos, e você por ser intrometido. Se eu não tivesse esses dados, não estaria aqui e... e... caralho!

Joel se levantou e se aproximou dela, mas Alana se afastou. Esse movimento brusco o feriu. Fazia meses que desejava abraçá-la, estar com ela, e, de repente, um mal-entendido estava estragando tudo.

– Tudo bem, Alana – disse ele com tensão na voz. – Assumo minha parte da culpa. Nunca devia ter lhe entregado os documentos com os dados de... de seu pai. E agora, que já assumi meu erro, como outras vezes, o que quer que eu faça? Desapareço daqui ou fico?

Ouvi-lo dizer isso a fez voltar à realidade. Joel poucas vezes se irritava, e muito menos falava assim com ela.

Como podia ser tão mal-agradecida com ele?

Voltando-se, correu para os braços dele, abraçou-o e murmurou:

– Desculpe... desculpe... desculpe... Sou horrível, meu amor. Sou uma imbecil, que está descontando em você algo que não deveria. Desculpe... desculpe...

Ciente da tensão que ela sentia, Joel a abraçou, beijou-lhe o cabelo com carinho, e ao sentir que o furacão Alana estava começando a se acalmar, disse:

– Tudo bem, meu amor, acalme-se.

Alana ergueu o rosto para beijá-lo.

– Não sabe como estou feliz por você estar aqui – murmurou. – Estava com tanta saudade!

Joel por fim sorriu. Roçando os lábios dela com os seus, respondeu:

– Com certeza não tanta quanto eu de você.

Sem vontade de pensar em mais nada, Alana começou a beijá-lo com ansiedade, com urgência e paixão. Precisava esquecer o que havia acontecido. Precisava esquecer seu pai.

Seu corpo despertava e ansiava ser possuído por Joel.

Joel a acalmava, tranquilizava-a, fazia que esquecesse tudo de ruim. Em silêncio, despiram-se. Calças por aqui, camisetas por ali, e quando arrancaram a roupa de baixo e caíram nus sobre a cama, Joel murmurou:

– Estava com saudade desse seu olhar quando a toco, ou quando fazemos amor, quando eu a faço minha... – sussurrou Joel. – Estava com tanta saudade que agora que estou com você, tenho medo de acordar e descobrir que não é verdade.

Essas palavras, ditas por ele a poucos centímetros da boca de Alana, pareceram-lhe as mais eróticas e românticas que jamais ouvira na vida; excitada, entregou-se a ele de corpo e alma, pronta para desfrutar o deleite do amor e do prazer que Joel lhe proporcionaria.

Um tsunami de loucura, paixão e sentimentos a fez se arquear nos braços de Joel. E então, ele murmurou:

– Isso... mostre-me quanto me deseja.

– À merda as preliminares... – murmurou ela lentamente, extasiada.

Ele sorriu.

Alana arfava. Joel arfava. Ambos curtiam. Joel, enlouquecido pela situação, desceu pelo corpo de Alana até chegar com a boca ao úmido centro de desejo dela. Tirou os dedos com que a masturbava, aproximou os lábios e o beijou.

Incapaz de recusar aqueles beijos e carícias tórridas, Alana agarrou os lençóis com força, arqueando o corpo de puro prazer. Joel, com sua boca úmida e sua língua brincalhona, chupava seu clitóris sem parar.

O fogo a consumia. O calor a derretia; nesse momento, o militar, com um sentimento de posse inebriante, brincava com ela e sugava, faminto, os sucos de sua paixão.

Ambos perderam a noção do tempo. Quando Joel se levantou da cama, Alana cravou o olhar no membro dele, que se erguia para ela com um orgulhoso descaro.

– Prometo que nas preliminares seguintes farei tudo que você quiser, mas, agora, faça-me sua. Preciso de você dentro de mim com urgência – sussurrou ela.

Joel sorriu e a levantou da cama. Sentou-a em cima de uma mesa enquanto tentava pôr um preservativo. Mas Alana o deteve, negou com a cabeça e sussurrou:

– Não.

Joel tirou o preservativo, e com a respiração acelerada pelo que ela o fazia sentir, guiou seu membro, e com uma única estocada, penetrou-a. Ambos gritaram, arfaram, arranharam-se. Ele a fitava com admiração, sentimentos e ferocidade.

Alana era perfeita. Perfeita para ele.

– Cuidado com a mão – sussurrou ele ao ver que Alana se apoiava nela.

– Esqueça a mão, não pare.

Isso o fez sorrir; feliz por estar dentro dela, Joel aproximou sua boca da dela para se fundir em um beijo abrasador, enquanto se mexia sem parar dentro da mulher que amava.

Famintos, morderam-se os lábios, beijaram-se e se abraçaram enquanto acoplavam o corpo a um ritmo infernal de prazer. Seus gemidos se unificavam, faziam amor sem controlar o corpo, nem frear desejos.

Ambos perderam a noção do tempo; durante horas, os suspiros encheram o quarto.

Mais tarde, deitados na cama, Alana olhou para Joel com ternura. Ninguém nunca a havia feito tão feliz. Mas, de repente, lembrou-se do acontecido com seu pai e suspirou.

O sentimento de frustração ainda a habitava, mas não com a mesma fúria dessa manhã. Joel tinha razão, ela havia feito o mesmo jogo que o pai. Havia se apresentado a ele sem lhe dizer a verdade. Mas isso dava a ele o direito de fazer o mesmo?

24

Quando Alana acordou, levantou-se com cuidado da cama para não acordar Joel, que estava dormindo. Pegou o gravador, trancou-se no banheiro, sentou-se no chão e escutou o testemunho gravado.

Quando acabou, com lágrimas nos olhos, tirou a faixa da mão e entrou no chuveiro. Ao sair do banheiro, encontrou Joel acordado, sentado na cama.

– Olá, Ligeirinho.

Ela se aproximou com um sorriso e, sentando-se ao seu lado, beijou-o.

– Olá, Capitão América.

– Ora, vejo que seu humor não é dos piores.

Alana suspirou. Levantando-se da cama, foi até a janela, mas, antes de chegar, deu meia-volta e, mostrando-lhe o gravador, disse:

– Quero que você ouça isto.

Durante um bom tempo ambos escutaram em silêncio o terrível relato do que havia sido a guerra do Vietnã para um veterano.

Quando Alana desligou o gravador, Joel balançou a cabeça, sério.

– É terrível.

– No Iraque, ou onde quer que você esteja, é igual?

Joel fitou-a. Dizer que não seria mentir, mas dizer que sim também. Medindo suas palavras e segurando a mãos dela para enfaixá-la, respondeu:

– Alana, são situações diferentes. Ambas têm seus perigos, mas esses são diferentes. Nem de longe eu vivi algo como o que seu pai relata em seu testemunho.

Ela o olhou com intensidade.

– Acho que você deveria ir à casa dele para conversar – sugeriu Joel.

– Não.

– Você devia tentar. Dessa vez como filha, não como jornalista.

– Ele sabia que eu era sua filha e não disse nada.

– E você sabia que ele era seu pai e também não disse nada. Qual é a diferença?

Alana suspirou. Joel, ciente da importância daquilo, insistiu:

– Acho que conversar como pai e filha mudaria tudo.

Ela negou com a cabeça. Aquilo era uma loucura. Como iria até lá para falar com ele?

Mas, por fim, respirou fundo e disse:

– Tudo bem. Vista-se e vamos. Mas se ele não quiser falar comigo, daremos meia-volta e esqueceremos o assunto.

Joel assentiu. Contente com a decisão dela, respondeu, enquanto acabava de enfaixar-lhe a mão:

– Tudo bem.

Depois de avisar Karen e Isa e dizer que voltariam em algumas horas, saíram do quarto em direção ao elevador. Quando chegaram ao térreo, no fundo do saguão viram o pai de Alana esperando-a em sua cadeira de rodas.

– Parece que ele também quer falar com você – disse Joel.

Deu-lhe um beijo na cabeça e a incitou. – Ande, vá falar com ele.

– Venha comigo.

– Ouça, meu amor. Eu estou ao seu lado para tudo que necessitar, mas isso você tem que fazer sozinha. Faça isso por você e por sua mãe.

Alana fechou os olhos e por fim assentiu com a cabeça.

Ele a beijou de novo para se despedir, e depois de trocar um olhar mais que significativo com o homem que os observava, disse:

– Vou esperá-la no quarto. Não tenha pressa.

Quando as portas do elevador se fecharam e Joel desapareceu, Alana respirou fundo e se aproximou daquele homem que não havia tirado os olhos dela.

– Quer beber alguma coisa comigo? – perguntou ela indicando o café do hotel.

Teddy, ao vê-la com boa disposição para conversar, apesar de sua aparente frieza, assentiu.

– Eu adoraria.

Ele pediu um café e ela, uma Coca-Cola. Ao recordar que estava com o gravador no bolso, Alana apertou o Play.

– Como está sua mão? – perguntou seu pai.

Ela, mostrando-lhe o curativo, respondeu:

– Bem. Não foi nada.

O silêncio se instalou de novo entre os dois, até que ele disse:

– Quando vi você outro dia no Birdy, não pude acreditar. Muitas vezes eu havia imaginado esse momento, mas nunca desse jeito.

Ela não disse nada; não podia. Ele perguntou:

– Como está sua mãe?

Quando ele perguntou abertamente por Carmen, Alana voltou a si.

– Bem. Está bem.

– Ela sabe que você está aqui?

Ela negou com a cabeça.

– Não. Acha que estou em Nova York, preparando uma matéria sobre a Quinta Avenida.

Teddy assentiu.

– Por que está aqui?

– Isso o incomoda?

Teddy, ao ver a frieza com que ela se dirigia a ele, negou com a cabeça.

Ela prosseguiu:

– Mamãe sempre quis saber que fim o senhor havia levado.

Aquele "senhor" marcando a distância doeu em Teddy, mas ele não demonstrou.

– E você não?

Alana negou e respondeu com dureza:

– Não, eu não. Se estou aqui é por minha mãe, com a esperança de obter alguma resposta às perguntas dela, nada mais. Ela tentou localizá-lo de mil maneiras, durante anos, mas a resposta do Exército sempre foi a mesma. Por não ser casada com o senhor e por eu não ter seu sobrenome, fecharam-lhe todas as portas. E sabe de uma coisa? Para ser sincera, ela não precisou do senhor para nada, porque soube se virar muito bem sozinha para me criar. Mas ela é tão obstinada que...

– Eu sei. Sei como ela é obstinada – disse ele, sorrindo.

Alana não sorriu. Com o semblante crispado, disse:

– Eu nunca quis que essa velha ferida se reabrisse; o senhor é uma velha ferida nela. É a ferida incurável que não lhe permitiu refazer a vida.

– Vocês sempre foram tudo para mim.

– Que bobagem é essa? Ouça, senhor, não me leve a mal, mas eu não acredito, e...

– Alana – interrompeu ele. – Se não quer me chamar de "pai" porque eu não mereço, tudo bem, mas, por favor... por favor, não me chame de "senhor". Pode ser?

Alana olhou para ele. Para ela também não estava sendo fácil manter aquela distância. Tentando relaxar, respondeu:

– Tudo bem. Mas agora que estamos aqui, quero respostas. – E após um silêncio tenso, perguntou: – Como sabia de minha alergia a penicilina? Que eu saiba, os médicos me disseram isso quando...

Sem deixá-la terminar, Teddy pegou uma sacola pendurada em sua cadeira de rodas e de lá tirou uma pasta.

– Duas vezes por ano, desde que você tinha seis anos, recebo notícias de vocês da Espanha.

– Como?!

– Quando consegui sair do poço em que estava e tomei consciência de que vocês eram algo real, falei com um amigo veterano. O irmão dele tem uma agência de detetives na Espanha, e todos os anos, em dezembro e julho, recebo fotos e relatórios sobre vocês.

Ela o olhou boquiaberta. Pegando a pasta que ele lhe estendia, abriu-a. Cobriu a boca com a mão. Havia ali um monte de fotos dela e de sua mãe em diferentes momentos e fases da vida.

Com o coração batendo a mil, Alana chegou às últimas páginas, em que havia umas imagens atuais dela com Isa, saindo da *Exception* de Madri.

– Por quê? – murmurou ela, fechando a pasta.

– Eu lhe expliquei ontem na entrevista. O Vietnã tirou meu futuro.

Sem entender sua resposta, ela instigou, indignada:

– Você acha que minha mãe teria sido tão insensível a ponto de abandoná-lo pelo simples fato de estar em uma cadeira de rodas? Se acha isso, é porque não a conhece. – E devolvendo-lhe a pasta, acrescentou: – Ela é a pessoa mais paciente, boa e tolerante do mundo, e, pelo pouco que o conheço, não posso dizer o mesmo de você.

Sem deixar de olhar para ela, ele assentiu e disse:

– Quando minha irmã e meu cunhado me levaram para a casa deles em Nolensville, após cinco meses no hospital, eu não era a melhor companhia. Durante anos meu humor foi muito negro, terrível, e eu me comportava como um monstro. Estava com raiva do mundo pela perda de minha mobilidade, por minha desgraça, e era só uma carga para quem me quisesse ter ao seu lado. Uma carga horrível para suportar, que precisava de ajuda todos os dias...

– Mas minha mãe sofreu por você, maldição! – interrompeu ela, furiosa. – Durante anos eu a vi se emocionar quando pensava em você. Ela ainda tem suas fotos em casa, suas cartas, até seus discos. Olhou suas fotos mil vezes, leu suas cartas até decorá-las e escutou seus discos milhões de vezes. E embora ela nunca tenha me dito, eu sei que cada canção que escuta parte seu coração. Será que nunca pensou nisso? Nunca pensou no sofrimento dela?

– Sim...

– Pois se pensou, por que não tentou fazê-la parar de sofrer?

– Eu não podia, Alana... não podia – respondeu ele, desesperado.

Ela mordeu a língua. Palavras mordazes e cruéis se acumulavam em sua mente e em sua boca. Quis insultá-lo pela dor que ele havia causado a sua mãe, mas por fim disse:

– No bairro onde eu cresci, e na cidade de minha avó, além de aguentar os sorrisinhos e os olhares curiosos, tive que aturar a difamação por não ter pai. Na adolescência eu me rebelei contra tudo, mas, mesmo assim, contive-me, por minha mãe. Eu estava farta dos murmúrios e de ter que me fazer de boba. Mas, quando cresci, isso acabou. Lavrei um caráter que muita gente não entendeu e até considerou arrogante. Mas essa foi minha maneira de deixar claro a todo mundo que haviam acabado os comentários mal-intencionados, porque eu não os aturaria mais. Eu já era adulta e podia responder com a mesma malícia.

– Sinto muito... – murmurou ele.

– Quando eu era pequena, na escola – prosseguiu ela como se não o houvesse ouvido –, minhas amigas faziam o presente do Dia dos Pais, e eu odiava. Todas faziam alguma coisa para alguém que eu não tinha, e então inventei que esse era o Dia da Supermãe. Porque foi isso que eu tive e tenho, uma supermãe. Uma mulher que lutou por e para mim todos os dias desde que nasci. E só a ela tenho que agradecer por ser quem sou.

Seu pai a olhou angustiado; Alana perguntou:

– Nunca pensou no que minha mãe teve que passar sendo mãe solteira naqueles tempos?

A expressão de Teddy era cada vez mais angustiada.

– Graças a Deus tenho uma família nota dez, e um avô nota mil, que nos aceitou sem se importar com os deboches e os comentários mal-intencionados de ninguém. Mas quero que saiba que minha mãe sofreu vendo o sofrimento do pai. Meu avô se sentiu enganado por você. Ele achava que você era um homem honesto como ele, e sempre manteve a esperança de que voltaria para me dar seu maldito sobrenome. Coisa que, claro, agora nem quero nem exijo, porque o que tenho é o que me acompanhou a vida toda.

– Alana...

– Cale-se e deixe-me terminar o que preciso lhe dizer – sibilou ela. – Jamais se perguntou o que teria sido de nós se meu avô não houvesse nos aceitado? Se não houvéssemos tido o respaldo que tivemos? Porque meu avô, minha avó, minhas tias e tios, com seu carinho nos mostraram como éramos importantes para eles, e nunca, nunca, nunca nos deixaram de lado nem nos abandonaram como você.

Teddy assentiu. Não era fácil escutar aquelas duras palavras de sua filha, mas as merecia. E quando viu que ela se calava e bebia um gole de refrigerante, disse:

– Quando estávamos na Alemanha, sua mãe tinha uma amiga chamada Teresa. Pelo que sei, o marido dessa jovem sofreu um acidente de trabalho que implicou a amputação de seu braço; e a vida dela foi uma desgraça.

– E o que tia Teresa tem a ver com isso? – replicou Alana.

Teddy prosseguiu:

– Lembro como se fosse ontem o último dia que vi Teresa. Ela estava acabada, chorando. Sua mãe e eu a levamos a um café, onde tentamos acalmá-la. Quando Teresa foi embora, Carmen me disse que nunca na vida queria se encontrar em uma situação como aquela. Teresa trabalhava vinte horas ao dia porque seu marido não conseguia emprego por causa da deficiência, e quando chegava em casa, encontrava um homem desagradável e amargurado. E eu... eu não quis fazê-la passar por isso.

Alana pestanejou. Havia escutado mil vezes essa história de sua tia. E então, seu pai lhe perguntou:

– Como você acha que me senti ao me ver em uma cadeira de rodas, com raiva do mundo e sem emprego?

Alana não respondeu.

– Durante anos tentei arranjar um emprego para lutar por vocês, mas ninguém via em mim um homem. As pessoas me olhavam e só viam um ex-combatente aleijado. Por isso, e com toda a dor de meu coração, quando tomei consciência de que aquilo nunca mudaria, decidi não fazer sua mãe uma pessoa infeliz com um homem inútil para carregar. Se eu voltasse, se entrasse em contato com ela, Carmen não só teria que sustentar você, mas a mim também. E eu... eu... não quis fazer isso com ela. Não pude, Alana. Não pude. Sim, eu as abandonei, mas fiz isso pensando que era o melhor para vocês, não o melhor para mim. Só espero que você entenda isso um dia.

– Você está mentindo. Arranjou um emprego no sítio. Daniel me disse que...

– Meu cunhado era um bom homem, e me ofereceu esse trabalho para me fazer sentir útil – interrompeu-a. – Mas poucas vezes pôde me pagar. O sítio tinha muitos gastos, e com o pouco dinheiro que ele ocasionalmente me dava, eu não poderia ter sustentado vocês; sua mãe teria tido que trabalhar para sustentar a você e a mim. Acredite, Alana, eu só quis o melhor para vocês, e depois de refletir e ver que na Espanha vocês estavam acolhidas pela família, pensei que o melhor era desaparecer. Por isso fiquei no sítio e me conformei com um teto sob o qual dormir, um prato de comida e o carinho de minha irmã e sua família. Mas pode acreditar que não houve um único dia em todos esses anos que eu não tenha pensado em sua mãe e em você. Nenhum.

A crueza de suas palavras e o modo como ele a fitava fizeram Alana entender que ele não estava mentindo. E ela por fim entendeu o que havia acontecido.

– Se você perguntar a sua mãe sobre o que lhe contei de Teresa e o que ela me disse, vai saber que é tudo verdade.

– Farei isso – assentiu ela. – Mas garanto que saber que você levou essas palavras ao pé da letra não vai deixá-la muito feliz. Mas pelo menos ela saberá a verdade de uma vez por todas.

– Eu só pensei na felicidade de vocês – murmurou ele com um fio de voz. – Nunca na desgraça de vocês. Alana, eu nunca quis ser como meu pai, que fez todos nós infelizes. E, claro, também não quis ser um peso para sua mãe. E ao longo desses anos, cada vez que eu via fotos de vocês duas sorrindo, sabia que, de certo modo, havia lhes proporcionado essa felicidade me afastando. Para mim não foi fácil decidir. Eu as amava demais, mas fiz o que achava conveniente e necessário para que vocês fossem felizes. Eu me afastei e me conformei com chamar meus cães de *Al di là*, quando, na realidade, eram palavras que eu queria dizer a sua mãe e a você.

Teddy continuou falando. Explicou detalhadamente tudo que ela queria saber. E Alana o escutou. Quando ele concluiu sua defesa, desmoronou. Grandes lágrimas corriam por seu rosto enrugado enquanto ela o fitava, impassível. O mecanismo de autodefesa de Alana se ativou como havia feito muitas vezes durante a adolescência, e ela simplesmente se limitou a olhar para ele. Havia visto sua mãe chorar tantas vezes por ele que agora precisava que as lágrimas de seu pai não a afetassem.

Mas quando seu coração voltou a se impor sobre sua cabeça, ela se levantou, aproximou sua cadeira da dele e, pegando-lhe a mão com firmeza, murmurou com um fio de voz:

– Desculpe por sido tão dura com você, mas é que sempre estive cheia de perguntas sem respostas, e agora, embora as esteja dando...

– Fique tranquila. Sei que tudo que me disser é pouco. Eu entendo a raiva que tem de mim, filha, entendo de verdade.

Filha?! Ele a chamou de "filha"?

Alana sempre quisera saber como seria quando o homem que lhe havia dado a vida a chamasse assim; gostou da sensação. Gostou de como aquela palavra soou na boca de Teddy. Olhando para ele, murmurou:

– Não sei se um dia poderei chamá-lo de pai. Imagino que...

Não pôde continuar. Ao ouvir essa palavra que tanto desejara escutar da boca de sua filha, ele desmoronou novamente, e os dois acabaram chorando de mãos-dadas. Por fim, Teddy abriu os braços, e Alana, que ansiava por esse gesto, levantou-se, sentou-se nas pernas dele e o abraçou.

Por fim estava abraçando seu pai. Tinha um, como todo mundo, e gostando ou não do que havia acontecido, esse era seu pai.

Ficaram assim vários minutos, enquanto uma estranha conexão se criava entre eles, enterrando anos de ausência e falta de comunicação. Sem esperar nem imaginar, estavam passando de dois desconhecidos a pai e filha.

Quando por fim Alana se levantou para se sentar de novo em sua cadeira, perguntou:

– Nós éramos esse futuro que o Vietnã lhe tirou?

– Sim, filha. Nunca duvide disso.

A partir desse instante, a comunicação entre eles mudou. Continuaram contando e perguntando uma infinidade de coisas um ao outro. Teddy chorou em muitas ocasiões. Alana, ciente do sofrimento dele, consolou-o. Se algo sua mãe lhe havia ensinado era que não devia ser rancorosa, e ia tentar com ele.

– Posso lhe perguntar quem é esse capitão que a acompanha? – quis saber Teddy depois de um tempo.

– É meu presente – respondeu ela sorrindo. – O nome dele é Joel Parker, é capitão da primeira divisão de fuzileiros navais, e assim como você sempre insistia com mamãe, ele diz que temos que viver o momento, porque o futuro ainda não existe.

Teddy assentiu com a cabeça.

– Onde ele está servindo?

– Acabou de chegar do Iraque.

Teddy ficou pensativo. Sem dúvida, o que esse jovem devia estar vivendo não era muito bom. Mas não queria assustar sua filha.

– Tenho que contar a mamãe tudo isto, mas não sei como – disse Alana apoiando os cotovelos na mesa.

– Diga-lhe a verdade. É o melhor caminho, e tenho certeza de que, quando lhe contar, ela vai me chamar de otário. Ela ainda diz isso?

– Sim, claro que diz – respondeu ela, divertida.

E sem afastar os olhos dele, insistiu:

– Não vai ser fácil lhe contar tudo isto. Não sei como ela vai encarar.

Teddy suspirou; depois de refletir um pouco, perguntou:

– Quer que eu conte com você?

Alana negou com a cabeça.

– Não... não... é melhor eu falar com ela, e que mamãe decida o que quiser. E se não quiser vê-lo nem perdoá-lo, só espero que você respeite sua decisão.

– Eu prometo. Vou respeitar sua decisão, seja qual for. É o mínimo que posso fazer.

Nesse momento, ela se lembrou que estava com o gravador no bolso da jaqueta. Pegou-o e o mostrou a ele.

– Tenho nossa conversa gravada aqui. Você se importa se ela ouvir?

– É o melhor documento que você pode lhe mostrar – respondeu ele, sorrindo.

O que a esperava quando chegasse à Espanha não seria fácil. Alana ficou pensativa. Seu pai encheu o copo dela com a Coca-Cola que restava na lata e disse:

– Depois de um copo encher... resta outro por beber.

– Sabe que mamãe também diz isso?

Seu pai sorriu, pegou a mão de Alana de novo e disse:

– É que Larruga era muito pentelho, e continua sendo, querida.

À tarde, Alana e Joel acompanharam Teddy até sua casa, onde Audrey e Daniel, ao saber que aquela era sua sobrinha e prima, choraram, emocionados, enquanto Alana e Teddy sorriam, e Joel, em segundo plano, observava-os sentindo-se muito feliz.

25

Dois dias depois, os quatro voltaram a Nova York.

Joel convidou Karen e Isa a ficar com eles no apartamento, mas elas não aceitaram. Alana notou algo estranho em Isa; sabia que ela não estava bem. Karen e ela foram para uma casa emprestada de uma amiga. E, naturalmente, com tantas emoções, a última coisa em que Alana e Isa pensaram foi na matéria pendente.

O fato de ter por fim conhecido seu pai e a verdade, embora não compensasse os anos perdidos, deixava-a muito feliz. Joel sorria ao vê-la assim, mas sabia que sua felicidade não seria completa enquanto não contasse tudo a sua mãe.

Certa noite, enquanto Joel preparava o jantar com música de rádio ao fundo, Alana tirou o curativo da mão. Movimentou-a e suspirou aliviada. Por sorte, estava bem.

Foi à cozinha e se sentou em um banquinho em frente ao balcão. Enquanto bebia uma Coca-Cola, pensou em como aquele homem a fazia feliz.

Desde que haviam se encontrado e ela decidira que queria que ele fosse seu pecado, Joel não deixara de lhe demonstrar como Alana era especial para ele e quanto apostava no relacionamento deles. Conheciam-se fazia pouco mais de cinco meses, mas cada segundo que Joel passava com ela tentava fazer que fosse especial e único. Não parava de mimá-la, protegê-la, fazê-la rir; cuidava dela, ajudava-a e fazia amor com ela com verdadeira paixão. Sem dúvida alguma, como ele dizia, ele queria tudo, porque se dava inteiro.

Ao lado dele muitos medos de Alana haviam ficado para trás. Ele a ajudara a superá-los e a acreditar que o amor incondicional existia sim. E, de repente, ela soube. Era ele. Ele era o amor de sua vida. Joel havia roubado seu coração de tal forma que, como dizia sua mãe, diante isso, nada se podia fazer.

– O que está pensando, Ligeirinho? – perguntou Joel ao vê-la tão pensativa.

Ao ver sua expressão marota, Alana sorriu. Bebendo um gole de Coca-Cola, disse:

– Aceito.

Joel ficou olhando para ela; deixou a faca em cima do balcão, tirou o avental e, aproximando-se lentamente, perguntou:

– Aceita?

Ela assentiu.

– Eu te amo. Estou total e completamente apaixonada e quero morar com você em Fort Irwin, na Cochinchina ou onde quiser. Aceito sua proposta, capitão Parker, se você quiser.

– Quero... claro que quero! – respondeu ele, emocionado.

Fazia dias que acalentava a ideia de lhe perguntar se ela havia pensado em sua proposta, mas com o que havia acontecido com o pai dela, achou que não seria pertinente.

Nesse instante, começou a tocar *Crazy*, com Patsy Cline. Ao recordar como os dois haviam dançado essa canção naquele restaurante, sem se importar com as pessoas que olhavam, Alana disse:

– Meu Deus... que canção mais linda!

E divertida ao ver como ele ficara perturbado quando ela aceitara a proposta, murmurou:

– Não se mexa.

Surpreso, ele a viu descer do banquinho, abrir um dos armários da cozinha, e depois de procurar algo, cravou um joelho no chão diante dele e disse:

– Joel, amor da minha vida, quer se casar comigo?

E a seguir, mostrando-lhe um *calamari* que tinha na mão, acrescentou, piscando para ele:

– Se disser que sim, já tenho até o anel.

Apaixonado, louco por ela, Joel sorriu e respondeu, divertido:

– Sim, meu amor, claro que quero me casar com você.

Ele a levantou do chão, pegou-a no colo e a beijou, enquanto aquela canção romântica continuava tocando ao fundo.

Afastando sua boca da de Alana, Joel a deixou no chão e, abraçando-a, começou a dançar com ela. Mas surpreso ainda, perguntou:

– Ligeirinho, o que você bebeu?

– Só a Coca-Cola que você me deu – respondeu ela, divertida.

Ambos riram; ele murmurou:

– Sabe de uma coisa?

– O quê?

– Nossos filhos não vão me perdoar por eu não ter me ajoelhado e a pedido em casamento.

Filhos?! E sorriu, encantada.

– Não seja careta, Capitão América. Você, do seu jeito, já me pediu várias vezes, e acho que era minha vez. E quanto ao negócio de filhos... quantos você quer ter?

– Pelo menos um. O que você acha?

Feliz por ele não ter dito meia dúzia, ela assentiu e sussurrou, enquanto começava a tocar *Since I Don't Have You,* do Guns N' Roses.[68]

– Acho um bom número.

Ele estava louco de amor, louco de desejo... louco pela mulher que adorava. Pegou-a de novo no colo e, esquecendo o jantar e o resto do mundo, levou-a para o quarto, onde com ternura, posse e erotismo, fizeram amor.

Na manhã seguinte, depois de uma noite de paixão maravilhosa, ambos se levantaram e foram para a cozinha fazer um café.

68 *Since I Don't Have You*, Geffen Records, interpretada por Guns N' Roses. (N. da E.)

– Tenho que falar com minha mãe urgentemente – disse Alana. – Acho que entre o negócio de meu pai e nosso casamento, a mulher vai ter um troço.

Joel sorriu. Ainda não podia acreditar que Alana havia concordado em se casar com ele. Quando ele também contasse a sua mãe, ela ficaria louca. Mas não estava a fim de pensar nisso nesse momento, de modo que perguntou:

– Quer que eu reserve duas passagens para a Espanha?

– Você iria comigo?

Joel se aproximou, pegou-a pela cintura, sentou-a sobre o balcão e murmurou, beijando-lhe o pescoço:

– Claro, meu amor... Com você vou até o fim do mundo.

Depois de um tempo, Alana pegou seu celular e começou a digitar um número.

– Sabe de uma coisa? – disse. – Minha mãe sempre quis conhecer Nova York. Vamos comprar uma passagem para ela.

– Você vai lhe dar a notícia do casamento e de seu pai por telefone?

– Não. Só vou dizer que preciso dela aqui porque tenho que lhe dar uma notícia boa. – E dando uma piscadinha para fazê-lo sorrir, explicou: – Nosso casamento.

À tarde, o futuro casal Parker se encontrou com Karen e Isa para tomar uns drinques. Mas só Isa foi, e se emocionou ao saber da boa notícia.

Em dado momento, quando Joel foi ao balcão pedir outra rodada de bebidas, Alana perguntou a sua amiga:

– Está acontecendo alguma coisa?

– Não...

Mas, pouco convencida, ela insistiu:

– Como diria sua santa mãe, a Dolorosa: María Isabel, o que você tem? E não torne a dizer que não é nada porque vou ficar irritada.

Isa, entendendo que ela não pararia até saber, por fim disse:

– Karen e eu terminamos.

A notícia caiu como um balde de água fria sobre Alana. Mas antes que ela dissesse qualquer coisa, Isa acrescentou:

– Fique tranquila, não vou morrer por causa disso.

– O que aconteceu?

Isa respondeu com tristeza:

– Parece que, quando ela esteve em Maryland depois do acidente, reencontrou sua ex. E, bem... é isso.

– Mas...

– Alana, não vou mais me torturar por isso. A história acabou e ponto-final.

– Mas você está tão apaixonada por ela! O que está dizendo?

– Estou dizendo que quero alguém que só tenha a mim no coração – respondeu sua amiga depois de beber um gole de sua bebida –, porque me recuso a dividir meu amor com outra pessoa. Quero alguém que me olhe da forma apaixonada, como o capitão metido olha para você. Que atravesse metade do mundo só para me ver por 48 horas e que me ame como eu estou disposta a amar. Só quero isso. E ontem à noite, depois de falar com Karen e ver que eu não sou a única para ela, decidi pôr ponto-final, peguei minha mala e fui para um hotel.

– Ai, meu Deus, Isa... lamento.

– Ontem à noite chorei, fiquei com dó de mim, xinguei o filho da mãe que move os fios do destino, mas hoje estou bem. E estou bem porque sou uma mulher com um par de ovários que se ama, que vale um monte e que não vai sofrer por quem não merece. E tudo isso eu aprendi com você.

– E por que não me ligou e foi lá para casa? Você é boba?

Sua amiga soltou uma gargalhada.

– Porque não queria atrapalhar o casal feliz. E além do mais, precisava ficar sozinha para pensar.

– Caralho, Isa... e eu aqui lhe dando a notícia de meu casamento.

– Fiquei muito feliz de saber, sua tonta! – disse Isa rindo. – Além do mais, pode acreditar, meu coração sabia que o rolo com Karen ia acabar. Você sabe... nosso sexto sentido! Sim, gosto dela, ou melhor, gostava muito, mas ela não é a única mulher do mundo. E você me conhece, nem o iceberg que afundou o *Titanic* me afunda.

Alana ia dizer algo mais quando Joel, voltando, perguntou ao ver a cara delas:

– Que foi?

– Você sabia que Karen estava de rolo com a ex? – perguntou Alana.

Ele levantou as mãos e respondeu:

– Juro que não sabia de nada até que Karen comentou quando estávamos indo para Nashville. Ela me disse que ia lhe contar, Isa. – E olhando para ela, murmurou: – Lamento, eu...

– Fique tranquilo, Capitão América. Como diz a tatuagem de minha amiga, o que não mata fortalece. Isso é só mais uma decepção na vida.

– Mas, Isa... – começou Alana.

No entanto, Isa não a deixou falar.

– Não quero fazer um drama de algo que não vale a pena. Hoje é um dia muito especial. Vocês ficaram noivos, e estou feliz... feliz... feliz, e nada nem ninguém vai estragar isso, entenderam? E agora – acrescentou olhando para Joel –, você não vai dar um lindo anel a minha amiga?

Ele sorriu. Meia hora depois, os três se dirigiram a uma joalheria.

Ao passar pela Tiffany, as garotas pararam para olhar a vitrine. As coisas ali eram lindas, mas Alana, ciente de que nenhum dos dois era rico, disse:

– Sejamos sinceros. As coisas aqui são lindas, mas acho que estão acima do nosso orçamento.

Joel ia dizer algo quando Isa interveio:

– Por que não vamos àquela joalheria que descobrimos na Oitava?

– Qual? – perguntou Alana.

– Antes que tentaram roubar minha câmera e deixaram seu olho roxo, lembra que vimos uma joalheria em liquidação que ia fechar dia 31 de dezembro?

– É verdade! – exclamou Alana, ao recordar.

– Se bem me lembro – prosseguiu Isa –, você gostou muito de um anel que viu lá. Talvez ainda esteja lá.

– É verdade. Sim... sim, vamos lá. Eles tinham coisas lindas.

Joel, que as havia escutado em silêncio, segurou Alana quando elas começaram a andar; puxando-a para si, disse:

– Se quiser um anel da Tiffany, eu compro, meu amor.

Ela sorriu. Era evidente que mesmo que tivesse que empenhar o uniforme, Joel o compraria. Mas após beijá-lo, ela respondeu:

– Eu quero você, e já tenho. As coisas materiais não têm importância.

Meia hora depois os três entravam na pequena joalheria, que, por sorte, ainda tinha o anel de que Alana havia gostado. Joel o comprou, enquanto Alana comprava outro para ele, que também merecia.

26

Dois dias depois, Carmen aterrissava no aeroporto JFK, em Nova York. Depois de cumprimentar sua filha e Joel carinhosamente, ele pegou sua bagagem, e ela, notando a marca na testa de Alana por causa do ciclista que a havia atropelado, perguntou:

– O que aconteceu?

Ela respondeu:

– Ah, um arranhão sem importância. – E rapidamente, para que ela não perguntasse mais, mostrou-lhe o dedo onde brilhava o anel e murmurou, sorrindo: – Mamãe, o que acha disso?

Carmen estacou. Contemplou o anel de noivado que Alana lhe mostrava e a cara de felicidade da filha. Olhando para Joel, perguntou, surpresa:

– Como você conseguiu?

Alana e ele soltaram uma gargalhada.

– Ainda não sei – respondeu ele.

Encantada com a felicidade da filha, Carmen lhes deu os parabéns, beijou-os e abraçou-os. Agora entendia aquela viagem repentina a Nova York.

Com Carmen já recuperada da boa nova, seguiram até o carro, e Joel lhe contou como Alana havia ficado de joelhos e o pedido em casamento.

Carmen a olhou, incrédula.

– Juro, mami, eu fiz isso!

Os três entraram no carro gargalhando.

Quando chegaram ao apartamento do cunhado de Joel, Carmen se instalou no quarto de hóspedes, acolhedor, e começou a desfazer a mala. Subitamente, ouviram a campainha. Dois segundos depois, Isa abria os braços, dizendo feliz:

– Carmela da minha vida, que alegria vê-la!

Carmen abraçou com carinho aquela louca a quem conhecia desde que era uma adolescente e que amava como a uma filha.

– Você está sozinha? – perguntou.

– Sim, Carmela. Não tenho tanta sorte no amor como a esperta da sua filha.

– Mas não se angustie por isso – respondeu Carmen, abraçando-a de novo –, sua metade da laranja vai chegar quando você menos esperar, você vai ver!

Enquanto Joel e a mãe de Alana conversavam, Isa se aproximou de sua amiga e, em tom irônico, perguntou:

– E a matéria da Quinta Avenida, quando vamos fazer?

– Você está bem? – perguntou Alana.

Isa sorriu e, dando uma piscadinha, sussurrou:

– Estou perfeita. Ontem à noite, quando os deixei, fui beber com umas amigas, e foi ótimo.

– Isa...

– Juro, Alana, foi ótimo. Você me conhece, eu não sofro mais de 27 horas seguidas por ninguém que não mereça. Karen já é passado. Você sabe que quando tomo uma decisão, fico firme.

– Mas o amor é terrível, Isa.

– Eu sei. Mas, por sorte, o filho da mãe que move os fios do destino me fez conhecer uma garota incrível ontem à noite. Oh, Deus, que olhos ela tem!

Isso fez Alana rir. Sem dúvida, sua amiga era forte como um carvalho.

Depois de escutar as maravilhas que Isa lhe contou daquela garota, disse, para reconduzir o assunto:

– Quanto à matéria, acho que vou me retirar do jogo. Minha vida agora tem outras prioridades, que são meus pais e Joel. Espero que você entenda.

– Claro que entendo, mas e os chefões? – perguntou Isa com um sorriso.

– Quando voltarmos à Espanha, vou falar com eles e explicar o motivo pelo qual não vou fazer a matéria. Espero que compreendam.

– Vocês vão se casar antes do Natal?

Alana negou, divertida.

– Que eu saiba, não. Vamos nos casar mais pra frente. Você sabe que eu sempre faço tudo ao contrário.

– E vão morar em Fort Irwin?

– Sim. Joel disse que ali teremos casa do Exército, e também temos o apartamento dele em Long Beach, para quando possamos dar uma fugida.

– E como você vai fazer para trabalhar? Pelo que vimos, Fort Irwin não fica perto de Los Angeles.

– Na verdade, não sei – respondeu Alana. – Deve ser a umas duas horas de Los Angeles. Mas vou achar uma solução.

Então, Isa explicou, marota:

– Pois saiba que, quando chegarmos à Espanha, eu decidi que também vou falar com a diva divina e vou pedir uma licença. Fique tranquila – acrescentou ao ver a cara de sua amiga –, não vou ficar sozinha nesta cidade magnífica, você sabe. Mas vou dar um grande desgosto a minha querida Dolorosa quando lhe disser que vou me mudar para tão longe; e a meu pai quando ele vir que não vai ter com quem discutir quando o Madri e o Barça jogarem. Mas percebi que é agora ou nunca.

– Caralho, Isa. Se ganhássemos com a matéria, os dez mil euros lhe viriam muito bem.

– E para você seria ótimo o dinheiro e um emprego garantido na redação da *Exception* de Los Angeles. Mas não vamos pensar nisso. As coisas são como são, e simplesmente devemos desfrutá-las e tentar realizar nossos sonhos.

Como sempre, encantada com a positividade de Isa, Alana assentiu.

– Prometo pôr o vestido prata na inauguração de sua exposição fotográfica, se você prometer pôr o preto que deixa seus peitos incríveis.

Ambas riram.

– Quando Claudia, Susana e Lola souberem, vão nos matar – comentou Isa.

Ao pensar nelas, Alana sorriu.

– Vamos sentir saudades delas, como elas de nós. Mas podemos fazer como minha mãe e minhas tias. Uma vez por ano, reunimo-nos todas na casa de uma de nós...

– Para ver *A força do destino*, como nos velhos tempos – finalizou Isa.

Emocionadas com as mudanças que a vida delas ia sofrer em breve, as duas se olharam. Alana murmurou:

– Amo você, língua de trapo.

– Eu também amo você, dona "vou ter um troço"– disse Isa, abraçando-a.

Ao meio-dia, os quatro foram almoçar em um restaurante próximo ao Central Park. Lá, riram e conversaram, e em dado momento, Carmen notou algo em sua filha e disse:

– Alana, por que não está com sua plaquinha da alergia?

Alana, tocando o pescoço, justificou-se:

– A correntinha quebrou há alguns dias.

– O que você anda fazendo ultimamente com as correntinhas? – debochou sua mãe.

– Ela é uma desastrada, Carmela, você a conhece.

Ao pensar em seu pai, Alana e Joel se olharam. E então, Carmen soube que sua filha estava escondendo alguma coisa. Desde pequena, aquele rápido movimento de olhos a delatava.

– Alana.

– Sim, mamãe?

– Alana... olhe para mim. Você está escondendo alguma coisa. O que é?

– Mamãe!!

Sem se dar por vencida, a mulher insistiu:

– Alana, eu a conheço. Ande, diga o que está acontecendo.

Disfarçadamente, Alana trocou um olhar com Isa, que olhou para o teto. Como sua mãe sempre podia saber quando estava escondendo alguma coisa?

Joel desviou a conversa como pôde, e Carmen deixou para lá. Mas, sem dúvida, alguma coisa estava acontecendo, e cedo ou tarde ela saberia.

Quando chegaram ao apartamento, Carmen ficou com sua filha olhando da janela a excelente vista da cidade de Nova York. Então, Joel disse:

– Isa e eu vamos resolver uns assuntos.

Alana assentiu, nervosa. Haviam combinado isso para que ela pudesse falar com sua mãe tranquilamente. Quando os dois desapareceram, Carmen olhou para Alana e disse:

– Estou muito contente por seu casamento e por Joel estar em sua vida, minha querida, mas sei que algo mais está acontecendo. Eu sei e quero saber o que é.

Sem adiar mais, Alana pegou a mão de sua mãe e, fazendo-a sentar no sofá, disse:

– O que vou lhe contar vai aborrecê-la, mas você tem que me prometer que...

– É sobre seu pai?

Incapaz de mentir, Alana assentiu e sussurrou:

– Você como adivinha é impagável.

Carmen sorriu. Acomodando-se no sofá, apesar do coração acelerado, disse:

– Fique tranquila, querida, conte-me o que for. Estou preparada para tudo.

Alana respirou fundo e lhe explicou tudo que havia acontecido, passo a passo, para não esquecer nada.

O rosto de Carmen refletiu todos os estados de ânimo possíveis. Por fim, Alana acabou e lhe deu um tempo para assimilar o que havia lhe contado.

– Ele está vivo... – murmurou Carmen com um fio de voz.

– Sim, mamãe, está. E antes que me pergunte mais coisas e eu as explique do meu jeito, tenho aqui uma gravação dele contando tudo, e acho que você deveria ouvir.

Carmen assentiu. Quando sua filha apertou o play e Carmen reconheceu a voz de seu amor, cobriu a boca com as mãos. Trinta e oito anos haviam se passado desde a última vez que a escutara. Sem poder evitar, Carmen se emocionou.

Angustiada ao ver a reação de sua mãe, Alana ia desligar o gravador, mas Carmen pôs sua mão em cima e não lhe permitiu. Não queria deixar de ouvir a voz dele, e queria ouvi-lo até o final.

Quando a gravação acabou e Alana desligou, com os olhos úmidos como os de sua mãe, ela ia falar, mas Carmen sussurrou:

– Eu nunca... nunca devia ter dito aquelas palavras. Ele não era como o marido de Teresa, Teddy nunca teria sido assim. Ele nunca teria me tratado como Arturo.

– Mamãe... mamãe, escute – disse Alana, tentando acalmá-la. – Ele me confessou que quando foi morar com a irmã e o cunhado, seu humor era horrível, e que sua irmã não o expulsou de casa justamente porque era sua irmã, mas...

– Alana... – interrompeu Carmen –, se eu não houvesse dito aquelas palavras, ele teria entrado em contato comigo e tudo teria sido diferente. Será que não percebe?

Ciente de que umas simples palavras podiam mudar uma vida, Alana assentiu.

– Sim, mamãe, claro que percebo. Mas as coisas foram assim, e nada se pode fazer, salvo entendê-las e aceitá-las. Quando você disse aquilo, nunca pensou que pudesse acontecer algo, e muito menos isso.

– Claro que não, filha. Eu estava com raiva por causa da situação de Teresa, ela não merecia. Mas... mas eu teria dado a vida por seu pai; ele não sabia disso?

Alana suspirou. Tentando entender ambas as partes, respondeu:

– Sim, ele sabia, e justamente por isso se afastou de você. Ele tomou a decisão que julgou mais acertada sem pensar nas consequências. Acho que o medo da rejeição que ele via nos outros foi o que fez ele se esconder de nós e se apegar a suas palavras. Para um homem de 28 anos, não deve ter sido fácil se ver condenado a uma cadeira de rodas, e muito menos pensar que dali em diante teria que depender de você.

– Mas... mas eu o amava.

– Eu sei, mamãe, e juro que depois de ouvi-lo, sei que ele também a amava; e seu jeito de provar foi não a sobrecarregando com mais obrigações que as que você já ia ter comigo. Ele me falou do pai dele...

– Ele sempre quis ser um bom pai – sussurrou Carmen, emocionada. – E agora percebo que Teddy tentou protegê-la de si mesmo sem notar que ele nunca teria sido um pai ruim para você.

Quando, à tarde, depois de mais de quatro horas de conversa, Joel apareceu, viu os olhos vermelhos de Carmen e, sem hesitar, foi até ela e a abraçou. Acalentou-a como se fosse sua própria mãe e a consolou com carinho e dedicação. Ao ver esse gesto tão doce, Alana se emocionou.

À noite, Carmen foi cedo para a cama. Estava esgotada, e tudo que havia descoberto a fizera recordar e pensar.

Em seu quarto, Joel abraçou Alana, e dando-lhe um beijo na testa, disse:

– Morro de vontade de ir para a cama com você, mas acho que esta noite você deveria dormir com sua mãe.

Ela sorriu. De novo Joel deixava seus desejos de lado para satisfazer os dela e de sua mãe.

– Obrigada – murmurou ela.

– Por que, meu amor?

Manhosa, ela roçou sua testa no rosto dele.

– Por tudo. Por ser tão perfeito e por aparecer em minha vida.

Joel sorriu e, beijando-lhe a ponta do nariz, respondeu:

– Saiba que tudo isso tem seu preço, e quando eu cobrar, você não vai poder dizer não.

A seguir, acompanhou-a até a porta do quarto onde a mãe de Alana descansava, beijou-lhe suavemente os lábios e foi embora.

Quando Alana deitou na cama com Carmen, sua mãe estava acordada. Ao ver sua filha, sorriu e a abraçou. Nada no mundo a reconfortava mais que ter Alana.

27

Às oito da manhã seguinte, quando Joel se levantou, Carmen já estava tomando café. Os olhos de ambos se encontraram e se cumprimentaram com um sorriso.

– Obrigada por tudo, e em especial por amar minha filha como a ama – disse Carmen.

– Foi um prazer – respondeu ele, sorrindo –, especialmente em se tratando de sua filha.

Nesse instante, abriu-se a porta do quarto de hóspedes e Alana saiu de cabelo revirado. Carmen murmurou:

– Espero que não esteja de muito mau humor.

– É – debochou Joel. – Porque essa menina é terrível com seu mau humor matinal.

– Eu estou ouvindo – disse Alana –, só para que saibam.

Ambos sorriram. Alana, ao ver sua mãe contente, aproximou-se e lhe deu um beijo.

– Bom-dia, mami.

– Bom-dia, querida.

– Você está bem?

Comovida pela preocupação que via nos olhos dela, Carmen respondeu:

– Sim. Estou tranquila e bem.

A seguir, Alana se aproximou de Joel, e após dar-lhe um beijo nos lábios, também o cumprimentou:

– Bom-dia, capitão.

– Bom-dia, Ligeirinho.

Carmen, ao ouvir esse nome tão estranho pelo qual ele se dirigira a sua filha, olhou para Joel e perguntou:

– Por que você a chama assim?

Os dois riram, e ele disse:

– Porque no dia em que a conheci, quando ela soube que eu era fuzileiro naval, fugiu de mim correndo, como o ratinho Ligeirinho.

– Imagine meu horror quando eu descobri – explicou sua filha, gesticulando.

Carmen riu de novo, enquanto Joel pegava outra xícara. Enchendo-a de café, entregou-a a Alana. Carmen gostou do gesto. Ver que ele se preocupava com sua filha lhe mostrou que ela soubera escolher.

Pouco depois chegou Isa, e os quatro, sentados ao redor da mesa, falaram sobre coisas banais. Até que Carmen olhou para Alana e disse:

– Eu gostaria de vê-lo. Podemos ir hoje?

Joel e Alana se olharam, surpresos. Isa exclamou:

– Que coragem, Carmela. Adorei. Você é minha heroína.

– Claro que podemos ir – disse Alana. – Vou ligar e...

– Não ligue – interrompeu Carmen. – Quero surpreendê-lo.

– Vou com vocês – ofereceu-se Isa. – Vocês se importam?

Alana olhou para sua mãe e, quando a viu negar com a cabeça, dirigiu-se a Joel:

– Amor, você pode se informar quando é o próximo voo para Nashville?

Às três e meia da tarde os quatro aterrissavam no aeroporto daquela cidade. Uma vez ali, Joel alugou um carro e pegaram a estrada para Nolensville.

Com os nervos à flor da pele, Alana olhava para sua mãe, que estava sentada atrás com Isa. Perguntou:

– Você está bem?

– Sim. Meio nervosa, mas bem.

– Mamãe, tem certeza de que quer vê-lo? – insistiu.

Carmen assentiu e, adoçando o olhar, disse:

– Faz 38 anos que espero este momento, querida. Como não vou querer vê-lo?

Ao chegar, Alana indicou a Joel que estacionasse na estrada. Se entrassem com o carro os alertariam de sua chegada, e sua mãe havia dito que queria surpreendê-lo.

Quando desceram do carro, a jornalista pegou sua mãe pelo braço e disse:

– Quando quiser ir embora, basta me dizer, certo, mami?

– Sim, fique tranquila.

– Posso bater fotos para imortalizar o momento? – perguntou Isa.

– Claro que sim, meu bem. Quantas quiser – assentiu Carmen.

Uma vez ali, subiram os três degraus e Joel bateu na porta. Segundos depois, Audrey abriu.

Ao ver o grupo, cravou seu olhar em Carmen e murmurou, emocionada:

– Você veio... Oh, meu Deus, Carmen. Você veio!

As duas mulheres se fundiram em um abraço emotivo, enquanto Audrey se justificava:

– Eu não sabia de nada, senão juro por meu filho Daniel que teria entrado em contato com você. Eu juro.

– Eu sei, Audrey – respondeu ela. – Eu sei.

Alana, ao ver a emoção no olhar das duas e Isa já chorando, sorriu e disse:

– Ouça, tia, minha mãe quer surpreendê-lo. Onde ele está?

– No jardim.

Todos entraram na casa e foram para a cozinha. Já ali, sem abrir a porta do jardim dos fundos, Audrey sussurrou:

– Está trabalhando nas contas do sítio.

Ao se juntar para olhar para ele, Alana viu o cachorro com ele e disse:

– Temos que chamar *Al di là*.

– *Al di là*? – perguntou sua mãe com o coração a mil.

Alana sorriu e afirmou.

– Sim, mamãe. O cachorro dele se chama *Al di là*.

Saber disso fez Carmen sorrir. Audrey, emocionada, esclareceu:

– Nestes anos, ele teve três cachorros, todos com o mesmo nome – e enxugando os olhos com um lenço, sussurrou. – Eu nunca soube como esse nome era especial para ele. Nunca.

– Fique tranquila, tia – sorriu Alana abraçando a mulher.

Enquanto elas conversavam, Carmen só podia olhar para o homem grisalho que estava sentado na cadeira de rodas no fundo do jardim, enquanto seu coração batia descontrolado.

Teddy. Aquele era Teddy. O militar que havia conhecido na juventude e por quem se apaixonara tão loucamente. O jovem com quem passeara de mãos-dadas pelo parque Dutzendteich, que lhe ensinara a dançar *rock and roll*, e com quem se casara naquele dia chuvoso na igreja de Santa Martha.

Estava com boa aparência. Como costumava dizer em espanhol, "*quien tuvo, retuvo*",[69] e apesar da idade e de estar em uma cadeira de rodas, estava tão bonito e elegante como sempre.

Já mais calma, Audrey olhou para todos e disse:

– Deem-me um segundo, vocês vão ver que *Al di là* logo vem.

E sem perder tempo, abriu a geladeira, pegou um pacote de salsichas e começou a mexer nele. Instintivamente o animal levantou a cabeça, depois o corpo, e a seguir correu para a cozinha.

– Nunca falha! Ele é um guloso! – exclamou a mulher sorrindo, enquanto todos riam.

Carmen olhou para sua filha, e passando a mão pelo cabelo, perguntou:

– Estou bem?

Alana sorriu. Adorava sua mãe; assentindo, afirmou:

– Você não ficaria feia nem se quisesse.

– Oh, Deus... – choramingou Isa olhando para elas. – Vocês dizem coisas tão bonitas que me fazem chorar como uma idiota.

Joel a abraçou e sorriu.

– Quer que eu vá com você? – perguntou Alana a sua mãe.

Mas ela negou com a cabeça.

– O que vai dizer a ele?

Carmen deu uma piscadinha e murmurou:

---

69 Em tradução livre: "Quem foi rei, nunca perde a majestade". (N. da E.)

– O que esperei metade da vida para lhe dizer.

E sem perder nem mais um segundo, abriu a porta e foi para o jardim, enquanto Isa enxugava as lágrimas e preparava a máquina para bater fotos de dentro da cozinha.

Com passo firme e seguro, mas com o coração acelerado, Carmen se dirigiu à mesa dos fundos do jardim, onde Teddy escrevia algo em um livro de contas.

Subitamente, voltou a se sentir como aquela mocinha meio maluca que se derretia na Alemanha ao ver seu amor.

O tempo retrocedeu, e ela só viu nele o jovem por quem havia se apaixonado, e que dentre muitas outras coisas, havia lhe ensinado o que era o verdadeiro amor.

Um amor que nem o tempo nem as vicissitudes da vida lhe haviam permitido esquecer e que agora estava a poucos metros dela.

Teddy, absorto, não notou sua presença, até que de repente ouviu:

– Olá, você se lembra de mim?

Aquela voz... Aquela frase... Aquele perfume...

E olhando para a direita, de repente a viu.

Viu a mulher que havia amado mais que sua própria vida. Soltou a caneta que tinha na mão, abriu os braços e conseguiu murmurar:

– Claro... Claro que me lembro de você.

Tão emocionada quanto ele, Carmen correu para Teddy e o abraçou. Esperava esse abraço, essa frase, esse homem havia 38 anos, e por fim o destino havia permitido que se reencontrassem.

Tremendo, Teddy a abraçou com força. Nunca, nem em seu mais lindo sonho, ele havia pensado que a vida lhe daria uma segunda chance com ela e sua filha. Sem poder conter as lágrimas, que brotavam de seus olhos aos borbotões, murmurou:

– Desculpe, menina... desculpe.

Carmen assentiu. Por ora, só precisava abraçá-lo e senti-lo vivo.

Vivo.

28

Joel tinha que voltar ao Iraque dia 12 de setembro, e Alana, sua mãe e Isa foram se despedir dele em Fort Irwin. Mas primeiro passaram por Los Angeles para conhecer a família dele, que, entre surpresos e encantados, aceitaram Alana com carinho assim que a viram.

Em Fort Irwin Isa viu Karen, e a cumprimentou de longe. Ambas sabiam que o que haviam vivido fora bonito, mas que nunca mais se repetiria.

Enquanto esperavam, junto com os familiares de outros militares, os ônibus que os levariam até os aviões, Alana não quis se afastar de Joel. Precisava senti-lo perto de si.

– Eu te amo – disse na hora da despedida, dando uma piscadinha para vê-lo sorrir.

– Lembre-se, ficarei fora três meses, e depois, quando voltar, começaremos uma vida nova juntos em Fort Irwin. Entendeu, Ligeirinho?

Ela assentiu. Depois de lhe dar outro beijo doce, Joel a soltou e foi embora com sua unidade, enquanto Alana o fitava com o coração apertado e rogava a Deus que não acontecesse nada com ele.

Dois dias depois, Isa voltou para a Espanha. Alana e Carmen, depois de passar alguns dias em Nashville com Teddy e sua família, também voltaram.

No dia em que se despediu de Teddy, Carmen lhe prometeu que iria vê-lo de novo.

Em seu primeiro dia de trabalho após a volta, Alana entrou na sala de sua chefe, disse que ia se casar e sondou a possibilidade de ser transferida para a redação da *Exception* de Los Angeles.

– Como pode deixar um emprego por um homem? – explodiu Laura.

Já sabendo que ela lhe faria essa pergunta, Alana sorriu e disse:

– Não estou deixando o emprego; só peço uma transferência.

– Mas... mas se não lhe dermos a transferência, você vai sair, não é?

– Vou sair desta revista, mas arranjarei emprego em outra – respondeu ela com tranquilidade.

Sua chefe se remexeu na cadeira. Perdê-la era perder uma boa profissional.

– Alana, pelo que sei, neste momento em Los Angeles não há nenhuma vaga disponível. A única possibilidade é que sua matéria encante o pai do Big Boss e você consiga a transferência ganhando o desafio. Mas, senão, a solução me parece difícil.

Alana teria que sair da *Exception*, e isso a deixou triste. Despediu-se de sua chefe e voltou a sua mesa de trabalho.

Uma semana depois, Isa conseguiu a licença a partir de primeiro de janeiro, e, claro, foi comemorar com suas quatro amigas. A ocasião merecia!

Em 30 de setembro, Alana estava saindo da sala de sua chefe quando viu o sr. Bridge se dirigir ao elevador. Sem pensar duas vezes, foi até ele.

– Queria lhe dizer que não vou apresentar nenhuma matéria, e lhe pedir desculpas, porque foi o senhor quem me selecionou. Mas... mas vou me retirar da competição. Foi impossível eu me concentrar para fazer a matéria.

– Por quê? – perguntou o homem, surpreso.

– Assuntos familiares, senhor.

– Espero que não sejam graves.

– Não, senhor. Não é nada disso. Ao contrário, são muito bons.

O sr. Bridges assentiu. Sua discrição o impedia de perguntar mais sobre esses assuntos. Sem deixar de olhar para ela, disse:

– Laura comentou comigo que você pediu transferência para Los Angeles.

– Sim. Vou me casar e morar lá. Se houvesse uma vaga, eu ficaria muito feliz de poder continuar trabalhando na revista.

– Parabéns pelo casamento.

– Obrigada – respondeu ela, sorrindo.

Depois de alguns instantes olhando um para o outro, o homem disse:

– O prazo termina amanhã.

– Eu sei, mas não tenho nenhuma boa ideia para apresentar, e...

– Certa vez ouvi alguém dizer – interrompeu ele – que as boas ideias são aquelas que nos surpreendem por não termos pensado nelas antes.

Alana sorriu. Estendendo a mão, disse:

– Foi um prazer trabalhar para o senhor. E muito obrigada por ter confiado em mim, apesar de, no fim, eu não lhe apresentar nada.

Sr. Bridges apertou-lhe a mão.

– Você ainda tem até amanhã às nove da manhã para deixar sua matéria em minha mesa – insistiu ele.

Dito isso, deu meia-volta e foi embora.

– Tudo bem? – perguntou Isa, que a havia visto falando com ele.

– Perfeito – respondeu ela, dando uma piscadinha.

E ao ver que sua amiga tinha um envelope nas mãos, disse:

– O que está escondendo aí?

Rapidamente Isa pegou as fotos dos pais de Alana, de Audrey, seu primo, Joel e dela mesma.

– Estão lindas, Isa. Maravilhosas! – exclamou Alana.

Isa estava muito contente com elas.

– Eu gostaria de usar algumas para minha exposição. Acha que eles vão se importar?

– Acho que não. Mas podemos perguntar.

Guardando-as de novo no envelope, Isa disse:

– Fique com elas. São para você e o Capitão América. – E depois de lhe entregar mais dois envelopes que estavam em cima da mesa, acrescentou: – Estas são para sua mãe e estas para seu pai. Eu ia enviá-las, mas acho que ele vai gostar mais se você as mandar e incluir algumas palavras.

– Tudo bem.

E ao ouvir a barriga de sua amiga roncando, propôs:

– Que tal irmos comer um delicioso e gorduroso sanduíche de lula com maionese?

Ao ouvir aquilo, Isa assentiu e disse:

– Alana da minha vida, o que vou fazer sem você a partir de primeiro de janeiro?

Naquela noite, assim que Alana chegou em casa, cumprimentou Pollo, e quando o estava deixando no chão, bateram na porta.

– Olá, mami.

Carmen lhe entregou um pratinho.

– Fiz bolinho de bacalhau.

– Que delícia! Obrigada, mamãe.

A seguir, Alana pegou os envelopes e entregou um a Carmen:

– Isa mandou estas fotos para você.

Carmen abriu o envelope rapidamente e olhou as fotos, emocionada, com uma ou outra lágrima. A seguir, foi para sua casa, e Alana pensou que certamente sua mãe tornaria a olhar as fotos mais mil vezes.

Quando ficou sozinha, tocou o telefone. Ao atendê-lo, ouviu:

– Olá, meu amor.

– Joel?!

– Sim, Ligeirinho, sou eu.

Surpresa com a ligação, perguntou:

– Aconteceu alguma coisa? Você está bem?

– Estou bem, amor. É que viemos para a Jordânia e tive a oportunidade de ligar para ouvir sua voz, e não quis desperdiçar. Mas só posso falar com você dois minutos, Ok, menina?

– Claro, meu amor – disse ela, emocionada.

– Tudo bem por aí?

– Sim, meu amor. Como sempre, trabalhando bastante.

– Escute: dia dez de novembro vou chegar a Fort Irwin. Não poderei ir vê-la na Espanha porque será uma licença de 48 horas. Mas quero que saiba que é uma viagem para falar sobre nosso futuro com dois dos meus superiores, e certamente conseguirei uma data.

Alana sorriu, contente, mas quando ia dizer algo, Joel teve que desligar.

– Tenho que ir, amor. Não se preocupe com nada. Amo você, menina... e estou com saudades. Até.

– Até, minha vida. Eu te amo.

Quando o telefone ficou mudo, a emoção que havia sentido segundos antes ao escutar a voz dele desapareceu. Queria ver Joel, tê-lo ao seu lado. Desanimada, levantou-se e jantou os bolinhos de bacalhau. Uma hora depois, jogou-se no sofá e, ao ver o diário de sua mãe, pegou-o e deu uma folheada. Já o havia lido inteiro várias vezes, e a cada vez seu coração transbordava de sentimentos.

Pegou a foto de seus pais que sempre estivera entre as páginas e sorriu olhando para eles. A seguir, pegou uma foto atual deles no envelope que Isa havia lhe dado; pegou uma caneta e começou a escrever no diário.

> *Eu sou Alana, a filha que nasceu da linda história de amor entre Teddy e Carmen. O motivo de eu escrever hoje aqui, e não minha mãe, é para dizer que a vida me concedeu o desejo de poder ver meus pais juntos e concluir com uma boa notícia as páginas deste diário que um dia minha mãe começou.*

Deixou a foto no diário e o fechou. Mas então, a foto antiga caiu no chão. Ela a pegou e, ao abrir de novo o diário para guardá-la, de repente murmurou:

– Como não pensei nisso antes?

Foi até seu quarto e pegou a caixinha metálica que alguns meses antes sua mãe havia lhe dado. Dentro havia mais fotos de seus pais e lembranças de suas experiências na Alemanha.

Com o coração quase saindo pela boca por causa do que lhe passava pela cabeça, Alana foi à casa de sua mãe, bateu e entrou.

– Mamãe, quero lhe pedir permissão para escrever uma matéria para a revista com a história de amor de você e papai.

– O quê?!

– Eu incluiria os testemunhos de vocês, fotografias antigas e atuais, e uns trechinhos de seu diário.

Carmen estava atônita. Alana prosseguiu, acelerada:

– Será a história de um lindo reencontro. Se disser que sim, vou ligar para papai e pedir sua permissão. O que me diz?

– Você quer escrever a história? – perguntou Carmen, ainda surpresa.

Alana assentiu. Sua mãe disse, sorrindo:

– Então, querida, escreva! Escreva essa linda matéria.

Alana deu um beijo em Carmen; calculando a hora que era em Nashville, ia ligar de seu celular quando sua mãe, mostrando-lhe o fixo que tinha nas mãos, comentou:

– Acho que seu pai também a ouviu.

Surpresa ao ver que os dois estavam falando por telefone, pegou o fone que sua mãe lhe entregava, e depois de falar rapidamente com seu pai e receber seu consentimento, despediu-se e sussurrou, divertida:

– Safadinha!

Carmen sorriu. Desde a volta de Nashville, a cada duas noites Teddy e ela se falavam. Precisavam dizer muitas coisas um ao outro.

E quando sua filha foi embora, ela se sentou de novo no sofá e disse:

– Voltei, meu amor.

Alana, excitada com a ideia que lhe havia ocorrido, entrou em casa e ligou para sua amiga Isa. Por sorte, ela não estava dormindo.

– Sou eu – disse Alana. – Traga seu notebook e sua máquina fotográfica.

– O quê?!

– Temos trabalho para fazer.

– A esta hora? – exclamou Isa.

Ela não queria explicar o que lhe havia ocorrido; simplesmente insistiu:

– Espero você em meia hora.

– Mas...

– Tenho bolinhos de bacalhau que minha mãe fez – interrompeu Alana.

– Chego em dez minutos.

Quando desligou, Alana preparou um bule de café. Iam precisar. Quando Isa chegou e largou as duas bolsas com câmeras e outras coisas, Alana a fez sentar e disse:

– Você vai achar que é uma loucura o que vou dizer, mas hoje, quando falei com o Big Boss, ele me disse que, às vezes, as grandes ideias são aquelas que nos surpreendem por não termos pensado nelas antes. E... e eu acabei de pensar há pouco numa matéria incrível, cheia de sentimentos, que tenho certeza de que será uma bomba.

– Agora lhe ocorreu uma matéria?

– Sim.

– Você está de brincadeira, Alana. Não dá mais tempo! É 0h40 da madrugada, e...

– E às nove da manhã temos de entregá-la. Eu sei. Está meio apertado.

– Meio? – debochou sua amiga.

– Isa, percebi que não devemos deixar passar essa oportunidade. Se ganharmos o desafio do sr. Bridges, teremos dez mil euros extras que nos ajudarão muito. Para você durante sua licença em Nova York, e para mim, para começar uma vida nova. Isso sem falar na transferência. E se perdermos, fica tudo como está. Não acha que vale a pena tentar?

Isa olhou para Alana. Estava maluca.

– Tudo bem... você escreve essa grande matéria, mas onde quer que eu arranje as fotos a esta hora? Então, espertinha, diga!

Alana, que ainda não havia contado a Isa qual era sua ideia, suspirou. E mostrando-lhe o envelope que Isa mesma havia lhe dado no escritório e a caixa metálica onde tinha fotos antigas de seus pais, respondeu:

– Todo seu trabalho está aqui. Só preciso de seu olho bom para escolher as fotos apropriadas, de alguns retoques que você faça com sua magia, se for necessário, e *voilà*! O que acha da ideia?

– Você vai escrever a matéria sobre a história de seus pais?

Alana assentiu, e Isa exclamou, sorrindo:

– Caralho, que baita matéria!

– Tenho a permissão dos dois – explicou Alana, encantada. – Sei que é uma loucura, mas quero fazer isso, e quero fazer com você. Portanto, que tal se pusermos mãos à obra?

Isa se dedicou rapidamente às fotos e Alana à redação. Teriam que trabalhar duro se quisessem ter tudo pronto às nove da manhã.

Durante horas Alana escreveu sem descanso, tirando de cada parágrafo a melhor frase e de cada frase a melhor conclusão para tocar o coração do leitor. Falou de seus pais, da vida deles na Alemanha, de como se apaixonaram e como o destino os separara. Comentou a situação de sua mãe ao voltar da Alemanha, solteira e com uma filha, e a de seu pai e suas terríveis experiências no Vietnã. Escolheu algumas frases do diário de sua mãe e, por último, relatou como esse mesmo destino, 38 anos depois, reuniu-os de novo.

Às sete e meia da manhã, com uma xícara de café nas mãos, ambas olhavam a matéria no computador, perfeitamente montada, com as fotos incluídas. Fazendo tim-tim com sua xícara na de Isa, Alana disse:

– Obrigada, Isa. Sem você, não teria sido possível.

Bateram à porta. Era Carmen. Alana a pegou pela mão e a levou para o computador.

– Leia a matéria e diga o que acha.

Carmen, feliz por ela pedir sua opinião, pôs os óculos e começou a ler. Quando acabou, olhou para Alana, e com lágrimas nos olhos, murmurou:

– Não poderia ser mais bonita.

E levantando-se, abraçou as duas.

– Que grandes artistas tenho em minha vida, mãe do céu!

Isa e Alana sorriram. Sem dúvida, elas eram muito mais afortunadas por ter Carmen na vida delas.

Sem perda de tempo, saíram da casa de Alana e foram à redação, onde imprimiriam a matéria para deixá-la antes das nove na mesa do sr. Bridges.

Estava chovendo, e o trânsito complicado; muito complicado.

– Não vamos chegar... não vamos chegar – murmurava Isa. – O filho da mãe do destino já está dificultando as coisas! A cada dia estou mais convencida de que é homem!

Alana olhou o relógio; eram 8h15.

– Temos que chegar! – gritou.

Fugindo do tráfego como puderam, chegaram ao estacionamento da redação. Ao ver que o carro do Big Boss ainda não estava ali, ficaram alegres, e sem perda de tempo, correram uma para a a fim de para ligar o notebook e outra para a fotocopiadora.

Com o notebook ligado, Alana imprimiu a matéria, enquanto também a passava para um pendrive. Olhou o relógio: 8h45. Subitamente, ouviu Isa gritar:

– Maldita você e sua família. Não tem papel!

Alana olhou ao redor e viu um pacote de papel ao lado de sua mesa; pegou-o e correu para a impressora. Isa as colocou rapidamente, e então se acendeu uma luzinha que dizia "Aquecendo".

– Puta que pariu, agora está esquentando! – gritou Isa de novo.

– Caralho... caralho... maldito destino – murmurou Alana.

Mas, instantes depois, a impressora começou a funcionar e as duas suspiraram ao ver as folhas saindo.

Voltaram à mesa correndo, colocaram as folhas em uma pasta e foram para o elevador. Faltavam nove minutos para as nove. O elevador não chegava, e decidiram subir os três andares pela escada de emergência.

Quando entraram na sala do Big Boss, deram de cara com ele. Alana, olhando o relógio digital que havia sobre sua cabeça, entregou-lhe em mãos a matéria e o pendrive e disse, arfando:

– Aqui está, senhor. Faltam dois minutos para as nove, e o senhor tinha razão: às vezes, as boas ideias são as que nos surpreendem por não termos pensado nelas antes.

Escondendo um sorriso, sr. Bridges pegou a pasta, olhou para elas e respondeu:

– Eu não esperava menos de vocês.

Tão logo saíram da sala, Alana e Isa bateram as mãos em *high five* e voltaram a suas mesas, felizes e contentes.

Sr. Bridges sentou em sua cadeira de couro marrom. Ao abrir a pasta e ler o título da matéria, "Olá, você se lembra de mim?", sorriu.

29

Passou o mês de outubro, e Alana o superou o melhor que pôde. Mas a ausência de Joel era cada dia mais difícil de suportar. Desde o dia em que ele ligara, não tivera mais notícias, exceto um e-mail de vez em quando.

Naquele breve espaço de tempo, sua mãe parecia ter rejuvenescido. Estava mais sorridente, dinâmica e ativa que nunca. Se antes já era assim, agora não parava. Rindo, ela comentou com Alana a reação de Teresa, Renata e Loli quando souberam que havia reencontrado Teddy.

O irmão de Isa, Carlitos, casou-se no sábado, primeiro de novembro, com a pequinesa. A Dolorosa foi a madrinha e Isa, responsável pelas fotos do casamento.

Alana bebia uma taça de champanhe enquanto observava as pessoas que riam e se divertiam; e então, a Dolorosa e seu marido, Emilio, aproximaram-se. Ele comentou, divertido:

– É de foder, Alana; sua mãe e eu somos Real Madri, e nossas filhas são uma do Barça e outra do Atletico. O que fizemos de errado?

Alana soltou uma gargalhada. O pai de Isa sempre a irritava com esse assunto.

– Pelo amor de Deus, Emilio – protestou a Dolorosa –, quer deixar a menina em paz? Ande, vá procurar minha mãe, que faz tempo que não a vejo.

Quando Emilio saiu, Dolores se sentou com Alana e perguntou:

– Você comeu bem?

– Perfeitamente.

A mulher assentiu; e baixando a voz para que os convidados da noiva não a ouvissem, sussurrou:

– Eu queria outro tipo de cardápio, mas Carlitos disse que tínhamos que fazer um almoço misto, metade chinês, metade espanhol. E, claro, agora minha prima Chelito fica me dando indiretas, dizendo que no casamento de seu filho tinha cordeiro de leite, e aqui pato laqueado.

– Não se preocupe com isso – respondeu Alana, sorrindo. – O importante é que Carlos e a noiva estão felizes. Fique com isso, e o que disserem os outros que entre por um ouvido e saia pelo outro.

– Você tem razão, filha. – E olhando para a direita, gritou a seu marido: – Emilio, pelo amor de Deus, tire a taça de vinho de minha mãe, ela já bebeu demais!

O homem nem se mexeu. Se tentasse, possivelmente levaria uma bengalada, e ele não estava a fim.

– Como sua mãe encarou o fato de você ir morar tão longe?

– Bem... Muito bem. Além do mais, tenho certeza de que vamos nos ver com muita frequência.

Com o queixo tremendo – em termos de drama, ninguém ganhava dela –, a Dolorosa levou um lenço à boca e perguntou com a voz entrecortada:

– Você acha que minha María Isabel vai ficar bem em Nova York?

– Claro que sim.

– Mas ela vai ficar sozinha, sem a família – murmurou a mulher.

– Fique tranquila – disse Alana passando o braço pelos ombros da Dolorosa. – Ela tem muitos amigos lá, e sempre que eu puder vou visitá-la, assim como ela irá a Fort Irwin me visitar. Além do mais, ela vai estar muito ocupada tentando transformar seus sonhos em realidade.

Emocionada, a mãe de Isa enxugou as lágrimas e disse:

– Eu prometi ir para a abertura da exposição dela.

– Sério? – perguntou Alana, encantada.

Dolores assentiu. E olhando para seu marido, acrescentou:

– Sim. Mesmo que eu tenha que anestesiar meu Emilio, eu prometi que seu pai e eu vamos pegar um avião e ir para lá ficar com ela.

Alana deu-lhe um beijo. O mais longe que o casal já viajara havia sido até a cidade deles, Cuenca.

– Eu também estarei lá. Não perderia essa exposição por nada no mundo.

A Dolorosa a abraçou.

– Você sempre foi uma boa menina, e fico muito feliz por vocês ainda serem amigas. – E fazendo biquinho, sussurrou: – Não vou negar que foi um desgosto quando minha filha me disse que não gostava de homens. Eu a criei exatamente igual a Carlitos, mas ela...

– Ela é a mulher mais verdadeira da face da Terra – completou Alana; e acrescentou: – Dolores, Isa, além de ser uma boa filha, irmã e neta, é uma boa amiga e uma mulher excelente. Não insista em ver algo que...

– Mas ela gosta de mulheres!

– E daí? Isso não faz mal a ninguém. Não seria pior se ela fosse uma *serial killer*, ou uma assaltante de bancos?

– Nossa! Cale-se, não diga isso.

– Eu sempre lhe disse isso – prosseguiu Alana. – Isa não tem um problema, quem tem são as pessoas que falam dela. Reflita e perceba que sua filha só quer ser feliz. As pessoas têm e sempre terão preconceitos por mil coisas, e, muitas vezes, quem mais fala é quem mais tem coisas a esconder. Eu sei bem, porque minha vida sempre foi cercada de fofocas. Mas sabe de uma coisa? O melhor é ignorar o que as pessoas dizem e ser feliz. Isso é o melhor, Dolores.

– Como sempre que conversamos, você tem razão – respondeu a mulher. – Minha María Isabel é uma boa menina, e não me interessa o que os outros digam.

– Dolorosa dos meus amores, o que você tem? – perguntou Isa, aproximando-se ao ver sua mãe emocionada.

Sua mãe se levantou, abraçou-a e disse, surpreendendo-a:

– Eu a amo muito, filha, e tenho muito orgulho de você.

Boquiaberta e encantada pela demonstração de afeto, quando sua mãe se afastou para dançar um *pasodoble* com seu amado esposo, Isa olhou para Alana.

– O que você falou para ela?

– Nada que ela já não soubesse.

Ambas riram e continuaram curtindo a festa.

Na terça-feira, quatro de novembro, quando chegaram à revista, o ar de tensão podia ser cortado com uma faca. A chefe estava de mau humor e seus colegas procuravam passar despercebidos.

Alana e Isa se olharam e suspiraram. Sem dúvida, sua última temporada na *Exception* não seria um mar de rosas. Laura estava histérica e irritada porque Isa e Alana estavam indo embora, e quando a diva perdia as estribeiras, sobrava para todo mundo.

As duas passaram a maior parte da manhã sem cruzar com ela, até que Laura apareceu na redação, acompanhada de seu fiel Leonardo, e gritou:

– Alana, Sonia e Ángel, venham conosco! Sr. Bridges nos espera em sua sala.

Isa e Alana se olharam. Certamente iam comunicar o veredicto.

– Ganhando ou perdendo, nós já ganhamos – sussurrou Isa. – Você a Joel, e eu, a meu sonho, certo, Alana?

– Claro que sim – disse Alana rindo e dando uma piscadinha.

Alana, seus dois colegas, a chefe e Leonardo subiram até a sala do Big Boss. Ao vê-los, ele os fez entrar e se sentar a sua frente. Alana notou que em cima da mesa havia três pastas. Sem dúvida, eram as três matérias.

– Antes de mais nada – começou o sr. Bridges –, quero agradecer aos três por terem aceitado o desafio e transmitir a gratidão de meu pai, que já leu seus trabalhos. Ele comentou que os achou interessantes. – E olhando para Sonia, disse: – Ele gostou muito de sua matéria sobre moda italiana, e até comentou que agora entende melhor por que minha mãe, minha mulher e minha filha são tão apaixonadas por esses estilistas.

Ao escutar isso, a jovem sorriu. Então, cravando o olhar em Alana, o homem prosseguiu:

– Quando meu pai leu sua matéria sobre esse reencontro, ficou emocionado, e em especial pelo modo como você utilizou cada palavra para transmitir sentimentos e recordações, e também para fazer sorrir.

Alana sorriu como antes sorrira Sonia e não disse nada.

– Senhor Sánchez – disse sr. Bridges olhando agora para Ángel –, quanto a sua matéria sobre a mudança climática, quero que saiba que meu pai comentou que vai fazer todo o possível para que nem ele nem nossa empresa continuem prejudicando o planeta.

– Obrigado, senhor – assentiu o jornalista.

– Pois muito bem – prosseguiu –, a matéria que meu pai indicou como ganhadora é a intitulada "Olá, você se lembra de mim?". Parabéns, srta. Rodríguez.

Ao ouvir isso, Alana deu um pulo na cadeira e gritou:

– *Yes*! *Yes*!!! Chupem!

Mas ao notar como todos olhavam para ela, sentou-se de novo e sussurrou:

– Desculpem. Desculpem, foi a emoção.

Laura, Sonia e Ángel a olharam com desdém; só o sorriso do sr. Bridges e de Leonardo lhe deram a entender que compreendiam seu arroubo de felicidade.

Minutos depois de receber os frios parabéns de seus colegas e de sua chefe, estes três foram embora, acompanhados de Leonardo. Sr. Bridges se levantou de sua cadeira para se sentar ao lado de Alana.

– Quero que saiba que sua matéria fez o coração de meu pai se apertar, porque ele esteve no Vietnã e se viu refletido em suas palavras – disse ele, apertando-lhe a mão. – Você o fez recordar coisas que havia esquecido, tristes e alegres, e ele até desempoeirou os velhos discos de vinil da época para escutá-los. Ele mandou os parabéns, Alana, e disse que quer conhecê-la.

– Será um prazer, senhor.

O homem sorriu e acrescentou:

– Uma das coisas que mais o surpreendeu foi como você soube captar os sentimentos das pessoas entrevistadas em uma história tão dura e bonita ao mesmo tempo. Porque uma coisa é entrevistar a personagem, e outra é captar e refletir esse sentimento para fazer o leitor viver na matéria; e você, srta. Rodríguez, conseguiu. Fez meu pai rir, chorar e se emocionar, e espero que a milhares de leitores também.

– A história que contei é a história de meus pais – disse ela, e dando uma piscadinha cúmplice, concluiu: – Como pode imaginar, foi fácil pôr sentimentos em algo assim.

Surpreso com esse detalhe que a jovem não havia mencionado até o momento, ele lhe estendeu a mão, sorridente, e disse:

– Srta. Rodríguez, parabéns por sua promoção mais que merecida, e por sua transferência. Mas vamos sentir muito sua falta aqui. Quando quer ir para Los Angeles?

– Senhor, antes disso, há duas coisas que eu queria dizer.

– Sou todo ouvidos – assentiu ele.

E sem hesitar, Alana falou de sua situação quando chegasse à Califórnia. Moraria em Fort Irwin, de modo que ir todos os dias à redação de Los Angeles seria praticamente impossível, devido à distância excessiva. Sr. Bridges escutou as duas alternativas que ela lhe propunha. A primeira era sair da revista e trabalhar como *freelancer* para eles e outras revistas, vendendo matérias; e a segunda, continuar na *Exception*, mas só ir à redação uma vez a cada dez dias para as reuniões importantes e fazer seu trabalho em regime de *home office* ou da cidade onde estivesse cobrindo as matérias.

Depois de ouvi-la, o homem disse, categórico:

– De jeito nenhum quero prescindir de você em minha revista. Gosto de seu brio, e sei que será boa em Los Angeles. Por isso, aceito a segunda opção. Vou falar com Steven e Victoria, que são os responsáveis pela redação de lá. E qual era a segunda coisa que você queria dizer?

Contente ao saber que continuaria trabalhando para ele, respirou fundo e disse:

– Senhor, preciso de permissão para estar dia dez de novembro em Fort Irwin. Quando voltar, poderei lhe dizer quando vou me mudar.

– Concedida – respondeu o homem, satisfeito de ter em sua equipe jovens como aquela.

Quando saiu da sala, Alana encontrou Isa esperando-a. A notícia já havia chegado a ela, e a abraçou com força, enquanto murmurava, emocionada:

– Você merece... você merece...

– E você também, sua boba!

Isa riu, encantada.

Na segunda-feira, dez de novembro, Alana, após conseguir um passe para entrar na base de Fort Irwin, estava pronta para fazer uma surpresa ao homem que amava. Torcia as mãos enquanto esperava junto com os familiares de outros militares.

Minutos antes haviam visto um enorme avião militar aterrissar, e pelos gritos dos familiares, Alana supôs que aquilo queria dizer que as pessoas que esperavam haviam chegado.

Com curiosidade, olhou as pessoas que a cercavam. Famílias inteiras; pais, mães, irmãos, mulheres e crianças aguardavam, nervosos, a chegada do ente querido. Ela sorriu ao imaginar a cara de Joel quando a visse ali. Poucos minutos depois, vários ônibus começaram a se aproximar. De onde estava, com os nervos a mil, observou os militares que desciam com suas mochilas. Todos pareciam iguais. Vestiam-se igual. De repente, ficou angustiada. E se não o visse?

Quando o segundo ônibus abriu suas portas, seu coração se acelerou ao vê-lo descer. Emocionada, quis gritar, mas não tinha voz. Enquanto o via cumprimentar a pessoas que se aproximavam e se despedir de companheiros, entrincheirada atrás das pessoas Alana o observou caminhar em sua direção.

Joel era sexy, varonil... Joel era seu amor e seu presente.

E quando não aguentou mais, saiu correndo, e sem se importar com quem levasse pela frente, correu muito, até que ele, ao vê-la, parou, surpreso, soltou a mochila e, abrindo os braços, acolheu-a.

Sentir seus braços ao redor de seu corpo, perceber sua respiração acelerada pela surpresa e notá-lo vibrar de emoção foi o máximo para Alana.

– O que está fazendo aqui? – Joel conseguiu perguntar.

Ela, encantada ao ver a alegria no rosto de Joel, levantou um dedo e disse:

– Está vendo meu dedo?

Joel soltou uma gargalhada. Ela acrescentou:

– Pois meu dedo e eu estávamos morrendo de vontade de ver você, Capitão América.

Ele a beijou com anseio e fervor, depois com ternura. A cena de paixão explícita incitou alguns militares e familiares, que passavam ao lado dos dois, a assobiarem.

Quando o beijo acabou e se olharam nos olhos, Joel perguntou:

– Você está bem, Ligeirinho?

Alana assentiu. Aquele instante era um dos melhores de sua vida, e ficaria gravado em sua memória eternamente.

Por sorte, o filho da mãe que mexia os fios do destino estava do seu lado naquele momento, permitindo-lhe ser feliz com o homem que amava. E a felicidade que sentia por ela mesma, por sua mãe e por tudo que havia acontecido, Alana devia a ele. A Joel. Ao fuzileiro naval que um dia aparecera em sua vida, de quem fugira, mas que com paciência e ternura a havia conquistado, ajudado e encantado.

Feliz e emocionada, sentindo-se protegida nos braços de seu amor, Alana olhou para ele e, ao encontrar aqueles olhos que tanto adorava, disse, segura de suas palavras:

– Eu te amo, Capitão América, e vou amá-lo até o fim de nossos dias.

Epílogo

Nolensville, Nashville. Oito meses depois

– E pelo poder que me foi outorgado, eu os declaro marido e mulher.

Feliz e apaixonada, Carmen se abaixou para beijar Teddy. Seu sonho finalmente se tornava realidade, em um lindo dia no qual ela e sua filha, Alana, se casavam com os homens de sua vida.

Os convidados romperam em aplausos no jardim dos fundos da casa de Audrey, jogando arroz, lentilhas e pétalas de rosas, e gritando: "Viva os noivos!".

Esse era o fim da história que Carmen merecia. Alana, querendo proporcioná-lo, assim o fizera. Seu casamento com Joel estava programado havia meses, e quando sua mãe comentara que seu pai e ela haviam decidido se casar, Alana não hesitara. Depois de conversar com Joel, incluíram os dois no mesmo dia. Nada poderia fazê-los mais felizes.

– Meu Deus, que foto maravilhosa acabei de tirar! – exclamou Isa, a responsável pelas fotos.

Claudia, Susana e Lola, que haviam ido até lá para o casamento de sua amiga, ao ver a foto que Isa mostrava sorriram, encantadas. Nesse momento, Andrea, a nova namorada de Isa, aproximou-se e, dando-lhe um beijo nos lábios, murmurou:

– É linda, amor.

– Esta vai direto para minha exposição do mês que vem, com autorização de vocês ou não.

Joel e Alana riram.

– É toda sua, louca... toda sua – disse Joel.

Alana se aproximou de seus pais e os três se fundiram em um abraço cheio de amor e carinho.

– Parabéns – sussurrou.

– Parabéns para você também, querida. Que você seja muito, muito feliz – respondeu Carmen.

Alana, apontando-lhes o dedo, advertiu-os:

– Agora, tomem cuidado, não vão me dar um irmãozinho!

Isso os fez gargalhar. *Al di là* corria como um louco pelo jardim.

Renata e seu marido se aproximaram de Teddy para cumprimentá-lo. E ao ver Larruga e Panamá falando com o cozinheiro responsável pela comida, murmurou:

– Não me diga que hoje também vamos comer hambúrguer!

Divertido por ela recordar esse detalhe de quando pedira a mão de Carmen, anos atrás na Alemanha, Teddy sorriu e disse:

– Entre muitas outras coisas.

Alana, após receber os parabéns de suas tias, tios e primos, que haviam ido até lá da Espanha para não perder aquele dia tão especial, logo se viu cercada pela encantadora família de Joel. As pessoas começaram a se sentar às mesas que haviam colocado no jardim de Audrey, que não cabia em si de felicidade. Desde que Carmen e Alana haviam aparecido na vida deles, Teddy não parava de sorrir, e se antes já era um bom irmão, agora era ainda melhor.

No fundo do jardim, um cozinheiro do Birdy cuidava de um grande churrasco que fez as delícias de todo mundo. Todos comeram uma carne deliciosa e curtiram o grandioso dia.

Finalizada a comida, os brindes, os beijos e os discursos, um amigo do sobrinho de Teddy ligou um equipamento de som e começou a tocar música dos anos 1960. Todos aplaudiram encantados.

A primeira que tocou foi *Al di là*, e todos os presentes se emocionaram, enquanto Carmen se sentava sobre as pernas de seu marido e o abraçava.

O dia sonhado por eles estava sendo incrível, especial, e as palavras eram desnecessárias. Como anos antes Teddy havia imaginado, celebraram seu casamento cercados de amigos e família.

Terminada a primeira canção, seguiu-se *Perfidia*, de Nat King Cole, que muitos se animaram a dançar. E quando acabou essa e tocou *Crazy*, da Patsy Cline, depois de um grito de aceitação geral Alana levou seu marido para a pista e dançaram, apaixonados.

Abraçada a ele, ela fechou os olhos e curtiu aquele momento incrível. E quando os abriu, sorriu ao ver seus pais e os amigos dançando também aquela canção lendária.

– Foi a primeira canção que dançamos, lembra, Ligeirinho?

Alana assentiu, e Joel acrescentou:

– Lembro que você achou engraçado por ser uma canção que sua mãe havia dançado com um militar americano e você a estava dançando com outro.

– Eu lembro, e espero dançá-la pelo resto da vida.

– Ok, menina... eu prometo.

Quando tocou *The Twist*, do Chubby Checker, o velho Arruga tirou Carmen para dançar. Diante dos aplausos de todos e o orgulho de Teddy, dançaram um *rock and roll* como haviam feito tantas vezes na base militar de Merrell Barracks.

Quando esse rock acabou, todos aplaudiram e começou outro. Dessa vez, Alana tirou o pai de seu marido. Joel aplaudiu, louco de alegria.

Ninguém escapou de dançar. E às dez da noite, momento em que alguns estavam começando a ficar esgotados, Renata, Loli, Teresa e Carmen se sentaram e ficaram olhando os mais jovens dançar. Entre eles Alana, com suas amigas e suas primas da Espanha, que pareciam estar se divertindo muito.

– Reconheço que Teddy continua bonito como sempre – disse Renata.

– *Lo que tuvo, retuvo* – replicou Loli, sorrindo.

Carmen assentiu, feliz de vê-lo conversar com seus velhos amigos. Nesse momento, Alana, acalorada pela dança e linda com seu vestido de noiva, aproximou-se e perguntou:

– Tudo bem, meninas?

– Divinamente, linda – assentiu Teresa.

Mas Alana não pôde dizer mais nada, porque Joel se aproximou, pegou-a no colo e, diante da expressão divertida e os aplausos de todos, levou-a dali.

Afastando-a alguns metros das pessoas, perguntou, fitando-a nos olhos:

– Está feliz, Ligeirinho?

– Estou encantada por ser esposa do Capitão América – sussurrou ela, levando sua boca à de seu marido.

Na mesa, Loli observava sua sobrinha beijar o marido; murmurou, emocionada:

– Como nossa menina está bonita!

– E feliz! – acrescentou Carmen, enquanto Teresa a abraçava.

– Sabem o que acabei de lembrar? – disse Renata, soltando seu cigarro inseparável e enchendo as taças de champanhe.

Todas olharam para ela.

– Lembro que há muitos anos, não me perguntem onde, eu disse que esperava que um dia nós quatro brindássemos com champanhe e que nossas lágrimas fossem só de felicidade. E acho que hoje é esse dia.

– Eu lembro – afirmou Loli, com olhos sonhadores. – Você disse isso no primeiro Natal que passamos juntas na Alemanha, quando chorávamos de saudade da família. Lembro como se fosse ontem.

– É verdade – assentiu Carmen, rindo. – Ficamos de porre aquela noite.

– Que tempos! – exclamou Teresa nostálgica.

Carmen sorriu.

A vida estava cheia de recordações tristes, alegres, melhores e piores para todos, e o jeito era aceitá-las como parte do pedágio que se paga por viver. Levantando sua taça, Carmen olhou primeiro para sua linda Alana e depois para seu novo genro e disse:

– Mas, sem dúvida, o presente é muito melhor. A nós!

As quatro mulheres, que haviam se conhecido em uma época difícil, quando eram quase umas crianças, levantaram suas taças, olharam-se com o carinho e a segurança que os anos e as experiências haviam lhes proporcionado, e gritaram no presente:

– A nós!

Loli e Carmen, duas espanholas motorizadas em Nuremberg.

Carmen, linda e moderna, na moda dos anos 1960. Viva a calça comprida!

O militar americano e a espanhola.
Meus pais em Nuremberg.

Beijo apaixonado em um dia qualquer na frente do quartel americano Merrell Barracks.

Carmen e seu vestido azul especial.

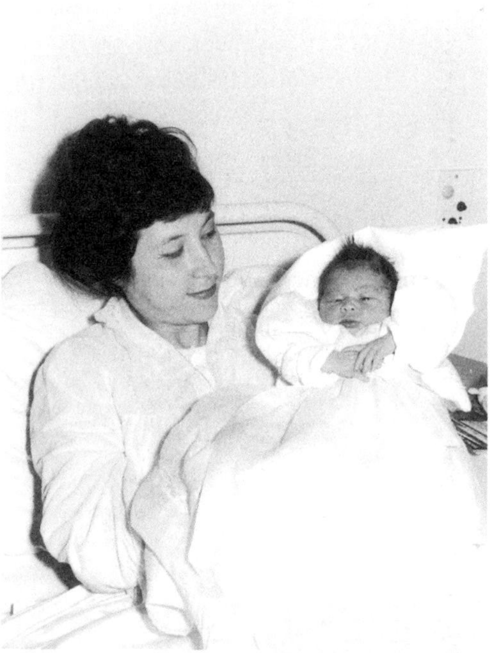

Minha mãe e eu,
recém-nascida.

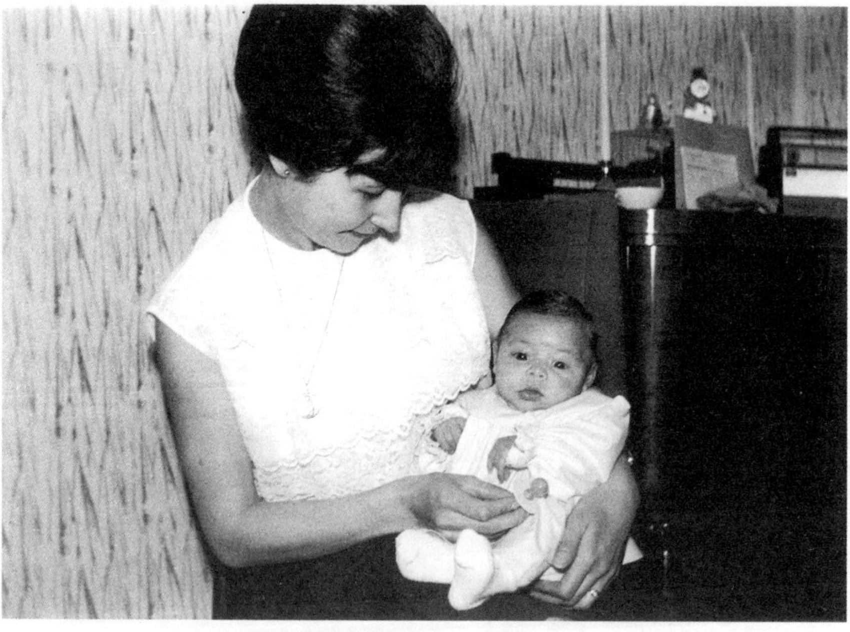

Mami e eu. Ela é minha GRANDE guerreira.

Eu com o quepe de meu pai e feliz por ver minha mãe.

Eu com meu primeiro herói: meu avô!

Este livro foi composto em Garamond Premier Pro e impresso pela
RR Donnelley para a Editora Planeta do Brasil em abril de 2016.